D1210028

BESTSELLER

Nora Roberts es una de las escritoras estadounidenses de mayor éxito en la actualidad. Cada novela que publica encabeza rápidamente los primeros puestos en las listas de best sellers de Estados Unidos y del Reino Unido; más de cuatrocientos millones de ejemplares impresos en el mundo avalan su maestría. Sus últimas obras publicadas en España son la trilogía de los O'Dwyer (formada por *Bruja Oscura*, *Hechizo en la niebla* y *Legado mágico*), *El coleccionista*, *La testigo*, *La casa de la playa*, el dúo de novelas *Polos opuestos* y *Atrapada*, la trilogía Hotel Boonsboro (*Siempre hay un mañana*, *El primer y último amor* y *La esperanza perfecta*), *Llamaradas*, *Emboscada* y la tetralogía Cuatro bodas (*Álbum de boda*, *Rosas sin espinas*, *Sabor a ti* y *Para siempre*). Actualmente, Nora Roberts reside en Maryland con su marido.

Para más información, consulte la web de la autora: www.noraroberts.com

Biblioteca

NORA ROBERTS

La casa de la playa

Traducción de
Laura Martín de Dios

DEBOLS!LLO

Título original: *Whiskey Beach*
Primera edición en Debolsillo: julio, 2015

© 2013, Nora Roberts
Publicado por primera vez en 2013 por G. P. Puntam's Sons, Estados Unidos
© 2014, Penguin Random House Grupo Editorial, S. A. U.
Travessera de Gràcia, 47-49. 08021 Barcelona
© 2014, Laura Martín de Dios, por la traducción

Printed in Spain – Impreso en España

ISBN: 978-84-9062-780-8 (vol. 561/53)
Depósito legal: B-13975-2015

Compuesto en Revertext, S. L.
Impreso en Novoprint
Sant Andreu de la Barca (Barcelona)

P 627808

Penguin
Random House
Grupo Editorial

A mis hijos y a las hijas que me han dado.
Y a todo lo que se deriva de ello

El verde drago, el luminoso, el oscuro
mar infestado de serpientes.

JAMES ELROY FLECKER

Oscuridad

La mayoría de los hombres llevan una vida
de silenciosa desesperación. Lo que llamamos
resignación es una desesperación confirmada.

Henry David Thoreau

1

A través de la gélida cortina de aguanieve y en el haz intermitente del potente faro del acantilado que descollaba al sur, la inmensa silueta de Bluff House se cernía sobre el pueblo de Whiskey Beach. La casa miraba al frío y turbulento Atlántico con aire desafiante.

Duraré tanto como tú.

Sus tres plantas, que se alzaban sólida e indulgentemente sobre la costa accidentada y escarpada, contemplaban la embestida y el azote de las olas a través de los oscuros ojos de las ventanas, igual que lo habían hecho, en una u otra encarnación, durante más de tres siglos.

La casita de piedra que ahora albergaba herramientas y útiles de jardinería daba fe de sus humildes orígenes, de quienes se habían enfrentado al violento e imprevisible Atlántico para forjar una vida en el suelo pedregoso de un nuevo mundo. Eclipsando esos inicios, la extensión y altura de las paredes de arena dorada y los hastiales arqueados, las amplias terrazas de piedra local alisada por el tiempo hablaban de sus momentos más gloriosos.

Había sobrevivido a la tormenta, al abandono, a la indulgencia caprichosa, al gusto dudoso, a las épocas de bonanza y a la quiebra, al escándalo y a la virtud.

Entre sus paredes, generaciones de la familia Landon habían

vivido y fallecido, festejado y llorado, conspirado, prosperado, triunfado y languidecido.

Había brillado como la potente luz que barría las aguas desde la rocosa y soberbia orilla norte de Massachusetts. Y se había acurrucado en la oscuridad, con los postigos cerrados.

Llevaba mucho tiempo en pie, tanto que ahora ya solo era Bluff House, imperiosa sobre el mar, la arena y Whiskey Beach.

Para Eli Landon era el último lugar que le quedaba. No era solo un refugio, sino más bien una vía de escape de todo aquello en lo que se había convertido su vida en los últimos y horribles once meses.

Apenas se reconocía.

El viaje de dos horas y media en coche desde Boston por carreteras resbaladizas lo había dejado exhausto. Aunque, siendo sinceros, la mayoría de los días el cansancio se instalaba cómodamente a su lado, como una amante. Y allí estaba, sentado frente a la casa, en la oscuridad, con el aguanieve repiqueteando en el parabrisas, en el techo, mientras se debatía entre reunir suficiente energía para entrar o quedarse donde estaba y, tal vez, acabar durmiendo en el coche.

Eres idiota, pensó. Claro que no iba a quedarse allí sentado y a dormir en el coche cuando tenía la casa, con camas de sobra, a escasos metros.

Sin embargo, ni siquiera era capaz de encontrar el ánimo y la fuerza para sacar el equipaje del maletero, así que terminó cogiendo los dos bultos pequeños del asiento del acompañante, en los que llevaba el portátil y cuatro cosas más de primera necesidad.

El aguanieve le golpeó la cara cuando salió del coche, pero el frío, ese viento cortante del Atlántico, se abrió paso a través de las capas externas del letargo. El bramido de las olas al romper contra las rocas y azotar la arena se unían hasta convertirse en un constante rugido sibilante. Eli sacó las llaves del bolsillo de la chaqueta con desgana y entró al abrigo del amplio pórtico de piedra que conducía hasta las gigantescas puertas dobles de la entrada, talladas más de un siglo atrás en madera de teca importada de Birmania.

Dos años, casi tres desde la última vez que había estado allí, pensó. Demasiado absorbido por su vida, su trabajo, su desastroso matrimonio para dedicarle un fin de semana, unas vacaciones o una breve visita a su abuela.

Habían pasado tiempo juntos, la indomable Hester Hawkin Landon y él; eso sí, siempre que ella iba a Boston. La llamaba con regularidad y seguían en contacto a través de correos electrónicos, facebook y skype. Puede que Hester rondara los ochenta, pero siempre había sido muy receptiva a la tecnología y a las innovaciones y las acogía con curiosidad y entusiasmo.

La llevaba a comer, a tomar algo, y siempre se acordaba de enviarle flores con una nota, y regalos, y se reunía con ella y la familia en Navidad o en los cumpleaños importantes.

Y todo eso, pensó mientras se disponía a abrir la puerta, no era otra cosa que buscar excusas para justificar el hecho de no haber encontrado el tiempo, o no haberlo intentado, para ir a Whiskey Beach, el lugar que ella adoraba, y haberle dedicado el tiempo y la atención que se merecía.

Encontró la llave, abrió la puerta y encendió las luces nada más entrar.

Se fijó en que su abuela había hecho algunas modificaciones, aunque se le daba bien lanzarse al cambio y conservar las tradiciones al mismo tiempo, algo muy típico de ella.

Cuadros nuevos (paisajes marinos, jardines) salpicaban de colores suaves las ya abarrotadas paredes pintadas de un marrón cálido e intenso. Soltó las bolsas junto a la puerta y se tomó un instante para admirare el esplendor que desbordaba el vestíbulo.

Le echó un vistazo a la escalera, a los postes de arranque decorados con gárgolas sonrientes que algún Landon caprichoso había encargado, y observó hasta donde esta se bifurcaba con elegancia a derecha y a izquierda, en dirección a las alas norte y sur de la casa.

Habitaciones de sobra, pensó. Solo tenía que subir y escoger una.

Aunque, todavía no.

Atravesó lo que llamaban el salón principal, con sus altas ventanas arqueadas que daban al jardín delantero, o lo que era un jardín cuando el invierno abrió sus garras.

Su abuela llevaba más de dos meses sin pisar aquella casa, pero no vio ni una sola mota de polvo. Había leña en la chimenea, enmarcada por el brillo del lapislázuli y lista para ser encendida. Y flores recién cortadas en la mesa Hepplewhite, que ella tanto apreciaba. Los cojines esperaban ahuecados y acogedores en los tres sofás que había repartidos por la habitación, y el suelo, de amplios tablones de madera de castaño, relucía como un espejo.

Debe de habérselo pedido a alguien, pensó, y a continuación se tocó la frente en el lugar en que amenazaba con estallar un dolor de cabeza.

Se lo había dicho, ¿no era así? Su abuela le había dicho que alguien se encargaba de la casa. Una vecina, que se ocupaba de la limpieza a fondo. No lo había olvidado, era solo que, por un momento, había perdido la información en la niebla que demasiado a menudo se colaba a rastras en su cabeza para embotarle la mente.

Ahora le tocaba a él ocuparse de Bluff House. Cuidarla para, como le había pedido su abuela, mantenerla viva. Y, había añadido ella, quizá la casa le regalara a él parte de esa vida.

Recogió las bolsas y miró la escalera. Pero no se movió.

La habían encontrado allí, allí mismo, al pie de los escalones. Una vecina… ¿La misma vecina? ¿Era la misma vecina que iba a limpiar? Alguien, gracias a Dios, había ido para ver qué tal estaba y la había encontrado allí, inconsciente, magullada, sangrando, con un codo destrozado, una cadera rota, varias costillas rotas y una conmoción cerebral.

Podría haber muerto, pensó. Los médicos se sorprendieron ante la tenacidad con que la mujer se había aferrado a la vida. Nadie de la familia solía llamarla a diario para saber cómo estaba, a nadie se le había ocurrido, y nadie, incluido él, se hubiera preocupado de no haber sabido nada de ella durante uno o dos días.

Hester Landon, independiente, invencible, indestructible.

La misma que hubiera muerto a causa de una aparatosa caída de no haber sido por una vecina… y su indoblegable fuerza de voluntad.

Ahora se había adueñado de varias habitaciones en casa de los padres de él mientras se recuperaba de las heridas, donde permanecería hasta que consideraran que estaba lo bastante fuerte para volver a Bluff House. O, si sus padres se salían con la suya, se quedaría allí para siempre, y punto.

Él prefería imaginarla de vuelta en casa, la casa que ella amaba, sentada al atardecer en la terraza, con su martini, mirando al mar. O entretenida en el jardín, tal vez colocando el caballete para pintar.

Prefería imaginarla fuerte y llena de energía, no en el suelo, malherida e incapaz de moverse, mientras él se servía el segundo café de la mañana.

Así que haría todo lo que estuviera en sus manos hasta su regreso. Mantendría viva la casa de su abuela, como si fuera suya.

Eli cogió de nuevo las bolsas y empezó a subir la escalera. Se quedaría en la habitación que siempre utilizaba cuando iba de visita, o que había utilizado antes de que esas visitas se hubieran reducido y espaciado en el tiempo. A Lindsay nunca le había gustado Whiskey Beach, ni Bluff House, y cada vez que iban se entablaba una guerra fría en la que uno de los bandos, el formado por su abuela, se mostraba estiradamente correcto, y el otro, encabezado por su mujer, deliberadamente sarcástico. Mientras él quedaba atrapado en medio.

Bueno, había escogido el camino más fácil, se dijo en ese momento. Podía arrepentirse, lamentarse por haber dejado de ir, por haber inventado excusas y haber limitado el tiempo que pasaba con su abuela cuando esta iba a Boston. Sin embargo, no podía dar marcha atrás.

Entró en la habitación y observó que allí también había flores. La estancia conservaba las mismas paredes de color verde claro y dos de las acuarelas de su abuela que a él siempre le habían gustado.

Dejó las bolsas en el banco que había a los pies de la cama imperio y se quitó la chaqueta.

Todo estaba igual. El pequeño escritorio debajo de la ventana, las amplias puertas acristaladas que daban a la terraza, el sillón orejero y el pequeño escabel con la funda que hacía muchos años había bordado la madre de su abuela.

De pronto se dio cuenta de que, por primera vez en mucho tiempo, casi se sentía en casa. Abrió la bolsa, sacó el neceser y encontró toallas limpias y curiosos jabones con forma de concha. El baño olía a limón.

Se desnudó sin mirarse en el espejo. Había perdido peso, demasiado, en el último año. No hacía falta que volviera a repetírselo. Abrió el grifo y se metió en la ducha con la esperanza de que el agua caliente se llevara parte del cansancio. Sabía por experiencia que si se iba a la cama exhausto y estresado, no descansaría y se despertaría con esa resaca que lo dejaba decaído e inquieto.

Cuando salió, cogió una de las toallas de la pila y volvió a percibir el aroma a limón mientras se la pasaba por el pelo. Con el cabello húmedo, los rizos le llegaban por debajo de la nuca, una melena rubia oscura más larga de lo que solía llevarla desde que tenía veintipocos. Claro que, ya casi hacía un año que no visitaba a Enrique, su barbero habitual. No necesitaba un corte de ciento cincuenta dólares, ni la colección de trajes y zapatos italianos guardados en el guardarropa.

Ya no era un abogado criminalista de ropa elegante, despacho con vistas espectaculares y una fulgurante carrera encaminada a convertirlo en socio de pleno derecho. Ese hombre había muerto con Lindsay. Aunque él, en aquel momento, no lo sabía.

Retiró la colcha, tan esponjosa y blanca como la toalla, se metió en la cama y apagó la luz.

Oía el mar en la oscuridad, un bramido constante, y el repiqueteo del aguanieve en las ventanas. Cerró los ojos y deseó, como todas las noches, unas pocas horas de inconsciencia.

Unas pocas fue lo único que consiguió.

Maldita sea, estaba cabreado. Nadie, absolutamente nadie, pensaba mientras conducía bajo el helado aguacero, era capaz de hacerlo saltar como Lindsay.

La muy zorra.

La mente de Lindsay, y por lo visto su código moral, funcionaban de manera distinta comparados con los de cualquier otra persona que hubiera conocido. Había logrado convencerse a sí misma, y él estaba seguro de que había persuadido a infinidad de amistades, a la madre, la hermana y Dios sabía a quién más, de que él tenía la culpa de que su matrimonio se hubiera ido al traste, de que hubieran pasado de la terapia de pareja a una separación de prueba y de ahí a una batalla legal de cara al divorcio.

Y seguro que él también tenía la puñetera culpa de que ella lo hubiera engañado durante más de ocho meses, sin contar los tres que había durado la separación temporal por la que ella tanto había abogado. Y, no sabía cómo, encima le reprochaba que hubiera averiguado que era una mentirosa, una embustera y una falsa antes de firmar sobre la línea de puntos y haber logrado un acuerdo jugoso.

De modo que ambos estaban cabreados, concluyó: él, por haber sido idiota, y ella, porque él había acabado descubriéndola.

Por supuesto que él tenía la culpa de que hubieran mantenido una amarga y violenta discusión pública en la galería de arte donde ella trabajaba a tiempo parcial. No había sabido escoger el momento y había perdido las formas, lo admitía, pero en ese instante le importaba una mierda.

Ella quería cargarle las culpas porque se había vuelto descuidada, tan descuidada que la hermana de Eli había visto a su cuñada la mar de acaramelada con otro hombre en el vestíbulo de un hotel en Cambridge… antes de entrar en el ascensor.

Vale que Tricia había esperado un par de días para contárselo, pero seguramente él habría hecho lo mismo. No era fácil explicar una cosa así. Y él se había tomado un par más para asimilarlo antes de apechugar con ello y contratar un detective privado.

Ocho meses, pensó de nuevo. Su mujer había estado acostándose con otro en hoteles, pensiones y Dios sabía qué otros sitios, aunque se había cuidado mucho de utilizar la casa. ¿Qué pensarían los vecinos?

Tal vez no tendría que haber ido, armado con el informe del detective y su propia ira, a la galería de arte para encararse con ella. Quizá ambos tendrían que haber tenido más cabeza antes de iniciar una competición de gritos que retumbaron en el local y llegaron hasta la calle.

Pero ambos sobrellevarían el bochorno.

De una cosa estaba seguro: el acuerdo ya no iba a saberle tan dulce a Lindsay. ¿Lo de intentar jugar limpio y ser justo, eso de que no hacía falta atenerse al acuerdo prenupcial al pie de la letra? Eso se había acabado. Lindsay lo descubriría cuando llegara a casa después de la subasta de la beneficencia y notara que Eli se había llevado el cuadro que él había comprado en Florencia, el diamante de estilo *art déco* que había heredado de su bisabuela y el juego de café de plata que, a pesar de no tener ningún interés en él, era otra herencia familiar y ¡antes muerto que permitir que Lindsay lo metiera en el saco de los bienes gananciales!

Pronto descubriría que las reglas del juego habían cambiado por completo.

Tal vez era mezquino, quizá una tontería… o puede que estuviera bien y fuera lo justo. En ese momento no era capaz de sobreponerse a la rabia y al saberse traicionado, y lo cierto era que le daba lo mismo. Movido por la ira, aparcó en la entrada de la casa de Back Bay, en Boston. Una casa que había creído que serviría de cimientos sólidos para un matrimonio que había empezado a mostrar algunas grietas. Un hogar en el que esperaba que algún día hubiera niños y en el que, durante un tiempo, aunque breve, habían enyesado esas grietas, habían logrado acondicionar los espacios, escoger los muebles, debatir, discutir y llegar a acuerdos (todo lo cual él consideraba normal) sobre pequeños detalles.

Ahora tendrían que venderla y era muy probable que ambos acabaran con la mitad de prácticamente nada. Además, en vez de alquilar un apartamento para lo que había creído que sería poco tiempo, terminaría comprando uno.

Para él solo, pensó, mientras bajaba del coche y la lluvia empezaba a mojarlo. Sin necesidad de consultas, discusiones ni acuerdos.

Es más, comprendió, cuando corría hacia la entrada principal, era un alivio. Se habían acabado las esperas, los quizá, el fingir que su matrimonio podía o debía salvarse.

Puede que a su embustero, artero y falso modo, ella le hubiera hecho un favor.

Ahora podía mandarlo todo a hacer gárgaras sin sentimiento de culpa ni remordimientos.

Pero se marcharía con lo que era suyo, eso seguro.

Abrió la puerta, entró en el amplio y elegante vestíbulo y se volvió hacia la alarma para introducir el código. Si Lindsay lo había cambiado, llevaba su identificación personal, donde aparecían su nombre y aquella dirección. Ya había pensado de antemano cómo solventar las preguntas que pudieran hacerle la policía o la empresa de seguridad.

Simplemente diría que su mujer había cambiado el código, lo cual sería cierto y que él lo había olvidado.

Sin embargo, no lo había hecho, cosa que le resultó tan conveniente como ofensiva. Lindsay creía que lo conocía muy bien y estaba totalmente convencida de que él jamás entraría en la casa, a pesar de que la mitad era suya, sin pedirle permiso. Eli había aceptado trasladarse a otro lugar para que ambos tuvieran espacio, por lo que nunca la importunaría, nunca la presionaría más de la cuenta.

Daba por sentado que él se comportaría de manera civilizada.

Pues a la mierda. Pronto Lindsay descubriría que no lo conocía en absoluto.

Eli esperó unos instantes, impregnándose del silencio de la casa, de las sensaciones que le transmitía. Los tonos neutros servían de telón de fondo para las salpicaduras y los destellos de color, y la mezcla de lo antiguo, lo nuevo y lo ingeniosamente extravagante le daba estilo.

A Lindsay se le daba bien aquello, eso no podía negarlo. Sabía cómo venderse, tanto a ella misma como su hogar; sabía cómo organizar fiestas fabulosas. Allí habían vivido buenos momentos, picos de felicidad, períodos de satisfacción, temporadas de sencilla compatibilidad, polvos memorables, ociosas mañanas de domingo.

¿Cómo había ido todo tan mal?

—A la mierda —musitó.

Entras y sales, se dijo. Estar en la casa lo deprimía. Subió al segundo piso, se dirigió a la sala de estar que había enfrente del dormitorio principal… y se fijó en que Lindsay había dejado un bolso de viaje medio lleno en el maletero.

Podía ir donde le diera la maldita gana, pensó, con o sin su amante.

Eli se concentró en la razón por la que estaba allí y tecleó la combinación de la caja fuerte que había dentro del armario. Pasó por alto la pila de dinero, los documentos, los estuches que contenían las joyas que él había ido regalándole a lo largo de los años o que ella misma se había comprado.

Solo el anillo, se dijo. El anillo Landon. Abrió el estuche, admiró cómo relumbraba cuando le daba la luz y se lo metió en el bolsillo de la chaqueta. Ya había cerrado la caja fuerte y había empezado a bajar la escalera cuando cayó en la cuenta de que tendría que haber llevado plástico de burbujas o algún tipo de protección para el cuadro.

Decidió coger unas toallas, algo con que resguardarlo de la lluvia. Sacó un par de las grandes del armario de la ropa blanca y siguió adelante.

Entras y sales, se repitió una vez más. No sabía lo mucho que deseaba alejarse de esa casa, de los recuerdos… buenos y malos.

Entró en el salón y descolgó el cuadro de la pared. Lo había comprado durante la luna de miel porque Lindsay se había quedado prendada de él, de los colores bañados por el sol, del encanto y la sencillez de un campo de girasoles sobre un fondo de olivares.

Habían comprado más obras de arte desde entonces, pensó mientras envolvía el cuadro con las toallas. Pinturas, esculturas y cerámicas de muchísimo más valor. Todas podían ir al saco de los bienes gananciales, podían formar parte del proceso de negociación. Pero ese cuadro no.

Dejó el óleo protegido sobre el sofá y se paseó por el salón mientras la tormenta arreciaba. Se preguntó si Lindsay estaría conduciendo bajo la lluvia, de camino a casa para acabar de hacer la maleta e irse de fin de semana con su amante.

—Disfruta mientras puedas —murmuró. Porque lo primero que haría por la mañana sería llamar a su abogado matrimonialista y soltar las riendas.

A partir de entonces, iría a la yugular.

Entró en la estancia que habían convertido en una biblioteca y cuando estaba a punto de encender la luz la vio en el trémulo fogonazo de un relámpago escalofriante.

Desde ese momento hasta el estallido de un trueno, se quedó en blanco.

—¿Lindsay?

Le dio un manotazo al interruptor y se adelantó con paso incierto. En su interior se libraba una batalla entre lo que veía y lo que era capaz de aceptar.

Estaba tumbada de lado, delante de la chimenea. Sangre, muchísima sangre sobre el mármol blanco; el suelo ensombrecido.

Los ojos, de ese intenso castaño oscuro que lo había cautivado una vez, los tenía nublados.

—Lindsay.

Se dejó caer a su lado y le tomó la mano que tenía estirada en el suelo, como si quisiera alcanzar algo. Y estaba fría.

Eli se despertó en Bluff House, saliendo a rastras de la sangre y el sueño espantoso y recurrente, a la luz del día.

Se incorporó y esperó unos instantes en la misma posición, desorientado y con la cabeza embotada. Recorrió la habitación con la mirada y recordó dónde se encontraba a medida que su corazón recuperaba el ritmo.

Bluff House. Había ido a Bluff House.

Lindsay llevaba muerta cerca de un año. La casa de Back Bay

por fin estaba a la venta. Había dejado atrás la pesadilla. Aun cuando todavía notara su aliento en la nuca.

Se retiró el pelo. Ojalá pudiera engañarse y conciliar el sueño una vez más, pero sabía que, si volvía a cerrar los ojos, regresaría de inmediato a la pequeña biblioteca, regresaría de inmediato junto al cuerpo de su mujer asesinada.

Con todo, no se le ocurría ni una sola buena razón para salir de la cama.

Creyó oír música, apagada, distante. ¿Qué narices era aquella música?

Se había acostumbrado tanto a los ruidos (voces, música, el murmullo del televisor) durante los últimos meses en casa de sus padres que no se había dado cuenta de que allí no tendría que oírse música, ni cualquier otra cosa que no fuera el mar y el viento.

¿Había encendido la radio, el televisor o alguna otra cosa y lo había olvidado? No sería la primera vez desde su largo descenso a los infiernos.

En fin, ya tenía una razón para levantarse.

Dado que todavía no había metido el resto del equipaje en la casa, se enfundó rápidamente los vaqueros que llevaba el día anterior y se puso la camiseta mientras salía de la habitación.

Se acercaba a la escalera cuando comprendió que no parecía una radio. O no solo una radio. No le costó reconocer la voz de Adele mientras atravesaba la planta baja, pero también oyó a la perfección una segunda voz femenina formando una especie de entregado y escandaloso dúo.

Siguió el sonido, y recorrió la casa en dirección a la cocina.

La acompañante de Adele metió las manos en una de las tres bolsas de la compra que había sobre la encimera, sacó una pequeña mano de plátanos y la dejó en un frutero de bambú que ya contenía manzanas y peras.

Eli era incapaz de comprender lo que veía, nada de nada.

La mujer cantaba a pleno pulmón y bien; puede que no con la magia de Adele, pero bien. Además, parecía un hada, de las altas y esbeltas.

Una melena de largos rizos de color castaño le caía sobre los hombros y se desparramaba por la espalda de un suéter azul oscuro. Su rostro era... poco corriente, fue lo único que se le ocurrió. Alargado, con los ojos rasgados, la nariz y los pómulos afilados, los labios carnosos; hasta el lunar en una de las comisuras se le antojó un poco sobrenatural.

O tal vez solo fuera su cerebro embotado y las circunstancias.

Varios anillos brillaban en sus dedos. Unos pendientes largos se balanceaban en sus orejas. Un colgante en forma de media luna pendía de su cuello y un reloj con una esfera tan redonda y blanca como una pelota de béisbol le envolvía una de las muñecas.

Sin dejar de cantar a grito pelado, la mujer sacó un cartón de leche y un paquete de mantequilla de la bolsa y se volvió hacia la nevera. Y lo vio.

No gritó, pero trastabilló al retroceder y estuvo a punto de caérsele la leche.

—¿Eli? —Dejó el cartón en la encimera y se llevó la mano cargada de anillos al pecho—. ¡Dios! Qué susto me has dado. —Se sacudió la rizada melena hacia atrás al tiempo que lanzaba una risa ronca y entrecortada—. Se suponía que no llegarías hasta esta tarde. No he visto tu coche. Pero he entrado por detrás —prosiguió, señalando la puerta que daba a la terraza principal—. Me imagino que tú has venido por delante. Claro, ¿por dónde ibas a entrar, si no? ¿Llegaste anoche? Menos tráfico, supongo, aunque no es bueno conducir con aguanieve. Bueno, en cualquier caso, ya estás aquí. ¿Te apetece un poco de café?

Parecía un hada de piernas largas, volvió a pensar Eli, y tenía la risa de una diosa marina.

Y había traído plátanos.

Se la quedó mirando.

—¿Quién eres?

—Ay, disculpa. Creía que Hester te lo habría dicho. Me llamo Abra. Abra Walsh. Hester me pidió que lo dejara todo listo para cuando llegaras. Solo estoy abasteciendo la despensa. ¿Qué tal está Hester? Hace un par de días que no hablo con ella, solo nos hemos enviado unos mensajes y correos muy breves.

—Abra Walsh —repitió Eli—. Tú la encontraste.

—Sí. —Extrajo un paquete de granos de café de una bolsa y empezó a llenar una máquina muy similar a la que él había utilizado a diario en el despacho de abogados—. Un día espantoso. No había ido a la clase de yoga… y no suele perderse ni una. La llamé, pero no contestó, así que me acerqué para ver cómo estaba. Tengo llave. Le limpio la casa.

Mientras la máquina murmuraba, Abra colocó una taza enorme bajo el pitorro y continuó guardando la compra.

—Entré por detrás, como siempre. La llamé, pero… Empecé a preocuparme y a pensar que igual no se encontraba bien, así que me dirigí a la escalera. Y estaba allí tendida. Pensé lo peor… Pero tenía pulso, y recobró la conciencia un minuto cuando la llamé por su nombre. Pedí una ambulancia y la tapé con la manta del sofá porque no me atreví a moverla. Fueron rápidos, pero en aquel momento me parecieron horas.

Sacó un cartón de crema de leche de la nevera y le echó un chorrito al café.

—¿Encimera o rincón del desayuno?

—¿Qué?

—Encimera. —Dejó el café en la isla—. Así podrás sentarte y charlar conmigo. —Al ver que Eli se quedaba mirando el café, sonrió—. Está bien así, ¿no? Hester me comentó lo de una cucharada de crema de leche, sin azúcar.

—Sí. Sí, gracias.

Como un sonámbulo, se acercó a la isla y se sentó en el taburete.

—Es tan fuerte, tan inteligente, tan auténtica. Tu abuela es mi heroína. Cuando me mudé aquí, hará un par de años, fue la primera persona con la que conecté de verdad.

Y continuó hablando. Daba igual si la escuchaba o no, pensó Abra. A veces, el sonido de la voz de una persona podía resultar reconfortante, y él daba la impresión de necesitarlo.

Pensó en las fotos que Hester le había enseñado de su nieto, de hacía unos años. La sonrisa relajada, la luz que desprendían aquellos ojos típicos de los Landon, de un azul cristalino con un anillo oscuro, oscurísimo, alrededor del iris. Ahora parecía cansado, triste y estaba demasiado delgado.

Haría lo que pudiera para solucionarlo.

Entretenida en aquellos pensamientos, sacó huevos, queso y jamón de la nevera.

—Tu abuela agradece que aceptaras venir aquí. Sé que le preocupaba que Bluff House se quedase vacía. ¿Dijo que estabas escribiendo una novela?

—Eeeh…

—He leído un par de tus relatos cortos y me han gustado. —Colocó una sartén para tortillas en los fogones y, mientras se calentaba, sirvió zumo de naranja en un vaso, puso varias bayas en un colador para lavarlas y pan en la tostadora—. Yo escribía poemas románticos infumables cuando era adolescente. Y aun sonaban peor cuando intentaba ponerles música. Me gusta leer. Admiro a la gente que es capaz de unir una palabra con otra hasta lograr construir una historia. Hester está muy orgullosa de ti.

Eli alzó la cabeza y la miró a los ojos. Verdes, se fijó, como un mar a través de una fina bruma, y tan sobrenaturales como todo lo que hacía referencia a ella.

Tal vez ni siquiera estuviera allí de verdad.

En ese momento, Abra colocó su mano sobre la de él un instante, cálida y real.

—Se te va a enfriar el café.

—Vale.

Levantó la taza y bebió. Y se sintió ligeramente mejor.

—Hace bastante tiempo que no vienes por aquí —prosiguió ella, mientras vertía el huevo batido en la sartén—. Hay un pequeño y bonito restaurante en el pueblo… Y la pizzería todavía sigue abierta. Creo que por el momento estás bastante bien abastecido, pero el supermercado todavía está en el mismo sitio. Si necesitas algo y no quieres ir al pueblo, dímelo. Vivo en Laughing Gull Cottage, por si sales y te quieres pasar por allí. ¿Sabes dónde está?

—Eeeh… Sí. ¿Tú… trabajas para mi abuela?

—Le limpio la casa una o dos veces por semana, según le vaya bien. Limpio para más gente… según les vaya bien. Doy clases de yoga cinco días a la semana, en el sótano de la iglesia, y una tarde en mi casa. En cuanto convencí a Hester para que hiciera yoga, ya no pudo dejarlo. Doy masajes —volvió la cabeza y le lanzó un rápido guiño— terapéuticos; estoy titulada. Hago prácticamente de todo, porque prácticamente todo me interesa. —Sirvió la tortilla en un plato, junto con las bayas y la tostada, y lo puso delante de Eli, con una servilleta de lino rojo y cubiertos—. Tengo que irme, se me ha hecho un poco tarde.

Dobló las bolsas de la compra, las metió en un enorme bolso rojo, se puso un abrigo morado, se envolvió el cuello en un pañuelo de rayas multicolor y se encasquetó un gorro de lana, también morado.

—Te veo pasado mañana, sobre las nueve.

—¿Pasado mañana?

—Para limpiar. Si mientras tanto necesitas algo, mis números, tanto el del móvil como el de casa, están ahí en el tablón. O si sales a pasear y estoy en casa, pásate un momento. Bueno…, bienvenido, Eli.

Se dirigió a la puerta del patio, se volvió y sonrió.

—Acábate el desayuno —le ordenó, y se fue.

Eli se sentó sin dejar de mirar la puerta y luego bajó la vista hasta el plato. Como tampoco se le ocurrió otra cosa que hacer, cogió el tenedor y comió.

2

Eli se paseó por la casa con la esperanza de que eso lo ayudara a orientarse. Odiaba la sensación de ir caminando sobre las nubes, de dejarse arrastrar de un lado a otro, de un pensamiento a otro, desprovisto de raíces o algo que lo anclara. Su vida una vez estuvo estructurada, tenía un propósito. Incluso tras la muerte de Lindsay, cuando la estructura se hizo añicos, había tenido un propósito.

Luchar para no pasar el resto de su vida en la cárcel equivalía a un propósito firme y definido.

Pero ahora que la amenaza ya no era tan inmediata, tan factible, ¿qué propósito tenía? La escritura, recordó. A menudo pensaba que el proceso de trabajo y la evasión que le proporcionaba la escritura lo habían mantenido cuerdo.

Sin embargo, ¿qué lo anclaba ahora? ¿Dónde habían quedado sus raíces? ¿En Bluff House? ¿Así de sencillo?

De pequeño, de adolescente, había pasado temporadas en aquella casa, incontables veranos en que la playa siempre estaba tentadoramente cerca, innumerables vacaciones o fines de semana invernales, viendo cómo la nieve se acumulaba sobre la arena, sobre las rocas que asomaban a través de esta.

Una época desprovista de complicaciones… ¿Inocente? ¿Lo había sido? Castillos de arena y picnics en la playa con la familia, con amigos, navegando con su abuelo en el precioso balandro que su abuela todavía tenía amarrado en el puerto de Whiskey Beach, y comidas de Navidad bulliciosas, multitudinarias, llenas de color, con todas las chimeneas encendidas, crepitando y chisporroteando.

Jamás se había imaginado deambulando por aquellos cuartos como un fantasma, tratando de recuperar los ecos de aquellas voces o las imágenes desdibujadas de tiempos mejores.

Cuando entró en el dormitorio de su abuela, le sorprendió que, a pesar de algunos cambios (la pintura, la ropa de cama), casi todo seguía igual.

Allí estaba la enorme y magnífica cama de dosel donde había nacido el padre de Eli a causa de una tormenta de nieve y un parto rápido. La fotografía de sus abuelos el día de su boda, hacía más de cincuenta años, tan jóvenes, llenos de vida y apuestos, seguía, como siempre, en el reluciente marco de plata que había sobre la cómoda. Y la vista desde la ventana, el mar, la arena, la curva accidentada de la costa rocosa, permanecía inmutable.

De pronto lo asaltó el recuerdo vívido, como en una película, de una noche de verano, de una violenta tormenta estival. Los truenos retumbaban y los relámpagos iluminaban el cielo. Su hermana y él, que habían ido a pasar el fin de semana en Bluff House, corriendo a la cama de sus abuelos, muertos de miedo.

¿Qué edad tenía por entonces? ¿Cinco años, tal vez seis? Sin embargo, lo veía con absoluta claridad, como a través de una lente translúcida. Los estallidos de luz al otro lado de la ventana, la cama increíble y gigantesca a la que tuvo que trepar. Oyó reír a su abuelo mientras subía a la aterrada Tricia a la cama. ¿No era extraño darse cuenta justo entonces de lo mucho que su padre había acabado pareciéndose a su abuelo a una edad similar?

Recordó la frase de su abuelo: «¡Menuda fiesta tienen montada ahí arriba! Es el concierto de rock de los cielos».

Eli se sintió más tranquilo al tiempo que la imagen se difuminaba.

Se acercó a las puertas de la terraza, giró la llave y salió al encuentro del viento y el frío.

Las olas se embravecían, impulsadas por el fuerte y constante aire con sabor a nieve. En la punta del promontorio, en el extremo más alejado de aquella curva, la torre del faro vestida de novia se alzaba por encima de las rocas desprendidas. En la distancia, vio un puntito en el Atlántico, un barco que surcaba aquellas aguas agitadas.

¿Adónde iba? ¿Qué transportaba?

Mucho tiempo atrás, se habían inventado un juego, una versión propia del «A de Avión». Va a Armenia, pensó Eli, y transporta alcachofas.

Por primera vez en demasiado tiempo, mientras se encogía para protegerse del frío glacial, sonrió.

A Bimini con babuinos. Al Cairo con cocos. A Dinamarca con dentaduras, pensó, mientras veía desaparecer el puntito.

Aun se demoró unos instantes antes de regresar al interior, al calor del hogar.

Tenía que hacer algo. Debía salir y sacar las cosas del coche. Deshacer las maletas, instalarse.

Tal vez luego.

Volvió a pasearse por la casa, distraído, hasta la tercera planta, que una vez había servido, antes de que él naciera, para el alojamiento del servicio.

Ahora cumplía la función de almacén, muebles tapados con sábanas, baúles, cajas, la mayoría de ellos en el espacio común, mientras que el laberinto de habitaciones donde habían dormido las criadas y las cocineras permanecían vacías. Sin ningún propósito en mente, deambuló por ellas hasta llegar al lado que daba al mar y el cuarto abuhardillado con amplias y curvadas ventanas que miraban a la playa.

La habitación del ama de llaves, pensó. ¿O era la del mayordomo? No lo recordaba, pero quien hubiera dormido allí se había adjudicado el mejor espacio de todos, con entrada privada y terraza incluidas.

Ahora ya no hacía falta todo aquel personal, ni mantener la tercera planta amueblada, cuidada, ni siquiera caldeada. Su práctica abuela la había cerrado hacía años.

Puede que algún día le diera un nuevo uso quien en ese momento estuviera a cargo de la casa, que la recuperara, quitara todas esas sábanas fantasmales y le devolviera la luz y la calidez.

Sin embargo, por el momento parecía tan vacía y fría como él.

Volvió a bajar, y continuó paseando por la casa.

Y encontró más cambios.

Su abuela había rediseñado lo que antes era uno de los dormitorios de la segunda planta y lo había reconvertido en una salita de estar que también hacía las veces de despacho. Un estudio, imaginó, con su ordenador sobre un espléndido escritorio antiguo, un sillón de lectura y lo que supuso que sería un sofá para echar la siesta. Y más cuadros: peonías de pétalos rosas rebosando un jarrón azul cobalto, neblinas remontando dunas barridas por el viento.

Y la vista, por descontado, expuesta como un banquete para un alma hambrienta.

Entró en la habitación, se acercó al escritorio y cogió la nota adhesiva que había pegada en el monitor.

Hester dice:
Escribe aquí. ¿Y por qué no estás haciéndolo ya?
(Mensaje transmitido a través de Abra.)

Se quedó mirando la nota unos instantes con el entrecejo fruncido; no estaba seguro de si le gustaba demasiado que su abuela utilizara a la vecina para transmitirle sus órdenes. Luego, con la nota todavía en la mano, miró a su alrededor, por las ventanas; incluso echó un vistazo al pequeño cuarto de baño y al armario que ahora contenía material de oficina, así como sábanas, mantas y almohadas. Lo cual significaba, concluyó, que el sofá era un lugar de descanso.

Una vez más, una decisión práctica. La casa tenía una docena de dormitorios o más, ya no lo recordaba, pero ¿para qué desperdiciar el espacio cuando podía utilizarse para múltiples propósitos?

Sacudió la cabeza delante de la neverita con la puerta de cristal y cargada de botellines de agua y varios Mountain Dew, su vergonzante refresco preferido desde la universidad.

Escribe aquí. Es un buen lugar, pensó, y la idea de escribir le atraía bastante más que la de deshacer las maletas.

—Vale —dijo—. De acuerdo.

Volvió a su habitación y cogió el portátil. Colocó el teclado y el monitor de su abuela en una esquina del escritorio e hizo sitio para su propio ordenador. Y ya que estaba allí, qué demonios, cogió una botella fría de su refresco favorito. Arrancó el portátil y enchufó su memoria USB.

—De acuerdo —repitió—. ¿Dónde estábamos?

Destapó la botella, tomó un trago mientras abría el archivo y le daba un breve repaso. Y tras admirar las vistas una última vez, se sumergió en su trabajo.

Se evadió.

Escribía como pasatiempo desde que iba a la universidad, una afición a la que se entregaba con placer. Además, también le había dado motivos para enorgullecerse después de haber vendido un puñado de relatos cortos.

En el último año y medio, momento en que su vida había empezado a irse al garete, había descubierto que escribir le proporcionaba mucho más sosiego, era mejor que una sesión de cincuenta minutos con un loquero.

Podía escapar a un mundo que él creaba, que él, al menos hasta cierto punto, controlaba, y dentro del cual se sentía más él mismo, por extraño que pareciera.

Escribía (de nuevo, hasta cierto punto) sobre lo que conocía. Elaborar thrillers de abogados, primero en relatos cortos y ahora en aquella tentativa aterradora y sugestiva de novela, le ofrecía la posibilidad de jugar con la ley, de darle un buen o mal uso dependiendo del personaje. Podía plantear dilemas, soluciones y caminar por la cuerda floja, fina y resbaladiza, moviéndose entre la ley y la justicia.

Se había hecho abogado porque el derecho, con todos sus defectos, con todas sus complejidades e interpretaciones, le fascinaba. Y porque el negocio familiar, la empresa Landon Whiskey, no estaba hecho para él, como sí lo estaba, en cambio, para su padre, su hermana e incluso su cuñado.

Se había decantado por el derecho penal y había perseguido ese objetivo con determinación en su paso por la facultad y mientras trabajaba de ayudante del juez Reingold, un hombre que admiraba y respetaba, hasta formar parte del despacho Brown, Kinsale, Schubert y Asociados.

Ahora que la ley le había fallado en el sentido literal, escribía para sentirse vivo, para recordarse que había veces en que la verdad se alzaba sobre las mentiras y que la justicia encontraba el modo de imponerse.

Cuando volvió a emerger a la superficie, la luz había cambiado, se había apagado y había suavizado los tonos del mar. No sin cierta sorpresa comprobó que eran más de las tres; había estado escribiendo cerca de cuatro horas seguidas.

—Hester gana de nuevo —murmuró.

Guardó el archivo de trabajo y abrió el gestor de correo electrónico. Se fijó en que había recibido un montón de correo no deseado y lo borró. Y poco más, no encontró nada que estuviera obligado a leer justo en ese momento.

En su lugar escribió un mensaje a sus padres y otro a su hermana casi con el mismo texto. Había llegado sin problemas, la casa estaba perfecta, se alegraba de haber ido, estaba instalándose. Decidió no decir nada sobre sueños recurrentes, una depresión acechante o vecinas parlanchinas que preparaban tortillas.

A continuación, redactó otro para su abuela.

Estoy escribiendo aquí, como has ordenado. Gracias. El mar se ha vuelto de un acero ondulante con veloces caballos blancos. Va a nevar, se nota en el ambiente. La casa tiene buen aspecto y se está muy bien en ella. Había olvidado cómo me siento cuando estoy aquí. Lo lamento. No me digas que no vuelva a disculparme. Abuela, lamento haber dejado de venir. Aunque ahora casi lo lamento tanto por mí como por ti.

Tal vez, si hubiera venido contigo a Bluff House, habría visto las cosas con mayor claridad, habría aceptado unas y cambiado otras. De ser así, ¿habría ido todo tan mal?

Nunca lo sabré, y no tiene sentido seguir preguntándomelo.

Lo que sí sé es que me alegro de estar aquí, y cuidaré de la casa hasta que regreses. Voy a dar un paseo por la playa y, en cuanto vuelva, encenderé la chimenea para poder disfrutar del fuego cuando empiece a caer la nieve.

Te quiero,

Eli

Ah, P. D.: He conocido a Abra Walsh. Una chica interesante. No recuerdo si le he dado las gracias por salvar al amor de mi vida. Lo haré la próxima vez que venga.

Después de enviar el correo electrónico, cayó en la cuenta de que, si bien no recordaba haberle dado las gracias, lo que desde luego no había hecho era pagarle la compra.

Escribió una nota en el paquete de posits que encontró en el cajón del escritorio y la pegó en la pantalla del ordenador. Últimamente se le olvidaban las cosas con mucha facilidad.

No tenía sentido seguir posponiendo lo del equipaje, se dijo. Aunque solo fuera por cambiarse de ropa, la misma que llevaba desde hacía un par de días. No podía volver a dejarse arrastrar por ese camino.

Aprovechó el ánimo que la escritura le había dado, se puso el abrigo a regañadientes, recordó que ni siquiera había llegado a calzarse y salió a buscar las maletas.

Mientras las deshacía, descubrió que no había prestado demasiada atención a la hora de hacer el equipaje. Si a duras penas iba a necesitar un traje, mucho menos necesitaría tres o cuatro pares de zapatos de vestir, o (¡por Dios bendito!) quince corbatas. La costumbre, se dijo. Por hacer la maleta con el piloto automático puesto.

Colgó la ropa, metió otras prendas en los cajones, apiló los libros y encontró el cargador del móvil y el iPod. Una vez que sus cosas estuvieron guardadas en la habitación, se dio cuenta de que aquello hacía que se sintiera instalado en casa.

Sacó la funda del portátil y la chequera (tenía que pagar a la vecina cuando limpiara) en el cajón del escritorio, junto con su obsesivo arsenal de bolígrafos.

Ahora ya podía ir a dar un paseo. Estiraría las piernas, haría algo de ejercicio, tomaría un poco de aire fresco. Cosas sanas y productivas. No obstante, no deseaba hacer aquel esfuerzo, por lo que tuvo que obligarse; se lo había prometido a sí mismo. Salir cada día, aunque solo fuera a dar una vuelta por la playa. Nada de regodearse en la miseria, nada de darle vueltas y más vueltas a lo mismo.

Se puso la parka, metió las llaves en el bolsillo y salió por la terraza antes de que cambiara de opinión.

Se atrevió a cruzar el suelo pavimentado a pesar del fuerte viento. Quince minutos, decidió, mientras se dirigía a los escalones que conducían hasta la playa, con la cabeza agachada y encogido de hombros. Aquello contaba como salir de casa. Se pondría a caminar, continuaría en una misma dirección durante siete minutos y medio y luego daría media vuelta.

Después encendería la chimenea y, si le apetecía, se sentaría a darle vueltas a la cabeza delante del fuego con un vaso de whisky.

La arena de las dunas se arremolinaba mientras el viento que soplaba desde el mar azotaba las algas con ánimo pendenciero. Los caballos blancos de los que le había hablado a su abuela se encabritaban y galopaban sobre unas aguas de color gris duro y gélido. El aire le raspaba la garganta cada vez que respiraba, como si estuviera hecho de esquirlas de cristal.

El invierno se aferraba a Whiskey Beach como unos erizos helados y le recordaba de paso que había olvidado coger unos guantes y un gorro.

Al final hizo un trato consigo mismo y decidió que al día siguiente caminaría treinta minutos. O escogería un día de la semana y caminaría una hora. ¿Quién decía que tenía que ser a diario? ¿Quién ponía las normas? Hacía un frío de cuidado allí fuera y hasta un idiota se habría dado cuenta con solo mirar ese cielo aborregado que aquellas nubes ufanas y revueltas estaban a punto de descargar nieve a espuertas.

Y solo un idiota paseaba por la playa durante una tormenta de nieve.

Alcanzó los escalones cubiertos de arena con sus pensamientos, ahogados por el rugido del agua y el viento. Aquello no tenía sentido, se convenció, y estaba a punto de dar media vuelta y volver a la casa cuando levantó la cabeza.

Las olas avanzaban sobre ese mundo gris acerado para arremeter contra la orilla como arietes, con fuerza y furia desbordantes. Un grito de guerra tras otro resonaba en su avance y retroceso incesantes. Contra la arena en movimiento constante se alzaban los salientes y el tropel de rocas que el agua atacaba. Las olas se reagrupaban y volvían a abalanzarse en una guerra que ningún bando ganaría jamás.

Por encima de la batalla esperaba aquel cielo aborregado, observante, como si calculara el momento justo para intervenir con sus propias armas.

Eli se detuvo, traspasado por el poder y la belleza extraordinarios. Por la grandiosidad de la energía en estado puro.

Y entonces, cuando la guerra se recrudeció, echó a andar.

No vio ni un alma en la extensa playa, solo oía el aullido del viento y el rugido de las olas. Sobre las dunas, las casas y los edificios se enfrentaban al frío con las ventanas cerradas a cal y canto. Hasta donde alcanzaba a ver, nadie subía o bajaba los escalones que llevaban a la playa. Tampoco divisaba un alma en el despeñadero o el acantilado. Nadie contemplaba el mar desde el muelle, donde las olas turbulentas golpeaban los pilotes sin piedad.

Por el momento, en ese momento, estaba solo, como Crusoe. Aunque no se sentía solo.

Comprendió que era imposible sentirse solo en aquel lugar, rodeado de ese poder y esa energía. Lo recordaría, se prometió, recordaría esa sensación la próxima vez que tratara de encontrar una excusa, la próxima vez que tratara de encontrar una justificación para encerrarse en sí mismo.

Le gustaba la playa y aquella continuaba siendo una de sus

preferidas por motivos sentimentales. Le gustaba la sensación que desprendía antes de una tormenta; ya fuera en invierno, verano o primavera, eso daba igual. Y la vida que se respiraba en la época en que la gente buceaba, se estiraba en las toallas o colocaba tumbonas en la arena, bajo las sombrillas. Le gustaba el aspecto que tenía al amanecer, o la atmósfera que la envolvía en el suave beso del crepúsculo estival.

¿Por qué se había privado de aquello durante tanto tiempo? No podía culpar a las circunstancias, no podía culpar a Lindsay. Podría, y tendría, que haber ido... por su abuela, por él. Sin embargo, había escogido lo que le había parecido más sencillo para ahorrarse las explicaciones acerca de la ausencia de su mujer y el tener que excusarse. O las discusiones con Lindsay cuando ella se inclinó por Cape Cod o Martha's Vineyard... o por alargar las vacaciones en la Costa Azul.

No obstante, lo más sencillo no lo había hecho más sencillo, y él había perdido algo importante.

Si ahora no lo recuperaba, no tendría a nadie a quien culpar, salvo a sí mismo. De modo que siguió caminando, hasta el muelle, y recordó a la chica con la que había tenido un serio y tórrido romance estival, justo antes de que él empezara la universidad. Pescar con su padre, algo que a ninguno de los dos se les daba bien. Y remontándose a su infancia, excavar en la arena con la marea baja en busca de un tesoro pirata junto con amigos pasajeros, de ese verano.

La dote de Esmeralda, pensó. La vieja leyenda, todavía viva, sobre el tesoro del que se apoderaron unos piratas en una feroz batalla naval y que se perdió una vez más cuando el barco, el infame *Calypso*, naufragó en las rocas de Whiskey Beach, al pie de Bluff House.

Había oído todo tipo de versiones acerca de la leyenda a lo largo de los años, y de niño lo había buscado con sus amigos. Ellos desenterrarían el tesoro y se convertirían en los piratas del presente, con sus monedas, joyas y plata.

Aunque, igual que el resto, solo habían encontrado almejas, cangrejos fantasma y conchas. Sin embargo, habían disfrutado viviendo aventuras en aquellos veranos de hacía tanto tiempo, bañados por el sol.

Whiskey Beach le había ido bien, le había hecho bien. Allí de pie, con esas olas grandes y traicioneras escupiendo y salpicando espuma, estaba seguro de que volvería a hacerle bien.

Había caminado mucho más de lo que se había propuesto, y se había quedado más tiempo, y ahora que regresaba pensó en un whisky junto al fuego como algo placentero, una especie de recompensa en vez de una vía de escape o una excusa para encerrarse en sus pensamientos.

Supuso que tendría que prepararse algo, ya que se había saltado la comida sin darse cuenta. Cayó en que no había ingerido nada desde el desayuno, lo cual significaba que había incumplido otra de las promesas que se había hecho, la de ganar el peso que había perdido, la de empezar a adoptar un estilo de vida más saludable.

Bueno, pues se haría una buena cena y empezaría esa vida más saludable. Tenía que haber algo que pudiera prepararse. La vecina había surtido la despensa, así que…

Alzó la vista al pensar en ella y vio Laughing Gull enclavada entre sus vecinos, al otro lado de las dunas. El atrevido azul celeste de las tablillas de madera destacaba entre los pasteles y los cremas. Recordaba que alguna vez había sido de un color gris claro, pero la forma peculiar de aquella casa, con su tejado a dos aguas, la amplia terraza de la azotea y aquella galería acristalada que sobresalía como una joroba, la hacía inconfundible.

Vio que unas luces parpadeaban detrás del cristal para ahuyentar la oscuridad.

Subiría un momento y le pagaría en efectivo, concluyó. Así ya se lo quitaba de encima. Después volvería a casa desde allí dando un paseo y refrescaría el recuerdo que tenía de las demás casas y de quienes vivían… o habían vivido en ellas.

Su cerebro registró que así tendría algo alegre, y cierto, que contar a la familia. Fui a dar un paseo por la playa (descripción), pasé a ver a Abra Walsh de camino a casa… Bla, bla, bla…, el nuevo color de Laughing Gull queda bien.

¿Lo veis? No me aíslo, familia preocupada. Salgo, hablo con gente. Situación normalizada.

Entretenido con la idea, fue imaginándose el correo electrónico mientras subía los escalones. Avanzó por un camino empedrado que atravesaba un pequeño jardín decorado con arbustos y estatuas: una sirena fantástica con la cola enroscada, una rana tocando un banjo y un pequeño banco de piedra cuyas patas eran hadas aladas. La nueva disposición, al menos para él, y lo bien que casaba con la personalidad de la casita lo dejaron tan impresionado que no se dio cuenta del movimiento que había detrás de la galería acristalada hasta que tuvo un pie en el porche.

Varias mujeres tendidas sobre colchonetas de yoga se incorporaron, con distintos grados de agilidad y destreza hasta la posición de uve invertida que él conocía como «Perro boca abajo».

Muchas vestían la típica ropa deportiva (camisetas de colores llamativos, pantalones ajustados) que a menudo había visto en el gimnasio. Cuando todavía iba al gimnasio, por supuesto. Algunas optaron por pantalones de chándal y otras por pantalones cortos.

Todas ellas, con algún que otro tambaleo, adelantaron un pie, bastante alejado del cuerpo, y a continuación se incorporaron con un par de bamboleos. Después flexionaron la pierna delantera, estiraron bien la pierna trasera y extendieron los brazos, uno hacia delante y otro hacia atrás.

Ligeramente incómodo, empezó a retroceder para dar media vuelta cuando se dio cuenta de que el grupo seguía las instrucciones de Abra.

Esta mantuvo la posición, con la melena recogida en una coleta. La camiseta morada dejaba a la vista unos brazos largos y torneados; los pantalones de color gris piedra se pegaban a unas caderas estrechas y cubrían unas piernas largas que acababan en unos pies largos y finos, con las uñas pintadas del mismo color que la camiseta.

Se quedó fascinado, atrapado mientras Abra, y entonces las demás chicas, se inclinaban hacia atrás, flexionaban el brazo delantero y lo colocaban sobre la cabeza, movían el torso hacia un lado y levantaban la cabeza.

Luego, Abra estiró la pierna delantera, se inclinó hacia delante y fue bajando, cada vez más, hasta que tocó el suelo con la mano, junto al pie adelantado, mientras el otro brazo apuntaba al techo. De nuevo, giró el torso. Antes de que a Eli le diera tiempo a retroceder, Abra también movió la cabeza y, al tiempo que alzaba la vista, sus ojos se encontraron.

Ella sonrió. Como si no le sorprendiera verlo allí, como si Eli no hubiera estado haciendo el mirón sin darse cuenta.

Entonces sí que retrocedió, con un gesto con el que esperaba disculparse, pero ella ya había empezado a enderezarse. Eli vio que le indicaba algo a una de las mujeres mientras zigzagueaba entre colchonetas y cuerpos.

¿Y ahora qué hacía?

La puerta se abrió y Abra le sonrió.

—Eli, ¿qué hay?

—Lo siento. No me he dado cuenta hasta… ahora.

—¡Dios, pero qué frío que hace! Entra.

—No, estás ocupada. Es que estaba dando una vuelta y pensé…

—Bueno, pues dala por aquí dentro antes de que me congele.

Salió con los finos pies descalzos y lo tomó de la mano.

—Estás helado. —Tiró de él, con insistencia—. No quiero que la clase coja frío.

Viendo que no le quedaba otra opción, entró para que ella pudiera cerrar la puerta. En la galería acristalada se oía el murmullo del agua de un arroyo, música de reminiscencias new age. Eli vio que una de las mujeres al fondo de la clase retomaba la última postura.

—Lo siento —repitió—. Estoy interrumpiéndoos.

—No pasa nada. Maureen puede dirigirlas. Ya casi habíamos acabado. ¿Por qué no pasas a la cocina y te sirves un poco de vino mientras termino con esto?

—No, no, gracias. —Deseó, casi con desesperación, no haber dado aquel rodeo dejándose llevar por un impulso—. Yo solo… Había salido a pasear y me he pasado de camino a casa porque me he dado cuenta de que no te he pagado lo que has comprado esta mañana.

—Hester ya se ocupó de eso.

—Ah. Tendría que habérmelo imaginado. Hablaré con ella.

El carboncillo enmarcado que había colgado en la entrada lo distrajo un instante. Reconoció la mano de su abuela incluso sin el H. H. Landon en la esquina inferior.

También reconoció a Abra, de pie, recta como una lanza en la llamada «postura del árbol», con los brazos por encima de la cabeza y la boca entreabierta, como si riera.

—Hester me lo regaló el año pasado —dijo Abra.

—¿Qué?

—El dibujo. La convencí para que viniera a clase a dibujar; una manera de persuadirla para que hiciera ejercicio. Y ella me lo regaló a modo de agradecimiento después de enamorarse del yoga.

—Es genial.

No se había dado cuenta de que Abra todavía le sujetaba la mano hasta que ella retrocedió un paso y él se vio obligado a caminar.

—Hombros abajo y atrás, Leah. Eso es. Relaja la mandíbula, Heather. Bien. Así está bien. Disculpa —dijo, dirigiéndose a Eli.

—No, discúlpame a mí. Estoy interrumpiéndoos. Yo ya me voy, tú sigue con lo tuyo.

—¿Estás seguro de que no te apetece una copa de vino? O, tal vez, teniendo en cuenta… —Cerró la otra mano alrededor de la de él y se la frotó para que entrara en calor—. ¿Un poco de chocolate caliente?

—No, no, muchas gracias. Tengo que volver. —La fricción de sus manos motivó una calidez repentina, casi dolorosa, que acentuó el frío que se le había metido hasta los huesos—. Va a… nevar.

—Una buena noche para quedarse en casa delante de la chimenea con un buen libro. En fin. —Le soltó la mano para abrir la puerta—. Nos vemos de aquí a un par de días. Llama o pásate por aquí si necesitas algo.

—Gracias.

Eli apretó el paso para que pudiera cerrar la puerta y no se escapara el calor.

Sin embargo, ella permaneció en el umbral y lo siguió con la mirada.

Abra sintió que se le partía el corazón, ese que algunos a menudo le decían que abría con demasiada facilidad, que era demasiado blando.

Se preguntó cuándo habría sido la última vez que alguien ajeno a la familia le había abierto las puertas a él para resguardarse del frío.

Abra cerró la puerta, regresó a la galería y, con una breve inclinación de cabeza dirigida a Maureen, retomó la dirección de los ejercicios.

Habían acabado la relajación final cuando vio caer, al otro lado del cristal, la nieve que Eli había predicho, gruesa y suave. Daba la sensación de que aquel espacio acogedor se había convertido en el interior de una extravagante bola de nieve.

Se dijo que era perfecto.

—No olvidéis hidrataros. —Levantó su botellín de agua mientras las mujeres enrollaban las colchonetas—. Y todavía quedan plazas para la clase de «Oriente conoce Occidente» de mañana por la mañana en el sótano de la iglesia unitaria, a las nueve y cuarto.

—Me encanta esa clase. —Heather Lockaby se ahuecó la corta melena rubia—. Winnie, si quieres paso a recogerte de camino.

—Llámame primero. Me gustaría asistir.

—Y ahora —Heather se frotó las manos—, ¿ese era quien creo que era?

—¿Perdona? —dijo Abra.

—El hombre que ha venido mientras estábamos en clase. ¿No era Eli Landon?

El nombre levantó un murmullo al instante. Abra sintió que

los beneficios de una hora de clase de yoga se desvanecían al tiempo que sus hombros se tensaban.

—Sí, era Eli.

—Te lo dije. —Heather le dio un codazo a Winnie—. Te dije que había oído que iba a instalarse en Bluff House. ¿De verdad que vas a limpiar la casa mientras él esté allí?

—No hay mucho que limpiar cuando no vive nadie.

—Pero, Abra, ¿no te pone un poco nerviosa? Es decir, está acusado de asesinato. De matar a su propia mujer. Y…

—Lo absolvieron, Heather. ¿Recuerdas?

—Solo porque no encontraran suficientes pruebas para detenerlo no significa que no sea culpable. No deberías quedarte a solas con él en esa casa.

—Solo porque a la prensa le gusten los escándalos, sobre todo en los que hay sexo, dinero y está implicada una de las familias más prominentes de Nueva Inglaterra, no significa que no sea inocente. —Maureen enarcó las cejas de color rojo encendido—. Ya sabes lo que dice esa vieja máxima legal, Heather: uno es inocente hasta que se demuestre lo contrario.

—Lo que sé es que lo despidieron… y que era abogado criminalista. Si quieres que te diga la verdad, resulta un poco sospechoso que lo despidieran si no es culpable. Y dijeron que era el principal sospechoso. Hubo testigos que lo oyeron amenazar a su mujer el mismo día que la mataron. Ella se habría llevado un buen pellizco con el divorcio. Además, ¿qué hacía él en esa casa?

—Era su casa —apuntó Abra.

—Pero se había mudado. Yo solo digo que donde hay humo…

—Donde hay humo, a veces quiere decir que algún otro ha hecho fuego.

—Eres muy confiada. —Heather le pasó un brazo por encima a Abra, un gesto tan sincero como paternalista—. Ya veo que vas a tenerme preocupada.

—Creo que Abra juzga muy bien a la gente y que sabe cuidar de ella misma. —Greta Parrish, la mayor del grupo a sus setenta y dos años, se puso su cálido y práctico abrigo de lana—. Y Hester Landon no le habría abierto Bluff House a Eli, un joven que siempre ha sido muy educado, si tuviera la más mínima duda acerca de su inocencia.

—Bueno, la señora Landon se merece todo mi afecto y respeto —empezó a decir Heather—. Todos esperamos y rezamos para que se recupere pronto y pueda volver a casa cuanto antes, pero...

—No hay peros que valgan. —Greta se caló un casquete sobre el cabello gris acero—. Ese chico es parte de esta comunidad. Puede que haya vivido en Boston, pero es un Landon y uno de los nuestros. Dios sabe que las ha pasado moradas y me entristecería pensar que alguien de aquí le pone las cosas aún más difíciles.

—Yo... Yo no quería decir eso. —Sonrojada, Heather miró a algunas de sus compañeras—. De verdad, no era mi intención. Solo me preocupo por Abra. No puedo evitarlo.

—Estoy segura de que es así. —Greta asintió escuetamente en dirección a Heather—. Y también estoy segura de que no tienes motivos para preocuparte. La clase ha estado muy bien, Abra.

—Gracias. ¿Y si te llevo a casa? Nieva bastante.

—Creo que puedo arreglármelas, es un paseíto de tres minutos.

Las mujeres se agolparon en la entrada y empezaron a desfilar por la puerta. Maureen se quedó atrás.

—Heather es idiota —sentenció Maureen.

—Como mucha gente. Y son muchos los que piensan como Heather: si sospecharon de él, tiene que ser culpable. Eso no está bien.

—Pues claro que no. —Maureen O'Malley, con su corto cabello de punta tan encendido como sus cejas, tomó otro trago de agua de su botellín—. El problema es que no sé si yo no pensaría lo mismo, al menos en un rinconcito de mi cerebro, si no conociera a Eli.

—No sabía que lo conocías.

—Fue mi primer rollo serio.

—No sigas. —Abra la señaló con los dos dedos índices—. Ni una palabra más. Eso es una historia que se merece una copa de vino.

—No voy a hacerme de rogar. Deja que le envíe un mensaje a Mike para decirle que me quedo otra media hora.

—Vale. Serviré el vino.

Ya en la cocina, Abra escogió una botella de shiraz mientras Maureen se dejaba caer en el sofá de la acogedora sala de estar.

—Dice que no pasa nada. Los niños todavía no se han matado entre ellos y ahora mismo están felices en medio de la tormenta de nieve. —Levantó la vista del móvil y sonrió a Abra mientras esta le tendía una copa y tomaba asiento—. Gracias. Me lo tomaré como un regalo antes de caminar hasta la próxima puerta para lanzarme al ataque y alimentar a las tropas.

—¿Un rollo?

—Yo tenía quince años, y aunque ya me habían besado, aquel fue el primer beso de verdad. Lenguas, manos, jadeos. Ante todo, el muchacho sabía cómo utilizar los labios, y las manos no se quedaban atrás. Las primeras, también tengo que admitirlo, que tocaron este increíble par de domingas. —Se dio unas palmaditas en el pecho y luego tomó un trago de vino—. Aunque no las últimas.

—Detalles, detalles.

—Cuatro de Julio, después de los fuegos artificiales. Hicimos una hoguera en la playa. Un grupito. Me dieron permiso, un permiso que me gané a pulso, que lo sepas, y que mis hijos van a sudar mucho más para conseguirlo gracias a mi experiencia. Eli era monísimo. Dios, Eli Landon llega de Boston para pasar un mes… y le pongo los ojos encima. Aunque no fui la única.

—¿Cómo de mono?

—Ay… Pelo rizado que el sol le aclaraba, ojos de un fabuloso azul cristalino… Y tenía una sonrisa que quitaba el hipo. Cuerpo de atleta; jugaba al baloncesto, creo recordar. Si no estaba en la playa, sin camiseta, estaba en el centro social jugando con la pelota, sin camiseta. Permíteme que insista: ay…

—Ha perdido peso —apuntó Abra—. Está muy delgado.

—He visto algunas fotos, y las imágenes de las noticias. Sí, está demasiado delgado. Pero por entonces, ese verano... Era guapísimo, tan joven y feliz y divertido. Me dejé la piel tonteando con él y esa hoguera del Cuatro de Julio surtió efecto. La primera vez que me besó estábamos sentados junto al fuego. La música sonaba a todo volumen, algunos bailaban y otros estaban en el agua. Una cosa llevó a la otra y nos fuimos al muelle.

Suspiró al recordarlo.

—Solo éramos un par de adolescentes con las hormonas alteradas en una cálida noche de verano. La cosa no fue más allá de lo debido, aunque estoy segura de que mi padre no lo veía igual, pero fue la experiencia más excitante de mi vida hasta ese momento. Ahora me parece dulce e inocente, aunque de un romántico que roza lo ridículo. Las olas, el mar, el claro de luna, la música de la playa, un par de cuerpos semidesnudos que empezaban a comprender, exactamente, para qué estaban hechos. Así que...

—Así que, ¿qué? ¿Qué? —Abra se inclinó hacia delante y dibujó sendos círculos con las manos en un gesto de apremio—. ¿Qué ocurrió?

—Volvimos junto a la hoguera. Creo que habría llegado más lejos de lo que hubiera debido si él no me hubiera llevado de vuelta con el grupo. No estaba nada preparada para lo que a una le ocurre por dentro cuando alguien acciona ese interruptor. ¿Sabes a qué me refiero?

—Vaya, ya lo creo que sí.

—Pero se detuvo, y después me acompañó a casa. Seguimos viéndonos antes de que se fuera a Boston, y nos enrollamos de nuevo, pero no me impactó tanto como la primera vez. Cuando volvió a aparecer por aquí, ambos salíamos con otras personas. No conectamos, no como antes. Seguramente él ni siquiera recuerda ese Cuatro de Julio con la pelirroja bajo el muelle de Whiskey Beach.

—Estoy segura de que te subestimas.

—Quizá. Si alguna vez coincidíamos cuando venía por aquí

de visita, charlábamos un rato y poco más… Lo típico. En una ocasión tropecé con él en el supermercado estando embarazadísima de Liam. Eli me llevó las bolsas al coche. Es un buen hombre. Estoy segura.

—¿Conociste a su mujer?

—No. La vi una o dos veces, pero nunca hablé con ella. Era guapísima, eso no puede negarse, pero diría que no era de las que disfrutaba charlando un rato frente al supermercado. Por ahí se decía que Hester Landon y ella no acababan de hacer buenas migas. Eli vino solo o con el resto de la familia unas cuantas veces, después de casarse. Y con el tiempo dejó de venir. Al menos que yo sepa.

Miró la hora.

—Tengo que irme. Hay que alimentar a la horda antes de que arrasen con todo.

—Tal vez deberías de pasarte por allí a verlo.

—Creo que en estos momentos parecía una intrusa… Como si tuviera una curiosidad malsana.

—Necesita amigos, pero puede que tengas razón. Quizá sea demasiado pronto.

Maureen llevó su copa vacía a la cocina y la dejó en la encimera.

—Te conozco, Abracadabra. No vas a dejar que se regodee en su miseria, no por mucho tiempo. —Se puso el abrigo—. Eres de las que arreglan las cosas, les buscan remedio, de las que besan donde duele. Hester sabía muy bien lo que hacía cuando te pidió que le cuidaras la casa y el nieto.

—Entonces será mejor que no la defraude. —Abrazó a Maureen antes de abrir la puerta trasera—. Gracias por contármelo. No solo por la historia calenturienta de lujuria adolescente, sino porque me da una nueva perspectiva de él.

—No te vendrían mal un par de magreos.

Abra levantó las manos.

—En ayuno.

—Sí, sí. Solo digo que si se presentara la ocasión… Tiene unos labios de miedo. Nos vemos mañana.

Abra observó a su amiga desde la puerta mientras esta se abría paso entre la gruesa nieve, hasta que vio que la luz de la puerta trasera de la casa de al lado se apagaba.

Encendería la chimenea, decidió, se haría una sopita y pensaría seriamente en Eli Landon.

3

Tal vez la trama hubiera perdido algo de ritmo, admitió Eli, pero casi le había dedicado todo el día al libro, y le había cundido.

Si mantenía el cerebro en marcha, escribiría desde que se despertara hasta que colapsara. De acuerdo, puede que no fuera sano, pero sería productivo.

Además, la nieve no había amainado hasta media tarde, así que tuvo que enterrar la promesa de salir de casa al menos una vez al día ante los dos palmos de nieve acumulados en la playa, y la que quedaba por caer.

Llegó un momento en que simplemente ya no fue capaz de pensar con suficiente claridad para enlazar las palabras de manera coherente, de modo que prosiguió con la exploración de la casa.

Habitaciones de invitados ordenadas y cuidadas, baños impolutos… y, para su sorpresa y desconcierto, el antiguo salón de la planta superior, en el ala norte, ahora acogía una bicicleta elíptica, un par de pesas y una pantalla plana gigantesca. Se paseó por la estancia y frunció el entrecejo al ver las colchonetas de yoga perfectamente enrolladas en un estante, las toallas bien apiladas y un enorme estuche con varios DVD.

Lo abrió y fue pasando las páginas. ¿Power yoga? ¿Su… abuela? ¿En serio? Taichi, pilates… ¿Tonifica tus músculos?

¿Abuela?

Intentó imaginárselo. Más le v... una buena imaginación o jamás s... de novelas, pero por más que ir... ciendo pesas (la misma person... y cuidaba el jardín) no lo cons...

Sin embargo, Hester Lar... zón. No podía negar que lo... demostraban una planifica... asesoramiento.

Puede que su abuela decidiera tene... para hacer ejercicio los días que, como ese, el tiemp... dar sus famosos paseos diarios de cinco kilómetros. Puede q... contratase a alguien para que equipara la habitación.

No, nunca hacía nada sin una buena razón... ni dejaba las cosas a medias.

Aun así, era incapaz de imaginársela poniéndose un DVD para tonificar los músculos.

Con pereza y lentitud, pasó un par de DVD más y encontró la nota adhesiva.

Eli, hacer ejercicio de manera regular fortalece tanto el cuerpo como la mente y el espíritu. Así que, menos darle vueltas a la cabeza y más a los músculos.
Te quiero.
(Mensaje transmitido a través de Abra.)

—Por Dios.

No sabía si echarse a reír o sentirse avergonzado. Además, ¿qué le habría contado su abuela a Abra? ¿Acaso no tenía derecho a un poco de intimidad?

Se metió las manos en los bolsillos y se acercó a la ventana que daba a la playa.

A pesar de que el mar se había calmado, conservaba un tono gris bajo un cielo que había adoptado el color de un tenue moretón. Las olas golpeaban cansinamente la playa cubierta de nie-

sin descanso mordisqueaban aquel manto
... También eran blancos los pequeños pro...
...formaban las dunas, donde las algas asomaban
... clavados en un acerico. Se estremecían con el
...legadas por la fuerza de sus manos.
...eve había enterrado los escalones que llevaban a la pla...
...na gruesa y pesada capa cubría el pasamanos.

...No vio ni una sola pisada, aunque el mundo exterior no es...
...ba deshabitado. Lejos, en medio de aquella inmensidad gris,
divisó algo que saltaba, una forma y un movimiento desdibuja-
dos, que desaparecieron al instante. Y contempló las gaviotas
sobrevolando el manto blanco, el mar. En la quietud amordaza-
da por la nieve, las oyó reír.

Y pensó en Abra.

Se volvió y echó un vistazo a la bicicleta elíptica con muy
poco entusiasmo. Nunca le había gustado hacer kilómetros en
una máquina. Si quisiera sudar un poco, jugaría al baloncesto.

—No tengo balón ni cesta —le dijo a la casa vacía—, pero sí
medio metro de nieve. Quizá debería de despejar la entrada.
¿Para qué? Si no voy a ir a ninguna parte.

Y eso último, pensó, había sido parte del problema durante
cerca de un año.

—Vale, de acuerdo, pero no pienso hacer el power yoga ese
de las narices. Dios, ¿a quién se le ocurre? Puede que diez o
quince minutos en la maldita máquina. Un par o tres de kilómetros.

Hacía bastantes más cuando corría siguiendo la orilla del
Charles; normalmente un par de veces a la semana, si el tiempo lo permitía. Consideraba la cinta de correr del gimnasio
como un último recurso, aunque también le había dedicado su
tiempo.

La pequeña bicicleta elíptica de su abuela no le supondría
ningún problema.

Luego ya le enviaría un correo electrónico, le diría que había encontrado la nota, que había hecho la buena acción del día.
Y que si quería comunicarse con él por lo que fuera, que se co-

municara de verdad. No hacía falta utilizar a su amiguita del yoga para absolutamente todo.

Se acercó a la máquina con antipatía y miró la pantalla plana. No, la tele no, decidió. Había dejado de verla desde que había descubierto su propia cara demasiado a menudo en la pantalla, de oír los comentarios y los debates acerca de su inocencia o culpabilidad, o los espantosos resúmenes de su vida personal, basados en hechos reales o no.

La próxima vez, si es que había una próxima vez, pensó mientras se subía a la bicicleta, se traería su iPod, pero por el momento zanjaría aquello lo antes posible y se entretendría pensando.

Cogió los mangos y empujó con los pies para familiarizarse con el aparato. Y el nombre de su abuela destelló en la pantallita.

—Vaya. —Picado por la curiosidad, examinó el menú y buscó el último registro de actividad—. Uau. Sigue así, abuela.

Según la última entrada, que correspondía al día que se había caído, había hecho casi cinco kilómetros en cuarenta y ocho minutos y treinta y dos segundos.

—No está mal, pero voy a darte una paliza.

Intrigado, programó un segundo usuario e introdujo su nombre. Empezó poco a poco, dándose tiempo para calentar. Luego aceleró.

Catorce minutos y dos kilómetros después, empapado en sudor y a punto de echar los hígados, se rindió. Jadeando, se acercó a la mininevera con paso tambaleante y sacó un botellín de agua. Después de bebérsela de un trago, se dejó caer en el suelo y se tendió boca arriba.

—Por Dios bendito, ni siquiera soy capaz de seguirle el ritmo a una anciana. Lamentable. Patético.

Se quedó mirando el techo e intentó recuperar el aliento, molesto al notar que los músculos de las piernas se contraían a causa de las rampas y el cansancio.

Había jugado al baloncesto en la puñetera Harvard. Con su metro noventa de estatura, había compensado su relativa desventaja en altura con velocidad y agilidad... y resistencia.

Había sido un atleta cojonudo y ahora era un debilucho, estaba por debajo de su peso y era lento.

Quería recuperar su vida. No, no, eso no era exacto. Incluso antes de la pesadilla del asesinato de Lindsay, su vida era profundamente insatisfactoria, no podía ser menos perfecta.

Quería recuperarse a sí mismo. Aunque no tenía ni la más remota idea de cómo hacerlo.

¿Dónde estaba? No recordaba qué era ser feliz, pero sabía que lo había sido. Había tenido amigos, aficiones, objetivos. Había tenido pasión.

Ni siquiera era capaz de despertar su rabia, pensó. Ni tan solo era capaz de escarbar y encontrar la rabia por lo que le habían arrebatado, por todo eso a lo que él, en cierto modo, había renunciado.

Había tomado antidepresivos, había hablado con el loquero. No quería volver a eso. No podía.

Y tampoco podía quedarse allí tumbado, en el suelo, en un charco de sudor. Tenía que hacer algo, por insignificante que fuera, por trivial que fuera. Tenía que avanzar poco a poco, se dijo.

Se puso en pie y fue hasta la ducha.

Haciendo caso omiso de la voz que lo invitaba a meterse en la cama y dormir el resto del día, se abrigó bien: se puso una camiseta térmica, una sudadera, un gorro de esquí y guantes.

Puede que no fuera a ninguna parte, pero eso no significaba que no hubiera que despejar los caminos, la entrada, incluso las terrazas.

Había prometido que se ocuparía de Bluff House, así que se ocuparía de Bluff House.

Tardó horas, armado con un soplador de nieve y una pala. Perdió la cuenta de las veces que tuvo que parar para descansar cuando sentía que el pulso hacía saltar las alarmas en su cabeza o los brazos empezaban a temblarle como si estuviera al borde de la parálisis. Sin embargo, despejó la entrada, el camino de la parte delantera y otro que atravesaba la terraza principal hasta los escalones que se enfilaban hacia la playa.

Y dio gracias a Dios cuando empezó a oscurecer y la poca luz le impidió continuar con las terrazas más pequeñas. Una vez dentro, dejó la ropa en el zaguán y se dirigió como un zombi a la cocina, donde metió unas cuantas lonchas de embutido y queso suizo entre dos rebanadas de pan y decidió que aquello sería su cena.

Lo acompañó con una cerveza solo porque la tenía al alcance de la mano. Comió y bebió de pie junto al fregadero mientras miraba por la ventana.

Había hecho algo, se dijo. Había salido de la cama, lo cual siempre era el primer obstáculo. Había escrito. Se había humillado a sí mismo en la bicicleta elíptica. Y se había ocupado de Bluff House.

En general, no estaba mal para ser el primer día.

Se tomó cuatro ibuprofenos y luego arrastró su cuerpo dolorido hasta el piso de arriba. Se desnudó, se metió en la cama y durmió hasta el amanecer. De un tirón.

A Abra le sorprendió y le complació encontrar la entrada de Bluff House despejada. Estaba convencida de que tendría que abrirse camino a través de medio metro de nieve virgen.

Por lo general, iba hasta allí caminando, pero al final había optado por evitar una gruesa capa de nieve o una fina capa de hielo a pie. Aparcó el Chevy Volt detrás del BMW de Eli y cogió el bolso.

Abrió la puerta de entrada y ladeó la cabeza, atenta a cualquier sonido. Al ver que solo la saludaba el silencio, decidió que o bien Eli todavía no se había levantado, o bien se había encerrado en algún lugar de la casa.

Colgó el abrigo en el armario y se cambió las botas por el calzado que utilizaba para trabajar.

Primero encendió el fuego en la sala de estar, para animarla un poco, y luego se dirigió a la cocina a hacer café.

Se fijó en que no había platos en el fregadero y abrió el lavavajillas.

Pudo seguir la pista de lo que Eli había comido desde que había llegado: el desayuno que ella le había preparado, un par de cuencos de sopa, dos platillos, dos vasos y dos tazas.

Negó con la cabeza.

Aquello no iba bien.

Para cerciorarse, comprobó los armarios y la nevera.

No, aquello no iba nada bien.

Encendió el iPod de la cocina, puso el volumen bajo, y luego buscó lo que necesitaba. En cuanto tuvo preparada la masa de las crepes, subió a buscarlo.

Si todavía estaba en la cama, era hora de levantarse.

Sin embargo, oyó el teclado en el despacho de Hester y sonrió. Algo era algo. Sin hacer ruido, se asomó por la puerta abierta y lo vio sentado frente al magnífico y antiguo escritorio con un botellín de Mountain Dew (memorizó el nombre para comprarle más) abierto junto al teclado.

Decidió dejarlo tranquilo un rato más y fue directo al dormitorio. Hizo la cama, sacó la bolsa de la ropa sucia del cesto y cambió las toallas.

Comprobó los demás baños de camino al piso de abajo, por si acaso había utilizado alguna toalla de manos, y echó un vistazo al gimnasio.

Ya en la planta baja, llevó la bolsa al cuarto de la colada, separó la ropa y empezó a cargar la lavadora. Y sacudió y colgó la ropa que Eli había utilizado para quitar la nieve.

Ahora vio que no había mucho que ordenar, y había limpiado la casa a fondo el día anterior a la llegada de Eli. Aunque siempre podía encontrar algo que hacer, calculó el tiempo. Le prepararía una especie de *brunch* antes de arremangarse y ponerse a trabajar de verdad.

Cuando volvió a subir, hizo ruido de manera deliberada. Al llegar al despacho, él ya estaba levantado y se dirigía a la puerta. Seguramente con la intención de cerrarla, pensó, de modo que entró en la habitación antes de que pudiera hacerlo.

—Buenos días. Hace un día magnífico.

—Ah…

—Un cielo azul precioso. —Con la bolsa de basura en la mano, se acercó para vaciar la papelera que había debajo del escritorio—. El mar también está azul y el sol se refleja en la nieve. Las gaviotas están pescando. Esta mañana he visto una ballena.

—Una ballena.

—Cuestión de suerte. Coincidió que estaba mirando por la ventana cuando la oí. Bastante lejos, pero aun así fue espectacular. Bueno... —Se volvió—. El *brunch* está listo.

—¿El qué?

—El *brunch*. Es demasiado tarde para desayunar, cosa que no has hecho.

—He... tomado un café.

—Pues ahora toca comida.

—El caso es que estoy... —Señaló el portátil.

—Y es una lata que te interrumpan y te arranquen de aquí para comer, pero seguramente trabajarás mejor con el estómago lleno. ¿Cuánto rato llevas escribiendo?

—No lo sé. —Desde luego que era una lata, pensó. La interrupción, las preguntas, la comida a la que no quería dedicarle tiempo—. Desde alrededor de las seis, creo.

—¡Vaya! Son las once, así que no hay duda de que ha llegado el momento de hacer una pausa. Esta vez te lo he llevado a la sala de estar. Tiene unas vistas muy bonitas, sobre todo hoy. ¿Quieres que limpie un poco por aquí mientras comes... o en otro momento?

—No. Yo... No. —Y tras una nueva y corta pausa—. No.

—Eso me ha quedado claro. Mientras tú comes, yo haré lo que tenga que hacer en esta planta. De ese modo, si quieres volver a trabajar, yo estaré abajo, donde no te molestaré.

Se interponía entre él y el portátil, sonriendo amablemente, con una sudadera morada desgastada con el símbolo de la paz en el centro, unos vaqueros incluso más gastados y unos zuecos Crocs de color naranja vivo.

Eli supuso que protestar sería inútil y una pérdida de tiempo, así que simplemente salió de la habitación.

Había pensado parar en algún momento y comer algo, quizá un panecillo o algo así. Había perdido la noción del tiempo. Y le gustaba perder la noción del tiempo, porque eso significaba que se había metido en el libro.

Se suponía que Abra iba allí a limpiar la casa, no a hacerle de guarda.

No había olvidado que vendría, pero el plan que tenía de dejar de escribir cuando ella llegara, de coger un panecillo y comérselo dando un paseo, o llamar a casa mientras estaba fuera, bueno, se lo había llevado el libro.

Dobló a la izquierda y entró en la habitación de pared curva y acristalada de la sala de estar.

Abra tenía razón. Las vistas lo merecían. Saldría a pasear más tarde si lograba encontrar una ruta razonable con tanta nieve. Al menos podía llegar hasta los escalones que conducían a la playa, sacar algunas fotos con el móvil y enviarlas a casa.

Se sentó a la mesa donde le esperaba el plato cubierto, la pequeña cafetera y un vaso de zumo. Abra incluso había cogido una de las flores del centro que había en el salón y la había colocado en un pequeño jarroncito al lado de la comida.

Le recordó a su propia madre cuando él estaba enfermo y ella le dejaba una flor, algún juego, un libro o un juguete junto a la comida en la bandeja que le llevaba a la cama.

No estaba enfermo. No necesitaba que lo mimaran. Lo único que necesitaba era que alguien fuera a la casa y limpiara para que él pudiera escribir, vivir y sacar la nieve a paletadas si había que hacerlo.

Se sentó e hizo un gesto de dolor al sentir la rigidez del cuello y los hombros. De acuerdo, admitió que la maratón de «Sacar nieve a paletadas por orgullo» iba a salirle cara.

Levantó la tapa del plato.

Una pila de crepes de arándanos desprendió un olor aromático. Una loncha de beicon crujiente ocupaba el borde del plato y al lado había un pequeño cuenco transparente con melón adornado con una ramita de menta.

—Uau.

Se lo quedó mirando, debatiéndose entre sentirse aún más molesto o darse por vencido.

Al final se decidió por ambas cosas. Se lo comería porque lo tenía allí, y porque a esas horas empezaba a morirse de hambre, y tenía todo el derecho a que eso le molestara.

Esparció sobre la pila de crepes parte de la mantequilla que había en un platillo y vio cómo se derretía mientras vertía el sirope.

Se sentía un poco como el señor de la casa... pero aquello estaba buenísimo.

Sabía muy bien que había crecido en un entorno privilegiado, pero un *brunch* tan bien servido, con el periódico de la mañana doblado sobre la mesa, no había sido el pan de cada día.

Los Landon eran privilegiados porque trabajaban, y trabajaban porque eran privilegiados.

Empezó a hojear el periódico mientras comía, pero enseguida lo dejó a un lado. Igual que la televisión, los diarios le traían demasiados malos recuerdos. Las vistas lo animaron y dejó vagar sus pensamientos mientras contemplaba el mar y las gotas de nieve derretida por un sol cada vez más cálido.

Casi se sentía... en paz.

Levantó la cabeza cuando la oyó entrar.

—La segunda planta ya está lista —anunció Abra, e hizo el gesto de ir a recoger la bandeja.

—La bajaré yo. No —insistió él—. La bajaré yo. Mira, no es necesario que cocines para mí. Estaba delicioso, gracias, pero no tienes que cocinar.

—Me gusta, y no se disfruta tanto cocinando para uno solo. —Lo siguió a la cocina y después se dirigió al cuarto de la colada—. Y no comes como es debido.

—Sí que como —musitó Eli.

—¿Una sopa de lata, un sándwich y un bol de cereales? —Regresó a la cocina con una cesta llena de ropa y se sentó en la barra del desayuno para doblarla—. A la asistenta no se le escapa nada —añadió alegremente—. Y menos sobre comidas, duchas y sexo. Yo diría que no te vendría mal ganar unos siete kilos. Aunque nueve o diez tampoco te harían daño.

No, Eli no había sido capaz de encontrar su rabia durante meses, pero ella estaba dibujándole un mapa.

—Mira...

—Puedes decirme que no es asunto mío —lo interrumpió—, pero eso no me detendrá. Así que cocinaré cuando tenga tiempo. Ya que estoy aquí.

Eli no supo encontrar la forma adecuada de discutir con una mujer que en esos momentos estaba doblándole los calzoncillos.

—¿Sabes cocinar? —preguntó Abra.

—Sí. Lo suficiente.

—Déjame adivinar. —Ladeó la cabeza y lo repasó de arriba abajo sus ojos verdes—. Sándwiches de queso a la parrilla, huevos revueltos, bistec, también hamburguesas y... algo con langosta o almejas.

Él lo llamaba «Almejas à la Eli» y en ese momento deseó que ella saliera de su mente.

—¿Lees la mente, además de hacer crepes?

—Leo la palma de la mano y el tarot, pero básicamente por diversión.

Eli descubrió que no le sorprendía en lo más mínimo.

—De todos modos, te dejaré algo preparado que solo haya que calentar. La próxima vez pasaré por el supermercado antes de venir. He marcado en el calendario de la cocina los días que vengo a limpiar, para que tengas un horario. ¿Quieres que compre algo en concreto, además de Mountain Dew?

La manera rápida y pragmática como hablaba de todos aquellos pormenores lo aturdían.

—No se me ocurre nada.

—Si te acuerdas, escríbeme una nota. ¿De qué va tu libro? ¿O es un secreto?

—Sobre... un abogado inhabilitado que busca respuestas, y también la redención. ¿Perderá su vida, literalmente, o la recuperará? Esa clase de cosas.

—¿Te gusta el personaje?

Se la quedó mirando unos instantes porque esa era justamente la pregunta del millón. La que deseaba contestar en vez de pasar por alto o evitarla.

—Lo entiendo, y estoy volcado en él. Está evolucionando hacia una forma de ser que me gusta.

—Yo diría que entenderlo es más importante que conseguir que te guste. —Frunció el entrecejo al ver que Eli se frotaba el hombro y la nuca—. Te encorvas.

—¿Disculpa?

—Sobre el teclado. Te encorvas. Igual que la mayoría de la gente. —Dejó la colada a un lado y, antes de que Eli comprendiera lo que Abra pretendía hacer, esta ya se había puesto en pie para ejercer presión con los dedos en su hombro.

Una punzada de dolor, súbita y agradable, lo recorrió hasta la planta de los pies.

—Mira, ¡au!

—Por Dios bendito, Eli, esto está duro como una piedra.

La contrariedad rayó en una especie de frustración desconcertante. ¿Por qué aquella mujer no lo dejaba en paz de una vez?

—Ayer me excedí un poco apartando la nieve del camino.

Abra bajó las manos cuando él retrocedió y abrió un armario en busca de un ibuprofeno.

En parte por excederte, pensó Abra, y en parte por encorvarte sobre el teclado. Pero ¿debajo de todo aquello? Un estrés severo y complejo de todo el sistema.

—Voy a salir un rato a hacer unas llamadas.

—Bien. Hace frío, pero es un día precioso.

—No sé cuánto debo pagarte. No te lo había preguntado.

Cuando Abra le dijo la cantidad exacta, Eli fue a buscar la cartera, pero descubrió que no la llevaba en el bolsillo.

—No sé dónde he dejado la cartera.

—En los vaqueros. Ahora está en la cómoda.

—Vale, gracias. Vuelvo enseguida.

Pobre, triste y estresado Eli, se dijo Abra. Tenía que ayudarlo. Pensó en Hester mientras cargaba el lavavajillas y sacudía la cabeza.

—Sabías que lo haría —murmuró.

Eli volvió y dejó el dinero en la encimera.

—Y gracias, por si no he vuelto antes de que te vayas.

—De nada.

—Solo iré a ver… qué tal está la playa, y a llamar a mis padres y a mi abuela.

Y a alejarme de ti de una vez por todas.

—Bien. Dales recuerdos de mi parte.

Eli se detuvo junto a la puerta del cuarto de la colada.

—¿Conoces a mis padres?

—Por supuesto. Nos hemos visto alguna que otra vez cuando han estado por aquí. Y los vi cuando fui a Boston a ver a Hester.

—No sabía que habías ido a verla.

—Claro que he ido, pero tú y yo no hemos coincidido. —Encendió el lavavajillas y se volvió—. Es tu abuela, Eli, pero también ha sido algo similar para mí. La quiero. Tendrías que sacar una foto de la casa desde la playa y enviársela. Le gustará.

—Sí, seguro que sí.

—Ah, Eli —lo llamó cuando este se volvió hacia el cuarto de la colada y ella se acercó para recoger el cesto de la ropa—. Volveré sobre las cinco y media. Esta noche la tengo libre.

—¿Volverás?

—Sí, con mi camilla. Necesitas un masaje.

—No quiero…

—Lo necesitas —repitió ella—. Tal vez creas que no quieres, pero confía en mí, querrás en cuanto empiece. Este corre a cuenta de la casa, un regalo de bienvenida. Masaje terapéutico, Eli —añadió—. Tengo licencia. Nada de finales felices.

—Jesús.

Abra se echó a reír mientras se dirigía viento en popa a otra habitación.

—Para que no haya malentendidos. ¡A las cinco y media!

Eli fue tras ella para dejar claro que no quería ningún masaje, pero, al apartarse de la puerta con brusquedad, un dolor sordo le recorrió los hombros y el cuello.

—Mierda. Joder, mierda.

Tenía que meter los brazos en el abrigo. Solo hacía falta que el ibuprofeno hiciera efecto, se dijo. Y volver a sus pensamientos, sin ella de por medio, para poder concentrarse en el libro.

Pasearía por donde fuera, llamaría, respiraría y, cuando aquella rigidez persistente, aquel dolor incesante se calmara, enviaría un mensaje a Abra (mejor por escrito) para decirle que no fuera.

Sin embargo, primero seguiría su consejo, bajaría a la playa y le haría una foto a Bluff House. Y tal vez sonsacaría algo de información a su abuela sobre Abra Walsh.

Todavía era abogado. Tenía que ser capaz de obtener unas cuantas respuestas de una testigo que, además, ya estaba predispuesta a su favor.

Avanzaba por el camino que él mismo había despejado y que atravesaba el patio cuando miró atrás y vio a Abra en la ventana de su dormitorio. Lo saludó.

Eli levantó la mano y se dio la vuelta.

Abra tenía ese rostro fascinante que conseguía que un hombre se volviera a mirar dos veces.

De modo que Eli mantuvo la vista al frente de manera completamente deliberada.

4

Disfrutó del paseo por la playa nevada más de lo que había imaginado. El sol invernal calentaba con fuerza, se reflejaba en el mar, en la nieve, y los volvía refulgentes. Alguien había salido a pasear antes que él, por lo que siguió el sendero que esa persona había trazado hasta la húmeda y helada franja de arena que el barrido de las olas dejaba al descubierto.

Aves de largas zancas se posaban en la orilla para pavonearse o corretear, y dejaban sus huellas superficiales grabadas en la arena antes de que el agua las cubriera de espuma y las borrara. Graznaban, chillaban, parloteaban. A Eli le recordaban el adelanto de la primavera a pesar del paisaje invernal que lo rodeaba.

Siguió a un trío de lo que supuso que serían unos charranes, se detuvo, sacó otro par de fotos y se las envió a sus padres y a su abuela. Continuó caminando, miró la hora y calculó los horarios de Boston antes llamar a casa.

—¿Qué te traes entre manos?

—Abuela. —No esperaba que contestara ella—. Estoy dando un paseo por Whiskey Beach. Tenemos como dos palmos de nieve. Me recuerda mucho a esa Navidad en que yo tenía, no sé, ¿doce años?

—Los hijos de los Grady, tus primos y tú construisteis un castillo de nieve en la playa. Y tú te llevaste mi pañuelo rojo de cachemir y lo utilizaste como bandera.

—Eso lo había olvidado. Lo de la bandera.

—Yo no.

—¿Cómo estás?

—Cada día mejor. Molesta con la gente que no me deja dar dos pasos sin ese maldito andador. Me las apañaría la mar de bien con un bastón.

Eli había recibido un correo electrónico de su madre en el que esta le detallaba la guerra con el andador, así que estaba sobre aviso.

—No hace falta ser muy avispado para darse cuenta de que ahora hay que ir con prudencia y evitar otra caída. Tú siempre has sido muy avispada.

—Las indirectas no te funcionarán conmigo, Eli Andrew Landon.

—¿No has sido siempre avispada?

La había hecho reír, cosa que consideró una pequeña victoria.

—Lo he sido y tengo intención de continuar siéndolo. La cabeza me funciona bien, gracias, aunque no consiga entender cómo me caí. Ni siquiera recuerdo haberme levantado de la cama. Bueno, da igual, estoy recuperándome y pronto me desharé de este andador para ancianas inválidas. ¿Tú qué te cuentas?

—Voy tirando. Escribo a diario y parece que el libro avanza bastante bien. Estoy contento. Y me gusta estar aquí. Abuela, quisiera agradecerte una vez más...

—No. —Su voz tenía el tono duro del granito de Nueva Inglaterra—. Bluff House es tan tuya como mía. Es de la familia. Ya sabes que hay leña en el cobertizo, pero, si necesitas más, ve a ver a Digby Pierce. El número está en mi agenda, en el escritorio del despacho, y en el último cajón de la derecha en la cocina. Abra también lo tiene, si no lo encuentras.

—De acuerdo, ningún problema.

—¿Comes como es debido, Eli? No quiero encontrarme con un saco de huesos la próxima vez que te vea.

—Acabo de almorzar crepes.

—¡Oh! ¿Has ido al Cafe Beach del pueblo?

—No... En realidad, las ha hecho Abra. Oye, en cuanto a eso...

—Es una buena chica —se apresuró a interrumpirlo—. Y buena cocinera. Si tienes alguna duda o te surge algún problema, pregúntale a ella. Si no sabe la respuesta, la buscará. Es muy lista, y muy guapa, como espero que te hayas dado cuenta, a no ser que te hayas quedado ciego además de enclenque.

Eli sintió un hormigueo en la nuca que lo puso sobre aviso.

—Abuela, no estarás intentando liarme con ella, ¿verdad?

—¿Por qué iba a hacer una cosa semejante? ¿Es que no sabes decidir por ti mismo? ¿Cuándo me he inmiscuido en tu vida amorosa, Eli?

—Vale, tienes razón. Disculpa. Es solo que... Tú la conoces mucho mejor que yo. No quiero que se sienta obligada a cocinar para mí, y parece que no soy capaz de hacérselo entender.

—¿Te has comido las crepes?

—Sí, pero...

—¿Te has sentido obligado a hacerlo?

—Ya lo capto.

—Además, Abra hace lo que le apetece, eso puedo asegurártelo. Es algo que admiro de ella. Disfruta de la vida y la vive. Podrías aprender un poco de ella.

Otra vez ese hormigueo de advertencia.

—Pero no estás intentando liarme con ella, ¿no?

—Confío en que sepas lo que tu mente, corazón y cuerpo necesitan.

—Vale, cambiemos de tema, o mejor lo abordamos desde otra perspectiva. No quiero ofender a tu amiga, sobre todo teniendo en cuenta que me hace la colada. Bueno, como ya he dicho, tú la conoces mejor, así que ¿cómo puedo convencerla, de manera diplomática, de que no quiero ni necesito un masaje?

—¿Se ha ofrecido a darte un masaje?

—Sí, señora. Mejor dicho, me ha informado de que volvería a las cinco y media con su camilla. Mi «no, gracias» no ha surtido el más mínimo efecto.

—Va a sentarte de maravilla. Esa chica tiene unas manos mágicas. Antes de que empezara a darme masajes semanales, y convencerme para que hiciera yoga, vivía con un dolor constante en la zona lumbar y casi ni podía mover los hombros. Cosas de viejos, me había dicho, y lo había aceptado. Hasta que llegó Abra.

Cuando vio los escalones que conducían al pueblo, Eli se dio cuenta de que había caminado mucho más de lo que había pensado. Los segundos que tardó en cambiar de dirección y decidirse a subirlos dieron pie a Hester para que continuara con su discurso.

—Estás muy estresado, hijo. ¿Crees que no te lo noto en la voz? Tu vida se ha ido al garete y eso no está bien. No es justo. Y la vida tampoco suele serlo muchas veces, así que todo depende de lo que hagamos al respecto. Lo que tienes que hacer ahora es lo mismo que me dice a mí todo el mundo: recuperarte, coger fuerzas y ponerte en pie. A mí tampoco me gusta oírlo, pero eso no significa que no tengan la razón.

—¿Y un masaje de tu vecina la que cocina crepes es la respuesta?

—Es una de ellas. Escúchate, enfurruñado y refunfuñando como un viejo.

Ofendido, abochornado, se puso a la defensiva.

—He venido caminando hasta el pueblo… y la mitad del recorrido he tenido que sortear esta maldita nieve. Y ahora estoy subiendo una escalera.

—Y que tenga que oír todas esas excusas de una antigua estrella del baloncesto de Harvard.

—No era una estrella —musitó.

—Para mí sí. Y lo sigues siendo.

Eli se detuvo en el último escalón. Sí, para recuperar el aliento, y para esperar a que se calmara el corazón que ella había conseguido agitar.

—¿Has visto mi gimnasio nuevo? —le preguntó.

—Sí. Muy bonito. ¿Cuánto peso levantas, Hester?

La mujer se echó a reír.

—Te crees muy listo y muy gracioso. No pienso acabar esquelética y sin fuerzas, te lo aseguro. Utiliza el gimnasio, Eli.

—Ya lo he hecho… una vez. Recibí tu mensaje. Estoy justo delante de The Lobster Shack.

—Los mejores bocadillos de langosta de la costa norte.

—Las cosas no han cambiado demasiado.

—Algunas más que otras, pero las raíces son lo que cuenta. Espero que tú recuerdes las tuyas. Eres un Landon y, a través de mí, llevas en la sangre el coraje de los Hawkin. Nadie nos detiene, no por mucho tiempo. Cuida de Bluff House por mí.

—Lo haré.

—Y recuerda: a veces una crepe es solo una crepe.

Lo hizo reír. Puede que se tratara de una risa un tanto oxidada, pero ese gesto de alegría seguía vivo.

—Vale, abuela. Usa el andador.

—Usaré el maldito andador, por el momento, si dejas que te den el masaje.

—De acuerdo. Mira el correo electrónico, te he enviado unas fotos. Te llamaré dentro de un par de días.

Pasó por sitios que recordaba (Cones 'N Scoops, Maria's Pizza) y por delante de establecimientos nuevos como Surf's Up, con sus tablillas de color magenta. Contempló la aguja blanca de la iglesia metodista, la sencilla planta cuadrada de la iglesia unitaria, el majestuoso edificio del North Shore Hotel y el encanto de los bed and breakfast repartidos por todo el pueblo.

El escaso y lento tráfico con el que se cruzó casi desapareció por completo de camino a casa.

Quizá se acercara al pueblo una tarde que hiciera buen tiempo para comprar unas postales y escribir unas líneas a sus padres y al par de amigos que aún le quedaban, con la intención de hacerles sonreír.

No perdía nada.

Y tampoco perdía nada paseándose por algunas tiendas, viejas y nuevas, para volver a impregnarse del ambiente del lugar.

Para recordar sus raíces, por así decirlo.

Sin embargo, en ese momento estaba cansado, tenía frío y quería regresar a casa.

Al llegar encontró solo su coche, lo cual fue un alivio. Se

había demorado lo suficiente para que a Abra le hubiera dado tiempo a terminar con la limpieza. No tendría que darle conversación o evitarla. Teniendo en cuenta cómo llevaba las botas, dio la vuelta a la casa y entró por el cuarto de la colada, que hacía las veces de zaguán.

El hombro ya no le dolía, pensó, mientras se quitaba la ropa. O casi. Podía enviarle un mensaje a Abra para decirle que el paseo le había aliviado la contractura.

Si no fuera por el trato que había hecho con su abuela. Bueno, cumpliría su parte… aunque podía posponerlo. Aun le quedaban un par de horas para pensar cómo lo haría, se dijo. Por amor de Dios, era abogado estuviera en activo o no, y escritor. Era capaz de redactar un comunicado claro y razonable.

Entró en la cocina y vio la nota adhesiva en la encimera.

> Guiso de pollo y patatas en la nevera.
> Chimeneas abastecidas.
> Come una manzana y no olvides que has de rehidratarte después del paseo. Nos vemos sobre las 17.30.
>
> Abra

—¿Tú quién eres, mi madre? Tal vez no me apetezca una manzana.

Y la única razón por la que sacó agua de la nevera era porque tenía sed. No quería ni necesitaba que nadie le dijera cuándo tenía que comer y beber. Lo próximo sería que le recordara tirar de la cadena y lavarse detrás de las orejas.

Subiría, haría un poco de investigación y luego redactaría ese mensaje.

Echó a andar, lanzó un juramento, dio media vuelta y cogió una manzana del frutero de bambú porque, maldita sea, ahora le apetecía una.

Sabía que su irritación era irracional. Ella solo estaba siendo amable y considerada, pero en el fondo él quería que lo dejaran en paz. Necesitaba espacio y tiempo para recuperar el equilibrio, no una mano amiga.

Al principio le habían tendido muchas de esas manos, pero luego habían empezado a escasear, cuando amigos, colegas y vecinos se distanciaron de ese hombre acusado de haber asesinado a su mujer. De haberle aplastado la cabeza porque lo había engañado o porque el divorcio le habría costado una fortuna.

O por una mezcla de ambas.

No tenía intención de volver a buscarlas.

Con los pies enfundados en sus medias, todavía un poco congelados por la larga caminata, se dirigió al dormitorio en busca de unos zapatos.

Se detuvo, a punto de meterse la manzana en la boca, y frunció el entrecejo al ver la cama. Se aproximó para echar un vistazo más de cerca y ahogó la segunda risa del día, todo un récord.

Abra había doblado, retorcido y curvado una toalla de mano para transformarla en lo que parecía una especie de pájaro extraño sentado en la colcha. Llevaba unas gafas de sol, con una florecilla sujeta en una de las patillas.

Qué idiota, pensó…, y detallista.

Se sentó en el borde de la cama y saludó al pájaro con un movimiento de cabeza.

—Creo que van a darme un masaje.

Dejó el pájaro donde estaba y se dirigió al despacho.

Haría un poco de investigación, puede que le diera algunas vueltas a la próxima escena de la novela, solo para tener algo por dónde empezar.

Sin embargo, llevado por la costumbre, lo primero que hizo fue comprobar la bandeja de entrada. Entre el correo no deseado, un mensaje de su padre y otro de su abuela sobre las fotos, encontró uno de su abogado.

Mejor no, pensó. Mejor no abrirlo. Aunque así lo único que conseguía era que siguiera allí, a la espera.

Abrió el correo y notó cómo se le tensaban los músculos de los hombros.

Pasó por alto la jerga legal, dejó a un lado las garantías de que no pasaba nada, incluso las preguntas acerca del planteamiento, y se centró en el desagradable meollo del asunto.

Una vez más, los padres de Lindsay estaban anunciando a bombo y platillo que presentarían una demanda por homicidio doloso contra él.

Aquello no iba a acabar nunca, se dijo. Nunca conseguiría pasar página. Hasta que la policía no cogiera a la persona responsable de la muerte de Lindsay, y a falta de una mejor opción, él era el culpable.

Los padres de Lindsay lo despreciaban; estaban absolutamente convencidos, sin un solo atisbo de duda, de que él había asesinado a su única hija. Cuanto más tiempo él continuara siendo el principal sospechoso, más probable era que los padres siguiesen adelante con la demanda y todo saliese de nuevo a la luz, bien mezcladito en el horno de los medios de comunicación, donde se cocinaría e inflaría. Y cuando explotara no solo lo salpicaría a él, sino a toda la familia.

Otra vez.

La afirmación de que quizá el caso no prosperara, o que obtuviera demasiado impulso si seguía adelante, si es que lo hacía, no ayudaban demasiado. Eli estaba seguro de que pregonarían su culpabilidad a bombo y platillo, legitimados por el convencimiento de que reclamaban justicia del único modo que les quedaba.

Pensó en la publicidad, en todos esos bustos parlantes discutiendo, analizando, especulando. En los detectives privados que los Piedmont contratarían (o que probablemente ya habían contratado) y que irían allí, a Whiskey Beach, arrastrando con ellos, al único lugar en el mundo que a Eli le quedaba, la especulación, la duda, las preguntas.

Se preguntó si Wolfe, inspector del Departamento de Policía de Boston, tenía algo que ver en la decisión de los Piedmont. En los días malos, Eli consideraba a Wolfe su Javert personal, porque lo perseguía de manera tenaz y obsesiva por un crimen que no había cometido. En días mejores, lo consideraba una persona testaruda y obstinada, un policía que se negaba a plantearse que la ausencia de pruebas pudiera equivaler a la inocencia.

Wolfe no había sido capaz de encontrar fundamentos suficientes para convencer al fiscal de que presentara cargos. Sin embargo, aquello no había impedido que el hombre hubiera seguido intentándolo, rayando en el acoso, hasta que sus superiores le habían llamado la atención.

Al menos sobre el papel.

No, no le extrañaría nada que Wolfe animara y azuzara a los Piedmont en su lucha.

Apoyado sobre los codos, Eli se frotó la cara con las manos. Sabía que aquello acabaría por suceder, sabía que la espada de Damocles no tardaría en caer. Así que tal vez lo mejor era quitárselo de encima cuanto antes.

Coincidiendo en la última línea del correo de Neal, «Tenemos que hablar», Eli cogió el teléfono.

La cabeza le dolía de tal modo que era como si su cerebro sufriera una rabieta, pataleando, dando puñetazos, chillando. Las garantías de su abogado poco hicieron por aliviar el dolor. Los Piedmont habían anunciado que presentarían una demanda para aumentar la presión, para mantener a los medios de comunicación interesados, para insinuar un trato.

Ninguna de las opciones de su abogado, por muy de acuerdo que estuviera con ellas, lo tranquilizaban.

La recomendación de que intentara pasar desapercibido, de que no comentara la investigación, de que volviera a contratar a un detective privado no ayudó. Él ya procuraba pasar desapercibido. Si cada vez más pasaba inadvertido, empezarían a pensar que había muerto. ¿Con quién narices iba a comentar todo aquello? Y la idea de depositar más dinero y esperanzas en una investigación privada, que la primera vez no había dado con nada que fuera de verdadera ayuda, solo conseguía deprimirlo aún más.

Sabía, igual que su abogado, igual que la policía, que cuanto mayor tiempo pasara, más difícil era que encontraran pruebas sólidas.

¿Cuál era el posible desenlace? Que él permaneciera en el limbo, ni condenado ni absuelto, y que arrastrara la sombra de la sospecha el resto de su vida.

Así que tenía que aprender a vivir con ello.

Tenía que aprender a vivir.

Oyó que llamaban a la puerta, pero no acabó de procesar lo que eso significaba, hasta que también oyó que la abrían. Vio que Abra entraba una funda gigantesca y acolchada a pulso y un bolso abultado.

—Hola. Nada, tú a lo tuyo. No, no te muevas mientras cargo yo solita con todo esto dentro de la habitación. Por favor, no hay ningún problema.

Abra ya casi lo había entrado todo cuando él se acercó.

—Lo siento. Iba a llamarte para decirte que no es un buen momento.

Abra apoyó la espalda en la puerta para cerrarla y lanzó un sonoro «uf».

—Demasiado tarde —replicó, aunque la relajada sonrisa se desvaneció cuando lo miró a la cara—. ¿Pasa algo? ¿Qué ocurre?

—Nada. —No mucho más de lo habitual, pensó—. Solo que no es un buen momento.

—¿Has quedado con alguien? ¿Vas a salir a bailar? ¿Tienes una mujer desnuda ahí arriba esperando para una sesión de sexo salvaje? ¿No? —Abra contestó antes de que él lo hiciera—. Entonces es tan buen momento como cualquier otro.

La depresión se convirtió en irritación en un abrir y cerrar de ojos.

—¿A ver qué te parece esto? No significa no.

Esta vez Abra lanzó un suspiro.

—Un razonamiento intachable, y sé que estoy siendo avasalladora, incluso repelente. Pero es porque quiero cumplir la promesa que le hice a Hester de que echaría una mano, y porque no soporto ver sufrir a nadie, ni a nada. Hagamos un trato.

Maldita sea, aquello le recordó el que él había hecho con su abuela poco antes.

—¿Cuáles son las condiciones?

—Dame quince minutos. Si después de quince minutos sobre la camilla no te sientes mejor, la recojo, me voy y no vuelvo a sacar el tema nunca más.

—Diez minutos.

—Diez —convino—. ¿Dónde quieres que me ponga? Hay sitio de sobra en tu dormitorio.

—Aquí está bien.

Resignado, le indicó el salón con un gesto. Así tardaría menos en echarla de casa.

—De acuerdo. ¿Por qué no enciendes la chimenea mientras lo preparo todo? Me gustaría que la habitación estuviera un poco caldeada.

Había planeado encender el fuego, pero se había entretenido y había perdido la noción del tiempo. Podía encender el fuego y darle diez minutos… a cambio de que lo dejara en paz de una vez por todas.

Sin embargo, seguía cabreado.

Se agachó junto al hogar para apilar la leña.

—¿No te preocupa estar aquí? —preguntó—. ¿Sola, conmigo?

Abra bajó la cremallera de la funda de la camilla portátil.

—¿Por qué tendría que estarlo?

—Mucha gente cree que he asesinado a mi mujer.

—Mucha gente cree que el calentamiento global es una trola. Pero resulta que no coincidimos.

—No me conoces. No sabes de lo que sería capaz en según qué circunstancias.

Con movimientos precisos, expertos y tranquilos, Abra desplegó la camilla y dejó la funda doblada a un lado.

—No sé de lo que serías capaz según las circunstancias, pero sí sé que no has asesinado a tu mujer.

El tono sereno y coloquial lo sacó de quicio.

—¿Por qué? ¿Porque mi abuela no cree que sea un asesino?

—Eso por un lado. —Extendió una manta de forro polar sobre la camilla y la cubrió con una sábana—. Hester es una mujer lista que se conoce muy bien… y alguien que me aprecia. Si tuviera la más mínima duda, me habría recomendado que me mantuviera alejada de ti. Pero esa es solo una de las razones, tengo muchas más.

Mientras hablaba, iba encendiendo y distribuyendo velas por la habitación.

—Trabajo para tu abuela y me une a ella una amistad personal. Vivo en Whiskey Beach, que es territorio de los Landon, así que he seguido la historia.

La negra nube de depresión, siempre al acecho, volvió a cernerse sobre él.

—Estoy seguro de que toda la gente de por aquí la ha seguido.

—Es natural, y humano. Igual que la antipatía y el resentimiento, el hecho de que la gente hable de ti y saque sus propias conclusiones es natural y humano. Yo también he sacado las mías. Te vi en la tele, en los periódicos, en internet. Y lo que vi fue una gran conmoción, tristeza. No culpabilidad. ¿Qué veo ahora? Estrés, rabia, frustración. Pero no culpabilidad.

Sin dejar de hablar, se sacó una goma elástica que llevaba en la muñeca y se recogió el pelo en una coleta con un par de movimientos.

—No creo que a los culpables eso les quite el sueño. Otra de las razones, aunque ya he dicho que tengo varias, es que no eres tonto. ¿Por qué ibas a matar a tu mujer el mismo día que habías discutido con ella en público? El mismo día que te enteraste de que tenías una pala para echar un poco de mierda sobre ella durante el divorcio.

—A nadie le importa si tengo una licenciatura. Estaba cabreado. Crimen pasional.

—Venga ya, eso son gilipolleces —dijo, mientras sacaba el aceite para el masaje—. ¿Estabas tan cegado por la ira que entraste en tu propia casa y preparaste tres cosas para llevártelas, cosas que probablemente eran tuyas? Los cargos en tu contra no se sostenían por ninguna parte, Eli, porque no tenían, ni tienen, ninguna base. Demostraron la hora en que entraste porque desconectaste la alarma de casa y porque tienen la hora en que llamaste a la policía, y porque la gente sabe la hora en que saliste de trabajar esa tarde. Así que estuviste en la casa menos de veinticinco minutos. Sin embargo, en ese pequeño espacio de tiempo subiste al piso de arriba, abriste la caja de seguridad, solo te llevaste el anillo de tu bisabuela, bajaste, quitaste de la pared el cuadro que habías comprado, lo envolviste en toallas de baño, mataste a tu mujer en un arrebato de ira y luego llamaste a la policía. ¿Todo eso en menos de veinte minutos?

—La reconstrucción de la policía demostró que era posible.

—Pero no probable —replicó—. En fin, podemos quedarnos aquí comentando tu caso o puedes aceptar mi palabra de que no me preocupa que vayas a asesinarme porque no te gusta cómo doblo las esquinas de la cama o tus calcetines.

—Las cosas no son tan sencillas como tú las haces parecer.

—Las cosas pocas veces son tan sencillas o complicadas como las hacemos parecer todos. Voy al tocador a lavarme las manos. Adelante, desnúdate y sube a la camilla. Empezaremos boca arriba.

En el lavabo, Abra cerró los ojos e hizo respiraciones de yoga durante un minuto. Era perfectamente consciente de que Eli había arremetido contra ella para conseguir que se fuera, para ahuyentarla. Sin embargo, lo único que había logrado era irritarla.

Para eliminar el estrés, los pensamientos sombríos y las frustraciones mediante el masaje, Abra no podía retener esos mismos sentimientos. Continuó vaciando su mente mientras se lavaba las manos.

Cuando volvió al salón, lo vio en la camilla, tapado con la sábana… y más tieso que un palo. ¿Acaso no comprendía que, para ella, incluso aquello hablaba en favor de su inocencia? Eli había hecho un trato y, a pesar de su enfado, lo cumpliría.

Sin decir nada, disminuyó la intensidad de las luces y se acercó a su iPod para poner música relajante.

—Cierra los ojos —murmuró— y respira profundamente. Inspira… espira. Otra vez —dijo, mientras se untaba las manos con aceite—. Una más.

Mientras él hacía lo que ella le había pedido, Abra ejerció presión en los hombros y notó que estos ni siquiera tocaban la camilla de lo rígidos y agarrotados que los tenía.

Frotó, presionó, amasó y luego deslizó las manos por el cuello, antes de empezar un masaje facial suave.

Sabía reconocer un dolor de cabeza a simple vista. Tal vez, si conseguía que remitiera de alguna manera, Eli se relajaría un poco antes de que ella empezara con el trabajo duro.

No era ni de lejos el primer masaje que Eli recibía. Antes de que su vida se hubiera ido al traste, acudía a una masajista llamada Katrina, una rubia musculosa y de complexión robusta, cuyas manos, grandes y fuertes, aliviaban la tensión acumulada por el trabajo y las torceduras y los esguinces derivados del deporte.

Con los ojos cerrados, casi consiguió imaginar que estaba en la silenciosa sala de recuperación del club, mientras relajaba los músculos después de pasarse el día en los tribunales o un par de horas defendiendo un caso en un juzgado.

Además, el trato se acabaría en unos minutos y la mujer que no era la robusta Katrina se iría.

Abra le amasó la mandíbula con los dedos y presionó bajo los ojos.

Y la clamorosa intensidad del dolor de cabeza enmudeció.

—Otra respiración profunda. Inspira… Espira…

La voz de Abra se fundía con la música, igual de fluida y suave.

—Muy bien. Inspira… y espira…

Le inclinó la cabeza hacia un costado y le masajeó uno de los lados del cuello, y luego el otro, antes de levantársela.

En ese momento, la presión firme y profunda de los pulgares le provocó un dolor repentino e impresionante, pero antes de que Eli se pusiera tenso, el dolor remitió, como si fuera el corcho recién sacado de una botella.

Como desmenuzar cemento, pensó Abra, centímetro a centímetro. Cerró los ojos y visualizó el cemento agrietándose, deshaciéndose bajo sus manos. Cuando pasó a los hombros, aumentó la fuerza, lentamente.

Sintió que se relajaba… un poco. No lo suficiente, pero incluso esa mínima concesión significaba una victoria.

Bajó por el brazo hasta la punta de los dedos friccionando los músculos cansados. Puede que un pedacito de su mente sonriera con petulancia cuando el plazo límite de los diez minutos pasó inadvertido, pero volcó el resto en hacer bien su trabajo.

Sabía que Eli no protestaría cuando llegó el momento de colocar el reposacabezas.

—Necesito que te des la vuelta, subas un poco y descanses la cabeza en el cojín facial. Dime si quieres que te lo ajuste. No hay prisa.

Grogui y medio dormido, se limitó a hacer lo que le pedían.

Cuando Abra le masajeó los omóplatos con la palma de las manos, Eli casi gimió ante la maravillosa mezcla de dolor y alivio.

Manos fuertes, pensó. Aunque ella no lo parecía. Sin embargo, a medida que estas amasaban, frotaban, presionaban; a medida que le hundía los puños en la espalda, dolores a los que se había acostumbrado emergieron a la superficie y desaparecieron.

Abra utilizaba los antebrazos, resbaladizos por el aceite, así como el peso de su cuerpo, los nudillos, los pulgares, los puños. Cada vez que la presión rayaba el límite de lo soportable, algo se desanudaba.

Siguió masajeando, masajeando, masajeando, de manera firme, rítmica, constante.

Y Eli se quedó dormido.

Cuando regresó a la superficie, flotando de nuevo en la consciencia como una hoja en un río, tardó unos instantes en comprender que no estaba en la cama. Seguía tumbado en la camilla acolchada, recatadamente tapado con una sábana. La leña ardía a fuego lento y las velas parpadeaban. Todavía se oía el murmullo de la música en el aire.

Estuvo a punto de cerrar los ojos y volver a sumergirse.

Entonces lo recordó.

Eli se incorporó apoyándose en los codos y miró a su alrededor. Vio el abrigo, las botas y el bolso de Abra. Incluso se dio cuenta de que percibía su olor, esa fragancia sutil y terrosa que se mezclaba con la cera de las velas y el aceite. Con cuidado, acabó de sentarse y se envolvió en la sábana.

Necesitaba los pantalones. Lo primero era lo primero.

Sujetó la sábana y bajó de la camilla. Cuando fue a coger los vaqueros, vio la maldita nota adhesiva.

Bébete el agua. Estoy en la cocina.

Miró a su alrededor con desconfianza mientras se ponía los pantalones y luego cogió el botellín de agua que le había dejado junto a estos. Estaba poniéndose la camiseta cuando de pronto comprendió que no le dolía nada. Ni jaqueca, ni pinchazos en la nuca, ni una sola de esas punzadas que lo martirizaban después de intentar hacer algo de ejercicio.

Se levantó mientras acababa de beberse el agua en la habitación atenuada por la luz de las velas, la chimenea y la música, y descubrió que sentía algo que a duras penas reconocía.

Se sentía bien.

Y ridículo. La había tratado mal, de manera deliberada, y ella, en respuesta, lo había ayudado… aún cuando él no quería.

Mortificado, atravesó la casa en dirección a la cocina.

Abra estaba delante de los fogones, en una habitación inundada de aroma. No sabía qué removía en el fuego, pero había despertado en él una nueva y rara sensación.

Hambre canina.

Había escogido rock chirriante para cocinar, pero sonaba muy bajito. Eli sintió una punzada… de culpabilidad. Nadie tendría que sentirse obligado a escuchar buen rock duro al volumen de un susurro.

—Abra.

Esta vez Abra dio un pequeño respingo, que lo reconfortó. Después de todo, era humana.

Cuando se volvió, Abra entrecerró los ojos y levantó un dedo antes de hablar. Se acercó y lo estudió con detenimiento. A continuación, sonrió.

—Bien. Tienes mejor aspecto. Descansado y más relajado.

—Me siento bien. Primero, quisiera pedirte disculpas. He sido grosero y quisquilloso.

—En eso estamos de acuerdo. ¿Testarudo?

—Tal vez. Vale, admito lo de testarudo.

—Entonces borrón y cuenta nueva. —Cogió una copa de vino y la alzó—. Espero que no te importe, me he servido un poco.

—No, no me importa. Segundo, gracias. Cuando he dicho que me sentía bien… No recuerdo la última vez que me he sentido así.

La mirada de Abra se dulcificó. La compasión podría haberlo puesto tenso de nuevo, pero la comprensión era algo distinto.

—Ay, Eli. La vida a veces es una mierda, ¿verdad? Tienes que acabarte el agua para hidratarte y expulsar las toxinas. Puede que mañana te sientas algo dolorido, he tenido que emplearme a fondo. ¿Te apetece una copa de vino?

—Pues la verdad es que sí. Yo me sirvo.

—Tú siéntate —le ordenó—. Te conviene seguir relajado, acostumbrarte a esa sensación. No te vendrían mal un par de masajes a la semana, hasta que consigamos vencer ese estrés de una vez por todas. Luego sería suficiente con una sesión semanal, o incluso cada dos semanas, si no va demasiado contigo.

—Es difícil discutir cuando uno está medio grogui.

—Bien. Anotaré las visitas en el calendario. Por el momento, vendré yo y ya veremos cómo va la cosa.

Eli se sentó y le dio un sorbo a la copa. El vino le supo a gloria.

—¿Quién eres?

—Uf, es una larga historia. Te la contaré algún día, si acabamos siendo amigos.

—Me has lavado la ropa interior y me has tenido desnudo en la camilla. Eso es intimar bastante.

—Eso es trabajo.

—Y sigues haciéndome la comida. —Inclinó la barbilla en dirección a los fogones—. ¿Qué es?

—¿El qué?

—Lo que hay en el fuego.

—Lo que hay en el fuego es una buena y suculenta sopa de verduras, alubias y jamón. No la he hecho muy fuerte porque no sabía si te gustaba muy sazonada. Y esto… —Se volvió y abrió el horno. Una nueva nube aromática despertó aquel apetito incipiente—. Un pastel de carne.

—¿Has hecho un pastel de carne?

—Con patatas, zanahorias y judías verdes. Para machotes. —Lo dejó sobre los fogones—. Has estado más de dos horas fuera de combate. Con algo tenía que entretenerme.

—Dos… Dos horas.

Abra señaló el reloj como si tal cosa mientras colocaba los platos en la mesa.

—¿Vas a invitarme a cenar?

—Claro. —Se quedó mirando el reloj y luego se volvió hacia Abra—. Has hecho pastel de carne.

—Hester me dio una lista y el pastel de carne estaba entre los tres primeros. Además, creo que te irá bien un poco de carne roja. —Empezó a servir la cena—. Ah, por cierto, si pides ketchup, no respondo de mis actos.

—Tomo nota, y se acepta la protesta.

—Una condición más.

Abra apartó el plato para que no pudiera alcanzarlo.

—A cambio de un poco de pastel de carne casi puedo garantizarte que aceptaré, siempre y cuando lo que me pidas sea legal.

—Podemos hablar de libros, películas, arte, moda, pasatiempos y cosas por el estilo, pero de nada personal. Esta noche no.

—Hecho.

—Entonces cenemos.

5

En el sótano de la iglesia, Abra cerró la fase de relajación final de la clase de yoga de forma paulatina. Esa mañana había tenido doce alumnos, un buen número para la época del año y la hora del día.

La cantidad mantenía alto su amor propio y estables sus ingresos.

La conversación comenzó cuando las señoras y un par de caballeros se pusieron en pie y empezaron a enrollar sus colchonetas, así como las que ella siempre llevaba para los que no traían una.

—Hoy has hecho muy bien los ejercicios, Henry.

El veterinario retirado, de sesenta y seis años, le dedicó una sonrisa un tanto arrogante.

—Un día de estos voy a aguantar esa «Media luna» más de tres segundos.

—No te olvides de respirar.

Abra se acordó de que la primera vez que la mujer del veterinario lo había arrastrado hasta aquella clase, pataleando y gritando por dentro, Henry no había sido capaz de tocarse los dedos de los pies.

—Recordad —dijo, alzando la voz—, «Oriente conoce Occidente» este jueves.

Maureen se acercó mientras Abra enrollaba su colchoneta.

—Voy a necesitar esa clase y otra en serio de aeróbics. He hecho cupcakes para la fiesta del colegio de Liam. Y me he comido dos.

—¿Qué tipo de cupcakes?

—De chocolate doble y glaseado de crema de mantequilla. Con virutas y gominolas.

—¿Dónde está el mío?

Maureen se echó a reír y se dio unas palmaditas en la barriga.

—Me lo he comido yo. Tengo que ir a casa, darme una ducha, ponerme ropa de madre y llevar los cupcakes. Si no, te suplicaría y sobornaría para que vinieras a correr conmigo y quemar ese chocolate doble. Los niños se irán a jugar con unos amigos cuando salgan del colegio y yo estoy al día con el papeleo, así que no tengo excusa.

—Llámame luego, a partir de las tres. Tengo trabajo hasta esa hora.

—¿Eli?

—No, a él lo tengo mañana.

—¿La cosa avanza?

—Solo han pasado un par de semanas, pero sí, yo diría que sí. Cada vez que me ve, ya no me mira como diciendo «¿qué narices hace esta aquí?». Ahora todo es más natural. Cuando voy por la mañana, él normalmente está encerrado en el despacho escribiendo… y para evitarme se escabulle y se va a dar un paseo cuando subo la escalera. Pero come lo que le dejo preparado. Ya no parece tan chupado.

Abra cerró la cremallera de la funda de su colchoneta.

—Además, cada vez que le doy un masaje, y por ahora ya he conseguido darle cuatro, es como empezar desde cero. Tiene acumulada mucha tensión y encima se pasa horas y más horas delante del teclado.

—Podrás con él, Abracadabra. No tengo la menor duda.

—En eso estamos. —Abra se puso la sudadera y se la abrochó—. Pero, por el momento, tengo cositas de bisutería que llevarles a los de Buried Treasures, crucemos los dedos, y luego iré a hacerle unos recados a Marcia Frost. Su hijo todavía está con un virus y no puede salir. Tengo un masaje a las dos, pero después puedo ir a correr.

—Si consigo encajarlo de alguna manera, te enviaré un mensaje.

—Nos vemos.

Abra se aseguró de que las colchonetas estuvieran bien recogidas y metió el iPod en el bolso mientras sus alumnos acababan de salir. Estaba poniéndose la chaqueta sobre la sudadera cuando un hombre bajó los escalones.

No sabía quién era, pero tenía unas facciones bastante agradables. Bolsas bajo los ojos, que le daban un aspecto cansado; pelo muy corto, espeso y de color castaño, y una barriguita incipiente que habría mejorado si no caminara encorvado.

—¿Puedo ayudarle en algo?

—Eso espero. ¿Es usted Abra Walsh?

—La misma.

—Me llamo Kirby Duncan.

Le tendió la mano y a continuación le ofreció una tarjeta de visita.

—Detective privado.

Abra alzó las barreras de manera automática.

—Estoy trabajando para un cliente, fuera de Boston. Quisiera hacerle unas preguntas. Me gustaría invitarla a un café, si no le importa dedicarme unos minutos.

—Ya me he tomado mi cupo de hoy.

—Ojalá yo también pudiera ceñirme a un cupo. Bien sabe Dios que bebo demasiado café. Estoy seguro de que en esa cafetería del final de la calle también sirven té, o lo que sea que le apetezca.

—Tengo una cita, señor Duncan —dijo Abra, mientras se ponía las botas—. ¿De qué se trata?

—Según nuestra información, trabaja para Eli Landon.

—¿Su información?

El hombre conservó su expresión apacible, incluso afable.

—No es ningún secreto, ¿no?

—No, no lo es, y tampoco es asunto suyo.

—Mi trabajo consiste en obtener información. Seguro que sabe que Eli Landon es sospechoso de haber asesinado a su mujer.

—Eso no es del todo exacto —replicó Abra, mientras se ponía el gorro—. Creo que sería más preciso decir que, después de un año de investigación, la policía no ha sido capaz de encontrar ninguna prueba que demuestre que Eli Landon tuvo algo que ver con la muerte de su mujer.

—Lo que ocurre es que muchos fiscales no quieren coger casos que no sean cosa de coser y cantar. Eso no quiere decir que no haya pruebas, sino que no hay caso. Mi trabajo consiste en obtener más información... Permítame llevarle eso.

—No, gracias, estoy acostumbrada a llevarlo yo sola. ¿Para quién trabaja? —preguntó Abra.

—Como ya le he dicho, tengo un cliente.

—Que debe tener un nombre.

—No puedo divulgar esa información.

—Entendido. —Sonrió con simpatía y se dirigió hacia la escalera—. Yo tampoco tengo información que divulgar.

—Si Landon es inocente, no tiene nada que ocultar.

Abra se detuvo un momento y lo miró a los ojos.

—¿En serio? Dudo que sea usted tan ingenuo, señor Duncan. Yo le aseguro que no lo es.

—Estoy autorizado a compensarla a cambio de información —insistió, mientras subían los peldaños que conducían a la pequeña iglesia.

—¿Está autorizado a pagar a cambio de cotilleos? No, gracias. Cuando cotilleo, lo hago gratis.

Salió del edificio y se dirigió hacia el aparcamiento, donde tenía el coche.

—¿Mantiene una relación personal con Landon? —preguntó Duncan, de lejos.

Abra sintió que se le tensaba la mandíbula y maldijo que aquel tipo le hubiera arruinado su buen ánimo después de hacer yoga. Metió las colchonetas y el bolso en el coche y abrió la puerta. En muda respuesta a la pregunta del hombre, le enseñó el dedo corazón antes de entrar en el vehículo, girar la llave en el contacto y alejarse de allí.

El encuentro la mantuvo en un estado de irritación permanente mientras enlazaba un trabajo con otro, una tarea con otra. Se planteó cancelar el masaje que ya tenía apalabrado, pero, claro, ¿a santo de qué? No podía perjudicar a un cliente porque un detective entrometido de Boston estaba fisgando en su vida, o porque la sacó de quicio tan rápido que hasta había sido grosera con él.

En realidad no era en su vida, recordó, sino en la de Eli.

A pesar de todo, le parecía tremendamente injusto e invasivo.

Y sabía muy bien de lo que hablaba.

Cuando Maureen le envió un mensaje para ir a correr, estuvo a punto de buscar una excusa. Sin embargo, al final decidió que el ejercicio y la compañía tal vez fuera lo que necesitaba.

Se cambió, se ajustó la sudadera, se encasquetó el gorro, se enfundó los mitones y fue a reunirse con su amiga en los escalones que conducían a la playa.

—Lo necesito. —Maureen la alcanzó corriendo—. Dieciocho niños de guardería puestos de azúcar. A los maestros de Estados Unidos deberían doblarles el sueldo y regalarles un ramo de rosas todas las puñeteras semanas. Y una botella de whisky Landon, etiqueta dorada.

—Por lo que veo, los cupcakes han sido un éxito.

—Eran como langostas —contestó Maureen cuando empezaron a bajar a la playa—. No sé si habrán dejado ni una sola viruta. ¿Todo bien?

—¿Por qué?

—Tienes un pequeño pliéguecito aquí. —Maureen se dio unos golpecitos en el entrecejo.

—Maldita sea. —De manera instintiva, Abra se frotó en el lugar indicado—. Van a salirme arrugas. No, lo que van a salirme son túneles.

—No, qué va. Solo te sale esa arruga cuando estás muy disgustada o cabreada. ¿Cuál de las dos razones?

—Puede que ambas.

Con la espuma del mar a un lado y la arena con sus montañitas y hoyos de nieve al otro, empezaron a trotar de manera suave.

Conociendo a su amiga, Maureen no dijo nada.

—¿Viste al tipo que entraba cuando tú salías de clase esta mañana? Estatura media, pelo castaño, guapetón, barriguita…

—No sé… Quizá, sí. Me aguantó la puerta. ¿Por qué? ¿Qué ha ocurrido?

—Bajó al sótano.

—¿Qué ha ocurrido? —Maureen se detuvo en seco, aunque tuvo que echar a correr de nuevo para no distanciarse de Abra, que continuó su camino—. Cielo, ¿te ha hecho algo? ¿Él…?

—No. No, no es nada de eso. Estamos en Whiskey Beach, Maureen, no en Southie.

—Aun así. Maldita sea. No tendría que haberte dejado sola ahí abajo. Estaba pensando en los cupcakes, por amor de Dios.

—No ha pasado nada. Además, ¿quién dio la clase de defensa personal para mujeres?

—Tú, pero eso no es excusa para que tu mejor amiga se vaya tan tranquila y te deje sola así por las buenas.

—Es un detective privado de Boston. Vamos —dijo Abra, al ver que Maureen volvía a detenerse—, no te quedes atrás. Tengo que quemar este humor de perros.

—¿Qué quería? Ese hijo de puta sigue en la cárcel, ¿no?

—Sí, y no tenía nada que ver conmigo, sino con Eli.

—¿Eli? Has dicho detective privado, no policía. ¿Qué quería?

—Él lo ha llamado información. Lo que quería era que le contara chismorreos sobre Eli. Quería saber todos los detalles, y se ofreció a pagarme por ello. Estaba buscando un topo —dijo, con desagrado—. Alguien dispuesto a espiar a Eli para después ir a contarle lo que hace y dice. Además, yo ni siquiera puedo saber qué hace Eli exactamente. En resumen, cuando lo envié a paseo, me preguntó si Eli y yo estábamos liados. Sonó como si me preguntara si Eli y yo estábamos dándole como conejos. No me gustó. Ni la pregunta ni él. Y ahora me van a salir arrugas por toda la cara.

La indignación y el ejercicio habían sonrojado el rostro de Maureen, quien, sin aliento a causa de ambos, alzó la voz para hacerse oír por encima de las olas rompientes.

—No es asunto suyo si estáis dándole como conejos o no. Hace más de un año que murió la mujer de Eli, y ya se encontraban en medio del divorcio. Y no tienen nada más que pruebas circunstanciales en su contra. La poli no puede demostrar nada, así que ahora se dedica a rebuscar, a sacar trapos sucios.

—No creo que la poli contrate detectives privados.

—Supongo que no. Entonces ¿quién?

—No lo sé. —A medida que sus músculos entraban en calor, mientras el aire gélido le azotaba la cara, Abra sintió que mejoraba de humor—. ¿La compañía de seguros? Puede que su mujer tuviera un seguro y no quieran pagar. Aunque el tipo dijo que lo había contratado un cliente y que no iba a decirme de quién se trataba. Puede que los abogados de la compañía de seguros o, no sé, la familia de la mujer, que no deja de despellejarlo en la prensa. No lo sé.

—Pues yo tampoco. Deja que le pregunte a Mike.

—¿A Mike? ¿Por qué?

—Él trata con abogados y clientes a todas horas.

—Abogados y clientes de inmobiliarias —apuntó Abra.

—Un abogado es un abogado y un cliente es un cliente. Tal vez se le ocurra algo. De modo confidencial.

—No sé si eso importa mucho. Si ese tipo dio conmigo, ¿quién sabe con quién más habrá hablado? Ya están revolviendo las cosas otra vez.

—Pobre Eli.

—Tú tampoco has creído en ningún momento que lo hiciera él.

—No.

—¿Por qué, Maureen?

—Bueno, como sabes, me he sacado el carnet de inspectora

viendo la tele. Dicho esto, ¿por qué un hombre que jamás ha tenido un comportamiento violento golpea de pronto a su mujer en la cabeza con el atizador de la chimenea? Ella lo engañaba y eso lo cabreó, pero también hacía que ella quedara mal mientras continuaran con lo del divorcio. Hay veces que me entran ganas de hundirle la cabeza a Mike con un atizador.

—No es cierto.

—No literalmente, pero el caso es que yo quiero a Mike con toda mi alma. Creo que tienes que querer u odiar a alguien de verdad para desear hundirle la cabeza. A no ser que haya otros motivos. Dinero, miedo, venganza. No sé.

—Entonces ¿quién lo hizo?

—Si lo supiera y pudiera demostrarlo, me ascenderían de inspectora a jefa. O a capitana. Me gustaría ser capitana.

—Ya lo eres. Capitana del viejo bajel de los O'Malley.

—Tienes razón. Y tú puedes ser la capitana del departamento televisivo de policía responsable del descargo definitivo de Eli Landon.

Al ver que Abra no decía nada, Maureen le dio un manotazo en el brazo.

—Era broma. Ni se te ocurra meterte en medio. Las aguas volverán a su cauce, Abra. Eli se las apañará.

—¿Qué podría hacer yo?

Sin embargo, Abra concluyó que aquello no significaba que se quedaría sin hacer nada.

Al dar la vuelta en la mitad del recorrido, se dio cuenta de que se alegraba de haber ido a correr. Una buena forma para pensar, para sacudirse el mal humor, para ver las cosas con perspectiva. Había echado de menos salir a correr en pleno invierno, el sonido de sus pisadas sobre la arena mientras inspiraba el aire salino a bocanadas.

No era de las que deseaban que el tiempo pasara lo antes posible, ni un solo minuto, pero anhelaba, profundamente, la llegada de la primavera y el verano.

Se preguntó si Eli seguiría en Bluff House cuando el aire empezara a templarse y los árboles se llenaran de hojas. ¿Las balsámicas brisas primaverales se llevarían las sombras que lo acechaban?

Puede que esas sombras necesitaran un empujoncito para salir por la puerta. Tenía que pensarlo con detenimiento.

Entonces lo vio, junto a la orilla, con las manos en los bolsillos y la mirada perdida en el horizonte.

—Ahí está Eli.

—¿Qué? ¿Dónde? ¡Ay, mierda!

—¿Qué ocurre?

—No imaginaba que la primera vez que fuera a encontrármelo estaría sudorosa, sonrojada y resoplando. A las mujeres nos gusta mantener unos mínimos en los encuentros casuales con su primer rollo serio. ¿Por qué me habré puesto los pantalones de correr más viejos que he encontrado? Con estos parece que tengo troncos en vez de piernas.

—No es verdad. Nunca dejaría que llevaras unos pantalones con que pareciera que tuvieras troncos en vez de piernas. Estás insultando mi código de la amistad.

—Tienes razón. Eso ha sido mezquino y egoísta por mi parte. Pido disculpas.

—Aceptadas, pero que no se repita. ¡Eli!

—Mierda —volvió a gruñir Maureen cuando él se volvió. Al menos podría llevar un brillo de labios en el bolsillo.

Abra levantó una mano. No pudo verle los ojos, no con las gafas de sol que llevaba puestas, pero como mínimo Eli no se limitó a responder y marcharse. Se quedó en el mismo sitio, cosa que Abra consideró una señal positiva.

—Hola. —Abra se detuvo y apoyó las manos en los muslos mientras atrasaba una pierna para hacer estiramientos—. Si te hubiera visto antes, te habríamos invitado a correr con nosotras.

—Hoy en día voy a velocidad de paseo.

Volvió la cabeza ligeramente antes de quitarse las gafas de sol.

Abra lo vio sonreír por primera vez, con sinceridad, cuando su mirada se detuvo en el rostro de Maureen. Se volvió afectuosa.

—Maureen Bannion. Pero mírate.

—Sí, eso, mírate. —Con una risita sarcástica, se llevó una

mano al pelo para retirárselo hacia atrás, antes de recordar que llevaba un gorro de esquí—. Hola, Eli.

—Maureen Bannion —repitió él—. No, perdona, es… ¿Cómo es?

—O'Malley.

—Eso. La última vez que te vi, estabas…

—Muy embarazada.

—Estás fantástica.

—Estoy sudorosa y despeinada, pero gracias. Me alegro de verte, Eli.

Cuando Maureen se acercó y estrechó a Eli en un fuerte y largo abrazo, Abra pensó que era por cosas como esas por lo que se había encariñado con Maureen de manera inmediata y profunda. Esa compasión sincera y natural, ese corazón con cabida para todos.

Vio que Eli cerraba los ojos y se preguntó si estaría pensando en aquella noche bajo el muelle de Whiskey Beach, cuando todo era sencillo e inocente.

—He estado dándote tiempo para que te instalaras —dijo Maureen cuando lo soltó—. Y parece que ya lo has hecho. Ven a comer un día, y así conoces a Mike y a los niños.

—Bueno…

—Vivimos en Sea Breeze, justo al lado de Abra. Ya quedaremos y nos pondremos al día. ¿Cómo está Hester?

—Mejor. Mucho mejor.

—Dile que la echamos de menos en la clase de yoga. Tengo que correr —añadió tras reírse— e ir a recoger a los niños a casa de unos amigos. Bienvenido, Eli. Me alegra saber que has vuelto a Bluff House.

—Gracias.

—Hablamos luego, Abra. Eh, Mike y yo estábamos pensando en salir el viernes por la noche e ir al Village Pub. Convéncelo para que venga.

Se despidió rápidamente y se alejó corriendo.

—No sabía que os conocíais —dijo Eli.

—Es mi amiga del alma.

—Ya…

—No solo las tienen las adolescentes. Además, las amigas del alma se lo cuentan todito todo.

Eli había empezado a asentir con la cabeza cuando Abra vio que caía en la cuenta de pronto.

—Ah. Vale. —Volvió a ponerse las gafas de sol—. Ajá…

Abra se echó a reír y le dio un golpecito en la barriga.

—Dulces y eróticos secretos de adolescencia.

—Quizá me convenga evitar a su marido.

—¿A Mike? En absoluto. Además de estar en los primeros puestos de mi escala personal de adorabilidad, es un buen hombre. Y un buen padre. Te gustará. Deberías pasarte por el pub el viernes por la noche.

—No lo conozco.

—Antes se llamaba de otra manera. Katydids.

—Ah, ya. Ahora sí.

—Fue de capa caída, según me han dicho. Antes de que yo llegara aquí. Hace tres años que tiene un nombre y unos dueños nuevos. Está bien. Divertido. Buenas copas, buena clientela y música en directo los viernes y los sábados por la noche.

—No me interesa demasiado socializar.

—Pues deberías. Te ayudará con ese estrés. Has sonreído.

—¿Qué?

—Cuando has reconocido a Maureen, has sonreído. Una sonrisa de verdad. Te has alegrado de verla y se te ha notado. ¿Por qué no damos un paseo?

Le indicó la playa en dirección a su casa. En vez de darle la oportunidad de declinar la invitación, lo tomó de la mano y empezó a caminar.

—¿Cómo te encuentras desde el último masaje? —le preguntó.

—Bien. Tenías razón, al día siguiente estoy un poco dolorido, pero enseguida se me pasa.

—Notarás mayores beneficios cuando logremos eliminar esas contracturas de una vez por todas, cuando te acostumbres a estar relajado. Voy a enseñarte algunos estiramientos de yoga.

No, no podía verle los ojos, pero notó su rechazo en el lenguaje corporal.

—Creo que no.

—No es solo para chicas, ¿sabes?

Abra lanzó un largo suspiro.

—¿Ocurre algo?

—Tengo un conflicto interno. Sobre si decirte algo o no. Y creo que tienes derecho a saberlo, aun cuando es probable que vaya a disgustarte. Siento ser yo quien lo haga.

—¿Qué va a disgustarme?

—Un hombre ha venido a hablar conmigo después de la clase de esta mañana. Un detective privado... investigador privado. Se llama Kirby Duncan, de Boston, donde dice que tiene un cliente. Quería hacerme preguntas sobre ti.

—Vale.

—¿Cómo que vale? No vale. Ha sido prepotente y me ha dicho que me compensaría por la información, lo cual encuentro personalmente ofensivo, así que no vale. Es acoso, lo cual tampoco vale. Están acosándote. Deberías...

—¿Decírselo a la policía? Creo que ese barco ya ha zarpado. ¿Contratar a un abogado? Ya tengo uno.

—No está bien. La policía llevaba un año entero detrás de ti. ¿Y ahora ellos, o vete tú a saber quién, se esconden tras abogados y detectives para seguir persiguiéndote? Tiene que haber algún modo de detenerlos.

—No hay ninguna ley que prohíba hacer preguntas. Y no se esconden. Quieren que sepa quién paga por las preguntas y por las respuestas.

—¿Quiénes? Y no digas que no es asunto mío —le avisó, por si lo intentaba—. Ese gilipollas me abordó, a mí, e insinuó que me negaba a cooperar porque tú y yo teníamos una relación personal, que se traduce fácilmente en que me acuesto contigo.

—Lo siento.

—No. —Eli se había zafado de su mano, pero Abra volvió a tomársela—. No tienes que sentirlo. ¿Y si tuviéramos una relación personal como la que él insinúa? No es asunto suyo. Somos adultos y no tenemos pareja. Y no tiene nada de malo, ni de inmoral, que continúes con tu vida. Tu matrimonio se había acabado antes de que tu mujer muriera. ¿Por qué no puedes tener una vida que incluya una relación conmigo o con cualquier otra persona?

Eli se percató de que sus ojos se volvían de un verde especialmente intenso cuando estaba enfadada. Muy enfadada.

—Parece que te molesta más a ti que a mí.

—¿Por qué no te enfadas? —quiso saber Abra—. ¿Por qué no estás cabreado como una mona?

—He pasado mucho tiempo cabreado. No me ha ayudado en lo más mínimo.

—Es prepotente y... vengativo. ¿Qué sentido tiene ser vengativo cuando...? —En ese momento lo vio claro, diáfano—. Es su familia, ¿verdad? La familia de Lindsay. No pueden dejarlo estar.

—¿Lo harías tú?

—Joder, deja de ser tan razonable al menos una vez. —Se alejó unos pasos, airada, en dirección a la orilla—. Creo que si hubiera sido mi hermana, mi madre, mi hija, hubiera querido saber la verdad.

Se volvió y lo miró de frente. Él la observaba desde el mismo sitio.

—¿Cómo van a averiguar la verdad contratando a alguien para que venga aquí a hacer preguntas?

—Bueno, no es demasiado lógico. —Se encogió de hombros—. Y no va a reportarles nada, pero ellos creen que yo la maté. Para ellos no hay nadie más que pudiera o tuviera motivos para hacerlo.

—Eso es ser cerrado de mente y estrecho de miras. No eras la única persona de su vida ni, aun en el momento de su muerte, la más importante. Tenía un amante, un trabajo a tiempo parcial, amigos, estaba implicada en varias organizaciones, tenía familia.

Se detuvo al percatarse del modo en que Eli la miraba.

—Ya te dije que seguí el caso y escuchaba a Hester. Podía hablar conmigo cuando le resultaba difícil hacerlo contigo o con tu familia. Yo era alguien que se preocupaba por ella, pero sin lazos familiares, por lo que podía descargarse conmigo.

Eli permaneció en silencio unos instantes y luego asintió con la cabeza.

—Debió de ayudarla tener a alguien con quien descargarse.

—Pues sí. Y sé que a Hester no le gustaba tu mujer, ni un pelo, pero se habría esforzado y la habría acogido.

—Ya lo sé.

—Lo que quiero decir es que a Hester no le gustaba, y es bastante improbable que fuera la única persona en el mundo a la que eso le ocurría. Así que, como casi todos, Lindsay tenía enemigos, o al menos gente a la que no le caía bien, o con quien no se llevaba bien, o que le guardaba rencor.

—Ninguna de esas personas estaba casada con ella, ni se peleó con ella en público el día que murió, ni descubrió su cadáver.

—Pensando de esa manera, de verdad espero que ni te plantearas representarte.

Eli sonrió ligeramente.

—Habría tenido un tonto por cliente, así que no, pero todo lo que he dicho son razones válidas. Añade eso a la lista de agravios de su familia. Prioricé mis necesidades y ambiciones, muy por encima de las de ella, y no la hice feliz, así que buscó la felicidad en otro lugar. Les decía a sus padres que no me ocupaba de ella y se quejaba del tiempo que pasaba sola; creía que yo la engañaba con otras, que era frío y que no le hablaba bien.

—¿Aun cuando jamás encontraron ni una sola prueba de que tú la engañaras, ni siquiera después de una investigación policial exhaustiva, y en cambio ella a ti sí? ¿O de que no la tratabas mal de ninguna de las maneras?

—Fui bastante elocuente la última vez que hablé con ella en público.

—Ambos lo fuisteis, por lo que leí. Y, de acuerdo, entiendo la necesidad de acudir a la familia en busca de apoyo, de racionalizar las cosas y de hacer lo que sea en busca de consuelo, pero ¿echarte encima un detective privado, aquí? Aquí no hay nada. Hace años que no venías, por lo tanto, ¿qué pueden encontrar?

Sí, entendía a la perfección que a su abuela la hubiera ayudado contar con Abra para descargarse. A pesar de lo reticente que era a volver sobre lo mismo, Eli sabía que aquello lo ayudaría.

—No es tanto eso como hacerme saber que no van a dejar que me vaya de rositas. Sus padres están blandiendo la amenaza de presentar una demanda por homicidio doloso.

—Oh, Eli.

—Yo diría que solo es una forma más de mostrar que van a agotar todas sus opciones.

—¿Por qué sus opciones no incluyen acosar a su amante, o a cualquier otra persona con quien pudiera haber estado liada?

—Él tenía una coartada sólida. Yo no.

—¿Cómo de sólida?

—Estaba en casa con su mujer.

—Vale, todo eso ya lo he leído, y lo he oído, pero su mujer podría estar mintiendo.

—Por supuesto, pero ¿por qué? Su mujer, humillada y enfadada al enterarse por la policía de que su marido había tenido una aventura, con alguien que ambos conocían, juró a su pesar que esa noche él había llegado a casa antes de las seis. Sus testimonios sobre el momento de los hechos, sobre lo que hicieron en el lapso de tiempo clave, coincidían. Justin Suskind no mató a Lindsay.

—Tú tampoco.

—Yo tampoco, pero, si tienes en cuenta el factor de oportunidad, yo la tuve y él no.

—¿De parte de quién estás?

Eli volvió a sonreír levemente.

—De la mía. Sé que no la maté, del mismo modo que sé que, con lo que tienen, parezco culpable.

—Entonces necesitan algo más. ¿Cómo se consigue algo más?

—Lo hemos probado todo.

—Ellos han contratado un detective privado. Contrata uno tú.

—Ya lo hice, no encontró nada que sirviera de ayuda.

—Entonces ¿nos rendimos y punto? Venga ya. —Le dio un ligero empujón—. Contrata otro y vuelve a intentarlo.

—Ahora te pareces a mi abogado.

—Bien. Escucha a tu abogado. No puedes quedarte de brazos cruzados. Te lo digo por experiencia —añadió—. Es una larga historia que te contaré algún día. Por ahora, solo digo que cruzarse de brazos te hace sentir triste, débil y acobardado. Te hace sentir como una víctima. No eres una víctima si no lo permites.

—¿Alguien te hizo daño?

—Sí. Y durante demasiado tiempo hice lo mismo que haces tú ahora. Lo acepté. Contraataca, Eli. —Apoyó las manos en sus hombros—. Tanto si llegan a creer que eres inocente como si no, al menos sabrán que no eres su cabeza de turco. Y tú también.

Llevada por un impulso, se puso de puntillas y le rozó los labios con los suyos.

—Ve a llamar a tu abogado —le ordenó, y luego se alejó en dirección a los escalones de la playa.

Arriba, en el largo promontorio, Kirby Duncan sacaba fotos a través de su objetivo de largo alcance.

Ya había imaginado que había algo entre Landon y la esbelta morena. Aquello no significaba nada, por descontado, pero su trabajo consistía en documentarse, hacer preguntas y conseguir que Landon siguiera sin saber a qué atenerse.

La gente cometía más errores cuando no sabía a qué atenerse.

6

El aroma a café dio la bienvenida a Abra cuando llegó a Bluff House para hacer la limpieza. La joven le echó un vistazo a la cocina (Eli la tenía limpia y ordenada) y luego, viendo que él no lo había hecho, empezó a escribir la lista de la compra.

Cuando Eli apareció, Abra estaba encima de un taburete encerando los armarios.

—Buenas. —Volvió la cabeza y le dedicó una sonrisa espontánea—. ¿Hace mucho que te has levantado?

—Sí. Quería adelantar un poco de trabajo. —Sobre todo desde que la maldita pesadilla lo había despertado antes del alba—. Hoy tengo que ir a Boston.

—¿Y eso?

—Voy a ver a mi abogado.

—Bien. ¿Has comido?

—Sí, mamá.

Sin ofenderse, Abra continuó limpiando.

—¿Te dará tiempo de ver a tu familia?

—Ese es el plan. Mira, no sé cuándo volveré. Puede que acabe pasando allí la noche. Seguramente me quedaré un poco más.

—Por mí no te preocupes. Podemos cambiar el masaje para otro día.

—Te dejaré el dinero. ¿Lo mismo que la última vez?

—Sí. Si hay alguna diferencia a favor de uno u otro, ya lo

arreglaremos la semana que viene. Ya que no vas a trabajar, le daré un repaso al despacho y prometo no tocar nada del escritorio.

—De acuerdo.

Eli se quedó mirándola. Ese día Abra llevaba una camiseta negra, bastante conservadora para ella con unos pantalones negros ajustados y unas Chucks altas de color rojo.

Unas cadenitas de bolitas rojas colgaban de sus orejas, y se fijó en el pequeño cuenco de la isla de la cocina, donde había varios anillos. Supuso que se los había quitado para no mancharlos de cera.

—El otro día tenías razón —dijo, al fin.

—Eso siempre me gusta. —Bajó del taburete y se volvió—. ¿En qué tenía razón esta vez?

—En lo de contraatacar. He dejado que fuera a peor. Tenía mis razones, pero no me han ayudado en nada. Al menos tendría que armarme, por así decirlo.

—Muy bien. Uno puede permitir que lo persigan y lo acosen, y eso es lo que está haciendo la familia de Lindsay. No van a tirar adelante la demanda.

—Ah, ¿no?

—No tienen nada que hacer, legalmente hablando. Al menos yo no veo nada, y me he tragado muchas series de abogados.

Eli se rió a medias.

—Con eso ya te darían el título.

Contenta por la reacción de Eli, Abra asintió.

—Podría ganarme la vida. Solo están habeasando el corpus e incausando el por ende para darte por saco.

—Un… argumento irrefutable.

—Y racional. Seguramente piensan que si pueden alargarlo, y seguir desgastándote, tal vez descubran nuevas pruebas en tu contra. O, como mínimo, te machacarán y te atosigarán con documentos, mandatos judiciales y qué sé yo para que les ofrezcas un acuerdo económico. Están sufriendo, así que arremeten contra ti.

—Quizá sí que te ganaras la vida.

—Me gusta *The Good Wife*.

—¿El qué?

—Es una serie de abogados. Bueno, en realidad es un estudio de personaje, y hay morbo. Da igual. Lo que digo es que está bien que vayas a ver a tu abogado, que des un paso. Hoy tienes mejor aspecto.

—¿Que cuándo?

—Como nunca antes. —Apoyó la mano con que pulía los armarios en la cadera y ladeó la cabeza—. Deberías ponerte una corbata.

—¿Una corbata?

—Por lo general, no le encuentro sentido a que los hombres se pongan un nudo corredizo alrededor del cuello, lo que es propiamente una corbata, pero deberías llevar una. Te hará sentir más fuerte, que lo tienes todo más controlado. Estarás más seguro de ti. Aparte de que arriba tienes una colección de corbatas.

—¿Alguna otra cosa?

—No te cortes el pelo.

De nuevo, simplemente lo desconcertó.

—Y no me lo corto porque...

—Me gusta como te queda. No es muy de abogado, pero sí de escritor. Igual puedes arreglártelo un poco, si lo crees absolutamente necesario. En realidad, podría ayudarte con eso, pero...

—No, no podrías ni por asomo.

—Podría en términos de estar capacitada para hacerlo. No la fastidies y acabes pareciendo un abogado trajeado.

—Llevar corbata, pero no tocar el pelo.

—Exacto. Y llévale unas flores a Hester. Ahora es probable que puedas encontrar tulipanes, y le recordarán la primavera.

—¿Empiezo a tomar nota?

Abra sonrió mientras rodeaba la isla.

—No solo tienes mejor aspecto, sino que te sientes mejor. Me devuelves las impertinencias, pero no como un acto reflejo de mal humor. —Le cepilló las solapas de la americana—. Ve a buscar una corbata. Y conduce con cuidado.

Se puso de puntillas y lo besó en la mejilla.

—En serio, ¿quién eres?

—Ya llegaremos a eso. Saluda a tu familia de mi parte.

—De acuerdo. Ya nos veremos… cuando sea.

—Cambiaré la hora del masaje y la apuntaré en el calendario.

Volvió a rodear la isla, subió de nuevo al taburete y siguió limpiando los armarios.

Eli escogió una corbata. No podía decir que ponérsela lo hiciera sentir más fuerte o que lo tuviera todo más controlado, pero sí hizo que se sintiera más completo, por raro que le pareciera. Con aquello en mente, sacó el maletín, metió varias carpetas, una libreta nueva, lápices afilados, un bolígrafo extra y, tras pensárselo un segundo, la minigrabadora.

Se puso un abrigo bueno y se vio fugazmente en el espejo.

—¿Quién eres? —se preguntó.

No parecía el de siempre, pero tampoco tenía el mismo aspecto al que había acabado acostumbrándose. Ya no era abogado, pensó, si bien todavía no había quedado demostrado que fuera escritor. No culpable, si bien todavía no había quedado demostrado que fuera inocente.

Seguía en el limbo, aunque tal vez, tal vez por fin estuviera preparado para empezar a salir de allí.

Dejó el dinero de Abra en el escritorio antes de bajar y salió por la puerta principal cuando la música que ella había puesto para limpiar (ese día, clásicos del mejor Springsteen) retumbaba por toda la casa.

Subió al coche y en ese momento cayó en la cuenta de que era la primera vez que se ponía detrás del volante desde que había llegado y lo había aparcado, hacía tres semanas.

Decidió que le sentaba bien. Tomar el control, dar pasos. Encendió la radio y rió sorprendido cuando lo asaltó The Boss.

Con la idea de que aquello casi era como tener a Abra por compañía, se alejó de Whiskey Beach.

No reparó en el coche que se colocó disimuladamente detrás de él.

Como ese día no hacía demasiado frío, Abra abrió puertas y ventanas para dejar pasar el aire. Quitó las sábanas de la cama de Eli, puso unas nuevas y aireó la colcha. Después de pensarlo unos minutos, hizo un pez con una toalla de mano. Tras rebuscar en lo que ella llamaba su bolso tonto de emergencia, apareció con una pequeña pipa de plástico de color verde para la boca del pez.

Una vez que el dormitorio quedó como ella quería y la primera tanda de ropa estaba en la lavadora, se concentró en el despacho.

Le habría encantado revolver el escritorio, por si había dejado alguna nota o pista sobre el libro en el que estaba trabajando, pero un trato era un trato, así que se dedicó a sacar el polvo, pasó la aspiradora y reabasteció la neverita de botellines de agua y Mountain Dew. Escribió en un posit el siguiente mensaje que Hester le había dictado y lo pegó en uno de los botellines. Tras limpiar la silla de cuero, se demoró unos instantes para contemplar la vista que Eli tenía desde allí.

No está mal, pensó. El viento y el sol habían hecho desaparecer la nieve. Ese día, el mar se veía como una enorme extensión de color azul vivo y penetrante, y las algas se mecían con la brisa. Vio un barco de pesca (un rojo apagado sobre el azul intenso) que avanzaba pesadamente sobre el agua.

¿Eli ya consideraría aquello su hogar?, se preguntó. La vista, el aire, los sonidos y los olores. ¿Cuánto tiempo había tardado ella en sentirse como en casa?

No lo recordaba, no con total exactitud. Tal vez la primera vez que Maureen había llamado a su puerta con una bandeja de brownies y una botella de vino. O quizá la primera vez que paseó un buen rato por la playa y se sintió verdaderamente en paz consigo misma.

Igual que Eli, había llegado allí huyendo de algo. Sin embargo, ella había podido elegir y Whiskey Beach había sido una elección deliberada.

La correcta, pensó en esos momentos.

Distraídamente, pasó un dedo por las costillas del costado izquierdo y la fina cicatriz que las recorría. Ya apenas pensaba en ello, apenas pensaba en aquello de lo que había huido.

Sin embargo, Eli le recordaba a ella, y quizá fuera esa una de las razones por las que se sentía obligada a ayudarlo.

Tenía muchas más. Y, se dijo, podía añadir una nueva a la colección. La sonrisa que había visto florecer en su rostro al reconocer a Maureen.

Próximo objetivo, concluyó: darle a Eli Landon motivos para sonreír más a menudo.

Aunque, por el momento, tenía que meter su ropa interior en la secadora.

Cuando Neal Simpson salió a saludarlo, Eli apenas había tenido tiempo de sentarse en la sala de espera y rechazar el ofrecimiento de un café, agua o cualquier otra cosa que le había hecho una de las tres recepcionistas.

—Eli. —Neal, vestido elegantemente con un traje de primera calidad, le tendió la mano y estrechó la de Eli con fuerza—. Me alegro de verte. Pasemos a mi despacho.

Se movía con suma agilidad a través del laberinto de oficinas del despacho Gardner, Kopek, Wright y Simpson, decoradas de manera intachable. Un hombre seguro de sí mismo, un abogado excepcional que, con treinta y nueve años, había conseguido ser socio de pleno derecho y estampar su nombre en el membrete de una de las mejores firmas de la ciudad.

Eli confiaba en él, tenía que hacerlo. A pesar de que habían trabajado en bufetes distintos, a menudo compitiendo por los mismos clientes, se habían movido en círculos similares y tenían amistades en común.

Al menos antes, pensó Eli, ya que la mayoría de sus amigos habían desaparecido bajo el fuego constante de los medios de comunicación.

Ya en el despacho, con su amplia e invernal vista del parque

Common, Neal pasó junto al impresionante escritorio y le indicó a Eli unos sillones de cuero.

—Tomémonos un minuto primero —propuso Neal, cuando su atractiva ayudante entró con una bandeja y dos tazas enormes de cremoso capuchino—. Gracias, Rosalie.

—De nada. ¿Quieren que les traiga algo más?

—Ya se lo haré saber.

Neal se recostó en el asiento y se quedó mirando a Eli mientras su ayudante salía y cerraba la puerta.

—Tienes mejor aspecto.

—Eso me han dicho.

—¿Cómo va el libro?

—Algunos días mejor que otros. En general, no va mal.

—¿Y tu abuela? ¿Va recuperándose del accidente?

—Sí. Luego me pasaré a verla. No tienes que hacer esto, Neal.

Neal, que tenía los ojos castaños y astutos, tomó su taza y se acomodó en el sillón.

—¿Hacer el qué?

—La charla intrascendente, la relajación rutinaria del cliente.

Neal probó el café.

—Nos llevábamos bien antes de que me contrataras, pero no lo hiciste porque nos lleváramos bien. O al menos no fue el motivo principal. Cuando te pregunté por qué habías recurrido a mí en concreto, tenías diversas y buenas razones. Entre otras, porque creías que ambos compartíamos una visión del derecho y de nuestro trabajo muy similar. Representamos al cliente en su totalidad. Quiero saber cómo estás de ánimo, Eli. Eso me ayuda a decidir qué acciones recomendarte y cuáles no. Y hasta dónde tendré que persuadirte para que sigas una recomendación que tal vez no te apetezca seguir.

—Mi estado de ánimo cambia tanto como la marea. Ahora mismo… no diría que es optimista, pero sí más agresivo. Neal, estoy cansado de arrastrar esta cadena. Estoy cansado de lamentarme por lo que tenía, de ni siquiera saber si quiero recuperarlo. Estoy cansado de estar estancado. Quizá sea mejor que resbalar por un precipicio marcha atrás, como me sentía hace unos meses, pero desde luego no es avanzar.

—Vale.

—No hay nada que pueda hacer para cambiar lo que los padres de Lindsay, o cualquier otra persona, piensen de mí o sientan hacia mi persona. No hasta que se encuentre, detenga, juzgue y condene al asesino de Lindsay. E incluso entonces habrá quien piense que, de algún modo, me he escurrido por entre los dedos de la justicia. Así que, a la mierda.

Neal volvió a dar un sorbo a su café y asintió con la cabeza.

—De acuerdo.

Eli se puso en pie.

—Tengo que saberlo —dijo, empezando a pasear por el despacho—. Era mi mujer. No importa que ya no nos quisiéramos, si es que alguna vez lo habíamos hecho. No importa que me engañara. No importa que yo quisiera poner fin al matrimonio y apartarla de mi vida. Era mi mujer y necesito saber quién entró en nuestra casa y la mató.

—Podemos volver a poner a Carlson en ello.

Eli negó con la cabeza.

—No, él ya hizo todo lo que pudo. Quiero a alguien nuevo, alguien que no sepa nada del asunto, que empiece por el principio. No estoy metiéndome con Carlson. Su trabajo era encontrar pruebas que sustentaran una duda razonable. Quiero sangre nueva, no para buscar evidencias que demuestren que no lo hice, sino para encontrar a quien lo hizo.

Neal tomó nota en su libreta con toda calma.

—¿Ponernos en ello sin descartarte automáticamente?

—Exacto. Quienquiera que contratemos tendría que investigarme en profundidad. Quiero una mujer.

Neal sonrió.

—¿Y quién no?

Eli se rió a medias y volvió a sentarse.

—Pues yo los últimos dieciocho meses.

—No me extraña que tengas ese aspecto de pena.

—Creía que había mejorado.

—Y es cierto, lo que demuestra lo bajo que has caído. Quieres que el detective sea una mujer.

—Quiero una investigadora lista, experimentada y concienzuda. Los amigos de Lindsay estarán más dispuestos a hablar con una mujer, a abrirse más de lo que lo hicieron con Carlson. Coincidimos con la policía acerca de que o bien Lindsay dejó entrar al asesino en casa, o bien este tenía una llave. No hubo allanamiento de morada, y después de que ella llegara a casa a las cuatro y media y conectara la alarma, nadie volvió a hacerlo hasta que llegué yo sobre las seis y media. La atacaron por detrás, lo que significa que le dio la espalda a su asesino. No le tenía miedo. No hubo pelea, ni forcejeo, no fue un robo chapucero. Lindsay conocía y no temía a su asesino. Suskind tenía una coartada, pero ¿y si él no era su único amante? ¿Y si solo era el último?

—Ya fuimos por ese camino —le recordó Neal.

—Pues volveremos a recorrerlo, más despacio, dando un rodeo si parece prometedor. Que la policía mantenga el caso abierto, que siga minándome la moral. No me importa, Neal. Yo no la maté y ellos han agotado todas las opciones tratando de demostrar que lo hice. No se trata de terminar con eso, ya no. Se trata de saber, y de poder pasar página.

—Vale. Haré algunas llamadas.

—Gracias. Y ya que hablamos de detectives privados… Kirby Duncan.

—Ya he hecho algunas llamadas al respecto. —Se levantó, se acercó al escritorio y regresó con una carpeta—. Tu copia. ¿Básicamente? Dirige su propio negocio, que se reduce a lo esencial. Tiene fama de actuar al margen de la ley, pero nunca se le ha citado de manera oficial. Fue policía durante ocho años, en el Departamento de Policía de Boston, y todavía conserva muchos contactos de esa época.

Mientras Neal hablaba, Eli abrió el expediente y leyó el informe.

—Supuse que lo habría contratado la familia de Lindsay, pero me parece demasiado discreto, demasiado básico para ellos.

—Con el entrecejo fruncido mientras leía, buscó un nuevo ángulo, otras posibilidades—. Hubiera dicho que se decantarían por algo que llamara más la atención, por una empresa más sofisticada, con tecnología más moderna y mayor renombre.

—Estoy de acuerdo contigo, pero la gente a veces toma ese tipo de decisiones basándose en muchos factores. Podría habérselo recomendado un amigo, un socio u otro miembro de la familia.

—Bueno, si ellos no lo han contratado, no se me ocurre quién querría hacerlo.

—Su abogada ni lo confirma ni lo desmiente —dijo Neal—. En estos momentos, no está obligada a revelar esa información. Duncan fue poli. Es posible que Wolfe y él se conozcan y que Wolfe haya decidido hacer una inversión. Si es así, no va a decírmelo.

—Tampoco me parece que sea su estilo, pero… No hay nada que podamos hacer para evitar que Duncan vaya haciendo preguntas por Whiskey Beach, sea quien sea su cliente. Ninguna ley se lo impide.

—Del mismo modo que ninguna te obliga a hablar con él. Eso no significa que nuestra propia investigadora no pueda hacer preguntas y recabar información sobre él. Y tampoco significa que no podamos filtrar que hemos contratado a alguien justamente para eso.

—Sí —convino Eli—. Ha llegado la hora de echar leña al fuego.

—En estos momentos, los Piedmont están haciendo ruido, intentan sembrar dudas sobre tu inocencia y mantener el interés de los medios de comunicación en el caso de su hija, que ha disminuido, y el del público. El beneficio indirecto es hacerte la vida imposible, así que tal vez esta última ofensiva del detective privado se derive de ahí.

—Están jodiéndome.

—Sin rodeos, sí.

—Déjalos. No puede ser peor que cuando esto era un circo las veinticuatro horas del día, siete días a la semana. Superé aquello y superaré esto. —Ahora lo creía. No se limitaría a cruzarse de brazos hasta que todo pasara, sino que haría algo para dejarlo atrás—. No voy a quedarme quieto mientras ellos me disparan, esta vez no. Perdieron a su hija, y lo siento, pero no van a conseguir nada tratando de joderme.

—Entonces, cuando su abogada lance la idea de un acuerdo, lo que supongo que hará en algún momento, es un no rotundo.

—Es un que os den rotundo.

—Estás mejor.

—Me pasé la mayor parte del año perdido en medio de una espesa niebla: conmoción, culpabilidad, miedo. Cada vez que el viento cambiaba y se abría un pequeño claro, lo único que veía era una nueva trampa. Todavía no he salido de la niebla y, por Dios, temo que avance de nuevo y me asfixie, pero ahora mismo, a día de hoy, estoy dispuesto a arriesgarme, a caer en una de esas trampas para salir de una vez por todas y volver a respirar aire fresco.

—Vale. —Neal balanceó una pluma Montblanc de plata sobre la libreta—. Hablemos de la estrategia.

Cuando por fin salió del despacho de Neal, Eli fue a pasear por el Common. Se preguntó cómo se sentía estando de vuelta en Boston, aunque solo fuera por un día. No logró encontrar la respuesta. Todo seguía resultándole familiar, y eso lo consolaba. Los primeros brotes verdes que se abrían paso a través del suelo invernal, hacia un sol de primavera, lo alegraron y le infundieron esperanza.

La gente plantaba cara al viento (ese día no soplaba demasiado fuerte) mientras comía en los bancos, daba un paseo como hacía él o simplemente atajaba por el parque de camino a cualquier otro lugar.

Antes le encantaba vivir allí, eso lo recordaba. Notó una vez más esa sensación de familiaridad, de saber dónde se encontraba, de tener un objetivo. Si le apetecía una buena caminata, podía ir desde allí hasta el despacho donde en otro tiempo había recibido a clientes con los que había planeado estrategias, del mismo modo que Neal había hecho con él.

Sabía dónde preparaban su café preferido, dónde comprar algo rápido para comer o dónde podía disfrutar de una comida larga, sin prisas. Tenía sus bares favoritos, su sastre, la joyería donde solía comprar los regalos de Lindsay.

Ya nada de eso tenía que ver con él. Y allí parado, ensimismado en el verde intenso de los narcisos aún sin florecer, comprendió que no lo lamentaba. O no tanto como antes.

En fin, buscaría un lugar nuevo donde no le cortaran demasiado el pelo y compraría tulipanes para su abuela. Y antes de volver a Whiskey Beach, metería en una maleta el resto de su ropa y se llevaría todo su equipamiento deportivo. Se tomaría en serio el recuperar la parte de su vida que seguía allí, a la espera de que la recogiera, y empezaría a desprenderse de verdad de todo lo demás.

Cuando aparcó delante de la hermosa casa de ladrillo rojo de Beacon Hill, las nubes habían tapado el sol. Pensó que el descomunal ramo de tulipanes morados tal vez pudiera compensarlo. Lo sujetó como pudo con una mano mientras se las ingeniaba para sacar del coche el ramillete de jacintos, una de las flores favoritas de su madre.

Estaba dispuesto a admitir que el viaje, la cita y el paseo lo habían agotado físicamente más de lo que le gustaría, pero no iba a dejar que su familia lo notara. A pesar que el cielo se había encapotado, se aferró a la esperanza que había visto nacer en el Common.

Estaba a punto de llegar a la puerta cuando esta se abrió.

—¡Señor Eli! Bienvenido a casa, señor Eli.

—Carmel.

De no llevar las manos ocupadas, habría abrazado a la asistenta de toda la vida. Optó por agacharse hasta su metro cincuenta de corpulenta alegría para besarla en la mejilla.

—Está muy delgado.

—Lo sé.

—Voy a decirle a Alice que le prepare un sándwich. Y se lo va a comer.

—Sí, señora.

—Pero ¡mira qué flores tan bonitas!

Eli se las arregló para sacar un tulipán del ramo.

—Para usted.

—Es usted un amor. Entre, entre. Su madre llegará dentro de poco y su padre prometió que estaría en casa a las cinco y media para verlo, por si no se queda en casa. Pero va a quedarse, y a cenar. Alice está preparando estofado de ternera y crème brûlée de vainilla de postre.

—Será mejor que le guarde un tulipán.

Una sonrisa animó el ancho rostro de Carmel un instante antes de que sus ojos se llenaran de lágrimas.

—No. —Ahí estaba el dolor, la angustia que había visto todos los días desde el asesinato de Lindsay en el rostro de la gente que amaba—. Todo va a salir bien.

—Saldrá bien. Claro que sí. Venga, deme ese ramillete.

—Son para mi madre.

—Es usted un buen chico. Siempre ha sido un buen chico, incluso cuando no se portaba bien. Su hermana también viene a cenar.

—Tendría que haber comprado más flores.

—¡Ja! —Contuvo las lágrimas con un rápido parpadeo y agitó una mano en el aire para que siguiera su camino—. Llévele esas a su abuela. Está arriba, en la salita, seguramente delante del ordenador. No hay manera de apartarla de ahí, se pasa frente a la pantalla todas las horas del día y la noche. Le llevaré el sándwich y un jarrón para esos tulipanes.

—Gracias. —Echó a andar hacia la amplia y majestuosa escalera—. ¿Cómo está ella?

—Cada día mejor. Todavía le preocupa no ser capaz de recordar lo que ocurrió, pero está mejor. Se alegrará de verlo.

Eli subió y dobló hacia el ala este al llegar al descansillo.

Tal como Carmel había augurado, su abuela estaba sentada frente al escritorio, tecleando en el portátil.

Espalda y hombros rectos como un palo, bajo una impoluta chaqueta de punto verde. El pelo oscuro veteado de canas plateadas, peinado con elegancia.

Se percató de que no había ningún andador y negó con la cabeza, pero el bastón con un león de plata en el mango estaba apoyado en el escritorio.

—¿Otra vez agitando a las masas?

Se acercó por detrás y la besó en la coronilla. La mujer levantó una mano para tomar la de su nieto.

—Llevo haciéndolo toda la vida. ¿Por qué iba a dejarlo ahora? Ven que te vea.

Lo empujó hacia atrás con suavidad mientras giraba con la silla. Aquellos ojos castaños lo estudiaron sin compasión. A continuación, curvó los labios, levemente.

—Whiskey Beach te sienta bien. Sigues estando demasiado delgado, pero ya no tan pálido, ni tan triste. Me has traído un pedacito de primavera.

—Abra tiene todo el mérito. Fue ella quien me dijo que te las trajera.

—Y tuviste el buen juicio de escucharla.

—No es de las que suelen aceptar un no por respuesta, si es que lo hace alguna vez. Supongo que por eso te gusta.

—Entre otras razones. —Le tomó la mano unos instantes, con fuerza—. Estás mejor.

—Hoy.

—Hoy es lo que importa. Siéntate. Eres tan condenadamente alto que está entrándome tortícolis. Siéntate y explícame qué has estado haciendo.

—Trabajando, dándole vueltas a la cabeza, autocompadeciéndome, hasta que he decidido que lo único que me hace sentir yo mismo es trabajar. Así que voy a acabar con la necesidad de darle vueltas a la cabeza y autocompadecerme.

Hester le dedicó una sonrisa, satisfecha.

—Ahí está. Ese es mi nieto.

—¿Y el andador?

El rostro de la anciana recuperó las arrugas altaneras.

—Lo he jubilado. Gracias a los médicos, llevo suficiente chatarra en el cuerpo como para mantener unido un acorazado. El fisioterapeuta me hace trabajar como si fuera mi sargento de instrucción. Si puedo aguantar eso, puedo moverme la mar de bien sin un andador de vieja.

—¿Sigues teniendo molestias?

—Aquí y allí, de vez en cuando, pero menos que antes. Yo diría que más o menos como tú. No podrán con nosotros, Eli.

Ella también había perdido peso, y el accidente, así como la compleja recuperación, habían excavado más arrugas en su rostro. Sin embargo, su mirada seguía conservando la misma intensidad de siempre, cosa que confortó a Eli.

—Empiezo a creerlo.

Eli charlaba con su abuela cuando Duncan detuvo el coche junto al bordillo y estudió la casa a través del objetivo de largo alcance de su cámara. A continuación, lo bajó y sacó la grabadora para completar las notas del día.

Se puso cómodo, a esperar.

7

Una parte del trabajo era puro aburrimiento. Kirby Duncan se puso cómodo en el asiento de su turismo mientras mordisqueaba una zanahoria. Tenía una nueva amiga, y la idea de echar un polvo lo había convencido de bajar cuatro kilos.

Ya llevaba uno.

Había movido el coche una vez durante las últimas dos horas y se planteó volver a hacerlo en ese momento. El instinto le decía que Landon iba a quedarse allí un buen rato, probablemente para celebrar una cena familiar. Había sacado fotos de la madre, el padre y hacía poco de la hermana, seguida del marido y una niña pequeña.

Sin embargo, su trabajo consistía en controlar a Landon, así que eso haría.

Había seguido a aquel cacharro, un señuelo fácil incluso con tráfico, hasta Boston, hasta el edificio donde se encontraba el abogado de Landon. Eso le había dado la oportunidad de pasearse sin preocupación cerca del coche. Nada interesante.

Unos noventa minutos después, había continuado tras él hasta el Common y luego hasta una peluquería de las caras, junto a la que había esperado mientras le cortaban el pelo. Duncan no vio demasiada diferencia para los más de cincuenta dólares que había costado el corte.

Aunque de todo tenía que haber en la viña del Señor.

Landon había hecho otra parada, en una floristería, y había salido cargado.

No era más que un tipo haciendo recados por la ciudad antes de ir a visitar a su familia. Típicas tonterías.

De hecho, por lo que Duncan veía, todo lo que hacía Landon eran tonterías, y tampoco tantas como para herniarse. Si el tipo había matado a su mujer y había salido impune, desde luego no estaba celebrándolo.

El informe de Duncan, hasta el momento, no tenía chicha. Unos cuantos paseos por la playa, el encuentro con el pimpollo de la asistenta y la mujer que le había dado un fuerte abrazo... y que resultó estar casada y ser madre de tres hijos.

Suponía que Landon y la asistenta estaban liados de alguna manera, pero no podía relacionarlos con anterioridad a la llegada de Eli a la casa de la playa.

Sin embargo, al comprobar los antecedentes, había descubierto que Abra Walsh arrastraba un historial con tipos violentos, lo que encajaba a la perfección con Landon... si es que el tipo le había hundido la cabeza a su mujer, cosa que Duncan dudaba. Tal vez Landon solo fuera el novio actual de la chica, pensó, pero lo actual era básico, ya que no había encontrado ni un solo indicio que le permitiera concluir que ambos habían intimado antes del asesinato.

Incluso la poca información de la que disponía no ratificaba la insistencia de su cliente en la culpabilidad de Landon, ni la certeza de Wolfe, viejo amigo de Duncan cuando era policía, de que Landon le había roto y hundido la cabeza a su mujer porque le ponía los cuernos.

Cuanto más lo observaba, menos culpable parecía aquel pobre desgraciado.

Para recabar información, había probado el abordaje directo, como con el pimpollo de la asistenta, y un estilo más sinuoso con la recepcionista del bed and breakfast y un par de personas más. Se limitó a mencionar la gran casa del acantilado y a preguntar, como lo haría cualquier turista, sobre su historia y los dueños.

Había oído versiones hasta hartarse acerca de una fortuna forjada en sus inicios a base de alcohol, de botines pirata, destilerías y contrabando de whisky durante los viejos tiempos de la ley seca. Leyendas sobre joyas robadas y escondidas durante generaciones. Los escándalos familiares y los típicos fantasmas, héroes y villanos que eran de esperarse, hasta llegar al asunto de Eli.

Su fuente más entretenida había sido la guapa dependienta de la tienda de regalos que, de buen grado, había pasado media hora de una tarde sombría de temporada baja cotilleando con un cliente que había hecho una buena compra. Los chismorreos a menudo eran los mejores colaboradores de un detective privado, y Heather Lockaby se había mostrado bastante colaboradora.

La mujer se sentía «fatal» por Eli, recordó Duncan. Consideraba a la esposa asesinada una esnob fría y antipática que ni siquiera se había molestado en ir a visitar a la anciana abuela de Eli. Después se había ido por las ramas con el tema de la caída de Hester Landon, pero él la había reconducido con facilidad hacia el asunto que le interesaba.

Según la indiscreta Heather, a Landon nunca le había faltado la compañía femenina durante los veranos y las vacaciones que había pasado en Whiskey Beach, al menos durante su adolescencia y primera juventud. Le gustaban las fiestas, refrescarse con varias cervezas en los bares del lugar y pasearse por todas partes en su descapotable.

Absolutamente nadie, según Heather, habría imaginado que sentaría cabeza y se casaría antes de los treinta. Y se había hablado muchísimo acerca de eso, aunque las habladurías acabaron cuando no llegó ningún bebé.

Se hizo más que evidente que había problemas en el paraíso cuando Eli dejó de llevarla a Bluff House, y después también, cuando él dejó de visitar a su abuela. A nadie le sorprendió que empezaran a oírse rumores sobre el divorcio.

Y ella, personalmente, ya sabía antes de que se descubriera que la antipática de Lindsay estaba poniéndole los cuernos a Eli. Saltaba a la vista. No lo culpaba a él en lo más mínimo por enfadarse y arremeter contra ella. No, no lo culpaba. Y en el caso hipotético de que la hubiera matado, algo que por supuesto ella ni se planteaba, estaba segura de que habría sido un accidente.

Duncan no le preguntó cómo podía equipararse con un accidente golpear a una mujer varias veces en la cabeza con un atizador. Ya se había dejado doscientos cincuenta dólares en tontadas para que continuara hablando y, salvo por el rato de entretenimiento, no le había proporcionado nada de valor.

Sin embargo, le resultó interesante que varios lugareños consideraran al hijo intachable sospechoso de asesinato. Y la sospecha abría puertas. Llamaría a ellas durante los próximos días y se ganaría sus honorarios.

Por el momento, volvió a plantearse la posibilidad de dar el asunto por acabado y dejarlo para el día siguiente. O al menos ir un momento al lavabo.

Mientras removía las nalgas de un lado a otro porque se le habían quedado dormidas sonó el móvil.

—Duncan. —Volvió a removerse al oír la voz de su cliente—. Resulta que estoy frente a la casa de sus padres, en Beacon Hill. Ha venido a Boston esta mañana. Le tendré preparado un informe el…

Volvió a menear el trasero cuando el cliente lo interrumpió para hacerle un montón de preguntas.

—Sí, eso es. Ha estado todo el día en Boston, se ha visto con su abogado, se ha cortado el pelo y ha comprado flores.

El cliente pagaba las facturas, se recordó, mientras anotaba la llamada en su libreta.

—Su hermana y su familia habrán llegado hará unos treinta minutos más o menos. Tiene pinta de reunión familiar. Por la hora que es, yo diría que como mínimo se quedará a cenar. No creo que vaya a haber más actividad por aquí, así que… Si es lo que quiere. Puedo hacerlo.

Es tu dinero, pensó Duncan, y se resignó a pasar una larga noche.

—Me pondré en contacto con usted cuando salga.

Cuando colgó el teléfono, Duncan negó con la cabeza. Los clientes pagaban las facturas, pensó de nuevo, y se comió otra zanahoria.

Aunque solo había estado fuera unas cuantas semanas, aquello parecía la celebración de su regreso a casa. La leña crepitaba y llameaba en la gran chimenea de piedra, frente a la que se acurrucaba la vieja Sadie. Todos estaban sentados en el llamado «salón familiar», con su tradicional mezcla de antigüedades y fotos de familia, y su jarrón alto y estrecho sobre el piano lleno de lirios rojos. Estaban allí del mismo modo que lo hubieran hecho, charlando y bebiendo vino, cualquier otra noche antes de que el mundo se viniera abajo.

Incluso su abuela, a quien, lejos de oponerse, le había complacido que él la bajara por la escalera y la dejara en su sillón de orejas preferido, conversaba como si nada hubiera cambiado.

Eli supuso que la pequeña ayudaba, tan guapa que daban ganas de comérsela, y rápida como el rayo. Selina, a punto de cumplir tres años, inundaba la estancia de energía y diversión.

Le pidió que jugara con ella, así que Eli se sentó en el suelo y la ayudó a construir un castillo de bloques para su muñeca que era una princesa.

Algo sencillo, algo normal y corriente, y algo que le recordó que él, en otra época, también se había imaginado con hijos.

Pensó que sus padres parecían menos tensos que hacía unas semanas, cuando se había ido a Whiskey Beach. La pesadilla por la que habían pasado había acentuado las arrugas del rostro de su padre y habían teñido la cara de su madre de una palidez casi translúcida.

Sin embargo, ellos nunca habían flaqueado, se dijo.

—Voy a darle de comer a esta niña tan ocupada. —La hermana de Eli posó la mano sobre la de su marido y le dio un apretón antes de levantarse—. Tío Eli, ¿por qué no me ayudas con ella?

—Ah… Claro.

Selina, con la muñeca en la mano, levantó los brazos y lo obsequió con una sonrisa irresistible. Eli la levantó del suelo y la llevó consigo.

La corpulenta Alice era quien gobernaba la inmensa cocina de seis fogones.

—Tiene hambre, ¿no?

Selina abandonó a Eli de inmediato y alargó los brazos en dirección a la cocinera.

—Aquí está mi princesa. Ya la tengo —le dijo a Tricia, cargando a Selina y ajustándola en su cadera con suma habilidad—. Puede cenar y hacerme compañía… y a Carmel también, en cuanto le diga que tenemos a nuestra niña para nosotras. La cena estará servida en la mesa para el resto de los mortales en unos cuarenta minutos.

—Gracias, si le da algún problema…

—¿Problema? —Alice abrió los ojos como platos de manera cómica y habló con exagerada sorpresa—. Mire esta carita.

Riendo, Selina rodeó el cuello de la cocinera con sus brazos y le habló en lo que ella consideraba un susurro.

—¿Hay galletas?

—Después de cenar —contestó Alice, con otro susurro—. Todo controlado. —Hizo un gesto para echarlos de la cocina—. Vayan a relajarse.

—Sé buena —advirtió Tricia a su hija antes de tomar a su hermano de la mano. Con su metro ochenta de estatura, un cuerpo bien tonificado y una voluntad férrea, lo sacó fácilmente de la cocina y lo alejó del salón en dirección a la biblioteca—. Quiero hablar un momento contigo.

—Me lo figuraba. Estoy bien. Todo va bien, así que…

—Déjalo ya.

A diferencia de su madre, de voz más suave y diplomática, Tricia había heredado de su abuelo paterno, un hombre directo, duro y dogmático los rasgos más distintivos de su personalidad.

Lo cual podría explicar por qué ocupaba el cargo de directora de operaciones de Landon Whiskey.

—Todos nos andamos con pies de plomo para hablar de cualquier cosa menos de lo que ocurrió, lo que ocurre y cómo lo gestionas. Y me parece bien, pero ahora estamos solos, cara a cara, sin correos electrónicos que puedas redactar y rectificar a tu gusto. ¿Cómo lo llevas, Eli?

—Escribo sin parar, doy paseos por la playa y como cuando toca porque la asistenta de la abuela me hace la comida.

—¿Abra? Es guapísima, ¿verdad?

—No. Es interesante.

Tricia sonrió y se sentó en el brazo de un amplio sillón.

—Entre otras cosas. Me alegra oírlo, Eli, porque es justamente lo que tendrías que estar haciendo. Pero si todo va tan bien, ¿por qué has vuelto a Boston?

—¿No puedo venir a ver a mi familia? ¿Qué pasa, ahora estoy desterrado?

Incluso el modo en que Tricia levantó el dedo y lo señaló le recordó a su abuelo.

—No me des largas. No tenías planeado volver hasta Semana Santa, pero estás aquí. Desembucha.

—No es nada. Quería hablar, cara a cara, con Neal. —Echó un vistazo a la puerta—. Mira, no quiero preocupar a mamá y a papá, no vale la pena. Y veo que parecen menos estresados. Los Piedmont andan diciendo que van a poner una demanda por homicidio doloso.

—Eso son gilipolleces, nada más que gilipolleces. A estas alturas, eso es un acoso evidente, Eli. Tendrías que hablar con… Neal —terminó de decir, y soltó un suspiro—. Como ya has hecho. ¿Qué piensa él?

—Cree que solo es ruido, al menos por el momento. Le he dicho que contrate un nuevo detective, que esta vez busque a una mujer.

—Ya empiezas a ser tú —constató Tricia, y los ojos se le llenaron de lágrimas.

—No, Tricia, por Dios.

—No es solo que… tú… O no es solo eso. Son las hormonas. Estoy embarazada. Esta mañana me he puesto a llorar cantando «Wheels on the Bus» con Sellie.

—Oh. Uau. —Sintió que una alegría le recorría el cuerpo y se dirigía derecha al corazón—. Eso es bueno, ¿no?

—Es genial. Max y yo estamos encantados. Todavía no vamos a decírselo a nadie, aunque creo que mamá sospecha algo. Solo estoy de unas siete semanas. Qué narices. —Se secó las lágrimas y se sorbió la nariz—. Lo hablaré con Max y se lo diremos a todos en la cena. ¿Por qué no convertirla en una celebración?

—Y así no hablamos de mí.

—Sí, no digas que nunca hago nada por ti. —Se levantó y lo estrechó entre sus brazos—. Desviaré el centro de atención de todos si me prometes que no volverás a enviar más correos cuidadosos, al menos a mí. Si tienes un mal día, dímelo. Y si es así y quieres compañía, puedo apañármelas para llevarme a Sellie y pasar un par de días contigo. Incluso con Max, si puede arreglárselas en el trabajo. No tienes por qué estar solo.

Eli sabía que su hermana no lo decía por decir. Tricia estaba dispuesta a reordenar, realinear y reprogramar; era toda una experta, y lo haría por él.

—Estoy bien solo, no te ofendas. Estoy empezando a comprender a todo lo que he renunciado durante demasiado tiempo.

—La oferta sigue en pie. Y no esperaremos a que nos invites si sigues allí este verano. Iremos sin más. Flotaré como la ballena que seré por entonces y dejaré que todo el mundo me atienda.

—Típico.

—Dilo cuando arrastres diez kilos de más y te obsesionen las estrías. Vuelve con los demás. Voy un momento a echar un vistazo para asegurarme de que Selina no ha engatusado a Alice para que le dé esas galletas antes de cenar.

Esa noche, a las nueve en punto, Abra terminó su clase de yoga en casa y cogió un botellín de agua mientras sus alumnos enrollaban las colchonetas.

—Siento haber llegado un poco tarde —dijo Heather… una vez más—. Hoy se me ha ido un poco el santo al cielo.

—No te preocupes.

—Odio perderme los ejercicios de respiración del calentamiento. Siempre son de ayuda. —Heather suspiró, exhaló el aire con las manos hacia abajo e hizo sonreír a Abra.

Nada detenía a Heather. Se la imaginaba hablando mientras dormía, igual que hacía durante toda una sesión de masaje de sesenta minutos.

—He salido corriendo de casa como una loca —prosiguió Heather—. Ah, y he visto que el coche de Eli no estaba en Bluff House. No me digas que ya se ha vuelto a Boston.

—No.

Reacia a dejarlo ahí, Heather se subió la cremallera del abrigo.

—Solo me lo preguntaba. Es una casa muy grande. Con Hester... Bueno, ella forma parte de la casa, ya sabes a qué me refiero, pero me imagino que Eli, con todo lo que debe de tener en la cabeza, se pierde en ese lugar.

—No, por lo que yo he visto.

—Sé que lo ves cuando vas a limpiar la casa, así que en ese momento de alguna manera lo acompañas. Pero con todo el tiempo que tiene, bueno, yo diría que no debe de saber qué hacer en todo el día. Eso no puede ser sano.

—Está escribiendo una novela, Heather.

—Bueno, ya sé que eso es lo que él dice. O es lo que la gente dice que él dice, pero es abogado. ¿Qué sabrá un abogado de escribir novelas?

—Oh, pues no sé. Pregúntale a John Grisham.

Heather abrió la boca y volvió a cerrarla.

—Ah, supongo que tienes razón. Pero aun así...

—Heather, creo que está empezando a llover. —Greta Parrish se acercó a ellas—. ¿Te importaría llevarme en coche a casa? Creo que estoy pescando un resfriado.

—Oh, bueno, pues claro que sí. Deja que vaya a buscar la colchoneta.

—Me debes una —murmuró Greta cuando Heather salió corriendo.

—De las grandes.

Le estrechó la mano agradecida y se alejó rápidamente a entretenerse apilando colchonetas para parecer ocupada.

En cuanto su casa estuvo vacía, dejó escapar un suspiro.

Le encantaban las clases que impartía en su domicilio; la intimidad, las conversaciones informales antes y después de los ejercicios, pero había veces que…

Tras ordenar la galería acristalada, subió a la primera planta, se puso su pijama preferido (unas ovejas blancas y esponjosas saltando sobre un fondo rosa) y volvió a bajar.

Había pensado en servirse un poco de vino, encender la chimenea y acurrucarse delante con un libro. El sonido de la lluvia repiqueteando sobre la terraza entarimada la hizo sonreír. Una noche lluviosa, un fuego, una copa de vino…

Lluvia. Maldita sea, ¿había cerrado todas las ventanas de Bluff House?

Claro que lo había hecho. No se habría olvidado de…

¿Seguro? ¿Absolutamente todas? ¿La del gimnasio casero de Hester también?

Cerró los ojos con fuerza, intentó visualizarlo, intentó verse cruzando la habitación y ajustando las ventanas.

Pero no logró recordarlo, no podía estar segura.

—¡Mierda, mierda, mierda!

No se quedaría tranquila hasta que lo hubiera comprobado, y solo tardaría unos minutos. De todas maneras, antes había guiso un pavo, así que de paso se llevaría la fiambrera que le había preparado a Eli.

La sacó de la nevera y después se quitó los cómodos calcetines para meter los pies en sus viejas botas con forro polar. Se puso el abrigo sobre el pijama, cogió un gorro y corrió hacia el coche mientras se lo encasquetaba en la cabeza.

—Cinco minutos, diez a lo sumo, y luego de vuelta en casita con esa copa de vino.

Salió disparada en dirección a Bluff House, sin dejarse intimidar por el retumbo de los truenos. Finales de marzo era sinónimo de tiempo de locos en cuanto al clima. Esa noche, truenos;

mañana, nieve, o quizá quince grados y soleado. ¿Quién podía saberlo?

Echó a correr bajo la lluvia y se dirigió de inmediato a la entrada principal, con las llaves en una mano y el guiso de pavo en la otra.

Cerró la puerta de golpe con la cadera y alargó la mano para accionar el interruptor de la luz y poder introducir el código de la alarma.

—Genial. Perfecto —masculló, al ver que el vestíbulo permanecía a oscuras.

Sabía muy bien lo poco fiable que era la instalación eléctrica de Bluff House durante una tormenta, o de todo Whiskey Beach. Encendió la linternita que llevaba en el llavero y siguió el diminuto haz de luz hasta la cocina.

Comprobaría que las ventanas estuvieran cerradas y luego llamaría para informar del apagón… y de que el generador de apoyo había fallado. Otra vez. Ojalá Hester pusiera a punto ese viejo cacharro de una vez por todas. Le preocupaba que Hester no pudiera apañárselas durante un corte de luz importante, por mucho que la mujer insistiera en que había vivido muchos y que sabía cómo arreglárselas.

Ya en la cocina, sacó de uno de los cajones una linterna más grande. Igual debería de bajar al sótano para echarle un vistazo el generador. Claro que no tenía ni idea de qué debía mirar, pero por si acaso.

Dio un paso hacia la puerta y se detuvo. Oscuro, frío, seguramente húmedo. Arañas.

Igual no.

Le dejaría una nota a Eli. Si él llegaba a Bluff House en mitad de la noche y no tenía electricidad, ni calefacción, ni luz, podía dormir en el sofá de su casa. Pero primero iría a comprobar las ventanas.

Subió la escalera rápidamente. Por descontado, la ventana que tanto la preocupaba estaba cerrada y, por descontado, ahora sí recordaba con claridad haberla ajustado y haber corrido el pestillo.

Volvió a bajar y se dirigió a la cocina. No se asustaba con facilidad, pero quería regresar a su casa, quería salir de aquella enorme, oscura y vacía mansión y volver a su acogedora casita.

Volvió a tronar. Esta vez sí dio un respingo y se rió de ella misma.

La linterna se le escapó de la mano cuando alguien la agarró por detrás. Por un instante, un solo instante, un pánico absoluto e irracional se apoderó de ella. Forcejeó inútilmente y clavó las uñas en el brazo que la tenía apresada con fuerza por el cuello.

Se imaginó un cuchillo en su garganta, la hoja bajando a trompicones por las costillas y cortando la carne. El terror empujó el grito que se había formado en sus entrañas, pero el brazo en el cuello lo convirtió en un resoplido.

Le impedía respirar y la obligó a luchar por un poco de aire, hasta que la habitación empezó a darle vueltas.

En ese momento, su instinto de supervivencia tomó las riendas.

Plexo solar, codazo fuerte. Empeine, pisotón con toda la fuerza. Nariz, giro brusco cuando la presión en el cuello disminuyó y luego un golpe con la base de la mano donde la intuición le decía que debía estar la cara. Entrepierna, un rápido y furioso rodillazo.

Luego echó a correr. Una vez más, el instinto la guió a ciegas hasta la puerta. Estampó las manos contra esta con tanta fuerza que sintió el dolor en todo el brazo, pero no se detuvo. Abrió la puerta de un tirón, corrió hasta el coche y sacó las llaves del bolsillo con manos temblorosas.

—Vete, vete, vete.

Entró en el coche a toda prisa y metió la llave en el contacto. Los neumáticos chirriaron cuando dio marcha atrás. A continuación, giró el volante por completo, metió la directa y salió volando.

Sin detenerse a pensarlo, pasó junto a su casa y pisó el freno delante de la de Maureen.

Luz. Gente. Seguridad.

Corrió hacia la puerta, la abrió de golpe y solo se detuvo cuando vio a sus amigos acurrucados delante de la tele.

Ambos se pusieron en pie de un salto.

—¡Abra!

—La policía. —La habitación volvía a dar vueltas—. Llamad a la policía.

—¡Estás herida! ¡Tienes sangre!

Al tiempo que Maureen corría hacia ella, Mike cogía el teléfono.

—¿De verdad? No.

Mareada, bajó la vista para comprobarlo mientras Maureen la sujetaba. Vio sangre en la sudadera, en el pijama que llevaba debajo.

No del cuchillo, no. Esta vez no. No era su sangre.

—No, no es mía. Es suya.

—Dios. ¿Ha habido un accidente? Siéntate.

—No. ¡No! —No era suya, la sangre, pensó otra vez. Había escapado. Estaba a salvo. Y la habitación dejó de dar vueltas—. Había alguien en Bluff House. Dile a la policía que había alguien en Bluff House. Me agarró. —Se llevó la mano al cuello—. Me asfixiaba.

—Te ha hecho daño. Ya lo veo. Siéntate. Siéntate, por favor. Mike.

—La poli está de camino. Vendrán aquí. —Mike la cubrió con una manta y Maureen la condujo hasta una silla—. Ahora ya estás bien. Ahora ya estás a salvo.

—Voy a traerte un poco de agua. Mike está aquí —dijo Maureen.

El hombre se arrodilló delante de Abra. Un rostro bondadoso, pensó Abra, tratando de recuperar la respiración. Un rostro amable con ojos oscuros de cachorrito.

—Se ha ido la luz —dijo Abra, casi ausente.

—No, no se ha ido.

—En Bluff House. Se ha ido la luz. Estaba a oscuras. Él estaba en la oscuridad. No lo he visto.

—No pasa nada. La policía está de camino y tú estás bien.

Abra asintió, mirando fijamente aquellos ojos de cachorrito.

—Estoy bien.

—¿Te ha hecho daño?

—Él… Me rodeó el cuello con un brazo y también la cintura, creo. No podía respirar y empecé a marearme.

—Cariño, tienes sangre. ¿Me dejas que te eche un vistazo?

—Es suya. Le di en la cara. Le hice un PENE.

—Que le hiciste ¿qué?

—Un PENE —repitió Maureen, cuando entró con un vaso de agua y otro de whisky—. Defensa personal. Plexo solar, empeine, nariz, entrepierna. Abra, eres increíble.

—No pensé, solo actué. Supongo que le he hecho sangrar por la nariz. No lo sé. Me solté y eché a correr. Salí corriendo y vine aquí. Estoy… un poco mareada.

—Bebe un poco de agua. Despacio.

—Vale. De acuerdo. Tengo que llamar a Eli. Tiene que saberlo.

—Yo me ocupo de eso —dijo Mike—. Dame el número y ya me ocupo yo.

Abra bebió un sorbito, respiró y volvió a beber.

—Está en mi teléfono. No me llevé el teléfono. Está en casa.

—Iré a buscarlo. Ya me ocupo yo.

—No dejé que me hiciera daño. Esta vez no. —Abra se tapó la boca con la mano cuando brotaron las lágrimas—. Esta vez no.

Maureen se sentó a su lado, atrajo a Abra hacia sí y la meció.

—Lo siento. Lo siento.

—Chis. Estás bien.

—Estoy bien. —Pero Abra continuó abrazada a ella—. Tendría que estar dando saltos de alegría. No me he desmoronado… hasta ahora. Lo he hecho todo bien. No me ha hecho nada. No he dejado que me hiciera nada. Es solo que… que lo trae todo de vuelta.

—Lo sé.

—Pero se acabó. —Se enderezó despacio y se secó las lágrimas—. He manejado la situación. Pero, por amor de Dios, Maureen, alguien ha entrado en Bluff House. No sé dónde estaba ni qué estaba haciendo. No vi nada fuera de lugar, aunque solo subí al gimnasio y a la cocina. Estuve a punto de bajar al sótano para echarle un vistazo al generador, pero... Podría haber estado allí. Podría haber cortado la luz para entrar. Se había ido la luz. Yo...

—Bebe esto ahora. —Maureen le puso el vaso de whisky en la mano—. Y tómatelo despacio.

—Estoy bien. —Tomó un sorbo de whisky lentamente y lanzó un suspiro cuando sintió el calor bajando por el cuello dolorido—. Empezó a llover y no conseguía recordar si había cerrado todas las ventanas. No podía dejar de pensar en ello, así que me acerqué con el coche. Creí que se había ido la luz. No lo vi, Maureen, ni lo oí. Por la lluvia y el viento.

—Le hiciste sangrar.

Más calmada, Abra bajó la vista.

—Le he hecho sangrar. Bien por mí. Espero haberle roto la maldita nariz.

—Yo también lo espero. Eres mi heroína.

—Y tú la mía. ¿Por qué crees que vine directo aquí?

Mike entró en ese momento.

—Eli está de camino —dijo—. Y la policía ha ido a Bluff House. Vendrán aquí a hablar contigo después de hacer lo que les corresponde. —Se acercó a ellas y tendió a Abra una sudadera—. Pensé que igual lo necesitarías.

—Gracias. Dios, Mike. Gracias. Eres el mejor.

—Por eso sigo con él. —Después de darle a Abra una palmadita de ánimo en el muslo, Maureen se levantó—. Voy a hacer café.

Cuando Maureen desapareció, Mike atravesó la sala y apagó el televisor. Se sentó y tomó un sorbo del whisky de Abra. Le sonrió.

—Bueno, ¿qué tal te ha ido el día? —preguntó, y la hizo reír.

8

Eli recorrió el camino de Boston a Whiskey Beach en menos de dos horas. Había atravesado la tormenta a medida que esta se desviaba hacia el sur. Los veinte minutos que había estado en medio de la tempestad lo habían ayudado a concentrar su atención en la carretera.

Solo conduce, se había dicho. Y no pienses en nada que no sea el coche y el asfalto.

Pequeños remolinos de niebla se alzaron de la calzada cuando cruzó el pueblo a toda velocidad. Las farolas proyectaban unos haces de luz titubeantes que se reflejaban en los charcos, en los pequeños riachuelos que desembocaban en las alcantarillas. Las dejó atrás, así como las fachadas de tiendas y restaurantes, y tomó la curva de la carretera de la playa.

Dio un volantazo y se desvió hacia el arcén que había delante de Laughing Gull. Se dirigía con paso rápido al pequeño porche delantero cuando se abrió la puerta de la casa de al lado.

—¿Eli?

No conocía al hombre que había salido y que en ese momento cruzaba el corto tramo de césped en su dirección, abrigado únicamente con una ligera chaqueta.

—Mike O'Malley —dijo, al tiempo que le tendía la mano—. Estaba pendiente de que llegaras.

La voz del teléfono, claro.

—¿Y Abra?

—Está con nosotros. —Señaló su casa—. Está bien. Más que nada, está conmocionada. Hay un par de polis en Bluff House. Supongo que querrás hablar con ellos. Yo…

—Después. Quiero ver a Abra.

—Detrás, en la cocina.

Mike lo acompañó.

—¿Le ha hecho daño?

—Está conmocionada —repitió Mike—, la ha asustado. La agarró por el cuello y lo tiene un poco enrojecido, pero parece que ella le hizo bastante más daño a él que él a ella. Puede que el tipo le haya dejado varios moratones, pero ella le ha hecho sangrar.

A Eli no se le pasó por alto el orgullo con que Mike lo explicaba y supuso que solo pretendía tranquilizarlo. Sin embargo, quería comprobarlo por sí mismo. Necesitaba verla.

La oyó al tiempo que cruzaban una acogedora sala de estar y entraban en una amplia y espaciosa cocina. Estaba sentada frente a una mesa, con una sudadera azul holgada y unos gruesos calcetines rosas. Abra alzó la vista con una expresión en la que se mezclaban el pesar y una petición de disculpa. La sorpresa sustituyó esos sentimientos cuando él se arrodilló a sus pies y le tomó las manos.

—¿Dónde está el anillo?

—Calla. —Eli le examinó la cara y, a continuación, acercó los dedos, con delicadeza, a las marcas enrojecidas del cuello—. ¿Tienes más moratones?

—No. —Le apretó las manos, para agradecérselo, para tranquilizarlo—. No tengo más. Me asustó.

Eli miró a Maureen para corroborarlo.

—Está bien. Si no lo hubiera creído así, estaría en urgencias, le gustara o no. —Maureen se levantó y le indicó la cafetera y la botella de whisky que había al lado—. ¿Qué quieres? ¿O una combinación de ambos?

—Café, gracias.

—Siento haber tenido que llamarte, siento haber disgustado a tu familia —dijo Abra.

—No están disgustados. Les he dicho que se había ido la luz y que quería volver para comprobar que todo estaba en orden. Además, había decidido que regresaría esta noche.

—Bien. No vale la pena que se preocupen. No sé si se han llevado algo —prosiguió Abra—. La policía ha dicho que todo parecía en su sitio, pero ¿qué van a saber ellos? Estos dos no me han dejado ir a echar un vistazo. Maureen da mucho miedo cuando se pone en plan protector.

—Si ha sido un robo y se han llevado algo, ¿qué podrías hacer? —Maureen se detuvo y levantó las manos delante de Eli—. Lo siento. Llevamos la última media hora en un bucle.

Le tendió la taza de café y antes de que le diera tiempo a ofrecerle leche o azúcar, Eli se bebió la mitad de un trago.

—Me acercaré un momento, hablaré con la poli y echaré un vistazo.

—Iré contigo. Primero —se adelantó Abra, al ver que Maureen se disponía a protestar—, me he defendido yo solita, ¿no? Segundo, estaré con la policía y con Eli. Tercero, sé más acerca de lo que hay en esa casa y cuál es su sitio que cualquier otra persona, salvo Hester. Y ella no está aquí. ¿Y último?

Se levantó y abrazó a Maureen con fuerza.

—Gracias, no solo por los calcetines, sino por cuidar de mí. Gracias.

A continuación, se volvió para abrazar a Mike.

—Vente y duerme en la habitación de invitados —insistió Maureen.

—Cariño, la única razón por la que ese gilipollas me atacó fue porque aparecí en Bluff House de repente. No va a entrar a hurtadillas en mi casa. Nos vemos mañana.

—Yo me ocupo de ella —dijo Eli—. Gracias por el café... y por todo lo demás.

—Tiene el gen de la preocupación de las madres —comentó Abra cuando salió con Eli—. Todos sabemos que esto no ha tenido nada que ver conmigo.

—Te han atacado a ti, así que tiene bastante que ver contigo. Conduzco yo.

—Te seguiré en mi coche para que no tengas que traerme de vuelta.

—No pasa nada.

La tomó del brazo y tiró de ella hacia el vehículo.

—Genial. Esta noche todo el mundo tiene el gen de la preocupación de las madres.

—Cuéntame qué ha ocurrido. Mike no ha entrado en detalles.

—Empezó a llover de verdad y caí en la cuenta de que no sabía si había cerrado todas las ventanas de vuestra casa. La había aireado hoy y no recordaba si había cerrado la del gimnasio de Hester. No podía dejar de darle vueltas, así que fui a comprobarlo. Ah, de paso te llevé una fiambrera de pavo con albóndigas.

—La que habla de genes maternos.

—Prefiero llamarlo genes de buena vecina. Se había ido la luz. Ahora me siento como una tonta por no haberlo pensado, o por no caer en la cuenta de que el resto del pueblo sí tenía luz, al menos cinco segundos antes. Estaba irritada conmigo misma. Usé mi linternita para ir a la cocina a coger una más grande.

Dejó escapar un resoplido.

—No oí nada, no noté nada, lo cual me cabrea porque me gusta pensar que tengo un sexto sentido. Esta noche he comprobado que no es así. En cualquier caso, subí la escalera y, por supuesto, había cerrado la ventana. Luego volví a la planta baja y descarté la idea de bajar al sótano para ver si podía poner en marcha ese viejo generador. No sé ni un pimiento sobre generadores y me dan miedo las arañas, la oscuridad; ese sitio pone los pelos de punta. Y entonces me agarró.

—Por detrás.

—Sí. Tronaba, llovía y el viento soplaba con fuerza, pero aun así me fastidia no haber oído ni sentido nada hasta que me agarró. Después del pánico inicial, las patadas y de clavarle las uñas en el brazo…

—¿Piel o tejido?

—Tejido. —Pequeños detalles, pensó. El antiguo abogado

criminalista reparaba en esas cosas, igual que había hecho la policía—. Lana, creo. Lana suave. Un jersey o una chaqueta. Me habían cortado el suministro de aire, así que no estaba demasiado lúcida. Por suerte para mí, sin decidirlo de manera consciente, entré en modo de defensa. He ido a algunas clases. PENE. Significa…

—Sé qué significa. ¿Te acordaste de lo que había que hacer?

—Una parte de mí lo hizo. Ya se lo he contado a la policía —dijo, cuando Eli detuvo el coche delante de Bluff House—. Le di un codazo con todas mis fuerzas y eso lo cogió por sorpresa. Y le hizo daño, al menos un poco, lo suficiente para que aflojara la presión y yo pudiera respirar. Le di un pisotón, cosa que seguramente lo dejó más confundido que dolorido ya que yo llevaba unas botas de forro polar. Luego me volví con rapidez y apunté a la cara. No veía nada porque estaba a oscuras, pero intuí dónde estaba la cara. A continuación, con la base de la mano, el golpe de gracia.

—Rodilla en los huevos.

—Y sé que eso le hizo daño. En ese momento no fui demasiado consciente de ello porque eché a correr como una loca hacia la puerta y luego hasta el coche, pero estoy bastante segura de que oí que caía al suelo. Y el derechazo en la nariz también dio resultado, porque me manchó de sangre.

—Te veo muy tranquila.

—Ahora. No me has visto hecha un ovillo en los brazos de Maureen, llorando como una cría.

Eli notó cómo todos los músculos se le ponían en tensión de solo imaginarlo.

—Lo siento mucho, Abra.

—Yo también. Pero no es culpa tuya, y tampoco mía. —Salió del coche y sonrió al ayudante del sheriff que se acercó a ellos—. Eh, Vinnie. Eli, este es el ayudante Hanson.

—Eli. Seguramente no te acuerdas de mí.

—Sí, sí que me acuerdo. —Llevaba el pelo más corto, castaño en vez de ese rubio clareado por el sol, y tenía la cara más rellena. Pero Eli lo recordaba—. Un surfero.

Vinnie se echó a reír.

—Sigo siéndolo cuando puedo coger una tabla y una ola. Siento todo este jaleo.

—Yo también. ¿Cómo entró?

—Cortó la luz. Provocó un cortocircuito y forzó la puerta lateral, la que da al cuarto de la colada. Así que sabía o sospechaba que había una alarma. Abra dijo que te habías ido esta mañana, ya tarde, a Boston.

—Eso es.

—Tu coche no ha estado aquí en todo el día. Puedes echar un vistazo y ver si falta algo. Hemos llamado a los de la luz, pero seguramente no aparecerán por aquí hasta mañana.

—No hay ningún problema.

—No hemos visto señales de vandalismo —prosiguió Vinnie, mientras los acompañaba adentro—. Hemos encontrado sangre en el suelo del vestíbulo y en el pijama y la sudadera de Abra. Tenemos suficiente para el ADN si está en el sistema, o si lo cogemos. Pero no va a ser rápido.

Abrió la puerta principal, encendió su linterna y luego cogió la que se le había caído a Abra. Vinnie la había encontrado en el suelo y la había dejado encima de una mesa de la entrada.

—De vez en cuando tenemos algún robo, sobre todo en las casas de alquiler que quedan vacías en temporada baja. Pero en general se trata de críos que buscan un lugar donde pasar el rato, echar un polvo, fumar maría o, en el peor de los casos, hacer el gamberro o robar algún electrodoméstico. Esto no parece cosa de críos. Para empezar, ningún chico de por aquí se arriesgaría a entrar en Bluff House.

—Kirby Duncan. Detective privado de Boston. Ha estado fisgoneando por aquí, haciendo preguntas sobre mí.

—No ha sido él —dijo Abra, pero Vinnie sacó la libreta y anotó el nombre.

—Estaba oscuro. No le viste la cara.

—No, pero tuve un cuerpo a cuerpo con él. Duncan está un poco fondón, tiene barriga, y este hombre no. Y Duncan es más bajo, más fornido.

—Aun así. —Vinnie volvió a guardar la libreta—. Hablaremos con él.

—Se aloja en el Surfside. Yo también he fisgoneado —se explicó Abra.

—Lo comprobaremos. En la casa hay algunos objetos de valor y electrodomésticos fáciles de transportar. Tienes un bonito portátil arriba y un televisor de pantalla plana. Imagino que la señora Hester tendría joyas en una caja fuerte. ¿Por casualidad tenías efectivo al alcance de la mano?

—Sí, algo.

Eli cogió la linterna de la cocina y subió las escaleras. Primero miró en el despacho y encendió el portátil.

Si Duncan iba detrás de algo, sospechaba que le interesaría echar un vistazo a su correo, sus archivos y el historial del ordenador. Así que le pasó un diagnóstico rápido.

—Todo igual desde que lo he apagado esta mañana. —Abrió varios cajones y negó con la cabeza—. No parece que hayan tocado nada. Y tampoco falta nada.

Eli salió del despacho y entró en su dormitorio. Abrió un cajón y vio los dos fajos de dólares que guardaba para gastos diarios.

—Si ha estado aquí —dijo Eli, moviéndose en círculo con la linterna para repasar la habitación—, lo ha dejado todo tal como estaba.

—Quizá Abra lo interrumpió antes de que le diera tiempo a empezar. Mira, deberías de tomártelo con calma y echar un buen vistazo a la casa. Quizá lo mejor sea que esperes a que vuelva la luz. Patrullaremos por los alrededores, aunque el tipo tendría que ser muy tonto para volver justo ahora. Es tarde —añadió Vinnie—, pero no me importa sacar a un detective privado de la cama. Mañana te pondré al corriente, Eli. ¿Quieres que te lleve a casa, Abra?

—No, gracias. Ve tirando.

Vinnie asintió con la cabeza y sacó una tarjeta.

—Ya le he dado una a Abra, pero tenla a mano. Llámame si descubres que falta algo u ocurre cualquier cosa. Y si consigues una tabla para surfear, podríamos comprobar si recuerdas alguna de esas lecciones que te daba en los viejos tiempos.

—¿En marzo? El agua está helada.

—Por eso los hombres de verdad llevan trajes de neopreno. Seguiremos en contacto.

—No ha cambiado mucho —comentó Eli cuando los pasos de Vinnie se perdieron en la distancia—. Bueno, el pelo. Supongo que largo hasta el hombro y aclarado por el sol no es el peinado reglamentario de la policía.

—Pero seguro que estaba guapísimo.

—¿Os conocíais? Antes de esta noche, me refiero.

—Sí. Perdió una apuesta con su mujer el año pasado y tuvo que venir a una de mis clases de yoga. Ahora asiste con bastante frecuencia.

—¿Vinnie está casado?

—Con un niño y otro en camino. Viven en South Point y hacen unas barbacoas excepcionales.

Tal vez Vinnie había cambiado, pensó Eli, mientras volvía a repasar la habitación. Recordaba a un tipo flaco como un fideo, siempre colocado, que vivía para la siguiente ola y soñaba con mudarse a Hawái.

El haz de luz pasó por encima de la cama, a la que regresó para alumbrar la toalla de manos, el pez que fumaba en pipa.

—¿En serio?

—Voy a ver si lo próximo que me sale es un perro guardián. Quizá un rottweiler o un dóberman. Puede que funcione.

—Vas a necesitar una toalla más grande. —Examinó su cara en la escasa luz—. Tienes que estar cansada. Te llevaré a casa.

—Más acelerada que cansada. Tendría que haber pasado del café. Oye, no deberías quedarte aquí sin electricidad. Refrescará, y sin luz no funciona la bomba hidráulica, así que no hay agua. Tengo algo que puede llamarse habitación de invitados y un sofá la mar de cómodo. Puedes elegir cualquiera de los dos.

—No, no pasa nada. No quiero que la casa se quede vacía después de esto. Voy a bajar a revisar el generador.

—De acuerdo. Yo también bajaré, daré grititos de nena y te

pasaré las herramientas equivocadas. Todavía estás un poco flacucho, pero te veo lo bastante fuerte para pisar arañas. No está bien teniendo en cuenta el bien que hacen, ya lo sé, pero no puedo con las arañas.

—Puedo dar grititos varoniles y coger mis propias herramientas equivocadas. Tendrías que dormir un rato.

—No estoy preparada. —Se encogió de hombros al tiempo que se estremecía—. Salvo que tengas grandes reparos a que te acompañe ahí abajo, prefiero quedarme por aquí. Sobre todo si puedo servirme una copa de vino.

—Pues claro.

Eli sospechaba que, a pesar de lo que le había dicho a Maureen, a Abra no le gustaba la idea de quedarse sola en su casa.

—Nos emborracharemos y enredaremos con el generador.

—Buen plan. Limpié un poco ahí abajo antes de que vinieras, al menos en la zona principal, la bodega y la zona de almacenaje de temporada. La verdad es que no paso de ahí, y no creo que Hester lo haya hecho en años. El resto es enorme y está oscuro. Es frío, húmedo y da miedo —dijo cuando empezaron a bajar la escalera—. No es mi sitio favorito.

—¿Da miedo? —preguntó Eli, y se puso la linterna debajo de la barbilla para conferir a su cara un efecto de película de terror.

—Sí, y deja de hacer eso. Las calderas gruñen y chirrían, las cosas hacen ruido y crujen. Y hay demasiadas habitacioncitas y recovecos extraños. Es *El resplandor* de los sótanos. Así que...

Abra se detuvo en la cocina y sacó el vino.

—Tendré el coraje de bajar gracias a la uva y quizá contrarreste el efecto del café y la aventura. ¿Qué tal todo en casa? En Boston.

—Bien. Bastante bien. —Si Abra necesitaba hablar de otras cosas, él podía hablar de otras cosas—. Mi abuela parece más recuperada. Y mi hermana va a tener otro hijo, el segundo. Así que teníamos algo que celebrar.

—Eso es genial.

—Lo cambió todo. No sé si me explico —dijo, mientras Abra

servía vino para los dos—. En vez de ir con pies de plomo para no hablar de por qué me he mudado aquí, simplemente dejamos de pensar en eso.

—Por los nuevos comienzos, los bebés en camino y la electricidad.

Chocó su copa con la de Eli.

Tras un sorbo, decidió llevarse la botella al sótano. Puede que se emborrachara un poco. Tal vez eso la ayudara a dormir.

La puerta del sótano crujió. ¿Cómo no?, pensó Abra, y pasó un dedo por una de las presillas del cinturón de Eli cuando este empezó a bajar las escaleras.

—Para que no nos separemos —dijo cuando él se volvió para mirarla.

—No es el Amazonas.

—En cuanto a sótanos, lo es. La mayoría de las casas de por aquí ni siquiera tienen sótano, y mucho menos sótanos amazónicos.

—La mayoría no están construidas en un acantilado. Y una parte está por encima del nivel de suelo.

—Un sótano es un sótano. Y este es demasiado silencioso.

—Creía que hacía mucho ruido.

—No puede hacerlo sin las calderas, las bombas hidráulicas y Dios sabe qué otros artilugios hay aquí abajo. Así que es demasiado silencioso. Como si estuviera al acecho.

—Vale, estás empezando a asustarme.

—No quiero asustarme sola.

A pie de la escalera, Eli cogió una linterna que estaba fijada en la pared y observó una bodega bien surtida y meticulosamente organizada.

Imaginó que, en otra época, todos aquellos nichos habrían albergado cientos de botellas que el mayordomo se encargaba de girar de manera sistemática. Pero incluso en ese momento calculó más de cien de lo que debían de ser vinos excepcionales.

—Veamos. Si nos separamos, envíame una señal. Avisaré al equipo de búsqueda.

Abra soltó la presilla y encendió la linterna que le había dado.

Igual que una cueva. Esta era la imagen que le venía a Abra cuando pensaba en el sótano de Bluff House. Una cueva detrás de otra. Algunas de las paredes estaban excavadas directamente en la piedra. Había pasillos y arcadas de techo bajo, una sección tras otra. En circunstancias normales, habrían tocado varios interruptores y el espacio se habría inundado de luz, pero ahora el haz de su linterna brilló y se cruzó con el de Eli.

—Como Scully y Mulder —comentó.

—La verdad está ahí fuera.

Agradecida con él, Abra sonrió y lo siguió muy de cerca mientras este se agachaba bajo una arcada, torcía a la izquierda y se detenía. Abra chocó contra él.

—Perdona.

—Hummm...

Eli enfocó la linterna hacia la pintura roja desconchada de la gigantesca máquina.

—Parece algo de otro mundo.

—De otro tiempo, en cualquier caso. ¿Por qué no lo hemos cambiado? ¿Por qué no hemos comprado un generador nuevo?

—A Hester le daban igual los apagones. Decía que la ayudaban a recordar cómo ser autosuficiente. Y le gustaba el silencio. Está bien surtida de pilas, velas, leña, latas, etcétera.

—Después de esto, será autosuficiente con un generador nuevo y fiable. Puede que este cacharro solo se haya quedado sin gasolina. —Le dio una suave patada. Bebió un poco de vino, dejó la copa en un estante, se agachó y abrió un bidón de veinte litros—. Vale, aquí hay. Vamos a examinar a la criatura de otro mundo.

Abra vio que lo rodeaba.

—¿Sabes cómo funciona?

—Sí. Ya nos hemos visto las caras otras veces. Hace bastante tiempo, pero estas cosas no se olvidan. —Se volvió hacia ella y abrió los ojos desmesuradamente al dirigir la linterna hacia el hombro de Abra—. Esto...

Abra dio un respingo, empezó a dar vueltas en círculos con la copa en una mano y la botella y la linterna en la otra.

—¿La tengo encima? ¿La tengo encima? ¡Quítamela!

Se detuvo al oír que se echaba a reír, una risa sincera, desbordante, imposible de contener, que le llegó muy adentro, de manera cálida y maravillosa, aun cuando la enfureció.

—¡Maldita sea, Eli! ¿Qué os pasa a los hombres? Sois todos como niños.

—Has dejado a un intruso fuera de combate a oscuras, sola, y te pones a gritar como una niña por una araña imaginaria.

—Soy una chica, así que grito como lo que soy. —Levantó la copa y bebió—. Eso ha sido cruel.

—Pero divertido. —Agarró el tapón del depósito de gasolina del generador y trató de girarlo. Nada. Meneó los hombros y volvió a intentarlo—. Mierda.

—¿Quieres que te lo afloje, machote?

Abra pestañeó con coquetería.

—Adelante, chica del yoga.

Flexionó los bíceps y se dirigió al armatoste hasta situarse al lado de él. Después de dos intentos, en los que empleó todas sus fuerzas, retrocedió.

—Mis disculpas. Es obvio que está soldado.

—No, está oxidado y es viejo, y quien lo enroscara la última vez quiso presumir. Necesito una llave inglesa.

—¿Adónde vas?

Eli se detuvo y dio media vuelta.

—La sección de herramientas está aquí detrás, o solía estarlo.

—Prefiero no acercarme.

—Puedo ir a buscar la llave yo solo.

Abra tampoco quería quedarse sola, pero no quiso admitirlo en voz alta.

—Vale, pues no dejes de hablar. Y no hagas esas tonterías de que te amordazan, te ahogan, ni des gritos. No me impresionarás.

—Si me ataca el monstruo del sótano, lucharé con él en silencio.

—Tú sigue hablando —insistió Abra, al ver que desaparecía en la oscuridad—. ¿Cuándo perdiste la virginidad?

—¿Qué?

—Es lo primero que me ha venido a la cabeza. No sé por qué. Empezaré yo. La noche del baile de fin de curso. Por algo es un tópico. Creía que lo de Trevor Bennington y yo sería para siempre. Duró dos meses y medio, seis si cuentas los preliminares… ¿Eli?

—Estoy aquí. ¿Quién dejó a quién?

—Nos distanciamos, lo que dejaba bastante que desear. Podría haber habido un poco de dramatismo, engaño y furia.

—No es tan bueno como lo pintan.

La voz de Eli le llegaba con un eco extraño y sobrecogedor, por lo que Abra pasó a la respiración *ujjayi* mientras enfocaba a su alrededor con la linterna.

Oyó una especie de golpe sordo y luego un juramento.

—¿Eli?

—Maldita sea, ¿qué hace esto aquí?

—No te hagas el gracioso.

—Acabo de golpearme la espinilla con una maldita carretilla porque está justo en medio. Y…

—¿Estás bien? Eli…

—Ven aquí, Abra.

—No quiero.

—No hay arañas. Tienes que ver esto.

—Ay, Dios. —Echó a andar, poco a poco—. ¿Está vivo?

—No, no es nada de eso.

—Si se trata de otra de esas bromas estúpidas, no va a hacerme ninguna gracia. —Empezó a respirar con mayor tranquilidad cuando lo apuntó con la linterna—. ¿Qué pasa?

—Eso.

Eli lo enfocó con la luz.

El suelo, una mezcla de tierra compactada y piedra, estaba abierto. La zanja casi iba de pared a pared, con una anchura de cerca dos metros y una profundidad de uno.

—¿Qué…? ¿Había algo enterrado?

—Es obvio que alguien cree que sí.

—Como… ¿un cadáver?

—Yo diría que es más probable que un cadáver acabe enterrado que desenterrado en un sótano.

—¿Por qué alguien cavaría aquí abajo? Hester nunca mencionó nada acerca de una excavación. —Paseó la luz por un pico, unas palas, unos cubos y un mazo—. Se tardaría una eternidad en excavar este suelo con herramientas manuales.

—Las eléctricas hacen ruido.

—Sí, pero… Ay, Dios mío. ¿Lo de esta noche era por esto? Para bajar aquí a excavar buscando… lo que sea. ¿La leyenda? ¿La dote de Esmeralda? Es absurdo… aunque tiene que ser eso.

—Entonces está malgastando tiempo y esfuerzos. Por el amor de Dios, si hubiera un tesoro, ¿no crees que nosotros lo sabríamos o que ya lo habríamos encontrado?

—No estoy diciendo que…

—Disculpa… Disculpa. —Se alejó unos pasos—. Todo esto no se ha hecho en una sola noche. Esto es un trabajo de semanas, dedicándole varias horas.

—Entonces ha estado antes aquí abajo. Pero cortó la luz y forzó la puerta. Hester quiso cambiar el código de la alarma —recordó Abra—. Me pidió que lo hiciera cuando salió del hospital. Estaba alterada y en aquel momento me pareció que no tenía mucho sentido, pero insistió. Un código nuevo, y quería que cambiara también las cerraduras. Lo hice, más o menos una semana antes de que tú te mudaras a la casa.

—No se cayó. —La certeza repentina lo golpeó como un puño—. El hijo de puta. ¿La empujó, le puso la zancadilla o solo la asustó para que no supiera dónde ponía el pie? Y luego la dejó ahí. La dejó en el suelo.

—Hay que llamar a Vinnie.

—Eso puede esperar hasta mañana, la zanja no va a ir a ninguna parte. Me dirigí hacia donde no debía. Para buscar la llave inglesa. Me equivoqué. Hace años que no bajo aquí y me equivoqué de camino. De pequeños, este lugar nos ponía la carne de gallina. Es la parte más antigua de la casa. Escucha.

Al quedarse en silencio, Abra lo oyó con claridad. El retumbo de las olas contra la roca, el gemido del viento.

—Es como si oyeras a gente… muerta, pensábamos. Fantasmas de piratas, espíritus de las brujas de Salem, cosas así. No recuerdo la última vez que me adentré tanto. Mi abuela no se metería por aquí. No guardaba nada en esta zona. Si no me hubiera equivocado de camino, nunca lo habría descubierto.

—Salgamos de aquí, Eli.

—Sí.

Se alejó un poco y se detuvo para coger una vieja llave inglesa de un estante.

—Son las joyas, Eli —insistió Abra, mientras volvían junto al generador—. Es lo único que lo explica. Da igual si tú crees que existen o no, él sí. Según la leyenda, tienen un valor incalculable. Diamantes, rubíes, esmeraldas… Perfectas, mágicas, exquisitas. Y oro. El rescate de una reina.

—El rescate de la hija de un duque adinerado, para ser exactos. —Eli consiguió que el tapón de la gasolina cediera ayudándose de la llave inglesa—. Existieron, y en la actualidad seguramente valdrían unos millones, bastantes millones. Y además se encuentran en el fondo del mar, en algún lugar, con el barco, la tripulación y el resto del botín. —Echó un vistazo al interior, apuntando con la linterna—. Seco como el agujero de una… mojama —se corrigió a tiempo—. Disculpa.

—Has estado a punto de ser muy vulgar.

Abra sostuvo la linterna mientras él llenaba el tanque. Cogió la copa y sostuvo la linterna mientras él toqueteaba los interruptores y una especie de indicador.

Eli golpeó el botón de encendido con el puño. La máquina eructó, ventoseó y tosió. Eli volvió a intentarlo una vez más, y luego una tercera… hasta que se encendió.

—Que se haga la luz —anunció Abra.

—Sobre todo en algunas zonas muy concretas. —Aceptó la copa que Abra le tendía y le rozó la mano con la suya—. Por Dios, Abra, estás helada.

—¿Quién lo diría? En un lugar húmedo y sin calefacción.

—Subamos. Encenderé el fuego.

Sin pensarlo, le pasó un brazo por los hombros.

—Eli, no quiero ni pensarlo, pero ¿podría tratarse de alguien de por aquí? Tenían que saber que no estabas en casa. No se habrían arriesgado a cortar la luz y a entrar contigo dentro. En realidad era temprano. Poco después de las nueve y media.

—No conozco a la gente de por aquí como antes, pero sé que hay un detective privado en uno de los bed and breakfast del pueblo. Entraría dentro de su trabajo saber que yo no estaba aquí.

—No fue él. De eso estoy segura.

—Puede que no, pero trabaja para alguien, ¿no?

—Sí. Tienes razón. O con alguien. ¿De verdad crees que él… o ellos… atacaron a Hester?

—Bajó la escalera en plena noche y todavía nadie ha conseguido explicarse por qué. Voy a empezar a estudiar este asunto, todo esto, desde un ángulo muy distinto. Por la mañana —añadió cuando llegaron a la cocina.

Dejó la linterna y la copa en la encimera y empezó a frotarle los brazos.

—Hace más frío en el Amazonas de lo que imaginaba.

Abra se echó a reír, se retiró el pelo hacia atrás con una sacudida y alzó la cabeza.

Se quedaron quietos, muy cerca el uno del otro, mientras las manos de Eli pasaban del refregamiento a la caricia.

Abra sintió cosquillas en el estómago, las mismas a las que no había prestado atención desde que había iniciado el ayuno sexual, y un agradable aumento de la temperatura interior.

Vio que le cambiaba la mirada, se intensificaba, que posaba los ojos en sus labios antes de volver a mirarla. Y, atraída, se inclinó hacia él.

Eli retrocedió un paso y bajó las manos.

—No es el momento —dijo.

—Ah, ¿no?

—No es el momento. Trauma, trastorno, vino. Deja que encienda el fuego, así entrarás en calor antes de que te lleve a casa.

—De acuerdo, pero dime que te ha costado un poquito.

—Mucho. —Por un instante, Eli mantuvo sus ojos clavados en los de ella—. No te imaginas cuánto.

Algo es algo, pensó Abra, mientras él se alejaba. Tomó otro trago de vino y deseó que hubieran elegido otro modo de entrar en calor.

9

Cuando Kirby Duncan cerró la puerta tras la visita del ayudante del sheriff, se dirigió a la botella de vodka Stoli en la repisa de la ventana y se sirvió dos dedos.

Hijo de puta, pensó, mientras apuraba el vaso.

Condenada suerte, menos mal que le había dado por conservar los recibos: uno de un café de precio exorbitante a pocas manzanas de la casa de los Landon y otro de gasolina y un bocadillo de jamón y queso de una parada que había hecho a pocos kilómetros de Whiskey Beach.

En cuanto había resuelto que Landon se dirigía a casa, se había detenido para llenar el depósito del coche y su estómago. Condenada suerte. Los recibos demostraban que no había estado cerca de Bluff House a la hora del allanamiento. De no ser así estaba segurísimo de que hubiera tenido que dar explicaciones a los polis del lugar, en la comisaría.

Hijo de puta.

Podría ser una coincidencia, pensó. ¿Resulta que alguien decide allanar la casa justo la misma noche que él informa a su cliente de que Landon pasará la noche en Boston?

Y los cerdos vuelan al sur a pasar el invierno.

No le gustaba que se la jugaran. Estaba dispuesto a respaldar a un cliente, o a dar la cara por él, según fuera necesario, pero no cuando el cliente lo jodía.

No cuando el cliente lo utilizaba, sin su conocimiento o consentimiento, para allanar una casa. Y mucho menos aún cuando el cliente le daba una paliza a una mujer.

Él mismo se habría paseado por Bluff House si se lo hubiera pedido, y habría apechugado con las consecuencias si lo hubieran pescado in fraganti.

Pero no le habría puesto las manos encima a una mujer.

Decidió que había llegado el momento de poner las cartas sobre la mesa o de que el cliente se buscara otro sabueso, porque este no cazaba para clientes que iban por ahí atacando a mujeres.

Duncan cogió el móvil conectado al cargador e hizo la llamada. Estaba lo bastante cabreado para que la hora le importara un pimiento.

—Sí, soy Duncan, y sí, tengo algo. Lo que tengo es a un ayudante del sheriff del condado haciéndome preguntas sobre un allanamiento de morada y la agresión a una mujer en Bluff House esta misma noche.

Se sirvió otro trago de vodka y escuchó. Luego añadió:

—Será mejor que no intente jugármela. No trabajo para gente que me la juega. No me importa bailar para la poli del lugar, pero no cuando no me sé la canción. Sí, me han preguntado para quién trabajo y no, no se lo he dicho. Esta vez. Pero cuando tengo un cliente que me utiliza para que le deje libre el camino para entrar en la casa del tipo al que investigo y por el que me pagan; cuando ese cliente arremete contra la mujer que se encuentra en esa casa, yo también tengo preguntas. Lo que haga a partir de ahora depende de las respuestas. No voy a jugarme la licencia. Ahora mismo tengo información sobre un crimen en el que figura la agresión a una mujer y que me convierte en cómplice. Así que será mejor que esas respuestas sean condenadamente buenas o se acabó, y si la poli vuelve a preguntarme, les daré su nombre. Eso es. De acuerdo.

Duncan miró la hora. Qué narices, pensó. De todas formas estaba demasiado cabreado para dormir.

—Allí estaré.

Primero se sentó delante del ordenador y transcribió sus anotaciones con sumo detalle. Estaba decidido a cubrirse las espaldas, hasta el último centímetro. Y si era necesario, llevaría esas detalladas anotaciones directamente al sheriff del condado.

El allanamiento de morada era una cosa, y no precisamente moco de pavo. Pero ¿agredir a una mujer? Eso había inclinado la balanza.

Sin embargo, daría a su cliente la oportunidad de explicarse. A veces, lo único que ocurría era que esos gilipollas veían demasiada tele y se metían en camisas de once varas, y Dios sabía que no era la primera vez que tenía a un gilipollas por cliente.

Así que aclararían las cosas y él dejaría su postura igual de claro. Se acabaron las gilipolleces. Que dejaran la investigación a los profesionales.

Más calmado, Duncan se vistió. Hizo gárgaras para mitigar el aliento a vodka. Nunca era buena idea citarse con un cliente apestando a alcohol. Por costumbre se enfundó la 9 milímetros y a continuación se puso un jersey grueso y encima un impermeable.

Cogió las llaves, la grabadora y la cartera y salió de la habitación por la entrada privada, sin hacer ruido.

Aquel pequeño suplemento le costaba quince dólares extra al día, pero impedía que su alegre anfitriona se enterara de sus idas y venidas.

Sopesó si utilizar el coche o no y al final optó por ir caminando. Después del viaje de ida y vuelta a Boston y las horas que se había pasado frente a la casa de los Landon, no le vendría mal una caminata.

A pesar de que se consideraba un urbanita declarado, le gustaba el silencio y la tranquilidad del pueblo, la sensación de encontrarse en Brigadoon en plena noche, con todo cerrado a cal y canto y el rugido de las olas al fondo.

Unos hilillos de niebla se adentraban a ras de suelo, acentuaban la atmósfera sobrenatural. La tormenta había pasado, pero el aire permanecía cargado de humedad y el cielo estaba demasiado plomizo para ver la luna.

El parpadeo y destello del faro del cabo aumentaba la sensación atemporal. Se encaminó hacia allí y aprovechó para decidir cómo manejaría la situación.

Después de todo, ahora que se había tranquilizado, probablemente lo mejor sería dejarlo correr. Cuando no se podía confiar en el cliente, el trabajo se resentía. Además, Landon no hacía nada de nada. Después de estar vigilándolo varios días, de preguntar a la gente del lugar, la información más perjudicial se reducía a los chismes de la dependienta cotilla de una tienda de regalos.

Quizá Landon asesinó a su mujer; dudoso, pero posible. Sin embargo, Duncan no creía que fuera a producirse ninguna gran revelación, ni en el pueblo playero ni en la casa del acantilado.

Tal vez se dejara convencer para continuar en el caso… siempre que eso significara volver a Boston, hacer algo de investigación por allí y echar un vistazo a los informes y las pruebas desde otro ángulo. Discutirlo con Wolfe.

No obstante, primero preguntas y respuestas.

Quería saber por qué el cliente había allanado la casa. Y quería saber si era la primera vez.

Duncan no era de los que cuestionaban un pequeño allanamiento «profesional», pero era estúpido pensar que pudiera haber algo dentro de esa casa que relacionara a Landon con el asesinato de su mujer, ocurrido un año antes y en Boston.

Además, ahora la poli local vigilaría más de cerca la casa, a Landon y al detective privado contratado para fisgonear.

Aficionados, pensó Duncan, resoplando ligeramente mientras subía el empinado camino que llevaba a la punta rocosa donde el faro de Whiskey Beach se alzaba hacia la oscuridad.

Los bancos de niebla, que se arremolinaban a su paso, alcanzaban allí mayor altura y amortiguaban sus pisadas, y convertían el azote de las olas contra las rocas en el eco de un tambor batiente.

Y además estropeaban la vista, se dijo cuando alcanzó el faro. Si al día siguiente el cielo estaba despejado, quizá diera un pequeño paseo por allí antes de regresar a Boston.

Decisión tomada, se dijo. Había trabajos aburridos. Clientes insufribles. Investigaciones que llegaban a un punto muerto. Pero cuando se combinaban los tres en uno solo era el momento de cortar por lo sano.

Admitía que no debió hablarle al cliente como lo había hecho, pero, por Dios, había que ser un merluzo para hacer lo que el tipo había hecho.

Se volvió al oír unos pasos y vio aparecer al cliente entre la niebla.

—Me ha puesto en una situación muy delicada —empezó Duncan—. Hay que dejar las cosas claras.

—Sí, lo sé. Lo siento.

—Bien, nos olvidaremos de todo si usted…

No vio el arma. Igual que con las pisadas, la niebla amortiguó los disparos, que sonaron apagados, densos, extraños. Lo desconcertaron en el instante que sintió un dolor insoportable.

Ni siquiera sacó el arma, ni se le pasó por la cabeza.

Cayó, con los ojos abiertos como platos, moviendo los labios, aunque las palabras no eran más que un balbuceo. Oyó, como si se encontrara a gran distancia, la voz de su asesino.

—Lo siento. Las cosas no tenían que ir de esta manera.

No sintió las manos que lo registraron y se llevaron el teléfono, la grabadora, las llaves y el arma.

Pero sintió el frío, un frío penetrante que lo entumecía. Y el dolor atroz que lo traspasaba mientras arrastraban su cuerpo por un terreno pedregoso hasta el borde del acantilado.

El viento helado le soplaba en la cara y por un instante creyó que volaba. A continuación, las aguas embravecidas se lo tragaron tras golpearse contra las rocas.

Se suponía que sería de otro modo. Demasiado tarde, demasiado tarde para dar media vuelta. Continuar adelante era la única alternativa. No cometería más errores. No volvería a contratar a otro detective ni a nadie en quien no pudiera confiar, que no pudiera serle leal.

Que no pudiera hacer lo que había que hacer hasta que todo hubiera acabado.

Tal vez sospecharan que Landon había matado al detective, igual que habían hecho con Lindsay.

Aunque Landon había matado a Lindsay.

¿Quién si no podría haberlo hecho? ¿Quién habría querido hacerlo?

Puede que Landon pagara por lo de Lindsay a través de Duncan. A veces los caminos de la justicia eran sinuosos.

Por el momento, lo más importante era vaciar la habitación del detective y llevarse todo lo que pudiera relacionarlos. Y tendría que hacer lo mismo con el despacho de Duncan, en su casa.

Mucho trabajo.

Lo mejor era empezar cuanto antes.

Cuando Eli bajó la escalera por la mañana, miró en el salón. La manta con que había tapado a Abra cuando se había quedado dormida como un tronco en el sofá estaba cuidadosamente extendida sobre el respaldo. También se fijó en que las botas no estaban junto a la puerta de entrada.

Mejor, se dijo. Mucho menos incómodo después de ese momento inesperado y embarazoso de la noche anterior. Mejor volver a tener la casa para él solo.

Más o menos, pensó cuando olió el café y vio la cafetera recién hecha y la nota de Abra.

¿Es que la mujer tenía acciones en la compañía? ¿Existencias inagotables?

Tortilla en el cajón calienta platos. No olvides apagarlo. Fruta fresca en la nevera.
Gracias por dejar que me quedara en el sofá.
Me pasaré luego. ¡LLAMA a Vinnie!

—Vale, vale. Jesús, ¿te importa si me tomo antes un café y miro si me queda alguna neurona que pueda poner en marcha?

Se sirvió café, añadió una cucharada de crema de leche y se dio un masaje en los músculos, duros como piedras, de la nuca.

Llamaría a Vinnie, no hacía falta que se lo recordaran. Solo quería un minuto de tranquilidad antes de tener que enfrentarse a la poli y a las preguntas. Otra vez.

Y puede que no le apeteciera una maldita tortilla. ¿Quién le había pedido que le hiciera una maldita tortilla?, pensó, mientras abría el cajón calienta platos de un tirón.

Puede que solo quisiera… Maldita sea, qué pinta tenía.

La miró con el cejo fruncido, luego la sacó y cogió un tenedor. Y se la empezó a comer mientras caminaba hacia la ventana. En cierto modo, por tonto que pareciera, tenía la sensación de que no se rendía del todo si comía de pie.

Salió a la terraza con el plato en la mano.

Hacía frío, pero era soportable, se dijo. Y la brisa fresca volvió a despejar el mundo. Sol, olas, arena, destellos… Relajó algunas contracturas.

Vio que una pareja paseaba por la playa, cogida de la mano. Había gente, pensó, que estaba hecha para vivir acompañada, para emparejarse. Los envidiaba. La había cagado tanto en su único intento serio que solo se había librado del divorcio por un asesinato.

¿Qué decía eso de él?

Se llevó otro bocado de tortilla a la boca mientras la pareja que paseaba se detenía para abrazarse.

Sí, los envidiaba.

Pensó en Abra. No se sentía atraído por ella.

¿Se podía ser más estúpido mintiéndose de aquella manera? Pues claro que se sentía atraído. Con esa cara, ese cuerpo, esa personalidad.

Lo mejor era no sentirse atraído por ella, eso sería lo más sensato. No quería pensar en sexo. No quería pensar en irse a la cama con ella.

Solo quería escribir, refugiarse en el mundo que él creaba y encontrar el camino de vuelta al mundo en que vivía.

Quería averiguar quién había asesinado a Lindsay y por qué, pues hasta que no lo hiciera, por mucho que soplara la brisa marina, su mundo continuaría encapotado.

Sin embargo, sus deseos se daban de bruces con la realidad. ¿Y en qué consistía la realidad? En que había un agujero en el sótano excavado por una persona o varias personas desconocidas.

Ya era hora de llamar a la poli.

Entró, dejó el plato en el fregadero y vio que Abra había apoyado la tarjeta de Vinnie en el teléfono de la cocina.

Habría puesto los ojos en blanco, pero aquello le ahorraba tener que subir a rebuscar en el bolsillo de sus pantalones, donde estaba la tarjeta que Vinnie le había dado a él.

Marcó el número.

—Ayudante Hanson.

—Hola, Vinnie, soy Eli Landon.

—Eli.

—Tengo un problema —dijo.

En menos de una hora, Eli estaba con el ayudante del sheriff estudiando la zanja del viejo sótano.

—Bueno. —Vinnie se rascó la cabeza—. Un problema interesante. Así que... ¿tú no has estado excavando aquí abajo?

—No.

—¿Estás seguro de que la señora Hester no ha contratado a nadie para... no sé, cambiar las cañerías o algo así?

—Yo diría que estoy bastante seguro. Estoy convencido de que si lo hubiera hecho, Abra lo sabría. Además, ya que obviamente está a medias, estoy bastante seguro de que, si se tratara de un trabajo legal, la persona responsable se habría puesto en contacto conmigo.

—Sí. No es un sí definitivo, pero se le acerca bastante. Y otra cosa más, si se tratara de un trabajo contratado, es probable que a estas alturas ya me hubiera enterado. Aun así, ¿te importaría preguntarle a tu abuela?

—Preferiría no hacerlo. —Eli se había pasado la mitad de la noche sopesando los pros y los contras de aquello—. No quiero disgustarla. Puedo repasar sus archivos, las facturas. Si contrató a alguien, tuvo que pagarle. No soy un experto, Vinnie, pero yo diría que es demasiado profunda para tratarse de tuberías de agua o algo por el estilo. Además, ¿por qué demonios instalarían algo así aquí abajo?

—Solo intento descartar la opción más sencilla. Algo así lleva tiempo con ese tipo de herramientas. Tiempo y determinación. E implica entrar y salir de la casa.

—Abra me ha dicho que mi abuela le hizo cambiar el código de la alarma y las cerraduras. Después de la caída.

—Ajá. —Vinnie apartó la vista de la zanja y miró a Eli—. ¿Y eso por qué?

—Mi abuela no tenía ninguna razón, al menos ninguna que justificara su decisión, pero insistió. No recuerda muy bien cómo se cayó; me pregunto si no tendría una intuición, un recuerdo enterrado, y eso la llevó a cambiar las medidas de seguridad de la casa.

—Encuentras un agujero en el sótano y ahora crees que la caída de la señora Hester no fue un accidente.

—Sí, en una palabra. A Abra la agredieron anoche. El tipo tuvo que cortar la luz para entrar. No esperaba encontrarla aquí. Y sabía que yo no estaba. Puede que esté trabajando con Duncan. Duncan sabía que yo me encontraba en Boston. Has dicho que te enseñó recibos y que te explicó dónde había estado. Podría haber dado luz verde a la persona que entró en la casa. Estoy en Boston, entra, sigue cavando.

—¿Para qué?

—Vinnie, puede que tú y yo nos mostremos escépticos con la tontería esa de la dote de Esmeralda, pero hay mucha gente que no.

—Entonces alguien consigue la llave y el código de la señora Landon y hace copias. Hasta aquí, ningún problema, no es tan difícil. Las utiliza para entrar y acceder al sótano y empieza a cavar como si no hubiera un mañana. Una noche ataca a la señora Hester y la hace caer por la escalera.

—Ella no lo recuerda. Todavía.

Cuando lo asaltó la imagen de su abuela, como lo hacía siempre, tendida, herida, sangrando, Eli intentó contener la furia.

—Quizá oyera algo y bajara. Quizá solo bajara y entonces oyera algo. Intentó volver a subir. La puerta de su dormitorio es gruesa como un tablón y se cierra por dentro. Entrar y llamar a la policía. O puede que el tipo simplemente la asustara y ella tropezase. En cualquier caso, la dejó allí. Inconsciente, sangrando, herida. La dejó en el suelo.

—En el caso de que ocurriera de ese modo... —Vinnie le puso una mano en el hombro—. En ese caso...

—En ese caso, imaginemos mucha actividad por aquí durante un par de semanas tras la caída. La policía, Abra entrando y saliendo, haciéndole recados a mi abuela. Pero luego la cosa se calma un poco y vuelve a entrar para seguir cavando. Hasta que corre la voz de que me mudo. Hasta que Abra cambia el sistema de seguridad. Vinnie, tenía que saber que ayer la casa se quedaría vacía durante varias horas. Tuvo que enterarse por Duncan.

—Volveremos a hablar con Duncan. Mientras tanto, voy a pedir que venga alguien a tomar fotos y medidas. Cogeremos las herramientas y las procesaremos, pero va a llevarnos un tiempo. Nuestros medios son modestos, Eli.

—Entendido.

—Haz que vengan a arreglar el tema de la seguridad. Patrullaremos por aquí con mayor frecuencia. No te vendría mal tener un perro.

—¿Un perro? ¿En serio?

—Ladran. Y tienen colmillos. —Vinnie se encogió de hombros—. No es que South Point sea precisamente un foco de delincuencia, pero me quedo más tranquilo sabiendo que hay un perro en mi casa cuando yo no estoy. De todas formas, enviaré alguna patrulla. ¿Por qué excavarían aquí detrás? —se preguntó Vinnie cuando empezaron a salir.

—Es la parte más antigua de la casa. Esta sección ya existía cuando el *Calypso* se hundió frente a la costa.

—Oye, ¿cómo se llamaba? El superviviente.

—Giovanni Morenni, según unos. José Corez, según otros.

—Sí, exacto. Y he oído otras historias que dicen que fue el mismo capitán Broome. ¡Vaya!

—¡Rayos y centellas! —añadió Eli.

—Fuera quien fuera, ¿arrastra el cofre de la dote hasta aquí, que mira tú por dónde llegó a la orilla con él, y lo entierra? Siempre me ha gustado la leyenda que dice que el tipo robó una barca, se fue y enterró el tesoro en una de las islas que hay frente a la costa.

—También está la versión en la que mi antepasada baja a la playa, encuentra al tipo, se lo lleva a la casa, tanto a él como el tesoro, y lo cuida hasta que se recupera.

—A mi mujer le gusta esa versión. Es romántica. Salvo la parte en la que el hermano de tu antepasada lo mata y arroja el cuerpo por el acantilado.

—Y no vuelve a saberse nada de la dote. El caso es que, sea cual sea la historia, el hombre que ha hecho esto la cree a pies juntillas.

—Eso parece. Me pasaré por el bed and breakfast y volveré a interrogar a Duncan.

No era el modo en que Eli hubiera escogido pasar el día, tratando con la policía, la compañía eléctrica, la aseguradora y los técnicos de la alarma. La casa estaba demasiado llena, había demasiado trajín, lo que le hizo comprender hasta qué punto se había acostumbrado a la amplitud del espacio, el silencio y la soledad. Había descubierto un gusto por el silencio y la soledad que desentonaba con la vida que había llevado con anterioridad. Atrás habían quedado los días llenos de citas, reuniones, gente, fiestas y compromisos.

No lo lamentaba. Si le sorprendía un día dedicado a contestar preguntas, tomar decisiones y rellenar formularios, decidió que podía vivir con ello.

Cuando la casa y los alrededores volvieron por fin a estar vacíos, dejó escapar un suspiro de alivio.

Hasta que oyó que se abría la puerta del zaguán.

—Por Dios, ¿y ahora qué?

Se dirigió hacia allí y abrió la puerta.

Abra cogió una de las bolsas del supermercado que llevaba colgada a la espalda y la dejó sobre la lavadora.

—Necesitabas unas cuantas cosas.

—Ah, ¿sí?

—Sí. —Sacó un bote de detergente para la ropa y lo metió en un armario—. Parece que vuelves a tener luz.

—Sí. Tenemos un nuevo código de seguridad. —Rebuscó la nota en el bolsillo y se la tendió—. Lo necesitarás, supongo.

—Salvo que quieras bajar corriendo a abrirme las mañanas que vengo. —Le echó una mirada y metió la nota en el monedero—. Me he encontrado con Vinnie —prosiguió, pasando junto a Eli y entrando en la cocina—. Le he dicho que te diría que, por lo visto, Kirby Duncan ha dejado la habitación. No de manera oficial. Aunque no ha informado a Kathy, la dueña del Surfside, que se iría temprano, sus cosas no están. Vinnie dice que lo llames si tienes alguna pregunta.

—¿Se ha ido sin más?

—Eso parece —contestó Abra, mientras iba vaciando las bolsas—. Vinnie pedirá refuerzos. ¿Qué te parece? Un término muy policial. Pedirá refuerzos al Departamento de Policía de Boston, como si ellos fueran a seguirle la pista a Duncan por lo de la excavación en tu sótano. Pero como se ha ido, ya no puede fisgonear e invadir tu intimidad. Eso es una buena noticia.

—Me pregunto si el cliente se habrá echado atrás. ¿Lo habrá despedido? ¿Duncan habrá cortado por lo sano?

—Ni idea. —Metió una caja de cereales de trigo en un armario—. Pero lo que sí sé es que pagó hasta el domingo y que había dejado caer que tal vez prolongaría la visita. Luego, ¡zas!, hace las maletas y se va. No lo lamento. No me gustaba.

Una vez que hubo guardado las verduras, dobló las bolsas y las metió en el bolso.

—Así que creo que esto merece una celebración.

—¿El qué?

—Que ya no haya detectives privados fisgones, que ya tengas luz y que tu sistema de seguridad vuelva a ser seguro. Un día productivo después de una noche de mierda. Deberías pasarte más tarde por el pub a tomarte algo. Esta noche hay buena música, y puedes salir con Maureen y Mike.

—He perdido la mayor parte del día con esto y tengo que ponerme al corriente.

—Excusas. —Le dio unos golpecitos en el pecho con el dedo—. A nadie le viene mal un poco de marcha un viernes por la noche. Una cerveza fría, música y algo de conversación. Además, tu camarera, que sería yo, lleva una falda realmente corta. Voy a coger un agua para el camino —dijo, volviéndose para abrir la nevera.

Eli estampó una mano contra la puerta, lo que hizo que Abra enarcara las cejas cuando se volvió.

—¿No hay agua para mí?

—¿Por qué sigues insistiendo?

—Yo no lo veo así. —La acorralaba, observó Abra. Interesante. Y tanto si él se daba cuenta como si no, sexy—. Lamento que tú sí. Me gustaría verte en un entorno informal, social. Porque sería bueno para ti, y porque me gustaría verte. Además, tal vez tengas que verme con minifalda para poder decidir si te intereso o no.

La acorraló un poco más, aunque en vez de despertar precaución o cautela, que era probablemente su intención, despertó su deseo.

—Estás apretando botones que no deberías tocar.

—¿Quién puede resistirse a apretar un botón cuando lo tiene justo delante? —replicó Abra—. No entiendo a ese tipo de personas ni esa clase de sacrificio. ¿Por qué no tendría que averiguar si te atraigo antes de sentirme más atraída por ti? Me parece justo.

Ahí dentro pasaban muchas cosas, pensó Abra. Como una tormenta dibujando círculos.

Con la esperanza de amainarla, apoyó una mano en su brazo.

—No te temo, Eli.

—No me conoces.

—Pues a eso en parte voy. Me gustaría conocerte antes de involucrarme más. En cualquier caso, no me hace falta conocerte del modo que tú lo entiendes para hacerme una idea de cómo eres o para sentirme atraída por ti. Tienes tanto de inofensivo osito de peluche como de asesino desalmado. Hay mucha ira debajo de la tristeza, y no estoy echándotelo en cara. En realidad, lo entiendo. A la perfección.

Eli retrocedió y metió las manos en los bolsillos. Sacrificio, pensó Abra, porque sabía muy bien cuándo un hombre deseaba tocarla. Y él lo deseaba.

—No es mi intención sentirme atraído por ti o liarme contigo. Ni con nadie.

—Créeme, eso lo sé. Me sentía exactamente igual antes de conocerte. Por eso he estado haciendo ayuno sexual.

Eli frunció el entrecejo.

—¿Cómo?

—Me he privado de tener sexo. Cosa que en parte podría explicar por qué me siento atraída. Los ayunos tienen que acabar en algún momento, y aquí te tengo. Nuevo, apuesto, misterioso e inteligente, cuando no estás dándole vueltas a la cabeza. Y me necesitas.

—No te necesito.

—Venga ya, y una mierda. Eso es una gilipollez. —El estallido repentino lo cogió desprevenido, igual que el pequeño empujón—. En esta casa hay comida porque la traigo yo y tú te la comes porque yo la cocino. Ya has ganado unos kilitos y no estás tan demacrado. Tienes calcetines limpios porque yo los lavo, y a alguien que te escucha cuando hablas, cosa que a veces haces sin que tenga que usar una palanca para que te abras. Tienes a alguien que cree en ti, y eso es algo que todo el mundo necesita.

Se alejó a grandes zancadas, cogió el bolso y volvió a dejarlo en el mismo sitio con decisión.

—¿Crees que eres el único que ha sufrido una desgracia, algo sobre lo que no tiene ningún control? ¿El único al que han hecho daño y ha tenido que aprender a reponerse, a reconstruir su vida? No puedes reconstruir tu vida alzando barreras. No te mantienen a salvo, Eli. Solo te mantienen alejado de los demás.

—Me gusta estar solo —repuso él.

—Otra gilipollez. Un poco de soledad, un poco de espacio, vale. Casi todos lo necesitamos. Pero también el contacto humano, los vínculos, las relaciones. Necesitamos todo eso porque somos humanos. El otro día en la playa vi la cara que pusiste cuando reconociste a Maureen. De felicidad. Maureen es un vínculo. Igual que yo. Lo necesitas tanto como comer, beber, trabajar, follar y dormir. Por eso procuro que tengas comida y sigo comprando agua, zumo y Mountain Dew, porque sé que te gusta, y procuro que duermas entre sábanas limpias. No me digas que no me necesitas.

—Te has saltado lo de follar.

—Eso es negociable.

Abra creía en la intuición, así que se dejó guiar por ella. Simplemente se adelantó, le cogió la cara con las manos y le plantó un beso en los labios. Más primario que sexual, pensó. Puro contacto humano.

Hubiera despertado lo que hubiera despertado en ella, le dio la bienvenida. Le gustaba sentir.

Retrocedió, aunque dejó las manos donde estaban un instante más.

—¿Lo ves? No te ha pasado nada. Eres humano. Dentro de lo que cabe, estás sano, estás...

No se trató de intuición, sino de reacción. Ella había accionado el interruptor y él se abalanzó hacia la explosión de luz.

Y hacia ella.

La atrajo hacia él de un tirón y la atrapó entre su cuerpo y la isla de la cocina. La cogió del pelo, esa melena de rizos rebeldes, y enredó la mano en él.

Eli sintió que Abra volvía a sujetarle la cara con las manos, sintió los labios de ella separándose bajo los suyos, sintió el latido frenético de su corazón.

Eli sintió.

El palpitar de la sangre, la agonía del despertar del deseo, el gozo auténtico y absoluto de tener a una mujer estrechada contra su cuerpo.

Cálida, dulce, curvas y ángulos.

Su olor, el sonido del placer inesperado recorriendo su garganta y la avalancha de labios y lenguas lo golpeó con la fuerza de un tsunami. Y por un momento, en ese momento, deseó que lo arrollara.

Abra deslizó las manos en el pelo de Eli y su deseo se desbocó cuando la levantó del suelo. Se encontró sobre la encimera, con las piernas separadas por la presión que ejercía el cuerpo de Eli, al tiempo que un soberbio y abrasador deseo estallaba en su interior.

Sintió la tentación de rodearle la cintura con las piernas y cabalgar, cabalgar hasta el final. Pero una vez más la intuición tomó las riendas.

No, no sin consciencia, se dijo. No sin corazón. Ambos acabarían lamentándolo.

De modo que volvió a cogerle el rostro con las manos y le acarició las mejillas mientras apartaba la cara.

Los ojos de Eli, que desprendían un intenso calor azul, la miraron fijamente. Abra vio en ellos parte de la ira que había reconocido bajo el deseo.

—Bueno, estás vivo. Y bastante sano, por lo que veo desde aquí.

—No voy a pedir disculpas.

—¿Y quién te las ha pedido? Soy yo quien ha apretado los botones, ¿no? Yo tampoco lo lamento. Salvo por el hecho de que tengo que irme.

—¿Irte?

—Tengo que ponerme esa minifalda e ir a trabajar, y ya llego un poco tarde. La buena noticia es que así ambos tendremos tiempo para pensar si queremos dar el siguiente paso. Aunque también es la mala noticia.

Se bajó de la encimera, casi sin aliento.

—Eres el primer hombre que me ha tentado a dejar el ayuno sexual en mucho tiempo. El primero que creo que conseguiría que el ayuno y su ruptura valieran la pena. Solo quiero estar segura de que no nos enfadaremos si lo hiciera. Es algo en lo que pensar.

Cogió el bolso y echó a andar.

—Sal esta noche, Eli. Ven al pub, escucha un poco de música, habla con la gente, tómate un par de cervezas. La primera corre de mi cuenta.

Salió de la casa y llegó al coche antes de llevarse una mano a las mariposas que sentía en el estómago y dejar escapar un largo y entrecortado suspiro.

Si Eli hubiera vuelto a tocarla, si le hubiera pedido que no se fuera… habría llegado muy tarde al trabajo.

10

Eli se enfrentó a un debate interno, sopesó los pros y los contras, y evaluó su temperamento. Al final justificó la decisión de ir al maldito bar. Equivalía a la hora diaria fuera de casa que se había autoimpuesto y que se había saltado ese día. Aquello contaría como su hora.

Echaría un vistazo a lo que habían hecho los nuevos dueños del local, se tomaría una cerveza, escucharía un poco de música y luego volvería a casa.

Además, puede que así Abra lo dejase en paz.

Si al mismo tiempo conseguía demostrar, tanto a ella como a sí mismo, que podía entrar en el bar del pueblo y tomarse una cerveza sin problemas, pues mucho mejor.

Le gustaban los bares, se recordó. Le gustaba el ambiente, la clientela, las conversaciones, la satisfacción de tomarse una cerveza fría en compañía.

Al menos antes.

Además, podía considerarlo una especie de investigación. Puede que el oficio de escritor fuera una profesión solitaria que encajaba con su carácter a la perfección, tal y como había descubierto tiempo atrás, pero exigía también ver, sentir, observar y procurar algún tipo de intercambio. Si no, acabaría escribiendo aislado del resto del mundo.

De pronto, cumplir la promesa de pasar una hora fuera de

casa y empaparse un poco del color local, que podría acabar plasmado en alguna parte de su historia, cobró sentido.

Decidió ir dando un paseo. Por lo pronto, con el coche aparcado en la entrada principal y las luces que había dejado encendidas en distintas habitaciones, puede que convenciera a cualquier aspirante a allanador de moradas de que la casa estaba ocupada.

Además, la caminata sustituiría la parte del día que dedicaba a hacer ejercicio.

Situación normalizada, se dijo.

Luego entró en el Village Pub y se sorprendió.

El bar donde había comprado alcohol por primera vez (una cerveza Coors) con la edad legal para hacerlo, pues había cumplido veintiún años ese mismo día, ya no existía. Las paredes oscuras y ligeramente deslustradas habían desaparecido, igual que las redes de pesca deshilachadas, las gaviotas de yeso, las banderas piratas hechas jirones y las conchas arenosas que componían la decoración marinera.

Las lámparas de bronce oscuro con pantallas de color ámbar sustituían los antiguos timones y daban al lugar un aire melancólico. Cuadros, relieves en la pared y un trío de carboncillos de su abuela representaban paisajes locales.

En algún momento, alguien había lijado y raspado años de mugre, cerveza derramada y muy probablemente viejas manchas de vómito, de modo que las anchas tablas del suelo de madera relucían.

La gente se sentaba en mesas, en reservados, en pequeños sofás o en los taburetes de hierro que se alineaban a lo largo de la extensa barra de madera. Había quienes, diseminados aquí y allá, preferían la diminuta pista de baile para menear el esqueleto con la música del grupo compuesto por cinco chicos. En esos momentos estaban tocando una versión bastante decente del «Lonely Boy» de los Black Keys.

En vez de los disfraces horteras de pirata, el personal llevaba faldas o pantalones negros y camisas blancas.

Se sentía desorientado. Y aunque el antiguo Katydids se encontraba en el peligroso límite de ser considerado un tugurio, en cierto modo lo echaba de menos.

No importaba, se recordó. Se tomaría una cerveza como lo haría cualquier otra persona un viernes por la noche. Luego se iría a casa.

Se dirigía a la barra cuando vio a Abra.

Estaba atendiendo una mesa ocupada por tres hombres de veintipocos años, según los cálculos de Eli. Sostenía la bandeja con una mano mientras iba repartiendo los vasos de cerveza con la otra.

La falda corta, como le había avisado, dejaba a la vista buena parte de unas piernas largas y tonificadas que parecían empezar en algún lugar cerca de las axilas y que acababan en unos zapatos negros de tacón alto. La ceñida camisa blanca acentuaba un torso delgado y unos bíceps perfectamente definidos.

No alcanzaba a oír la conversación por encima de la música. No le hacía falta, no para reconocer el flirteo relajado y descarado por ambas partes.

Abra le dio una palmadita en el hombro a uno de los chicos. Eso lo hizo sonreír como un bobo cuando ella se volvió.

Y sus ojos se encontraron con los de Eli.

Entonces Abra sonrió, con calidez y simpatía, como si aquella boca, cercana a un lunar tan sexy que rayaba en lo ridículo, no hubiera estado en contacto con la de él apenas unas horas antes.

Se colocó la bandeja bajo el brazo y se acercó a Eli abriéndose paso a través de la luz melancólica y la música, balanceando las caderas, con su mirada radiante de diosa marina y la melena alborotada e indomable de sirena.

—Hola. Me alegro de que hayas venido.

Eli pensó que podría devorarla de un bocado.

—Solo voy a tomar una cerveza.

—Has venido al lugar adecuado. Tenemos dieciocho de barril. ¿Qué te apetece?

—Ah…

Que se desnudara no parecía la respuesta apropiada.

—Tendrías que probar una de las que se producen aquí. —La mirada risueña de Abra le hizo preguntarse si habría vuelto a leerle la mente—. Beached Whale tiene muy buena prensa.

—De acuerdo, esa misma.

—Siéntate con Mike y Maureen. —Le indicó dónde estaban—. Te llevaré la Whale.

—Pensaba quedarme en la barra y…

—No seas tonto. —Lo tomó del brazo y fue tirando de él, esquivando obstáculos cuando era necesario—. Mirad a quién me he encontrado.

Maureen le dio unas palmaditas al asiento libre que tenía al lado con toda naturalidad, a modo de bienvenida.

—Hola, Eli. Siéntate. Ponte por aquí con los puretas para poder charlar sin tener que gritar.

—Iré a buscar tu cerveza. Y los nachos ya deben estar —dijo Abra, dirigiéndose a Mike.

—Hacen unos nachos de muerte —aseguró Mike, cuando Abra desapareció, y Eli, qué remedio, se sentó.

—Antes tenían bolsas de patatas rancias y cuencos de cacahuetes de origen dudoso.

Maureen le sonrió.

—Qué tiempos aquellos. De todos modos, Mike y yo intentamos pasarnos por aquí una vez al mes. Un poco de tiempo solo para adultos, y los fines de semana o en temporada alta es un buen lugar para observar a la gente.

—Hay mucha.

—El grupo es famoso. Por eso hemos venido prontito, para coger mesa. ¿Ya tienes luz y todo lo demás?

—Sí.

Maureen le dio unas palmaditas tranquilizadoras en la mano.

—Hoy no he tenido mucho tiempo para hablar con Abra, pero me ha dicho que alguien ha estado cavando en el sótano.

—Sí, ¿de qué va eso? —Mike se inclinó hacia delante—. A no ser que hayas salido para olvidarte del tema un par de horas.

—No, no pasa nada. —En cualquier caso, Bluff House formaba parte fundamental de la comunidad. Le interesaría a todo el mundo. Les hizo un breve resumen y se encogió de hombros—. Yo creo que se trata de un cazatesoros.

—¡Te lo dije! —Maureen le dio un palmetazo en el brazo a su marido—. Eso es lo que yo decía, y Mike dale con que no. Le falta el gen de la imaginación.

—Lo tengo cuando te pones ese modelito rojo con aberturas en las...

—¡Michael! —Pronunció su nombre en medio de una risa ahogada.

—Te has metido tú solita en ese jardín, cariño. Ah. —Mike se frotó las manos—. Nachos. Ahora sabrás lo que es bueno —le dijo a Eli.

—Nachos hasta arriba, tres platos y extra de servilletas. —Abra lo dispuso todo en la mesa con gran habilidad—. Y una Beached Whale. Que la disfrutes. La primera corre de mi cuenta, recuerda —añadió cuando Eli hizo el gesto de sacar la cartera.

—¿Cuándo tienes un descanso? —preguntó Maureen.

—Más tarde —contestó, mientras respondía a una señal que le hacían desde otra mesa.

—¿Cuántos trabajos tiene? —quiso saber Eli.

—He perdido la cuenta. Le gusta variar. —Maureen se sirvió nachos en su plato—. Lo siguiente es la acupuntura.

—¿Va a clavarle agujas a la gente?

—Está estudiando para ello. Le gusta cuidar a la gente. Incluso las joyas que hace son para ayudarte a que te sientas mejor, más feliz.

Tenía preguntas. Muchísimas. Y no sabía cómo hacerlas sin que sonara a interrogatorio.

—Pues sí que ha logrado hacer cosas en poco tiempo. Tampoco lleva tanto viviendo aquí, ¿no?

—Ya va para tres años, vino de Springfield. Algún día tendrías que preguntarle sobre eso.

—¿Sobre qué?

—Sobre Springfield. —Con las cejas enarcadas, Maureen le dio un mordisco a un nacho—. Y sobre lo que quieras saber.

—Bueno, ¿y qué crees que harán los Red Sox este año?

Maureen miró fijamente a su marido mientras cogía su copa de vino tinto.

—Más sutil que decirme que me calle.

—Eso pensé. No había nadie con quien disfrutara más hablando de béisbol que con tu abuela.

—Es una gran aficionada —dijo Eli.

—Era única soltando estadísticas de un tirón. Por cierto, voy a Boston cada quince días, ¿crees que estará lo bastante bien para recibir visitas?

—Creo que le gustaría.

—Mike es entrenador de la liga infantil —aclaró Maureen—, y Hester es la ayudante no oficial del entrenador.

—Le encanta ver jugar a los niños. —El grupo se tomó un descanso y Mike aprovechó para hacerle un gesto a Abra. Dibujó un círculo en el aire y le pidió una nueva ronda—. Espero que vuelva al menos para parte de la temporada.

—No estábamos seguros de que fuera a salir de esta.

—Oh, Eli.

Maureen cerró su mano sobre la de Eli y él se dio cuenta de que nunca había hecho esa confesión en voz alta. A nadie. Tampoco sabía por qué había salido el tema a colación en ese momento, salvo que fuera porque ahora tenía todas esas imágenes nuevas de su abuela en mente, imágenes que él se había perdido. Yoga, liga infantil y carboncillos en un bar.

—Los primeros días… Tuvieron que operarla dos veces del brazo. Tenía el codo… destrozado. Y luego estaba la cadera, las costillas y el traumatismo craneal. Constantemente en la cuerda floja. Pero la vi ayer y… —¿De verdad solo había pasado un día?—. Camina con la ayuda de un bastón porque los andadores son para las ancianas.

—Muy típico de ella —coincidió Maureen.

—Perdió mucho peso en el hospital, pero está empezando a recuperarlo. Parece que está más fuerte. Le gustará verte —dijo, dirigiéndose a Mike—. Le gustará que la veas ahora que está mucho mejor.

—Me aseguraré de que lo sepa. ¿Vas a contarle lo del allanamiento?

—No. Al menos por el momento, aunque tampoco hay mucho que contar. Me pregunto cuántas veces se ha paseado por allí el intruso que entró anoche en la casa. Si también estaba allí la noche que mi abuela se cayó.

Eli captó la mirada que Mike y Maureen intercambiaron mientras él levantaba su vaso para apurarlo.

—¿Qué pasa?

—Eso fue exactamente lo que dije cuando nos enteramos de lo de la excavación. —Maureen le dio un ligero codazo a su marido—. ¿O no?

—Sí.

—Y Mike me dijo que leía demasiadas novelas de misterio, cosa que es imposible. Nunca se leen demasiados libros, de ningún tipo.

—Y brindo por ello. —Sin embargo, Eli se quedó pensativo mientras miraba fijamente a Maureen. Y añadió—: Pero ¿por qué lo pensaste?

—Hester es… No me gusta nada usar la palabra «vital», porque la gente la usa para los ancianos y casi resulta insultante, pero es que tu abuela lo es. Además, seguro que no la has visto nunca en una clase de yoga.

—No, no la he visto.

Y no estaba seguro de estar psicológicamente preparado para ello.

—Tiene muy buen equilibrio. Es capaz de aguantar la postura del árbol y la del guerrero tres y… Lo que quiero decir es que no es una abuelita de paso inseguro. No es que no hubiera podido caerse, hasta los niños se caen por la escalera, pero es que no le pega a Hester.

—No lo recuerda —dijo Eli—. Ya no solo la caída, sino tan siquiera haberse levantado de la cama.

—Lo cual no es raro, claro, después del golpe que se dio en la cabeza. Sin embargo, ahora que sabemos que había alguien que entraba en la casa a hurtadillas y que está lo bastante chalado para ponerse a cavar en el sótano, no sé qué pensar. Además, quien fuera que entró en la casa, agredió a Abra. Si ella no se hubiera defendido, si no hubiera sabido lo que tenía que hacer, la cosa podría haber sido mucho peor. Y si ese tipo hubiera sido capaz de algo así, también podría haber asustado a Hester o incluso podría haberla empujado.

—¡Segundo round! —Abra llevó la bandeja a la mesa—. Mmm, caras solemnes.

—Estábamos hablando de Hester y del allanamiento de anoche. Me gustaría que te quedaras con nosotros un par de noches —dijo Maureen, preocupada.

—Ese tipo entró en Bluff House, no en Laughing Gull.

—Pero si cree que puedes identificarlo…

—No me obligues a darle la razón a Mike.

—No leo demasiadas novelas de misterio. Leo tus relatos cortos —le dijo a Eli—. Son buenísimos.

—Ahora no me queda otra que pagar esta ronda.

Abra se echó a reír y le entregó el recibo. Le pasó una mano por el pelo con absoluta naturalidad y la dejó en el hombro.

Maureen le dio una patadita a Mike por debajo de la mesa.

—¿Y si Eli viniera a dar una charla a nuestro club de lectura, Abra?

—No. —Eli sintió que el pánico le formaba un nudo en la garganta y tomó un trago para deshacerlo—. Todavía estoy escribiendo el libro.

—Eres escritor. Nunca hemos tenido un escritor de verdad en el club de lectura.

—Tuvimos a Natalie Gerson —le recordó Abra.

—Venga ya. Poesía autoeditada. Verso libre. Espantosa poesía autoeditada en verso libre. Tenía ganas de arrancarme los ojos antes de que acabara la noche.

—Yo tenía ganas de arrancárselos a Natalie. Me tomo cinco minutos —decidió Abra, y se sentó en el borde de la mesa.

—Ven, siéntate aquí. —Eli empezó a levantarse, pero ella lo obligó a tomar asiento de nuevo.

—No, estoy bien. Eli nunca habla de su libro. Si yo estuviera escribiendo un libro, hablaría de él a todas horas, con todo el mundo. La gente empezaría a evitarme, así que buscaría completos desconocidos y les hablaría de la novela hasta que ellos también empezaran a evitarme.

—¿No hay que hacer nada más?

Abra le dio un pequeño puñetazo en el brazo.

—Una vez me dio por escribir canciones. Si no fuera porque no sé un pimiento de música y no tenía ninguna idea para componer una canción, habría triunfado.

—Y por eso te has pasado a la acupuntura.

Abra le sonrió abiertamente.

—Es una afición y, ya que lo mencionas, también es algo sobre lo que quería hablarte. Tengo que practicar y contigo sería perfecto.

—Mala idea.

—Podría trabajar en el alivio de la tensión y el fortalecimiento de la creatividad y la concentración.

—¿En serio? En ese caso, deja que me lo piense. No.

Ella se inclinó hacia él.

—Eres muy estrecho de miras.

—Y me opongo a los pinchazos.

Eli se dio cuenta de que Abra olía de manera embriagadora y de que se había pintado los ojos, se había aplicado un maquillaje oscuro que les daba un efecto dramático. Cuando los labios de Abra se curvaron, Eli solo fue capaz de pensar en la sensación de tenerlos cerca de los suyos.

Sí, tendría suficiente con un solo bocado.

—Ya hablaremos.

Abra se levantó, recogió la bandeja y se acercó a la mesa de al lado para tomar nota.

—No te sorprendas si acabas tumbado en una camilla con el cuerpo lleno de agujas —le avisó Mike.

Lo mejor de todo era que no le sorprendería. En absoluto.

Se quedó más de una hora, disfrutó de la compañía y pensó que no tendría que volver a dudar la próxima vez que se planteara pasarse por el bar.

Progreso, concluyó, mientras se despedía de Maureen y Mike y se dirigía a la puerta.

—¡Eh! —Abra salió disparada detrás de él—. ¿No vas a desearle buenas noches a tu simpática camarera?

—Estabas ocupada. Jesús, entra dentro. Aquí fuera hace frío.

—Tengo calor de sobra después de andar arriba y abajo las últimas tres horas. Parecía que te lo pasabas bien.

—Ha sido un cambio agradable. Me gustan tus amigos.

—Maureen era amiga tuya antes de que la conociera, pero sí, son los mejores. Nos vemos el domingo.

—¿El domingo?

—Para tu masaje. Sigue siendo terapéutico —dijo, al ver la cara que Eli ponía—. Incluso si dejas de andarte por las ramas y me das un beso de buenas noches.

—Ya te he dejado propina.

Abra tenía una risa irresistible, transmitía una felicidad que el cuerpo de Eli deseó absorber como si fuera agua. Para comprobar si podía, se acercó, aunque esta vez se tomó su tiempo. Descansó las manos en sus hombros y luego las deslizó hacia abajo. Sintió el calor que Abra todavía desprendía a consecuencia del ambiente caldeado que palpitaba en el bar.

Luego inclinó la cabeza y buscó su boca.

Lento y suave esta vez, pensó Abra, dulce y maravilloso. Un contraste fascinante en comparación con el impacto y la avidez anteriores. Le pasó los brazos por la cintura y se dejó llevar.

Eli tenía más que dar de lo que creía, tenía más heridas de las que podía admitir. Ambos aspectos la atraían.

Cuando él retiró la cabeza hacia atrás, Abra suspiró.

—Bueno, bueno, Eli, Maureen tiene toda la razón. Sabes lo que te haces.

—Estoy un poco oxidado.

—Yo también. Será interesante, ¿no crees?

—¿Por qué estás oxidada?

—Esa es una historia que requiere una botella de vino y una habitación caldeada. Tengo que volver.

—Quiero conocer esa historia. Tu historia.

Las palabras la complacieron tanto como un ramo de rosas.

—Entonces te la contaré. Buenas noches, Eli.

Abra regresó al interior, a la música, a las voces. Y lo dejó allí, despierto y anhelante. Anhelándola a ella, comprendió más de lo que lo había hecho durante mucho tiempo y solo a partir de la tranquilidad.

Eli trabajó todo el sábado, y durante todo el día no paró de llover. Dejó que la trama lo absorbiera. Antes de que se percatara de la relación existente con ese día lluvioso, escribió una escena entera en la que una lluvia racheada azotaba las ventanas donde el protagonista encontraba la llave, tanto metafórica como literalmente, que le ayudaba a resolver su dilema, mientras deambulaba por la casa vacía de su hermano muerto.

Complacido con el progreso, se obligó a alejarse del teclado y a entrar en la sala de ejercicios de su abuela. Pensó en las horas que había pasado en el gimnasio de Boston, entre lustrosas máquinas, cuerpos musculados y con una música machacona.

Aquellos días se habían acabado, recordó.

Pero eso no tenía por qué significar que a él le ocurriera lo mismo.

Puede que los llamativos colores de las pesas de su abuela lo incomodaran ligeramente, pero cinco kilos seguían siendo cinco kilos. Estaba harto de sentirse débil, endeble y desganado, harto de caminar sin rumbo o, peor aún, de dejarse llevar por la corriente.

Si podía escribir, y lo demostraba a diario, podía hacer ejercicio y sudar y encontrar al hombre que era antes. Puede que incluso mejor, pensó. Mientras cogía un juego de pesas moradas, encontraría al hombre que debía ser.

No estaba preparado para enfrentarse al espejo, así que empezó la primera tanda de bíceps frente a las ventanas, mientras contemplaba las olas, que batían la orilla azotadas por la tormenta. Vio como la espuma del agua chocaba contra las rocas al pie del faro blanco. Se preguntó qué camino debía escoger su héroe ahora que había tomado un desvío importante, y acto seguido se preguntó si le había hecho tomar ese desvío porque él creía haber hecho lo mismo, o al menos haberse acercado a esa encrucijada.

Dios, eso esperaba.

Pasó de las pesas a hacer cardio y aguantó veinte minutos antes de que le costara respirar y le temblaran las piernas. Hizo estiramientos, bebió agua a grandes tragos y luego realizó una nueva tanda de pesas, antes de dejarse caer, sin resuello, en el suelo.

Mejor, se dijo. Quizá no había durado ni una hora y se sentía como si hubiera acabado un triatlón, pero esta vez lo había hecho mejor.

Además, esta vez había llegado a la ducha sin arrastrar los pies.

Mucho mejor.

Volvió a felicitarse mientras bajaba la escalera en busca de algo que comer. Tenía hambre de verdad. De hecho, estaba al borde de la inanición y eso tenía que ser una buena señal.

Puede que empezara a anotar aquellos pequeños progresos. Como una especie de invocaciones diarias.

Y aquello se le antojó incluso más embarazoso que utilizar pesas moradas.

Cuando entró en la cocina, el olor lo asaltó segundos antes de que viera la bandeja de galletas en la isla. Cualquier idea de prepararse un sándwich rápidamente acabó arrojada por la ventana bañada por la lluvia.

Cogió la nota omnipresente pegada en el film transparente, la leyó mientras le quitaba el envoltorio a la bandeja y cogió la primera galleta.

Repostería de día lluvioso. He oído el teclado y no he querido interrumpir. Que te lo pases bien. Nos vemos mañana sobre las cinco.

Abra

¿Debía corresponder a toda la comida que continuaba preparándole? ¿Comprarle flores o algo por el estilo? El primer mordisco le dijo que las flores no estarían a la altura. Cogió otra galleta y puso la cafetera. Decidió que encendería el fuego, elegiría un libro de la biblioteca al azar y se daría un capricho.

Alimentó el fuego hasta que empezaron a alzarse las llamas. Algo acerca de aquella luz, los chasquidos, el calor, encajaba a la perfección con aquel sábado azotado por la lluvia. Ya en la biblioteca, con su techo artesonado y el sofá de cuero marrón oscuro, repasó los estantes.

Novelas, biografías, manuales, poesía, libros de jardinería, ganadería, yoga. Por lo visto, la abuela se lo había tomado en serio. Había también un libro antiguo sobre etiqueta y una sección acerca de Whiskey Beach. Se fijó en que un par de libros parecían interesantes; historias, mitos, algunos sobre los Landon. Y varios que hablaban de piratas y leyendas.

Llevado por un impulso, escogió un fino volumen encuadernado en cuero y titulado *Calypso. Tesoros malditos*.

Teniendo en cuenta la zanja del sótano, parecía bastante apropiado.

Estirado en el sofá, con la chimenea a fuego vivo, Eli empezó a comer galletas y a leer. El libro antiguo, publicado a principios del siglo XX, incluía ilustraciones, mapas y apuntes biográficos de todo aquel a quien el autor hubiera considerado una pieza importante de la trama. Disfrutando de la lectura, Eli se sumergió en la fatídica y última travesía del *Calypso*, el famoso barco capitaneado por el infame pirata y contrabandista Nathaniol Broome.

El libro lo describía como un hombre apuesto, imponente, conquistador de hazañas, aunque seguramente parecería un carcamal a todo aquel que le gustaran los piratas de la escuela de Errol Flynn o Johnny Depp.

Tras la lectura de la batalla marítima entre el *Calypso* y el *Santa Caterina*, el estilo novelesco e insulso en el que estaba narrado le hizo sospechar, tal vez de manera injusta, que el autor era una mujer que escribía bajo el seudónimo masculino de Charles G. Haversham.

El abordaje y hundimiento del *Santa Caterina*, el saqueo de sus bodegas, el asesinato de la mayoría de la tripulación había quedado reducido a una aventura en alta mar, con fuertes dosis románticas. La dote de Esmeralda, según Haversham, había quedado impregnada por medio de la magia, del amor de quienes iban a casarse, de modo que solo estaba destinado a llevar las joyas quien hubiera hallado el amor verdadero.

—¿En serio?

Eli comió otra galleta. Podría haber dejado el libro y escoger otro, pero era obvio que el autor había disfrutado escribiéndolo. A Eli el estilo le resultó muy entretenido, además de que la historia le proporcionaba información sobre partes de la leyenda de las que no había oído hablar hasta ese momento.

Para disfrutar de la lectura no estaba obligado a creer en el poder transformador del amor, transmitido en este caso por diamantes y rubíes mágicos. Y se daba perfecta cuenta de la fuerza que tenía el viraje romántico dentro de la trama, pues el marinero de poca monta había sido sustituido por el apuesto y romántico capitán Broome, el único superviviente del fatídico naufragio del *Calypso*, aparte del tesoro.

Lo leyó entero, desde el principio hasta su trágico (aunque romántico) final, y a continuación repasó las ilustraciones. Amodorrado por el calor del fuego, cayó en un coma inducido por las galletas y se quedó dormido con la novela en el pecho. Soñó con batallas marítimas, piratas, joyas relucientes, el corazón sincero de una joven y con la traición, la redención y la muerte.

Y con Lindsay, tendida en la zanja del sótano de Bluff House. Con la piedra y la tierra manchada de su sangre. Con él, de pie, junto a ella, pico en mano.

Se despertó empapado en sudor; los troncos ardían a fuego lento y tenía el cuerpo entumecido. Intranquilo, agitado, se levantó del sofá con esfuerzo y salió de la biblioteca. El sueño, aquella imagen final, persistía con tanta fuerza, la veía con tal claridad, que bajó al sótano, atravesó el laberinto de habitaciones y se detuvo junto a la zanja para asegurarse de que Lindsay no estaba allí tendida en el suelo.

Estúpido, se dijo. Qué estúpido sentir la necesidad de comprobar lo imposible por culpa de un sueño delirante producido por una tontería de libro y demasiadas galletas. Igual de estúpido que creer que porque no había soñado con Lindsay en varias noches, ese tema ya estaba solucionado.

Por absurdo que fuera, su optimismo y energía anteriores se disolvieron como la caliza bajo la lluvia. Tenía que dar marcha atrás, encontrar algo que hacer antes de permitir que la oscuridad se cerrase a su alrededor. Dios, no quería volver a luchar para encontrar el camino hacia la luz.

¿Y si rellenaba la zanja?, se dijo, dando media vuelta. Primero lo hablaría con Vinnie y luego la rellenaría. La haría desaparecer, y jodería a quien hubiera entrado en Bluff House en su estúpida búsqueda del tesoro.

Alimentó esa pequeña chispa de rabia (mucho mejor que la depresión) y la avivó mientras salía de allí. La dejó crecer tanto como pudo, jurando venganza a quien hubiera violado el hogar de su familia.

Se había acabado lo de sentirse violentado, lo de aceptar que alguien hubiera podido entrar en lo que había sido su casa para matar a su mujer y haberle cargado el muerto. Lo de aceptar que alguien hubiera podido entrar en Bluff House y tuviera algo que ver con la caída de su abuela.

Se acabó lo de sentirse tratado injustamente.

Entró en la cocina y se detuvo en seco.

Abra estaba allí, con el teléfono en una mano y un enorme cuchillo de cocina en la otra.

—Espero que tu intención sea la de trocear unas zanahorias gigantes.

—¡Ay, Dios! Eli. —Dejó caer el cuchillo sobre la encimera, con gran estruendo—. He entrado y la puerta del sótano estaba abierta. No has contestado cuando te he llamado. Luego he oído a alguien y... me ha entrado el pánico.

—Cuando a alguien le entra el pánico, sale corriendo. Una reacción sensata al pánico sería salir corriendo y llamar a la policía. Quedarse aquí con un cuchillo no es ni sensato ni entrar en pánico.

—Me pareció ambas cosas. Necesito... ¿Puedo...? No importa.

Simplemente cogió un vaso y sacó una botella de vino de la nevera. Después de quitar el tapón coronado por una especie de piedra preciosa, se sirvió como si se tratara del zumo del desayuno.

—Te he asustado. Disculpa. —Eli se fijó en que a Abra le temblaban las manos—. Pero puede que haya que bajar de vez en cuando.

—Lo sé. No es eso. Es eso además de... —Tomó un trago largo y dejó escapar un hondo suspiro—. Eli, han encontrado a Kirby Duncan.

—Bien. —Su rabia brotó de nuevo, y esta vez tenía un objetivo claro—. Quiero hablar con ese hijo de puta.

—No puedes. Han encontrado su cuerpo. Eli, han encontrado el cadáver atrapado en las rocas al pie del faro. Vi a la policía, y a un montón de gente, y fui a echar un vistazo. Y... está muerto.

—¿Cómo?

—No lo sé. Quizá se cayó.

—Una respuesta demasiado fácil, ¿no? —Volverían otra vez a por él, pensó. La policía, con preguntas. No había manera de librarse de aquello.

—A nadie se le pasaría por la cabeza que pudieras tener algo que ver.

Eli negó con la cabeza. Ya no le sorprendía que le leyera el pensamiento. Se acercó, cogió el vaso y él también tomó un largo trago.

—Ya lo creo que sí. Pero esta vez estaré preparado. Para eso has venido.

—A nadie que te conozca se le pasaría por la cabeza que pudieras tener algo que ver.

—Tal vez no. —Le devolvió el vaso—. Pero va a despertar a la bestia. Un acusado de asesinato relacionado ahora con la víctima de otra muerte. Tienen mierda para arrojar a paletadas, y acabará salpicándote si no te mantienes alejada.

—Al cuerno. —Abra lo fulminó con la mirada. El color que la angustia le había arrebatado regresó a su rostro con intensidad—. Y no vuelvas a insultarme de esa manera.

—No es un insulto, es una advertencia.

—Al cuerno con eso también. Quiero saber qué vas a hacer si crees que alguien pensará que has tenido algo que ver con esto, si crees que van a arrojarte mierda.

—Todavía no lo sé. —Pero lo sabría. Esta vez lo sabría—. Nadie va a sacarme de Bluff House o a alejarme de Whiskey Beach. Me quedo hasta que quiera irme.

—No está mal. ¿Qué te parece si preparo algo de comer?

—No, gracias. He comido galletas.

Abra le echó un vistazo a la bandeja que había en la isla y se quedó boquiabierta al contar y comprobar que solo quedaban seis.

—Dios mío, Eli, había dos docenas. ¿No te han sentado mal?

—Puede que un poco. Ve a casa, Abra. No deberías estar aquí cuando llegue la poli. No sé cuándo será, pero no tardarán mucho.

—Podemos hablar con ellos los dos juntos.

—Mejor que no. Voy a llamar a mi abogado para ponerlo al corriente. Cierra con llave la puerta de tu casa.

—Vale, de acuerdo. Volveré mañana. ¿Te importaría llamarme si ocurre algo?

—Sé cómo manejar la situación.

—Creo que sí. —Ladeó la cabeza—. ¿Qué ha pasado, Eli?

—Básicamente, que he tenido un buen día. Cada vez tengo más. Puedo ocuparme de esto yo solo.

—Entonces nos vemos mañana. —Dejó el vaso a un lado y le cogió el rostro con las manos—. Al final, acabarás pidiéndome que me quede. Me gusta fantasear con lo que voy a responderte.

Abra le rozó los labios con los suyos, se puso la capucha de la sudadera para protegerse de la lluvia y se marchó.

Eli descubrió que a él también le gustaba fantasear. Y, tarde o temprano, se presentaría el momento idóneo.

Luz

*La esperanza es eso con plumas
que se posa en el alma,
y canta la melodía sin palabras,
y nunca cesa, jamás.*

Emily Dickinson

11

Se levantó al alba, después de un sueño desagradable en el que contemplaba desde lo alto a una Lindsay, cubierta de sangre y con la mirada perdida, tendida sobre las rocas al pie del faro de Whiskey Beach.

No necesitaba que un loquero le diera una pista sobre lo que quería decirle su subconsciente.

No necesitaba que un entrenador personal le dijera que no había hueso, músculo o una sola maldita célula en todo su cuerpo que no le doliera porque se había excedido con las pesas el día anterior.

Y como no había nadie cerca que pudiera oírlo, gimió ligeramente mientras se arrastraba hacia la ducha, con la esperanza de que el agua caliente aliviara parte de las molestias.

Acabó de redondearlo con tres ibuprofenos.

Bajó para preparar café y se lo bebió mientras repasaba el correo electrónico. Supuso que ya era hora de poner al corriente a la familia. Siendo realistas, le habría gustado obviar cualquier mención a allanamientos de morada y cadáveres, pero, a esas alturas, lo mejor era que se enteraran por él y no por cualquier otro medio.

Las noticias volaban. Y las malas siempre eran las más veloces.

Puso especial cuidado en cómo se las comunicaba, y les garantizó que la casa era segura. Si mencionó la muerte de un detective privado de Boston fue porque creía tener todo el derecho a ello. Por amor de Dios, ni siquiera había llegado a conocerlo. Así que, de manera deliberada, dejó que diera la impresión de que se había tratado de un accidente. En realidad, podría haberse tratado de un accidente.

No había contemplado esa opción ni un solo segundo, pero ¿para qué preocupar a la familia?

Enlazó lo del detective con los progresos en la escritura del libro y el tiempo en Whiskey Beach, y bromeó sobre la novela que había leído acerca del *Calypso* y la dote.

Releyó el mensaje y decidió resituar las malas noticias en la parte central. Flanqueadas por un tono más ligero y optimista, la estructura quedaba más equilibrada. Pulsó «Enviar».

Sin olvidar a su hermana y el trato que habían hecho, escribió otro correo electrónico solo para Tricia.

> Mira, no está retocado… demasiado. La casa es segura y la policía del lugar está en ello. En estos momentos todo parece indicar que un gilipollas ha estado cavando en busca de un tesoro legendario. No sé qué le ha ocurrido al tipo de Boston, si se cayó, saltó o el fantasma vengativo del capitán Broome lo empujó por el borde del acantilado.
>
> Estoy bien aquí. Mejor que bien. Y cuando la policía se presente, que se presentará, me ocuparé de ello. Estoy preparado.
>
> Venga, deja de mirar la pantalla con el entrecejo fruncido, y no me digas que no estabas haciéndolo. Búscate a otro por el que preocuparte.

Decidió que con aquello era suficiente. Se molestaría un poco, se reiría un poco y, con suerte, confiaría en que le había dicho la verdad.

Con una segunda taza de café y un bollito en el escritorio, abrió el archivo en el que estaba trabajando y volvió a sumergirse en la historia mientras el sol asomaba sobre el mar.

Había dejado el café por el Mountain Dew y se había comido las dos últimas galletas cuando sonó el timbre de la puerta, que nadie solía utilizar. Resonaron las primeras notas de «Oda a la alegría», una de las piezas favoritas de su abuela.

Se lo tomó con calma: cerró el archivo, metió el botellín medio vacío en la neverita del despacho y luego bajó a abrir, en el momento en que las mismas notas sonaban por segunda vez.

Esperaba encontrarse un poli en la puerta. No esperaba encontrarse dos, o la desgraciadamente conocida cara del detective Art Wolfe, de Boston.

El más joven (corte de pelo militar, rostro cuadrado y contundente, plácidos ojos azules y cuerpo de rata de gimnasio) le mostró la placa.

—¿Eli Landon?

—Sí.

—Soy el inspector Corbett, del departamento del sheriff de Essex. Creo que ya conoce al inspector Wolfe.

—Sí, nos hemos visto antes.

—Nos gustaría entrar para hablar con usted.

—De acuerdo.

Absolutamente en contra de la recomendación de su abogado, se apartó y los dejó pasar. Ya lo había decidido y, qué narices, él también había sido abogado. Sabía muy bien qué había detrás del «no digas nada, llámame, remíteme todas las preguntas».

Sin embargo, no podía vivir de ese modo. No podía y no seguiría viviendo así.

De manera que los acompañó hasta el salón principal.

Había encendido la chimenea en previsión de aquello. Ardía a fuego lento, lo cual contribuía a dar calidez y personalidad a un espacio acogedor, lleno de obras de arte y antigüedades. Una estancia en la que los techos elevados y con molduras recibían con agrado la luz que se colaba a través de los altos ventanales y la vista del jardín delantero. En la distancia sobresalían los brotes verdes y resistentes de unos narcisos y una solitaria y valiente flor amarilla que estaba a punto de abrirse.

Él también se sentía un poco así. Preparado para enfrentarse a lo que fuera y demostrar quién era.

—Menuda casa —comentó Corbett—. La he visto por fuera y desde luego no deja indiferente a nadie. Está claro que el interior tampoco se queda atrás.

—Como dicen algunos, tu casa está donde cuelgas el sombrero. Si es que tienes. ¿Por qué no nos sentamos?

Se dio un repaso interno mientras tomaba asiento. No le sudaban las manos, no se le había disparado el pulso y no se le había secado la garganta. Todo eran buenas señales.

Aun así, la expresión de bulldog de Wolfe, aquellos ojos castaños y apagados, lo invitaba a ser precavido.

—Le agradecemos que nos dedique este tiempo, señor Landon. —Corbett dio su propio repaso a la habitación, a Eli, mientras escogía asiento—. Puede que haya oído que se ha producido un incidente.

—He oído que ayer encontraron un cadáver cerca del faro.

—Correcto. Creo que conocía al difunto. Kirby Duncan.

—No, no lo conocía. Nunca coincidimos.

—Pero sabía de su existencia.

—Sé que decía que era un detective privado de Boston y que hacía preguntas acerca de mí.

Corbett sacó una libreta, tan práctica como de atrezo; Eli lo sabía bien.

—¿Es cierto que usted declaró ante la policía que creía que Kirby Duncan había entrado en su casa la noche del jueves?

—Fue la primera persona en la que pensé cuando me enteré del allanamiento, y le di el nombre al agente que se ocupaba del caso. El ayudante del sheriff Vincent Hanson. —Los inspectores sabían de quién se trataba—. Sin embargo, la mujer que fue agredida durante el allanamiento, y que había visto y hablado con Duncan con anterioridad, aseguró con rotundidad que no había sido él, ya que el hombre que la agredió era más alto y delgado. A lo que hay que sumar que, cuando el ayudante Hanson habló esa noche con Duncan, este le entregó recibos que demostraban que se encontraba en Boston a la hora del allanamiento.

—Tuvo que cabrearle que viniera aquí a revolverlo todo.

Eli miró a Wolfe. No iba a tratarse de un interrogatorio cordial, pensó Eli.

—No me alegré precisamente, pero me intrigó más quién lo habría contratado para que viniera aquí, me siguiera a todas partes e hiciera preguntas.

—La respuesta sencilla es alguien interesado en averiguar qué anda haciendo.

—Y la respuesta sencilla a eso es que ando adaptándome, trabajando y ocupándome de Bluff House mientras mi abuela se recupera. Dado que eso sería de lo único que Duncan podría informar a su cliente, o clientes, he de suponer que malgastaban su dinero. Pero ellos sabrán.

—La investigación por el homicidio de su mujer sigue abierta, Landon. Continúa en la lista.

—Sí, soy consciente de ello. Igual de consciente de lo práctico y conveniente que sería que pudiera relacionarme con la investigación de un homicidio.

—¿Quién ha hablado de un homicidio?

Cabrón engreído, pensó Eli, aunque mantuvo el mismo tono de voz.

—Usted es un poli de homicidios, ¿no es cierto? Si creyera que la muerte de Duncan fue un accidente, no estaría aquí. Eso significa que, o bien se trata de un asesinato, o bien de una muerte sospechosa. Antes era abogado criminalista. Sé cómo funciona esto.

—Sí. Sí, conoce todos los entresijos.

Corbett alzó una mano.

—Señor Landon, ¿podría confirmarnos dónde estuvo entre la medianoche y las cinco de la mañana del viernes?

—¿El viernes por la mañana? Fui a Boston el jueves. Estaba en casa de mis padres cuando recibí la noticia del allanamiento y vine enseguida. Creo que llegué sobre las once y media; en cualquier caso, antes de medianoche. No estoy seguro de la hora exacta. Fui a ver cómo estaba Abra… Abra Walsh, la mujer a la que agredieron en Bluff House.

—¿Qué hacía ella en la casa si usted no estaba? —preguntó Wolfe—. ¿Se acuesta con ella?

—¿Se puede saber en qué modo mi vida sexual es relevante para el caso?

—Disculpe, señor Landon. —La mirada que Corbett le lanzó a Wolfe, a pesar de su sutileza, era claramente una advertencia—. ¿Podría decirnos por qué la señorita Walsh estaba en la casa a esa hora?

—Se encarga de la limpieza; lleva haciéndolo desde hace un par de años, desde que mi abuela la contrató. Ese día había estado en la casa y no recordaba si había cerrado todas las ventanas. Llovía a mares. Supongo que ya han hablado con ella, pero volveré a explicárselo. Como yo estaba en Boston, vino a comprobar las ventanas y a dejar una fiambrera con comida que me había preparado. Alguien la agarró por detrás; se había ido la luz, así que estaba a oscuras. Abra consiguió zafarse y condujo hasta la casa de sus amigos, que también son sus vecinos, Mike y Maureen O'Malley. Mike se puso en contacto conmigo, y con la policía. Salí de Boston de inmediato después de que llamara Mike y volví a Whiskey Beach.

—Adonde llegó entre las once y media y las doce.

—Correcto. Abra estaba conmocionada y, dado que había herido a su agresor cuando intentaba escapar, tenía la ropa manchada de sangre. Los agentes que respondieron a la llamada se llevaron las prendas como prueba. Estuve un rato en casa de los O'Malley antes de venir aquí. Abra me acompañó y nos encontramos con el ayudante Hanson.

—Amigo de usted —intervino Wolfe.

—Conocí a Vinnie cuando éramos adolescentes y seguimos tratándonos hasta los veintitantos. Hacía años que no lo veía. —Eli pasó por alto la implicación y mantuvo el tono relajado—. El policía que respondió a la llamada descubrió que habían cortado la luz y desactivado la alarma. En ese momento no aprecié que faltara nada o que hubiera algo fuera de sitio. Le hablé al ayudante Hanson de Kirby Duncan y, como ya les he dicho antes, la señorita Walsh describió a su agresor como un hombre de distinta constitución. Concienzudo como es, el ayudante Hanson dijo que hablaría con Duncan, que se hospedaba, creo, en el Surfside. Una vez más, no sé a qué hora se fue el ayudante Hanson exactamente. Yo diría que serían las doce y media o un poco antes.

Qué lástima que no hubiera anotado las horas, pensó Eli.

—Cuando se marchó, bajé al sótano junto con la señorita Walsh. Tenemos un generador que es un cacharro y confiaba en conseguir un poco de electricidad. Cuando estábamos abajo y me puse a buscar algo para accionarlo, descubrí una zanja enorme en la parte más antigua del sótano. Todavía había herramientas; picos, palas, ese tipo de cosas. La policía se las ha llevado como prueba. Está claro que quien entró en la casa ya lo había hecho antes.

—¿Para cavar una zanja en el sótano? —preguntó Corbett.

—Si lleva un tiempo en Whiskey Beach, habrá oído sobre la leyenda… la dote, el tesoro. Por cada persona que piensa que no son más que tonterías hay otras cinco que lo creen a pies juntillas. No pondría la mano en el fuego acerca del objetivo del allanamiento y la excavación, pero me atrevería a decir que alguien estaba convencido de que desenterraría una fortuna en joyas.

—Podría haberla cavado usted mismo.

Esta vez Eli apenas se dignó a mirar a Wolfe.

—No tendría que allanar una casa en la que ya vivo y sería bastante idiota por mi parte enseñarle la zanja a Abra o a la policía después del tiempo que habría empleado cavándola. En cualquier caso, estuvimos un buen rato ahí abajo. Conseguí volver a poner en marcha el generador y así disponer de algo de electricidad. Cuando subimos, encendí el fuego. Hacía frío y Abra seguía conmocionada. Tomamos un poco de vino y nos sentamos un rato. Se quedó dormida en el sofá. Sé que serían las dos de la mañana cuando subí a mi cuarto. Al día siguiente, me levanté sobre las siete y media, puede que cerca de las ocho. Ella ya se había ido y me había dejado una tortilla en el cajón calientaplatos. Alimenta a la gente, parece que no puede evitarlo. No sé a qué hora se fue.

—Así que no tiene coartada.

—No —contestó, dirigiéndose a Wolfe—. Según lo que usted entiende por coartada, supongo que no. Exactamente, ¿por qué cree que lo maté yo?

—Nadie está acusándolo, señor Landon —intervino Corbett.

—Están aquí sentados preguntándome por mi paradero. El investigador principal del asesinato de mi mujer lo acompaña. No es necesario que me acuse para entender que soy sospechoso. Me pregunto qué motivos tendría.

—Duncan era un detective muy bueno. Estaba investigándolo y usted lo sabía. Y todas las anotaciones acerca de esa investigación han desaparecido.

—Usted lo conocía. —Eli señaló a Wolfe con un gesto de la cabeza—. Es muy probable que en otro tiempo hubiera sido poli. Usted lo conocía. ¿Lo contrató usted?

—Nosotros hacemos las preguntas, señor Landon.

Eli se volvió hacia Corbett.

—¿Por qué no me pregunta por qué demonios iba a matar a alguien a quien no había visto nunca?

—Podría haber encontrado alguna prueba contra usted —insistió Wolfe—. Podría haberlo puesto nervioso.

—¿Habría encontrado indicios en mi contra en Whiskey Beach acerca de un crimen que no cometí en Boston? ¿Dónde demonios está la prueba? Un buen detective lleva un registro, hace copias. ¿Dónde está la prueba?

—Un abogado avispado, que conociera bien los entresijos, se aseguraría de eliminar las pruebas. Usted se llevó las llaves de Duncan, fue a Boston, entró en su despacho y se deshizo de las anotaciones, los archivos del ordenador y cualquier cosa que pudiera inculparlo. E hizo lo mismo en su apartamento.

—¿Han revuelto el despacho y el apartamento en Boston? —Eli se recostó en su asiento—. Eso es interesante.

—Tuvo tiempo, oportunidad y motivo.

—Para usted, como está puñeteramente convencido de que yo maté a Lindsay, también tengo que haber hecho esto. —Eli prosiguió antes de que Wolfe pudiera replicar—. Vayamos por partes. O bien Duncan accedió a encontrarse conmigo en el faro en plena noche, bajo la lluvia, o bien de algún modo conseguí atraerlo hasta allí, y eso después de que él hubiera descubierto una prueba que demostrara que yo ya había asesinado a alguien. También implica que tuve que salir de casa a hurtadillas mientras Abra dormía, lo cual no es imposible, de acuerdo. A continuación, maté a Duncan, fui al bed and breakfast, me colé en su habitación, recogí todas sus cosas y me las llevé, junto con su coche, con el que se supone que fui a Boston. Me dirigí a su despacho y a su apartamento y me encargué de borrar las huellas. Luego regresé aquí. Sería de idiotas volver a traer el coche hasta aquí, pero ¿de qué otra manera podía regresar? Después tuve que deshacerme del coche de alguna manera, volver a Bluff House andando y entrar sin que Abra se diera cuenta de que había salido.

Sabía muy bien que no tenía nada que hacer con Wolfe, así que se volvió hacia Corbett.

—Por amor de Dios. Solo hay que echarle un vistazo a la logística y el tiempo para reconocer que habría necesitado una suerte increíble para hacer todo eso antes de que Abra se levantara y me preparara una maldita tortilla.

—Puede que no lo hiciera solo.

En ese momento, Eli sintió que perdía los estribos y se volvió hacia Wolfe.

—¿Va a meter a Abra en esto? ¿Una mujer, que apenas conozco de hace unas semanas, de pronto decide ayudarme a cometer un asesinato? Por Dios bendito.

—Lo de las semanas lo dice usted. Duncan estaba aquí trabajando en el caso, y aquí es donde encontró algo que lo convirtió en una amenaza. ¿Cuánto hace que se tira a la asistenta, Landon? Se la pega a su mujer y ella lo descubre. Eso le da una razón más para matarla.

La ira que había conseguido controlar a un ritmo pausado acabó por desbordarse.

—¿Quiere ir a por mí otra vez? Pues venga. Pero a ella déjela fuera de todo esto.

—¿O qué? ¿Seré el próximo?

—Inspector Wolfe —dijo Corbett, con sequedad.

—Cree que, como ya se ha ido de rositas una vez, puede volver a hacerlo.

Haciendo caso omiso de Corbett, Wolfe se dio una palmada en los muslos y se inclinó hacia delante.

Intimidando, pensó Eli, como le gustaba hacer en los interrogatorios, invadiendo el espacio personal.

—Sí, conocía a Duncan. Era amigo mío. Mi misión en esta vida será acabar con usted en nombre de él. Esta vez no escapará. Investigaré todo lo que esa mujer y usted hagan, hayan hecho o piensen hacer. Y cuando acabe con usted, no volverá a levantar cabeza.

—Amenazas y acoso —dijo Eli, tras haberse calmado—. Un magnífico trampolín para mi abogado. Ya he pasado antes por esto y dejé que mi vida se fuera al garete. No volverá a ocurrir. He contestado a sus preguntas, a partir de ahora tendrán que entendérselas con mis abogados. —Se puso en pie—. Los quiero fuera de mi casa.

—La casa de su abuela.

Eli asintió.

—Tiene razón. Los quiero fuera de la casa de mi abuela.

—Señor Landon… —Corbett también se puso en pie—. Le ruego que me disculpe si se ha sentido amenazado o acosado.

Eli se lo quedó mirando.

—¿En serio? ¿Sí?

—El caso es que, debido a que la víctima había venido a Whiskey Beach siguiendo su paradero, es usted sospechoso. Quisiera saber si tiene un arma.

—¿Un arma? No. No tengo armas.

—¿Hay algún arma en la casa?

—No sabría decirle. —Sonrió—. Es la casa de mi abuela.

—Obtendremos una orden —intervino Wolfe.

—Pues obténgala. La necesitará para volver a entrar en esta casa, porque se acabó lo de andar acosándome y persiguiéndome. —Se dirigió hacia la puerta y la abrió—. Hemos terminado.

—Créaselo —musitó Wolfe, al pasar por su lado.

—Le agradezco el tiempo que nos ha dedicado —dijo Corbett.

—Bien, porque no pienso dedicarles ni un minuto más.

Eli cerró la puerta con firmeza. Y solo entonces se permitió cerrar los puños.

Corbett esperó a que Wolfe y él estuvieran en el coche.

—¡Maldita sea! ¿A qué cojones venía eso?

—Es culpable y esta vez no va a salirse con la suya.

—La madre que lo parió. —Exasperado, Corbett hundió el pie en el acelerador—. Aunque tuviera un motivo, cosa que no sabemos, no podemos demostrarlo. Apenas tuvo tiempo. ¿Se lleva a Duncan al faro en plena noche, le pega un tiro, lo arroja por el maldito acantilado y luego se encarga de todo lo demás? Tal como él mismo lo ha explicado, es poco probable.

—No si la mujer está en el ajo. Ella podría haber atraído a Duncan hasta allí arriba, luego sigue a Landon hasta Boston, lo trae de vuelta y le sirve de coartada.

—Eso son gilipolleces. Auténticas gilipolleces. No la conozco, pero está limpia. Igual que sus vecinos. Y sí conozco a Vinnie Hanson. Es un buen poli, y responde por ambos. Lo que esa noche quedó registrado coincide completamente con lo que nos han contado. El allanamiento, la maldita zanja, las horas.

—Landon tiene dinero. El dinero compra a cualquiera.

—Ándese con mucho cuidado, Wolfe. Está aquí porque lo hemos invitado, pero podemos anular esa invitación, que es exactamente lo que voy a recomendar. Está obsesionado, joder, y ha enviado a la mierda cualquier oportunidad de que Landon cooperase.

—Asesinó a su mujer. Asesinó a Duncan. Su cooperación no vale nada.

—Ha tenido un año para pescarlo por lo de su mujer y no lo ha conseguido. Duncan es harina de otro costal. Si no estuviera tan emperrado en empapelarlo, estaría preguntándose quién contrató a Duncan, por qué y dónde demonios estaba esa persona entre la medianoche y las cinco de la mañana del viernes. Estaría preguntándose quién allanó la casa mientras Landon estaba en Boston y cómo sabían que estaba allí.

—Una cosa no tiene una mierda que ver con la otra.

Corbett se limitó a sacudir la cabeza.

—Obsesionado —repitió, entre dientes.

En la casa, Eli se dirigió directamente al piso de arriba, dobló hacia el ala sur y entró en lo que siempre había considerado como la habitación de los recuerdos. Varias vitrinas contenían chismes y trastos que habían pertenecido a sus antepasados. Unos guantes de encaje, una caja de música con una mariposa adornada con piedras preciosas, un par de recargadas espuelas de plata. En lo que Eli consideraba una exposición improvisada con encanto, había tres diarios encuadernados en cuero, medallas militares, un magnífico sextante de latón, un mortero y una mano esculpidos en mármol, un par de botines de raso y otros objetos interesantes de los Landon.

Incluida una vitrina con armas antiguas. Verificó, con considerable alivio, que estaba cerrada, como siempre. Observó las escopetas, un rifle Henry muy bien conservado, el fascinante revólver de cañón corto y calibre ancho con empuñadura nacarada, las pistolas de duelo de estilo georgiano, los fusiles de chispa y un imponente Colt 45.

No se relajó hasta que hubo comprobado que todas las armas de la vitrina hecha a medida estaban en su sitio.

Todas presentes, se dijo. Al menos podía estar seguro de que ninguna de las armas de los Landon había matado a Kirby Duncan. Que él supiera, no se habían disparado desde que él había nacido, y era probable que tampoco en la generación anterior. Eran demasiado valiosas para utilizarlas en el tiro al blanco o como deporte, supuso, y entonces recordó a su abuelo permitiendo que un emocionado Eli de ocho años sujetara uno de los fusiles de chispa mientras le explicaba su historia.

Valiosas, pensó Eli, mientras se paseaba por la habitación. Solo las pistolas de duelo ya valían varios miles de dólares. Y eran fáciles de transportar, fáciles de vender a un coleccionista. Una vitrina cerrada, con puerta de cristal, difícilmente detendría a un ladrón, aunque la persona que había cavado en el sótano no había optado por el pájaro en mano.

¿Sabría que existían esas armas? ¿No conocía lo bastante bien la distribución y la historia de la casa? Además de las piezas que había dentro de la vitrina, que fácilmente alcanzarían las seis cifras, Bluff House contenía innumerables objetos valiosos y manejables.

Tarde o temprano, su abuela habría acabado por darse cuenta. Sin embargo, había pasado bastante tiempo entre el accidente y la mudanza. Y en el caso de que el intruso hubiera aprovechado ese lapso, daba la impresión de que se había concentrado en el sótano.

Concentrado, repitió Eli para sus adentros. Entonces no se trataba de dinero. ¿Por qué no llevarse lo que tenía al alcance de la mano? Se trataba del tesoro.

Aunque ¿qué sentido tenía aquello?, se preguntó. Podías invertir una sola noche y sacarte varios millones en obras de arte, objetos, coleccionables, plata… De hecho, la extensa colección de sellos de su tío abuelo estaba expuesta en la biblioteca. O podías invertir sabe Dios cuántas noches excavando el suelo del sótano con herramientas manuales motivado por una leyenda.

Entonces se trataba de algo más que de dinero, se repitió de nuevo, mientras deambulaba por la casa y repasaba mentalmente los objetos de valor fáciles de transportar. ¿Era por la emoción? ¿Por el firme convencimiento de la existencia de un tesoro incalculable?

¿Se trataría de una obsesión, como la obsesión de Wolfe con él?

La idea lo llevó de nuevo al sótano para estudiar con mayor detenimiento el trabajo del intruso. Llevado por un impulso, entró en la zanja y comprobó que, en algunas partes, le llegaba hasta la cintura. A su entender, daba la impresión de que el trabajo empezaba en la parte central y luego se extendía hacia fuera, en una especie de cuadrícula. Norte, sur, este y oeste.

¿Como los puntos cardinales? ¿Cómo demonios iba a saberlo?

Salió de la zanja, sacó el móvil y tomó varias fotos desde distintos ángulos. La policía tenía fotos, pero ahora él también tendría las suyas.

No sabía el motivo, pero aquello le hizo sentir que había tomado la iniciativa. Le gustaba la sensación de estar haciendo algo. Lo que fuera.

Para acabar de rematarlo, volvió a subir y sacó a la terraza el telescopio de latón con la montura de caoba, un regalo que le había hecho a su abuela. Tomar la iniciativa implicaba estar informado. Puede que no fuera el mejor momento para hacer una excursión o conducir hasta el faro, pero eso no significaba que no pudiera mirar desde la casa.

Apuntó, enfocó y lo ajustó hasta que tuvo una visión clara de la cinta amarilla de la policía. Habían acordonado toda la zona, incluido el faro. Vio varias personas detrás de la cinta: los curiosos y un par de vehículos de aspecto oficial.

Volvió el telescopio, apuntó hacia abajo y estuvo observando lo que supuso que serían varios técnicos de la policía científica trabajando en las rocas y empapándose a pesar del equipo protector.

Una buena caída, pensó, mientras utilizaba el telescopio para calcular la distancia desde lo alto del acantilado hasta las rocas al nivel del agua. Con toda probabilidad, aquello había bastado para matar a Duncan. Pero dispararle antes lo garantizaba.

¿Por qué? ¿Qué sabía, qué había visto o hecho?

¿Y qué relación tenía con la muerte de Lindsay? Por lógica, tenía que haber alguna relación. No creía que Wolfe se equivocara en eso. Los asesinatos estaban relacionados, salvo que todo el asunto fuera tan ilógico como cavar en un sótano en busca de un tesoro pirata.

Existía la posibilidad de que el asesinato de Duncan estuviera relacionado con el intruso.

De nuevo, ¿por qué? ¿Qué sabía? ¿Qué había visto o hecho?

Un rompecabezas. En su vida anterior, le gustaban los rompecabezas. Tal vez había llegado el momento de descubrir si todavía conservaba aptitudes para ello.

Dejó el telescopio en la terraza y subió a buscar una libreta y un bolígrafo. Esta vez se preparó un sándwich al pasar un momento por la cocina y, qué narices, añadió una cerveza de regalo. Se lo llevó todo a la biblioteca, encendió el fuego y se sentó ante el magnífico y antiguo escritorio de su bisabuelo.

Había pensado en empezar por la muerte de Lindsay, pero comprendió que ese no era el principio. En realidad, no. Consideraba el primer año de matrimonio como un período de ajuste. Altos y bajos, rodeos, pero ambos habían dedicado gran parte de su concentración a equipar y decorar la nueva casa.

Siendo sincero, las cosas habían empezado a cambiar entre ellos a los pocos meses de haberse mudado.

Ella había decidido dejar pasar más tiempo antes de formar una familia y él había estado de acuerdo. Eli había invertido gran parte de su tiempo y energía en el trabajo. Ella quería que su marido llegara a ser socio de pleno derecho y él creía encontrarse en camino de conseguirlo.

A Lindsay le gustaba tener invitados y que la invitaran a su vez, y tenía su propia carrera profesional y amistades. Sin embargo, discutían cada vez más, porque él siempre estaba trabajando, o surgían conflictos entre las prioridades de uno y otro, como era natural, si pretendía ser sincero. Las semanas de trabajo de sesenta horas eran bastante habituales y, como abogado criminalista, aquello incluía muchas noches.

Ella agradecía los beneficios que obtenían, pero había empezado a reconocer el precio que debían pagar a cambio. Él se alegraba por el éxito profesional de su mujer, pero había empezado a aceptar los conflictos de intereses.

¿En el fondo? Eli admitió que no se habían querido lo suficiente, no a largo plazo.

Si a eso se le añadía la intolerancia (se trataba de una palabra que se ajustaba bastante a la realidad) de Lindsay hacia la abuela de Eli y lo que lo unía a Bluff House y Whiskey Beach, la erosión no hizo más que acelerarse. Ahora era capaz de ver que entre ellos se había abierto un abismo emocional ya incluso en ese primer año de matrimonio, una brecha que había ido ensanchándose de manera constante hasta que llegó un momento en que ninguno de los dos dispuso ni de los medios ni del deseo de tender un puente para superarla.

Además, ¿acaso no le guardaba rencor a Lindsay por la decisión que él mismo había tomado de limitar, y luego suspender, sus visitas a Bluff House? Quería salvar su matrimonio, pero más por principio que por amor a su mujer.

Qué triste, pensó.

Sin embargo, no la había engañado, así que un tanto para él.

Había invertido mucho tiempo tratando de calcular en qué momento Lindsay había empezado a serle infiel. ¿Conclusión? Cuando no llevaban ni dos años de casados, cuando ella empezó a asegurar que tenía que trabajar hasta tarde, cuando empezó a viajar sola los fines de semana para «recargar pilas», cuando su vida sexual se fue al garete.

Anotó la fecha aproximada, el nombre de su mujer, el de sus amistades más cercanas, el de sus familiares y compañeros de trabajo. A continuación, dibujó una línea que partía del nombre Eden Suskind. Era amiga y compañera de trabajo, y mujer de Justin Suskind, el amante de Lindsay en la época en que murió.

Eli dibujó un círculo alrededor del nombre de Justin Suskind antes de continuar con las anotaciones.

Eden le sirvió de coartada a su marido infiel la noche del asesinato. De todos modos, él no tenía ningún motivo para matar a Lindsay. Todas las pruebas apuntaban a que tenía planes de llevársela a Maine en una escapada romántica y que se hospedarían en lo que acabó descubriéndose como su hotel preferido.

La mujer de Suskind tampoco tenía razones para mentir. Había acabado humillada y destrozada cuando todo el asunto salió a la luz.

El detective de Eli había investigado la posibilidad de que existiera un ex amante o un segundo amigo, alguien que hubiera podido enfrentarse a Lindsay y matarla en un arrebato de pasión, cegado por la furia. Sin embargo, esa semilla no había dado frutos.

Todavía, se recordó Eli.

Esa noche Lindsay había dejado entrar a alguien en la casa. La puerta no estaba forzada y no había señales de lucha. Según el registro de llamadas y correos electrónicos tanto particulares como laborales, no se había puesto en contacto con nadie a quien no se hubiera investigado y descartado. Aunque también era cierto que Wolfe se había centrado en Eli, el principal sospechoso, y que podría habérsele escapado algo a su detective. Alguien.

Diligentemente, Eli anotó todos los nombres que recordaba, hasta el de la peluquera de Lindsay.

Tras dos horas, había llenado varias páginas de la libreta con remisiones, preguntas sin respuesta, dos agresiones (si contaba la caída de su abuela), y un segundo asesinato.

Decidió que daría un paseo para dejarlo reposar.

Descubrió que se sentía bien. A pesar de las agujetas, tal vez incluso gracias a ellas, se sentía la mar de bien. Porque, mientras salía de la biblioteca, recordó que jamás se había dejado arrollar por el mismo tren una segunda vez.

El asesino de Kirby Duncan le había hecho un favor, por espantoso que fuera.

12

Abra llamó primero al timbre no solo por educación, sino porque necesitaba un poco de ayuda. Al ver que no contestaban, buscó las llaves, abrió la puerta y luego entró la camilla como pudo. La mirada automática a la alarma y la luz parpadeante la hizo susurrar el nuevo código mientras lo introducía.

—¡Eli! ¿Estás ahí arriba? No me vendría mal una ayudita.

Tras el silencio, soltó un bufido y utilizó la camilla para sujetar la puerta mientras volvía al coche en busca de las bolsas de la compra.

Las llevó dentro, las dejó caer al suelo y metió con dificultad la camilla y el bolso en el salón principal. Volvió a por más bolsas y las llevó a la cocina.

Después de guardar las verduras, clavó el recibo de la tienda en el corcho, sacó la fiambrera con la crema de patatas y jamón que había hecho esa tarde, el pan de cerveza que había horneado y, dado que parecía que le habían gustado, el resto de las galletas con pepitas de chocolate.

En vez de buscar a Eli, regresó al salón, dispuso la camilla, repartió las velas que había escogido, avivó el fuego de la chimenea y luego añadió un leño. Quizá Eli se inventara alguna excusa para convencerla de que no quería o necesitaba el masaje programado, pero no iba a resultarle sencillo ya que ella lo tenía todo dispuesto.

Satisfecha, subió tranquilamente la escalera por si se daba el más que improbable caso de que estuviera demasiado absorto en su trabajo para oírla, o de que estuviese en la cama echando una señora siesta, en la ducha o en el gimnasio.

No lo encontró, pero sí vio que su método para hacer la cama era tirar la colcha por encima. Para ella, una cama bien hecha era una cama relajante, así que ahuecó las almohadas. Dobló el jersey que Eli había dejado en una silla y metió en el cesto de la ropa sucia los calcetines que había tirados en el suelo.

Probó en el gimnasio después de salir del dormitorio y tomó como buena señal que la colchoneta de yoga estuviera desplegada. Intrigada, echó un vistazo en la zona de la segunda planta que él ocupaba y luego bajó de nuevo al primer nivel para volver a mirar. Vio la libreta y el plato y la botella de cerveza vacíos (al menos había utilizado un posavasos) en el fabuloso escritorio antiguo.

—¿Qué te traes entre manos, Eli? —Recogió el plato y el botellín, mientras leía la primera página de anotaciones—. Vaya, esto es interesante.

Había nombres que no conocía, pero siguió las líneas que los relacionaban, las flechas, las notas escritas a mano. Varios dibujitos graciosos repartidos entre las notas. Descubrió que Eli tenía el talento de su abuela y reconoció al detective Wolfe, con cuernos de demonio y una sonrisa que dejaba a la vista unos dientes afilados.

A medida que pasaba las páginas, era evidente que Eli le había dedicado bastante tiempo a aquello, encontró su propio nombre y la conexión con Hester, con él, con Vinnie y con Duncan Kirby.

Y también un bosquejo de ella, que le encantó. La había dibujado recostada en la arena, junto a la orilla, con una cola de sirena que trazaba una curva serpentina.

Deslizó la punta del dedo por la cola antes de continuar leyendo.

Eli había hecho una reconstrucción de la noche en que había muerto Duncan y, por lo que ella misma recordaba, le pareció bastante exacta. Además, había establecido la hora de la muerte entre la medianoche y las cinco de la mañana.

De modo que la policía había hablado con él, igual que habían hecho con ella.

No tenía que haber sido agradable. El coche seguía aparcado fuera, así que habría ido a dar un paseo a pie. Abra había preparado crema, había hecho pan y había practicado un poco de yoga para tranquilizarse después de la visita de la policía, por lo que sospechaba que Eli había descargado su tensión en las notas. Y seguramente estaría descargando el resto en una caminata.

Bien por él.

Llevó el plato y el botellín a la cocina y luego salió a la terraza. Sorprendida de ver el telescopio, se acercó. Al mirar por el ocular, el faro inundó su visión.

No le extrañaba. De hecho, hizo que le entraran ganas de tener un telescopio. Se abrazó para resguardarse del frío y fue hasta el borde de la terraza para echar un vistazo a la playa.

Allí estaba, con las manos en los bolsillos y los hombros ligeramente encogidos para protegerse del viento. Continuó observándolo hasta que lo vio girar hacia los escalones que lo traerían de vuelta a la casa.

Abra regresó a la cocina, sirvió vino en dos copas y las llevó a la puerta para recibirlo.

—Un día espléndido, ¿verdad? —Le ofreció una de las copas—. Con un poco de esfuerzo, casi se huele la primavera.

—¿La primavera? Tengo las orejas heladas.

—No las tendrías heladas si te hubieras puesto un gorro. He vuelto a avivar el fuego del salón.

Sin embargo, los ojos de Eli ya se habían detenido en la encimera de la cocina.

—Has traído más galletas.

—Son para después. —Se adelantó con la intención de cortarle el paso—. Primero, el vino, un poco de conversación, el masaje y luego la exquisita crema de patatas y jamón y el pan de cerveza que he hecho esta tarde.

—Has hecho crema y pan.

—Me ha servido de terapia después de hablar con la policía. Tú cosechas los beneficios. También han venido aquí, ¿verdad?

—Sí, han estado aquí.

—Puedes contármelo mientras nos acabamos el vino. ¿O prefieres que empiece yo?

—Por orden cronológico. —Se quitó la chaqueta y la arrojó sobre uno de los taburetes de la cocina—. ¿Qué pasa? —preguntó, al ver que Abra lo miraba fijamente, con las cejas enarcadas.

—¿Es que tu madre no te ha enseñado a colgar las cosas?

—Por amor de Dios —masculló, pero recogió la chaqueta, fue hasta el cuarto de la colada y la colgó—. ¿Mejor?

—De hecho, perfecto. En orden cronológico soy la primera. —Cogió la botella de vino sin pensárselo—. Por si acaso —añadió, echando a andar hacia el salón.

—¿Todo esto lo has montado tú? —preguntó Eli cuando vio la camilla de masaje.

—Yo solita, y ya puedes ir quitándote esos pensamientos raros de la cabeza. Un masaje es un masaje y un polvo es un polvo. Puedes tener lo uno con lo otro, pero no cuando te cobro. Y voy a cobrarte.

—¿Por el masaje o por el polvo? Porque no estaría mal saber las tarifas.

—Eres muy gracioso cuando no te dedicas a comerte la cabeza. —Se sentó en el sofá con las piernas cruzadas—. Bueno, básicamente tuve que explicarles a los inspectores, uno de aquí y otro de Boston, lo que ocurrió el jueves por la noche cuando vine a comprobar las ventanas. Después volví atrás, a la conversación que tuve con Duncan en el sótano de la iglesia, y luego a la hora en que regresaste de Boston, te reuniste conmigo en casa de Mike y Maureen y vinimos aquí a hablar con Vinnie. Comenté lo que dije en ese momento, lo que dijiste tú, lo que dijo Vinnie; todo eso que tú ya sabes. Que bajamos al sótano, que acabamos encontrando ese señor agujero, y les confirmé que me había quedado a dormir después de caer redonda aquí mismo. La hora a la que me levanté, que fue sobre las seis. Momento en que me planteé subir y meterme en la cama contigo sin que te dieras cuenta, aunque no vi la necesidad de contarles eso.

—Por lo visto, tampoco has visto la necesidad de contármelo a mí hasta ahora.

—No, es cierto. Estabas como un tronco. Sí, subí —añadió.

Eli entrecerró los ojos.

—¿Subiste aquí esa mañana?

—Sí, subí. Me desperté un poco angustiada… Supongo que por el estrés. Estaba muy agradecida de contar contigo, pero con todo lo de la noche anterior dándome vueltas en la cabeza, me sentí sola aquí abajo. Fui a ver si, por casualidad, estabas despierto, y no lo estabas. Pensé si despertarte o no, pero al final decidí no hacerlo. La verdad es que verte allí arriba me ayudó a no sentirme sola aquí abajo.

—Tendrías que haberme despertado. Dependiendo de cómo lo hubieras hecho, podrías haberte quedado aquí arriba, o yo habría bajado contigo para que no estuvieras sola.

—A posteriori. Le dije a la policía que subí temprano, vi que estabas durmiendo y volví a bajar. Tuve la clara impresión de que tu querido inspector Wolfe piensa que soy una fulana y una mentirosa.

—No es mi querido inspector Wolfe.

—Él cree que sí. —Abra dio un sorbo a la copa de vino—. Les conté lo que había hecho con todo lujo de detalles. Bajé, preparé café, comí algo de fruta; corté un poco de melón, piña y demás para ti; hice una tortilla, la dejé en el cajón calienta platos, te escribí una nota, me fui a casa y medité antes de cambiarme para la clase que tenía a primera hora.

—Cuando vinieron aquí, ya sabían que yo no podía haber matado a Duncan y luego haber conducido hasta Boston para revolver su despacho y su apartamento y finalmente haber vuelto.

—¿Su despacho? ¿En Boston? ¿De qué estás hablando?

—Por lo visto, alguien revolvió el despacho y el apartamento de Duncan en Boston, y borró sus anotaciones y sus archivos. Eso apunta a que su cliente es el asesino, salvo que creas que lo maté yo. Sin embargo, hablaron contigo, sabían que me habías visto aquí sobre las dos de la madrugada y cerca de las seis de la mañana. No es que hubiera sido difícil que me diera tiempo a hacer todo eso en cuatro horas, sino que habría sido imposible. Sabían que no habría tenido tiempo.

—Eso depende. —Abra volvió a beber—. Si eres Wolfe y yo soy una golfa mentirosa de cuidado, eso me sitúa en la resbaladiza pendiente que me convierte en cómplice de asesinato.

—Por Dios bendito. —Eli dejó su copa y se frotó los ojos—. Lo siento.

—Venga ya, por favor. Espero que no estés insinuando que soy una golfa mentirosa de cuidado, cómplice de asesinato. Wolfe ni siquiera se plantea que tú no hayas podido matar a Lindsay, lo que significa que tienes que haber matado a Duncan, lo que significa que soy una golfa, etcétera, etcétera. He conocido a gente así. Creen que tienen razón por encima de todas las cosas, de manera indiscutible, y todo lo que ponga en duda esa certeza es mentira, una excusa, un error.

Abra dio un largo trago de vino.

—La gente así me… agota la paciencia.

—¿La paciencia?

—Sí, justo antes de cabrearme. El otro inspector, Corbett, no era de la misma cuerda. Iba con pies de plomo, pero no se tragaba lo de que yo me hubiera confabulado contigo para matar a Duncan, ni tampoco parecía demasiado interesado en la línea de interrogatorio que llevaba Wolfe y que conducía a que no solo nos conocemos de antes de que vinieras a Whiskey Beach, sino que además tenemos una aventura secreta y follamos como conejos, lo que, por descontado, significa que somos cómplices en la muerte de Lindsay.

Abra cambió de postura y casi adoptó, de manera inconsciente, la de la sirena.

—Le dije que, siendo sincera, todavía no había decidido si iba a follar contigo como una coneja, aunque me inclinaba por esa posibilidad. Le comenté que si lo hacía, ni sería un secreto ni tendría que clasificarse necesariamente como una aventura, o el término que él empleó, ya que ninguno de los dos está casado ni comprometido con otra persona.

—Les dijiste…

Eli se limitó a suspirar y recuperó su copa.

—Bueno, me agotó la paciencia y luego me cabreó. Me cabreó de verdad, y eso que tengo un umbral de cabreo bastante alto. De pronto soy una mentirosa, una timadora, una destroza hogares, una golfa y una asesina. Y todo porque es incapaz de aceptar que ha pulsado los botones equivocados y que tú no has matado a nadie.

»Gilipollas. —Abra rellenó su copa y le ofreció a Eli la botella, aunque él se limitó a negar con la cabeza—. Bueno. Tu turno.

—No hay mucho más que añadir. Los puse al corriente, más o menos les dije lo mismo que tú y lo que les habrá dicho Vinnie…, a quien Wolfe ya habrá clasificado como poli corrupto conchabado con mi otra amiga, la golfa mentirosa de cuidado.

—Y cómplice de asesinato —le recordó Abra, alzando la copa.

—Te lo tomas bastante bien.

—Y lo hago después de pelar y trocear patatas y beberme una copa de vino. Pero da marcha atrás. Alguien entró en el despacho y en el apartamento que Duncan tenía en Boston y ahora no quedan registros de sus clientes, de la persona que podría haberlo contratado para investigarte. Y se llevaron todas sus cosas del bed and breakfast. Entonces, la lógica apunta a ese cliente. Esa es la dirección a la que debe apuntar la policía.

—No, si se trata de Wolfe. Soy su puta ballena blanca.

—Cómo odiaba ese libro. En cualquier caso, quien conozca a Vinnie sabe que no es un poli corrupto. Y puesto que tú y yo no nos conocíamos antes de que te mudaras aquí, no pueden demostrar lo contrario. Si a eso le añades mi ayuno sexual, es realmente difícil catalogarme como golfa. Todo eso no hace más que hablar en tu favor, Eli.

—Eso no me preocupa. No me preocupa —insistió, al ver que Abra volvía a enarcar las cejas—. Esa no es la palabra correcta. Me interesa. Hacía mucho tiempo que no me interesaba nada salvo escribir, pero me interesa resolver esto.

—Bien. Todo el mundo debería tener un pasatiempo.

—¿Eso es sarcasmo?

—En realidad, no. No eres ni poli ni inspector, pero sí una parte legítimamente interesada. Y ahora yo también lo soy. Compartimos un pasatiempo. Para serte franca, he visto las notas de la biblioteca.

—Vale.

—Si hay algo que no quieres que vea, como ese fantástico dibujo en el que aparezco como una sirena, deberías esconderlo, aunque me encantaría que lo reprodujeras en otro formato para quedármelo. Tengo llave y tengo intención de seguir utilizándola. Estaba buscándote.

—Vale. —Se sentía un poco raro por lo del dibujo—. Los garabatos a veces me ayudan a pensar.

—Eso no eran garabatos, eran dibujos. Garabatos es lo que hago yo, y todos se parecen a animales hechos con globos medio desinflados. También me gustó el del vampiro malvado de Wolfe.

—Ese prometía.

—Eso mismo pensé yo, y dibujar te ha ayudado a pensar. El reparto de personajes, las conexiones entre ellos, la cronología y las circunstancias; estaba todo dispuesto con lógica. Parece un buen comienzo. Creo que voy a tomar mis propias notas.

Eli se quedó pensativo unos instantes.

—Te investigará. Wolfe, digo. Y cuando lo haga, no podrá encontrar ninguna conexión entre nosotros antes de que me mudara aquí. Tampoco podrá encontrar nada que apoye la visión que tiene de ti de asesina y golfa mentirosa.

—¿Cómo lo sabes? —Le sonrió—. Todavía no te he contado mi historia. Puede que sea una golfa mentirosa en recuperación con tendencias homicidas.

—Cuéntame tu historia y luego yo decido.

—Lo haré. Más tarde. Ahora toca masaje.

Eli miró la camilla y se sintió incómodo.

—Tu honor está a salvo conmigo —dijo Abra, mientras se levantaba—. No se trata de preliminares.

—No puedo dejar de pensar en acostarme contigo.

En realidad, no podía dejar de pensar en arrancarle la ropa y montarla como un semental, pero no le pareció demasiado... delicado.

—Me decepcionaría que no lo hicieras, pero eso no va a suceder durante la siguiente hora. Desnúdate y sube a la camilla. Boca arriba. Voy a lavarme las manos.

—Eres una mandona.

—Lo sé, y aunque se trata de un defecto en el que estoy trabajando, no me gustaría ser perfecta. Me aburriría.

Abra le acarició el brazo antes de salir de la habitación.

Ya que no parecía el momento de arrancarle la ropa a Abra, él se quitó la suya.

Era raro estar desnudo bajo la sábana. Y aún más raro cuando ella regresó, puso su música con sonidos de la naturaleza y encendió las velas.

A continuación, aquellos dedos mágicos empezaron a masajearle el cuello, la parte superior de la espalda, y no pudo dejar de preguntarse si no era raro que el deseo sexual quedara relegado a un rincón de sus pensamientos.

—Deja de pensar tanto —dijo Abra—. Relájate.

Eli trató de no pensar. Decidió pensar en otra cosa. Lo intentó con su libro, pero los problemas de sus personajes se disolvieron junto con las agujetas.

Mientras él intentaba no pensar, o pensar en otra cosa, o utilizar su libro como vía de escape, Abra deshacía contracturas, aliviaba molestias y liberaba pequeños focos de tensión.

Eli se dio la vuelta cuando Abra se lo pidió y decidió que aquella mujer podría resolver todos los problemas del mundo (guerras, crisis económica, conflictos irresolubles) con solo tumbar a los actores principales en su camilla durante una hora.

—Has estado haciendo ejercicio.

Su voz lo acarició con la misma destreza que sus manos.

—Sí, un poco.

—Lo noto. Pero esta espalda es una maraña de tensión, cielo.

Eli intentó recordar la última vez que alguien, incluida su madre, lo había llamado cielo.

—Han sido unos días interesantes.

—Mmm… Te enseñaré unos cuantos estiramientos para aliviar la tensión. Puedes dedicarles un par de minutos cada vez que te alejes del teclado.

Abra pellizcó, presionó, retorció, sobó, amasó y luego friccionó para aliviar el agarrotamiento hasta que Eli quedó más relajado que un remanso de agua.

—¿Qué tal? —preguntó Abra, cuando alisó la sábana sobre su cuerpo.

—Creo que he visto a Dios.

—¿Y es guapa?

Eli contuvo la risa.

—De hecho, está bastante buena.

—Lo que sospechaba. Tómate tu tiempo para levantarte. Volveré en un par de minutos.

Había conseguido sentarse y cubrir las partes importantes con la sábana cuando ella regresó con un vaso de agua.

—Bébetelo todo. —Abra se lo puso entre las manos y le apartó el pelo de la frente—. Pareces relajado.

—Hay una palabra entre «relajado» e «inconsciente». Ahora no se me ocurre, pero es ahí donde me encuentro.

—Un buen lugar. Estaré en la cocina.

—Abra. —Le tomó la mano—. Suena tonto y trillado, pero lo diré de todas formas: tienes un don.

Ella sonrió, encantada.

—A mí no me suena ni tonto ni trillado. Tómate tu tiempo.

Cuando Eli entró en la cocina, Abra había puesto la crema a calentar y tenía una copa de vino en la mano.

—¿Tienes hambre?

—No tenía, pero eso huele estupendo.

—¿Te sientes con fuerzas para dar primero otro paseo por la playa?

—Podría encontrarlas.

—Bien. Hay una luz muy suave y bonita a esta hora del día. Así abriremos el apetito.

Abra se dirigió al cuarto de la colada para buscar las chaquetas y se subió la cremallera de la sudadera.

—Antes he echado un vistazo por el telescopio —dijo cuando salían de la casa—. Un buen lugar donde ponerlo.

—He visto varios técnicos de la policía científica rebuscando junto al faro.

—No suele haber asesinatos en Whiskey Beach, y los accidentes mortales no atraen al turismo. Es importante ser minucioso. Y cuanto más minuciosos sean, mejor para ti.

—Puede que sí, pero estoy relacionado con el caso. En cierto modo. El policía del departamento del sheriff me preguntó si había armas en Bluff House. Respondí con una evasiva porque de pronto se me ocurrió que quienquiera que entrara en la casa podría haberse llevado una pieza de la colección de armas y haber disparado a Duncan con ella.

—Dios. Ni se me había pasado por la cabeza.

—Nunca has sido el principal sospechoso en una investigación por asesinato. En cualquier caso, no falta ninguna, todas están en su sitio, guardadas en sus cajas, bajo llave. Cuando obtengan la orden de registro, que la obtendrán, puede que se las lleven para comprobar si se han utilizado. Aunque para entonces ya sabrán que ninguna de las armas de Bluff House mató a Duncan.

—Porque sabrán qué calibre se utilizó y puede que incluso el tipo de arma. Me he chupado un montón de series de televisión tipo *CSI* —aclaró—. Allí arriba solo hay pistolas antiguas. Dudo que dispararan a Duncan con un mosquete o una pistola de duelo.

—Es poco probable.

—Aunque estamos echando a perder el trabajo anterior hablando de polis y asesinatos. —Se sacudió el pelo hacia atrás cuando llegaron al pie de los escalones que llevaban a la playa y alzó la cara hacia el azul cada vez más tenue del cielo crepuscular—. ¿Quieres saber por qué me mudé a Whiskey Beach? ¿Por qué mi hogar está aquí?

—Sí, me gustaría saberlo.

—Pues voy a contártelo. Es una buena historia para pasear por la playa, aunque tengo que empezar desde bastante atrás para que sepas de dónde vengo.

—Primero, una pregunta que he intentado responder. ¿Qué hacías antes de venir aquí e iniciar tu negocio de masaje/yoga/joyas/limpieza de hogar?

—¿Quieres decir en el ámbito profesional? Era directora de marketing de una organización sin ánimo de lucro cerca de Washington.

Eli la miró. Se dio cuenta de que tenía los dedos llenos de anillos y el pelo alborotado.

—Vale, ese no estaba entre los diez primeros de mi lista.

Abra le dio un ligero codazo.

—Tengo un máster en Administración de Empresas de Northwestern.

—¿En serio?

—Completamente en serio, pero me estoy adelantando. Mi madre es una mujer extraordinaria. Una mujer increíblemente inteligente, entregada, valiente y comprometida. Me tuvo cuando estaba sacándose el posgrado y mi padre decidió que aquello superaba con creces lo que fuera a lo que se había comprometido, así que rompieron cuando yo tenía unos dos años. No forma parte de mi vida.

—Lo siento.

—Yo también lo sentí un tiempo, pero lo superé. Mi madre es una abogada especializada en derechos humanos. Viajábamos mucho. Me llevaba con ella siempre que podía, y cuando no, me quedaba con mi tía, su hermana, o con mis abuelos maternos. Pero la mayoría de las veces iba con ella. Tuve una educación incomparable y vi muchísimo mundo.

—Espera un momento. Espera. —Al reconocer de quién se trataba la miró boquiabierto—. ¿Tu madre es Jane Walsh?

—Sí. ¿La conoces?

—Claro. Santo Dios, ¿Jane Walsh? Ha ganado el Premio Nobel de la Paz.

—Ya te había dicho que era una mujer extraordinaria. Yo de mayor quería ser como ella, pero ¿quién no? —Abra levantó los brazos en alto un momento y cerró los ojos para abrazar el viento—. Es una entre un millón. Una entre decenas de millones, desde mi punto de vista. Me enseñó qué era el amor y la compasión, la valentía y la justicia. Al principio, pensé en seguir sus pasos y licenciarme en Derecho, pero, Dios, aquello no era para mí de ninguna de las maneras.

—¿Se sintió decepcionada?

—No. Otra de las lecciones esenciales que me enseñó fue la de seguir los dictados del corazón y la mente. —Mientras caminaban, Abra entrelazó su brazo con el de él—. ¿Se sintió decepcionado tu padre cuando no seguiste sus pasos?

—No. Ambos somos afortunados en eso.

—Sí, lo somos. Así que me decidí por el máster en Administración de Empresas dirigido hacia el sector de las organizaciones sin fines lucrativos. Se me daba bien.

—No lo dudo.

—Tenía la sensación de contribuir en algo, y puede que no siempre creyera que era el trabajo perfecto, pero se acercaba bastante. Me gustaba, me gustaba mi vida, mi círculo de amistades. Conocí a Derrick en un acto para recaudar fondos que yo encabezaba. Otro abogado. Debe atraerme ese campo.

Se detuvo un segundo para contemplar el mar.

—Dios, qué hermoso es esto. Miro el mar todos los días y pienso en lo afortunada que soy de estar aquí, de ver esto, de sentirlo. Mi madre se encuentra ahora mismo en Afganistán, trabajando con y para las mujeres afganas. Y sé que ambas estamos exactamente donde debemos estar, haciendo lo que debemos hacer. Sin embargo, hace unos años vivía en la capital, con un armario lleno de trajes, una mesa sobrecargada de trabajo, una agenda apretada, y Derrick me pareció la elección idónea en el momento idóneo.

—Pero no lo fue.

—En cierto sentido, y por raro que parezca, sí. Inteligente, encantador, profundo, ambicioso. Comprendía mi trabajo y yo el de él. Funcionábamos en la cama y tenía conversación. La primera vez que me pegó, me autoconvencí de que había sido un terrible desliz, un instante de ofuscación, un mal momento fruto del estrés.

Al sentir que Eli se ponía tenso, Abra le frotó el brazo.

—Llamaba pasión a su mal genio y veía su carácter posesivo como una especie de halago. La segunda vez que me pegó, me fui, porque una vez podía deberse a un terrible desliz, pero dos sienta las bases de un patrón.

Eli cogió la mano que ella había depositado en su brazo.

—Hay gente que no ve las cosas cuando le afectan directamente.

—Lo sé. He hablado con muchas mujeres en grupos de apoyo y sé que los maltratadores pueden persuadirlas para que acepten las disculpas, o para que empiecen a creer que merecen el maltrato. Salí de aquello, y rápido.

—No lo denunciaste.

Abra suspiró.

—No, no lo denuncié. Deseaba que fuera suficiente con el alejamiento. ¿Para qué iba a perjudicar su carrera o acabar en medio de un escándalo? Pedí un pequeño permiso para no tener que dar explicaciones sobre el ojo morado a mis compañeros de trabajo y a mis amigos y me vine aquí una semana.

—¿A Whiskey Beach?

—Sí. Había venido con mi madre hacía años, y luego con mi tía y su familia. Tenía buenos recuerdos de este lugar, así que alquilé una casa y me dediqué a pasear por la playa. Quería tomarme el tiempo necesario, pensé, para recuperarme.

—¿No se lo dijiste a nadie?

—En aquel momento no lo hice. Había cometido un error y me convencí de que lo había reparado y que debía seguir con mi vida. Además, por incongruente que fuera, me sentía avergonzada. Después del permiso, volví a trabajar, pero algo había cambiado. Mis amigos empezaron a preguntarme qué ocurría, Derrick los había llamado, les había dicho que yo había tenido una crisis nerviosa. Eso me puso en una situación humillante y entonces tuve que contarles que me había pegado y que lo había dejado.

—Pero él ya había hecho su trabajo de zapa.

Abra lo miró.

—Es otro patrón, ¿verdad? Sí, había hecho su trabajo de zapa y este ya había dado algunos frutos. Derrick conocía a mucha gente y era inteligente, además de lo cabreado que estaba. Dejó caer aquí y allá que yo era inestable. Y empezó a acosarme. No siempre eres consciente de que te están acosando. Yo no lo sabía. Al menos hasta que empecé a salir con otra gente de manera informal. Muy informal. Mira.

Señaló un pelícano que remontaba el vuelo sobre el mar y luego se lanzaba en picado para sumergirse en las aguas en busca de la cena.

—Intento compadecerme de los peces, pero me encanta mirar a los pelícanos. Tienen una forma extrañísima y, aunque son desgarbados, como los alces, luego se comprimen de esa forma y se zambullen como una lanza.

Eli la obligó a mirarlo a la cara.

—Volvió a hacerte daño.

—Sí, desde luego. En muchos sentidos. Será mejor que termine, no vale la pena perderse en detalles. Mi jefe empezó a recibir notas anónimas acerca de mi comportamiento, mi supuesto abuso con las drogas, el alcohol, el sexo; del uso que hacía del sexo para influir en los donantes. Harto de los mensajes, al final me llamó y me preguntó directamente. Y una vez más, tuve que tragarme mi orgullo, o eso me pareció en aquel momento, y contarle lo de Derrick. Mi superior habló con su superior y se armó la de Dios es Cristo.

Abra hizo una inspiración honda y consciente.

—Al principio solo fueron sorpresitas desagradables. Los neumáticos rajados, el coche rayado. El teléfono sonaba en plena noche, una y otra vez, y luego colgaban, o alguien cancelaba las reservas que había hecho para comer o cenar. Había pirateado mis ordenadores, tanto el del trabajo como el de casa. El tipo con el que salía de vez en cuando descubrió que le habían roto las ventanillas del coche y que le habían enviado a su jefe quejas anónimas, bastante feas. Dejamos de vernos. No era nada serio y nos pareció lo más conveniente.

—¿Qué hizo la policía?

—Hablaron con él y lo negó todo. Es muy convincente. Les dijo que él había roto conmigo porque era demasiado posesiva y me había vuelto violenta. Afirmó que le preocupaba y que esperaba que buscara ayuda.

—Un buen poli tendría que haber sabido ver qué había detrás de todo eso.

—Creo que lo sabían, pero no podían demostrar que él hubiera hecho nada de todo aquello. La cosa siguió igual, pequeñas sorpresitas, o no tan pequeñas, durante más de tres meses. Yo tenía los nervios a flor de piel todo el tiempo y mi trabajo se resentía. Él empezó a aparecer por los restaurantes donde yo comía o cenaba. O miraba por la ventana de mi apartamento. Veía pasar su coche, o eso creía. Nos movíamos en círculos similares, vivíamos y trabajábamos más o menos en la misma zona, así que, como nunca se acercaba a mí, la policía no podía hacer nada.

»Estallé un día que él se presentó en el lugar donde yo estaba comiendo con una compañera de trabajo. Me fui hacia él, le dije que me dejara en paz de una maldita vez, lo insulté, monté una escena espantosa hasta que mi colega me sacó de allí.

—Consiguió que tuvieras una crisis nerviosa —resumió Eli.

—Una crisis total. Él mantuvo una calma absoluta en todo momento, o eso creí. Y esa noche entró en mi apartamento. Estaba esperándome cuando llegué a casa. Estaba fuera de sí, había perdido el control. Me defendí, pero él era más fuerte. Había cogido un cuchillo de la cocina, y pensé que iba a matarme. Intenté salir de allí, pero me atrapó y peleamos. Me hirió, me cortó con el cuchillo.

Eli se detuvo en seco y se volvió para tomarla de las manos.

—A lo largo de las costillas. Sigo sin saber si se trató de un accidente o si lo hizo a propósito, pero pensé que iba a morir en cualquier momento y empecé a gritar. En ese momento, en vez del cuchillo, utilizó los puños. Me golpeó, me asfixió y estaba violándome cuando mis vecinos entraron a la fuerza. Me habían oído gritar y habían llamado a la policía, pero gracias a Dios no esperaron a que llegara. Creo que me habría matado, con sus manos, si no lo hubieran detenido cuando lo hicieron.

Eli la envolvió en sus brazos y ella se apoyó en su pecho. Abra pensó en que muchos hombres se echaban atrás cuando oían la palabra «violación». Pero Eli no.

Abra se volvió para seguir paseando, reconfortada por el brazo que le rodeaba la cintura.

—Esta vez me llevé algo más que un ojo morado. Mi madre estaba en África y regresó de inmediato. Ya conoces el procedimiento: las pruebas, la toma de declaración de la policía, abogados y más abogados. Fue horrible tener que revivirlo de esa manera, y no soportaba que me consideraran una víctima. Hasta que aprendí a aceptar que lo era, pero que no tenía que seguir siéndolo. Al final agradecí que llegaran a un acuerdo con el fiscal para que aceptara una condena más leve si se declaraba culpable, así no tuve que volver a revivir todo aquello en un juicio. Fue a la cárcel, y mi madre me llevó a un lugar muy especial para ella, la casa de veraneo de una amiga en Laurel Highlands, en el campo. Me dio espacio, aunque no demasiado. Me regaló su tiempo; largos y tranquilos paseos, largas lloreras, sesiones de repostería a medianoche con tragos de tequila. Dios, por favor, es la mujer más maravillosa del mundo.

—Me gustaría conocerla.

—Puede que lo hagas. En aquella época me dio un mes, y luego me preguntó qué quería hacer con mi vida. Están saliendo las estrellas. Deberíamos volver.

Dieron media vuelta y echaron a andar con la brisa del atardecer a la espalda.

—¿Qué le dijiste?

—Le dije que quería vivir en la playa. Quería ver el mar todos los días. Le dije que quería ayudar a la gente, pero que no podía volver a una oficina, a las citas y las reuniones para definir estrategias. Lloriqueé porque estaba segura de que la decepcionaría. Tenía la educación, los medios y la experiencia necesarios para cambiar las cosas. Era lo que había estado haciendo hasta entonces, y ahora solo quería ver el mar a diario.

—Te equivocaste. Pensaste que se sentiría decepcionada y no fue así.

—Exacto, me equivoqué. Dijo que debía encontrar mi lugar, y que debía vivir mi vida del modo que quisiera y que me hiciera feliz. Así que me mudé a Whiskey Beach, y encontré la manera de ser feliz y sentirme satisfecha. Puede que no estuviera aquí, haciendo lo que de verdad me gusta, si Derrick no me hubiera destruido.

—No te destruyó. No creo en la suerte, ni en el destino, ni en los absolutos, pero a veces te los encuentras de cara. Estás donde debes estar porque estás hecha para estar aquí. Creo que te las hubieras arreglado de todas maneras.

—Eso es muy bonito. —Se detuvo al pie de los escalones que conducían a la casa, se volvió hacia él y puso las manos en sus hombros—. Aquí soy feliz, y más abierta de lo que había sido jamás. Hace un año o así tomé la decisión de continuar con mi ayuno sexual porque, aunque he conocido a algunos hombres que no estaban mal, ninguno de ellos llenó esa parte de mí que podría estar más dañada de lo que quería admitir. Ya sé que es cargarte con demasiada responsabilidad, Eli, pero te estaría muy agradecida si me ayudaras a romper el ayuno.

—¿Ahora?

—He pensado que ahora estaría bien. —Se inclinó para besarlo—. Si no te importa.

—Bueno, has hecho crema.

—Y pan —le recordó.

—Yo diría que terminar con el ayuno es lo mínimo por mi parte. Aunque primero deberíamos ir a la casa.

Eli se aclaró la garganta cuando empezaron a subir los escalones.

—Ah, voy a tener que hacer una visita rápida al pueblo. No he traído protección. No pensaba demasiado en el sexo hasta hace poco.

—No pasa nada, y no hace falta que vayas a ningún sitio. El otro día dejé una caja de condones en tu dormitorio. Vengo pensando en el sexo desde hace poco.

Eli suspiró.

—Eres la mejor asistenta que he tenido nunca.

—Ay, Eli, y todavía no has visto nada.

13

Falto de práctica, pensó Eli con cierto nerviosismo mientras subían los escalones de la playa en dirección a la casa. Tampoco estaba del todo convencido de que hacer el amor fuera como montar en una maldita bici.

De acuerdo, los conocimientos básicos continuaban siendo los mismos, pero el procedimiento exigía movimientos, técnica, coordinación, habilidad, tono. Quería pensar que hubo un tiempo en que no se le había dado nada mal. Nadie se había quejado, ni siquiera Lindsay.

Todavía.

—Vamos a dejar de pensar —anunció Abra cuando llegaron a la puerta—. Tengo la cabeza hecha un lío y me juego lo que quieras a que te pasa lo mismo.

—Quizá.

—Pues dejemos de pensar.

Abra se quitó la sudadera, la colgó y a continuación haló la chaqueta de Eli a la altura de los hombros al tiempo que se inclinaba hacia él y lo besaba en los labios.

A Eli no le explotó el cerebro ante tanta euforia, pero su mente empezó a rebotar de un lado a otro.

—Esto va así —dijo Abra, mientras acababa de quitarle la chaqueta a tirones.

—Sí, empiezo a recordarlo. —La tomó de la mano y la llevó

consigo—. No quiero hacer esto en el cuarto de la colada, o en el suelo de la cocina. Y ahora mismo ambas opciones me parecen bastante buenas.

Echándose a reír, Abra se dio la vuelta y volvió a besarlo a la vez que le desabotonaba la camisa.

—Nada nos impide empezar por el camino.

—En eso tienes razón.

Abra llevaba un suéter azul, o lo llevaba hasta que Eli se lo quitó y lo arrojó mientras se dirigían a la escalera sin perder tiempo. Abra intentó sacarle el cinturón y él, la ajustada camiseta blanca de tirantes que tan bien le quedaba. Ambos tropezaron al pie de los escalones.

Se tambalearon e intentaron recuperar el equilibrio.

—Quizá sería mejor que subiéramos de una vez —consiguió decir Abra.

—Buena idea.

Volvió a tomarla de la mano.

Corrieron escalera arriba, como un par de críos. Eli recordó cuando se abalanzaba sobre el regalo grande y reluciente que solía estar debajo del árbol de Navidad. Sin embargo, la mayoría de los niños no intentaban arrancarse mutuamente la ropa mientras corrían.

Sin aliento, por fin consiguió quitarle la camiseta blanca en el momento en que entraban en tromba en el dormitorio.

—Dios santo, mírate.

—Ya miraré después —respondió Abra mientras le quitaba el cinturón y lo dejaba caer en el suelo.

Eli sabía que no podían zambullirse en la cama, al menos literalmente, pero creyó que se habían acercado lo suficiente. Olvidó movimientos, coordinación, técnica. Y desde luego olvidó todo lo referente a habilidad. Aunque a ella no parecía importarle.

Eli deseaba sentir aquellos delicados y preciosos pechos en sus manos: la feminidad de sus formas, la suavidad de la piel. Deseaba acercar la boca a ellos y sentir en los labios y la lengua el latido desbocado de su corazón. Sentía la mano que lo sujetaba por el pelo y lo atraía.

Al tiempo que Abra arqueaba el cuerpo hacia delante, como en una ofrenda.

Se embriagó de su perfume, ese aroma a diosa marina que dibujaba en su mente imágenes de sirenas. Aquel cuerpo esbelto y escultural vibró inundado de una energía que también se apoderó de él.

Mientras daban vueltas en la cama, aferrándose el uno al otro, gimiendo, Eli se sintió capaz de cualquier cosa, de ser cualquier cosa, de tener cualquier cosa.

Abra lo deseaba. Lo ansiaba. Estaba atrapada en un vertiginoso y maravilloso frenesí. Las manos de Eli en su cuerpo, las suyas en el de él. Conocía esa silueta, esas formas, pero ahora podía tomarlas, ahora podía sentir... y no para ofrecerle calma o alivio, sino para encenderlo.

Abra quería que ardiera y que las llamas los consumieran a ambos.

Todas las necesidades, las necesidades buenas, fuertes y sanas que había guardado bajo llave, quedaron liberadas en una estampida demencial que arrasó con cualquier intención de control o precaución.

Sedienta, asaltó la boca de Eli y trató de saciar su deseo. Sin embargo, el ansia no hizo más que agudizarse, como el filo de una hoja en una muela de afilar. Le clavó los dientes en el hombro al ponerse encima de él y se quedó sin respiración cuando él volvió a darle la vuelta y encontró su centro incandescente con los dedos.

El orgasmo empezó a propagarse por su cuerpo en oleadas; una sacudida gloriosa. Transportada y aturdida por la sensación, se aferró a él.

—Dios. Dios. Por favor. Ahora.

Gracias, Jesús, pensó él, porque había llegado el momento. Cuando se introdujo en ella, la tierra no solo se movió. Tembló.

El mundo se sacudió; el aire retumbó. Y el cuerpo de Eli se encendió y entró en erupción con un estallido triunfal de placer, una urgencia desesperada y vertiginosa que exigía más.

Abra cerró los brazos y las piernas en torno a él y se entregó a una salvaje cabalgada cargada de gemidos y temblores. Los golpeteos rápidos y rítmicos de unas pieles resbaladizas a causa del calor, el crujido frenético de la cama y los jadeos de una respiración entrecortada anularon el azote lánguido del mar contra la orilla, que se colaba por las ventanas en un susurro.

Eli sintió que se precipitaba al vacío, a un tornado lleno de sonidos, una avalancha, un placer aturdidor.

Se precipitaba hacia ella.

Hubiera jurado que volaba, demasiado lejos, demasiado alto, hacia ese instante de intensa agonía, antes de vaciarse.

No se movieron. Había oscurecido en algún momento entre la carrera al dormitorio y el sprint hacia la línea de meta, aunque Eli no estaba del todo convencido de no haberse quedado ciego.

Por el momento, lo mejor era no moverse. Además, le encantaba sentir el cuerpo de Abra debajo del suyo; esbelto, musculoso y completamente quieto. Aunque estaba relajada, su corazón seguía latiendo junto al de él y la velocidad de las palpitaciones hicieron que se sintiera como un dios.

—No estaba seguro de poder hacerlo.

—Oh, pues lo has hecho con creces. La que no sé si podrá volver a hacerlo soy yo.

Eli parpadeó.

—¿He dicho eso en voz alta?

La risa retumbó en la garganta de Abra.

—No te lo echaré en cara. No estaba segura de que ninguno de los dos pudiera. Tengo la sensación de estar al rojo vivo. No entiendo por qué no estoy iluminando toda la habitación como si fuera una antorcha.

—Creo que nos hemos quedado ciegos.

Al sentir que Eli se movía, abrió los ojos y captó el brillo de los suyos.

—No, te veo. Es solo que ha oscurecido. Esta noche la luna está en cuarto menguante.

—Me siento como si hubiera aterrizado en ella.

—Un viaje a la luna. —Aquello la hizo sonreír mientras le acariciaba el pelo—. Me gusta. Lo único que necesito ahora es un poco de agua para no morir deshidratada y puede que algo de comer antes de ponernos con el viaje de vuelta.

—Yo pongo el agua. Tengo un botellín en la... —Se dio la vuelta, tendió el brazo hacia la mesilla de noche y acabó en el suelo—. Pero ¡qué narices!

—¿Estás bien? —Abra se acercó hasta el borde de la cama y se lo quedó mirando—. ¿Qué haces ahí?

—No lo sé.

—¿Dónde está la lamparita? ¿Y la mesilla de noche?

—No lo sé. ¿Hemos acabado en un universo paralelo? —Se frotó la cadera mientras se ponía en pie y entrecerró los ojos para ver si veía algo, mientras su vista se adaptaba a la oscuridad—. Aquí pasa algo. Se supone que las puertas de la terraza tendrían que estar allí, pero están aquí. Y la... Espera un momento.

Caminó con cautela por la habitación a oscuras. Lanzó un juramento cuando se golpeó el pie con una silla, después la rodeó y encontró a tientas la lamparita de noche.

De pronto se hizo la luz.

—¿Por qué estoy aquí? —preguntó Abra.

—Porque la cama está ahí. Aunque estaba allí. Ahora está ahí y ladeada.

—¿Hemos movido la cama?

—Estaba allí —repitió Eli, antes de regresar a su lado—. Ahora está aquí. —Llegó junto a ella y Abra se incorporó. Ambos se sentaron y observaron el espacio vacío entre las dos mesillas.

—Esto sí es acumular energía sexual —concluyó ella.

—Yo diría que en cantidades industriales. ¿Esto te ha ocurrido alguna vez?

—Es la primera.

—La mía también. —Se volvió hacia ella con una amplia sonrisa—. Voy a marcarlo en el calendario.

Riendo, Abra le rodeó el cuello con los brazos.

—Dejémosla donde está por el momento, a ver si luego podemos ponerla en su sitio.

—Hay muchas más camas en la casa. Podríamos experimentar. Creo que… Mierda. Mierda. Energía sexual acumulada. Abra, la cama está aquí, pero las mesillas y los condones están allí. Ni he pensado en ellos. No podía pensar.

—No pasa nada. Tomo la píldora. ¿Cuánto tiempo llevabas acumulando tu energía sexual?

—Algo más de un año.

—Igual que yo. Creo que en ese aspecto la seguridad está cubierta, por decirlo de alguna manera. ¿Por qué no nos hidratamos, comemos y luego probamos a ver qué otras cosas podemos mover?

—No sabes lo mucho que me gusta como piensas.

Abra tenía razón sobre la crema. Era excepcional. Eli había empezado a pensar que aquella mujer muy pocas veces se equivocaba.

Se sentaron en la isla de la cocina, él con unos pantalones de franela y una sudadera, y Abra con uno de los albornoces de su abuela, mientras comían la crema y los trozos de pan, bebían vino y charlaban sobre películas que ella le recomendaba o sobre libros que ambos habían leído.

Eli le habló del hallazgo que había hecho en la biblioteca de la casa.

—Es interesante, y está claro que lo escribió una mujer bajo el pseudónimo de un hombre.

—Eso suena cargado de prejuicios y un poco irrespetuoso.

—No era mi intención —aseguró Eli—. Novelista es una palabra que no tiene género, pero a mí me da la sensación de que se trata de una mujer, sobre todo por la época en que fue escrita la historia. Es un poco florida y muy romántica. Me gustó, aunque tendría que estar catalogada como obra de ficción.

—Me gustaría opinar después de leer el libro. ¿Me lo prestas?

—Claro. Con lo de la zanja, decidí pasearme por la biblioteca y leer lo que tuviéramos sobre la leyenda, el *Calypso*, Nathanial Broome y mi antepasada, Violeta.

—Vaya, un proyecto al que me puedo apuntar. Siempre había querido pedirle a Hester un libro prestado, pero nunca llegué a hacerlo. Yo me inclino más por la ficción y la autoayuda.

Dado que la consideraba una de las mujeres más satisfechas y realizadas que había conocido, no pudo evitarlo y decidió preguntarle:

—¿Qué ayuda necesitas?

—Depende del día. Cuando me mudé aquí, todavía me sentía un poco insegura. Leí muchos libros acerca de cómo encontrar el equilibrio y enfrentarse a los traumas.

Eli posó una mano sobre la suya.

—No quiero traerte malos recuerdos, pero ¿te molesta si te pregunto cuánto tiempo le condenaron a prisión?

—Veinte años. El fiscal pedía cadena perpetua por violación, malos tratos y tentativa de asesinato, de modo que le aconsejaron que se declarara culpable de agresión sexual agravada, por lo del cuchillo, y se acogiera a la ley. No creía que él fuera a aceptarlo, pero…

—Ten en cuenta que te acosaba. No puedes olvidar la premeditación al entrar en tu casa y que tus vecinos fueron testigos. Fue listo al aceptarlo. ¿Cómo llevas lo de los veinte años?

—Lo llevo bien. Estoy satisfecha. Cuando llegue el momento de revisar su condena para concederle la libertad condicional, pienso presentarme y hablar con la junta. Pienso llevarles mis fotos tras la agresión. Quiero pensar que no lo hago por venganza, pero…

—No lo es.

—En realidad, tampoco me importa si lo es; ya he hecho las paces con lo que necesitaba. Sé que me siento menos presionada con él en la cárcel y haré lo que pueda para que siga allí. Lejos de mí, lejos de cualquier otra persona que pueda estar en el punto de mira. El caso es que he encontrado el equilibrio y de vez en cuando necesito algo que me estimule, o algo que me abra a otros modos de pensar.

Se llevó una cucharada de crema a la boca con una sonrisa.

—¿Qué tal tu equilibrio, Eli?

—Ahora mismo tengo la sensación de que podría dar volteretas en una cuerda floja.

Abra rió con la copa de vino apoyada en los labios.

—El sexo es el mejor invento de todos.

—Sin discusión.

—Tal vez podrías meter algo de sexo en tu libro, salvo que creas que es demasiado femenino y florido.

—Eso es un ataque.

—¿No te gustaría que tu héroe al final encontrara el equilibrio? —Se inclinó hacia delante y le acarició los labios con los suyos—. Me encantaría ayudarte en tu investigación.

—Sería de tontos decir que no. —Mirándola fijamente, subió la mano por su muslo—. El suelo de la cocina sigue pareciéndome una buena opción.

—Deberíamos probar a ver qué tal.

Abra se inclinaba hacia él cuando sonó el timbre.

—Maldita sea. No te muevas, vuelvo enseguida.

Eli se encontró a Vinnie en la puerta, y comprendió que no había alcanzado el equilibrio. La visión de un policía, aunque se tratara de un viejo amigo, todavía conseguía que el corazón le diera un vuelco.

—Hola, Vinnie.

—Eli. Me han llamado de por aquí cerca y ya me volvía porque he acabado el turno. Quería pasarme por tu casa para... Ah, hola, Abs.

—Hola, Vinnie. —Abra se colocó junto a Eli—. Entra, que hace frío.

—Ya, bueno..., mal momento. Ya hablaremos mañana, Eli.

—Entra, Vinnie. Estábamos comiendo la crema que Abra había preparado.

—¿Te apetece un poco? —le preguntó ella.

—No. Gracias. No. He cenado hace un par de horas, en el descanso y...

—Le doy masajes a Eli dos veces por semana —dijo Abra, con total naturalidad—. Y vigilo que coma, cosa que ha estado descuidando. Y hemos echado un polvo. Eso es una novedad.

—Vale. Jesús, Abra. Tío.

—¿Por qué no entras y te sientas con Eli? Te traeré un poco de café.

—No quiero molestar.

—Demasiado tarde —dijo Abra, mientras se alejaba.

Eli sonrió tras ella.

—Es increíble.

—Sí, bueno. Mira, Eli, me caes bien. Al menos me caías bien en los viejos tiempos y eso me predispone a que siga siendo así. No la cagues con ella.

—Haré todo lo que esté en mis manos. Será mejor que entremos y nos sentemos. —Se volvió hacia el salón y se detuvo al ver que Vinnie se quedaba mirando la camilla de masaje—. No aceptará un no por respuesta.

—Ni en esto ni en muchas otras cosas. —Vinnie encajó los pulgares en el cinturón del uniforme—. Da igual. Eli, sé que los inspectores Corbett y Wolfe han venido a verte.

—Sí, hemos tenido una conversación interesante.

—Corbett es un tipo recto e inteligente… y concienzudo. No conozco a Wolfe, pero es bastante evidente que le ha hincado el diente a un hueso y que no piensa soltarlo.

—Ha estado hincándome los dientes durante un año. —Eli se dejó caer en el sofá—. Tengo cicatrices.

—Y ahora va a hundirlos en Abra, y en mí.

—Lo siento, Vinnie.

Vinnie negó con la cabeza y se sentó en una silla.

—No he venido a darte lástima, pero pensé que debías saber que ese tipo va a hacer todo lo posible por desacreditar a Abra como tu coartada, y que de paso lo intentará conmigo, ya que también estoy involucrado.

—Es un matón. —Abra entró con una taza alta de café—. Un matón peligroso, diría yo.

Vinnie aceptó el café y se lo quedó mirando.

—Es un poli duro y experimentado con una reputación bastante sólida. ¿Cuál es mi opinión? Va a por ti, Eli, porque su instinto y las pruebas circunstanciales le dicen que eres más culpable que un pecado, y no poder demostrarlo lo tiene cabreado.

—No puedo ser culpable de asesinato solo para mantener su historial impecable.

—Conocía a Duncan.

—Ya me he enterado.

—No lo he investigado, pero la intuición me dice que se conocían bastante bien, así que ahora está aún más motivado para acabar contigo. Y esta vez tienes coartada.

—Que sería yo.

—Y a ti... —dijo Vinnie, dirigiéndose a Abra—, te considera una mentirosa que protege a su...

—Hoy en día se le llama «amante» —intervino Abra—. Que intente desacreditarme, está condenado al fracaso. Y, por la cara que pones, veo que todo era más sencillo, estaba más claro cuando no me acostaba con Eli. He... Hemos complicado las cosas, pero la verdad sigue siendo la verdad, Vinnie.

—Solo quiero que sepas que empezará a removerlo todo. Escarbará. Ya lo ha hecho, todo lo que ha podido, con Eli, así que lo mejor es que te hagas a la idea de que hará lo mismo contigo, Abs.

—No me preocupa. Eli sabe lo de Derrick, Vinnie.

—Vale. —Vinnie asintió con la cabeza y bebió un poco de café—. No quiero preocuparte, solo que estés preparada.

—Te lo agradezco.

—¿Ya han hecho las pruebas de balística? —preguntó Eli.

—No puedo darte detalles de la investigación. —Vinnie se encogió de hombros y volvió a beber café—. Tu abuela tiene una bonita colección de armas antiguas ahí arriba. Me dejó verla un día. No recuerdo ningún calibre 32.

—No —contestó Eli, con la misma naturalidad—, no hay nada parecido en la colección, ni en la casa.

—Bueno... será mejor que me ponga en marcha. Gracias por el café, Abra.

—Cuando gustes.

Eli se levantó para acompañarlo a la puerta.

—Te agradezco que hayas pasado por aquí, Vinnie. No lo olvidaré.

—Cuídala. Sabe lo cruel que puede llegar a ser la gente, pero todavía prefiere pensar que no van a comportarse de esa manera. No os metáis en problemas.

No creía estar metido en uno, pensó Eli. Aunque los problemas sabían cómo colarse con destreza a través de los resquicios más pequeños.

Cuando regresó al salón, Abra se puso en pie, ya que se había agachado para echar otro leño al fuego. A continuación, se volvió, mientras las llamas se alzaban detrás de ella.

—Da igual cómo ocurriera y quién fuera el culpable —dijo Eli—; que estés aquí, conmigo, te coloca en el punto de mira. Tu vida privada, lo que te ocurrió, las decisiones que has tomado, tu trabajo, tu familia, tus amigos…, absolutamente todo acabará revuelto, removido, examinado y debatido. Ya has pasado antes por esto y lo has dejado atrás, pero, si te quedas aquí, volverá a aparecer en tu camino.

—Eso es cierto. ¿Y?

—Tendrías que tomarte un tiempo para pensar en ello, para decidir si realmente quieres soportar ese tipo de escrutinio.

Abra lo miró con absoluta calma y serenidad.

—Eso que dices significa que crees que no he pensado en ello, cosa que revela tu opinión acerca de la conciencia que tengo de mí misma o de mi capacidad para entender cuáles son las consecuencias que se derivan de las acciones.

—Eso no es lo que quería decir.

—No vas a salvarme de mí misma, Eli. Me las apaño bien solita. No me opongo a que cuides de mí porque creo, firmemente, que las personas deberíamos cuidarnos unas de otras, pero Vinnie se equivoca. En las casas vacías se oye todo, y tengo un oído finísimo —apuntó—. Sé lo cruel que puede llegar a ser la gente y no pienso que no lo serán. Prefiero conservar la esperanza de que no lo serán, que es muy distinto.

—Por lo general, lo son, a la mínima oportunidad.

—Es una lástima que lo creas así, pero, con lo que ha sucedido y lo que sucede en estos momentos, tampoco me extraña. En cualquier caso, algún día podríamos mantener un interesante debate sobre el tema, pero ahora ¿quieres saber lo que pienso?

—Sí, quiero.

—Pienso que aunque el suelo de la cocina tiene buena pinta, aún la tiene mejor ese sofá. ¿Quieres probar a ver qué tal?

—Sí. —Se acercó a ella—. Quiero.

Abra se quedó durmiendo en Bluff House. Cuando por fin regresaron a la cama, completamente agotados, Abra descubrió que Eli no era de los que les gustaba acurrucarse junto al otro. Sin embargo, ganó medio punto en vez de uno entero al no oponerse a que ella lo hiciera.

Abrió los ojos en medio de una luz gris perla cuando Eli intentó separarse de ella con cuidado.

—Mmm… ¿Te levantas?

—Sí. Siento haberte despertado.

—No pasa nada. —Pero volvió a enroscarse a su alrededor—. ¿Qué hora es?

—Cerca de las seis. Vuelve a dormir.

—Tengo una clase a las ocho. —Le acarició el cuello con la nariz—. ¿Cuáles son tus planes?

—Lo de siempre: un café y trabajar. —Aunque podía adaptarse, se dijo, y pasó una mano por la larga y desnuda espalda de Abra.

—Entonces tienes tiempo para hacer un corto estiramiento matinal conmigo, y como premio te prepararé el desayuno antes de irme.

—Podemos estirarnos aquí mismo.

Abra no protestó cuando él se puso encima de ella y se deslizó en su interior. Al contrario, lanzó un hondo suspiro y le sonrió.

—Una forma maravillosa de saludar al sol.

Lenta y suavemente, como si flotara en un mar de aguas tranquilas. El lánguido contrapunto a la urgencia y el rugido de la noche anterior inundó su cuerpo igual que el amanecer, igual que la promesa que acarrea todo lo nuevo, lo fresco, lo esperanzador.

Ahora podía verlo, observar las arrugas del rostro, la claridad de unos ojos que todavía ocultaban un problema.

Su carácter la impulsaba a despejar sombras, a dar paso a la luz. De modo que se entregó a él para proporcionarle placer, y obtenerlo. Inició la suave ascensión hacia la cumbre, volvió a descender, y contempló por un instante, el instante de ambos, cómo los traspasaba esa luz.

Se quedó tumbada, abrazándolo, saboreando el momento.

—Hoy tendrías que pensar en mí.

Eli volvió la cabeza y le acarició el cuello con los labios.

—Creo que hay bastantes posibilidades.

—Pensar en mí de manera deliberada —se corrigió—. Digamos que sobre el mediodía. Y yo también pensaré en ti de manera deliberada. Enviaremos al universo pensamientos llenos de energía, positivos y eróticos.

Eli levantó la cabeza.

—Pensamientos eróticos al universo.

—Daño no hará. ¿De dónde sacan las ideas los escritores, los artistas, los inventores y toda la gente creativa?

Abra alzó las manos y dibujó círculos en el aire con ambos índices.

—¿Es de ahí de donde vienen?

—Están ahí fuera. —Bajó las manos y trazó una línea con los dedos a lo largo de la columna de Eli, arriba y abajo—. La gente tiene que abrirse y tratar de alcanzar los pensamientos. Que sean negativos o positivos, eso ya depende de cada uno. Una de las maneras de atrapar los buenos es empezar el día abriéndose.

—Creo que eso ya lo hemos conseguido.

—Segundo paso… —Lo apartó empujándolo suavemente con el codo y salió corriendo hacia el cuarto de baño—. Mira a ver si puedes encontrarme unos pantalones cortos o de deporte. Estaría bien que llevaran cordón ajustable en la cintura. Voy a utilizar uno de los cepillos de dientes de sobra que hay en el armario.

—Vale.

Eli supuso que Abra sabía más sobre lo que había en la casa que él, ya que seguramente era ella quien lo había puesto allí.

Encontró unos pantalones cortos con cordón en la cintura y él se puso unos de deporte con desgana.

—Te irán demasiado grandes —dijo cuando Abra salió del baño.

—Ya me las apañaré. —Se los puso y empezó a ajustárselos—. ¿Por qué no me acompañas al gimnasio?

—Ah. Yo, es que…

—Hemos pasado bastante tiempo intimando como Dios nos trajo al mundo, Eli.

Un extremo difícil de discutir teniéndola allí delante con los pantalones cortos y desnuda de cintura para arriba.

—Creo que respirar y estirarse está en los últimos puestos de la lista de cosas que pueden incomodarte. —Cogió la camiseta blanca de tirantes de Eli y se la puso—. Necesito una goma para el pelo…Tengo una en el bolso. Al gimnasio —repitió, y se fue.

Puede que le diera un poco de pereza. No se trataba de si se sentía incómodo o no, se dijo. Es que prefería empezar el día con un café, como la gente normal.

Sin embargo, fue a reunirse con ella en el gimnasio. La encontró sentada con las piernas cruzadas en una de las colchonetas de yoga, las manos en las rodillas y los ojos cerrados.

Lo lógico sería que tuviera un aspecto ridículo al llevar puestos pantalones de él, pero entonces ¿por qué estaba tan atractiva, tranquila y perfecta?

Sin abrir los ojos, Abra extendió una mano y le dio unas palmaditas a la segunda colchoneta.

—Siéntate, ponte cómodo. Respira un par de minutos.

—Suelo respirar todo el día. Y también por la noche.

Los labios de Abra se curvaron ligeramente.

—Me refiero a una respiración consciente. Entra por la nariz, expande el abdomen como si inflaras un globo y sale por la nariz, desinflando el globo. Respiraciones largas, profundas y constantes. El abdomen sube y baja. Relaja la mente.

Eli pensó que no se le daba demasiado bien lo de relajar la

mente, salvo cuando escribía. Y aquello no era relajarla, sino usarla. Aunque cuanto antes respirara, antes tendría su café.

—Ahora inhala mientras levantas los brazos hasta que se toquen las palmas de las manos y exhala mientras los bajas. Inhala, arriba —prosiguió Abra, en ese tono tranquilo y relajante—; exhala, abajo.

Hizo que se estirara con las piernas cruzadas, girando el torso hacia un lado y hacia el otro. Se estiró extendiendo una pierna y luego la otra. Eli se relajó un poco. Hasta que ella le dijo que se levantara y se quedara delante de la colchoneta.

Entonces le sonrió, mientras amanecía en la ventana que quedaba a su espalda. Si le hubiera pedido que flexionara el cuerpo en forma de *pretzel*, lo hubiera intentado.

Sin embargo, lo que le pidió fue que repitiera verticalmente lo que habían hecho sentados en el suelo. Respirar, estirarse, doblarse, junto con distintas flexiones; todo tan lento y relajado como su encuentro íntimo matutino.

Para finalizar, hizo que se tumbara de espaldas, con los brazos estirados, las palmas hacia arriba y los ojos cerrados. Le dijo que se dejara llevar, que inhalara luz, que exhalara oscuridad, mientras le masajeaba las sienes con la punta de los dedos.

Cuando lo trajo de vuelta y lo hizo sentarse e inclinarse hacia delante para, según sus propias palabras, sellar el ejercicio, Eli tenía la sensación de haber echado una pequeña siesta, en un mar cálido.

—Bien. —Le dio una palmadita en la rodilla—. ¿Preparado para el desayuno?

La miró a los ojos.

—No te pagan lo suficiente.

—¿Quiénes?

—Quienes vayan a tus clases.

—No sabes lo que cobro por mis clases.

—No lo suficiente.

—Las clases privadas son más caras. —Con una amplia sonrisa, sus dedos subieron caminando por el brazo de Eli—. ¿Te interesa?

—Bueno…

—Piénsalo —dijo Abra, poniéndose en pie—. Por el momento, haz esos estiramientos de cuello que te he enseñado cada par de horas siempre que estés frente al teclado. Esos y las rotaciones de hombros —prosiguió, mientras bajaban la escalera—. Y como huelo la primavera, creo que voy a hacer una tortilla de primavera. Tú puedes preparar el café.

—No hace falta que te compliques la existencia. Tienes una clase.

—Me da tiempo, sobre todo porque puedo volver a por el equipo de masaje cuando traiga la compra y limpie la casa.

—Es un poco… Se me hace un poco raro que te encargues de la casa y que cocines ahora que nos acostamos.

Abra abrió la nevera y empezó a sacar lo que necesitaba.

—¿Estás despidiéndome?

—¡No! Es solo que tengo la sensación de estar aprovechándome.

Abra cogió una tabla de cortar y un cuchillo.

—¿Quién dio pie a que nos acostáramos?

—Estrictamente hablando, tú, pero solo porque te me adelantaste.

—Me alegra oír eso. —Después de lavar los espárragos y los champiñones, los dejó sobre la tabla para trocearlos—. Me gusta trabajar aquí. Me encanta la casa. Me encanta cocinar, y obtengo gran satisfacción viendo que lo que cocino te sienta bien. Has subido un poco de peso desde que comes lo que te preparo. Me gusta acostarme contigo. ¿Qué tal si, en el caso de que cambie algo, te lo digo y entonces decidimos qué hacer? Y si tú crees que no te gusta cómo llevo la casa, o cómo cocino, o no quieres volver a acostarte conmigo, me lo dices y entonces decidimos qué hacer. ¿Te parece bien?

—Más que bien.

—Perfecto. —Sacó una sartén y aceite de oliva. Sonrió—. ¿Qué hay de ese café?

14

Eli no podía llamar rutina al tiempo que pasaba con Abra, pero supuso que, con los días, habían establecido algo parecido.

Ella cocinaba, ya fuera en Bluff House o en su casa. Paseaban por la playa, y él también empezó a oler la llegada de la primavera.

Eli acabó acostumbrándose a que le pusieran la comida delante y a tener una casa llena de flores, velas, el perfume de Abra, su voz.

Ella.

El trabajo progresaba de tal manera que comenzó a plantearse en serio que era algo más que una vía de evasión de sus pensamientos.

Leía, trabajaba, se arrastraba hasta el gimnasio de su abuela. Y durante unos pocos y maravillosos días, incluso la noción de asesinato pareció pertenecer a otro mundo.

Hasta que el inspector Corbett se plantó en la puerta de su casa con un grupo de policías y una orden de registro.

—Tenemos una orden para registrar la propiedad, cualquier edificación anexa y los vehículos.

Con un nudo en el estómago, Eli cogió el papel con la resolución y la leyó por encima.

—Entonces supongo que será mejor que empiecen cuanto antes. Es una casa grande.

Se apartó y vio a Wolfe. Sin decir nada, Eli se dirigió a la cocina, buscó el teléfono y se lo llevó a la terraza para llamar a su abogado. Más valía prevenir, cosa que había aprendido a las malas, que curar.

Sí, olía la primavera en el ambiente, pensó cuando colgó, pero la primavera traía tormentas, igual que el invierno. Tendría que sortear esta igual que había hecho con las demás.

Corbett salió.

—Menuda colección de armas la de ahí arriba.

—Sí, es magnífica. Descargadas y sin disparar, por lo que yo sé, desde hace una generación como mínimo.

—Le agradecería que me entregara las llaves de las vitrinas.

—De acuerdo. —Eli entró, se dirigió a la biblioteca y abrió el cajón del escritorio de su abuelo—. Sabe de sobra que ninguna de esas pistolas disparó la bala que mató a Duncan.

—Entonces no tiene ningún problema.

—Tengo un problema mientras Wolfe obvie las pruebas, el principio de oportunidad, las declaraciones de los testigos y todo lo demás menos a mí.

Eli le tendió las llaves.

Corbett permaneció inmutable.

—Le agradezco la cooperación.

—Inspector —dijo Eli, al tiempo que Corbett daba media vuelta—, cuando termine aquí y no encuentre nada, si vuelve sin evidencias reales, motivos reales o una prueba suficientemente contundente, presentaré una demanda contra su departamento y el Departamento de Policía de Boston por acoso.

Esta vez la mirada de Corbett se encendió ligeramente.

—Eso suena a amenaza.

—Sabe que no lo es. Se trata de un se acabó. Se acabó de una vez por todas.

—Yo solo hago mi trabajo, señor Landon. Si no tiene nada que ocultar, cuanto más concienzudo sea, antes quedará libre de sospecha.

—Dígaselo a alguien al que no lleven acosando más de un año.

Eli salió de la biblioteca y fue a por una chaqueta. Sabía que no tendría que abandonar la casa, pero no podía soportar verlos fisgoneando en Bluff House, entre sus cosas, entre las de su familia. Otra vez no.

Se fue a la playa, a contemplar el mar, las aves, los niños, a los que supuso de vacaciones de Semana Santa.

Su madre quería que fuera a comer a casa el domingo de Pascua. Había pensado ir y pedirle a Abra que lo acompañara. Por fin estaba preparado, por fin se sentía con ánimos de disfrutar de todo aquello: de la reunión familiar junto con Abra, del jamón enorme que Alice cocinaría al horno y que su madre insistiría en glasear ella misma. Las cestas, los dulces, los huevos teñidos.

De la tradición. Y de lo reconfortante que era.

Pero ahora… Creía que lo más inteligente era quedarse donde estaba, apartarse del camino de los demás, de sus vidas, hasta que la policía encontrara al asesino de Duncan.

Al asesino de Lindsay.

O hasta que su propia detective encontrara al menos una llave que encajara en una cerradura.

Aunque ese camino todavía no había conducido a ninguna parte.

Volvió la vista hacia Laughing Gull Cottage. ¿Dónde estaba Abra?, se preguntó.

¿Dando clases? ¿Haciendo recados para algún cliente o limpiando una casa? ¿Metida en la cocina preparando algo o en la habitacioncita que utilizaba para hacer pendientes y colgantes?

Había cometido una locura al liarse con ella, al meterla en aquel jaleo. O, mejor dicho, al permitir que ella se metiera.

Abra tenía sus cosas en Bluff House. Ropa, champú, un cepillo… Pequeños objetos íntimos. Sintió que la rabia le atenazaba el estómago al imaginar a la policía manoseando las cosas de Abra por haberlas dejado entre las suyas.

Conocía de sobra los comentarios, las sonrisitas, las especulaciones… Y lo que era peor, la culpabilidad por asociación que echaría raíces en la mente de Wolfe.

Si conseguían encontrar un juez que les firmara la orden, la próxima casa que registrarían sería la de Abra.

La idea lo sacó de sus casillas, lo enfureció y lo envió de vuelta a casa en busca del teléfono móvil que no había pensado en llevarse con él.

Una vez más, salió a la terraza y, una vez más, se puso en contacto con su abogado.

—¿Has cambiado de opinión? —preguntó Neal cuando respondió—. Puedo estar ahí en un par de horas.

—No, no vale la pena. Escucha, tengo una relación personal con Abra Walsh.

—Eso ya lo sabía, salvo que estés a punto de decirme que te acuestas con ella.

—Es lo que estoy diciéndote.

Esperaba el suspiro, y Neal no lo defraudó.

—De acuerdo, Eli. ¿Desde cuándo?

—Desde hace unos días. Sé qué impresión da, Neal, así que ni te molestes. Los hechos siguen siendo los hechos. Lo que te pido es que estés al tanto por si Wolfe presiona a quien sea para obtener una orden de registro de su casa, Laughing Gull Cottage. Ella está de alquiler, pero puedo averiguar quién es el dueño si lo necesitas. No quiero que la molesten por esto. No tiene nada que ver.

—Es tu coartada, Eli. La policía ha entrado en tu casa por Duncan, pero ella tiene mucho que ver con la razón por la que han entrado. No le iría mal que se buscara su propio abogado. Ya sabe cómo va esto.

Su cuerpo, su voz se tensaron.

—¿Disculpa?

—Eli, eres mi cliente. Ella es tu coartada. Wolfe insinuó que ambos erais amantes cuando Lindsay estaba viva. ¿Crees que no la he investigado? Exactamente del mismo modo que hubieras hecho tú en mi lugar. Está limpia, es lista y, por lo que dicen todos, sabe cómo defenderse. Te puedo asegurar que no existe ninguna ley que prohíba que tengáis una relación, así que relájate. Si intentan algo con ella, sobrevivirá. Pero tendría que buscarse un abogado. No te estoy diciendo nada que tú no sepas. ¿Hay algo más que debas contarme?

—No. Me trajo una maldita fiambrera, Neal, y acabó agredida y metida en medio de una investigación por asesinato. Quiero hacer algo. Maldita sea, quiero hacer algo que no sea quedarme de brazos cruzados.

—Ya lo has hecho. Me has llamado. Le he pedido a un contacto que tengo en el Departamento de Policía de Boston que me echara un cable. Wolfe presionó, y bastante, para conseguir la orden. Casi ha agotado todo su crédito en lo concerniente a ti. Deja que el asunto siga su curso, Eli; no irá a ninguna parte. Y la demanda de los Piedmont ha quedado en apenas unas cuantas quejas ante los periodistas que a estas alturas todavía se molestan en escucharlos.

—Hay policías pululando por la casa de mi abuela. Es difícil hacer como si no pasara nada.

—Deja que las cosas sigan su curso —repitió Neal—, y luego cierra la puerta. Si vuelven a presionar, les pondremos una demanda. Confía en mí, Eli. A los peces gordos no les interesa esto, ni las riñas ni la publicidad. Callarán a Wolfe. Infórmame cuando se hayan ido.

—No te preocupes.

Eli colgó. Puede que sus superiores callaran a Wolfe, de manera oficial. Pero Eli no creía ni por un segundo que eso fuera a detenerlo.

Abra llegó un poco más tarde de lo que le hubiera gustado a la clase de yoga en el sótano de la iglesia. Se retrasó a causa de una llamada de emergencia para que se acercara a la tienda de comestibles por culpa de un preescolar con faringitis.

Entró corriendo.

—¡Lo siento! El hijo de Natalie tiene faringitis y la mujer tenía que hacer la compra. Ella no vendrá a clase, obviamente.

Captó las vibraciones al tiempo que dejaba la colchoneta y el bolso en el suelo. Se percató de las miradas curiosas y, sobre todo, se fijó en el rostro de Maureen, sonrojado por la ira.

—¿Ocurre algo? —preguntó, con naturalidad, mientras se bajaba la cremallera de la sudadera.

—Hay policías, muchos policías, en Bluff House. No me mires así, Maureen —le espetó Heather—, no estoy inventándomelo. Los he visto. Supongo que estarán deteniendo a Eli Landon por matar a ese pobre hombre. Y puede que también a su mujer.

—¿Un grupo de policías? —repitió Abra, con toda la calma que consiguió reunir.

—Oh, una docena como mínimo. Tal vez más. Reduje la velocidad cuando pasé con el coche y los vi entrando y saliendo.

—¿Y crees que han enviado a una docena de policías, o más, para detener a un solo hombre? ¿También han enviado un equipo de los SWAT?

—Entiendo que estés a la defensiva —contestó Heather, con la voz cargada de comprensión almibarada—. Teniendo en cuenta vuestra relación.

—¿La tienes en cuenta?

—Bueno, por todos los cielos, Abra, es algo evidente porque no lo has mantenido en secreto. La gente ha visto tu coche aparcado en su casa a altas horas de la noche y a primera hora de la mañana.

—¿Así que preguntar por qué se necesita una patrulla de policías para detener a un solo hombre, a alguien que sé que no ha matado a «ese pobre hombre» porque estaba con él, es estar a la defensiva porque Eli y yo nos acostamos?

—No estoy criticándote, cariño.

—¡Venga ya, tonterías! —estalló Maureen—. Has estado dando vueltas por aquí fingiendo que lo sentías por Abra mientras te regodeabas cuestionando sus decisiones. Y ya has detenido, juzgado y condenado a Eli sin saber una mierda de nada.

—No es de mí de quien sospechan de asesinato por segunda vez, ni tengo a la policía en casa. No culpo a Abra, pero...

—¿Qué tal si lo dejamos ya? —propuso Abra—. Yo tampoco

te culpo, Heather, por cotillear o por sacar conclusiones precipitadas sobre alguien que ni siquiera conoces. Por el momento, consideremos esto como una zona libre de acusaciones y empecemos la clase de una vez.

—Lo único que he hecho es contar lo que he visto con mis propios ojos. —Unos ojos que en esos momentos estaban al borde de las lágrimas—. Tengo hijos. Tengo derecho a preocuparme de que podamos tener a un asesino viviendo aquí, en Whiskey Beach.

—Todos estamos preocupados. —Greta Parrish le dio unas palmaditas en el hombro—. Sobre todo teniendo en cuenta que no sabemos quién mató a ese detective de la ciudad ni por qué. Creo que es mucho mejor que nos mantengamos unidos en vez de señalarnos unos a otros.

—Yo no he señalado a nadie. Hay policías en Bluff House. Ese detective privado era de Boston, de donde es Eli, y alguien le disparó aquí, donde está Eli. Tengo todo el derecho del mundo a hablar del tema y a preocuparme por mi familia.

Ahogada en sus lágrimas, Heather cogió sus cosas y se fue.

—Ahora la víctima es ella —dijo Maureen, con un suspiro.

—Ya vale, Maureen. Ya está. —Abra inspiró profundamente—. Purifiquemos el aire. Heather está alterada. Han asesinado a una persona. Todos estamos alterados y preocupados. Sé que Eli no lo hizo porque estaba con él la noche que ocurrió. No puede estar en dos lugares a la vez. Mi vida personal es asunto mío, salvo que decida compartirla. Si a alguien le incomodan mis decisiones personales, me parece bien. Si alguien quiere cancelar sus clases, le devolveré el dinero, no hay ningún problema. Si no, sentémonos en las colchonetas un minuto y respiremos.

Desenrolló la suya y se sentó. Cuando los demás la imitaron, el nudo del estómago se aflojó ligeramente.

A pesar de que no consiguió encontrar su centro, su equilibrio, lo que ella consideraba estar en calma, acabó la clase.

Maureen se acercó a hablar con ella cuando terminaron los ejercicios. Abra no esperaba menos.

—¿En tu casa o en la mía? —preguntó Maureen.

—En la mía. Voy a limpiar a otro lugar de aquí a una hora y tengo que cambiarme.

—Bien. Así puedes llevarme en coche. He venido andando.

—¿Comiste helado anoche?

—Toaster Strudel esta mañana. No debería tener en casa, pero soy débil.

—Prepárate para serlo aún más —le avisó Abra, mientras salían—. He hecho brownies.

—Maldita seas.

Se metieron en el coche.

—Estoy intentando relativizar la fuente.

—La fuente es imbécil.

Abra suspiró.

—Puede llegar a serlo, pero igual que todos nosotros.

—Heather es imbécil.

—No, su defecto es ser cotilla, y tanto tú como yo nos lo pasamos bien de vez en cuando gracias a ella. Y en ocasiones no tan de vez en cuando. También intento no olvidar que tiene niños y que, para mi gusto, suele ser sobreprotectora. Pero yo no tengo hijos.

—Yo sí, y ella se excede. Si pudiera, les implantaría un GPS. No te quedes ahí sentada, siendo tolerante y comprensiva. Se ha pasado de la raya. Todo el mundo lo sabe, incluida Winnie, su mejor amiga. Por Dios, Abra, se regodeaba porque había visto policías en Bluff House.

—Lo sé, lo sé. —Los frenos chirriaron cuando Abra detuvo el coche junto a la casa—. En gran parte se regodeaba porque ha podido dar ella la noticia, pero también por el mal trago que estaría pasando Eli. No soy tolerante y comprensiva. —Salió del coche con gran decisión, cogió la bolsa y cerró de un portazo—. Estoy cabreada.

—Bien. Yo también. Vamos a inflarnos a brownies.

—Quiero pasarme por allí —dijo Abra, mientras se dirigían a la puerta—, pero me temo que solo conseguiría ponérselo más difícil. Y quiero ir a por Heather y darle un buen bofetón, pero luego me sentiría mal.

—Sí, pero ¿y lo bien que te sentirías mientras tanto?

—En eso tienes razón. —Abra dejó la bolsa junto a la puerta, se dirigió a la cocina y quitó el plástico transparente con que había envuelto el plato de brownies.

—¿Y si la abofeteara yo y tú solo miraras? —Maureen cogió unas servilletas mientras Abra ponía la tetera en el fuego—. ¿Seguirías sintiéndote mal?

—Probablemente. —Abra cogió un brownie y le dio un mordisco mientras gesticulaba con la mano libre—. Cree que miento al decir que estaba con Eli cuando mataron a Duncan. Tenía en la cara esa expresión de «pobre ilusa, me preocupo por ti».

—Odio esa expresión. —Maureen le dio un mordisco a su brownie—. Es engreída, falsa y exasperante.

—Si cree que miento, puede que la policía también lo crea. Eso me preocupa bastante más.

—No tienen ninguna razón para creer que mientes.

—Me acuesto con él.

—No por entonces.

—Pero ahora sí. —Volvió a darle otro mordisco al brownie antes de probar el té—. Me gusta acostarme con él.

—Sospechaba que era por eso que te afectaba tanto.

—Es bueno en la cama.

—Estás rozando el fanfarroneo, pero dadas las circunstancias, continúa.

Ahogando una carcajada, Abra trasladó a la encimera de color piedra el jarrón de lirios que tenía en el centro de la mesa de la cocina, para poder sentarse cómodamente con sus tazas de té.

—El sexo está genial.

—Sin fundamento. Pon un ejemplo.

—Movimos la cama de sitio.

—La gente mueve las camas a menudo, los sofás, las mesas. Se llama «cambiar los muebles de sitio».

—Mientras estábamos echando un polvo.

—Eso ya pasa.

Abra sacudió la cabeza y se levantó en busca de un bolígrafo.

—La primera vez que nos acostamos la cama estaba aquí

—dijo, mientras dibujaba—. Contra esta pared.... Y cuando acabamos de echar el polvo, la cama estaba en el otro lado. —Dibujó una línea y esbozó la cama—. De un extremo al otro, y ladeada.

Maureen estudió la servilleta mientras masticaba el brownie.

—Estás exagerando.

Con una amplia sonrisa, Abra pasó un dedo sobre su corazón.

—¿Tiene ruedas?

—No, no tiene ruedas. La fuerza de la energía sexual reprimida y liberada es algo increíble.

—Ahora estoy celosa, pero me consuela saber, sin ningún tipo de duda, que Heather nunca ha movido la cama.

—Te diré lo que me ha cabreado de verdad. Que se comportara como si yo fuera una de esas descerebradas que escriben a asesinos en serie que están en la cárcel. De esas que se enamoran de un tipo que ha estrangulado a seis mujeres con los cordones de las zapatillas. No sé cómo Eli lo soporta, te lo juro. No sé cómo soporta esa nube de sospecha constantemente sobre su cabeza.

—Ahora que te tiene a ti, debe resultarle más fácil.

—Eso espero. —Abra hizo una profunda inspiración—. Eso espero. Siento algo por él.

—¿Estás enamorada? —Repentinamente preocupada, Maureen se chupó el chocolate que tenía en el pulgar—. Solo han sido unas semanas, Abra.

—Yo no he dicho que esté enamorada. Tampoco que no lo esté. Lo que he dicho es que siento algo por él. Ya me ocurrió la primera vez que lo vi, aunque creo que en ese momento básicamente me compadecí de él. Parecía tan hecho polvo, tan cansado, tan triste... y con toda esa ira soterrada que debe ser tan difícil de contener, día tras día. A medida que he ido conociéndolo, ha seguido inspirándome compasión, pero también respeto. Se necesita mucho valor, una gran fuerza de voluntad para aguantar todo lo que está aguantando. Hay atracción, obviamente, y afecto.

—Tuve la sensación de que se relajó y se lo pasó bien la noche que salió y nos encontramos en el pub.

—Necesita estar con gente, y creo que se ha sentido solo durante mucho tiempo, incluso con su familia. —En opinión de Abra, a veces era necesario estar solo para recargar pilas. Sentirse solo era un estado que le generaba compasión y que la impulsaba a ponerle remedio—. He visto cómo ha ido relajándose y aprendiendo a disfrutar poco a poco. Tiene sentido del humor y un buen corazón. Me preocupa lo que ocurra a partir de ahora.

—¿Por qué crees que están todos esos policías en Bluff House?

—Si Heather no exageraba, deben haber conseguido una orden de registro. Ya te he contado que el inspector Wolfe está convencido de que Eli mató a Lindsay. Está obsesionado con demostrarlo. Y ahora con probar que ha vuelto a matar.

—Para eso tendrán que refutar tu testimonio. —Maureen alargó la mano para tomar la de Abra—. Volverán a interrogarte, ¿verdad?

—Pondría la mano en el fuego. Puede que a Mike y a ti también.

—Lo soportaremos. Y también soportaremos a los cotillas como Heather. Me pregunto si vendrá a la clase siguiente, la que das en casa.

—Si viene, nada de bofetones.

—Aguafiestas. Solo por eso, me llevo un brownie para el viaje. Si me necesitas, llámame. Estaré en casa el resto del día. Tengo papeleo que acabar antes de que los niños lleguen del colegio.

—Gracias. —Abra se acercó para darle un abrazo cuando se levantaron—. Por ser el antídoto perfecto de la imbécil.

Cuando Maureen se fue, se dirigió a su dormitorio para cambiarse. Dos brownies antes del mediodía le producían una ligera sensación de empacho, pero se repondría. Y cuando terminara de trabajar, iría a ver a Eli. Para bien o para mal.

Tardaron horas. Cuando acabaron con el despacho, Eli permaneció en este espacio mientras la policía siguió pululando por la casa. Ordenó sus cosas de nuevo y después se dedicó a hacer llamadas, a enviar correos electrónicos y puso al día el papeleo atrasado.

Hubiera preferido no tener que llamar a su padre, pero las malas noticias eran las primeras que se filtraban. Era mejor que la familia se enterara por él que por otros medios. No se molestó en restarle importancia, habría insultado la inteligencia de su padre, pero al menos pudo tranquilizarlo a él y, por tanto, al resto de la familia.

La policía no encontraría nada porque no había nada que encontrar.

No estaba de humor para ponerse a trabajar mientras la policía, al menos de manera metafórica, siguiera respirándole en el cogote, así que decidió ponerse a investigar. Emplearía el día pasando de la investigación para su libro a la investigación sobre la dote de Esmeralda.

Se volvió al oír que alguien llamaba y vio a Corbett junto a la puerta. Giró la silla, pero no se levantó ni dijo nada.

—Estamos recogiendo.

—De acuerdo.

—En cuanto a la excavación del sótano…

—¿Qué ocurre?

—Tiene una señora zanja ahí abajo. —Corbett esperó un instante, pero Eli no contestó—. ¿No tiene idea de quién puede ser el responsable?

—Si tuviera alguna idea se lo habría dicho al ayudante Hanson.

—La teoría de Vinnie y, según me han dicho, la de usted, es que la excavó quien se coló en la casa la noche que mataron a Duncan. Y teniendo en cuenta que es imposible que lo hiciera en una sola noche, no era la primera vez que se colaba.

—Es una teoría.

Un atisbo de irritación apareció en el rostro de Corbett antes de que acabara de entrar y cerrara la puerta a su espalda.

—Mire, Wolfe va de camino a Boston. Si regresa, salvo que vuelva con pruebas concluyentes en su contra, estará actuando por su cuenta. En estos momentos, no hay nada que lo relacione a usted con el asesinato de Duncan. La única conexión es que una o varias personas lo contrataron para que les informara de sus movimientos. No creo que lo hiciera usted, por todas las razones que ya discutimos la última vez que hablamos. Además, no tengo ningún motivo para dudar de la palabra de Abra Walsh, a pesar de que mi equipo de investigación me ha dicho que desde entonces ha pasado varias noches aquí, y no en el sofá de abajo.

—La última vez que nos vimos, las relaciones sexuales consentidas entre adultos seguían siendo legales en Massachusetts.

—Demos gracias a Dios. Lo que estoy diciéndole es que no lo tengo en mi radar. El problema es que no tengo a nadie en mi radar. Todavía. Lo que tengo es un allanamiento de morada, una agresión y un asesinato, todo en la misma noche. Y eso me lleva a hacerme preguntas. Así que si tiene alguna idea de quién ha estado cavando ahí abajo, le convendría informarme al respecto.

Se dirigió hacia la puerta, se detuvo y se volvió de nuevo hacia Eli.

—Yo estaría cabreado si tuviera a un grupo de policías merodeando por mi casa todo el día. Le diré que los he escogido yo mismo. Si no hemos encontrado nada, es que no había nada que encontrar. Y debería añadir que, aunque han sido muy cuidadosos, esta es una casa condenadamente grande y llena de cosas. Puede que algunas no estén en su sitio.

Eli vaciló mientras Corbett abría la puerta, hasta que se decidió a dar el salto.

—Creo que quien cavó esa zanja, o bien empujó a mi abuela por la escalera, o bien la hizo caer. Y luego la dejó allí.

Corbett volvió a entrar y cerró la puerta de nuevo.

—A mí también se me había pasado por la cabeza. —Sin esperar una invitación, se acercó y tomó asiento—. ¿Ella no recuerda nada?

—No. Ni siquiera recuerda haberse levantado y haber bajado. El trauma craneal… Los médicos dicen que es relativamente habitual. Puede que lo recuerde o puede que no. Podría haber muerto, y probablemente habría sido así si Abra no llega a encontrarla. Disparar a un detective privado tampoco se aleja tanto de empujar a una anciana por la escalera y dejarla agonizando. Esta es su casa, en la que ha depositado su corazón, y puede que no vuelva a vivir aquí, al menos sola. Quiero saber quién es el responsable.

—Dígame dónde se encontraba usted esa noche, la noche que su abuela se cayó.

—Por Dios santo.

—Seamos concienzudos, señor Landon. ¿Lo recuerda?

—Sí, lo recuerdo porque nunca olvidaré la expresión de mi madre a la mañana siguiente, cuando vino a decírmelo, después de que Abra llamara a casa. Yo no dormía bien. Llevaba sin dormir bien desde… hacía mucho tiempo. Me mudé con mis padres pocas semanas después del asesinato de Lindsay, de modo que estaba allí la noche del accidente de mi abuela. Mi padre y yo acabamos jugando al gin rummy y bebiendo cerveza hasta las dos de la mañana. Supongo que podría haber arrastrado mi culo hasta aquí, haber tirado a mi abuela por la escalera y luego haber vuelto a arrastrar el culo de vuelta a Boston y meterme en la cama antes de que mi madre entrara para decirme que mi abuela estaba mal y en el hospital.

Corbett pasó por alto el último comentario, sacó la libreta y tomó algunas anotaciones.

—Hay muchos objetos valiosos en la casa.

—Lo sé, y no lo entiendo. Hay un montón de cosas que podrías meterte en el bolsillo y sacar una buena tajada. Pero el tipo se pasa horas, días, cavando el suelo del sótano.

—La dote de Esmeralda.

—Es lo único que se me ocurre.

—Bueno, es interesante. ¿Alguna objeción a que hable con su abuela, si los médicos lo permiten?

—No quiero que se altere, nada más. No quiero volver a meter a mi familia en el mismo jaleo. Ya han tenido bastante.

—Iré con tacto.

—¿Por qué se toma tantas molestias?

—Porque he enviado un cadáver a Boston y, por lo que sé,

Duncan únicamente se dedicaba a hacer su trabajo. Porque alguien ha allanado esta casa y podría haber hecho algo más que agredir a una mujer si esta no se hubiera defendido y hubiera escapado. Porque usted no mató a su mujer.

Eli iba a decir algo, pero, lo que fuera, se le olvidó.

—¿Qué ha dicho?

—¿Cree que no he leído y repasado hasta la última línea de su caso? Jamás cambió su historia. Puede que las palabras, la manera de contarla, pero nunca el contenido. No mentía, y si se hubiera tratado de un crimen pasional, como se especuló, un buen abogado criminalista, y por lo visto usted lo era, habría sabido cubrirse las espaldas muchísimo mejor.

—Wolfe cree que lo hice yo.

—El instinto de Wolfe le dice que lo hizo usted, y creo que el tipo tiene buen olfato. Pero esta vez se equivoca. A veces ocurre.

—Puede que el olfato equivocado sea el suyo.

Corbett sonrió tibiamente.

—¿De parte de quién está?

—Es usted el primer policía que me ha mirado a la cara y ha dicho que yo no maté a Lindsay. Necesito tiempo para acostumbrarme.

—El fiscal tampoco creía que lo hubiera hecho usted, pero no tenían a nadie más y Wolfe estaba completamente seguro, así que presionaron hasta que se quedaron sin espacio de maniobra. —Corbett se puso en pie—. No recibió un trato justo. Esta vez no le sucederá lo mismo conmigo. Tiene mi número, por si se le ocurre algo importante.

—Sí, lo tengo.

—No le molestaremos más.

Ya a solas, Eli se recostó en la silla y trató de ordenar sus sentimientos encontrados.

Un poli lo consideraba inocente, un poli lo consideraba culpable. Le gustaba la sensación de que le creyeran, de que las palabras de Corbett siguieran flotando en el aire.

Sin embargo, se mirara como se mirase, él seguía atrapado en medio.

15

A Abra le preocupaba cómo iba a encontrarlo. ¿Deprimido y dándole vueltas a la cabeza? ¿Enfadado y huraño?

Estuviera como estuviese, no se lo reprocharía. Habían alterado su vida, una vez más; habían cuestionado su moralidad, una vez más. Y habían violado su intimidad, no solo la policía, sino gente como Heather. Una vez más.

Se preparó para ser comprensiva, lo que podía significar mostrarse firme y pragmática o servicial y solidaria.

No esperaba encontrárselo en la cocina trabajando frente a una isla abarrotada de alimentos, con cara de irritación y una cabeza de ajos en la mano.

—Bueno. ¿Qué es todo esto?

—Un caos. Cosa que, por lo visto, se desata cuando intento cocinar.

Abra dejó el plato de brownies en la encimera.

—¿Estás cocinando?

—«Intentándolo» es la palabra clave.

Abra consideró aquel intento tan tierno como positivo.

—¿Qué quieres hacer?

—No sé qué de arroz con pollo. —Se retiró el pelo hacia atrás y frunció el entrecejo al ver el lío que había hecho—. Lo he sacado de internet, de un sitio que se llama «Cocina para inútiles».

Abra rodeó la isla y leyó la receta que Eli había impreso.

—Tiene buena pinta. ¿Quieres que te eche una mano?

Eli la miró con el entrecejo fruncido.

—Si entro dentro de la clasificación de inútil en este campo, tendría que ser capaz de hacerlo.

—Genial. ¿Te importa si me sirvo una copa de vino?

—Adelante. Puedes servirme una a mí también, pero en un vaso de whisky, para que sea más cómodo.

A pesar de que a Abra la cocina le resultaba relajante, comprendía las frustraciones de un cocinero novato u ocasional.

—¿Qué ha motivado este momento tan hogareño? —preguntó, mientras sacaba las copas de vino, a pesar del comentario de Eli.

Eli entrecerró los ojos cuando Abra se dirigió a la despensa a por el vino.

—¿Andas buscando una patada en el culo?

—En realidad, ando buscando un buen pinot gris —contestó—. Ah, míralo. Espero que esté invitada a cenar —prosiguió, volviendo con la botella—. Hace mucho tiempo que nadie cocina para mí.

—Esa era la idea. —Eli la observó mientras Abra descorchaba la botella que quizá ella misma había metido en el enfriador de vinos—. ¿Está el 911 en marcación rápida?

—Sí. —Le dio una de las copas y un beso amistoso en la mejilla—. Y gracias.

—No me lo agradezcas hasta que queden excluidos una cocina incendiada y el envenenamiento.

Dispuesta a asumir ambos riesgos, se sentó en un taburete y le dio el primer trago a su copa de vino.

—¿Cuándo fue la última vez que preparaste algo que no saliera de una lata o una caja?

—Hay ciertas personas que van de sobradas y que sonríen con desdén ante la comida de lata o envasada.

—Sí, lo hacemos. Debería darnos vergüenza.

Eli dirigió la mirada hacia la cabeza de ajo.

—Se supone que he de pelar y trocear estos ajos.

—Vale.

Al ver que se la quedaba mirando, Abra cambió de postura y cogió el cuchillo.

—Te enseñaré cómo se hace.

Arrancó un diente y se lo mostró, luego lo dejó en la tabla de cortar y lo golpeó con la hoja plana del cuchillo. La piel salió con la misma facilidad con que escapa una stripper. Cuando lo hubo cortado, le devolvió el ajo pelado y el cuchillo.

—¿Lo has pillado?

—Sí. —Más o menos—. Teníamos cocinera. Cuando era pequeño, siempre tuvimos cocinera.

—Nunca es tarde para aprender. Puede que incluso le encuentres el gusto.

—No creo que eso ocurra, pero tendría que ser capaz de seguir una receta para inútiles.

—Tengo toda mi fe depositada en ti.

Eli imitó entonces el procedimiento de corte y se sintió ligeramente más optimista al comprobar que seguía conservando todos los dedos.

—Sé distinguir cuándo están pasándoselo en grande a mi costa.

—Pero estoy pasándomelo en grande con cariño. El suficiente para que te enseñe un truco.

—¿Qué truco?

—Un adobo fácil y rápido para ese pollo.

El miedo y el rechazo a la sola idea afloraron en la voz de Eli.

—No dice nada de adobar el pollo.

—Debería. Espera un momento.

Se levantó y se dirigió a la despensa. El corazón le dio un vuelco al verlo todo mezclado, desordenado, revuelto. Hasta que recordó a la policía.

Sin decir nada, cogió una botella de Margaritas Mix.

—Creía que íbamos a beber vino.

—Y eso estamos haciendo. El pollo es el que va a beberse esto.

—¿Dónde está el tequila?

Abra se echó a reír.

—Esta vez no. De hecho, el pollo que utilizo para la sopa de tortilla bebe tequila, pero este tendrá que conformarse con el preparado.

Sacó una bolsa grande, metió el pollo dentro y a continuación vertió el líquido. Cerró la bolsa y la meneó unas cuantas veces.

—¿Ya está?

—Ni más ni menos.

—Esa parte tendría que haber sido para inútiles. Podría haberlo hecho yo.

—La próxima vez. También va muy bien con el pescado, para tu información.

Cuando Abra volvió a sentarse, Eli se concentró en cortar el ajo y no sus dedos.

—Hoy ha estado aquí la policía, todo el día, con una orden de registro. —Levantó la vista—. Y tú ya lo sabías.

—Que han estado aquí, sí. Lo del registro lo imaginé. —Alargó una mano por encima de la isla y le acarició la muñeca con los dedos—. Lo siento, Eli.

—Después de que se fueran, repasé un par de habitaciones y las ordené. Empecé a cabrearme de nuevo, así que decidí hacer otra cosa.

—No te preocupes por eso. Ya me ocuparé yo.

Eli negó con la cabeza. Había pensado que repasaría las habitaciones de dos en dos hasta que la casa volviera a estar como antes. Bluff House y todo lo que contenía eran ahora responsabilidad suya.

—Podría haber sido peor. Podrían haberlo dejado todo patas arriba. Han sido minuciosos, pero he visto otros registros antes y no se han dedicado a tirar cosas.

—Vale, un punto para ellos, pero sigue siendo injusto. No está bien.

—A todas horas ocurren injusticias. Sin duda son el pan de cada día.

—Un punto de vista triste y pesimista.

—Realista —la corrigió.

—Y una mierda. —Abra estalló y se dio cuenta de que había estado conteniendo la rabia todo el tiempo—. Eso es solo una excusa para no hacer nada al respecto.

—¿Alguna sugerencia acerca de lo que debe hacerse ante una orden de registro debidamente autorizada?

—Tener que aceptarla no es lo mismo que aceptar que así es como funcionan las cosas. No soy abogada, pero sí lo era quien me crió, y es bastante evidente que se han pasado de la raya, y mucho, para obtener esa orden de registro. Y también es evidente que ha sido ese poli de Boston el que se ha pasado.

—No lo discuto.

—Tendrían que sancionarlo. Tendrías que demandarlo por acoso. Tendrías que estar furioso.

—Lo estaba. Y he hablado con mi abogado. Si no me deja en paz, hablaremos de la demanda.

—¿Por qué no sigues cabreado?

—Jesús, Abra, estoy preparando pollo siguiendo una receta que he sacado de internet porque ir por la casa recogiendo todo lo que la poli había desordenado estaba sacándome de mis casillas y necesitaba hacer algo con tanto cabreo. Estoy harto de estar cabreado.

—Pues parece que yo no. No me digas que se cometen injusticias porque así es como funcionan las cosas. Se supone que el sistema no está ahí para tratar a la gente a patadas y no soy tan ingenua como para no saber que, a veces, eso es exactamente lo que hace, pero sí soy lo bastante humana para desear que fuese de otra manera… Necesito un poco de aire.

Se levantó con brusquedad, se dirigió a la terraza con paso decidido y salió.

Eli reflexionó un instante y acto seguido dejó el cuchillo, se limpió las manos en los vaqueros sin darse cuenta y la siguió.

—No te he sido de ayuda. —Abra agitó una mano mientras caminaba de un lado al otro de la terraza—. Nada de todo eso te ha sido de ayuda, lo sé.

—No sé de qué me hablas.

—Tengo un nudo en el estómago desde que me he enterado del registro, aunque me he metido dos brownies enormes para hacerle compañía.

Eli conocía la clásica confianza femenina en el chocolate, aunque él hubiera optado por una cerveza.

—¿Cómo te has enterado?

—En la clase de yoga de esta mañana, por una de mis alumnas. Cotillear es su religión. Y estoy siendo una mala pécora. Odio ser una mala pécora. Vibraciones negativas —añadió, agitando los brazos como si así pudiera sacudirse de encima esas vibraciones para que se las llevara el viento—. Siempre tan santurrona, tan preocupada por todos, tan llena de pamplinas. Por cómo lo explicaba, daba la impresión de que habían enviado a un equipo de asalto para atrapar a un asesino psicópata, con el que me acuesto porque no tengo dos dedos de frente. Y se comporta como si lo que le importa fuera la comunidad, y yo, por supuesto. Porque, claro, podrías asfixiarme mientras duermo o aplastarme la cabeza o... Oh, Dios, Eli. —Se detuvo en seco—. Lo siento. Lo siento. Qué idiota. Idiota, mala pécora e insensible, las tres cosas que más odio. Se supone que he de animarte o apoyarte, o ambas cosas, y en vez de eso voy y te echo los perros y te machaco diciéndote cosas horribles y tonterías. Mejor lo dejo. O me voy y me llevo mi humor de mierda conmigo.

Eli se fijó en que la rabia y la frustración le ruborizaban el rostro. En sus ojos veía una disculpa sincera. Y la brisa marina le alborotaba el pelo en una danza de rizos indomables.

—¿Sabes? Mi familia, y los amigos que me quedan, no hablan del tema. Noto cómo lo evitan con sumo cuidado, como si hubiera un... No un elefante en la habitación, sino un tiranosaurio. A veces tenía la sensación de que iba a engullirme de un bocado. Pero ellos lo evitaban con sumo cuidado, no deseaban hablar del asunto más de lo absolutamente necesario.

»"No disgustes a Eli, no se lo recuerdes, no lo deprimas." Lo deprimente era saber que no podían o no iban a contarme cómo se sentían, qué pensaban, nada salvo lo de "Todo saldrá bien, nosotros te apoyamos". Les agradezco saber que están dispuestos a defenderme, pero el silencio clamoroso de ese tiranosaurio, y sus verdaderos sentimientos, casi me enterraban.

—Te quieren —dijo Abra—. Tenían miedo de lo que pudieras hacer.

—Lo sé. No vine aquí solo porque mi abuela necesitara que hubiera alguien en Bluff House. Ya había decidido que tenía que irme de casa de mis padres, buscarme otro sitio, por mí y por ellos. No podía o no había reunido la energía para hacerlo, pero sabía que tenía que alejarme de ese silencio envolvente.

Abra sabía exactamente cómo se sentía. Mucha gente la había evitado con sumo cuidado después de la agresión de Derrick. Con miedo a decir justo lo que no debían, con miedo a decir cualquier cosa.

—Habéis pasado por un verdadero calvario.

—Que se repetirá, porque hoy he tenido que contarles lo que sucedía antes de que se enteraran por otra persona.

Una vez más se sintió arrollada por la compasión. No había pensado en que tenía que contarles lo de Duncan.

—Ha sido duro.

—Había que hacerlo. Le he quitado hierro al asunto, supongo que así es como los Landon hacemos las cosas. Tú eres la primera persona que ha dicho lo que pensaba, lo que sentía, sin rodeos. La primera que no finge que el tiranosaurio no está ahí, la primera que reconoce que alguien le hundió la cabeza a Lindsay y que muchos creen que fui yo.

—Las opiniones, los sentimientos y la expresión apasionada de los mismos estaban a la orden del día en mi casa.

—Quién lo hubiera dicho.

Aquello le arrancó un esbozo de sonrisa.

—No iba a decir nada, pero debí agotar mi cupo de autodominio diario al no patearle el culo a Heather.

—Una chica dura.

—Hago taichi. —Levantó la pierna deliberadamente en la posición de la grulla.

—Creía que eso era kung-fu.

—Ambas son artes marciales, así que ojito. Ya no estoy tan cabreada.

—Yo tampoco.

Se acercó a él y le rodeó el cuello con los brazos.

—Hagamos un trato.

—De acuerdo.

—Las opiniones y los sentimientos sobre la mesa, siempre que sea necesario. Y si un dinosaurio entra en la habitación, no fingiremos que no lo vemos.

—Igual que la cocina, a ti se te dará mejor, pero voy a intentarlo.

—De acuerdo. Deberíamos entrar para que pueda verte cocinar.

—Vale. Ahora que hemos… puesto la mesa, hay algo que me gustaría contarte.

Eli fue delante. Frente a la isla, cogió un pimiento y lo examinó mientras decidía cómo cortarlo.

—Te enseñaré cómo se hace.

Mientras Abra le quitaba los extremos, le extraía el corazón y lo troceaba, Eli cogió su copa.

—Corbett sabe que yo no maté a Lindsay.

—¿Qué? —Abra levantó la cabeza con un gesto brusco y detuvo la mano que empuñaba el cuchillo—. ¿Te lo ha dicho?

—Sí. No tengo motivos para pensar que estuviera tomándome el pelo. Me dijo que ha leído los informes, que los ha estudiado a fondo y que sabe que yo no la maté.

—Acabo de cambiar radicalmente de opinión acerca de él. —Alargó la mano para tomar la de Eli un segundo—. No me extraña que no estuvieras tan cabreado como yo.

—Me ha quitado un pequeño peso de encima. El resto sigue aplastándome, pero lo ha aliviado un poco.

Eli probó lo de cortar mientras le contaba lo que Corbett había dicho.

—También cree que es posible que quien estuvo en la casa esa noche, lo estuviera cuando Hester se cayó. Y que esa persona disparara a Duncan.

»Creo que investigará en esa dirección. Mi abogado me echaría los perros, y con razón, si supiera que he hablado con Corbett, lo que le he dicho. Pero…

—A veces hay que confiar en la gente.

—No sé si se trata de confianza, pero quién mejor que él para encontrar al asesino de Duncan. Cuando lo encuentre, si es que lo hace, vamos a tener algunas respuestas.

Eli dejó el pimiento verde a un lado y cogió el rojo.

—Mientras tanto, hay alguien ahí fuera que quiere entrar en la casa, alguien que ya te ha agredido y que podría haberle hecho daño a mi abuela. Hay alguien ahí fuera que ha matado a un hombre. Puede que sea la misma persona. Puede que sea un socio, o un competidor.

—¿Competidor?

—Mucha gente cree que la dote de Esmeralda existe. Cuando los cazadores de tesoros hallaron los restos naufragados del *Calypso* hace unos treinta años, no encontraron la dote. Todavía no la han encontrado, y mira que la han buscado. Aunque, en cualquier caso, no existen pruebas sólidas de que la dote estuviera en el barco cuando este naufragó en Whiskey Beach, o de que hubiera ido a bordo alguna vez. Por lo que sabemos, o se hundió junto con el intermediario de confianza de la familia cuando el *Calypso* atacó al *Santa Caterina*, o el intermediario se hizo humo con la dote y vivió a cuerpo de rey en las Antillas.

—Hacerse humo. Cuánta clase.

—Soy un tipo con clase —dijo, y acabó de cortar el pimiento—. La mayor parte no son más que rumores, y muchos se contradicen, pero cualquiera que se tome las molestias que ese tipo se ha tomado, hasta el extremo de estar dispuesto a matar, está convencido de que existe.

—¿Crees que intentará entrar contigo en la casa?

—Creo que está haciendo tiempo a la espera de que las aguas se calmen. Y luego, sí, volverá a ponerse manos a la obra. Eso por un lado. Por el otro, hay gente en el pueblo, gente que tú conoces, para la que trabajas, a la que le das clases; gente cotilla como la que mencionaste, que cree que lo he hecho yo, o que como mínimo sospecha. Eso te coloca en el punto de mira de ciertos… comentarios, de que puedan hacerte daño. No quiero que te encuentres en esa situación.

—No puedes controlar lo que diga o haga la gente. Y creo que ya he demostrado que sé defenderme sola si tratan de hacerme daño.

—El tipo no iba armado… Quizá creía que no era necesario. En ese momento.

Abra asintió. No podía negar que la idea la ponía nerviosa, pero hacía mucho tiempo que había decidido vivir sin miedo.

—Lo único que consigue matándome o, ya puestos, matándonos a los dos mientras dormimos o mientras friego el suelo es atraer a la policía, otra vez. Y yo diría que eso es lo último que querría. Necesita desviar la atención no solo de su persona, sino de Bluff House.

—Eso es lógico. Estoy considerando la situación en conjunto, y hasta el momento el tipo no ha utilizado demasiado la lógica. No quiero que te hagan daño. Y no quiero que vuelvas a pasar por nada parecido a lo de esta mañana por culpa de la relación que nos une.

Lo miró fijamente, tranquila, mientras tomaba un trago de vino con mucha calma.

—¿Estás preparándome una cena de despedida, Eli?

—Creo que es mejor que nos tomentos un descanso.

—«No eres tú, soy yo», ¿es eso lo que viene ahora?

—Mira. Es porque yo… Porque me importas. Hay cosas tuyas en la casa y la policía las ha toqueteado esta mañana. Puede que Corbett me crea, pero Wolfe no… y no va a parar. Hará todo lo posible para desacreditarte porque tu declaración es lo que me elimina de la ecuación en el asesinato de Duncan.

—Lo hará esté o no esté contigo.

Por un instante, se detuvo a pensar qué le parecía que la protegieran de que le hicieran daño, de que mancharan su nombre. Decidió que no estaba mal, aunque no tuviera intención de tolerarlo.

—Te agradezco las molestias. Crees que necesitas protegerme, resguardarme de que me hagan daño, de las malas lenguas, del escrutinio de la policía, y resulta que me gusta estar con un hombre que desee hacerlo. Pero, Eli, el caso es que ya he pasado antes por esto, y por más. No voy a renunciar a lo que quiero porque existe la posibilidad de volver a pasar por algo similar. Tú también me importas.

Alzó la copa de vino mientras lo miraba fijamente.

—Yo diría que nos encontramos en un callejón sin salida, salvo por una cosa.

—¿Qué?

—Dependerá de tu respuesta a la pregunta. Y la pregunta es: ¿crees que las mujeres deberían cobrar lo mismo que los hombres si tienen el mismo puesto de trabajo?

—¿Qué? Sí. ¿Por qué?

—Bien, porque esta discusión habría ido por otro rumbo si hubieras dicho que no. ¿También crees que las mujeres tienen derecho a elegir?

—Por Dios. —Se pasó una mano por el pelo—. Sí. —Eli sabía exactamente dónde iría a parar y empezó a pensar en cómo refutar sus argumentos.

—Excelente. Eso nos ahorra un largo y encendido debate. Los derechos conllevan responsabilidades. Yo elijo cómo vivo mi vida, con quién estoy y quién me preocupa. Tengo derecho a hacer esas elecciones, y acepto la responsabilidad.

Abra entrecerró los ojos.

—Oh, venga, adelante.

—¿Con qué?

—Me crió una abogada —le recordó—. Veo a don Derecho de Harvard tratando de encontrar un argumento lo bastante enrevesado para echar por tierra mi defensa. Así que adelante. Puedes incluso meter un par de «por endes». No servirá de nada. He tomado una decisión.

Eli intentó probar por otra vía.

—¿Sabes lo preocupado que vas a tenerme?

Abra agachó ligeramente la cabeza y endureció la mirada al entrecerrar los ojos.

—A mi madre siempre le funciona —se defendió Eli.

—No eres mi madre —le recordó Abra—. Además, no tienes poderes de madre. Tú sigues conmigo, Eli. Si quieres cortar, tendrá que ser porque no desees estar conmigo, o porque desees estar con otra persona, o porque desees otra cosa. Si soy yo la que me desentiendo, tendrá que ser por las mismas razones.

Sentimientos sobre la mesa, pensó Eli.

—Lindsay ya no me importaba, pero no hay día en que no lamente no haber podido hacer nada para evitar lo que le ocurrió.

—Te importó en su día, y no se merecía morir de esa manera. La habrías protegido si hubieras podido.

Abra se levantó, se acercó a él y le rodeó la cintura con los brazos.

—No soy Lindsay. Tú y yo cuidaremos el uno del otro. Somos listos. Nos las apañaremos.

Eli la atrajo hacia sí y apoyó su mejilla en la de ella. No dejaría que le pasara nada. No sabía cómo iba a cumplir la promesa muda que le hacía, que se hacía, pero pondría todo su empeño en ello.

—¿Listos? Estoy siguiendo una receta para inútiles.

—Es tu primer día en el puesto.

—Se supone que debo cortar ese pollo en daditos. ¿Qué narices significa eso?

Abra se separó ligeramente y acto seguido volvió a acercarse con un largo y satisfactorio beso.

—Una vez más, yo te enseño.

Abra entraba y salía de Bluff House. Clases matutinas, limpieza de casas (la de Eli incluida), comercialización de sus productos, clases privadas, lectura de tarot para una fiesta de cumpleaños…

Eli apenas se enteraba de que Abra estaba allí mientras él trabajaba. Sin embargo, cuando no estaba, lo sabía muy bien. La energía de la casa (empezaba a pensar como ella) parecía decaer sin Abra.

Paseaban por la playa, y aunque Eli había concluido sin lugar a dudas que cocinar jamás sería una forma de relajación para él, de vez en cuando echaba una mano.

Le costaba imaginar la casa sin ella. Imaginar sus días, sus noches sin ella.

Aun así, cuando Abra lo animó a ir al bar la noche que tenía turno, buscó una excusa.

Quería seguir investigando sobre la dote y el barco, se dijo. Se llevó varios libros a la terraza para leerlos allí mientras hubiera un poco de luz y se instaló cerca de los grandes tiestos de barro en los que Abra había plantado pensamientos morados y amarillos.

Igual que hacía su abuela cada primavera, recordó.

Soportarían las noches frías, incluso una helada. Algo bastante probable, a pesar del espejismo de primavera que había tenido lugar los últimos días.

La gente había invadido la playa en tropel para aprovechar el buen tiempo. Incluso había visto a Vinnie con su telescopio, cogiendo las olas con la misma rapidez y energía que de adolescente.

El calor, las flores, las voces que arrastraba el viento y el alegre azul del mar casi consiguieron convencerlo de que todo estaba en orden, de que todo estaba bien y no pasaba nada.

Eso lo llevó a preguntarse cómo sería su vida si fuera cierto, si se instalara en Bluff House de manera definitiva, si trabajara allí y recuperara sus raíces sin el peso de los grilletes.

Abra entrando y saliendo de la casa, llenándola de flores, velas, sonrisas. Con calor y luz y una promesa que no sabía si podría cumplir alguna vez.

Opiniones y sentimientos sobre la mesa, recordó. Si bien no sabía cómo describir lo que sentía con o por ella. No tenía ni la más remota idea de qué hacer con esos sentimientos.

No obstante, sabía que era más feliz con Abra de lo que nunca lo había sido. Más feliz de lo que nunca había imaginado, a pesar de todo.

La imaginó: zapatos de tacón, minifalda negra, camisa blanca ceñida, moviéndose con desenvoltura por el ruidoso bar, bandeja en mano.

No le vendría mal una cerveza, un poco de ruido o ver su pronta sonrisa al entrar.

Pero luego recordó que había descuidado la investigación el último par de días y se puso manos a la obra.

Tampoco es que tuviera claro de qué iba a servirle todo aquello, eso de leer historias de piratas y tesoros, de amantes desdichados y muertes violentas, porque ¿qué otra cosa eran sino historias?

Sin embargo, el problema radicaba en que era el único medio a su disposición para resolver una muerte real y, tal vez, solo tal vez, limpiar su nombre, por remota que fuera la posibilidad.

Leyó una hora, hasta que empezó a oscurecer. Se levantó y se acercó distraídamente a la barandilla de la terraza para contemplar cómo el mar y el cielo confundían sus límites y vio a una joven familia (hombre, mujer, dos niños pequeños) paseando junto a la orilla mientras los niños, con los pantalones arremangados, entraban y salían de los bajíos, veloces como cangrejos.

Puede que al final fuera a tomarse esa cerveza, haría un breve descanso y se pondría otra hora con las notas que había tomado no solo sobre la leyenda, sino sobre su propia y tortuosa realidad.

Lo recogió todo, entró en la casa y lo dejó donde pudo para contestar el teléfono. Vio el número de sus padres en la pantallita y, como le ocurría últimamente, el corazón le dio un vuelco ante el temor de que su abuela hubiera vuelto a caerse. O algo peor.

Aun así, intentó parecer alegre cuando respondió.

—Hola.

—Hola tú.

Eli volvió a relajarse al oír el tono tranquilo de su madre.

—Sé que es un poco tarde.

—Ni siquiera son las nueve, mamá. Y mañana no hay cole.

Eli percibió una sonrisa en su voz.

—No dejes los deberes para el domingo. ¿Cómo estás, Eli?

—Bien. Estaba leyendo un libro sobre la dote de Esmeralda.

—¡Fantástico!

—¿Cómo está la abuela? ¿Y papá? ¿Y Tricia?

—Todo el mundo está bien. Tu abuela empieza a parecerse cada vez más a ella misma. Todavía se cansa antes de lo que me gustaría, y sé que tiene molestias, sobre todo después de la sesión con el fisioterapeuta, pero ya querríamos todos ser tan fuertes a su edad.

—Amén.

—Tiene muchas ganas de verte por Pascua.

Eli torció el gesto.

—Mamá, no creo que vaya.

—Oh, Eli.

—No quiero dejar la casa vacía tanto tiempo.

—No habrás tenido más problemas, ¿verdad?

—No, pero estoy aquí. Si la policía tiene alguna pista sobre la persona que entró en la casa, no me lo ha dicho. Así que no es muy sensato dejarla vacía un día o dos.

—Igual tendríamos que cerrarla y contratar a un vigilante hasta que cojan a quien entró.

—Mamá. Siempre hay un Landon en Bluff House.

—Dios, hablas igual que tu abuela.

—Lo siento. De verdad. —Sabía la importancia que su madre le daba a las tradiciones y ya la había defraudado al respecto en demasiadas ocasiones—. Necesitaba encontrar un lugar para mí mismo y ella me lo dio. Tengo que cuidar de la casa.

La mujer lanzó un suspiro.

—De acuerdo. Tú no puedes venir a Boston, pues iremos nosotros a Whiskey Beach.

—¿Qué?

—No hay razón por la que no podamos ir. A Hester le encantaría… y nos aseguraremos de que los médicos lo autoricen. Y a tu hermana y su familia también les gustaría. Hace mucho tiempo que no nos reunimos todos en Bluff House por vacaciones.

Lo primero que hizo fue montar en pánico, pero este se

había transformado. Su madre tenía razón, hacía demasiado tiempo.

—Por lo que más quieras, espero que no pretendáis que os prepare un jamón.

—Ya me encargo yo de eso y de lo demás. Dejaremos que Selina busque huevos… Ay, ¿recuerdas lo que os gustaba a Tricia y a ti salir a buscar huevos? Iremos el sábado por la tarde. Así es mejor. Mejor a que tú vengas aquí. No sé cómo no se me había ocurrido antes.

—Me alegro de que se te haya ocurrido ahora. Ah, oye, también me gustaría que Abra estuviera con nosotros.

—Eso sería perfecto. Sobre todo Hester estará encantada de verla. Ya sabes que llama más o menos cada dos días para hablar con tu abuela. Nos encantaría que estuviera.

—Vale, bien, porque de hecho estamos saliendo.

Se hizo un silencio, largo y crepitante.

—¿Saliendo… saliendo?

—Sí.

—¡Ay, Eli, eso es maravilloso! Qué alegría me da oírlo. Nos encanta Abra y…

—Mamá, no es… Solo salimos. Como amigos.

—Tengo derecho a estar contenta. No has… Ha pasado mucho tiempo desde la última vez que estuviste con alguien. Y estamos particularmente encantados con Abra. Te quiero, Eli.

Algo en el tono de voz de su madre hizo que se le encogiera el estómago.

—Lo sé. Yo también te quiero.

—Quiero que recuperes tu vida. Quiero que vuelvas a ser feliz. Echo de menos a mi niño. Echo de menos verte feliz.

Eli intuyó las lágrimas y cerró los ojos.

—Empiezo a recuperarla. Aquí me siento más yo mismo de lo que me he sentido en muchísimo tiempo. Eh, y casi he engordado cinco kilos.

Cuando la oyó deshacerse en lágrimas, el pánico regresó.

—Mamá, no llores. Por favor.

—Es de felicidad. Solo es de felicidad. Qué ganas tengo de

verte con mis propios ojos. Voy a ir a decírselo a tu padre y a Hester y llamaré a Tricia. Llevaremos un festín. Tú no te preocupes por nada. Tú solo preocúpate de cuidarte.

Cuando colgó, Eli necesitó un momento para ubicarse. Estuviera preparado o no, su familia iría a Bluff House. Y el «tú no te preocupes por nada» de su madre no iba a servirle de mucho.

Sabía muy bien que su abuela esperaría que Bluff House resplandeciera y no podía descargar toda esa responsabilidad en Abra.

Ya se las ingeniaría. Tenía más de una semana para ingeniárselas. Haría una lista.

Más tarde, decidió, porque acababa de descubrir que necesitaba tomarse esa cerveza. Y quería tomársela en un bar ruidoso. Con Abra.

Así que se ducharía y puede que fuera dando un paseo hasta el pueblo. De ese modo, ella podría llevarlo de vuelta a casa en coche cuando acabara su turno.

Se dirigió a la escalera y se dio cuenta de que iba sonriendo. Sí, pensó, se sentía más él mismo de lo que se había sentido en muchísimo tiempo.

16

Abra se movía entre las mesas recogiendo las que estaban vacías, tomando nota y comprobando carnets de identidad, ya que buena parte del público estaba compuesto por universitarios atraídos por el grupo de música, originario de Boston. Siguiendo la política del bar, Abra premiaba al conductor de cada grupito de amigos (cuando tenían quien condujera) con bebidas no alcohólicas gratis durante toda la velada.

Salvo en esos casos, la clientela de esa noche se inclinaba fuertemente por la cerveza y el vino. Abra sabía cómo contentar a sus mesas: tonteaba de manera informal con los chicos, hacía cumplidos a las chicas por su pelo o sus zapatos, reía los chistes y charlaba con las caras conocidas. Le gustaba el trabajo, el ruido y el ajetreo. Le gustaba observar a la gente, fantasear.

El conductor completamente sobrio de una mesa de cinco chicos calmaba las ansias de cerveza que tenía tirando los tejos a la mesa de chicas de al lado, en particular a una pelirroja de piel blanca como la nieve. Por la reacción de ella, el modo en que bailaban y los cuchicheos de sus amigas cuando se dirigieron en rebaño al lavabo, Abra imaginó que al chico que conduciría esa noche podría sonreírle la suerte.

Sirvió una ronda a un par de parejas (limpiaba para una de ellas) y le complació ver los pendientes que ella diseñaba colgando en las orejas de ambas mujeres.

Animada, se dirigió a la mesa del fondo y a su único ocupante. No le sonaba la cara y, desde luego, no parecía especialmente feliz. Cualquiera que se sentara solo en la última mesa de un bar, con una tónica con lima en la mano, no proyectaba felicidad.

—¿Qué tal por aquí atrás?

Abra obtuvo por respuesta una larga mirada y un golpecito en el vaso vacío.

—Tónica con lima. Oído cocina. ¿Quieres que te traiga algo más? Somos famosos por nuestros nachos.

Al ver que el tipo se limitaba a negar con la cabeza, Abra recogió el vaso y le sonrió tranquilamente.

—Enseguida te lo traigo.

Volvió junto a la barra pensando que el tipo de la tónica con lima tenía todos los números de ser un rácano con las propinas.

Arriesgado, pensó él. Arriesgado venir aquí, acercarme tanto a ella. Hasta hacía unos momentos, estaba bastante seguro de que aquella noche en Bluff House ella no había visto su rostro. Ahora que Abra lo había mirado directamente a los ojos sin un solo atisbo de reconocimiento, podía estar absolutamente seguro. Y bien sabía Dios que quien algo quiere, algo le cuesta.

Solo se proponía observarla, ver cómo se comportaba…, y también había contado con que Landon estuviera allí, cosa que le habría brindado una nueva oportunidad para volver a entrar en la casa.

Aunque también había contado con que la policía se hubiera llevado a Landon para interrogarlo. Solo habría necesitado un pequeño resquicio para entrar, dejar la pistola y hacer una llamada anónima.

Ahora ya habían registrado el lugar, así que dejar la pistola en Bluff House no serviría de nada. Sin embargo, siempre había otras vías y la mujer podía ser la mejor apuesta.

Ella podía ser su nueva vía de acceso a Bluff House. Tenía que pensarlo bien. Tenía que entrar y acabar la búsqueda. La dote seguía allí, estaba completa y absolutamente convencido de ello. Ya había arriesgado demasiado, perdido demasiado.

No había vuelta atrás, se dijo. Había asesinado a un hombre, y le había resultado mucho más sencillo de lo que hubiera imaginado. Solo se necesitaba apretar el gatillo; disparar apenas requería ningún esfuerzo. Por lógica, la próxima vez sería mucho más fácil, si era necesario que hubiera una próxima vez.

De hecho, puede que disfrutara matando a Landon. Aunque tendría que parecer un accidente, o un suicidio. Nada que llevara a la policía, a los medios o a cualquier otra persona a poner en tela de juicio la culpabilidad de Landon.

Porque él sabía, sin ningún género de duda, que Eli Landon había matado a Lindsay.

Sí, eso serviría, y se imaginó obligando a Landon a escribir una confesión antes de morir. Y derramando la sangre azul de los Landon mientras el cobarde suplicaba por su vida. Sí, descubrió que aquello le atraía más de lo que hubiera pensado.

¿Ojo por ojo? Y mucho más.

Landon merecía pagar, merecía morir. Conseguirlo sería una recompensa casi tan enorme como la dote de Esmeralda.

Cuando vio entrar a Eli, casi se ahogó en su propia y repentina rabia. El calor que esta desprendía le nubló la visión por unos instantes y lo impulsó a buscar la pistola que llevaba enfundada en la espalda, la misma que había utilizado para matar a Kirby Duncan. Vio, con toda claridad, las balas entrando en el cuerpo del hijo de puta de Landon. La sangre borbotando mientras caía al suelo.

Era tal la necesidad de acabar con el hombre que odiaba por encima de todas las cosas, que hasta le temblaban las manos.

Accidente o suicidio. Repitió aquellas palabras en silencio, una y otra vez, tratando de recuperar el control, de calmar su furia asesina. El esfuerzo le perló la frente de sudor mientras calculaba sus opciones.

En la barra, Abra esperaba a que prepararan las bebidas que había pedido mientras charlaba con su personaje local predilecto. Bajito, robusto, con una gran coronilla bordeada de pelo ralo y canoso, Stoney Tribbet iba por la segunda cerveza de la noche, además de un chupito. Pocas eran las veces que Stoney faltaba un viernes. Según él, le gustaba la música, y las chicas guapas.

Cumpliría ochenta y dos años ese verano y había pasado todos y cada uno de ellos en Whiskey Beach, salvo el período que estuvo en el ejército, en Corea.

—Te construiré tu propio estudio de yoga cuando te cases conmigo —le dijo.

—¿Con una barra de zumos?

—Si es necesario.

—Voy a tener que pensármelo, Stoney, porque es bastante tentador. Sobre todo viniendo de ti.

El mapa curtido de su rostro se sonrojó bajo una piel permanentemente bronceada.

—Ahora te escucho.

Abra le dio un beso en la mejilla entrecana y de pronto se le iluminó la cara al ver a Eli.

—No esperaba que vinieras.

Stoney se volvió en su taburete, lo miró con dureza y enseguida se ablandó.

—Vaya, que me aspen si no tenemos aquí a un Landon. ¿Eres el nieto de Hester?

—Sí, señor.

—Stoney Tribbet, te presento a Eli Landon.

Stoney le tendió una mano con decisión.

—Conocí a tu abuelo. Tú has sacado sus ojos. En los viejos tiempos, armamos juntos alguna buena. En los viejos tiempos, hace muchos años.

—Eli, ¿por qué no le haces compañía a Stoney mientras sirvo estas bebidas?

—Claro. —En ese momento no había taburetes libres, así que Eli se apoyó en la barra—. ¿Me permite invitarlo?

—Parece que ya estoy servido. Arrímate, chico, que invito yo. ¿Sabes que en algún momento, tu abuelo y yo le echamos el ojo a la misma chica?

Eli intentó imaginar a su alto y desgarbado abuelo y a aquel retaco de hombre armándola buena y compitiendo por la misma mujer.

Aunque le costó.

—¿En serio?

—Cierto como la vida misma. Luego se fue a estudiar a Boston y yo se la levanté. Él se quedó con Harvard y con Hester, y yo me quedé con Mary. Ambos coincidimos en que ninguno de los dos podría haberlo hecho mejor. ¿Qué tomas?

—Lo mismo que usted.

Encantada con que dos de sus personas predilectas estuvieran compartiendo copas y batallitas, Abra se alejó entre la gente para servir las bebidas. A medida que se acercaba al fondo, vio la mesa vacía y los billetes tirados encima de esta.

Qué raro, pensó, mientras dejaba el dinero en la bandeja. Al parecer su cliente solitario había cambiado de opinión acerca de la tónica con lima.

Eli se instaló en la barra en cuanto dejaron libre un taburete, y escuchó historias sobre la infancia y la juventud de su abuelo, aunque asumió que algunas estaban llenas de exageraciones para darles mayor emoción.

—Montaba esa moto como alma que lleva el diablo. A la gente de por aquí le daba un soponcio.

—Mi abuelo. En una moto.

—Por lo general con una chica bonita en el sidecar. —Stoney parpadeó y sorbió la espuma de la cerveza—. Creía que sería él quien se llevaría a Mary por culpa de ese cacharro. A ella le encantaba ir en moto. Por aquel entonces, lo mejor que podía ofrecerle yo era el manillar de mi bici. Debíamos de rondar los dieciséis años. Solíamos hacer unas hogueras de miedo en la playa. Con whisky que Eli cogía en secreto del armario de su padre.

Eli intentó imaginar al hombre al que le debía su propio nombre conduciendo una moto con sidecar y robándole alcohol a su padre.

O bien le costó menos imaginar aquella imagen, o bien la cerveza ayudaba.

—Daban grandes fiestas en Bluff House —dijo Stoney—.

Venía gente encopetada de Boston, Nueva York, Filadelfia y qué sé yo de dónde más. Iluminaban toda la casa como si se tratara de una vela romana, con la gente yendo de aquí para allá por las terrazas, emperifollada con sus esmóquines blancos y sus vestidos de noche.

Tras una pausa, Stoney apuró el chupito de un trago.

—Una bonita imagen —añadió.

—Sí, me lo imagino.

Farolillos chinos, candelabros de plata, jarrones descomunales con flores tropicales… y la gente vestida con elegancia, a lo Gatsby.

—Eli se escabullía y hacía que uno de los sirvientes le llevara comida y champán francés. Estoy prácticamente seguro de que sus padres lo sabían. Nosotros celebrábamos nuestra propia fiesta en la playa, y tu abuelo iba y venía todo el rato. Se le daba bien aquello, no sé si me entiendes. Se le daba bien estar entre unos y otros. Rico y emperifollado por un lado y campechano por el otro. La primera vez que vi a Hester, tu abuelo la había raptado de una de esas fiestas para llevarla a la playa. Lucía un largo vestido blanco. Siempre reía. Solo con echarle un vistazo supe que Mary era mía. Eli era incapaz de quitarle los ojos de encima a Hester Hawkin.

—Incluso de niño era fácil darse cuenta de que eran felices.

—Lo eran, lo eran. —Stoney asintió pensativo y estampó la mano contra la barra, su forma de indicar una nueva ronda—. ¿Sabes? Eli y yo nos casamos con nuestras chicas con un par de meses de diferencia. Y también seguimos siendo amigos. Me prestó dinero para montar la carpintería. No hubiera aceptado un no cuando oyó que iba a ir al banco a pedir un préstamo para abrirla.

—Ha vivido aquí toda la vida.

—Ajá. Nací aquí y supongo que moriré aquí dentro de otros veinte o treinta años. —Stoney sonrió mirando el culo de cerveza que quedaba en el vaso—. He trabajado mucho en Bluff House a lo largo de mi vida. Ya llevo un tiempo jubilado, pero cuando a Hester se le metió en la cabeza reacondicionar esa habitación de la segunda planta y convertirla en un gimnasio, me trajo los planos para que les echara un vistazo. Me alegro de que vaya recuperándose. Whiskey Beach no es lo mismo si ella no está en Bluff House.

—No lo es. Entonces conoce la casa bastante bien.

—Yo diría que tan bien como quienes han vivido en ella. Les instalé la fontanería. No soy fontanero, pero esas cosas se me dan bien. Siempre se me han dado bien.

—¿Qué piensa de la dote de Esmeralda?

El hombre resopló.

—Creo que si alguna vez existió, hace tiempo que desapareció. No me digas que andas buscándola. Si es así, tienes los ojos de tu abuelo, pero no su buen juicio.

—No, no la busco. Pero alguien sí.

—Vaya, cuéntame.

A veces el modo de obtener información era dándola, pensó Eli. Así que se lo contó.

Stoney se quedó pensativo.

—¿Qué demonios vas a enterrar en ese sótano? El suelo es todo tierra y piedra. Hay mejores lugares donde esconder un tesoro, si es que quieres esconderlo. Aunque, para empezar, hay que ser un poco zoquete para pensar que está en la casa. Por ella han pasado varias generaciones… Y sirvientes y obreros como yo y mi cuadrilla. Muchos hemos estado hasta en el último rincón de ese lugar en un momento u otro, incluidos los pasadizos de la servidumbre.

—¿Los pasadizos de la servidumbre?

—Son de una época muy anterior a que tú nacieras. Eran unas escaleras camufladas entre las paredes para que los sirvientes pudieran ir arriba y abajo sin tropezar con la familia o los invitados. Una de las primeras cosas que hizo Hester cuando pasó a encargarse de la casa fue cerrar esos pasadizos. Eli cometió el error de contarle que algunos niños se habían perdido y se habían quedado encerrados en esos corredores. Se inventó la mitad de lo que decía, espero; eso era lo que él consideraba una buena historia. Pero Hester no se bajó del burro. Los cerré yo mismo, yo y otros tres obreros que contraté para el trabajo. Y lo que no cerró, lo abrió: la sala de estar y el dormitorio y el baño adicionales de la segunda planta.

—No tenía ni idea.

—Estaba embarazada de tu padre cuando hicimos las remodelaciones. Todo aquel que ha vivido en Bluff House ha dejado su huella en la casa de un modo u otro. ¿Tú qué tienes planeado?

—Ni siquiera lo había pensado. Es la casa de mi abuela.

Stoney sonrió y asintió.

—Tráela de vuelta.

—Eso sí lo tenía planeado. ¿Podría indicarme más o menos dónde estaban esos pasadizos?

—Puedo hacer algo mejor. —Stoney cogió una servilleta y sacó un lápiz del bolsillo—. Las manos ya no me responden como antes, pero las neuronas y la memoria me siguen funcionando la mar de bien.

Cerraron el lugar. Aunque Stoney había bebido el doble que él, Eli se alegró de no tener que conducir hasta casa. Y volvió a alegrarse cuando Stoney dijo que él se iba a pie.

—Le llevamos nosotros —se ofreció Eli.

—No es necesario. Mi Stoney-henge particular está a un tiro de piedra. —Se rió a carcajadas de su propio chiste—. Y me parece que ya tengo a otro Landon echándole el ojo a mi chica.

—No sé si este podría arreglarme la puerta mosquitera. —Abra enlazó su brazo con el de Stoney—. Le pediré las llaves del coche a Eli y os llevaré a los dos a casa.

—No he traído el coche. Pensé que volvería en el tuyo.

—He venido andando.

Eli frunció el entrecejo y miró los zapatos negros de tacón alto.

—¿Con eso?

—No. Con esto. —Sacó un par de zuecos verdes del bolso—. Y parece que voy a tener que volvérmelos a poner porque todos vamos a ir andando a casa.

274

Se cambió de calzado y se subió la cremallera de la chaqueta. Cuando salieron del local, los tomó a ambos de la mano.

—Parece que esta noche me ha tocado el gordo. Dos hombres apuestos.

Los cuales, pensó mientras caminaban, iban un poco borrachos.

A pesar de sus protestas, se desviaron para dejar a Stoney en la puerta de su pequeña casa de madera. No se habían acercado ni dos metros cuando oyeron un ladrido estridente.

—¡Vale, vale, Prissy! ¡Ya vale!

Los ladridos se convirtieron en gimoteos animados.

—La pobre está medio ciega —dijo Stoney—, pero conserva el oído. Nadie se le escapa a la vieja Prissy. Vosotros dos ya os estáis largando. Id a hacer lo que la gente joven y sana tendría que estar haciendo un viernes por la noche.

—Nos vemos el martes.

Abra lo besó en la mejilla.

Se alejaron caminando tranquilamente, aunque esperaron hasta que Stoney encendiera las luces de la casa. Después se dirigieron hacia la carretera de la playa.

—¿El martes? —preguntó Eli.

—Vengo a limpiarle la casa cada quince días. —Se ajustó el bolso un poco más—. Él y su Mary…, no llegué a conocerla. Murió hace cinco años. Tuvieron un hijo y dos hijas. El hijo está en Portland, Maine, y una de las hijas vive en Seattle. La que tiene más cerca vive en la capital, pero vienen a verlo con bastante regularidad. Y también tiene nietos. Ocho, y cinco bisnietos, que yo sepa. Se las apaña bien solo, pero no está de más que alguien de aquí le eche un vistazo de vez en cuando.

—Así que le limpias la casa cada quince días.

—Y le hago recados. Ya no conduce tanto como antes. Uno de sus vecinos tiene un crío de unos diez años que está loco por Stoney, así que es extraño que alguien no pase por su casa o no lo llame. Yo también estoy un poco loca por él. Si me caso con él, ha prometido que me construirá mi propio estudio de yoga.

—Yo podría... —Eli evaluó sus habilidades con el serrucho y el martillo—. Yo podría hacer que te construyeran un estudio de yoga.

Abra parpadeó repetidamente e inclinó la cabeza hacia atrás para mirarlo.

—¿Eso es una proposición?

—¿Qué?

Abra se echó a reír y enlazó su brazo con el de él.

—Tendría que haberte advertido de que Stoney tiene un aguante impresionante para el alcohol. Le gusta decir que lo criaron con el whisky de Whiskey Beach.

—Llegó un momento que perdimos la cuenta. Él pagó la primera ronda, así que yo pagué la siguiente. Luego él pagó una tercera y yo me sentí obligado a pagar otra más. No recuerdo muy bien cuántas veces más me sentí obligado a pagar. Aquí fuera hay un montón de aire fresco.

—Sí, lo hay. —Lo agarró más fuerte del brazo cuando vio que hacía eses—. Y también gravedad. Este lugar está hasta los topes de aire y gravedad. Tendríamos que entrar en casa cuanto antes, la mía está más cerca.

—Sí, podríamos... si no fuera porque no me gusta dejar la casa sola. No me sentiría bien.

Abra descartó el paseo más corto y asintió con la cabeza.

—De todos modos, te hará bien el aire fresco y la gravedad de la caminata. Me alegro de que hayas venido.

—No iba a salir, pero no dejaba de pensar en ti. Y luego ha pasado eso de la Semana Santa.

—¿Ya ha llegado el conejito de Pascua?

—¿Qué? No. —Eli se echó a reír. El sonido de su risa se precipitó calle abajo—. Todavía no ha terminado de poner los huevos.

—Eli, la gallina de Pascua pone los huevos. El conejito los esconde.

—Lo que sea, este año van a hacerlo en Bluff House.

—¿En serio? —Abra miró su casa de reojo cuando pasaron por delante, pero descartó la idea de entrar a cambiarse de ropa rápidamente porque lo más probable era que cuando saliera se lo encontrara dormido y hecho un ovillo en medio de la calle.

—Eso es lo que ha dicho mi madre. Vendrán el sábado.

—Eso es genial. ¿Hester ya puede viajar?

—Primero hablará con los médicos, pero parece que sí. Toda la tropa. Antes hay cosas que hacer. Ahora mismo no recuerdo qué, aunque sé que no tengo que preparar un jamón. Pero tú tienes que venir.

—Me pasaré por allí, no te preocupes. Tengo ganas de verlos, sobre todo a Hester.

—No.

Aunque se sentía un poco más sereno gracias a la brisa marina que soplaba, Eli tuvo un repentino y bárbaro antojo de patatas chips. O bollitos. O prácticamente cualquier cosa que absorbiera el exceso de cerveza de su estómago.

—Tienes que estar allí —prosiguió—, para el asunto ese. La Pascua. Pensé que tenía que decirle a mi madre que estábamos saliendo, para que no pareciera raro. Luego la cosa se puso rara, como si hubiera ganado un primer premio o algo, y luego empezó a llorar.

—Ay, Eli.

—Dijo que era de felicidad, cosa que no entiendo, pero parece que las mujeres sí.

La miró un instante, en busca de confirmación.

—Sí.

—Así que seguramente va a ser raro, pero de todas formas tienes que venir. Hay que comprar no sé qué. Y cosas.

—Pondré no sé qué y cosas en la lista.

—Vale. —Volvió a hacer una ese—. No es la cerveza, son los chupitos… Mi abuelo solía ir en una moto con sidecar. No lo sabía. Por lo visto, tendría que saberlo. Tampoco sabía que antes había pasadizos para la servidumbre en la casa. Hay muchas cosas que no sé. Mírala.

Bluff House se recortaba en el cielo estrellado, iluminada desde dentro.

—No he apreciado su verdadero valor.

—No creo que eso sea cierto.

—Por desgracia, sí. No le he prestado atención, sobre todo en los últimos años. Estaba demasiado encerrado en mí mismo y no sabía cómo salir de ahí. Tengo que hacerlo mejor.

—Entonces lo harás.

Eli se detuvo un instante y le sonrió.

—Estoy un poco borracho. Y tú estás guapísima.

—¿Estoy guapísima porque estás un poco borracho?

—No. En parte se debe a que sabes quién eres y estás a bien con lo que haces. Bueno, porque eres feliz haciéndolo. Y en parte se debe a esos ojos de hechicera marina y a esa boca tan sexy con ese lunarcito al lado. Lindsay era preciosa. Quitaba el hipo.

Un poco borracho podía hacer concesiones, se dijo Abra.

—Lo sé.

—Pero ella, creo, ella en realidad no sabía quién era, y no estaba a bien con ello. No era feliz. Yo no la hacía feliz.

—Primero tenemos que hacernos felices a nosotros mismos. Recuérdalo.

—Lo recordaré. —Se inclinó para besarla allí, entre las sombras de la gran casa, bajo un cielo a rabiar de estrellas—. Tengo que despejarme un poco porque quiero hacer el amor contigo, y quiero estar seguro de que también recordaré eso.

—Entonces hagámoslo inolvidable.

En cuanto entraron en la casa y marcó el código de la alarma, la atrajo hacia él.

Abra aceptó con agrado su boca, sus manos, pero se separó con delicadeza.

—Lo primero es lo primero —dijo, y tiró de él—. Lo que necesitas es un buen vaso de agua y un par de aspirinas. Hidratación y adelantarse a la resaca. Y voy a servirme una copa de vino para que no me lleves tanta delantera.

—Me parece justo. Me encantaría arrancarte la ropa. —Se interpuso en su camino y la empujó suavemente contra la encimera—. Arrancártela porque sé lo que hay debajo y eso me vuelve loco.

—Parece que esta vez toca el suelo de la cocina. —Con los dientes de Eli en el cuello, Abra echó la cabeza hacia atrás—. Creo que va a estar a la altura de las expectativas.

—Deja que… Espera.

—Sí, por supuesto, ahora tengo que esperar después de que me…

—Espera. —La apartó a un lado, con expresión seria. Abra siguió su mirada hasta el panel de la alarma.

—¿Cómo has podido dejarlo así de sucio? Ya lo limpiaré mañana —dijo ella, tendiéndole los brazos.

—No he sido yo. —Eli se acercó un poco más y examinó la puerta principal—. Creo que la han forzado. No toques nada —le dijo, al ver que Abra se aproximaba—. Llama a la policía. Ya.

Abra rebuscó en el bolso, pero se quedó helada cuando vio que Eli sacaba un cuchillo del taco de madera.

—Oh, Dios, Eli.

—Si ocurre algo, corre. ¿Me has oído? Sales por la puerta y corres, y no pares hasta que estés a salvo.

—No. Espérate. —Marcó el número a toda prisa—. Vinnie, soy Abra. Eli y yo acabamos de volver a Bluff House. Creemos que ha entrado alguien. No sabemos si todavía está aquí. En la cocina. Sí. Sí. Vale. Viene para acá —le dijo a Eli—. Pedirá refuerzos por el camino. Quiere que nos quedemos donde estamos. Si vemos u oímos algo, salimos y nos vamos.

Abra sintió que se le aceleraba el pulso cuando vio que Eli volvía la mirada hacia el sótano.

—Si tú bajas, yo bajo.

Sin escucharla, se dirigió a la puerta y giró el pomo.

—Está cerrada desde este lado. Tal como yo la dejé.

Con el cuchillo aún en la mano, se acercó a la puerta de atrás, giró la llave, la abrió y se agachó.

—Aquí hay huellas frescas. Puerta trasera, la que da a la playa, y de noche. Nadie puede verlo. Tenía que saber que yo no estaba aquí. ¿Cómo lo sabía?

—Debe de estar vigilando la casa. Quizá te vio salir.

—A pie —recordó Eli—. Si únicamente hubiera salido a dar

un paseo, habría estado ausente diez, quince minutos. Eso es arriesgarse mucho.

—Tal vez te siguió y vio que entrabas en el bar. Asumió el riesgo de que tendría más tiempo.

—Quizá.

—La alarma. —Con mucha cautela, Abra se acercó un poco—. Lo he visto en alguna parte, en la tele o en una película, y pensé que se lo inventaban. Rocían el panel con algo para resaltar la grasa de las huellas dactilares. Así se sabe qué números han apretado. Luego un ordenador calcula distintas combinaciones hasta que da con el código.

—Algo por el estilo. Puede que fuera así como se coló la primera vez, cuando mi abuela estaba aquí. Podría haberle cogido las llaves y haber hecho copias, de modo que solo tenía que entrar con su puta llave. Pero no sabía que habíamos cambiado el código, así que, la última vez que entró, al ver que el antiguo código no funcionaba, cortó la luz.

—Pero eso es de ser imbécil.

—O de estar desesperado, o de dejarse llevar por el pánico. Puede que solo estuviera cabreado.

—Quieres bajar. Lo veo. Quieres saber si ha empezado a cavar de nuevo. Vinnie llegará de un momento a otro.

Si bajaba con ella y ocurría algo, Eli se sentiría culpable. Si bajaba sin ella y ocurría algo, también se sentiría culpable.

Así que llegó a la conclusión de que estaba atado de pies y manos.

—He estado fuera de casa unas tres horas. Maldita sea, le he dado un montón de tiempo.

—¿Y qué se supone que debes hacer? ¿Ligarte a la señorita Havisham y no volver a salir de casa?

—Lo que es seguro es que la alarma no sirve para nada. Habrá que mejorar el sistema.

—Algo habrá que hacer. —Abra oyó el aullido de las sirenas—. Ese es Vinnie.

Eli devolvió el cuchillo al taco.

—Vamos a abrirle.

La policía pululó por la casa una vez más. Empezaba a acostumbrarse. Se preparó un café y se paseó por las habitaciones con ellos, empezando por el sótano.

—Ese cabrón es muy tozudo —comentó Vinnie, mientras estudiaba la zanja—. Ha cavado otros dos palmos. Ha debido de traer más herramientas, y esta vez se las ha llevado con él.

Eli echó un vistazo a su alrededor para comprobar que Abra no había bajado.

—Creo que está loco.

—Bueno, muy listo no es.

—No, Vinnie, creo que está loco. ¿Quién se arriesgaría a volver a entrar en la casa para pasar un par de horas cavando este suelo? Aquí no hay nada. Esta noche he hablado con Stoney Tribbet.

—Todo un personaje.

—Sí, lo es, y también ha dicho algo que tiene bastante sentido. ¿Por qué enterrarían algo aquí? El suelo es de tierra compacta y piedra, o gran parte de él. Por eso nunca nos hemos molestado en echar cemento. Cuando se entierra algo, salvo que se trate de un cadáver, ¿normalmente no es con la intención de desenterrarlo en algún momento?

—Lo más probable.

—Entonces ¿para qué tomarse tantas molestias? Entiérralo en el jardín y plántale encima un puto arbusto. Frente a la casa, donde la tierra es más blanda, o donde casi es arena. O no lo entierres y escóndelo debajo de los tablones del suelo, o detrás de una pared. Si estuviera buscando el maldito tesoro, no utilizaría un pico y una pala aquí abajo. O si estoy lo bastante loco para creer que está aquí, esperaría hasta estar seguro de que la casa se queda vacía un par de días, como cuando mi abuela está de visita en Boston, y me pondría a ello con un martillo neumático.

—No te lo discuto, pero esto es lo que hay. Informaré a Corbett y patrullaremos más a menudo por aquí. Nos aseguraremos de que todo el mundo sepa lo del aumento de las rondas —añadió Vinnie—. Si está por la zona, se enterará. Eso debería animarlo a pensárselo dos veces antes de volver a intentarlo.

Eli dudaba que aquello fuera a detener a alguien dispuesto a arriesgarse tanto por una leyenda.

17

Por la mañana, Abra pasó por el supermercado después de la clase de taichi y se desvió para hacer otra parada antes de volver a Bluff House. No podía poner la mano en el fuego acerca de cómo reaccionaría Eli ante lo que ella había ido a recoger, pero se hacía una idea bastante aproximada... o eso creía.

Ya se las arreglarían. O, siendo sincera, ya se las arreglaría con él. No era del todo justo, y no le gustaba manipular a la gente, pero en este caso creía firmemente que era para bien.

Calculó el tiempo del que disponía mientras descargaba el coche. No solo tenía pendiente la limpieza habitual, sino también volver a ordenarlo todo después de la visita de la policía. Sin embargo, no había razón para que no pudiera hacerlo todo, tal vez incluso dejar preparado algo de comer y llegar a casa a tiempo para la clase de yoga.

Solo se trataba de priorizar.

Abra entró en casa y lo recalculó todo al instante, ya que, en vez de estar trabajando en su despacho, Eli estaba junto a la encimera, sirviéndose café.

—Creía que estarías trabajando.

—Estaba. Estoy. Necesitaba pasear un rato para pensar... —Perdió el hilo en mitad de la frase al volverse y bajar la vista hasta el enorme perro de color marrón que en esos momentos estaba olisqueándole la pernera del pantalón—. ¿Qué es esto?

—Es Barbie.

—¿Barbie? ¿En serio? —De manera inconsciente, Eli le rascó la cabeza, entre las orejas.

—Lo sé. Barbie es rubia y pechugona, pero los perros no pueden elegir sus nombres.

Lo vigiló con el rabillo del ojo mientras guardaba la compra. Eli había dejado de hacer lo que hacía para acariciar a la perra y tenía esa expresión tranquila que suele tener la gente a la que le gustan los perros.

Hasta el momento, todo bien.

—Bueno, es preciosa. Sí, eres preciosa —dijo, frotándole el pelo mientras Barbie gruñía con satisfacción y se apoyaba en sus piernas—. ¿Ahora cuidas perros?

—No exactamente. Barbie es un amor. Tiene cuatro años. Su dueño murió hace un par de semanas. La hija del dueño quería quedársela, pero su marido es alérgico a los perros. También tenía un nieto, pero vive en un apartamento donde no se permite tener mascotas. Así que la pobre Barbie perdió a su mejor amigo y no ha podido quedarse con la familia. Lleva más de una semana o algo así en un hogar de acogida, mientras la organización local encuentra a alguien que la adopte. Está muy bien enseñada, sana y esterilizada. Pero la gente suele preferir cachorros, por eso cuesta un poco más colocar un perro adulto, sobre todo porque están intentando que se quede en Whiskey Beach. Es su playa.

—¿Barbie, el perro playero? —Eli sonrió y se agachó al ver que Barbie se daba la vuelta para que le rascaran la barriga.

Estaba a punto de convencerlo, se dijo Abra.

—Barbie, la perra playera, sería más exacto. Pero es tan buena que cuesta llamarla perra. De hecho, había pensado en quedármela yo. De vez en cuando trabajo de voluntaria en la perrera, pero con el horario que tengo no estoy lo bastante en casa. No me pareció justo, ya que está acostumbrada a tener compañía. Es una retriever de Chesapeake cruzada con algo más. A los retrievers les encanta estar con gente.

Abra cerró el último armario y sonrió.

—Le gustas mucho. Te gustan los perros.

—Ya lo creo. Cuando era pequeño, siempre tuvimos perro. De hecho, supongo que mi familia traerá... —Se puso en pie como si hubiera salido disparado de una goma elástica—. Espera un momento.

—Trabajas en casa.

—No busco un perro.

—A veces, lo mejor que se tiene es lo que no se ha buscado. Y viene con un gran extra.

—¿El qué?

—¿Barbie? ¡Di algo!

La perra se incorporó, levantó la cabeza y, obedientemente, lanzó dos alegres ladridos.

—Sabe trucos.

—Y lo importante es que ladra, Eli. De hecho, se me ocurrió cuando oí ladrar al perro de Stoney la noche que lo acompañamos a su casa. Alguien ha estado entrando en la casa y se ha saltado tu sofisticada alarma. Así que probemos con algo menos sofisticado. Los ladridos ahuyentan a los allanadores. Puedes buscarlo en Google.

—¿Crees que debería adoptar un perro porque ladra cuando se le ordena?

—Ladra cuando oye que alguien se acerca a la puerta y deja de ladrar cuando se le ordena. Está en su biografía.

—¿Su biografía? ¿Me tomas el pelo?

—No.

—La mayoría de los perros ladran —señaló—. Con o sin biografías y primeros planos, o con lo que sea que venga. No es razón suficiente para adoptar a un perro.

—Yo creo que, por el momento, podríais probar a adoptaros el uno al otro. Porque ella ladra y necesita un hogar en Whiskey Beach, y os haréis compañía.

—A los perros hay que darles de comer, de beber y sacarlos a pasear. Necesitan un veterinario, trastos, atención.

—Tienes toda la razón. Viene ya con sus cuencos, su comida, sus juguetes, su correa, su historial médico... En eso está al día. Un octogenario la ha cuidado desde que era un cachorro y está muy bien enseñada, como ya has visto. El caso es que le gusta estar con hombres, es más feliz cuando está con un hombre porque estableció un vínculo con uno desde pequeña. Le encanta jugar a buscar lo que le tires, es un amor con los niños y ladra. Si tuvieras o quisieras salir un par de horas, habría alguien en la casa.

—No es alguien. Es un perro.

—De ahí que ladre. Escucha, ¿por qué no lo pruebas unos días, para ver cómo va? Si no funciona, me la llevaré, o veré si puedo convencer a Maureen para que se la quede. Es una buenaza.

La perra estaba sentada como una dama, observándolo con sus grandes ojos marrones y la cabeza ligeramente ladeada, como si preguntara: vale, ¿qué decides?

Y Eli supo que estaba perdido.

—Un tío no debería tener un perro llamado Barbie.

¡Bravo!, exclamó Abra para sus adentros, y se acercó a él.

—Nadie te lo tendrá en cuenta.

Barbie le acarició la mano con el morro, educadamente.

Supo que estaba muy perdido.

—Un par de días.

—Está bien. Iré a buscar sus cosas. Creo que hoy empezaré la limpieza por arriba e iré bajando. No pasaré la aspiradora hasta que te tomes otro descanso.

—Vale. Sabes que esto ha sido una emboscada. Y sabes que sé que lo sabes.

—Lo sé. —Le tomó el rostro con las manos—. Sí que lo ha sido y lo sé. —Posó los labios sobre los suyos, con delicadeza, sin prisa—. Tendré que encontrar el modo de compensártelo.

—Eso es darme coba.

—¡Sí, lo es! —Se echó a reír y volvió a besarlo—. Ahora voy a tener que compensártelo dos veces. Sube y ponte a trabajar —dijo, mientras salía de la cocina—. Le enseñaré la casa a Barbie.

Eli se quedó mirando a la perra; la perra se quedó mirando a Eli. Luego esta alzó una pata a modo de invitación. Solo un desalmado habría rechazado estrecharle la pata.

—Parece que tengo un perro llamado Barbie. Durante un par de días.

Cuando Eli echó a andar, Barbie se acercó a sus talones y empezó a menear el rabo con entusiasmo.

—Creo que te vienes conmigo.

Lo siguió arriba y entró en el despacho con él. Al ver que Eli se sentaba, la perra se adelantó y olisqueó el teclado. A continuación, se alejó sin prisa, mientras sus uñas repiqueteaban en el suelo de madera.

Vale, pensó Eli, no era avasalladora. Punto para Barbie.

Trabajó el resto de la mañana, luego se recostó en la silla y dudó unos instantes, antes de dar el paso.

Escribió un correo electrónico a su agente, una mujer que seguía a su lado desde que iba a la facultad de Derecho, para decirle que había escrito lo suficiente para echarle una ojeada. Luchando por obviar los gimoteos que oía en su cabeza, adjuntó los primeros cinco capítulos. Y le dio a «Enviar».

—Ya está hecho —dijo, y suspiró.

Y como lo hecho, hecho estaba, necesitaba salir de la casa y alejarse de esos gimoteos.

Se levantó, y estuvo a punto de tropezar con la perra.

En algún momento durante aquellas últimas dos horas, Barbie se había vuelto silenciosa como un fantasma y se había hecho un ovillo detrás de la silla.

La perra lo miró y golpeó la cola contra el suelo en un gesto de alegría.

—Creo que eres una perra muy buena.

El golpeteo aumentó de intensidad.

—¿Quieres ir a dar un paseo por la playa?

Eli no sabía la palabra clave, o si solo entendía frases enteras, pero la perra se incorporó con una alegría que le iluminó la mirada. Ahora ya no solo meneaba la cola, sino todo el cuerpo.

—Tomaré eso como un sí.

Trotó escalera abajo junto a él, volvió a menear la cola cuando Eli cogió la correa que Abra había dejado en la encimera y lanzó un gañido de felicidad cuando entraron en el cuarto de la colada, donde Abra estaba sacando la ropa de la secadora.

—Eh, hola, ¿qué tal? —Abra dejó la colada en la cesta para acariciar a Barbie—. ¿Estás pasándotelo bien?

—Daré un paseo y ha decidido acompañarme. —Descolgó la chaqueta—. ¿Por qué no vienes?

—Me encantaría, pero hoy voy mal de tiempo.

—Tu jefe dice que puedes tomarte un descanso.

Abra se echó a reír.

—Yo soy mi jefa, tú solo me pagas. Id a haceros amigos. Luego podéis comer, cuando volváis. Ah, llévate esto. —Sacó una pelota roja de una cesta llena de juguetes para perros que había sobre la lavadora—. Le gusta que se la lancen.

—Vale.

En eso también tenía razón, era su propia jefa, pensó Eli. Le gustaba y admiraba eso de ella, su capacidad para encontrar y hacer trabajos que la satisfacían en muchos sentidos. Hubo un tiempo en que él también creía haber encontrado algo parecido en la abogacía, y que escribir era una especie de beneficio creativo.

Estaba molido, y su vida, en muchos sentidos, dependía de la reacción de una mujer en Nueva York con una colorida colección de gafas de sol, un marcado acento de Brooklyn y un aguzado ojo crítico.

No iba a pensar en aquello, se dijo mientras bajaba los escalones que llevaban a la playa acompañado por Barbie. Y como era incapaz de dejar de pensar en eso mientras paseaban, mientras la perra trotaba y meneaba el rabo alegremente, se detuvo y observó la playa.

En teoría, tendría que llevarla sujeta con la correa, pero, qué narices, allí no había nadie, o casi nadie.

La soltó, sacó la pelota del bolsillo y la lanzó.

La perra salió disparada, salpicando arena al tiempo que sus patas se desdibujaban en un remolino. Atrapó la pelota entre los dientes, corrió de vuelta y la dejó a sus pies. Eli la lanzó otra vez, y una vez más. Hasta que acabó perdiendo la cuenta. Cuando se la tiraba bien, Barbie era lo bastante rápida y habilidosa para saltar y atraparla en el aire.

Y cada vez que lo hacía y volvía al trote para dejarla a sus pies, ambos se miraban y Eli sonreía.

No perseguía las aves, por fortuna, aunque las miraba con cierto anhelo.

Eli estuvo pensándolo unos instantes, pero la curiosidad y el niño que llevaba dentro ganaron. Arrojó la pelota al agua para ver cómo reaccionaba.

La perra lanzó un ladrido de puro e inconfundible placer y se abalanzó sobre las olas.

Nadaba como…, bueno, como un retriever, concluyó, y se rió tanto que al final tuvo que apoyar las manos en las piernas. Barbie nadó de vuelta a la orilla, con la pelota roja entre los dientes y una felicidad desbordante que se reflejaba en sus grandes ojos marrones.

Volvió a dejar la pelota a sus pies y se sacudió. Eli quedó empapado.

—Qué narices.

Eli arrojó la pelota al agua una vez más.

Pasó fuera de casa más tiempo del que había previsto y tenía la sensación de que el brazo con el que lanzaba le había quedado como un espagueti recocido. Pero el hombre y la perra estaban relajados y satisfechos cuando regresaron a Bluff House.

En la isla de la cocina había una bandeja envuelta en film transparente que contenía un bocadillo de fiambres, un par de pepinillos y un cuenco con ensalada de pasta. Junto a la bandeja había una galleta con forma de hueso.

La nota rezaba:

Adivina para quién es cada cual.

—Muy graciosa. Creo que vamos a comer.

Eli cogió la galleta. En cuanto Barbie la vio, asentó el culo en el suelo y su mirada se volvió ligeramente delirante. Como una fumadora de crack a punto de que le pasasen la pipa, pensó Eli.

—Caray, Barbie. Buena perra.

Salió a la terraza y comió al sol, con la perra despatarrada junto a su silla.

Eli decidió que, en esos momentos, dejando a un lado asesinatos, allanamientos y sospechas, la vida era buena.

Mientras volvía al despacho oyó cantar a Abra. Primero asomó la cabeza por la puerta del dormitorio y, ya que la perra había entrado a explorar, se acercó a ver qué obra de arte hecha con toallas le había dejado en la cama.

Un perro, sin lugar a dudas, pensó. Sobre todo porque Abra había hecho un corazón con una nota adhesiva en la que había escrito:

BARBIE QUIERE A ELI

Un poco más allá, vio que Abra había dejado un amplio cojín marrón en el suelo, cerca de la terraza. Obviamente, por el modo en que Barbie se acurrucó encima, no era la primera vez que le servía de cama.

—Sí, por supuesto, como si estuvieras en tu casa.

Dejó a la perra para seguir la voz que cantaba.

Abra había abierto el ventanal del dormitorio de su abuela, aunque todavía hacía un poco de frío. Vio el edredón sujeto con pinzas a una especie de poste, agitándose al viento.

Y aunque Hester no estaba allí, había un pequeño jarrón con violetas silvestres en la mesita de noche.

Un pequeño detalle, pensó Eli. A Abra se le daban bien esas pequeñas cosas que generaban grandes diferencias.

—Hola. ¿Qué tal el paseo?

Abra cogió una almohada y la sacó de la funda con unas cuantas sacudidas.

—Bien. A Barbie le gusta nadar.

Abra ya se había dado cuenta, pues había estado observándolos desde la terraza, y mientras los observaba, había sentido que el corazón se le inflamaba… y derretía.

—Para ella es una suerte estar tan cerca de la playa.

—Sí. Está en su cama, echando una siesta.

—Nadar agota.

—Sí —repitió, rodeando la cama hasta el lado de Abra—. ¿Qué haces?

—Ya que va a venir tu familia, he pensado que no estaría mal airear las habitaciones para que las encuentren frescas y ventiladas.

—Bien pensado. Ya están arregladas y ventiladas.

La acorraló hasta que Abra cayó en la cama.

—Eli. Mi horario.

—Eres tu propia jefa —le recordó—. Puedes cambiar el horario.

Abra aceptó la derrota cuando las manos y la boca de Eli entraron en acción, aunque intentó alzar una protesta simbólica.

—Podría, pero ¿debería?

Eli levantó la cabeza brevemente para quitarle la camiseta de tirantes.

—Me quedo la perra. Una emboscada como un piano —dijo, al ver que se le iluminaba la mirada—. Así que todavía tienes que recompensarme.

—Dicho de ese modo…

Abra se incorporó y le quitó la camisa.

—Alguien ha estado haciendo ejercicio.

Le pasó la lengua por el pecho.

—Un poco.

—Y comiendo proteínas. —Le rodeó la cintura con las piernas, se estiró y se inclinó hacia un lado hasta que colocó a Eli de espaldas—. Debería estar limpiando tu casa, ganándome el sueldo; no contigo en pelotas en esta magnífica cama antigua.

—Puedes llamarme señor Landon, si eso te ayuda a aliviar tu conciencia.

Eli notó la risa cálida de Abra bajo su piel.

—Creo que mi conciencia puede ser flexible en este caso.

Flexible igual que ella, pensó Eli. Aquellas piernas, aquellos brazos largos, el largo torso. Todo era sumamente suave y fluido cuando se movía encima de él y aquella melena alborotada le rozaba el cuerpo.

Los músculos que había empezado a reconocer se contraían y tensaban cuando ella pasaba sus labios por encima, cuando sus manos diestras los presionaban, los amasaban, los acariciaban. Excitando, calmando, seduciendo al ya seducido.

Desnuda en la cama. Así la quería.

Le bajó los ceñidos pantalones elásticos por las caderas, por las piernas, explorándola centímetro a centímetro hasta los tobillos. Y después su boca subió, siguiendo el tenso arco de la pantorrilla, la delicada corva, la firme prolongación del muslo hasta ese centro caliente y húmedo.

Abra alzó el torso, con una mano aferrada a la sábana, cerrada en un puño mientras se estremecía de placer. Una excitación que fue en aumento, cada vez más, y más, y más, hasta que Abra estalló, hasta que se dejó arrastrar por un torbellino de sensaciones.

Se incorporó, lo atrajo hacia sí y cerró los brazos en torno a él. Estaban arrodillados frente a frente en la cama.

Cuando la brisa estampó las puertas contra la pared y recorrió sus cuerpos, el calor la invadía y la estremecía, la sangre le hervía bajo la piel.

El viento danzaba en su pelo, pensó Eli, y el sol la bañaba en oro fundido. Era como estar en una isla perdida, con el son incesante del mar, el sabor de la sal en el aire, la risa burlona de las gaviotas sobrevolando el firmamento azul.

Abra lo envolvió con sus piernas: exigencia, invitación, súplica. Eli aceptó lo que le ofrecía, le concedió lo que pedía. Se sumergió en ella mientras sus labios se devoraban con un deseo insaciable.

Cada vez más rápido, más fuerte, la cabeza de Abra echada hacia atrás y la boca de Eli en su cuello, allí donde el pulso se desbocaba.

Y entonces Abra gritó su nombre, solo su nombre, y Eli sintió que el poco control que tenía se le escapaba de las manos por completo.

Él estaba tumbado boca abajo, ella boca arriba, y ambos intentaban recuperar el aliento. Con los ojos cerrados, Abra alargó una mano, encontró el brazo de Eli y siguió descendiendo hasta que ambos entrelazaron los dedos.

—Menudo descanso de media tarde.

—Acaba de convertirse en uno de mis favoritos —murmuró él, con la voz amortiguada por el colchón.

—Ahora sí que tengo que levantarme y ponerme a trabajar.

—Si quieres te escribo un justificante para tu jefa.

—No se lo tragará. Es muy estricta.

Eli volvió la cabeza y contempló su perfil con ojos somnolientos.

—No, no lo es.

—No trabajas para ella. —Se acurrucó a su lado—. Puede llegar a ser una bruja.

—Voy a chivarme.

—Será mejor que no. Podría despedirme, y entonces ¿quién limpiaría la casa?

—En eso tienes razón. —Le pasó un brazo por encima—. Te ayudaré con lo que falta.

Abra se sintió empujada a declinar la oferta, rápida y delicadamente. Tenía una rutina establecida y él no haría más que estorbarla. Pero lo dejó correr... por el momento.

—¿Por qué no estás trabajando en lo tuyo?

—Me voy a tomar el resto del día libre.

—¿Amor perruno?

—No. —Eli le pasó los dedos por el pelo antes de incorporarse—. Había escrito y pulido lo suficiente para enviárselo a mi agente. Y es lo que he hecho.

—Eso es genial. —Se incorporó de inmediato—. ¿No te parece?

—Supongo que sabré algo en los próximos días.

—Déjame leerlo.

Al ver que negaba con la cabeza, Abra puso los ojos en blanco.

—Vale, lo entiendo, más o menos. ¿Y si me dejas leer solo una escena? Solo una. ¿Una página?

—Puede. Tal vez luego. —Conociendo el modo engañoso que tenía de convencerlo para que hiciera lo que ella quería, como a un perro, lo mejor era darle largas, pensó Eli—. Primero te serviré una copa tras otra de vino para tenerte un poco atontada.

—Esta noche no puedo atontarme demasiado. Tengo que dar una clase de yoga en casa.

—En otro momento. Más tarde. Te ayudaré a ordenar las cosas que la policía revolvió.

—Vale, puedes quitar las sábanas, para eso no se necesitan estudios.

Abra se estaba levantando de la cama cuando la perra lanzó un trío de ladridos de advertencia.

—Perfecto —musitó Eli, y cogió los pantalones.

Oyó que Barbie se lanzaba escalera abajo, ladrando como un perro salido del infierno.

—Tendrás que quitar las sábanas tú. —Se puso la camiseta, sin prisa—. Y vas desnuda.

—Ya me ocuparé de eso.

—Lástima. Limpiar la casa en pelotas podría haber sido divertido.

Abra sonrió mientras lo veía salir apresuradamente de la habitación, llamando a la perra.

Eli Landon, pensó, regresaba con fuerza.

Abajo, Eli ordenó a la perra que parara y ella lo sorprendió haciendo justamente aquello, con el culo asentado en el suelo, a su lado, mientras él abría la puerta.

Eli intentó frenar el ataque de pánico que sufría de manera automática cada vez que veía a un policía. Hizo retroceder la nube negra que solía turbarlo.

Al menos no se trata de Wolfe, pensó.

—Inspector Corbett. Vinnie.

—Bonito perro —dijo Corbett.

—Eh, ¿es Barbie? —Al ver que la perra respondía de inmediato con un ladrido a modo de saludo y meneaba la cola, Vinnie se agachó para acariciarla—. Tienes a Barbie, la perra del señor Bridle. Murió mientras dormía hace un par de semanas. La vecina pasó para ver cómo estaba, como casi todos los días, y encontró a Barbie haciendo guardia al pie de la cama. Es una buena perra, ya lo creo.

Vinnie se puso en pie como si de pronto hubiera recordado por qué estaba allí.

—Disculpen. Es que me alegra saber que está en un buen hogar. Es una perra muy buena.

—Es una chica muy guapa —comentó Corbett—. ¿Dispone usted de unos minutos, señor Landon?

—La policía suele preguntármelo mucho.

Y se hizo a un lado para dejarlos pasar.

—El ayudante Hanson me ha contado lo del último allanamiento, así que le he pedido que me acompañe para hablar con usted. ¿Ha tenido oportunidad de pasearse por la casa y comprobar si falta algo o hay algo fuera de lugar?

—Las cosas ya estaban fuera de lugar por culpa del registro. Hemos estado ordenándolo todo y hasta el momento no he visto que faltara nada. No es un ladrón, o al menos no en el sentido clásico de la palabra.

—Tengo la declaración de anoche, pero me preguntaba si no le importaría volver a explicarme de nuevo lo que ocurrió.

Corbett alzó la vista cuando Abra, completamente vestida, bajó la escalera con el cesto de la ropa sucia.

—Señorita Walsh.

—Inspector. Hola, Vinnie. Día de limpieza. ¿Les apetece un café? ¿Un refresco?

—No, pero gracias. —Corbett cambió de postura—. ¿Estaba usted con el señor Landon cuando él descubrió este último allanamiento?

—Así es. Trabajo en el Village Pub casi todos los viernes por la noche. Eli llegó… ¿Qué hora sería? Las nueve y media o así, creo. Stoney Tribbet y él pasaron el rato en la barra intercambiando mentiras.

—Stoney es todo un personaje, vive en el pueblo —explicó Vinnie.

—Nos quedamos hasta que cerraron —prosiguió Eli—. Abra y yo acompañamos a Stoney a su casa y luego nos vinimos dando un paseo.

—El ayudante Hanson registró su llamada a la una y cuarenta y tres.

—Así es. Fuimos a la cocina y vi que el panel de la alarma estaba sucio, luego comprobé la puerta y encontré marcas recientes de una palanca. Y sí, he cambiado la clave. Otra vez.

—Y ha buscado ayuda suplementaria —añadió Abra, frotando a Barbie.

—¿Vio algún coche que no reconociera o a alguien, ya fuera en la playa o en la calle?

—No, pero tampoco me fijé. Antes había estado fuera, en la terraza de atrás, leyendo e investigando un poco. No vi nada ni a nadie. No tenía pensado ir al bar. No le dije a nadie que me iba. Lo hice llevado por un impulso.

—¿Suele ir al bar los viernes por la noche?

—Solo he estado allí una vez antes de anoche.

—¿Vio a alguien en el bar que le llamara la atención por cualquier razón? ¿Alguien que se comportara de manera extraña?

—No.

—Voy a cargar la lavadora —dijo Abra. Dio dos pasos y regresó—. Tónica con lima.

—¿Disculpe?

—Es una tontería. Estoy segura de que es una tontería, pero serví una mesa de uno, un hombre que no conocía. Estaba sentado al fondo, solo, bebiendo tónica con lima. Pidió tres, pero se fue antes de tomarse la tercera.

—¿Por qué le resulta extraño? —preguntó Corbett.

—La mayoría de la gente que va al bar, lo hace con amigos o queda allí con ellos. Si está de paso, suele pedirse una cerveza o una copa de vino. Aunque podría ser que no bebiera y que solo hubiera ido a escuchar al grupo que tocaba. Son buenos. Pero…

—Prosiga —la animó Corbett.

—Es solo que, ahora que lo pienso, se fue justo después de que llegara Eli. Le tomé nota, la junté con las demás y fui a pedir a la barra. Como mucho estuve un par de minutos hablando con Stoney. Estaba de cara a la puerta principal, por eso vi entrar a Eli. Los presenté y me fui a servir las mesas, pero cuando volví a la del tipo, se había ido y había dejado el dinero encima.

—Conozco el bar. —Corbett entrecerró los ojos, con aire pensativo—. Tiene otra salida, pero hay que atravesar la cocina.

—Así es. No creo que lo hubiera visto salir si se fue después de que entrara Eli, porque yo había cambiado de sitio, sabe, y ya no estaba de cara a la puerta. A no ser que saliera por la cocina, se fue entre el momento en que Eli llegó y yo fui a servirle la bebida. En cualquier caso, unos cinco minutos después de pedir la tónica.

—¿Recuerda qué aspecto tenía?

—Dios. De manera muy vaga. Blanco, rondando los cuarenta, creo. Pelo castaño, o rubio oscuro; no estoy segura, hay poca luz en el bar. Lo llevaba un poco largo, le rozaba el cuello de la camisa. No puedo decirle el color de los ojos. Tampoco sé la constitución que tenía, porque estaba sentado. Manos grandes. Tendría que despejar la mente para recordar algo más.

—¿Colaboraría con un dibujante de la policía?

—Bueno, sí, pero… ¿De verdad cree que podría tratarse del tipo que entró aquí?

—Vale la pena investigarlo.

—Lo siento. —Abra miró primero a Eli y luego a Vinnie—. Anoche no caí en ello.

—Por eso hacemos los seguimientos —dijo Vinnie.

—No sé si seré de mucha más ayuda. Ya sabes la poca luz que hay en el bar, sobre todo cuando alguien toca. Y estaba sentado en una de las esquinas del fondo, donde aún hay menos luz.

—¿Qué le dijo, de qué hablaron? —quiso saber Corbett.

—No dijo mucho. Una tónica con lima. Le pregunté si esperaba a alguien porque siempre escasean las sillas los fines de semana. Se limitó a repetir lo que me había pedido. No era de los simpáticos.

—Haremos venir al dibujante cuando a usted le venga bien. Nos mantendremos en contacto. —Barbie estaba olisqueándole los zapatos, así que Corbett se inclinó y le acarició la cabeza—. Ah, y lo del perro es una buena idea. Un perro grande ladrando dentro de una casa hace que muchos intrusos se lo piensen dos veces.

Eli los acompañó a la salida, pero Abra se quedó donde estaba, con la cesta de la ropa sucia apoyada en la cadera.

—Lo siento, Eli.

—¿Por qué?

—Si anoche me hubiera fijado en ese tipo, ahora ya tendríamos un retrato. Y lo siento de antemano porque no sé hasta qué punto sabré describirlo. No le presté demasiada atención después de que dejara claro que quería estar solo.

—Ni siquiera sabemos si tiene algo que ver con esto. Y si es así, por vago que sea el recuerdo, ya será más de lo que teníamos.

—Meditaré más tarde, a ver si puedo ordenar las ideas y traerlo a la mente. Y no te burles de la meditación.

—No he dicho ni una palabra.

—Pero has pensado unas cuantas. Voy a poner una lavadora. —Miró la hora—. Ahora sí que llego tarde. Mañana acabaré de hacer las habitaciones que hoy no me han dado tiempo. Terminaré la de tu abuela y adelantaré lo que pueda hasta las cinco. Tengo cosas que hacer en casa antes de la clase.

—¿Vendrás después?

—Tengo un montón de trabajo atrasado y prefiero mi casa, libre de tus vibraciones escépticas, para meditar. Además, Barbie y tú tenéis que acabar de haceros amigos. Volveré mañana. Tengo que meter esto en la lavadora —repitió, y se marchó corriendo.

—Solos tú y yo, Barbie —dijo Eli.

Seguramente era lo mejor. Se estaba acostumbrando demasiado a tener a Abra por allí. Puede que fuera mejor para ambos disponer de tiempo y espacio propios.

Aunque no tenía la sensación de que fuera lo mejor.

18

Bloqueada, concluyó Abra. Estaba bloqueada, tenía que ser eso. Había meditado, había trabajado con el retratista de la policía y había intentado la ensoñación consciente, que no se le daba demasiado bien, y aun así el tiempo, el esfuerzo y la habilidad del dibujante habían dado como fruto un retrato que podía corresponder con prácticamente cualquier hombre entre los treinta y los cuarenta años.

Cualquier hombre, pensó, mientras contemplaba una vez más la copia del retrato: un rostro delgado, pelo castaño claro, largo y algo enmarañado, y labios finos.

Lo de los labios no acababa de convencerla, la verdad. ¿Los tenía finos o había proyectado esa imagen porque el tipo le había parecido un reprimido?

Para que luego fuera presumiendo de su capacidad de observación, concluyó disgustada. Hasta ese momento la había considerado por encima de la media.

De acuerdo, no había ninguna prueba de que su cliente reprimido y aficionado a la tónica con lima tuviera nada que ver con el allanamiento, pero aun así...

No había nada que hacer, al menos hasta después del fin de semana. Ensartó la última cuenta plateada para acabar el par de pendientes de citrino y plata. Mientras rellenaba la ficha descriptiva, imaginó a la familia de Eli de camino a Bluff House.

Era algo bueno. ¿Qué más? Desde su punto de vista, la casa era idónea para unas «vacaciones en familia». Al menos fantasear con aquello había alejado de sus pensamientos el patético fracaso con el retratista.

Necesitaba hacer algún progreso, pensó, mientras se quitaba las gafas que utilizaba para leer y trabajar de cerca. Esperaba contribuir con la identificación del intruso y asesino en potencia, esperaba ayudar a Eli a solucionar sus problemas, aparte del pequeño subidón que comportaba la resolución de un misterio. Quería deshacer el enredo, a pesar de que reconocía, con absoluta certeza, que la vida era puro caos.

Parecía incapaz de desprenderse de aquella rabia y del desasosiego subyacente.

Al menos la nueva remesa de pendientes le había quedado bien, dijo para sus adentros. Sin embargo, la esperanza de que la energía creativa lograra anular el bloqueo no le había valido de mucho.

Ordenó la mesa de trabajo de la pequeña habitación y guardó las herramientas y el material en los contenedores etiquetados. Llevaría los nuevos pendientes a la tienda de regalos y puede que se comprara algo con lo que sacara.

Decidió ir dando un paseo para admirar la vanidad de los narcisos y los jacintos en plena y alegre floración, los huevos de Pascua de vivos colores colgando de las ramas de los árboles, el vibrante apogeo de la forsitia.

Adoraba el nacimiento de una nueva estación, ya se tratara de los primeros brotes verdes de la primavera o del primer copo de nieve del invierno. Sin embargo, ese día la angustia no la abandonaba y se arrepentía de no haber pasado por casa de Maureen y haberla convencido para que la acompañara al pueblo caminando.

Era absurdo pensar que la observaban. Solo se trataba de una respuesta residual a lo que había ocurrido en Bluff House. Y en el faro, pensó, volviéndose para contemplar la torre blanca y sólida. Nadie la seguía, aunque no pudo resistirse a echar un vistazo atrás, pues un escalofrío le había recorrido la espalda.

Conocía todas aquellas casas, conocía a la mayoría de la gente que vivía en ellas, o a sus dueños. Pasó junto al hotel Surfside y venció el miedo que empezaba a sentir y la repentina necesidad de dar media vuelta y correr a casa.

No iba a permitir que la ahuyentaran aquellas tonterías. No iba a negarse el placer de pasear por el lugar que había convertido en su hogar.

Y no iba a volver a pensar en que la agarraban por detrás en una casa oscura y vacía.

El sol brillaba, los pájaros cantaban y el típico tráfico vacacional avanzaba con suma calma.

Sin embargo, lanzó un suspiro de alivio al entrar en el pueblo propiamente dicho, con sus tiendas, sus restaurantes y su gente.

Le complació ver varios clientes pululando frente al escaparate de la tienda de regalos. Turistas disfrutando la Pascua en la playa, familias como las de Eli que habían ido a pasar el fin de semana. Iba a entrar cuando vio a Heather detrás del mostrador.

Retrocedió y siguió caminando.

—Mierda —musitó—. Mierda, mierda.

No había visto a la dependienta desde que esta se había ido llorando de la clase de yoga. Heather no había acudido a la clase que impartía en casa, ni a la siguiente que habían acordado. Y en su interior, Abra albergaba suficiente rabia y resentimiento para no llamarla y confirmar su asistencia.

Energía negativa, se dijo, y se detuvo. Había llegado el momento de expulsarla, de reequilibrar el *chi*. Y puede que por fin consiguiera romper el bloqueo.

En cualquier caso, Heather era quien era. No tenía sentido guardarse rencor, por ninguna de las dos partes.

Se obligó a desandar sus pasos y entró en la tienda. Olores agradables, una luz preciosa, la sensación inequívoca de estar rodeada de arte y artesanía locales. Esa es la actitud, se dijo, adelante.

Saludó con naturalidad a la otra dependienta y se percató del leve gesto contrariado de la mujer mientras esperaba a que el cliente que atendía se decidiera. Era evidente que Heather había compartido con sus compañeras de trabajo lo que ella consideraba un agravio.

Aunque ¿quién no lo hubiera hecho?

De manera deliberada, Abra se dirigió al fondo, donde estaba Heather, y esperó con paciencia mientras esta la ignoraba a propósito. Cuando Heather acabó de marcar la venta en la caja registradora, Abra se adelantó.

—Hola. Cuánto ajetreo. Solo necesito cinco minutos. Puedo esperar a cuando tú me digas.

—No sé decirte cuándo será. Tenemos clientes. —Rígida, con la mandíbula tensa, Heather rodeó el mostrador y se dirigió rápidamente hacia un trío de mujeres.

Abra sintió que la invadía la rabia. Respiró hondo para hacerla retroceder y luego, de manera impulsiva, cogió un juego de copas de vino de cristal soplado al que hacía semanas que le había echado el ojo, pero que no podía permitirse.

—Disculpa. —Con una sonrisa en la cara, Abra le llevó las copas a Heather—. ¿Podrías cobrarme? Me encantan. ¿Verdad que son preciosas? —dijo, dirigiéndose a las otras mujeres, que respondieron con gestos de admiración al tiempo que una de ellas iba a buscar un juego de copas de champán del mismo artesano.

—Podrían ser un magnífico regalo de boda.

—¿Verdad que sí? —Toda sonrisas, Abra giró una de las copas, alzándola a contraluz—. Me encantan los pies trenzados. Te lleves lo que te lleves, siempre aciertas con Buried Treasures —añadió Abra, sonriéndole a Heather mientras sostenía las copas en alto.

—Por supuesto. Si tienen alguna pregunta, no duden en decirme —comentó Heather a las mujeres, antes de regresar junto al mostrador.

—Ahora soy una clienta —anunció Abra—. Primero, te hemos echado de menos en clase.

Con la mandíbula todavía tensa, Heather sacó papel de burbujas de debajo del mostrador y empezó a envolver las copas.

—He estado ocupada.

—Te hemos echado de menos —repitió Abra, y colocó su mano sobre la de Heather—. Siento que discutiéramos, y dije cosas que te molestaron y te hirieron.

—Hiciste que pareciera que era una metomentodo y yo... La policía estaba allí.

—Lo sé, y ya no están allí porque él no ha hecho nada. Alguien ha entrado dos veces en Bluff House, de eso estamos seguros. La primera vez, quien fuera, me agredió.

—Lo sé. Es otra de las razones por las que estoy preocupada.

—Te agradezco tu preocupación, pero Eli no fue quien intentó hacerme daño. Estaba en Boston. Y tampoco es... —echó un rápido vistazo a su alrededor, por si alguno de los clientes estaba lo bastante cerca para poder oírlas— quien atacó al detective de Boston, porque yo estaba con Eli cuando eso sucedió. Son hechos, Heather, comprobados por la policía.

—Registraron Bluff House.

—Para que no se les escape nada. Puede que registren mi casa.

—¿La tuya? —La sorpresa y una preocupación sinceras se abrieron paso—. ¿Por qué? Eso es un disparate. No está bien.

Barrera agrietada, pensó Abra al oír el tono ofendido de Heather.

—Porque hay un poli, solo uno, de Boston, que no quiere aceptar los hechos y las pruebas y lleva un año persiguiendo a Eli. Ahora pretende acosarme a mí.

—Pero eso está muy mal.

—Eso mismo pienso yo, aunque, como no tenemos nada que esconder, que me acose. La policía local se encarga de la investigación. Tengo mucha más fe en que ellos averigüen lo que ocurre y quién es el culpable que no ese tipo.

—Nosotros cuidamos de los nuestros —dijo Heather, asintiendo con la cabeza, orgullosa de las autoridades del lugar—. Ve con cuidado.

—Lo haré.

Abra trató de no torcer el gesto cuando Heather marcó el

precio de las copas. Adiós, precioso modelito nuevo de yoga. Pero rebuscó la tarjeta de crédito en el bolso y recordó los pendientes y los collares.

—Casi se me olvida. Tengo una docena, más o menos. —Los sacó y los dejó sobre el mostrador, todos metidos en sus bolsitas de plástico transparente—. Échales un vistazo cuando tengas un minuto y ya me dirás algo.

—De acuerdo. ¡Oh, estos me encantan! —Alzó los pendientes de citrino y plata, los últimos que Abra había hecho—. Lunas y estrellas pequeñitas de plata, y el citrino es como el sol.

—Esos son preciosos.

La mujer de las copas de champán se acercó al mostrador.

—Abra es una de nuestras artistas. Acaba de traer piezas nuevas.

—Pero qué suerte que hemos tenido. ¡Oh!, Joanna, ven a ver este collar. Lleva tu nombre.

Abra intercambió una mirada satisfecha con Heather cuando le tendió la tarjeta de crédito. Por el modo en que las tres mujeres se apiñaron alrededor de las joyas, puede que al final sí pudiera permitirse un precioso modelito nuevo de yoga.

Treinta minutos después, Abra se dio un capricho y se compró un cucurucho de helado mientras paseaba de vuelta a casa con una actitud mental mucho más positiva. Había vendido la mitad de las joyas que había llevado ese mismo día y dos más que les quedaban del stock anterior. Definitivamente había llegado el momento de comprarse un modelito nuevo, y tenía el que más le gustaba marcado como favorito en su página web preferida.

Además, se había ganado a pulso aquellas magníficas copas.

A la primera oportunidad que tuviera, invitaría a Eli a cenar en su casa a la luz de las velas y las usaría para el vino.

Aunque ahora tocaba probar lo de la meditación. Puede que esta vez con un poco de incienso. Por lo general, prefería la brisa marina, pero hasta el momento no le había funcionado. Cambiémoslo, decidió.

Entró en casa y se entretuvo desembalando las copas y lavándolas antes de colocarlas en los estantes de la cocina, bien a la vista. La admiración que le producían dio un nuevo empujón a su actitud positiva.

Por si acaso, buscó un lápiz, una libreta, la copia del retrato y lo dejó todo en su dormitorio, junto al cojín de meditación. Aunque, en el mejor de los casos, se tenía por una artista del montón, pensó que tal vez podría cambiar o añadir en la imagen lo que se le ocurriera. Empezó los ejercicios de respiración y se dirigió al armario, en busca de la caja donde guardaba el incienso (conos y varitas) y los diversos soportes que había ido coleccionando con el tiempo.

Quizá un poco de fragancia de loto le abriría la mente. En realidad, no sabía por qué no lo había intentado antes.

Bajó la caja del estante superior y la abrió.

Y con un grito ahogado, la dejó caer como si contuviera una serpiente silbando.

El incienso se desparramó, los soportes cayeron con estrépito. Y la pistola hizo un ruido sordo al golpearse contra el suelo. Se apartó de ella de manera instintiva. Su primer impulso fue el de salir corriendo, hasta que la lógica se hizo con el control de la situación.

Quien hubiera puesto aquella pistola allí no se habría quedado en la casa a esperar que la encontrara. La habían puesto allí, pensó mientras volvía a respirar, para que la encontrara la policía.

Eso significaba, tenía que significar, que quien hubiera empuñado aquella pistola por última vez había cometido un asesinato.

Se abalanzó sobre el teléfono.

—Vinnie, tengo un problema de los gordos. ¿Puedes venir ahora mismo?

En menos de diez minutos fue a recibirlo en la puerta.

—No sabía qué otra cosa hacer.

—Has hecho lo que debías. ¿Dónde está?

—En el dormitorio. No la he tocado.

Lo acompañó hasta el lugar y se apartó mientras Vinnie se agachaba para examinar la pistola.

—Es un calibre 32.

—¿Es del mismo calibre que...?

—Sí. —Vinnie se levantó, sacó el teléfono que llevaba en el bolsillo y tomó varias fotos.

—No vas de uniforme —comprendió Abra en ese momento—. Ni siquiera estabas de servicio. Estabas en casa con tu familia. No tendría...

—Abs. —Vinnie se volvió, la abrazó y le dio unas palmaditas en la espalda, como lo haría un padre—. Relájate. Corbett querrá estar al tanto.

—Te prometo que esa pistola no es mía.

—Ya sé que la pistola no es tuya. A nadie se le ocurriría pensar lo contrario. Relájate —repitió—. Todo se arreglará. ¿Tienes algo fresco?

—¿Fresco?

—Sí, Coca-Cola, té helado, lo que sea.

—Ah, claro.

—Pues me vendría de perlas. ¿Y si vas a buscarme algo de beber? Yo te alcanzo en la cocina enseguida.

Le había encomendado una tarea para que se tranquilizara y ella lo sabía. Así que se tranquilizaría.

Sacó una sartén, añadió agua, azúcar y luego la puso al fuego para que la mezcla se disolviera mientras exprimía unos limones.

Cuando Vinnie entró, estaba vertiéndolo todo en una jarra alta de cristal.

—No tenías que tomarte tantas molestias.

—Así he tenido las manos ocupadas.

—Limonada fresca y casera.

—Te la mereces. Dile a Carla que siento haber interrumpido vuestro fin de semana.

—Está casada con un poli, Abra. Ya sabe lo que hay. Corbett está de camino. Quiere verla in situ.

Abra quería la pistola y la sordidez que la envolvía fuera de su casa.

—Luego os la llevaréis.

—Luego nos la llevaremos —le prometió—. Bueno, dime cómo ha ocurrido.

—Salí, fui andando hasta el pueblo y estuve un rato en la tienda de regalos. Me compré un cucurucho de helado y volví a casa.

Mientras hablaba, sirvió la limonada en un vaso con hielo y puso un plato de galletas crujientes en la mesa.

—No he podido estar fuera más de una hora, una hora y cuarto.

—¿Cerraste con llave?

—Sí. Procuro hacerlo siempre, o casi siempre, desde que entraron en Bluff House.

—¿Cuándo fue la última vez que miraste en esa caja?

—No suelo utilizar incienso muy a menudo, y hace tiempo que no compro. Acabo comprándolo, no lo uso y lo regalo. Y estoy divagando. —Bebió un poco—. Exactamente no lo sé, pero diría que hace al menos un par de semanas. Puede que tres.

—Pasas mucho tiempo fuera de casa, sobre todo en Bluff House.

—Sí. Las clases, ir a limpiar casas, hacer la compra, tanto para mí como para clientes. Recados. Y he pasado casi todas las noches con Eli. Vinnie, la ha puesto ahí quien mató a Kirby Duncan, para tratar de implicarme.

—Una apuesta bastante segura. Voy a echar un vistazo a las puertas y las ventanas, ¿de acuerdo? Buena la limonada —añadió—. Y las galletas también.

Abra se quedó donde estaba en vez de seguirlo. Registrar su casa no le llevaría demasiado tiempo. Era pequeñita; tenía tres dormitorios, aunque el segundo apenas era más grande que un armario y hacía las veces de taller. Cocina, comedor y una galería acristalada, uno de los principales atractivos de la casa. Dos baños pequeños.

No, no tardaría. Se levantó y se acercó a la terraza trasera. Otro de los puntos fuertes, un espacio generoso al aire libre. Cuando hacía buen tiempo usaba la terraza tanto como el espacio interior. Y luego estaban las vistas, la curva accidentada del pequeño cabo con el faro, el mar y el cielo infinitos.

Todo lo que quería, y una fuente de confort y placer constantes para ella.

Alguien había violado su intimidad. Alguien había estado en su casa, había paseado por las habitaciones y había dejado la muerte a su paso.

Se volvió al oír a Vinnie y esperó mientras este repasaba la puerta de la terraza y las ventanas traseras.

—Estas ventanas de aquí no están cerradas, y hay un par en la parte delantera que tampoco.

—Soy idiota.

—No eres idiota.

—Me gusta abrir la casa, que se airee. Es como una obsesión. —Se tiró de los pelos; era más fácil que darse una patada en el culo—. De hecho, me sorprende que haya alguna cerrada.

—Aquí han quedado enganchadas un par de fibras. —Sacó una foto con el móvil—. ¿Tienes unas pinzas?

—Sí, voy a buscarlas.

—No he pensado en traerme el maletín —comentó Vinnie cuando Abra fue a por las pinzas—. He traído una bolsa de pruebas para la pistola, pero poco más. Ese debe de ser Corbett —añadió, al oír que llamaban a la puerta—. ¿Quieres que vaya yo?

—No, ya estoy aquí.

Con las pinzas en la mano, abrió la puerta de casa.

—Inspector Corbett, gracias por venir. Vinnie... El ayudante Hanson está en la cocina. La pistola... se la enseñaré.

Lo acompañó al dormitorio.

—Tiré la caja, todo, cuando la vi dentro. Estaba buscando incienso, y el arma estaba ahí.

—¿Cuándo fue la última vez que abrió la caja?

—Ya se lo he dicho a Vinnie, puede que haga unas tres semanas. Bueno..., Vinnie ya ha hecho fotos —añadió, al ver que Corbett sacaba su cámara.

—Ahora tengo las mías. —Se agachó, extrajo un bolígrafo y

enganchó el arma por el puente del gatillo—. ¿Tiene pistola, señorita Walsh?

—No. Nunca he tenido armas. Y jamás he empuñado una pistola. De hecho, ni siquiera de juguete. Mi madre estaba radicalmente en contra de las armas de juguete y a mí me gustaban los puzles y las manualidades y... Ya vuelvo a divagar. Estoy nerviosa. No me gusta que haya una pistola en mi casa.

—Nos la llevaremos.

Corbett estaba poniéndose unos guantes cuando Vinnie entró.

—Inspector, hay algunas ventanas abiertas. Abra dice que no siempre se acuerda de cerrarlas. He encontrado algunas fibras enganchadas en una de las ventanas traseras.

—Le echaremos un vistazo. ¿Quién ha estado en la casa en los últimos quince días?

—Bueno, doy clases de yoga una vez por semana, por las tardes, así que mis alumnos. Y los hijos de mis vecinos. Ay, Dios mío, los niños. ¿Está cargada? ¿Esa cosa está cargada?

—Sí, está cargada.

—Y si uno de ellos hubiera entrado aquí y... Estoy siendo irracional. ¿Para qué iban a entrar aquí y bajar esa caja del estante de mi armario? Pero si hubieran... —Cerró los ojos.

—¿Ha llamado a alguien para alguna reparación o algo por el estilo?

—No. Mi clase y los niños.

—¿Eli Landon?

Los ojos de Abra lanzaron un destello de ira. Corbett se limitó a quedársela mirando.

—Le dijo que creía que era inocente.

—Aun así, tengo que preguntárselo.

—No ha estado en esta casa en las últimas semanas. No se aleja de Bluff House desde el primer allanamiento. He tenido que sudar para conseguir que saliera de casa lo justo para hacer la compra porque este fin de semana viene su familia de visita.

—De acuerdo.

Se puso en pie.

—Echemos un vistazo a esas fibras.

Abra esperó mientras las estudiaban, murmuraban, las arrancaban con las pinzas y las metían en la bolsa.

—¿Le apetece un poco de limonada, inspector? Acabo de hacerla.

—No estaría mal. ¿Por qué no se sienta?

Algo en el modo en que lo había dicho hizo que a Abra comenzaran a sudarle las manos. Sirvió la bebida y se sentó a la mesa.

—¿Ha visto a alguien merodeando por aquí?

—No. Y no he vuelto a ver al hombre del bar. O, al menos, creo que no lo he visto. Supongo que lo reconocería, a pesar de que no he sido de gran ayuda con la descripción. Por eso fui a buscar el incienso. Iba a encenderlo y a intentar hacer un poco de meditación. Llevo unos días con los nervios a flor de piel y pensé que había dado con una solución.

—¿Nerviosa?

—Con todo lo que está ocurriendo, es comprensible. Y…
—A la mierda—. Alguien me vigila.

—¿Lo ha visto?

—No, pero lo he sentido. No son imaginaciones mías, o estoy casi segura de que no lo son. Sé qué es sentirse vigilada. Ya sabe lo que me ocurrió hace unos años.

—Sí, lo sé.

—Y lo noto, llevo notándolo hace unos días.

Lanzó una rápida mirada a la ventana que había dejado abierta, a la puerta de cristal que daba a la terraza y a los tiestos de flores que había colocado al sol.

—Estoy mucho fuera de casa y he pasado casi todas las noches con Eli. Y como he sido lo bastante despreocupada para no cerrar las ventanas, sería fácil entrar aquí y dejar esa pistola ahí dentro. Pero ¿por qué? No entiendo por qué aquí. ¿Por qué yo? O sí que lo entiendo, pero es retorcido. Si alguien quería desacreditarme, implicarme para poner en duda la coartada de Eli, ¿no habría sido más sencillo dejar la pistola en Bluff House durante el allanamiento?

—La registramos antes de que el tipo pudiera colocarla allí, o bien no había planeado desprenderse de ella —intervino Vinnie—. Disculpe, inspector. Lo que he dicho está fuera de lugar.

—No, no pasa nada. Wolfe ha estado presionando estos dos últimos días para obtener una orden de registro de esta casa. Sus superiores ya no lo respaldan, y los míos tampoco. Pero sigue presionando. Asegura que ha recibido una llamada anónima según la cual, el informante había visto a una mujer, una mujer con el pelo largo y rizado, alejándose del faro la noche que mataron a Duncan.

—Ya veo. —Un abismo se abrió en su estómago—. Ustedes encontrarían la pistola aquí. Así que, o bien he matado a Duncan, o bien soy cómplice de su asesinato. ¿Necesito un abogado?

—No le vendría mal, aunque ahora mismo esto tiene pinta de lo que es: una encerrona. Sin embargo, no quiere decir que no debamos seguir el procedimiento habitual.

—De acuerdo.

Corbett probó la limonada.

—Mire, señorita Walsh… Abra. Voy a explicarle la lectura que tiene todo esto y la que hará mi jefe del asunto. Si usted tuviera algo que ver con lo de Duncan, ¿por qué diablos no tiró la pistola por el acantilado? Sobre todo después de que nosotros registráramos Bluff House? ¿Dejarla en el armario de su dormitorio junto con el incienso? Eso la convierte en una boba, y nada indica que usted tenga un pelo de tonta.

Con miedo a que se le quebrara la voz, Abra asintió.

—La encuentra y nos llama. Casualmente, el inspector a cargo de la investigación del homicidio de la esposa de Landon recibe una llamada anónima, hecha cerca de una de las torres de la localidad con un móvil de prepago, y la fuente asegura, tres semanas después del suceso, que la noche en cuestión vio alejarse del escenario del crimen a una mujer con su mismo pelo y constitución.

—Y el inspector Wolfe lo cree.

—Puede que sí o puede que no, pero le encantaría echarle el guante a una orden de registro con lo que tiene. Esto habla de montaje a gritos, y uno bastante chapucero, así que diría que Wolfe no se lo traga, pero, como ya le he dicho, no le importaría echarle un vistazo a su casa.

—Aquí no hay nada. Nada… salvo esa pistola.

—Seguiremos el procedimiento habitual. Puedo obtener una orden de registro, pero todo sería mucho más fácil si nos concediera su permiso.

No quería, la idea le revolvía ligeramente el estómago, pero deseaba que aquello acabara cuanto antes.

—De acuerdo, regístrenla, busquen, hagan lo que tengan que hacer.

—Bien. Cuando hayamos terminado, quiero que se asegure de cerrar toda la casa, incluidas las ventanas.

—Sí, así lo haré. Y creo que a partir de ahora dormiré en Bluff House o en casa de mis vecinos, hasta que… Durante un tiempo.

—Todavía mejor.

—¿Tiene que decírselo a Eli ahora mismo? —Bajó la mano al darse cuenta de que había estado retorciendo el colgante de cuarzo ahumado que llevaba puesto y que había diseñado en su pequeño taller, una y otra vez—. Es que viene su familia. Seguramente ya habrán llegado para pasar la Pascua, y algo así sería un verdadero trastorno para todos.

—Hasta que necesite volver a hablar con él, no tengo que decirle nada.

—Bien.

—He llamado para que venga alguien a obtener las huellas dactilares, aunque…

—No habrá. Pero es el procedimiento.

—Exacto.

Pasó por el trance. Casa pequeña, no tardarán, pensó. Intentó no estorbar y salía a la terraza siempre que podía. Así se había sentido Eli, comprendió, así era como debió de sentirse cuando la policía fue a comprobar, a registrar, a buscar pruebas. Debió de sentir que, en ese espacio de tiempo, la casa no era suya. Sus cosas no eran sus cosas.

Vinnie salió.

—Están terminando. Nada —dijo—. No hay huellas ni en la ventana, ni en la caja, ni en el contenido. —Le frotó la espalda en un gesto amistoso—. El registro es una formalidad, Abs. Que hayas dado tu consentimiento sin necesidad de una orden no hace otra cosa que apoyar lo del montaje.

—Lo sé.

—¿Quieres que me quede un poco más contigo?

—No, tienes que volver a casa con tu familia. —A teñir huevos de Pascua, pensó, con su hijo pequeño—. Hace rato que deberías haberte ido.

—Quiero que me llames, sea la hora que sea, por lo que sea.

—Lo haré. Cuenta con ello. Intentaré reponerme y me pasaré por Bluff House. Quiero ver a Hester.

—Dale recuerdos. Puedo esperar hasta que estés lista para irte.

—No, estoy bien. Mejor. Estamos a plena luz del día. Hay gente en la playa. Y en estos momentos, ese tipo ya no tiene ningún motivo para molestarme.

—De todos modos, cierra bien las puertas y las ventanas.

—Lo haré.

Lo acompañó afuera. El vecino de enfrente la saludó con la mano y a continuación continuó cavando el jardín delantero. Un par de niños pasaron veloces en sus bicicletas.

Demasiada actividad para que alguien intentara entrar, se dijo, con intención de tranquilizarse. Y ahora ya no había motivos para hacerlo.

Cogió una bolsa de basura y entró en el dormitorio. Se arrodilló y metió todo lo que había en el suelo, incluida la caja. No tenía manera de saber lo que el tipo había tocado. Si pudiera, habría tirado todo lo que había en el armario.

Sin embargo, se retocó el maquillaje y preparó una bolsa pequeña, en la que también metió el retrato. Después de recoger la cocina, sacó las tartas de fresa y ruibarbo que había hecho y las metió en una caja.

Lo llevó todo al coche y volvió a por el bolso y el monedero. Y cuando cerró la puerta con llave, se le partió un poquito el corazón.

Adoraba su pequeña casa y no sabía cuándo volvería a sentirse segura en ella.

19

Gente, ruido, movimiento llenaban Bluff House. Eli había olvidado qué era estar rodeado de tantas voces hablando a la vez, tener tantas actividades solapándose unas con otras, tantas preguntas que responder.

Tras el sobresalto inicial, descubrió que disfrutaba de la compañía y el caos. Disfrutaba llevando el equipaje escalera arriba o las bolsas y bandejas a la cocina, observando a su sobrina corretear por todas partes y mantener lo que parecía una conversación muy seria con el perro, o percatándose de la aprobación y la sorpresa de su madre cuando les ofreció una bandeja de fruta y queso, con una presentación exquisita, a modo de tentempié para después del viaje.

Sin embargo, nada le complació más que ver a su abuela en la terraza, con la vista perdida en el mar y el pelo agitado por la brisa.

Cuando se escapó un momento para hacerle compañía, la mujer se apoyó en él.

Bañada por un rayo de sol, la vieja Sadie levantó la cabeza, meneó la cola brevemente y volvió a dormirse.

—El sol calienta los huesos viejos —dijo Hester—. Los míos y los de Sadie. Echaba de menos todo esto.

—Lo sé. —Le pasó un brazo por los hombros—. Y creo que todo esto te echaba de menos a ti.

—Eso me gusta imaginar. Has plantado pensamientos.

—Lo ha hecho Abra. Yo las riego.

—El trabajo en equipo está muy bien. Saber que estabas aquí ha sido de gran ayuda, Eli. No solo por lo práctico que resulta que haya alguien en la casa, sino porque además se trata de ti. Porque creo que todo esto también te echaba de menos a ti.

Los conocidos sentimientos de culpabilidad y arrepentimiento empezaron a envolverlo y asfixiarlo.

—Siento haberme apartado durante tanto tiempo. Y aún siento más haber creído que debía hacerlo.

—¿Sabías que odio navegar?

La miró boquiabierto, mudo de sorpresa.

—¿Tú? ¿Hester Landon, la segunda de a bordo? Creía que te encantaba.

—Le encantaba a tu abuelo. Yo tenía que tomarme una pastilla para que no se me revolviera el estómago. Me gusta el mar, pero aún me gusta más cuando estoy en tierra firme, contemplándolo. Eli y yo salíamos juntos a navegar, y no lamento ni una sola pastilla, ni un solo minuto de los que pasé en el agua con él. El matrimonio es una serie de acuerdos y concesiones y, en el mejor de los casos, dichos compromisos forman una vida, una sociedad. Te comprometiste con Lindsay, Eli, y no tienes que pedir disculpas por ello.

—Iba a invitarte a navegar mañana.

La mujer se echó a reír, una risa ligera y satisfecha.

—Será mejor que no.

—¿Por qué conservas el barco?

Eli solo necesitó una mirada, una sonrisa, para comprenderlo. Por amor, pensó, y la besó en la mejilla.

Hester se volvió hacia él.

—Así que tienes un perro.

—Eso parece. Necesitaba un hogar. No sé de qué me suena.

—Un perro es una opción muy sana. —Volvió a moverse para estudiar a su nieto más de cerca y se apoyó en el bastón—. Tienes mejor aspecto.

—No sabes cómo me alegra que así sea. Tú también tienes mejor aspecto, abuela.

—No sabes cómo me alegra que así sea. —Volvió a reír—. Éramos una par de guerreros heridos, ¿verdad, joven Eli?

—En plena recuperación para regresar con fuerza. Vuelve a casa, abuela.

La mujer suspiró y le dio un breve apretón en el brazo antes de valerse del bastón para acercarse a una silla y sentarse.

—Todavía no estoy recuperada del todo.

—Puedes acabar de recuperarte aquí. Yo me quedaré contigo el tiempo que necesites.

Los ojos de la anciana lanzaron un destello. Por un momento, Eli temió que se echara a llorar, pero había sido la luz.

—Siéntate —le dijo—. Tengo toda la intención de volver, pero todavía no es el momento. Sería tan poco práctico como imprudente estar aquí cuando tengo todos esos malditos médicos y fisioterapeutas en Boston.

—Yo puedo llevarte a las visitas. —Hasta que no la había visto en la terraza, con la mirada perdida en el mar, Eli no había sabido lo mucho que deseaba que volviera—. Podemos disponerlo todo para que el fisioterapeuta venga aquí.

—Dios, hay que ver lo mucho que nos parecemos. Llevo dándole vueltas a eso mismo casi desde el momento en que me desperté en el hospital. Volver aquí es uno de los mayores motivos que me han ayudado a salir de esta. Provengo de una familia dura de pelar, y casarme con un Landon me ha hecho más fuerte. Hice que esos médicos se tragaran sus palabras cuando me recuperé, cuando volví a ponerme en pie.

—No conocían a Hester Landon.

—Ahora ya me conocen. —Se recostó en la silla—. Pero todavía me queda bastante camino que recorrer. Necesito a tu madre. Oh, y a tu padre también. Es un buen hijo, y siempre lo ha sido. Pero necesito a Lissa, que Dios la bendiga, un poco más. Me tengo en pie, pero no todo lo que querría o me gustaría. De modo que me quedaré en Boston hasta que vuelva a caminar con paso firme. Y tú te quedarás aquí.

—El tiempo que quieras.

—Bien, porque aquí es exactamente donde quiero que estés, donde siempre he querido que estuvieras. No sabía si sería la última Landon que habitaría Bluff House. La última que viviría en Whiskey Beach. Más de una vez me he preguntado si la razón por la que Lindsay jamás me resultó simpática era porque te mantenía alejado de aquí.

—Abu...

—Bueno, por egoísta e interesado que parezca, era una de las razones por las que no me gustaba. La habría aceptado, o habría intentado aceptarla, si te hubiera hecho feliz... del modo que la familia de Tricia, y su puesto en Landon Whiskey, hacen feliz a tu hermana.

—Es un hacha, ¿verdad?

—Ha salido a tu abuelo y a tu padre. Ha nacido para ello. Tú te pareces más a mí. Sí, sabemos llevar los negocios cuando hay que hacerlo, y no somos tontos. Pero el arte es lo que nos llama.

Eli le dio unas palmaditas en la mano.

—Incluso cuando pusiste la vista en la abogacía, escribir era lo que te hacía realmente feliz.

—Me parecía demasiado divertido para considerarlo un oficio. Y ahora que es un oficio, tengo mucho más trabajo que antes. Cuando ejercía de abogado, era como si me dedicara a algo importante, algo sólido. Algo más que fantasear sobre papel.

—¿Eso es lo que es escribir? ¿Fantasear?

—No. Lindsay solía llamarlo así. —Casi lo había olvidado—. No de manera peyorativa, pero... Un puñado de relatos cortos no impresionan a nadie.

—Ella prefería lo impresionante, y no lo digo con desprecio. Era quien era. Pero en esa serie de acuerdos y concesiones, la cruda realidad es que Lindsay casi nunca cumplió con su parte del trato. Al menos que yo viera. La gente que dice que no hay que hablar mal de los muertos no tiene agallas para decir lo que piensa.

—A ti te sobran. —No imaginaba que hablaría de Lindsay, allí no, y menos aún con su abuela. Aunque, tal vez aquel fuera el lugar donde zanjar parte de la cuestión—. Ella no tuvo toda la culpa.

—Pocas veces es únicamente culpa de uno.

—Creía que forjaríamos nuestro propio camino, que compartiríamos nuestras fuerzas, nuestras debilidades, nuestros objetivos. Pero me casé con una princesa. Su padre siempre la llamaba así. Princesa.

—Ah, sí, ahora me acuerdo.

—Siempre obtenía lo que quería. La educaron para que creyera que podía, que sería así… Que debía ser así. Tenía un encanto natural, era hermosa y estaba absolutamente convencida de que su vida sería perfecta, exactamente como ella quería.

—Y la vida no es una serie de cuentos de hadas, ni siquiera para una princesa.

—Supongo que no —convino—. Al final resultó que la vida no era perfecta conmigo.

—Era una joven mimada, y si hubiera tenido la oportunidad, puede que hubiera madurado y hubiera dejado de pensar tanto en ella misma. Tenía su encanto, y un ojo excelente para el arte, la decoración y la moda. Con el tiempo, podría haberle sacado provecho y haber hecho algo con su vida. Pero la cruda realidad es que no era tu media naranja, o tu compañera, o el amor de tu vida. No estabas hecho para ella.

—No —admitió Eli—, ninguno de los dos estuvo a la altura.

—Lo mejor que puede decirse es que ambos cometisteis un error. Ella pagó un precio demasiado alto, y lo siento. Era una mujer joven y guapa, y tuvo una muerte absurda y cruel. Lo hecho, hecho está.

No, pensó Eli, no hasta que el culpable pagara por lo que hizo.

—Me gustaría hacerte una pregunta —prosiguió Hester—. ¿Aquí estás a gusto?

—Estaría loco si no lo estuviera.

—¿Y puedes trabajar bien?

—Mejor de lo que imaginaba o esperaba. Durante gran parte de este último año, escribir me servía de evasión, era un modo de apartar ciertos pensamientos de mi mente… o de explorar otras partes de ella. Ahora se ha convertido en mi trabajo. Quiero ser bueno en lo que hago, y creo que estar aquí me ha ayudado.

—Porque este es tu hogar, Eli. Tu sitio está en Whiskey Beach. ¿Tricia? Todos sabemos la vida que lleva; su familia, su hogar está en Boston. —Echó un vistazo atrás, a las puertas de la terraza junto a las que Selina descansaba, acompañada de una Barbie contenta—. Esta casa le sirve para venir a pasar un fin de semana, unas vacaciones de verano o de invierno. Para ella no es un hogar, y nunca lo ha sido.

—Es tu hogar, abuela.

—Ya lo puedes asegurar. —Alzó la barbilla y su profunda mirada se enterneció al pasar por encima de los pensamientos agitados por el viento, en dirección al balanceo de las olas—. Me enamoré de tu abuelo en esa playa una embriagadora noche de primavera. Supe que sería mío y que convertiríamos esta casa en nuestro hogar, que sería aquí donde criaríamos a nuestros hijos, donde construiríamos nuestra vida. Es mi casa, y lo que es mío puedo entregárselo a quien quiera.

Se volvió hacia Eli, y la ternura de sus ojos se tornó dureza.

—Salvo que me digas y me convenzas de que no la quieres, de que no puedes vivir aquí, no puedes ser feliz aquí, voy a disponerlo todo para dejártela a ti.

Mudo de asombro, se la quedó mirando, incapaz de reaccionar.

—Abuela, no puedes darme Bluff House.

—Puedo hacer lo que me venga en gana, jovencito. —Le dio unos golpecitos en el brazo con el dedo—. Siempre lo he hecho y tengo intención de seguir haciéndolo.

—Abue…

Volvió a golpearlo con el dedo, esta vez a modo de advertencia.

—Bluff House es una vivienda, y para que sea una vivienda hay que vivir en ella. Es tu herencia y tu responsabilidad. Quiero saber si estás dispuesto a convertirla en tu hogar, si estás dispuesto a quedarte, cuando pueda volver, y cuando me haya ido. ¿Hay algún otro lugar en el que prefieras vivir?

—No.

—Bien, pues entonces, ya está todo dicho. Una cosa menos de la que preocuparme.

La mujer volvió una vez más la vista al mar, con un suspiro complacido.

—¿Así y ya está?

Ella sonrió y colocó una mano encima de la suya, con delicadeza.

—El perro ha zanjado la cuestión.

Eli se echó a reír al mismo tiempo que Tricia abría las puertas.

—Si vosotros dos sois capaces de despegaros de la terraza, es hora de teñir los huevos.

—Vamos allá. Échame una mano, Eli. Puedo sentarme, pero todavía me cuesta levantarme.

La ayudó a ponerse en pie y, a continuación, la envolvió en sus brazos.

—La cuidaré bien, te lo prometo, pero vuelve pronto a casa.

—Ese es el plan.

Su abuela le había dado mucho en lo que pensar, pero teñir huevos de Pascua con una niña pequeña, por no hablar de su extremadamente competitivo abuelo de cincuenta y ocho años, dificultaba la reflexión, así que Eli lo dejó para más tarde. Cuando sonó el timbre, las hojas de periódico que protegían la isla de la cocina estaban llenas de charcos y salpicaduras de tinte.

Con la perra cerca de él, Eli abrió la puerta a Abra. Llevaba varias bolsas colgadas de los hombros y una bandeja cubierta en las manos.

—Lo siento, no tengo suficientes manos para abrir yo.

Eli sonrió de oreja a oreja y se inclinó para besarla.

—Estaba a punto de llamarte. —Cogió la bandeja y se hizo a un lado para que pudiera pasar—. Pensaba que llegarías antes, pero he conseguido, con sumo esfuerzo y astucia, reservarte algunos huevos.

—Gracias. Tenía que hacer unas cosas.

—¿Va todo bien?

—¿Qué podría ir mal? —Dejó las bolsas en el suelo—. Hola, Barbie. Hola. —Mejor responder con evasivas que soltar noticias angustiosas en una reunión familiar, pensó—. Las tartas llevan su tiempo.

—¿Tartas?

—Tartas. —Recuperó la bandeja y ambos se dirigieron a la parte trasera de la casa—. Por lo que oigo, ya está instalado todo el mundo.

—Como si llevaran aquí una semana.

—¿Bueno o malo?

—Bueno. Muy bueno.

Pudo comprobarlo por ella misma cuando entraron en la cocina. Todos estaban situados alrededor de la isla. Varios huevos, decorados con distintos grados de habilidad y creatividad, descansaban en cajas. Adoptó su mejor sonrisa e intentó olvidar el día horrible que había tenido cuando la atención se centró por completo en ella.

—Felices Pascuas. —Se apresuró a dejar las tartas y se volvió hacia Hester de inmediato. Después de envolverla en sus brazos, cerró los ojos y se balanceó suavemente—. Cuánto me alegro de que estés aquí, cuánto me alegro.

—Déjame mirarte. —Hester la apartó con delicadeza—. Te he echado de menos.

—Tengo que ir a verte más a menudo.

—¿Con tu agenda? Vamos a sentarnos con una copa de vino para ti y un martini para mí, y vas a ponerme al corriente de todos los cotilleos. Porque no me avergüenza decir que también los he echado de menos.

—Casi estás al día, pero seguro que puedo encontrar unos cuantos más a cambio de vino. Rob.

Abra se puso de puntillas para abrazar al padre de Eli.

Eli observó cómo se desenvolvía con su familia. Los abrazos eran algo natural para ella, el contacto físico, esa intimidad. Pero verla con su familia le hizo comprender que Abra se entretejía en sus vidas de un modo que no había entendido hasta entonces.

Él se había... apartado, pensó. Se había hecho a un lado, durante demasiado tiempo.

Al cabo de pocos minutos, Abra estaba cadera con cadera con su hermana, dibujando con una cera en uno de los huevos que todavía no estaban teñidos mientras charlaba sobre posibles nombres para el bebé.

Su padre se lo llevó a un lado.

—Mientras están ocupadas acabando esto, ¿por qué no bajamos y me enseñas el asunto ese del sótano?

No era lo que más le apetecía, pero había que hacerlo. Bajaron y se encaminaron hacia el fondo. Rob se detuvo un momento cuando pasaron la bodega.

El hombre, del que había heredado la altura, la complexión y los ojos, se demoró unos instantes, con las manos en los bolsillos del pantalón caqui.

—En la época de mi abuela, todo esto estaba lleno de mermeladas, frutas y hortalizas. Cajones de patatas y manzanas. Aquí abajo, siempre olía a otoño para mí. Tu abuela continuó la tradición, aunque a menor escala. Pero los días de fiestas espléndidas e interminables desaparecieron con el tiempo.

—Recuerdo algunas fiestas espléndidas.

—No tenían nada que ver con las de la generación anterior —aseguró Rob, mientras reanudaba la marcha—. Cientos de personas, y muchas de ellas se quedaban varios días, incluso semanas, durante la temporada. Para eso había que estar desocupado, tener un lugar donde almacenar los alimentos y las bebidas y un ejército de sirvientes. Mi padre era un hombre de negocios. De haber profesado una religión, habría sido los negocios, no los actos sociales.

—No sabía lo de los pasajes de la servidumbre. Me he enterado hace poco.

—Para desgracia de mi infancia, los cerraron antes de que yo naciera. Mi madre amenazó con hacer lo mismo con algunas partes del sótano. Yo solía colarme aquí abajo con mis amigos. Solo Dios sabe por qué.

—Yo hacía lo mismo.

—¿Crees que no lo sabía? —Rob se rió entre dientes y le dio una palmada en el hombro.

Al llegar a la parte antigua, volvió a detenerse.

—¡Por Dios! Ya sé que me dijiste lo grande que era, pero no acababa de creerlo. Pero ¿qué locura es esta?

—La fiebre del tesoro, creo. Es lo único que tiene sentido.

—Es imposible crecer en Whiskey Beach y no cruzarte con la fiebre del tesoro, incluso contagiarte levemente.

—¿A ti te pasó?

—Cuando era adolescente creía con toda mi alma en la dote de Esmeralda. Devoraba libros, buscaba mapas. Fui a clases de submarinismo para preparar mi carrera de cazador de tesoros. Con el tiempo se me pasó, aunque una parte de mí todavía siente curiosidad. Pero esto... Esto es demencial. Y peligroso. ¿La policía tiene alguna pista?

—Hasta el momento, nada, o al menos no me han informado. Aunque también es cierto que tienen un asesinato entre manos.

Eli le había dado vueltas, había sopesado los pros y los contras de contárselo a su padre, pero hasta ese mismo momento no sabía que había decidido hacerlo.

—Creo que podrían estar relacionados.

Rob se quedó mirando a su hijo.

—Creo que deberíamos sacar los perros a pasear y así puedes explicarme por qué. Y cómo.

Dentro, Abra estaba sentada junto a Hester en la sala de estar.

—Esto me encanta —dijo Abra—. Te he echado de menos.

—Has cuidado muy bien de la casa. Sabía que lo harías. —Señaló los tiestos de flores que había en la terraza—. Cosa tuya, me han dicho.

—He tenido una ayuda relativa. A Eli no se le da muy bien la jardinería.

—Eso puede cambiar. Ha cambiado desde que está aquí.

—Necesitaba tiempo y espacio.

—Es más que eso. Veo vestigios de quien era mezclados con la persona en la que está convirtiéndose. Eso me alegra el corazón, Abra.

—Se le ve más feliz que cuando llegó. Parecía tan triste, tan perdido y tan enfadado...

—Lo sé, y viene de antes de lo que ocurrió el año pasado. Había renunciado a gran parte de él porque había hecho una promesa, y cumplir las promesas es importante.

—¿La quería? No me ha parecido apropiado preguntárselo a él.

—Creo que amaba algunas partes de ella y deseaba lo que creía que podían hacer juntos. Lo deseaba lo suficiente para comprometerse.

—Una promesa es algo muy serio.

—Para algunos sí. Para la gente como Eli. Y para ti. Si su matrimonio hubiera salido bien, podría haberse convertido en otra persona, en otra combinación de sí mismo. Alguien contento con su trabajo de abogado, con la vida que hubiera llevado en Boston, y habría mantenido su promesa. Yo habría perdido al niño que creció en Whiskey Beach, pero me hubiera conformado. Lo mismo podría decirse de ti.

—Supongo que sí.

—¿Sale con gente?

—Le gusta la soledad, pero va ligado con el trabajo que ha escogido. Aunque sí. Mike O'Malley y él parece que se han caído bien, y se ha reencontrado con Vinnie Hanson.

—Ay, ese chico. ¿Quién hubiera imaginado que aquel holgazán medio desnudo que se pasaba el día surfeando y fumando maría acabaría de ayudante del sheriff?

—Veo que siempre te ha gustado.

—Era recondenadamente amable. Me alegra que Eli se haya reencontrado con él y que haga buenas migas con Mike.

—Creo que Eli hace amigos, y los conserva, con facilidad. Ah, y se pasó casi toda una noche empinando el codo con Stoney en el bar. Se cayeron realmente bien.

—Ay, Dios. Espero que alguien lo llevara a casa, y no me refiero a Stoney.

—Fuimos dando un paseo. —Abra cayó en la cuenta de lo que implicaba aquel «fuimos» en cuanto Hester enarcó las cejas.

—Ya decía yo… —Con una leve sonrisa, Hester levantó la copa de martini—. Lissa parecía muy emocionada con que pasaras el fin de semana con nosotros.

—No quiero que sea incómodo, Hester; significa mucho para mí.

—¿Por qué iba a ser incómodo? Cuando le pedí a Eli que se quedara aquí, fue con la esperanza de que encontrara el tiempo y el espacio que necesitaba, que se encontrara a sí mismo. Y esperaba que vosotros dos… empezarais a pasear.

—¿En serio?

—¿Por qué no? De hecho, tenía toda la intención de entrometerme, en caso de que fuera necesario y en cuanto me recuperara del todo. ¿Estás enamorada de él?

Abra dio un largo sorbo de vino.

—Vas muy rápido.

—Soy vieja. No puedo perder tiempo.

—Vieja, y un cuerno.

—Pero no tanto como para no darme cuenta de que no has respondido la pregunta.

—No sé la respuesta. Me encanta estar con él, y ver cómo está convirtiéndose en la persona de la que hablabas antes. Sé que las cosas son complicadas para ambos, así que estoy bien como estoy.

—Las complicaciones son parte de la vida. —Sin ninguna prisa, Hester probó una de las dos olivas de su copa—. Sé alguna cosa de lo que ha ocurrido por aquí, pero yo diría que no todo. La gente va con pies de plomo conmigo. Tengo lagunas, pero la cabeza me funciona estupendamente.

—Ya lo creo.

—Y el resto del cuerpo lo hará dentro de poco. Sé que alguien allanó Bluff House, y eso es inquietante. Sé que han asesinado a alguien y que la policía ha registrado la casa, cosa aún más inquietante.

—El inspector a cargo de la investigación no cree que Eli sea sospechoso —se apresuró a decir Abra—. De hecho, no cree que tuviera nada que ver con la muerte de Lindsay.

Hester se recostó en la silla con una expresión en la que se dibujaba el alivio y la contrariedad.

—¿Por qué nadie me lo ha contado?

—Imagino que no querían disgustarte con todo lo que supone las investigaciones policiales. Sin embargo, por duro que haya sido, lo que ha ocurrido ha despertado a Eli. Está cabreado, Hester, cabreado de verdad, y dispuesto a plantar cara, a batallar. Eso es bueno.

—Es muy bueno. —Volvió la vista hacia el mar—. Y este es un buen lugar para plantar cara.

—Siento interrumpiros. —Lissa entró y le dio un golpecito al reloj de pulsera.

—Vaya, la vigilanta —anunció Hester.

—Hester, te conviene descansar.

—Estoy sentada y estoy bebiendo un martini excelente. Estoy descansando.

—Teníamos un trato.

Con un resoplido, Hester apuró su copa.

—De acuerdo, de acuerdo. Por lo visto tengo que echarme una siesta, igual que la pequeña Sellie.

—Y cuando no lo haces, estás tan gruñona como Sellie cuando se salta la suya.

—Mi nuera no tiene problemas a la hora de insultarme.

—Por eso me quieres —contestó Lissa, mientras la ayudaba a ponerse en pie.

—Una de las muchas razones. Ya hablaremos más tarde —dijo, dirigiéndose a Abra.

Una vez a solas, Abra se permitió unos momentos de abatimiento, de preocupación. ¿Debía excusarse y correr a casa?

¿Para qué? ¿Para asegurarse de que nadie había entrado y había dejado más pruebas incriminatorias?

No ganaba nada obsesionándose, dejando que la ansiedad la reconcomiera por dentro. Era mejor estar allí, se dijo, con gente. Era mucho mejor disfrutar del momento.

Lo que tuviera que ocurrir, ocurriría.

Se levantó y se dirigió a la cocina con paso tranquilo. Descubrió que le apetecía cocinar algo, pero ahora era una invitada, no la asistenta, y no tenía carta blanca.

Subiría sus cosas y prepararía las bolsitas de regalos que había hecho para la familia.

Tenía que ocuparse con algo.

Se volvió cuando entró Lissa.

—Hester siempre se queja de las siestas y no hay día que no duerma como un tronco durante una hora.

—Siempre ha sido muy activa e independiente.

—Si lo sabré yo. Además, una hora de siesta no es nada. Al principio de todo, pocas eran las veces que se mantenía despierta más de una hora. Batió todos los pronósticos, aunque no sé de qué me extraño. ¿Sabes? Eso tiene buena pinta.

—Espera, que te pongo una copa. Estaba fisgoneando, preguntándome qué podría hacer para echar una mano. Con la cena. O con lo que sea.

—Oh, voy a reclutarte para la cuadrilla de la cena. Me las apaño en la cocina cuando Alice me deja, pero no soy Martha Stewart. Debes ser una cocinera excepcional.

—Ah, ¿sí?

—Eso ha dicho Hester y he visto las pruebas con mis propios ojos. Eli está ganando peso en vez de seguir perdiéndolo. Estoy en deuda contigo.

—Me gusta cocinar, y él ha recordado que le gusta comer.

—Y también ha recordado que le gustan los perros, los paseos por la playa y la compañía. Te lo agradezco, Abra.

—Me ha gustado recordárselo.

—Esto no debería ser incómodo. Teníamos muy buena relación antes de que Eli y tú empezarais a salir.

—Tienes razón. —Dejó escapar un suspiro—. Hacía mucho tiempo que no tenía una relación seria, y menos con alguien con una familia tan unida. ¿La verdad? Estoy acostumbrada a hacer lo que haga falta en esta casa o a encontrar algo en lo que emplear el tiempo, y no sé qué puedo o qué no puedo hacer como invitada.

—¿Por qué no eliminamos lo de «invitada» y consideramos que todos somos de la familia? Hester ya te considera parte de la suya. Igual que Eli. ¿Por qué no empezamos por ahí?

—No estaría mal. Así podría parar de darle vueltas a lo que hago o dejo de hacer.

—Ya le he dicho a Max que suba tus cosas al dormitorio de Eli. —Lissa le sonrió con amabilidad, y le guiñó un ojo—. No tiene sentido andar dándole vueltas al asunto.

Sorprendida, Abra se echó a reír y asintió con la cabeza

—Eso lo simplifica todo. ¿Qué te parece si me dices qué habías pensado cocinar para el fin de semana y me pongo manos a la obra?

—No estaría mal, pero, ya que tenemos un par de minutos, me gustaría que me contaras, con toda clase de detalles, qué ha estado pasando aquí. Sé que Eli ha salido y ha utilizado a esa perra adorable y a la pobre Sadie como excusa para poner a su padre al corriente de lo que nos ha estado ocultando. Para no dar quebraderos de cabeza a las pobres mujercitas.

Abra puso los brazos en jarras con los puños cerrados.

—¿En serio?

—No es tan así, pero tampoco se aleja demasiado. Yo también he pasado por este último año, Abra. Por todos y cada uno de sus días. Con todas sus horas. Quiero saber qué ocurre con mi hijo.

—Entonces te lo contaré.

Esperaba haber hecho lo correcto, aunque Abra estaba convencida de que no le había quedado otra opción. Las preguntas directas merecían respuestas directas. Ahora que se había confiado con Lissa, los padres de Eli estaban al día.

Se acabó lo de responder con evasivas u obviar los detalles desagradables.

¿Y qué estaba haciendo ella?, se preguntó. ¿Acaso no estaba respondiendo con evasivas y obviando los detalles desagradables? Sin duda alguna, Eli tenía derecho a saber lo de la pistola que le habían colocado en casa y lo del registro policial. ¿No debería confiar en él lo bastante para contárselo todo?

—Ahí lo tienes. —Eli entró, con el pelo alborotado por el viento—. Barbie me ha abandonado por mi padre y por Sadie, su nueva amiga del alma. Creo que es un poco facilona.

—Menos mal que está esterilizada. Cualquier sabueso apuesto podría seducirla.

—No sabes cuánto me alegro de que estés aquí. Se lo he contado todo a mi padre, hasta el último detalle sórdido y truculento. Pensé que era un buen momento.

—Bien, porque acabo de hacer lo mismo con tu madre.

—Mi...

—Lo que es bueno para uno, también lo es para el otro, Eli. Me preguntó directamente y yo contesté. Y se preocupará menos sabiendo lo que ocurre que imaginándoselo.

—Solo quería que se sintiera segura y libre de preocupaciones en esta casa un par de días.

—Lo entiendo. Yo pensé lo mismo y por eso no te he... ¿Esa es Hester?

Al oír el grito, Eli salió corriendo antes de que Abra hubiera acabado la pregunta, directo al dormitorio de su abuela.

Pisándole los talones, Abra entró detrás de él y vio a Hester, blanca como las sábanas, sentada en la cama. Tenía la respiración agitada y le temblaban las manos, que alargó en dirección a Eli.

Abra se precipitó hacia el baño a buscar agua.

—Ya está. Estoy aquí. Tranquila, abuela.

—Toma, Hester, bebe un poco de agua. Respira despacio. —La voz de Abra era un bálsamo sobre una herida—. Sostenle el vaso, Eli, mientras le pongo bien las almohadas. Ahora quiero que te eches hacia atrás y te tranquilices, respira.

Sin soltar a Eli, Hester bebió poco a poco antes de que Abra la inclinara hacia atrás con delicadeza para que se recostara en los almohadones.

—Oí un ruido.

—He subido corriendo —dijo Eli—. No lo pensé.

—No. —Negó con la cabeza, mirándolo fijamente—. Esa noche. Esa noche, oí un ruido. Me levanté porque había oído un ruido. Recuerdo… Recuerdo que me levanté.

—¿Qué tipo de ruido?

—Pasos. Pensé… Aunque luego me dije que eran imaginaciones mías. Las casas viejas hacen ruido. Estoy acostumbrada. El viento, pensé después, pero esa noche no había, no soplaba ni una brisa. Solo era la casa, que crujía como una anciana. Decidí hacerme un té, uno de esos tés de hierbas especiales que me trajiste, Abra. Es relajante. Me haría un té y volvería a la cama. Me levanté para bajar a la cocina. Son solo imágenes. Imágenes inconexas.

—No pasa nada, abuela. No tienes por qué recordarlo todo.

La mujer le apretó la mano.

—Vi algo. A alguien. A alguien en la casa. ¿Corrí? ¿Me caí? No lo recuerdo.

—¿A quién viste?

—No lo sé. No estoy segura. —Se le quebró la voz, frágil como el cristal—. No pude verle la cara. Quise bajar la escalera, pero lo tenía detrás. Creo… Creo que tampoco podía subir, así que bajé corriendo. Lo oí, oí que venía a por mí. Luego ya no recuerdo nada, hasta que me desperté en el hospital. Tú estabas allí, Eli. Tú fuiste la primera persona que vi cuando me desperté. Sabía que saldría de esa situación porque te vi.

—No pasa nada. —Eli le besó la mano.

—Había alguien en la casa. No era un sueño.

—No, no era un sueño. No dejaré que vuelva a entrar, abuela. No volverá a hacerte daño.

—Ahora eres tú el que vive aquí, Eli. Tienes que protegerte.

—Lo haré. Te lo prometo. Bluff House es ahora responsabilidad mía. Confía en mí.

—Más que en nadie. —Hester cerró los ojos un instante—.

Detrás del armario ropero de la tercera planta, ese armario enorme de dos puertas, hay un mecanismo en la pared que abre un panel.

—Creía que todos los pasajes estaban cerrados.

La anciana recuperó el ritmo de la respiración. Cuando volvió a abrir los ojos, tenía la mirada clara.

—Sí, la mayoría están cerrados, pero no todos. Unos niños curiosos no pueden mover ese armario tan pesado, ni las estanterías del sótano, en la parte antigua, donde tu abuelo tuvo un pequeño taller durante un tiempo. Detrás de esas estanterías hay otro panel. Los demás pasadizos los clausuré. Llegamos a un acuerdo.

Por fin consiguió sonreír.

—Tu abuelo dejó que me saliera con la mía y yo dejé que él se saliera con la suya. Por eso no cerramos esos dos pasajes, y conservamos en cierta medida una de las tradiciones de Bluff House. Ni siquiera se lo he contado a tu padre, ni cuando ya fue lo bastante grande para no hacer tonterías.

—¿Por qué?

—Su hogar está en Boston. El tuyo está aquí. Si tienes que esconderte, o escapar, utiliza los paneles. Nadie más lo sabe, salvo Stoney Tribbet, si es que lo recuerda.

—Lo recuerda. Me dibujó un plano con su ubicación. Pero no mencionó que había dos que seguían abiertos.

—Lealtad —se limitó a decir Hester—. Le pedí que no se lo contara a nadie.

—De acuerdo. Ahora ya lo sé, y no tienes que preocuparte por mí.

—Necesito verle la cara al hombre que esa noche estaba en la casa. La veré. Uniré todas las piezas.

—¿Qué te parece si te preparo ahora ese té? —se ofreció Abra.

—Ya es tarde para tomar té. —Hester se enderezó—. Pero puedes ayudarme a levantarme y bajar. Así podrás ofrecerme un buen vaso de whisky.

20

Eli se levantó un par de veces a lo largo de la noche para pasearse por la casa, fielmente acompañado por la perra. Comprobó puertas, ventanas, la alarma, incluso salió a la terraza principal para ver si había movimiento en la playa.

Todas las personas que le importaban dormían en Bluff House, así que no pensaba dejar nada al azar.

Lo que su abuela había recordado cambiaba las cosas. No sobre el intruso, pues Eli ya sabía que había alguien en la casa la noche que su abuela se cayó, sino sobre el lugar en que se encontraba. Según su abuela, había visto a alguien arriba y luego había bajado corriendo o lo había intentado. No había visto a alguien en la planta baja, alguien que había subido del sótano.

Eso dejaba tres opciones.

Su abuela estaba confusa. Quizá por el trauma que había sufrido. Aunque no lo creía.

También era posible que se tratara de dos intrusos distintos, relacionados o completamente inconexos. No podía descartar esta vía, ni lo haría.

Por último, un solo intruso, el mismo que había allanado la casa y había agredido a Abra, la misma persona que había cavado en el sótano. Esto planteaba nuevas preguntas: ¿qué estaba buscando arriba? ¿Cuál era su objetivo?

Partiendo de ese nuevo punto de vista, volvería a inspeccionar la casa en busca de respuestas cuando la familia regresara a Boston, habitación por habitación, centímetro a centímetro.

Hasta entonces, Barbie y él harían la guardia.

Permaneció despierto junto a Abra, tratando de encajar las piezas. ¿Un intruso no identificado asociado con Duncan? El tipo pone en práctica la teoría de que «no existe honor entre ladrones» y asesina a Duncan para luego entrar en su despacho y eliminar todo lo que pudiera relacionarlo con él.

Posible.

El cliente de Duncan, el intruso, lo contrató. Duncan se entera de que el cliente ha allanado una casa y agredido a una mujer. Se enfrenta al cliente: o bien lo amenaza con denunciarlo a la policía, o bien intenta hacerle chantaje. El cliente lo mata y elimina todas las pruebas.

Igualmente posible.

El intruso o los intrusos no estaban relacionados con Duncan de ningún modo. Duncan hace su trabajo, los descubre y acaba asesinado.

También era posible, aunque improbable, o al menos eso le pareció a las cuatro de la madrugada.

Intentó desviar sus pensamientos hacia el trabajo. Al menos el argumento de su novela le ofrecía caminos y posibilidades que resolver antes del alba.

Le había cerrado el paso al personaje principal: con el antagonista, con una mujer y con las autoridades. Su vida era un caos en el que se enfrentaba a conflictos y consecuencias en todos los ámbitos. Todo se reducía a elecciones. ¿Escogería el camino de la izquierda o el de la derecha? ¿Se quedaría sin hacer nada y esperaría?

Eli fue dándole vueltas a las tres opciones hasta que el sueño finalmente comenzó a embotarle la cabeza.

Y en algún lugar del laberinto de su subconsciente, la realidad y la ficción se confundieron. Eli abrió la puerta principal de la casa de Back Bay.

Conocía cada paso, cada sonido, cada pensamiento, pero aun así era incapaz de cambiar nada. Da la vuelta y sal, a la lluvia.

Sube al coche y vete. Sin embargo, se repitieron las escenas que habían tenido lugar la noche del asesinato de Lindsay y que desde entonces habían invadido sus sueños.

No podía cambiarlo, y aun así el sueño cambió. Abrió una puerta en Back Bay y entró en el sótano de Whiskey Beach.

Sujetaba una linterna mientras se abría paso en la oscuridad. Se ha ido la luz. Ha vuelto a irse la luz, pensó una parte de su mente. Tenía que poner en marcha el generador.

Pasó junto a una pared de estanterías llenas de tarros relucientes, todos debidamente etiquetados y ordenados. Confitura de fresa, mermelada de uva, melocotones, judías verdes, compota de tomate.

Alguien ha estado ocupado, pensó, al tiempo que rodeaba una pila de patatas. Un montón de bocas que alimentar en Bluff House. Sus familiares dormían en sus propias camas; Abra en la de él. Un montón de bocas que alimentar, un montón de gente que proteger.

Había prometido que se ocuparía de la casa. Los Landon cumplían sus promesas.

Tenía que conseguir que volviera la electricidad, la luz, el calor, la seguridad, y proteger lo que era suyo, lo que amaba, lo vulnerable.

A medida que se acercaba al generador, oía el mar, una especie de murmullo, una nota que subía y bajaba, subía y bajaba, subía y bajaba.

Y por encima del murmullo oyó el nítido martilleo del metal contra la piedra. Un metrónomo marcando el tiempo.

Hay alguien en la casa, golpeando la casa. Amenazando lo que él debía proteger. Sintió la culata de un arma en la mano y cuando bajó la vista vio el destello de una de las pistolas de duelo bajo una luz que se había tornado azul y sobrecogedora, como el mar.

Fue avanzando a medida que el murmullo se convertía en un rugido.

Sin embargo, cuando entró en la parte antigua, lo único que vio fue la zanja abierta en el suelo.

Se acercó, miró dentro y vio a una mujer.

No era Lindsay, allí no. Era Abra, estaba tendida en aquella cicatriz profunda mientras una sangre increíblemente roja le empapaba la camisa, le apelmazaba los maravillosos rizos alborotados.

Wolfe salió de entre las sombras y quedó bañado por la luz azul.

Ayúdeme. Ayúdela, decía entre sueños. Mientras suplicaba, Eli se puso de rodillas para tratar de alcanzar a Abra. Demasiado fría. Recordó a Lindsay cuando la sangre de Abra le cubrió las manos.

Demasiado tarde. No, no podía llegar demasiado tarde. Otra vez no. No con Abra.

Está muerta, como la otra. Wolfe empuñó su arma de servicio. Usted es el responsable. Tiene las manos manchadas con su sangre. Esta vez no se saldrá con la suya.

La explosión y el eco del disparo sacaron a Eli del sueño con un sobresalto y lo sumergieron en un auténtico pánico. Tratando de recuperar la respiración, se llevó la mano al pecho y bajó la vista, convencido de que vería su sangre escurriéndose entre los dedos. Bajo la palma, el corazón latía con fuerza, un martilleo demencial contra un miedo atávico.

Tanteó a su lado, buscando a Abra, pero encontró su sitio vacío y frío.

Se dijo que ya era de día e intentó tranquilizarse. Solo había sido un sueño, y ahora el sol se colaba a través de las puertas de la terraza y salpicaba el mar de estrellas blancas. Todo el mundo estaba seguro y a salvo en Bluff House. Abra ya se había levantado y había empezado el día.

Todo iba bien.

Se incorporó y vio a la perra acurrucada en su cama, con una pata sobre un hueso de juguete en actitud posesiva. No supo por qué, pero la perra dormida lo tranquilizó un poco más, le recordó que la realidad podía ser tan sencilla como un buen perro y una soleada mañana de domingo.

Prefería lo sencillo, el tiempo que durara, antes que los sueños complejos y angustiosos.

Eli no había acabado de poner los pies en el suelo cuando Barbie levantó la cabeza y empezó a menear el rabo.

—No pasa nada —dijo, en voz alta.

Se puso unos vaqueros y una sudadera y luego fue a buscar a Abra donde solía estar por las mañanas.

No le sorprendió encontrarla en el gimnasio, pero sí verla allí acompañada de su abuela. Y le resultó innegablemente raro descubrir a la indomable Hester Landon sentada en una colchoneta roja con las piernas cruzadas y vestida con unos pantalones elásticos negros, que acababan justo por encima de la rodilla, y una camiseta de color lavanda que dejaba los brazos y gran parte de los hombros a la vista.

Vio la cicatriz de la operación que le recorría el brazo izquierdo hasta el codo; zanjas profundas, pensó, como en el sótano. Cicatrices en lo que era suyo, en lo que amaba, en lo que debía proteger.

—Coge aire e inclínate a la izquierda. No te fuerces, Hester.

—Me tienes haciendo yoga para ancianas.

La irritación en el tono de voz de Hester consiguió que la escena le resultara un poquitín menos rara.

—Estamos tomándonoslo con calma. Respira. Inspira, brazos arriba, palmas juntas. Espira. Inspira e inclínate a la derecha. Brazos arriba. Repítelo dos veces.

Mientras hablaba, Abra se levantó para arrodillarse detrás de Hester y masajearle los hombros.

—Tienes un don, muchacha.

—Y tú tienes un montón de tensión acumulada aquí. Relájate. Hombros abajo y atrás. Solo estamos calentando, nada más.

—Dios sabe cómo necesitaba esto. Me levanto agarrotada y sigo así todo el día. Estoy perdiendo flexibilidad. Ni siquiera sé si puedo tocarme los dedos de los pies.

—Ya la recuperarás. ¿Qué han dicho los médicos? No fue más grave...

—No la diñé —la corrigió Hester, y aunque Eli solo veía a Abra de perfil, se fijó en que cerraba los ojos con fuerza.

—... porque tienes huesos fuertes, un corazón fuerte.

—Y una cabeza dura.

—Eso no lo discuto. Te has cuidado y te has mantenido activa toda la vida. Empiezas a recuperarte, pero tienes que ser paciente. En verano ya estarás haciendo «Medias lunas» y «Grandes ángulos».

—A menudo pienso que es una lástima que no conociera esas posturas cuando mi Eli vivía.

Eli tardó un segundo en comprender el significado, y un segundo más en sentirse escandalizado y avergonzado. La risa despierta y pícara de Abra le tomó la delantera.

—En memoria de tu querido Eli, espira, relajando el ombligo y la espalda, e inclínate hacia delante. Suave. Suave.

—Espero que el joven Eli sepa apreciar lo flexible que eres.

—Doy fe.

Y el joven Eli decidió batirse en discreta retirada.

Prepararía café, se llevaría una taza y sacaría los perros a pasear. Para cuando hubiera terminado, su abuela ya iría vestida de abuela. Y puede que la alusión a la práctica del sexo con su abuelo hubiera desaparecido de su memoria.

Empezó a percibir el aroma a café cuando se dirigía a la cocina, donde encontró a su hermana con un pijama rosa y una taza en la mano.

Sadie estaba tumbada en el suelo y se incorporó para que Barbie y ella pudieran olisquearse.

—¿Dónde está el bichito?

—Aquí mismo. —Tricia le dio unas palmaditas al bulto de tamaño hormiguero—. La hermana mayor está arriba, disfrutando del acurrucamiento dominical con su padre. Y yo disfruto de un momento de paz y de la única y mísera taza de café que puedo tomarme al día. Tú también podrías tomarte una y ayudarme a esconder los huevos.

—Vale, después de sacar los perros a pasear.

—Trato hecho. —Tricia se agachó para acariciar a Barbie—. Es un encanto y le hace compañía a Sadie. Si tuviera un hermano o una hermana, lo adoptaría. Se portó muy bien con Sellie. Es muy paciente y cariñosa.

—Sí. —Menudo perro guardián, pensó Eli, mientras se servía el café.

—No he tenido mucho tiempo para hablar contigo, al menos a solas. Quería decirte que tienes buen aspecto. Pareces Eli.

—¿Quién parecía antes?

—El tío demacrado, pálido y un pelín aburrido de Eli.

—Gracias.

—Tú has preguntado. Todavía estás un poco delgado, pero pareces Eli. Por eso quiero a Abra. Un montón.

Tricia ladeó la cabeza al ver que la miraba de reojo.

—¿Vas a decirme que ella no tiene nada que ver?

—No. Voy a decir que no sé cómo he vivido toda mi vida con esta familia sin saber que está obsesionada con el sexo. Acabo de oír a la abuela hablando con Abra y haciendo un comentario sexual sobre el abuelo.

—¿En serio?

—En serio. Y ahora tengo que borrarlo de mi memoria. Vamos, Barbie. Nos llevaremos a Sadie a dar un paseo.

Pero Sadie volvió a repantigarse en el suelo y lanzó un bostezo gigantesco.

—Creo que Sadie pasa —observó Tricia.

—De acuerdo. Solo tú y yo, Barbie. Volveremos para jugar al conejito de Pascua dentro de un rato.

—Perfecto. No hablaba solo de sexo —dijo Tricia, alzando la voz, cuando él ya se iba.

Eli la miró desde el cuarto de la colada, mientras cogía la correa.

—Lo sé.

Ya que no estaba obligado a seguir el paso regio de Sadie, probó algo distinto. Y tenía la playa para él solo un domingo de Pascua por la mañana. Enterró la taza en la arena cuando se terminó el café, cerca de los escalones, y a continuación echó a correr a medio trote. Cuando le preguntó a su cuerpo qué le parecía la idea, este no lo tenía muy claro.

Sin embargo, a la perra le encantó. De hecho, le gustó tanto que aumentó el ritmo hasta que Eli acabó corriendo. No hacía falta decir que lo pagaría más tarde, concluyó. Menos mal que tenía a una masajista a mano.

De pronto lo asaltó la imagen de Abra tal como la había visto en el sueño, pálida y ensangrentada, tendida en el frío y pedregoso suelo del sótano. La visión le aceleró el pulso mucho más que la carrera.

Por fin consiguió que la perra recuperara un paso tranquilo y llenó los pulmones del aire húmedo de la mañana para aliviar la garganta seca.

Bueno, los allanamientos le angustiaban más de lo que había admitido. Su familia, Abra, le preocupaban más de lo que había admitido a plena luz del día.

—Habrá que hacer algo más al respecto que ladrar —le dijo a la perra, y dio media vuelta para regresar a casa—. Aunque primero dejaremos pasar hoy y mañana.

Alzó la vista hacia Bluff House y le sorprendió descubrir lo lejos que habían llegado.

—Jesús.

No hacía ni dos meses que estaba tirado en el suelo, jadeando y empapado en sudor, sin haber hecho ni un kilómetro. Pero ahora había recorrido el doble sin dificultad.

Tal vez era cierto que volvía a ser el de antes.

—De acuerdo, Barbie, intentemos completar el circuito.

Regresó corriendo, con la perra a su lado, loca de alegría. Cuando volvió a levantar la vista hacia Bluff House, vio a Abra en la terraza, aún con la ropa de yoga. Levantó el brazo para saludarlo.

Aquella era la imagen que conservaría en su memoria, se prometió. Abra con Bluff House a su espalda y la brisa danzando en su pelo.

Recuperó la taza. Cuando llegó a lo alto de los escalones que lo llevarían de vuelta a casa, estaba sin respiración, pero se sentía condenadamente bien.

—Un hombre y su perro —dijo Abra, dándoles la bienvenida.

—Un hombre, su perro y la banda sonora de *Rocky*. ¡Adrian!

La levantó del suelo. Abra se echó a reír cuando la hizo girar en el aire.

—¿Qué llevaba ese café? ¿No queda?

—Va a ser un buen día.

—Ah, ¿sí?

—Seguro. Cualquier día que empiece con conejitos de chocolate y gominolas para desayunar es un buen día. Tenemos que esconder los huevos de Pascua.

—Ya está hecho, Rocky. Te lo has perdido.

—Pues mucho mejor, ahora me toca buscarlos. Dame pistas —pidió—. Puede que no lo sepas, pero Robert Edwin Landon, director de Landon Whiskey, presidente o copresidente de incontables y encomiables consejos de administración de instituciones benéficas y cabeza de la renombrada familia Landon, es capaz de interceptar al piojo de su nieta para ganar la búsqueda de los huevos.

—No se atreverá.

—Vale, tal vez respete a su nieta, pero te aseguro que interceptará a su único hijo.

—Tal vez sí, pero no voy a darte pistas. De todas maneras, vamos a buscar tu cesta de Pascua antes de que baje su padre y arramble con todos.

Fue un buen día, aunque comió tantos dulces que la idea de que hubiera gofres para desayunar le revolvió un poco el estómago. Aun así, se los acabó y aparcó todo lo demás a un lado para disfrutar de aquellos momentos.

Su padre con orejas de conejo llenas de lucecitas que hicieron soltar sonoras carcajadas a Selina. El placer de ver la expresión de su abuela cuando le regaló un bol precioso y fragante lleno de bulbos de primavera en flor.

Librando una guerra con pistolas de agua contra su cuñado y acertándole a su hermana de manera accidental (en gran medida) directamente en el corazón cuando esta abría la puerta de la terraza.

Regalándole a Abra una orquídea de un verde intenso porque le recordaba a ella.

En el comedor se dieron un banquete con el jamón y las patatas asadas, los espárragos tiernos y el pan de hierbas de Abra, los huevos rellenos desprovistos de sus coloridas cáscaras y mucho más. El parpadeo de las velas, el reflejo de la luz en los cristales, el canto de sirena de las olas al romper contra la costa rocosa conformaban el telón de fondo perfecto para el buen día que había predicho.

No recordaba la Pascua anterior, con el reciente asesinato de Lindsay, con las horas que había pasado en la sala de interrogatorios, con el miedo constante a que la policía, una vez más, llamara a la puerta y esa vez se lo llevara esposado. Se había transformado en un vago recuerdo: los rostros demacrados y cansados de su familia, el alejamiento gradual y continuo de aquellos a los que consideraba amigos, la pérdida del trabajo, las acusaciones que le lanzaban cuando se aventuraba a salir a la calle.

Lo había superado. Y también superaría la situación que lo acosaba en esos momentos.

No volvería a renunciar a aquello, a esa sensación de haber encontrado su hogar, de que había esperanza.

Por Whiskey Beach, pensó, al tiempo que levantaba su copa y llamaba la atención de Abra, que le regaló una sonrisa. Bebió a la salud de aquel lugar, y de todo lo que había en él.

El lunes por la mañana, después de ayudar a cargar coches, todavía conservaba la sensación de que había esperanza. Le dio a su abuela un último abrazo de despedida.

—Lo recordaré —le susurró ella al oído—. Cuídate hasta entonces.

—Lo haré.

—Y dile a Abra que no seguirá dando su clase matutina de yoga sin mí durante mucho más tiempo.

—Eso también lo haré.

—Vamos, mamá, subamos ya al coche. —Rob le dio un abrazo varonil a su hijo y una palmada en la espalda—. Nos veremos pronto.

—Se acerca el verano —dijo Eli, ayudando a su abuela—. Haced un hueco, ¿vale?

—No te preocupes. —Su padre rodeó el coche hasta el asiento del conductor—. No ha estado mal volver a tener a todos los Landon reunidos en Bluff House. No te duermas, que volveremos.

Eli levantó el brazo para despedirse y los siguió con la mirada hasta el recodo por el que se perdía la carretera. A su lado, Barbie lanzó un pequeño gemido.

—Ya lo has oído. Volverán. —Eli dio media vuelta y contempló Bluff House—. Pero antes tenemos cosas que hacer. Vamos a descubrir qué andaba buscando ese gilipollas. Vamos a darle un buen repaso a Bluff House. ¿De acuerdo?

Barbie meneó la cola.

—Tomaré eso como un sí. Manos a la obra.

Empezó por arriba. La tercera planta, los alojamientos de la servidumbre en los viejos tiempos, ahora servía de almacén de muebles extraños, baúles que contenían ropa antigua o recuerdos que las generaciones de Landon conservaban, demasiado sentimentales para deshacerse de ellos, o demasiado prácticos para exponerlos.

Tras el registro, la policía no se había molestado en volver a colocar las sábanas para que todo aquello estuviera resguardado y no cogiera polvo, así que estas seguían amontonadas en el suelo, como si fueran montañas de nieve.

—Si fuera un cazador de tesoros obsesionado, ¿qué buscaría aquí arriba?

El tesoro propiamente dicho no, concluyó Eli. Salvo en «La carta robada», esconder algo a plena vista tenía sus limitaciones. A nadie se le pasaría por la cabeza que alguno de los ocupantes anteriores hubiera escondido un cofre lleno de joyas en el viejo diván o detrás de un espejo.

Dio varias vueltas, le echó un vistazo a cajas y baúles, retiró las pocas sábanas que aún cubrían las sillas para preservarlas del polvo. La luz entraba a raudales, las motas de polvo danzaban en los rayos de sol y el silencio de la casa acentuaba el vaivén de las olas.

Era incapaz de imaginar cómo habría sido vivir con el ejército de sirvientes que una vez había dormido en aquel laberinto de habitaciones, o que se reunía en la zona más amplia de esa planta para comer o cotillear. Nunca habría verdadera soledad, verdadero silencio, y ya no digamos una intimidad auténtica.

Una cosa compensaba la otra, supuso. Mantener una casa como aquella, y vivir y recibir visitas como lo hacían sus antepasados, exigía un ejército. Sus abuelos habían preferido un estilo de vida menos sofisticado.

En cualquier caso, los días del gran Gatsby pertenecían al pasado, al menos en Bluff House.

Aun así, era una pena y un desperdicio tener toda una planta ocupada por muebles tapados con sábanas, cajas de libros y baúles llenos de vestidos protegidos con hojas de papel de seda y saquitos de lavanda.

—Sería un estupendo estudio para un artista, ¿verdad? —preguntó a Barbie—. Si supiera pintar. La abuela sabe, pero hay mucho trecho hasta aquí arriba, y a ella le gusta utilizar la salita de estar, o pintar en la terraza.

Se tomó un descanso, hizo los ejercicios con los hombros que Abra le había recomendado y se paseó por el antiguo salón de los sirvientes.

—Aunque la luz es genial. Hay una pequeña cocina. Habría que cambiar el fregadero, poner un microondas y remodelar el cuarto de baño —añadió, después de echar un vistazo a la vieja cisterna de cadena—. O mejor, restaurar todo lo que hay aquí. Y usar parte de estos muebles que están muriéndose de asco.

Con el entrecejo fruncido, se acercó a las ventanas que daban a la playa. Ventanas generosas, vista preciosa, seguramente una decisión arquitectónica en vez de algo concebido para el disfrute del personal.

A continuación se dirigió al hastial y pensó en la primera vez que se había paseado por allí, el día que había llegado.

Sí, podría trabajar allí arriba, pensó de nuevo. No costaría demasiado acondicionarlo un poco. No necesitaba muchas cosas. Subir un escritorio, algunos archivos, estanterías… Y claro, renovar el baño.

—¿Qué escritor no suspira por una buhardilla? Sí, tal vez. Tal vez lo haga cuando la abuela vuelva a casa. Me lo pensaré.

Aún no había abordado el motivo por el que había subido, admitió Eli, así que dio una nueva vuelta. Imaginó a las criadas bajando de sus camas de hierro al alba y encogiendo los dedos de los pies descalzos al tocar el suelo frío. Un mayordomo poniéndose la camisa almidonada, el ama de llaves repasando la lista de tareas del día.

Allí había existido un mundo entero. Uno del que la familia seguramente apenas sabía nada. Sin embargo, lo que no había existido, por lo que él veía, era algo por lo que valiera la pena allanar una casa o romperle los huesos a una anciana.

Regresó al amplio vestíbulo y estudió con detenimiento el viejo armario ropero pegado a la pared de papel pintado con motivos florales, una decisión desafortunada, según Eli. Lo examinó de cerca, pero no vio señal alguna de que lo hubieran movido en la última década o más.

Empujado por la curiosidad, decidió moverlo y apoyó la espalda en el mueble. Apenas consiguió correrlo un par de centímetros. Probó a meter una mano en el estrecho resquicio que lo separaba de la pared y al mismo tiempo cogerlo por abajo.

No solo un niño travieso hubiera sido incapaz de separarlo de la pared, ni siquiera habría podido hacerlo un adulto. Al menos sin ayuda, pensó Eli.

Llevado por un impulso, sacó el teléfono y fue pasando los contactos que Abra había agregado. Seleccionó el número de Mike O'Malley.

—Hola, Mike, soy Eli Landon… Sí, bien, gracias. —Se apoyó en el armario, y se le antojó tan macizo e intimidante como una secuoya—. Oye, ¿tendrías hoy unos minutos? ¿En serio? Si tienes el día libre, no quiero complicar los planes… En ese caso, no me vendría mal que me echaras una mano con una cosa. Necesito un poco de músculo. —Se echó a reír cuando Mike le preguntó a cuál se refería—. A todos ellos. Te lo agradezco.

Colgó y miró a Barbie.

—Seguramente es una tontería, ¿verdad? Pero ¿quién puede resistirse a un panel secreto?

Bajó rápidamente y se detuvo un momento en su despacho para imaginar cómo sería trasladar su espacio de trabajo a la tercera planta. Decidió que no era una idea tan alocada. Más bien… excéntrica.

El papel pintado tendría que desaparecer, y seguramente habría que revisar la calefacción, el aire acondicionado y las tuberías. Y con el tiempo tendría que decidir qué hacer, si es que hacía algo, con el resto de las estancias sobrante de allí arriba.

Pero le iba bien pensar en ello.

Barbie levantó la cabeza y lanzó tres ladridos segundos antes de que sonara el timbre de la puerta.

—Menudo oído tienes —dijo Eli, y la siguió escalera abajo.

—Hola. Has venido muy rápido.

—Estaba fuera, trabajando un rato en el jardín… Eh, hola. —Mike acarició a Barbie cuando esta empezó a olisquearle los pantalones—. Había oído que tenías un perro. ¿Cómo se llama?

—Es una perra. —Eli intentó no torcer el gesto—. Barbie.

—Venga ya, tío. —La lástima y la compasión empañaron la expresión de Mike—. ¿En serio?

—Ya venía con ese nombre.

—No pasa nada mientras no le busques un compañero y le pongas Ken. Hacía mucho tiempo que no venía por aquí —añadió Mike, entrando en el vestíbulo—. Menuda choza. Maureen me dijo que tu familia ha venido a pasar la Pascua. ¿Qué tal está la señora Landon?

—Mejor. Mucho mejor. Espero que vuelva a Bluff House antes de que acabe el verano.

—Estará bien tenerla de vuelta. No es que queramos echarte a patadas de Whiskey Beach.

—Me quedo.

—No jodas. —La sonrisa de Mike se ensanchó al tiempo que

le propinaba un suave puñetazo en el hombro—. Tío, me alegra oírlo. No nos vendría mal carne fresca en nuestra timba de póquer mensual. Y le daría más clase si la hiciéramos aquí cuando te viniera bien.

—¿Cuál es la compra mínima?

—Cincuenta. Somos unos aficionadillos.

—Avísame la próxima vez que vayáis a jugar una partida. El asunto por el que te llamé está arriba —dijo Eli, señalándole la escalera y volviéndose hacia esta—. Tercera planta.

—Genial. Nunca he estado ahí arriba.

—No ha vuelto a usarse desde que yo era un crío. Era donde jugábamos cuando hacía mal tiempo, y una o dos veces nos quedamos a dormir allí y contamos historias de terror. Ahora prácticamente se utiliza de almacén.

—Entonces ¿vamos a bajar algo?

—No. Solo vamos a mover un mueble. Un armario de los grandes. Un ropero de dos puertas —añadió cuando llegaron a lo alto de la escalera—. Por aquí.

—Bonito sitio, papel pintado horrible.

—Dímelo a mí.

Mike echó una ojeada a la estancia y vio el armario.

—La Virgen. —Se acercó al mueble y pasó los dedos por las puertas talladas—. Es una belleza. Caoba, ¿no?

—Eso creo.

—Tengo un primo que trabaja con antigüedades. Se mearía en los pantalones por echarle el guante a algo así. ¿Adónde hay que moverlo?

—Solo hay que separarlo un par de palmos de la pared. —Al ver que Mike lo miraba sin comprenderlo, Eli se encogió de hombros—. Es que… hay un panel detrás.

—¿Un panel?

—Un pasaje.

—¡Cojonudo! —Mike levantó un puño en el aire y se le iluminó la cara—. ¿En plan pasadizo secreto? ¿Adónde lleva?

—Baja hasta el sótano, por lo que me han contado, hace muy poco. No tenía ni idea. Eran pasajes para la servidumbre —explicó Eli—. A mi abuela la ponían nerviosa, así que los clausuró, aunque este y el del sótano solo los bloqueó.

—Esto mola mucho. —Mike se frotó las manos—. Vamos a mover este armatoste.

Descubrieron que era más fácil decirlo que hacerlo. Dado que no podían levantarlo y no consiguieron nada empujando uno por cada lado, probaron una nueva estrategia. Primero se ponían ambos en el mismo extremo, luego cambiaban al otro, y así fueron moviéndolo un par de centímetros cada vez.

—El próximo día nos buscamos una grúa.

Mike se enderezó y movió los hombros doloridos.

—¿Cómo demonios subieron esto aquí arriba?

—Entre diez hombres, mientras una mujer les decía que quizá quedaría mejor en la otra pared. Y si le dices a Maureen que he dicho eso, juraré que eres un maldito mentiroso.

—Acabas de ayudarme a mover un armario de diez toneladas. Tienes mi lealtad absoluta. ¿Ves esto? Se ve el borde del panel. El papel espantoso lo camufla en gran parte, pero si sabes que está ahí…

Fue palpando el zócalo, pasó los dedos por la parte superior del marco, por los lados, hasta que toparon con el resorte. Cuando Eli oyó el débil clic, miró a Mike.

—¿Juegas?

—¿Estás de coña? Canso hasta a mis hijos. Abre de una vez.

Eli ejerció presión sobre el panel y enseguida observó que cedía ligeramente y que luego se separaba un par de centímetros de la pared.

—Se abre hacia fuera —murmuró, y acabó de abrirlo del todo.

Vio un pequeño descansillo y a continuación unos escalones empinados que descendían y se perdían en la oscuridad. De manera automática, tanteó la pared interior en busca de un interruptor y se sorprendió al encontrarlo.

Pero cuando lo accionó, no pasó nada.

—O bien no hay luz o no hay bombillas. Iré a buscar un par de linternas.

—Y puede que una hogaza de pan. Para marcar el camino con las migas —explicó Mike—. Y un palo muy grande, por si hay ratas. Vale, pues solo las linternas —dijo, ante la mirada de Eli.

—Vuelvo enseguida.

De paso, se hizo con un par de cervezas. Era lo mínimo por su parte.

—Mejor que una hogaza de pan. —Mike cogió la cerveza y la linterna, y apuntó con esta hacia el techo del pasaje—. No hay bombilla.

—Traeré unas cuantas la próxima vez. —Armado con la linterna, Eli entró en el pasaje—. Bastante estrecho, pero más ancho de lo que imaginaba. Supongo que necesitarían espacio para llevar y traer bandejas o lo que fuera. Parece que los escalones son seguros, pero ve con cuidado.

—Serpientes, muy peligroso. Tú primero.

Eli soltó una carcajada y empezó a bajar.

—Dudo que encontremos los restos de un mayordomo detestado o las últimas palabras de una criada melancólica grabadas en la pared.

—Puede que un fantasma. Da escalofríos.

Y era un pasadizo polvoriento, frío y húmedo. Los escalones crujían bajo sus pies, pero al menos no vieron el destello rojizo de los ojos de una rata.

Eli se detuvo un instante cuando su linterna iluminó otra puerta.

—Déjame pensar. —Y trató de orientarse—. Esto debe de dar al descansillo de la segunda planta. ¿Ves cómo se bifurca aquí? Ese debe de acabar en el cuarto de mi abuela. Por lo que sé, siempre ha sido el dormitorio principal. Dios, de niños habríamos matado por que estos pasajes hubieran estado abiertos. Me habría escondido, habría salido de golpe y le habría dado un susto de muerte a mi hermana.

—Que es justo por lo que tu abuela bloqueó estas puertas.

—Sí.

—¿Estás pensando en abrir los accesos a los pasadizos?

—Sí. No sé por qué, pero sí.

—Pues porque molan.

Siguieron descendiendo y doblando en las esquinas. Por el plano mental que se había hecho, Eli calculó que los paneles se abrían en lugares estratégicos dispuestos por toda la casa; en los salones, la cocina, la sala de estar, el vestíbulo…, en dirección a las profundidades del sótano.

—Mierda. Primero tendríamos que haber movido las estanterías del otro lado.

No obstante, encontró una palanca y tiró de la puerta hacia él, de modo que acabaron viendo el sótano a través de botes viejos y herramientas oxidadas.

—Tienes que abrir esto, tío. Piensa en las fiestas de Halloween.

Sin embargo, Eli estaba pensando en otra cosa.

—Podría tenderle una trampa —murmuró.

—¿Eh?

—Al gilipollas que entró en la casa y estuvo cavando aquí abajo. Tengo que pensarlo.

—Montar guardia y atraerlo hasta aquí. Una emboscada clásica —convino Mike—. Y luego ¿qué?

—Estoy dándole vueltas. —Cerró la puerta, prometiéndose que movería las estanterías y pensaría en un plan.

—Avísame. No me importaría participar en la captura de ese tipo. Maureen sigue bastante acojonada —dijo Mike cuando empezaron a subir—. No creo que se tranquilice de verdad hasta que lo cojan, sobre todo cuando casi todos estamos convencidos de que es el mismo que se cargó al detective privado. Es de cajón.

—Sí, lo es.

—Y cuando Maureen se enteró de que el tipo había colocado esa pistola en la casa de Abra, entonces sí que se acojonó de verdad.

—¿Y quién no…? ¿Qué? ¿Qué pistola? ¿De qué estás hablando?

—De la pistola que Abra encontró en su… Ay. —Mike torció el gesto y se metió las manos en los bolsillos—. Vaya, mierda, Abra no te lo ha contado.

—No, desde luego que no me ha contado nada, pero tú sí vas a hacerlo.

—Dame otra cerveza y desembucho.

Promesa

*Un pensamiento dulcemente solemne
me asalta una y otra vez.
Hoy estoy más cerca de casa
de lo que nunca lo he estado.*

PHOEBE CARY

21

Al final de un largo día (dos clases, una masiva de limpieza y un par de masajes) Abra aparcó junto a su casa.

Y se quedó sentada.

No quería entrar. No le gustaba nada la idea de no querer entrar en su propia casa, ocuparse de sus cosas y usar su propia ducha.

Adoraba Laughing Gull y la había amado desde el primer momento en que la había visto. Quería recuperar esa sensación, el orgullo, la comodidad y la idoneidad de su casa, y lo único que sentía era pavor.

Ese tipo, fuera quien narices fuera, lo había echado todo a perder al entrar en su hogar e impregnarlo de violencia y muerte. Un monstruo en el armario, en forma de pistola.

Solo tenía dos opciones, se dijo. Permitir que ganara el monstruo, es decir, rendirse y sentarse a darle vueltas a la cabeza. O plantar cara y ponerle remedio.

Decidió que, visto de ese modo, en realidad no tenía opción.

Salió del coche con energía, sacó la camilla, cogió el bolso y lo llevó todo hasta la puerta. Una vez dentro, apoyó la camilla en la pared antes de dejar el bolso en el salón.

Conducir cerca de treinta kilómetros por una carretera costera para comprar el ramillete de hierbas para sahumar no había ayudado a descargar su ya de por sí atestada agenda, pero cuando lo sacó del bolso tuvo la sensación de que había hecho algo positivo.

Encendería la salvia y limpiaría la casa. Si sentía que su casa estaba limpia, entonces estaba limpia. Y en cuanto hubiera recuperado su hogar, se tomaría en serio lo de añadir un pequeño invernadero para poder cultivar sus propias hierbas en mayores cantidades. Haría sus propios ramilletes y dispondría de hierbas aromáticas todo el año para cocinar.

Puede que también las vendiera. Otro negocio. Crearía sus propias mezclas y saquitos.

Tenía que pensar.

Sin embargo, por el momento puso todo su empeño en limpiar su mente, en albergar únicamente pensamientos limpios y positivos mientras encendía la salvia, la ponía en una concha de oreja de mar y soplaba la llama para que humeara. Su hogar, pensó. Los suelos, los techos, los rincones le pertenecían.

El ritual de deambular por las habitaciones sintiendo el aroma de la salvia blanca y la lavanda la sosegó, tanto como recordar lo que había hecho por ella y por los demás.

Fe, pensó, esperanza, unos símbolos que forjaban la fuerza.

Cuando hubo terminado con la casa, salió al pequeño patio y agitó con suavidad el ramillete de hierbas para enviar toda esa esperanza y fe al aire.

Y vio a Eli y a la perra subiendo los escalones de la playa.

Aquello la hizo sentirse un poco tonta, allí de pie, con la salvia humeando mientras atardecía y el hombre y la feliz perra se dirigían hacia su casa.

Para compensarlo, encajó el ramillete de hierbas en las rocas de río que rodeaban su pequeña fuente zen. Allí acabarían de consumirse tranquilamente y de manera segura.

—Qué pareja tan atractiva. —Con la sonrisa puesta, se adelantó para saludarlos—. Y una bonita sorpresa. Hace unos minutos que acabo de llegar a casa.

—¿Qué haces?

—Ah, es solo un pequeño ritual casero —dijo, mirando el

ramillete de hierbas de reojo al ver que él también lo miraba—. Una especie de limpieza primaveral.

—¿Quemando salvia? ¿Eso no es para ahuyentar a los malos espíritus?

—Yo lo considero más como una limpieza de la negatividad. ¿Tu familia se ha ido esta mañana?

—Sí.

—Siento que no haya podido quedarme para despedirme. Tenía un día bastante apretado.

Algo va mal, pensó, o no va bien del todo. Lo único que ella quería en ese momento era paz, tranquilidad y, algo que era extraño en ella, estar sola.

—Todavía me queda mucho que hacer —prosiguió—. ¿Qué te parece si voy mañana por la mañana, antes de mi clase, y me das la lista de la compra? Puedo pasarme por el súper a buscar lo que necesites antes de regresar a casa para hacer la limpieza.

—Lo que necesito es que me digas por qué he tenido que enterarme por Mike que alguien ha dejado una pistola en tu casa y que la policía ha estado registrándola. Eso es lo que necesito.

—No quería contártelo con tu familia aquí. Llamé a la policía —añadió.

—Pero no a mí. No me llamaste, ni me lo contaste.

—Eli, no había nada que pudieras hacer, y con la casa llena de gente...

—Eso son gilipolleces.

A Abra se le erizó el vello de la nuca. El sosiego que había hallado gracias al ritual chocó de frente contra la ira de Eli; pedernal contra acero.

—No, no lo son, y no había motivo para que el sábado entrara en Bluff House anunciando que acababa de encontrar un arma homicida en una caja de incienso y que había policías en mi casa pisoteándolo todo.

—Tenías motivos de sobra para contármelo. O tendrías que haberlos tenido, eso seguro.

—Pues no estoy de acuerdo. Era mi problema, así que tomé una decisión.

—¿Tu problema? —La indignación se abrió paso a través del mal humor—. ¿Así es como funciona la cosa? O sea, tú puedes venir a mi casa con cazuelas de sopa, camillas, hasta con perros. Puedes entrar en plena noche para cerrar una maldita ventana y enfrentarte a un agresor, pero cuando alguien coloca una pistola en tu casa e intenta incriminarte en un asesinato, ¿es tu problema? Un asesinato que muy probablemente esté relacionado conmigo. ¿Y no es de mi incumbencia?

—Yo no he dicho eso. —Sonó a débil excusa, incluso para ella—. Yo no quería decir eso.

—¿Y qué querías?

—Lo que quería era ahorraros el mal trago, a ti y a tu familia.

—Estás en esta situación porque sales conmigo. Y fuiste tú quien me presionó y me sedujo.

—¿Que te presioné y que te seduje? —Su indignación estalló, tan centelleante y abrasadora que giró en redondo y se alejó para empaparse del humo y la calma, aunque enseguida se dio cuenta de que habría necesitado un ramillete de hierbas del tamaño del faro de Whiskey Beach para conseguirlo—. ¿Que te seduje?

—Ya lo creo que lo hiciste, desde el primer día que puse un pie aquí. Ahora te pasa esto ¿y no quieres hacernos pasar un mal trago? No permites que nadie más pase un mal trago. Siempre estás ahí con la pala antes de que el primer terrón toque el suelo. Pero cuando te cae encima, no confías lo suficiente en mí para ayudarte.

—Dios. ¡Dios! No se trata de confianza. Se trata de encontrar el momento idóneo.

—Si eso fuera cierto, lo habrías buscado. Lo encontraste para contárselo a Maureen.

—Ella estaba…

—Y en vez de buscarlo, estás aquí encendiendo salvia y agitando un palito de incienso por todas partes.

—No te burles de lo que hago.

—Me da igual si quemas un campo de salvia o sacrificas un pollo. Lo que no me da igual es que no me dijeras que tenías problemas.

—No tengo problemas. La policía sabe que esa pistola no es mía. Llamé a Vinnie en cuanto la encontré.

—Pero no a mí.

—No. —Suspiró y se preguntó cómo era posible que intentar hacer lo correcto pudiera resultar un verdadero fracaso—. No lo hice.

—Mi familia se ha ido esta mañana, pero no me lo has contado. Y tampoco ibas a hacerlo ahora.

—Tenía que agitar mi palito de incienso por todas partes y volver a sentirme a gusto en mi casa. Estoy cogiendo frío. Quiero entrar.

—Vale. Entra y haz la maleta.

—Eli, quiero estar sola y tranquila.

—Puedes estar sola y tranquila en Bluff House. Es un lugar muy grande. No vas a quedarte aquí hasta que todo este lío se haya solucionado.

—Esta es mi casa. —Le escocían los ojos, y le habría gustado poder achacarlo al humo, cada vez más disperso y apático—. No voy a permitir que un hijo de puta me saque de mi casa.

—Entonces dormiremos aquí.

—No quiero que durmáis aquí.

—Si no quieres que entremos, nos quedaremos aquí fuera, pero nos quedaremos.

—Por el amor de Dios. —Dio media vuelta y entró en la casa a grandes zancadas. No dijo nada cuando Eli la siguió, con una Barbie un tanto dubitativa.

Abra se dirigió a la cocina y se sirvió una copa de una botella de shiraz que estaba abierta.

—Sé cuidar de mí misma.

—No lo dudo. Sabes cuidar de ti misma y de todos los demás. Lo que por lo visto no sabes es cómo dejar que los demás cuiden de ti. Eso es soberbia.

Dejó la copa sobre la encimera con indignación.

—Es independencia y autosuficiencia.

—Hasta cierto punto, así es. Hasta que empieza a inclinarse hacia la soberbia y la terquedad, y eso es lo que te ha pasado. No es como si hubieras tenido una fuga en una cañería y hubieras cogido una llave inglesa o hubieras llamado a un lampista en vez de al tipo con el que te acuestas. Suma a eso que el tipo con el que te acuestas tiene mucho que ver en todo este lío. Y que es abogado.

—Ya he llamado a un abogado —dijo Abra, aunque al instante deseó no haberlo hecho.

—Genial. Bien. —Eli se metió las manos en los bolsillos y empezó a andar en círculos—. Así que has hablado con la poli, con un abogado, con tus vecinos... Con todos menos conmigo, claro.

Abra negó con la cabeza.

—No quería estropear la visita de tu familia. No tenía sentido que tú, o cualquiera de vosotros, os preocuparais.

—Tú estabas preocupada.

—Necesitaba... Sí, de acuerdo. Sí, he estado preocupada.

—Quiero que me cuentes todo lo que ocurrió, con pelos y señales. Quiero que me digas lo que le dijiste a la policía y qué te dijeron ellos. Todo lo que puedas recordar.

—Porque eres abogado.

La larga y tranquila mirada de Eli logró lo que las palabras no habían conseguido. Hizo que se sintiera estúpida. Hizo que sintiera que se había equivocado.

—Porque tenemos una relación. —Su tono, tranquilo como la mirada, hizo el resto—. Porque esto empezó conmigo o con Bluff House, o con ambos. Y porque soy abogado.

—De acuerdo. Primero haré la maleta. —Al ver que Eli enarcaba las cejas, Abra se encogió de hombros—. Hace demasiado frío para que durmáis fuera y sé que ese tipo no tiene motivos para volver aquí, pero sí para entrar de nuevo en Bluff House. O esa es mi impresión. Así que cogeré unas cuantas cosas y me voy con vosotros.

¿Acuerdos y concesiones?, se preguntó Eli. ¿No era eso de lo que le había hablado su abuela? Ese toma y daca para encontrar el equilibrio.

—Bien.

Cuando Abra fue a hacer la maleta, Eli cogió la copa de vino que no se había terminado.

—Hemos ganado la batalla —le dijo a Barbie—, pero no creo que hayamos ganado la guerra. Todavía.

La dejó tranquila durante el trayecto a casa y se quedó abajo cuando ella subió a deshacer la maleta. Si dejaba sus cosas en otra habitación, ya se ocuparía de cambiarlas después. Por el momento, tenía suficiente con saber que estaba con él y a salvo.

En la cocina, echó un vistazo a la nevera y el congelador. Las sobras del jamón y un montón de acompañamientos, se dijo. Incluso él tendría que ser capaz de preparar algo decente para comer.

Cuando Abra bajó, Eli tenía el revoltijo de la noche del lunes servido en la mesa.

—Puedes ponerme al día mientras cenamos.

—De acuerdo. —Abra se sentó, y obtuvo un extraño consuelo cuando Barbie se acurrucó junto a sus pies y no junto a Eli—. Siento que hayas creído que no confiaba en ti. Nada más lejos de la realidad.

—Es solo una parte, pero ya nos ocuparemos de eso más tarde. Dime exactamente lo que ocurrió. Punto por punto.

La respuesta de Eli solo consiguió abatir a una ya de por sí desanimada Abra.

—Quería meditar —empezó, y se lo contó con toda la precisión que pudo.

—¿No llegaste a tocar la pistola?

—No. Cayó al suelo cuando tiré la caja, y la dejé donde estaba.

—Por lo que sabes, ¿no encontraron huellas que les llamaran la atención?

—No, solo las fibras.

—¿Y la policía no se ha puesto en contacto contigo desde entonces?

—Hoy ha llamado Vinnie para ver cómo estaba. Ha dicho

que mañana o pasado deberían de llegarles los resultados de balística, aunque es más probable que sea pasado mañana.

—¿Y la pistola? ¿Estaba registrada?

—No me lo ha dicho. Creo que tiene que ir con cuidado con lo que me dice. Pero sabían que no era mía. Nunca he tenido un arma. Ni siquiera he tenido nunca una en las manos. Y si se trata de la pistola que se utilizó para matar a Kirby Duncan, saben que yo estaba aquí, contigo.

Sirviéndonos convenientemente de coartada mutua, se dijo Eli. ¿Qué pensaría Wolfe de todo aquello?

—¿Qué ha dicho tu abogado?

—Que lo llame si quieren volver a interrogarme y que él se pondría en contacto con el inspector Corbett. No me preocupa ser sospechosa de asesinato. Nadie cree que fui yo quien mató a Duncan.

—Yo podría haber colocado la pistola en tu casa.

—Eso sería de tontos, y tú no lo eres.

—Podría estar utilizándote para acostarme contigo y como chivo expiatorio.

Por primera vez en lo que parecían horas, Abra sonrió.

—Se acabó lo de acostarse conmigo si vas a utilizarme de chivo expiatorio. Y no es lógico, ya que vuelve a centrar la atención en ti, los dirige a ti una vez más. Que es exactamente lo que quería quien haya puesto esa arma en mi casa y la razón por la que Wolfe recibió esa llamada anónima. El caso es que, en serio, esto apesta a montaje, y Corbett no es idiota.

—No, no creo que lo sea. Pero míralo desde esta otra perspectiva: en estos momentos, es posible que hayas tenido contacto con el asesino en tres ocasiones. Aquí, en el bar y tras haber colocado la pistola en tu casa. Eso es algo de lo que preocuparse, y lo sabes. Tú tampoco eres idiota.

—No puedo hacer nada al respecto, salvo ir con cuidado.

—Podrías marcharte y quedarte con tu madre una temporada. No lo harás —añadió, antes de que Abra rechazara la idea—. Yo seguramente haría lo mismo, pero es una opción. Otra es confiar en mí.

Oírselo decir, consciente de que le había dado motivos para ello, hizo que Abra se sintiera como un trapo.

—Eli, confío en ti, de verdad.

—No cuando la cosa se pone fea. Y puede que yo también hubiera hecho lo mismo que tú. Los hombres te han decepcionado. Tu padre. Una cosa es que lo de tus padres no funcionara, pero por eso no deja de ser tu padre. Él decidió no ejercer como tal, decidió no formar parte de tu vida. Te falló.

—Lo tengo muy superado.

—Y eso es muy saludable, pero sigue estando ahí.

Eli dejó la idea en el aire, y Abra admitió su derrota.

—Sí, sigue ahí. Nunca le he importado. Lo tengo superado, pero sigue ahí.

—Lo has superado porque no te lleva a ningún sitio y a ti te gusta avanzar.

—Una manera interesante de verlo. —Sus labios volvieron a curvarse—. Y completamente cierto.

—Lo has superado porque sabes que él se lo pierde. Luego está el hijo de puta que te hizo daño. Eso es fallarte con mayúsculas. Él te importaba, confiabas en él, y se volvió contra ti. Te violó en el sentido más amplio.

—Por malo que fuera, si no hubiera sucedido lo que sucedió, puede que ahora no estuviera aquí.

—Actitud positiva. Felicidades. Pero sucedió. Depositaste tu confianza en alguien y la traicionó. ¿Por qué no podría suceder de nuevo?

—Mi mente no funciona así. No vivo así.

—Llevas una vida activa, sincera y satisfactoria que me parece fascinante. Una vida que exige agallas y coraje. Es admirable. No recurres a nadie, y eso también es admirable, hasta que llega el momento en que podrías hacerlo, en que deberías, y no lo haces.

—Te lo habría dicho si tu familia no hubiera estado aquí. —Acto seguido se rindió y se sinceró—. Puede que lo hubiera pospuesto un tiempo. Tal vez me habría dicho que no dejaban de darte palos y que no tenía sentido empeorarlo hasta que supiera algo más o se hubiera solucionado de alguna manera. Tal vez. Pero eso no tiene nada que ver con la confianza.

—¿Con la lástima entonces?

—Con la preocupación. Y la confianza en mí misma. No me gusta la palabra «soberbia». He tenido que cuidar de mí misma, tomar decisiones, ocuparme de mis problemas y, sí, tal vez de los problemas de los demás, para afianzar la confianza que Derrick hizo trizas. Necesito saber que puedo apañármelas cuando no cuento con nadie salvo conmigo misma.

—¿Y cuando puedes contar con alguien?

Puede que Eli volviera a tener razón, y ahí era cuando la cosa se complicaba. Puede que hubiera llegado el momento de hacer una pequeña autoevaluación.

—No lo sé, Eli, no sé la respuesta porque hace mucho tiempo que no me permito esa opción. Aun así, recurrí a ti la noche que me agredieron. Recurrí a ti, y tú no me fallaste.

—No puedo volver a implicarme emocionalmente con alguien que no esté dispuesto a dar lo que recibe ni a recibir lo que da. He aprendido, de la peor de las maneras, que si lo haces, acabas amargado y con las manos vacías. Creo que ambos debemos decidir cuánto podemos dar y recibir.

—He herido tus sentimientos porque no te he pedido ayuda.

—Sí, así es. Y me has cabreado. Y me has hecho pensar. —Se levantó y recogió los platos. Ninguno de los dos hizo los honores a la cena—. Le fallé a Lindsay.

—No, Eli.

—Sí, le fallé. Tal vez nuestro matrimonio fuera un error, pero estábamos juntos en ello. Ninguno de los dos obtuvo lo que quería o lo que esperaba. Al final, no pude evitar lo que le ocurrió. Todavía no sé si está muerta por alguna decisión que tomé, por las que tomamos juntos o simplemente por mala suerte.

»Le fallé a mi abuela, espaciando cada vez más las visitas que le hacía en Bluff House, hasta que dejé de venir a verla. No se lo merecía. Y casi la perdemos a ella también. ¿Habría sucedido si hubiera pasado más tiempo aquí, si me hubiera mudado con ella tras el asesinato de Lindsay?

—¿Es que ahora eres el centro del universo? Mira quién habla de soberbia.

—No, pero estoy convencido, sé que estoy cerca del meollo de la situación y que todo está relacionado.

Se volvió hacia ella, pero no se acercó, no la tocó, sino que mantuvo la distancia que los separaba.

—Te lo digo en serio, Abra, no voy a fallarte. Voy a hacer todo lo posible, tanto si te gusta como si no, tanto si te acuestas conmigo como si no, para que no te ocurra nada. Y cuando todo esto haya acabado, supongo que veremos dónde nos encontramos y qué dirección tomamos a partir de ahí.

Abra se sentía un poco acorralada, por lo que se levantó.

—Yo fregaré los platos.

—Ya me encargo yo.

—Equilibrio, o como tú has dicho, dar y recibir —le recordó—. Tú has preparado la cena, yo recojo.

—Vale. Quiero una copia de tu agenda.

Abra sintió, literalmente, un hormigueo en la nuca que la puso sobre aviso.

—Eli, cambia constantemente. Es lo bueno que tiene.

—Quiero saber dónde estás cuando no estás aquí. No soy un maldito acosador. No se trata de vigilarte ni de controlarte.

Abra dejó el plato en la encimera y respiró hondo.

—Quiero dejar claro que jamás pensaría eso de ti. Y también he caído en la cuenta de algo que no había visto hasta hoy, después de todo lo que ha ocurrido. Reconozco que me he traído de Washington muchas más cosas de las que creía. Espero que todas quepan en una pequeña maleta. Y espero encontrar el modo de desprenderme de ella.

—Lleva su tiempo.

—Creía que ya había consumido el mío, pero por lo visto no es así. Bueno… —Volvió a coger el plato y lo colocó en la rejilla del lavavajillas—. Estaré aquí la mayor parte del día. Tengo la clase de la mañana, la del sótano de la iglesia y un masaje a las cuatro y media. Greta Parrish.

—Vale. Gracias.

Abra terminó de cargar el lavavajillas y empezó a limpiar las encimeras.

—No me has tocado ni una sola vez desde que fuiste a mi casa. ¿A qué se debe? ¿Es porque estás enfadado?

—Puede que un poco, pero sobre todo porque no sé qué te parecería a ti.

Abra le sostuvo la mirada.

—¿Cómo voy a saber qué me parece si no me tocas?

Primero le acarició un brazo y luego la hizo volverse hacia él. La atrajo hacia sí.

Abra dejó el trapo en la encimera y lo envolvió en sus brazos.

—Lo siento. He estado guardándome cosas, quedándomelas dentro. Pero… Dios, Eli, estuvo en mi casa. Revolvió mis cosas. Las toqueteó. Derrick también revolvió mis cosas. Las toqueteó, las rompió mientras esperaba a que yo llegara a casa.

—No volverá a hacerte daño. —Eli apoyó los labios en su sien—. No dejaré que te haga daño.

—Tengo que superarlo. Tengo que hacerlo.

—Lo harás.

Pero no sola. No sin él.

Cuando Abra salió de casa a la mañana siguiente, Eli se dijo que no se preocupara. No era solo que la iglesia se encontraba a menos de tres kilómetros, sino que además no se le ocurría ni una sola razón por la que alguien quisiera hacerle daño.

Tenía que estar de vuelta a media mañana. En cuanto supiera que Abra estaba a salvo en casa, podría trabajar. Con la mente demasiado ocupada para sumergirse en la novela, bajó al sótano y se pasó casi una hora vaciando las estanterías y retirándolas de la pared.

Le llevó más tiempo abrir el panel del lado del sótano y, en cuanto lo consiguió, decidió engrasar las bisagras.

El chirrido le daba interés a la atmósfera, pero, si quería sorprender a alguien, el silencio primaba. Armado con una linterna y una caja de bombillas, fue avanzando por el pasadizo para comprobar todas las luces, una tras otra, hasta que llegó a la tercera planta.

Cuando acabó de engrasar las bisagras de la puerta de arriba, se quedó pensativo y a continuación dejó una silla delante del panel para comprobar si podía abrirlo y cerrarlo desde dentro del pasadizo. Finalmente, regresó sobre sus pasos.

Movió las estanterías y probó una vez más que podía rodearlas con facilidad para entrar o salir por el panel. Luego volvió a colocar todo en los estantes.

Camuflaje, pensó, por si fuera necesario.

Trampa preparada, o casi. Lo único que le faltaba era el cebo y el anzuelo.

Como se había ensuciado de polvo y mugre por trabajar en los pasajes, se aseó y luego se dedicó un rato a mirar cámaras ocultas y de vídeo en internet.

Estaba sirviéndose su primer Mountain Dew del día cuando Abra llegó con las bolsas del supermercado.

—Hola. —Soltó las bolsas y rebuscó en una de ellas—. ¡Mira lo que te he traído! —Se volvió hacia Barbie con un enorme hueso de cuero sin curtir—. Es para una perrita buena. ¿Has sido buena?

Barbie plantó el trasero en el suelo de inmediato.

—Eso pensaba. ¿Y tú has sido bueno? —le preguntó a Eli, mientras abría el envoltorio del hueso.

—¿Tengo que sentarme en el suelo?

—He comprado cosas para hacer mi lasaña, que es legendaria, y para un tiramisú.

—¿Sabes hacer tiramisú?

—Pronto lo comprobaremos. Tengo un buen presentimiento acerca de hoy, y parte de ello, una buena parte, se debe al equilibrio. O a saber que estamos trabajando para encontrar el equilibrio. ¿Otra cosa más? —Abra le echó los brazos al cuello para abrazarlo—. He descubierto que no eres rencoroso.

—Puedo ser rencoroso como el que más —replicó Eli—, pero no con alguien que me importa.

—El rencor es energía negativa vuelta hacia uno mismo y me

gusta saber que puedes desprenderte de ella. Hablando de energía negativa, me he pasado por casa y la sensación había mejorado. No es del todo como antes, pero había mejorado.

—¿Gracias a un palito que echa un humo apestoso?

Abra le hundió un dedo en la barriga.

—A mí me funciona.

—Me alegro y espero de todo corazón que no estés pensando en que necesitamos un par de cajas de palitos humeantes y apestosos para contrarrestar la energía negativa que hay en Bluff House.

—No le vendrían mal, pero ya hablaremos de eso más tarde.

Eli también esperaba de todo corazón que fuera mucho, mucho más tarde.

—¿Vas a ponerte a trabajar? Cambiaré las sábanas, recogeré la ropa sucia y luego ya no te molestaré más hasta que hagas un descanso.

—De acuerdo. Pero primero quiero enseñarte algo.

—Claro. ¿De qué se trata?

—Arriba. —Señaló el techo con el pulgar antes de tomarla de la mano—. Te has olvidado de una parte de la casa.

—No me he olvidado de nada. —Ofendida al instante, aminoró el paso mientras subían.

—Un sitio enorme —añadió Eli—. Arriba.

—¿En la tercera planta? Solo la limpio una vez al mes. Paso la aspiradora y quito el polvo, nada más. Si querías que volviera a estar en uso, tendrías que…

—No es eso. No del todo. Aunque estoy pensando en trasladar mi despacho ahí arriba, en el hastial orientado al sur.

—Eli, es una idea fabulosa.

—Sí, estoy dándole vueltas. La luz es genial y tiene unas vistas espléndidas. Muy silencioso. Lástima que no sepa pintar o esculpir porque el salón de los antiguos sirvientes sería un magnífico estudio.

—Yo había pensado lo mismo. Uno de los dormitorios que da a la playa sería una preciosa biblioteca, aunque pequeñita, para tus libros de consulta; una especie de salita de lectura para cuando quisieras tomarte un breve descanso y luego siguieras trabajando.

Él no había llegado tan lejos, pero...

—Quizá.

—Podría ayudarte a acondicionarlo, si te decidieras a hacerlo. Oh, y esos techos... Tienen mucho potencial. Siempre he pensado que era una lástima que no se utilizara toda la casa. Hester me contó que años atrás usaba uno de estos cuartos para pintar, pero resulta que trabajaba mejor en su propia sala de estar. Al final, el mejor sitio de todos es fuera. En cualquier caso, tenía que costarle lo suyo subir dos tramos de escalera.

—Precisamente estaba pensando en volver a darle uso a toda la casa.

Eli se adelantó y abrió el panel.

—¡Oh! Dios mío, esto es fabuloso. Mira esto. —Abra se acercó corriendo—. Es una pasada.

—Ahora las luces funcionan. —Se lo demostró—. Y el pasadizo conduce hasta el sótano. He movido las estanterías para que también podamos acceder desde allí abajo.

—De pequeña, habría jugado a la princesa guerrera aquí dentro.

—¿En serio? —Descubrió que no le costaba nada imaginársela—. ¿Ves? Te olvidaste de este lugar.

—Me pondré con ello, siempre que te asegures de que has despachado a cualquier araña más grande que una mosca. Tendrías que abrir todos los paneles.

—Estoy planteándomelo.

—Y pensar en todas las veces que he limpiado aquí arriba. No tenía ni idea de que esto existía. Es... Él no sabe nada. —Se volvió hacia Eli, con la mirada animada—. No lo sabe.

—No lo creo. Lo que es seguro es que no lo ha utilizado. Fueron necesarios los músculos de Mike, los míos y un montón de sudor para desplazar ese armario ropero. Y yo he tardado más de una hora en mover las estanterías del sótano para poder acceder desde allí.

—Estás preparando una emboscada. Eli...

—También estoy pensándomelo.

—Tomando la iniciativa en vez de esperar. —Con los brazos en jarras, se paseó por la habitación a grandes zancadas—. Sabía que iba a ser un gran día. Podemos hacer algo. Podríamos pescarlo con las manos en la masa.

—Estoy pensándomelo. No es tan fácil como salir de un salto y darle un susto. En realidad, el tipo no es solo un intruso. Es un asesino. No nos precipitemos.

—Encontraremos un plan —convino Abra—. Pienso creativamente cuando limpio. Así que me pondré manos a la obra, y ya seremos dos pensando.

—Y esperaremos a ver qué dice la policía.

—Ah, sí. —Se desanimó un poco—. Supongo que sí. Puede que sigan el rastro de la pistola y quede todo resuelto. Sería mejor de esa manera. No es tan emocionante, pero, siendo realistas, es mucho mejor.

—Pase lo que pase, no te fallaré.

—Eli. —Le tomó el rostro con las manos—. Hagamos un pacto y prometamos no fallarnos mutuamente.

—Trato hecho.

22

Eli tenía que trabajar. Dejó cociéndose en un rinconcito de su cerebro los complots y los planes de llevar a cabo una emboscada, pero debía acabar la historia, poner las palabras sobre el papel.

No tenía noticias de su agente acerca de los capítulos que le había enviado, pero el fin de semana lo había trastocado todo. Además, recordó, no era su único cliente.

Ni siquiera podía considerarse de los importantes.

Lo mejor era seguir deshilvanando la trama, y así tendría algo más que enviarle. Si su agente le encontraba peros a lo que ya tenía escrito, apechugaría con ello.

Podía retroceder, pulir otros cinco capítulos y enviárselos para que tuviera una mejor idea de la novela. Sin embargo, el argumento había alcanzado un punto álgido y no quería arriesgarse a que se desinflara.

No paró para descansar hasta bien entrada la tarde, cuando Barbie lo sacó de su ensimismamiento al subirse a sus rodillas y quedárselo mirando.

Se trataba de la señal que ya Eli conocía: «Siento molestarte, pero ¡tengo que salir!».

—Vale, vale, un segundo.

Guardó el trabajo, lo cerró y descubrió que se sentía un poco mareado, como si hubiera apurado un par de copas de buen vino, una detrás de otra. En cuanto se puso en pie, Barbie salió de la habitación a la desbandada y la oyó bajar la escalera a la velocidad de la luz.

Sabía que estaría sentada en la cocina, esperando a que apareciera con la correa. Llamó a Abra sin pensar mientras se dirigía a la cocina, donde encontró a la perra tal como había imaginado.

También encontró en la encimera un sándwich club que se veía bastante suculento, envuelto en film transparente y coronado con una nota.

Come algo después de que saques a pasear a Barbie.

XXOO Abra

—Nunca se le olvida —murmuró.

Sacó a la perra y disfrutó del paseo casi tanto como Barbie, incluso cuando empezó a caer una llovizna helada. Con el pelo húmedo, la perra empapada y su mente centrada en el libro, contestó al teléfono que llevaba en el bolsillo mientras subía los escalones de la playa.

—Señor Landon, soy Sherrilyn Burke, de Burke-Massey Investigations.

—¿Sí? —Se le hizo un pequeño nudo en el estómago, producto de la curiosidad y el terror—. Un placer volver a oírla.

—Tengo un informe para usted. Podría enviárselo por correo electrónico, pero me gustaría repasarlo con usted en persona. Puedo acercarme hasta su casa mañana, si le viene bien.

—¿Hay algo de lo que deba preocuparme?

—¿Preocuparse? No. Me gusta tratar estos temas cara a cara, señor Landon, por si a cualquiera de los dos nos surgen preguntas. Podría estar ahí sobre las once.

Expeditiva, pensó. Profesional y firme.

—De acuerdo. ¿Por qué no me envía el informe mientras tanto? Así estaré al día por si surgen preguntas.

—Está bien.

—¿Sabe cómo llegar a Whiskey Beach?

—Hace unos años pasé allí un bonito fin de semana. Y quien ha estado en Whiskey Beach, conoce Bluff House. Lo encontraré. A las once.

—Aquí estaré.

Nada de lo que preocuparse, pensó, mientras hacía entrar a Barbie. Aunque, claro, todo lo relacionado con el asesinato de Lindsay, la investigación policial y su propia posición le preocupaba.

No obstante, quería respuestas. Las necesitaba.

Se llevó el iPad y la comida a la biblioteca. Abra estaría pasando la aspiradora o algo parecido arriba, supuso. Y la lluvia le hizo pensar en la chimenea. La encendió y luego se sentó con su tableta. Leería el informe mientras comía.

Ignoró por el momento los demás correos electrónicos y descargó el documento adjunto de la detective.

Había vuelto a entrevistarse con amigos, vecinos, compañeros de trabajo, tanto de Eli como de Lindsay. Y también con Justin y Eden Suskind, así como con algunos de sus vecinos y compañeros de trabajo. Había hablado con Wolfe, y había arrinconado a uno de los ayudantes del fiscal.

Había visitado el escenario del crimen, aunque hacía mucho tiempo que lo habían despejado y limpiado. De hecho, la casa estaba en venta. Había realizado su propia recreación del asesinato de Lindsay.

Concienzuda, pensó.

Leyó los resúmenes, que incluían impresiones.

Los Suskind se habían separado recientemente. No le sorprendía, se dijo, teniendo en cuenta la presión que suponía para un matrimonio la infidelidad de uno de los cónyuges. A lo que había que añadir un asesinato y una tromba de medios de comunicación que habían convertido dicho matrimonio en pasto para las masas.

Supuso que aún era más sorprendente que hubieran seguido juntos casi un año.

Aunque tenían dos hijos, recordó. Una lástima.

La detective había hablado con recepcionistas, botones y camareras de los hoteles y lugares de descanso que coincidían con los viajes de Lindsay. Y confirmaba lo que él ya sabía. La mayor parte de esos viajes los había realizado en compañía de Justin Suskind durante los últimos diez u once meses.

¿Cómo se sentía al respecto?, se preguntó. No como antes, ya no. La rabia había desaparecido, se había esfumado. Incluso la sensación de haber sido traicionado se había atenuado. Igual que los guijarros bañados por el agua, las aristas se habían suavizado.

Sentía… lástima. Imaginaba que la rabia, el rencor que ambos albergaban, tanto Lindsay como él, habría desaparecido con el tiempo. Cada uno hubiera ido por su lado y habrían seguido con sus vidas.

Sin embargo, no habían tenido la oportunidad. Quien la mató se encargó de que así fuera.

Era su obligación leer los informes, encontrarse con la detective, hacer todo lo que estuviera en sus manos para descubrir el porqué, quién. Y luego pasar página.

Releyó la información y fue dándole vueltas mientras saboreaba el batido de frutas y el yogur que había encontrado en la nevera con una nota que decía «Bébeme».

Decidió hacer un cambio. Cogió la libreta del escritorio y otro libro sobre la dote de Esmeralda.

Pasó la siguiente hora leyendo la tortuosa propuesta del autor. Este se inclinaba fuertemente por la teoría de que el marinero superviviente y la hija privilegiada de la casa, Violeta, se habían enamorado. El hermano de ella, Edwin, los había descubierto y había matado al amante. Violeta, rebelde, indómita, había huido a Boston para no volver jamás. Y nunca más volvió a saberse de la dote de Esmeralda.

Lo que Eli conocía de la historia familiar confirmaba que Violeta había huido, había sido repudiada y prácticamente eliminada de cualquier documento como consecuencia de la fortuna, influencia e ira de su familia a raíz del escándalo.

Puede que el tono realista utilizado para describir los sucesos no resultara tan entretenido como el de otros libros que había leído en las últimas semanas, pero parecía apoyarse un poco más en el sentido común.

Tal vez había llegado el momento de contratar a un buen genealogista para averiguar qué fue de la indómita Violeta Landon.

Eli volvió a sacar el teléfono al oír que sonaba, mientras le daba vueltas a aquella idea.

Vio el nombre de su agente en la pantalla y realizó una larga y honda inspiración.

Allá vamos, pensó, y contestó.

Cuando Abra entró, estaba allí sentado con su libreta, la tableta y el teléfono.

—He terminado arriba —anunció—. Ya puedes subir si quieres seguir trabajando. Tengo una tanda de ropa en la secadora. He pensado en limpiar el pasadizo. Voy a tardar un buen rato ya que hay que meter y sacar cubos de agua para dejar los escalones bien limpios. Y he pensado que hacerlo desnuda sería más divertido.

—¿Qué?

—Ah, justo lo que imaginaba; lo del desnudo te ha gustado. ¿Estás trabajando aquí? ¿Haciendo algo de investigación? —preguntó, inclinando la cabeza para leer el título del libro que Eli había dejado a un lado: *Whiskey Beach. Un legado de misterio y locura*—. ¿En serio?

—Es bastante malo, pero contiene información que podría ser valiosa. Una de las partes está dedicada a esta región y a los Landon durante la ley seca. Es muy interesante. Mi tatarabuela ayudó a distribuir alcohol en los establecimientos de aquella época llevando las botellas escondidas bajo la falda para eludir a las autoridades, las cuales no le pedirían que se la subiera.

—Qué lista.

—No es la primera vez que lo oigo, así que puede que sea cierto. Sobre la dote, la teoría es que el marinero que rescataron consiguió esconderla. Luego robó el corazón de la bella y tenaz

Violeta y varias de sus joyas. Todo acabó una noche de tormenta con una persecución de película en la que el marinero se precipitó por el acantilado del faro por cortesía de Edwin Landon, el despiadado hermano de Violeta. Es probable que la dote fuera con él, de vuelta al mar inclemente.

—¿Donde está a buen recaudo el cofre de Davy Jones?

—Según el autor, el rufián y el cofre del tesoro terminaron estampados contra las rocas. Las joyas se desperdigaron como brillantes estrellas de mar. ¿O eran medusas? Da lo mismo.

—Si eso fuera cierto, yo diría que se habría recuperado alguna cosa. Se habría oído algo a lo largo de los años.

—No si quien encontraba un collar reluciente o lo que fuera mantenía la boca cerrada, que es lo que defiende el autor, y parece bastante probable. Da igual —repitió.

Abra lo miró con una sonrisa intrigada.

—¿Da igual?

—A ella le gusta.

—¿A quién? ¿A la tenaz Violeta?

—¿A quién? No. A mi agente. Mi libro. Los capítulos que le envié. Le gustan. O me miente para no herir mis sentimientos.

—¿Lo haría? ¿Te mentiría?

—No. Le ha gustado.

Abra se sentó en una mesita para mirarlo de frente.

—¿Creías que no iba a gustarle?

—No estaba seguro.

—Ahora lo estás.

—Dice que puede encontrar editor con esos cinco capítulos.

—Eli, eso es genial.

—Pero cree que podría dar el golpe con el libro entero.

—¿Cuánto te falta?

—Casi he terminado el primer borrador. Un par de semanas más, tal vez. —Menos, pensó, si seguía a ese ritmo—. Luego tengo que cerrarlo bien para no dejar ningún cabo suelto. No sé cómo exactamente.

—Es una decisión importante y muy personal, pero… ¡Oh, Eli! Tendrías que ir a por lo de dar el golpe.

No pudo más que sonreír al ver los saltitos que daba en la mesita, como una niña.

—Sí, eso mismo piensa ella.

—¿Y tú?

—El golpe. Me quedaré más tranquilo si lo tengo terminado antes de que ella se lo envíe a alguna editorial. Mi agente podría equivocarse y yo acabaría logrando el nuevo récord mundial de rechazos, pero al menos habría terminado la novela.

Abra chocó una rodilla contra la suya.

—Podría acertar y publicarías tu primera novela. No me obligues a ir a por un ramillete de hierbas para alejar la energía y los pensamientos negativos.

—¿Y en vez de eso no podríamos echar un polvo? —Le sonrió—. Siempre estoy bastante abierto a los polvos.

—Me lo pensaré. ¿Cuándo me vas a dejar leerlo?

Al ver que se encogía de hombros, Abra puso los ojos en blanco.

—Vale, volvamos a la petición de hace un tiempo. Una escena. Solo una escena.

—Sí, quizá. Una escena.

—Bien. ¿Sabes? Habría que celebrarlo.

—¿No acabo de sugerir lo del polvo?

Echándose a reír, Abra le dio una palmada en la pierna.

—Hay otras formas de celebrarlo.

—En ese caso, lo celebraremos cuando termine de escribirlo.

—Me parece bien. Me vuelvo a las mazmorras.

—Puedo echarte una mano.

—Podrías, o podrías volver a trabajar. —Juntó las manos hacia delante como si empuñara un arma, como un atracador a punto de exigir el botín—. Preparado para dar el gran golpe.

Eli le sonrió.

—Seguramente tendría que ponerme un par de horas más. Mañana no podré dedicarle todo el día. La detective que contraté vendrá para reunirse conmigo.

—¿Alguna noticia? —preguntó Abra, sentándose de nuevo.

—No lo sé. He leído el informe. No parece que haya nada

nuevo, pero ha cubierto mucho terreno. Los Suskind se han separado.

—Es difícil superar una infidelidad, sobre todo cuando es de dominio público. Tienen hijos, ¿verdad?

—Sí. Dos.

—Aún más difícil. —Abra vaciló y negó con la cabeza—. Y para no volver a cometer el mismo error, debo decirte que Vinnie llamó hace un par de horas. Las balas que extrajeron del cuerpo de Duncan proceden de la pistola que encontré en mi casa.

Eli posó una mano sobre la suya.

—Me habría sorprendido que no coincidieran.

—Lo sé. El hecho de que llamara a Vinnie cuando la encontré habla en mi favor. Y la pista anónima que le dieron a Wolfe desde un móvil desechable... parece cogido con pinzas. Pero Vinnie me aseguró que Wolfe está escarbando en mi pasado, siguiéndome los pasos, tratando de relacionarnos a ti y a mí antes del asesinato de Lindsay.

—No nos conocíamos, así que no puede hacer nada.

—No, no puede.

—Cuéntale todo esto a tu abogado.

—Ya lo he hecho. Está en ello. No hay nada, Eli, y creo que solo le interesó a Wolfe en tanto pueda llegar a ti. Si consigue vincularnos como sea con la muerte de Duncan, es más factible que estés implicado en la de Lindsay.

—Y al contrario —le recordó Eli—. Como no tenemos nada que ver con la de Duncan, eso hace más probable que yo tampoco tenga nada que ver con la de Lindsay.

—Entonces coincides con él en lo básico. Los dos asesinatos están conectados de alguna manera.

—Me cuesta creer que me toquen tan de cerca dos asesinatos, un accidente casi mortal, una serie de allanamientos y una agresión sin que tengan nada que ver entre ellos.

—En eso estoy de acuerdo contigo, pero entonces absolutamente todo está relacionado. —Se levantó de nuevo—. Volveré a darle vueltas a ver si se me ocurre el modo de ser el héroe y la heroína de nuestra propia novela y ayudar a pescar al malo de la historia.

—Esta noche podríamos salir a cenar.

Abra enarcó las cejas.

—Ah, ¿sí?

—Sí. Barbie vigilará la casa. Podríamos salir y disfrutar de una buena cena en un restaurante. Y podrías ponerte algo sexy.

—¿Eso es una cita seria, Eli?

—Tengo que ponerme al día al respecto. Escoge tú el sitio —propuso—. Tendremos una cita seria.

—De acuerdo, escojo yo. —Se acercó a él y se inclinó para besarlo—. Tendrás que llevar una de tus muchas corbatas.

—No hay problema.

Buenas noticias, noticias inquietantes, se dijo Eli cuando Abra se marchó. Preguntas que hacer y contestar. Pero esa noche saldría con una mujer fascinante que lo hacía pensar, que lo hacía sentir.

—Me vuelvo a trabajar un rato —informó a Barbie—. Luego podrías ayudarme a escoger una corbata.

Era imposible vigilar la casa las veinticuatro horas del día, pero siguió realizando controles al azar. Sabía que podía volver a entrar, aunque Landon hubiera vuelto a cambiar el código. Preferiría continuar la búsqueda cuando no hubiera gente en la casa, pero por el modo en que Landon se aferraba a esta, tendría que arriesgarse a entrar cuando él estuviera durmiendo.

Por un momento consideró que se había equivocado con el sótano, o al menos con la zona que había excavado. Sin embargo, tenía que acabar para estar completamente seguro. Había invertido tanto tiempo, tanto sudor y tanto dinero que estaba obligado a llegar hasta el final.

Necesitaba subir a la tercera planta. En uno de los arcones, bajo un cojín o detrás de una foto, encontraría una pista. Un diario, un mapa, coordenadas.

Había estado en la biblioteca de Bluff House mientras la anciana dormía, pero no había encontrado nada relevante. No había descubierto nada que igualara lo que él ya sabía gracias a la investigación meticulosa y detallada que había llevado a cabo sobre la dote de Esmeralda.

Él conocía la verdad. Más allá de la leyenda, más allá de los relatos de aventuras escritos sobre esa noche de tormenta en Whiskey Beach, él conocía la verdadera historia.

El viento, las rocas, el mar embravecido, y solo sobrevivió un hombre. Un hombre, pensó, y un tesoro de valor incalculable.

Un botín pirata adquirido por la fuerza, a sangre y fuego. Y suyo por derecho, por esa misma sangre. La sangre que compartía con Nathanial Broome.

Era descendiente de Broome, quien había reclamado el tesoro, y de Violeta Landon, quien le había dado al pirata su corazón, su cuerpo y un hijo.

Tenía pruebas, del puño y letra de Violeta. A menudo pensaba que el mensaje póstumo iba dirigido directamente a él, para proporcionarle todos los detalles obtenidos a través de las cartas y el único diario que habían salido a la luz tras la muerte de su tío abuelo.

Un idiota, un hombre despreocupado.

Él era el heredero de ese tesoro. ¿Quién tenía más derecho al botín que él?

Eli Landon no.

Obtendría lo que era suyo. Mataría si era necesario.

Ya lo había hecho. Y ahora que lo había probado, sabía que podría volver a hacerlo. Con el paso de los días y el acceso a Bluff House cerrado, sabía que acabaría matando a Eli Landon antes de que aquello llegara a su fin, antes de aquello terminara de verdad.

Después de reclamar lo que era suyo, mataría a Landon, igual que Landon había matado a Lindsay.

Eso era justicia, se dijo. Justicia pura y dura, y la que se merecían los Landon. La que Nathanial Broome hubiera visto con buenos ojos.

El corazón le dio un vuelco cuando los vio salir de la casa.

Landon trajeado y la mujer con un vestido corto de color rojo. De la mano, sonriéndose.

Tan tranquilos.

¿Habría estado tirándosela mientras estaba con Lindsay? Cabrón hipócrita. Merecía morir. Ojalá pudiera hacerlo, cargárselos a los dos, en ese mismo momento.

Pero tenía que ser paciente. Tenía que recuperar su legado, luego ya haría justicia.

Los vio subir al coche. Observó que la mujer se inclinaba hacia Landon para besarlo antes de arrancar.

Dos horas, calculó. Si hubiera podido permitirse contratar a alguien que los siguiera, como antes, lo sabría con mayor precisión. Pero podía arriesgarse a estar un par de horas dentro.

Había pagado una buena suma por el descodificador de la alarma, y el dinero pronto empezaría a plantearle problemas. Una inversión, recordó mientras aparcaba y sacaba la bolsa del maletero.

Sabía que la policía patrullaba la zona. Los había visto pasar por delante de Bluff House y creía tener controlados sus horarios. Habría sido un buen pirata, se dijo, y consideraba sus habilidades como una prueba más de su legado, de sus derechos.

Sabía escabullirse, trazar planes, obtener lo que quería.

La fría lluvia le permitía escabullirse. Echó a correr en dirección a la puerta lateral, el punto de entrada más accesible y el que le proporcionaba mayor resguardo. Se tomaría un momento para sacar un molde en cera de la llave de la mujer. No se habría llevado el pesado llavero, no vestida de gala. Encontraría la llave y haría una copia.

Y la próxima vez, solo tendría que utilizar la llave para entrar.

Hasta entonces, tendría que usar la palanqueta, que sacó de la bolsa. Se colgó del cuello la correa del lector de la alarma para que no le molestara.

No hizo más que poner un pie en la puerta cuando oyó los frenéticos ladridos de advertencia que procedían del interior.

Retrocedió a trompicones, con el corazón a punto de salírsele por la boca.

Había visto a Landon con un perro en la playa, pero le había parecido amistoso, juguetón. Inofensivo, el tipo de perro que dejarías con tus hijos.

Había metido un par de galletas caninas en la bolsa, para sobornarlo.

La virulencia de los ladridos no hablaba de un perro fácil de sobornar. Hablaba de dientes afilados y mandíbula de hierro.

Maldiciendo, y al borde de las lágrimas, se alejó de allí. La próxima vez, la próxima vez traería carne. Envenenada.

Nada lo apartaría de Bluff House y lo alejaría de lo que era legítimamente suyo.

Tenía que tranquilizarse y necesitaba pensar. Lo que más lo sacaba de quicio era que debía volver a trabajar, al menos unos días. Aunque eso le ofrecería tiempo para pensar y planear alguna estrategia. Puede que se le ocurriera algo para implicar a Landon o a la mujer. Para sacar a uno o a ambos de la casa, que permanecieran detenidos durante un tiempo. El suficiente.

O uno de los Landon de Boston podría sufrir un accidente. Eso sacaría al hijo de puta de la casa. Le dejaría el camino libre.

Tenía que pensarlo.

Ahora debía regresar a Boston y reorganizarse. Mantener las apariencias, procurar que lo vieran donde se suponía que debían verlo y hablar con quien se suponía que debía hablar.

Todo el mundo vería un hombre normal y corriente ocupándose de sus cosas, de su día, de su vida. Nadie vería lo poco corriente que era.

Se había precipitado, pensó, mientras le echaba un vistazo al indicador de velocidad para asegurarse de que no superaba el límite establecido. Saber que se hallaba tan cerca lo había ofuscado. Desaceleraría un poco, dejaría que las aguas volvieran a su cauce.

Cuando regresara a Whiskey Beach, estaría listo para mover ficha, listo para ganar. Reclamaría su legado. Haría justicia.

Luego viviría como merecía. Como un rey pirata.

Condujo con precaución al pasar por delante del restaurante frente a la playa, donde Eli y Abra entrelazaban las manos por encima de la mesa.

—Me gusta salir —comentó Abra—. Casi lo había olvidado.

—Yo también.

—Y las primeras citas. —Cogió su copa de vino y sonrió—. Sobre todo las primeras citas en las que no tengo que dejarme convencer para ir a la cama.

—Me encanta esa última parte.

—Estás como en casa. En Whiskey Beach estás como en casa. Se nota, y sé lo que se siente. Háblame de tus planes para Bluff House. Porque los tienes —añadió, separando un dedo del pie de la copa para señalarlo—. Eres un planificador.

—Antes sí. Durante un tiempo, durante demasiado tiempo, acabar el día se parecía mucho a un plan en sí mismo. Pero tienes razón, tengo planes para la casa.

Abra se acercó un poco más. Eli veía el resplandor de las velas reflejado en sus ojos, oía el murmullo de las olas a través del amplio ventanal junto al que se sentaban.

—Cuéntamelo todo.

—Primero los aspectos prácticos. Mi abuela tiene que volver. Se quedará en Boston y seguirá el tratamiento hasta que esté lista, pero luego volverá a casa. Estaba pensando en un ascensor. Conozco un arquitecto que podría pasar por la casa para echarle un vistazo. Llegará un momento en que no podrá subir y bajar escaleras, así que un ascensor podría ser una opción. Si no, podríamos convertir el salón más pequeño en un dormitorio adecuado para ella cuando llegue el momento.

—Me gusta lo del ascensor. Le encanta su dormitorio e ir de aquí para allá por toda la casa. Eso la ayudaría a disfrutar de todo. Creo que todavía faltan muchos años para algo así, pero está bien tenerlo en cuenta. ¿Qué más?

—Cambiar el generador antiguo y hacer algo con el sótano. Todavía no sé qué exactamente. No es una prioridad. Me interesa más la tercera planta.

—Un nuevo despacho para el novelista.

Eli sonrió ampliamente y negó con la cabeza.

—Y lo primero de la lista, junto al ascensor: quiero volver a dar fiestas en Bluff House.

—¿Fiestas?

—Antes me gustaban. Amigos, familia, buena comida, música. Quiero ver si todavía me gustan.

La idea casi le produjo vértigo.

—Planeemos una de las grandes para cuando vendas el libro.

—Si lo vendo.

—Soy optimista, así que será un éxito.

Eli se movió al ver que el camarero les servía las ensaladas y esperó hasta que volvieron a estar solos. Supersticioso o no, no quería planear una fiesta por un libro que todavía no había acabado y mucho menos publicado.

Acuerdos y concesiones, pensó.

—¿Por qué no organizamos una fiesta de bienvenida cuando vuelva mi abuela?

—Eso es perfecto. —Abra le apretó la mano antes de coger el tenedor—. Le encantaría. Conozco un grupo de swing sensacional.

—¿Swing?

—Será divertido. Un poco retro. Mujeres con vestidos preciosos, hombres con trajes de verano, porque sé que volverá antes de que acabe el verano. Farolillos chinos en las terrazas, champán, martinis, flores por todas partes. Bandejas de plata llenas de comida de aspecto impecable en mesas blancas.

—Estás contratada.

Abra se echó a reír.

—Me encargo de planificar fiestas aquí y allá.

—¿Por qué no me sorprende?

Abra hizo un gesto en el aire con el tenedor.

—Conozco gente que conoce gente.

—No lo dudo. ¿Y qué me dices de ti y tus planes? El estudio de yoga.

—Lo tengo pendiente.

—Yo podría avalarte.

Abra se apartó ligeramente.

—Prefiero ser mi propio aval.

—¿No se admiten inversores?

—No, al menos todavía. Me gustaría encontrar un buen sitio, cómodo y tranquilo. Con buena luz. Con una pared de espejo y puede que una fuente pequeñita. Un buen equipo de sonido como el que les falta en la iglesia. Luces regulables. Colchonetas del mismo color, mantas, bloques de espuma… Ese tipo de cosas. Con el tiempo, consolidarme y contratar un par de instructores, pero nada demasiado grande. Y una pequeña sala de tratamiento para masajes. Pero por el momento estoy contenta con lo que hago.

—Que es de todo.

—De todo lo que me gusta. ¿No crees que somos afortunados?

—Ahora mismo me siento bastante afortunado.

—Me refiero a que ambos estamos haciendo lo que nos gusta. Estamos aquí, en nuestra primera cita, cosa que me gusta, y estamos planeando hacer otras cosas que nos gustan. Es lo que compensa tener que hacer cosas que no te gustan.

—¿Qué es lo que no te gusta?

Abra le sonrió.

—¿Ahora mismo, aquí? No se me ocurre nada.

Más tarde, acurrucada a su lado, relajada y calentita, deslizándose hacia el sueño, Abra comprendió que le gustaba todo lo relacionado con él. Y que cuando pensaba en el mañana, pensaba en él.

Comprendió, al tiempo que se dejaba llevar por el mar susurrante, que si se dejaba arrastrar solo un poco más, amaría.

Solo esperaba estar preparada.

23

Por el nombre, Sherrilyn Burke, y la voz que tenía por teléfono, con un enérgico acento del nordeste, Eli se imaginó a una rubia larguirucha y trajeada. Le abrió la puerta a una morena de unos cuarenta y tantos años vestida con vaqueros, un jersey negro y una chaqueta de cuero bastante gastada. Llevaba un maletín y unas zapatillas de color negro.

—Señor Landon.

—Señora Burke.

Se colocó las Ray-Ban sobre el pelo corto y le tendió la mano para estrecharle la suya.

—Bonito perro —añadió, y a continuación se la tendió a Barbie.

Barbie alzó la pata con educación.

—Desde luego sabe ladrar, aunque no parezca que sepa morder.

—Con el ladrido es suficiente.

—No lo dudo. Menuda casa tiene.

—Sí, lo sé. Adelante. ¿Le apetece un café?

—Nunca digo que no. Un café solo está bien.

—Entre y siéntese. Enseguida se lo traigo.

—Si le parece, ahorraríamos tiempo si lo acompaño a la cocina. Ha abierto la puerta y va a preparar el café, eso me dice que es el día libre del servicio.

—No tengo servicio, cosa que ya sabe.

—Es parte del trabajo. Y me ha pillado —añadió, con una sonrisa que dejó a la vista un incisivo torcido—. No me importaría echar un vistazo a la casa. He visto algunas fotos en las revistas —prosiguió—, pero no es como estar aquí.

—De acuerdo.

La mujer examinó el vestíbulo mientras lo cruzaban, luego el salón principal y la sala de música, con sus puertas correderas que podían abrirse al salón para una fiesta.

—Y esto sigue y sigue, ¿verdad? Aunque de manera habitable en vez de en plan museo. Tenía curiosidad. Ha conservado la personalidad, y eso dice mucho. El interior está a la altura del exterior.

—Bluff House es importante para mi abuela.

—¿Y para usted?

—Sí, y para mí.

—Es una casa grande para una persona. Su abuela ha vivido aquí sola los últimos siete años.

—Así es. Volverá cuando los médicos le den el alta. Me quedaré con ella.

—La familia es lo primero. Le entiendo. Tengo dos hijos, una madre que me vuelve loca y un padre que la vuelve loca a ella desde que se jubiló. Treinta años en el cuerpo policial.

—¿Su padre era policía?

—Sí, era uno de los chicos de azul. Pero usted ya lo sabía.

—Parte del trabajo.

La detective sonrió con satisfacción, luego entró en la cocina y se dio una vuelta.

—Esta parte ha sido remodelada, pero incluso así conserva la personalidad de la casa. ¿Sabe cocinar?

—No mucho.

—Yo tampoco. Esta cocina parece de esas preparadas para todo.

—A mi abuela le gusta la repostería. —Se dirigió a la cafetera mientras ella se acomodaba en uno de los taburetes de la isla—. Y la mujer que se ocupa de la casa cocina de maravilla, debo decir.

—Estaríamos hablando de Abra Walsh. Se… ocupa de la casa mientras está usted.

—Así es. ¿Mi vida personal es relevante, señora Burke?

—Llámeme Sherrilyn. Y todo es relevante. Así es como trabajo. Le agradezco que me haya permitido hacerme una idea de la casa. Además, también soy una admiradora de la madre de la señorita Walsh. Y por lo que he averiguado, la hija tampoco se queda corta. Se gana la vida de una forma peculiar en este lugar, después de haber vivido algunos contratiempos. ¿Qué me dice de usted?

—Estoy en ello.

—Era un abogado bastante decente, entre los de su clase. —Adoptó aquella sonrisa fácil una vez más—. Ahora intenta ser escritor.

—Así es.

—Su nombre causará revuelo. Vieja familia adinerada, escándalo, misterio.

Eli notó el sabor agrio del resentimiento en el paladar.

—No es mi intención causar revuelo a costa del dinero de mi familia o el asesinato de mi mujer.

Ella se encogió de hombros.

—Es lo que hay, señor Landon.

—Llámame de tú si vas a insultarme.

—Solo intento saber en qué terreno me muevo —comentó. Y añadió con un tono menos cortés—: Cooperaste con la policía más de lo que hubiera esperado tras el asesinato de tu mujer.

—Más de lo que hubiera debido, viéndolo con perspectiva. —Le dejó una taza de café delante—. No pensaba como un abogado. Cuando empecé a hacerlo, ya era un poco tarde.

—¿La querías?

Había pedido que el detective fuese una mujer, recordó. Alguien nuevo y concienzudo. Era lo que tenía, y no se parecía en nada al que había contratado tras la muerte de Lindsay.

Ahora tendría que apechugar con el resultado.

—No cuando murió. Es difícil saber si la quise alguna vez.

Pero me importaba. Era mi mujer y me importaba. Quiero saber quién la mató. Quiero saber por qué. El año pasado dediqué casi todo mi tiempo a defenderme en lugar de encontrar algunas respuestas.

—Ser el principal sospechoso de un asesinato suele mantenerte en la línea de fuego. Te engañaba. Tú intentas conseguir un divorcio justo y civilizado, en el que están en juego un montón de dinero y la reputación familiar. Incluso con el acuerdo prematrimonial, hay un montón de dinero y bienes en juego, y descubres que ha estado tomándote el pelo. Entras en la casa. Habíais comprado esa propiedad con tu dinero, ya que el de ella continuaba en fideicomiso en ese momento. Una vez dentro, te enfrentas a ella, pierdes los nervios, coges el atizador y le das lo que se merece. Luego, ¡hostias!, mira lo que he hecho. Llamas a la poli y te cubres las espaldas con el viejo «entré y me la encontré así».

—Así es como lo vieron.

—La policía.

—La policía, los padres de Lindsay, los medios de comunicación.

—Los padres no importan, y los medios de comunicación, una vez más, son lo que son. Además, al final, la poli no pudo aportar pruebas.

—La policía no pudo, no de manera definitiva, pero eso no me convierte en inocente ante ellos, ni ante nadie. ¿Los padres de Lindsay? Perdieron una hija, así que sí importan, y creen que me salí con la mía. Los medios de comunicación serán lo que sean, pero influyen. Supieron presentar muy bien el caso ante la opinión pública, y mi familia sufrió por ello.

La mujer lo estudiaba con detenimiento mientras hablaba y Eli se dio cuenta de que estaba haciéndose una idea de él, del mismo modo que se la había hecho de Bluff House.

—¿Estás intentando cabrearme?

—Quizá. La gente educada no suele soltar prenda. A primera vista, el caso de Lindsay Landon parecía chupado. Marido distanciado, sexo, traición, dinero, crimen pasional. El primer sospechoso es el marido, así como la persona que descubre el cuerpo. Tú eras ambos. No había señales de allanamiento ni de lucha. No había señales de que se tratase de un robo que hubiera salido mal. Además habías discutido en público con la víctima ese mismo día, horas antes. Argumentos más que consistentes.

—Soy consciente de ello.

—El problema es que no hay nada más. Todo es a primera vista. Cuando lo examinas más de cerca, se viene abajo. Los tiempos no cuadran: la hora de la muerte, la hora en que varios testigos te vieron salir del despacho, la hora en que desactivaste la alarma para entrar… No podrías haber entrado y después haber salido para regresar al despacho, ya que te vieron por allí, atendiendo a tus clientes y charlando con quien fuera, hasta después de las seis de la tarde. Y los testigos corroboran la hora a la que la víctima salió de la galería donde trabajaba. Comprobado, una vez más, ella llegó a casa unas dos horas antes de que tú entraras esa noche.

—La policía calculó que era bastante justo, pero que me habría dado tiempo a entrar, discutir, matarla y luego eliminar las pruebas antes de llamar a emergencias.

—No se sostuvo en la recreación, ni siquiera en la del fiscal. Buen café —dijo, en un inciso, y prosiguió—. Luego están las pruebas forenses. No estabas manchado de salpicaduras, y no se pueden propinar ese tipo de golpes sin que la sangre salpique. Tu ropa tampoco tenía salpicaduras, y los testigos confirman que el traje y la corbata eran los mismos que llevabas cuando saliste del despacho. ¿En un lapso de unos veinte minutos aproximadamente tuviste tiempo para cambiarte de ropa y luego volver a ponerte el traje? ¿Y dónde estaba la ropa salpicada de sangre, o lo que utilizaras para cubrirte el traje?

—Me recuerdas a mi abogado.

—Un tipo listo. Y no tienes antecedentes por conducta violenta, ni por ningún otro delito. Además, tanto da lo que te presionaran, siempre te ceñiste a tu historia. No lograron que cambiaras ni una coma.

—Porque era la verdad.

—Además, el comportamiento de la víctima te beneficiaba. Ella era la que mentía, la que engañaba, la que planeaba un acuerdo generoso mientras mantenía una aventura secreta. Los medios de comunicación también se cebaron con ella.

—Es fácil calumniar a una mujer muerta, y no es lo que yo quería.

—Pero ayudó, igual que los registros de las llamadas telefónicas entre ella y Justin Suskind después del encontronazo que tuvo contigo esa tarde. La atención se centró en él durante un tiempo.

Eli comprendió que no podía tomarse otro café, así que abrió la nevera en busca de agua.

—Quería que él fuera el culpable.

—Ahí tenemos un problema. Primero, el móvil del crimen, salvo que suscribas la teoría de que ella había decidido cortar con él o echarse atrás después del encontronazo contigo. El problema del móvil se acentúa porque tu mujer supo mantenerlo en secreto muy bien. Amigos, compañeros de trabajo, vecinos… Nadie sabía nada de él. Algunos sospechaban que había alguien, pero ella jamás lo mencionó. Había demasiado en juego. No tenía diario y los correos electrónicos que se intercambiaban eran muy cautos. Ambos tenían mucho en juego. Se encontraban casi de manera exclusiva en hoteles o en restaurantes y pensiones fuera de la ciudad. Nada de lo que la poli descubrió apuntaba a que existiera tensión entre ellos.

—No. —A Eli le habría gustado que aquello no continuara doliendo, aun cuando la herida casi hubiera desaparecido—. Creo que Suskind le importaba de verdad.

—Puede que sí, o puede que solo le gustara la aventura. Seguramente nunca lo sabrás. Sin embargo, el mayor problema para endosarle el asesinato a Suskind es que su mujer le sirve de coartada. La mujer a la que engañaba. Da la impresión de que está abochornada, incluso destrozada, por la infidelidad, pero le dice a la policía que él estaba en casa esa noche. Habían cenado juntos, solos, ya que los niños estaban en una función del colegio. Luego los niños llegan a casa sobre las ocho y cuarto y confirman que mamá y papá están pasando el rato en casa.

Abrió el maletín y sacó una carpeta.

—Como ya sabes, los Suskind se han separado hace poco. Pensé que igual a la mujer le daba por cambiar de parecer ahora que su matrimonio se va a pique. Hablé con ella ayer. Está resentida, cansada, harta de su marido y de su matrimonio, pero no cambia la historia.

—¿Dónde nos deja eso?

—Bueno, si engañas a tu pareja con una persona, puede que la engañes con otras. Puede que hubiera otro amante al que no le sentó bien la relación entre Lindsay y Suskind, o puede que otra mujer casada le pidiera cuentas a él. Todavía no he encontrado a nadie, pero eso no significa que no lo haga. ¿Te importa? —preguntó Sherrilyn, señalando la cafetera.

—No, claro.

—Me prepararía el café yo misma, pero esa máquina tiene pinta de exigir un manual de formación.

—No te preocupes.

—Gracias. Como verás, y estoy segura de que tu antiguo detective ya te informó de esto, tu mujer no utilizaba siempre una tarjeta de crédito para pagar las habitaciones. A veces pagaba en metálico, y eso es difícil de rastrear.

»En estos momentos tenemos testigos que han identificado a Justin Suskind como su acompañante en varios lugares. Ahora buscamos a alguien que pudiera identificar a otra persona.

Eli le llevó la nueva taza y volvió a sentarse para ojear la carpeta mientras Sherrilyn hablaba.

—Dejó entrar al asesino en la casa. Le dio la espalda. Conocía a quien la mató, de modo que estamos investigando a quienes conocía. El Departamento de Policía de Boston fue exhaustivo, pero les habría gustado echarte el guante, y el inspector a cargo de la investigación parecía emperrado en ello.

—Wolfe.

—Es más terco que una mula. Para él, cumples todos los requisitos. Sé de dónde le vienen sus prejuicios. Y tú eres un abogado criminalista. El enemigo. Él se deja las pelotas para sacar a los malos de las calles y tú te forras dejándolos en libertad.

—O blanco o negro.

—Fui policía durante cinco años antes de pasarme al sector privado. —Cogió la taza con ambas manos y se recostó en el taburete—. Veo muchos matices de gris, pero no sabes cómo cabrea cuando un abogado estrella consigue que un gilipollas se libre por un tecnicismo o porque se sabe todas las triquiñuelas. Wolfe te mira y lo único que ve es que eres rico, privilegiado, consentido, maquinador y culpable. Tenía un caso magnífico basado en pruebas circunstanciales, pero no fue capaz de apuntarse el tanto. Ahora te encuentras en Whiskey Beach y, antes de que te quieras dar cuenta, se produce un nuevo asesinato a la puerta de tu casa.

—Ahora ya no me recuerdas a mi abogado. Me recuerdas a un poli.

—Soy muy versátil —contestó ella, con desenvoltura.

Sherrilyn sacó otra carpeta y la dejó en la encimera.

—Kirby Duncan. Básicamente trabajaba solo, era discreto y de la vieja escuela. No estaría en la sección de oportunidades, pero lo encontraría en la de rebajas. A la poli le gustaba. Había sido uno de ellos y jugaba bastante limpio. Wolfe lo conocía, mantenían cierta amistad, y está cabreado porque no puede adjudicarte su asesinato y luego utilizarlo contra ti para volver a señalarte por la muerte de tu mujer.

—Eso me ha quedado bastante claro —convino Eli.

—Pero en este caso nada encaja. Duncan no era idiota y no se habría visto a solas, en un lugar desierto, con el tipo al que seguía. A no ser que le diera la vena de ir al faro en plena noche y en medio de una tormenta, fue a verse con alguien, y lo más probable es que se tratara de alguien que conocía. Y ese alguien lo mató. Tú tienes una coartada, y no hay absolutamente nada que indique que Duncan y tú llegarais a conoceros o a hablar. No hay nada que indique que vinieras echando leches desde Boston, donde te encontrabas cuando agredieron a Abra Walsh en esta casa, y que luego quedaras con Duncan, lo mataras, vol-

393

vieras echando leches a Boston para registrar su despacho y su apartamento y a continuación regresaras aquí a toda pastilla. Nadie se lo traga.

—Wolfe…

Sherrilyn negó con la cabeza.

—Creo que hasta Wolfe es incapaz de tragárselo, por mucho que lo intente. Ahora bien, si consiguiera relacionar a Walsh con este asunto para demostrar que tuviste ayuda, o descubrir que te pusiste en contacto con un cómplice en Boston para poder eliminar las pruebas, entonces sí.

—Alguien colocó el arma asesina en casa de Abra.

—¿Qué? —Se enderezó, con una mirada tan afilada y contrariada como su tono—. ¿Por qué narices no me lo habías dicho?

—Disculpa. Yo lo supe el lunes.

Con gesto sombrío, Sherrilyn sacó una libreta y un bolígrafo del maletín.

—Ponme al corriente.

Eli le contó lo que sabía mientras veía cómo tomaba notas taquigráficas, típicas de la policía.

—Un montaje chapucero —concluyó la detective—. Quien lo hiciera, es impulsivo, desorganizado y puede que un poco idiota.

—Asesinó a un detective experimentado y hasta el momento no lo han atrapado.

—Incluso los idiotas tienen suerte. Me gustaría ver esa casa antes de volver a Boston.

—Le preguntaré a Abra.

—Y esa zanja del sótano. Probaré con la poli de por aquí, a ver si están dispuestos a proporcionarme información. —Tamborileó el bolígrafo sobre el papel mientras escudriñaba a Eli con la mirada—. Tanto por correo electrónico como por teléfono, has dejado entrever que crees que todo esto podría estar relacionado.

—Si no es así, es mucha coincidencia.

—Tal vez. Escarbando, he averiguado algo más que me parece interesante. —Sacó una nueva carpeta—. Hará unos cinco meses, Justin Suskind compró una propiedad conocida como Sandcastle, en el extremo norte de Whiskey Beach.

—¿Ha… comprado una propiedad aquí?

—Así es. Está escriturada a nombre de Legacy Corp., la empresa fantasma que ha montado. Su mujer no aparece ni en la escritura ni en la hipoteca. En el caso de que se divorciaran, cuando lo hicieran, saldría a la luz. Es muy posible que ahora mismo ella no sepa nada.

—¿Por qué narices se compraría una casa aquí?

—Bueno, la playa no está mal, y no deja de ser una buena inversión inmobiliaria. —Sherrilyn recuperó su sonrisilla de complicidad—. Aunque la malpensada que hay en mí dice que tiene otros motivos. Podríamos especular que quería cogerte in fraganti y vengar la muerte de su amante, pero hace cinco meses tú ni vivías aquí ni tenías planeado hacerlo.

—Bluff House estaba aquí. Mi abuela…

—No veo de qué modo esto se relaciona con la muerte de tu mujer, y para eso me contrataste. Sin embargo, me encantan los rompecabezas; si no, no estaría en este negocio. Además de ser una metomentodo. El tipo se compra una propiedad aquí, diríamos que bastante próxima a la casa de tu familia, un lugar que, según mi información, apenas visitaste después de casarte.

—A Lindsay no le gustaba. Mi abuela y ella no hacían buenas migas.

—Imagino que mencionaría la casa, y todo lo relacionado con ella, durante una conversación de alcoba. Unos meses después de su muerte, su amante compra la propiedad. Y tú tienes una zanja en el sótano, una abuela en el hospital y un detective privado que te sigue a todas partes y que aparece muerto. Y ahora colocan el arma homicida en la casa de la mujer con la que tienes una relación. ¿Alrededor de qué gira todo, Eli? No es de ti. Tú no estabas aquí cuando él dio el primer paso. ¿Alrededor de qué?

—De la dote de Esmeralda… Algo que probablemente no exista, y si existe, te puedo asegurar que no está enterrado en el sótano. Suskind dejó a mi abuela en el suelo.

—Tal vez. Todavía no podemos probarlo, pero tal vez. No te

395

habría dado toda esta información si mi barómetro me hubiera dicho que eres de los que pierde los papeles y hace tonterías. No me jorobes mi intuición.

Eli dio un respingo al comprender lo poco que le faltaba para perder los papeles y hacer una tontería.

—Podría haberla matado. Quedó tendida en el suelo Dios sabe cuánto tiempo. Una anciana indefensa, y él la abandonó a su suerte. Podría haber matado a Lindsay.

Se dio la vuelta.

—Su esposa podría haber mentido, podría haberlo encubierto por lealtad o miedo. Es capaz de matar. Y es probable que lo de Duncan también lo haya hecho él. ¿Quién si no? ¿A quién más podría importarle lo que yo estuviera haciendo? Creía que se trataba de la familia de Lindsay, pero esto tiene más sentido.

—He ahondado un poco más en el asunto. Metomentodo —repitió—. Los Piedmont habían contratado una firma excelente y tenían a dos de sus mejores detectives investigando en Boston. Hace unas tres semanas que lo han dejado correr.

—¿Lo…? ¿Lo han dejado correr?

—La información que tengo es que los detectives les informaron de que no quedaba nada que averiguar. No digo que no vayan a buscar otra firma, pero no fueron ellos quienes contrataron a Kirby Duncan.

—Si lo hizo Suskind, entonces sabría cuándo salía yo de la casa, dónde estaba y cuánto tiempo tenía para cavar. Entró en la casa la noche que fui a Boston porque Duncan le dijo que yo seguía en Boston. Luego vino Abra. Si no se hubiera defendido, podría…

Sherrilyn permaneció sentada mientras Eli caminaba hasta la terraza y volvía.

—Ha dicho que Duncan era un tipo honesto.

—Tenía esa reputación.

—Vinnie, el ayudante Hanson, fue a verlo para interrogarlo la noche que entraron aquí. Le contó lo del allanamiento y lo de Abra. A un tipo honesto no le gustaría que un cliente lo utilizara para saltarse la ley y ponerle las manos encima a una mujer.

De ahí que Suskind lo matara en vez de arriesgarse a que lo descubrieran.

—Eso ataría todos los cabos. Solo queda demostrarlo. ¿Qué podemos hacer ahora mismo? —Sherrilyn volvió a darle unos golpecitos a las carpetas—. Lo único que podemos probar es que compró una propiedad. Y su mujer no me pareció ni leal ni asustada, al menos no cuando hablé con ella. Humillada y resentida. No sé por qué habría de mentir por él.

—Continúa siendo el padre de sus hijos.

—Cierto. Seguiré en ello. Mientras tanto, voy a echar un vistazo por aquí, a ver si consigo averiguar qué se trae Suskind entre manos. Pondré la mira en él.

—Quiero que le des a la policía lo que tienes sobre él.

Sherrilyn torció el gesto.

—Eso duele. Mira, la poli querrá hablar con Suskind, hará preguntas y se formará sus propias ideas. Podría ahuyentarlo y nosotros acabaríamos mandando al garete nuestra mejor baza. Dame un poco de tiempo, pongamos una semana. Déjame ver qué puedo averiguar sin soltar la liebre.

—Una semana —accedió Eli.

—¿Qué te parece si me enseñas la famosa excavación del sótano?

Una vez abajo, Sherrilyn sacó un par de fotos con una pequeña cámara digital.

—Menuda determinación —comentó—. He leído un poco sobre lo de esa dote, el barco y demás, pero solo para hacerme una idea general. Me gustaría que mi gente investigara el tema con mayor profundidad, si te parece bien.

—No hay problema. Yo también he investigado un poco por mi parte. Si hubiera algo, hace tiempo que lo hubiéramos descubierto. Ese tipo está perdiendo el tiempo.

—Quizá. Pero es una casa grande. Con muchos recovecos.

—La mayor parte se edificó años después del naufragio del *Calypso*. El negocio del whisky, generación tras generación, junto con las destilerías, los almacenes y las oficinas, permitieron su construcción.

—No has entrado en el negocio familiar —observó Sherrilyn cuando empezaron a subir.

—Es una empresa hecha a la medida de mi hermana. Se le da bien. Yo seré el Landon de Bluff House. Aquí siempre ha habido uno —comentó—, desde que este lugar no era más que una casucha de piedra en el acantilado.

—Tradiciones.

—Son importantes.

—Por eso regresaste a la casa de Back Bay en busca del anillo de tu abuela.

—No era un bien ganancial, estaba claro hasta en el acuerdo prematrimonial. Pero no me fiaba de Lindsay.

—¿Por qué ibas a hacerlo? —comentó Sherrilyn.

—El anillo pertenecía a los Landon. Mi abuela me lo dio para que se lo diera a mi mujer como un símbolo de que era parte de la familia. Lindsay no estuvo a la altura. Y yo estaba cabreado —añadió, cerrando la puerta del sótano tras ellos—. Quería recuperar algo que era mío. El anillo, el juego de plata que pertenecía a la familia desde hacía doscientos años. El cuadro… Eso fue una estupidez —admitió—. No quería que tuviera algo que yo había comprado por amor, por un sentimiento nacido de la confianza que ella había traicionado. Fue una estupidez porque, al final…, ni siquiera puedo mirarlo.

—Eso habló en tu favor. Subiste y cogiste el anillo, solo el anillo. Ni siquiera tocaste el resto de las joyas que le habías comprado a tu mujer. No te las llevaste, ni las tiraste por la habitación o por la ventana. No mostraste nada que indicara una disposición o un comportamiento violentos. No eres un hombre violento, Eli.

Eli pensó en Suskind. En Lindsay, en su abuela, en Abra.

—Podría serlo.

Sherrilyn le dio una palmadita maternal en el brazo.

—No cambies. He reservado una noche en el hotel Surfside. Charlaré con la dueña sobre Duncan, o sobre cualquiera al que viera con él. A veces la gente cuando está delante de un *muffin* de arándanos recuerda cosas que se les pasa por alto cuando hablan con la policía. Quiero ver la casa de Abra y darme una vuelta por la de Suskind. Le daré jabón a los vecinos y a los empleados de las tiendas. Él tiene que comprar comida, tal vez algo que echarle al coleto de vez en cuando.

—Sí. Déjame que hable con Abra para que vayas a su casa.

Miró la lista que había en el tablero de la cocina mientras sacaba el teléfono.

—¿Eso es su horario?

—El de hoy.

—Mujer ocupada.

Sherrilyn lo estudió mientras Eli hablaba con Abra. Una mujer que tocaba tantas teclas, pensó, tenía que saber un poquito de todos. Y eso podría ser útil.

—Dice que puedes pedirle la llave a la vecina de al lado, la casa de la derecha. Maureen O'Malley.

—Genial. Te dejo estas carpetas. Tengo copias. —Cerró el maletín—. Te mantendré informado.

—Gracias. Me has dado mucho en lo que pensar. —Estaba acompañándola a la puerta cuando añadió—: Echarse al coleto. Bebida. Bar.

—¿Qué quieres decir?

—Cuando allanaron la casa por segunda vez, estábamos en el bar donde Abra trabaja los viernes. Vio a un tipo, no le sonaba, antipático. Pidió una nueva consumición, pero se marchó antes de que ella se la llevara, justo cuando entré yo.

—¿Abra puede describirlo?

—Aquello está muy oscuro. Estuvo trabajando con un dibujante de la policía, pero el retrato no dice demasiado. Aunque...

—Si le enseñaras una foto de Suskind... Vale la pena intentarlo, y hay una en la carpeta. Solo prueba que estaba en el bar. Como tiene una casa aquí, no es mucho. Pero algo es algo, ¿no te parece?

Eli comprendió que quería saber más. Se le hacía un nudo en el estómago solo de pensar que el hombre con el que su mujer lo había engañado podría haberla asesinado. Que podría ser el causante de la caída de su abuela, el intruso que la dejó tirada en el suelo. Que podría haber agredido a Abra.

Había invadido Bluff House. Todo el mundo en Whiskey Beach conocía a los Landon, de modo que comprarse una casa allí había sido una decisión deliberada, llevada a cabo por su proximidad a Bluff House. De eso estaba seguro.

Se llevó las carpetas a la biblioteca y se sentó frente al viejo escritorio con ellas y su libreta para tomar notas.

Y se puso a trabajar.

Cuando Abra regresó poco después de las cinco, él seguía allí, y la perra, que había ido a recibirla a la puerta, se la quedó mirando con ojos plañideros.

—Eli.

—¿Ajá? —Parpadeó, miró a su alrededor y frunció el entrecejo—. Has vuelto.

—Sí, he vuelto y, de hecho, un poco tarde. —Se acercó al escritorio, recorrió con la vista las pilas de papeles, la gruesa resma de notas. Recogió dos botellas vacías—. Una sesión de dos Mountain Dew.

—Ahora las recojo.

—Ya las he cogido yo. ¿Has comido?

—Eh...

—¿Has sacado a la perra?

—Ah. —Miró de reojo a una Barbie de ojos tristones—. Estaba liado con esto.

—Dos cosas. Una: no voy a permitir que te abandones de nuevo, te saltes las comidas y subsistas a base de refrescos de color amarillo nuclear y café. Y dos: no puedes descuidar a un perro que depende de ti.

—Tienes razón. Estaba ocupado. La saco enseguida.

En respuesta, Abra dio media vuelta y salió de la estancia, seguida de cerca por la perra.

—Mierda.

Miró sus papeles, el progreso que había hecho, y se pasó las manos por el pelo.

Él no había pedido un perro, ¿verdad? Pero se lo había quedado, así que no había nada más que decir. Se levantó y se dirigió a la cocina, que encontró vacía, con el bolso gigantesco de Abra sobre la encimera. Echó un vistazo por la ventana y comprobó que ella había sacado a la perra y que ya estaban descendiendo los escalones que llevaban a la playa.

—No hace falta ponerse así —musitó, y cogió una chaqueta y la pelota preferida de Barbie de camino a la puerta.

Cuando los alcanzó, mujer y perra caminaban a paso ligero por la orilla.

—Me he liado haciendo cosas —repitió.

—Eso es obvio.

—La detective me ha dado un montón de información nueva. Es importante.

—También lo es la salud y el bienestar de tu perra, por no hablar de ti.

—Se me olvidó que andaba por allí. Es que es tan buena... —Y como sonó a acusación, dirigió una muda disculpa a la perra—. Haré las paces con ella. Le gusta correr detrás de la pelota. ¿Ves? —Le quitó la correa—. ¡Ve a por ella, Barbie! —Y lanzó la pelota al agua.

La perra salió disparada como una flecha, embargada de felicidad.

—¿Lo ves? Me perdona.

—Es un perro. Te perdonaría casi todo. —Abra se apartó ligeramente cuando la empapada Barbie regresó para dejar la pelota en la arena.

Eli la recogió y volvió a lanzarla.

—Te acordarías de ponerle comida, ¿no? El cuenco del agua estaba vacío.

—Mierda. —Reconoció su error en ese momento—. No volverá a suceder. Me he...

—Liado —acabó ella—. Bueno, has olvidado dar agua y sacar a pasear a tu perro, te has olvidado de comer. Supongo que no habrás escrito y que habrás invertido todo tu tiempo y energía leyendo sobre asesinatos y tesoros.

Ya podía esperar sentada si creía que iba a disculparse por eso.

—Necesito respuestas, Abra. Creía que tú también querías encontrarlas.

—Y quiero. —Abra intentó calmarse mientras Eli hacía estremecer de alegría a la perra con otro lanzamiento—. Quiero, Eli, pero no a tus expensas, no si pones en riesgo lo que has logrado reconstruir.

—Eso no va a pasar. Es solo una tarde, por amor de Dios. Una tarde en que se han abierto un montón de posibilidades que debo explorar. Reconstruir no basta si no sabes dónde pisas.

—Lo entiendo. De verdad. Y puede que esté exagerando, salvo en lo del perro, porque para eso no hay excusa.

—¿Cómo de mal quieres que me sienta?

Abra se lo pensó, lo miró. Miró a Barbie.

—Bastante mal por lo del perro.

—Misión cumplida.

Con un suspiro, Abra se quitó los zapatos y se arremangó las perneras hasta las rodillas para caminar por el agua.

—Me importas. Y mucho. Eli, para mí es un problema que me importes tanto.

—¿Por qué?

—Es más fácil vivir mi vida y ya está. En eso tú tienes experiencia —añadió, apartándose el pelo que el viento le había arrojado a la cara—. Es más fácil vivir tu vida en vez de volver a dar ese paso, que implica arriesgarse. Da miedo cuando pareces incapaz de impedir que acabes dando ese paso. Y al parecer yo no soy capaz de impedirlo.

El giro que había dado la conversación lo desconcertó y lo inquietó ligeramente.

—Me importas más de lo que pensé. Creí que nadie volvería a importarme. Da un poco de miedo.

—No sé si alguno de los dos sentiría lo mismo si nos hubiésemos conocido hace unos años. Si hubiéramos sido las personas que éramos. Has salido de un pozo, Eli.

—He tenido ayuda.

—No creo que la gente acepte ayuda, salvo que esté preparada consciente o inconscientemente. Tú estabas preparado. Se me encoge el corazón solo de recordar lo triste, cansado y taciturno que estabas cuando apareciste en Whiskey Beach. Se me partiría el corazón si vuelvo a verte así.

—Eso no va a suceder.

—Quiero que encuentres tus respuestas. A mí también me gustaría tenerlas. Lo que no quiero es que te envíen de nuevo a ese pozo, o que te hagan cruzar al otro lado, que te transformen otra vez en alguien que no conozco. Es egoísta, pero quiero la persona que eres ahora.

—Vale. Vale. —Necesitó un momento para organizar sus pensamientos—. Este es el que soy, y el que soy olvida cosas, se lía y está aprendiendo a apreciar que alguien le recuerde que no debe hacerlo. No soy tan distinto al que era antes de que sucediera todo esto. Pero lo que sucedió hizo que me centrara. No quiero ser un problema para ti, pero no voy a irme a ninguna parte. Estoy donde quiero estar. De eso estoy seguro.

Abra volvió a retirarse el pelo y ladeó la cabeza.

—Deshazte de una corbata.

—¿Qué?

—Deshazte de una corbata. Una corbata, la que tú elijas. Y déjame leer una escena de tu libro. Una sola, la que tú quieras. Simbolismo. Desprenderte de algo de antes, ofrecerme algo de ahora.

—¿Y eso soluciona el problema?

Abra hizo un gesto con la mano.

—Ya veremos. Pensaré qué hago de cena y me aseguraré de que te la acabes. —Le dio un golpecito en la barriga—. Todavía estás un poco flacucho.

—Tampoco es que tú estés muy entrada en carnes.

Para demostrárselo, la levantó del suelo. Abra se echó a reír mientras le envolvía la cintura con las piernas.

—Entonces la cena será de campeonato.

Abra lo besó en los labios, al tiempo que él la mantenía en sus brazos y daba vueltas en círculo. Cuando dejó de besarlo vio adónde se dirigía Eli exactamente.

—¡No! ¡Eli!

Cayeron juntos al agua y dieron vueltas y más vueltas. Boqueando, por fin consiguió ponerse en pie, justo en el momento en que la alcanzó una nueva ola y la tumbó.

Riendo como un poseso, Eli la ayudó a levantarse.

—Quería saber cómo estaba el agua.

—Mojada. Y fría. —Abra se retiró el pelo empapado hacia atrás mientras la excitada perra nadaba a su alrededor. Se quedó pensando en lo que significaba que la acción impulsiva e infantil de Eli hubiera hecho desaparecer el enfado y la irritación anteriores—. Idiota.

—Sirena. —Volvió a atraerla hacia él—. Eso es lo que pareces, tal como había imaginado.

—Esta sirena tiene piernas, que se le están helando. Y arena en sitios bastante incómodos.

—Parece que nos convendría una larga ducha caliente. —La cogió de la mano y tiró de ella hacia la orilla—. Te ayudaré a quitarte la arena. —Volvió a reír cuando sopló el viento—. Por Dios. Hace un frío que pela. Vamos, Barbie.

Liada, eso era lo que significaba su actitud, pensó Abra. Estaba liada con Eli. Se las arregló para recoger los zapatos mientras corrían por la playa.

24

En cuanto entró en el zaguán, Abra se quitó la sudadera cho-
rreante y los zapatos empapados.

—Frío, frío, frío —repetía mientras los dientes le castañea-
ban, y a medida que se deshacía de la camiseta húmeda y se contoneaba para desprenderse de los pantalones, que se le pegaban
a la piel.

La distracción que suponía Abra mojada, desnuda y tem-
blorosa hizo que Eli fuera más lento. Todavía estaba peleándo-
se con los vaqueros empapados cuando ella salió corriendo en
cueros.

—¡Espera un momento!

Por fin consiguió sacarse los pantalones y los calzoncillos
para salir corriendo detrás de ella. Dejó toda la ropa en una pila,
que iba formando un charco cada vez más grande de agua salada
y terrones mojados de arena.

—Frío, frío, frío —oyó que seguía repitiendo.

La alcanzó justo después de que saliera el chorro del agua
caliente y ella emitiera un grito de alivio.

—Caliente, caliente, caliente.

Abra dejó escapar un pequeño chillido cuando él la abrazó
por detrás.

—¡No! Tú todavía estás frío.

—No por mucho tiempo.

Hizo que se volviera, la atrajo hacia él con fuerza, deslizó una mano en su pelo y, cubriéndole la boca con la suya, sintió cómo aumentaba la temperatura.

Quería tocarla, toda; esa piel mojada, esas líneas esbeltas, esas curvas sutiles. Quería oír su risa gutural, su suspiro entrecortado. Cuando Abra volvió a estremecerse, fue a causa de la excitación, del ansia, mientras sus cuerpos seguían bajo el cálido chorro.

Las manos de Abra se deslizaron por su cuerpo; un arañazo suave, un roce erótico con los dedos. Dieron vueltas bajo el agua, una y otra vez en medio de la cascada. Los labios de Abra buscaban los de él con una prisa húmeda y caliente.

Eli quería que fuera feliz, quería borrar la preocupación que había visto en su mirada cuando estaban en la playa. Quería protegerla de los problemas futuros, y sin duda los habría.

Problemas, pensó. Parecían pegarse a él como la piel.

Al menos allí, allí y en ese momento, solo había calor y placer y deseo. Allí y en ese momento podía darle todo lo que tenía.

Abra se aferró a él. Incluso cuando Eli le dio la vuelta para deslizar sus manos por su cuerpo, Abra extendió un brazo hacia atrás y lo pasó alrededor del cuello de Eli, para tenerlo cerca. Y alzando el rostro como lo haría hacia la lluvia, se abrió.

Su cuerpo ansiaba más. La tocaba, la saboreaba… Y poco a poco, sin tregua, Eli alimentó ese deseo hasta convertirlo en una profunda y gloriosa agonía.

Cuando Abra se volvió, otra vez boca con boca, Eli la apoyó en los azulejos mojados y la llenó.

Despacio ahora, despacio, emergiendo como el vapor, descendiendo como el agua, flotando sobre densas y húmedas nubes de placer. Abra lo miró a través del vaho, directamente a los ojos. Ahí estaban las respuestas, pensó. Solo tenía que aceptar lo que ya sabía, solo tenía que tomar lo que su corazón ansiaba hacía tiempo.

A ti, pensó, dejándose llevar. He estado esperándote a ti.

Cuando apoyó la cara en el hombro de Eli, estremeciéndose con él en aquel descenso final, estaba llena de amor.

Ensimismado, la sostuvo un instante más. Luego le hizo levantar la cabeza y le rozó los labios con los suyos.

—En cuanto a lo de esa arena...

Su risa hizo que todo fuera perfecto.

En la cocina, abrigada y seca, Abra preparó la cena mientras él servía el vino.

—Podríamos hacernos un sándwich y ya está —propuso él.

—Ni lo sueñes.

—¿Estás intentando que vuelva a sentirme culpable por haberme saltado la comida?

—No, creo que ya he zanjado esa cuestión. —Dejó un poco de ajo, unos tomates maduros y un trozo de parmesano en la encimera—. Estoy hambrienta, y probablemente tú también. Gracias. —Aceptó el vino y chocó su copa con la de él—. Pero ya que has sido tú quien ha sacado el tema, podrías contarme qué te ha tenido tan liado.

—Hoy he visto a la detective.

—Me avisaste de que vendría. —Intrigada, Abra se acercó con lo que había encontrado en la nevera—. Antes dijiste que tenía algo nuevo.

—Podría decirse así. —De pronto le vino algo a la mente y levantó un dedo—. Espera. Quiero probar una cosa. Solo serán un par de minutos.

Fue a la biblioteca a buscar las carpetas y sacó la fotografía de Justin Suskind. Se la llevó al despacho e hizo una copia. Cerró los ojos y trató de recordar el dibujo del retratista de la policía.

Con un lápiz, le dibujó el pelo más largo y le oscureció los ojos. No podía decirse que fuera Rembrandt, pensó, ni siquiera Hester H. Landon, pero valía la pena intentarlo.

Volvió a bajar con la foto y con la copia y se detuvo un momento en la biblioteca para recoger las carpetas y sus anotaciones.

Cuando regresó a la cocina, Abra tenía dos cazos puestos en

el fuego. Una bandejita de olivas, alcachofas marinadas y pimientos cherry esperaba en la isla, mientras ella picaba ajo.

—¿Cómo lo haces? —preguntó, maravillado, y se llevó una oliva a la boca.

—Magia culinaria. ¿Qué es todo eso?

—Carpetas que me ha dejado la detective y notas que he tomado. Ha empezado por el principio.

Cuando terminó de ponerla al día, deteniéndose antes de hablarle de la presencia de Suskind en Whiskey Beach, Abra tenía lista una ensaladera de *campanelle* acompañados de tomates, albahaca y ajo. Se la quedó mirando, viendo cómo rallaba parmesano por encima.

—¿Lo has hecho en media hora? Sí, sí, magia culinaria —dijo, antes de que ella pudiera contestar. Metió un cucharón en la pasta y sirvió primero un cuenco para ella y luego otro para él.

Abra tomó asiento en el taburete de al lado y probó el plato.

—No está mal. Ha funcionado. Así que ella cree que todo está relacionado, ¿no?

—Sí, ella… ¿No está mal? —dijo, después de probar la comida—. Esto está genial. Tendrías que apuntar la receta.

—¿Y estropear la espontaneidad? Hablará con Vinnie, ¿no? Y con el inspector Corbett.

—Ese es el plan, y tendrá un par de cosillas nuevas de las que informarles.

—¿Como cuáles?

—Primero probemos una cosa. —Le dio la vuelta a la copia retocada del retrato policial y la dejó en la encimera, entre los dos—. ¿Te suena este tipo?

—Yo… Se parece al hombre del bar. Se parece un montón al hombre del bar. —Cogió la foto y la estudió con atención—. Se parece más de lo que fui capaz de explicar a la policía. ¿De dónde has sacado esto?

En respuesta, Eli le tendió la foto original.

—¿Quién es? —preguntó Abra—. Lleva el pelo más corto y tiene un aspecto más limpio, más delicado. ¿Cómo ha encontrado al hombre que vi en el bar?

—No sabía que lo había encontrado. Este es Justin Suskind.

—Suskind, ¿el hombre con el que estaba liada Lindsay? Claro. —La irritación se dibujó en su rostro al tiempo que se daba unos golpecitos con los dedos en la sien—. ¡Maldita sea! Vi su foto en los periódicos el año pasado, pero no lo recordaba ni relacioné una cosa con la otra. Supongo que no le presté tanta atención. ¿Qué hacía en el bar?

—Trabajos de vigilancia. Hace unos meses compró Sandcastle, una casa en la punta norte.

—¿Compró una casa en Whiskey Beach? Conozco la casa. —Le dio un golpecito con un dedo en el brazo—. La conozco. Voy a limpiar otra que hay enfrente cuando empieza la temporada. Eli, solo hay una razón para comprarse una casa aquí.

—Para acceder a esta.

—Pero eso es demencial. Si lo piensas, es demencial. Tenía una aventura con tu mujer y ahora está… ¿Tuvo una aventura para obtener información sobre la casa, para averiguar algo más sobre el tesoro? ¿O se enteró de la leyenda de la dote durante la aventura?

—Lindsay nunca demostró mucho interés por Bluff House.

—Pero ella podía ser un nexo —insistió Abra—. Sabía lo del *Calypso* y lo de la dote, ¿no?

—Claro. Se lo conté la primera vez que la traje aquí. Le enseñé la cueva donde los piratas solían echar amarras. Y lo de pasar whisky de contrabando durante la ley seca. Ya sabes, para impresionar a la chica con el color local y la leyenda de los Landon.

—¿Y lo conseguiste? Impresionarla, digo.

—Es una buena historia. Recuerdo que me pidió que volviera a contarlo en un par de cenas de compromiso, pero fue más para echar unas risas. No pensaba o no le interesaba demasiado Whiskey Beach.

—Obviamente, a Suskind sí, antes y ahora. Eli, esto es tremendo. Podría ser el responsable de todo. Los allanamientos, la caída de Hester, el asesinato de Duncan. El de Lindsay…

—Tiene coartada en el caso de la muerte de Lindsay.

—Pero ¿no se trataba de su mujer? Si ella mintió…

—Se han separado, y sigue manteniendo lo que dijo en la declaración original. Un poco a regañadientes, según Sherrilyn. En la actualidad no parece estar en términos muy amistosos con Suskind.

—Aun así, podría seguir mintiendo. —Abra pinchó un poco de pasta—. Ese tipo es culpable de otros crímenes.

—Inocente hasta que se demuestre lo contrario —le recordó Eli.

—Venga, ahora no actúes como un abogado. Dame una buena razón para comprar esa casa.

—Puedo darte unas cuantas. Le gusta la playa, quería invertir, su matrimonio está o estaba yéndose a pique y quería tener un sitio adonde ir, un sitio agradable donde poder pensar con tranquilidad. Un día les da por pasarse por aquí llevados por un impulso. Lindsay le enseña Bluff House y él se compra una casa en este mismo lugar para recordar ese día perfecto.

—Venga, eso son gilipolleces.

Eli encogió un hombro ante el conato de enfado.

—Duda razonable. Si yo lo representara, pondría el grito en el cielo en el caso de que alguien quisiera interrogar a mi cliente solo por comprarse una casa en la playa.

—Y si yo fuera fiscal, pondría el grito en el cielo ante la serie de coincidencias y conexiones. ¿Una vivienda en esta playa en concreto, donde tu familia posee una casa que ha sufrido una serie de allanamientos desde que él compró la suya?

Abra resopló y acto seguido puso cara seria.

—Su Señoría, sostengo que el acusado adquirió dicha propiedad y se estableció en la misma con el único propósito de entrar de manera ilegal en Bluff House para buscar un tesoro pirata.

Eli le sonrió y se inclinó hacia delante para besarla.

—Protesto, especulativa.

—Creo que no me hubiera gustado el Landon abogado.

—Puede que no, pero con lo que tenemos aquí habría sacado a Suskind en un santiamén.

—Entonces dale la vuelta. ¿Cómo habría presentado el Landon abogado el caso contra Suskind?

—Para empezar, probando que conoce o que tiene interés en la dote de Esmeralda. Lo relacionaría con las fibras que encontraron en tu casa, eso sería la clave. Seguiría el rastro de la pistola hasta él. O, en realidad, el de cualquiera de las herramientas del sótano. Vería si mi abuela pudiera identificarlo como el intruso. Y volvería sobre los hechos para desmontar la declaración de su mujer. Mejor aún, buscaría el modo de situarlo en la casa cuando mataron a Lindsay, aunque no sería difícil. Buscaría algún testigo que certificara que había problemas entre Lindsay y él. Eso sería un inicio.

Abra le dio un sorbo a su vino y se quedó pensativa.

—¿Qué te apuestas a que encontraríamos libros y notas y todo tipo de información sobre Bluff House y la dote en su casa?

—No sin una orden de registro, y no te las dan sin una prueba suficiente.

—No interrumpas con legalidades. —Abra las desestimó con un gesto de la mano—. Y la policía científica podría comparar las fibras con su ropa. Y el ADN de mi pijama.

—Para lo cual se requiere una orden, que a su vez requiere una prueba suficiente.

—Y la pistola…

—No está registrada. Eso me dice que probablemente la compró en la calle, en metálico. O a un traficante poco fiable, en metálico. En Boston no es demasiado complicado.

—¿Cómo se sigue el rastro de algo así?

—Mostrando su foto a los traficantes que conozcas y que traten con ese tipo de mercancía. Encuentras al traficante, luego consigues que identifique a Suskind y a continuación lo convences para que testifique. —Eli le explicó el procedimiento y las posibilidades—. Para todo esto se necesita la misma suerte que para ganar la lotería.

—Tarde o temprano, alguien gana. Eso es lo que tendría que hacer tu detective. Todo lo que acabas de decir. Creo que debemos dejar que Hester recuerde a su ritmo, si es que llega a hacerlo. Y, sinceramente, estaba oscuro. Yo diría que en realidad no lo vio. Puede que una sombra, una silueta.

—En eso estamos de acuerdo.

—Lo de las herramientas no sería fácil. Seguramente las compró hace meses. ¿Quién recuerda a un tipo que compra un pico o un mazo? Pero... Creo que tendrías que ir a Boston y hablar con su mujer.

—¿Qué? ¿Con Eden Suskind? ¿Por qué iba a querer hablar conmigo?

—Bueno, joder, Eli, eso demuestra lo que sabes sobre las mujeres. Sobre todo sobre las mujeres enfadadas, traicionadas o tristes. Os engañaron a ambos... Su marido, tu mujer. Eso crea una especie de vínculo. Compartisteis una experiencia difícil.

—Un vínculo bastante endeble si cree que maté a Lindsay.

—Solo hay una manera de averiguarlo. Y ya que estamos, podríamos echarle un vistazo al despacho de Kirby Duncan.

—¿Podríamos?

—Pues claro, iré contigo. Una mujer solidaria.

Abra se llevó la mano al corazón en un gesto cargado de comprensión.

—No está mal. Se te da bastante bien.

—Bueno, la verdad es que me solidarizo con ella. Puede que se sintiera más segura si hay otra mujer. Alguien que se haga cargo y que pueda mostrarle esa solidaridad y comprensión. Y, desde luego, tenemos que enseñar la foto de Suskind en las oficinas de Duncan.

—Para eso están los detectives.

—Sí, claro, pero ¿no sientes curiosidad? Esta semana no puedo, la tengo toda ocupada. Además, tendríamos que planearlo un poco más. Es probable que pudiera encajarlo de alguna manera en la semana que viene. Mientras tanto, tal vez tu detective gane la lotería y nosotros estaremos alertas por si vemos a Suskind. Y también podemos vigilar Sandcastle.

—No podemos merodear por allí. Si nos ve, podríamos ahuyentarlo. Y no vas a acercarte a su casa. No es negociable —dijo, antes de que Abra pudiera abrir la boca—. Ahí se ha establecido una frontera, y no es una línea en la arena, sino en la roca. No sabemos si tiene otra pistola o no, pero podemos estar bastante seguros de que, si la tiene, no dudará en usarla. Duncan tenía una registrada, y no la han encontrado ni junto al cadáver ni, por lo que he podido averiguar, en ningún otro sitio.

—Especulativa…, pero convengo en casi todo. No es necesario merodear por allí. Ven conmigo, te lo enseñaré.

Lo llevó a la terraza, junto al telescopio.

—Según Mike, los antiguos dueños la compraron hace unos cinco años para invertir, justo antes de que estallara la burbuja. La economía tocó fondo, la gente no gastaba mucho durante las vacaciones, etcétera —prosiguió, mientras volvía el telescopio hacia el norte—. Estuvo en venta más de un año y se vieron obligados a ir bajando el precio. Entonces…

Se irguió.

—Ay, por amor de Dios, qué idiota soy. Tienes que hablar con Mike. Él se encargó de la venta.

—Me tomas el pelo.

—No, es que no había caído. Él fue el agente de la inmobiliaria que se encargó de la venta de esa finca. Puede que sepa algo.

—Hablaré con él.

—Por el momento, puedes mirar. —Le dio unos golpecitos al telescopio—. Sandcastle.

Eli se inclinó y echó un vistazo a través del ocular. Se alzaba cerca de la punta norte, una casa de madera de dos plantas, con una amplia terraza que daba a la playa. Ventanas y puertas correderas cerradas y las persianas bajadas, se fijó. Una pequeña entrada y ningún coche.

—Parece que no hay nadie en casa.

—Entonces sería la ocasión perfecta para bajar y echar un vistazo más de cerca.

—No —dijo, sin dejar de mirar por el telescopio.

—Sabes que quieres.

Por supuesto que quería, lo que no quería era que ella lo acompañara.

—No hay nada que ver, solo una casa con las persianas bajadas.

—Podríamos mirar si está echada la llave.

Esta vez sí se enderezó.

—¿Va en serio?

Abra se encogió de hombros y tuvo el detalle de parecer avergonzada.

—Creo que un poco, más o menos. Podríamos encontrar alguna prueba de…

—Sería completamente inadmisible.

—Abogado.

—Juicioso —subrayó—. No vamos a allanar su casa, ni la de nadie. Y sobre todo no vamos a allanar la casa de un hombre que muy bien podría ser un asesino.

—Lo harías si yo no estuviera aquí.

—No, no lo haría. —Al menos eso esperaba.

Abra entrecerró los ojos, mirándolo fijamente, y luego suspiró.

—No lo harías. Al menos dime que te gustaría.

—Lo que me gustaría es que estuviera en casa. Me gustaría acercarme, tirar la puerta abajo de una patada y darle una paliza.

Su voz reveló una ira soterrada que dejó perpleja a Abra.

—Ah. ¿Alguna vez has dado una paliza a alguien?

—No. Sería el primero. Y lo disfrutaría. A la mierda si es especulativo. —Se metió las manos en los bolsillos con rabia mientras paseaba por la terraza—. A la mierda. No sé si mató a Lindsay, pero cabe la posibilidad. Y sé, sé muy bien que es responsable de lo que le ocurrió a mi abuela. Sé que te puso las manos encima. Le metió una bala a Duncan. Volverá hacerlo, eso y más, para obtener lo que anda buscando. Y yo no puedo hacer una mierda al respecto.

—Todavía.

Se detuvo e intentó sobreponerse a la frustración.

—Todavía.

—Ahora mismo ¿qué puedes hacer?

—Puedo hablar con Mike. Puedo replantearme la idea de hablar con Eden Suskind y buscar el modo de hacerlo, en el caso de que me decida. Podemos decirle a la policía que has identificado a Justin Suskind, con lo que tendrían una razón para charlar con él… de aquí a unos días, para dar primero a Sherrilyn un poco de tiempo. No creo que consigamos mucho por ese lado, pero lo inquietará cuando ocurra. Puedo seguir investigando sobre la dote y tendría que averiguar por qué cree que la encontrará aquí.

Se calmó a medida que iba dándole vueltas.

—Puedo confiar en que la detective hará su trabajo. Y por si acaso, puedo elaborar un plan para atraer a Suskind hasta la casa y cogerlo por banda.

—Podemos —lo corrigió.

—Lo vemos desde aquí con el telescopio. Por consiguiente, es más que seguro que él ve Bluff House. De modo que la vigila, al menos de vez en cuando. Tendríamos que asegurarnos de que está allí. Luego podríamos fingir que nos vamos de viaje. Tal vez incluso podríamos llevar un par de maletas pequeñas.

—Como si fuéramos a hacer una salida corta.

—Sería la oportunidad perfecta. Aparcamos fuera de su vista, volvemos a pie y entramos por la cara sur. Y nos metemos en los pasadizos con una cámara de vídeo. He estado mirando algunas en internet y también cámaras ocultas.

—Excelente, tomando la iniciativa. Además, podría funcionar. ¿Y Barbie?

—Mierda. Sí, puede que no entre si la oye ladrar. Nos las llevamos con nosotros y se la dejamos a Mike. ¿Se la quedarían unas horas?

—Por supuesto.

—Hay que pulirlo. —Y pensó que le gustaría reposarlo, calcular con tranquilidad el momento oportuno—. Es una buena alternativa. Con un poco de suerte, entre Sherrilyn y la policía, tendrán suficiente para detenerlo y presionarlo.

—Me gusta la idea de esperar en cuclillas en un pasadizo secreto, con mi amante. —Lo envolvió en sus brazos—. Preparando una emboscada a un asesino de sangre fría. Es como una escena de un thriller romántico.

—No estornudes.

—Ni en broma. Y hablando de escenas de libro...

—Sí, un trato es un trato. Escogeré una. Deja que me lo piense.

—Me parece bien. ¿Y lo de la corbata?

—¿Eso iba en serio?

—Muy en serio. Puedes ir a buscar una mientras meto en la lavadora la ropa mojada de la que me he olvidado por completo. Luego puedo echarle un vistazo a esas carpetas mientras tú te encargas de los platos. Cuando acabes, Barbie seguramente necesitará que la saquen a pasear antes de irse a dormir.

—Lo tienes todo pensado.

—Eso intento. —Le dio un beso, primero en una mejilla y luego en la otra—. Una corbata —repitió, y tiró de él suavemente para que entrara.

Más reacio de lo que esperaba, subió la escalera y sacó el colgador de corbatas del armario.

Le gustaban sus corbatas. No es que les tuviera un cariño especial, pero le gustaba disponer de esa variedad. Opciones.

Eso seguía sin explicar por qué se las había llevado todas a la playa, sobre todo cuando podía contar con los dedos de una mano las veces que se había puesto una en los últimos seis meses.

De acuerdo, tal vez sí que les tuviera algo de cariño. Había ganado casos en los juzgados con aquellas corbatas, y había perdido pocos. Había usado una corbata todos y cada uno de los días de su vida laboral. Se las había anudado y desanudado en incontables ocasiones.

En otra vida, admitió.

Alargó la mano hacia una, de rayas azules y grises; cambió de opinión y escogió otra, una granate con un sutil estampado de cachemir. Volvió a pensárselo.

—Mierda.

Cerró los ojos, alargó la mano y escogió una a ciegas.

Tenía que ser una maldita Hermès.

—Hecho.

Le dolió apartarla de las demás. Entró en el despacho para superar el momento de melancolía.

Abra le había dicho que le haría sentir bien, pensó, mientras intentaba decidir qué escena darle. Le había mentido.

No quería que mintiera. Quería sentirse bien de verdad.

Por extraño que pareciera, se dio cuenta de que sabía qué escena debía leer: una en que su opinión le sería útil.

Fue avanzando por el documento y encontró las páginas. Antes de que cambiara de opinión, las imprimió.

—No seas cobarde —se ordenó, y bajó con ellas y con la corbata.

Abra estaba sentada frente a la encimera, acariciando con un pie descalzo el costado de la perra, despatarrada en el suelo. Y llevaba unas gafas con una montura de color naranja vivo.

—Llevas gafas.

Se las quitó como si se tratara de un secreto vergonzoso.

—A veces, para leer. Sobre todo cuando la letra es pequeña. Y esta de aquí es bastante pequeña.

—Póntelas.

—Soy presumida. No puedo remediarlo.

Eli dejó las hojas a un lado, cogió las gafas y se las volvió a colocar sobre la nariz.

—Estás guapa.

—Pensaba que si me decidía por una montura llamativa, la cosa cambiaría, pero sigo siendo presumida y no me gusta llevarlas. Solo las utilizo a veces para leer y cuando hago joyas.

—Lo que aprende uno. Muy guapa.

Abra puso los ojos en blanco tras los cristales y volvió a quitárselas cuando vio la corbata.

—Bonita —dijo, y se la quedó. Enarcó las cejas al ver la etiqueta—. Hermès. Muy, pero que muy bonita. Las señoras de la tienda de segunda mano van a estar encantadas.

—¿Segunda mano?

—No voy a tirarla sin más. Puede servirle a alguien.

Eli siguió la corbata con la mirada mientras Abra se levantaba de un saltito y la metía en su bolso.

—¿Puedo volver a comprarla?

Abra se echó a reír y negó la cabeza.

—No la echarás de menos. ¿Eso es para mí? —Señaló las hojas impresas.

—Sí. Una escena, son solo un par de páginas. Pensé que lo mejor sería sacármelo de encima de un tirón. Como arrancarse una tirita.

—No va a dolerte.

—Demasiado tarde. No quiero que me mientas.

—¿Por qué iba a mentirte?

Eli apartó las páginas cuando Abra intentó cogerlas.

—Cuidas de los demás por naturaleza y te acuestas conmigo. Va en contra de tu carácter herir los sentimientos de la gente, así que no lo harás conmigo. Y eso es mentir. Pero tengo que saber si vale o no lo que he escrito, aunque duela.

—No te mentiré. —Movió los dedos para pedirle las páginas—. Olvida lo que estoy haciendo y mete los platos en el lavavajillas.

Abra apoyó los pies en el segundo taburete y, ya que las tenía a mano, se puso las gafas. Tras mirarlo brevemente por encima de las hojas y hacerle un gesto para que se dedicara a lo suyo, cogió la copa de vino medio vacía que había estado saboreando. Y se puso a leer.

Las leyó dos veces, en silencio, mientras los platos entrechocaban y el agua corría en el fregadero.

A continuación, las dejó a un lado y se quitó las gafas para que él pudiera verle los ojos con claridad.

Sonrió.

—Te habría mentido un poco. Lo que yo llamo una «mentira suave», porque es como un cojín que suaviza la caída».

—Una mentira suave.

—Sí. Por lo general, no me hace sentir culpable. Pero no sabes cuánto me alegro de no tener que mentir, ni siquiera con una suave. Me has dado una escena de amor.

—Bueno, sí. Ha sido a posta. No he escrito muchas y podía ser uno de los puntos débiles.

—No lo es. Es erótica y romántica, y lo que es más, has conseguido transmitir lo que sienten los personajes. —Se llevó una mano al corazón—. Sé que a él lo han herido una vez más, aquí —dijo, dándose unos golpecitos en el pecho—. Ella quiere llegar a él y desea con toda su alma que él haga lo mismo con ella. No conozco los motivos, pero sé que ese momento era importante para ambos. No es uno de los puntos débiles.

—Él no esperaba encontrarla. Yo no esperaba que la encontrara. Ella lo cambia todo, a él, el libro.

—¿Y al contrario?

—Eso espero.

—Él no es tú.

—No quiero que lo sea, pero hay parte de mí. Ella no eres tú, pero… Estoy bastante seguro de que va a llevar gafas de montura naranja para leer.

Abra se echó a reír.

—Mi aportación a tu obra literaria. Me muero por leerla, Eli, del principio al fin.

—Para eso todavía falta un poco. Hace tres meses no podría haber escrito esa escena. No me la habría creído, no hubiera podido sentirla. —Se acercó a ella—. Has aportado más que unas gafas de lectura.

Abra le pasó un brazo por la cintura y apoyó la mejilla en su pecho. No le extrañaba que, después de dar ese primer y arriesgado paso, la caída hubiera sido tan rápida, se dijo.

Pero no se arrepentía.

—Saquemos a Barbie a pasear —propuso.

Al oír «Barbie» y «pasear», la perra se puso en pie y empezó a menear la cola como una loca.

—Y así puedo explicarte un par de ideas que tengo para tu nuevo despacho de la tercera planta.

—Para mi despacho.

Los labios de Abra se curvaron al tiempo que se apartaba de él.

—Son solo ideas. Incluido un cuadro precioso que he visto en una de las tiendas del pueblo —comentó, levantándose en busca de la correa y una de las chaquetas de Eli, ya que la suya estaba en la secadora—. De hecho, es de Hester.

—¿No tenemos suficientes cuadros en la casa?

—No en tu nuevo despacho. —Enrolló las mangas de la chaqueta y se subió la cremallera—. Además, los cuadros que cuelgues han de ser inspiradores, estimulantes y personales.

—Sé muy bien lo que me inspiraría, estimularía y podría calificarse como personal. —Cogió otra chaqueta—. Una foto tuya de cuerpo entero, solo con esas gafas.

—¿De verdad?

—A tamaño natural —añadió, poniéndole la correa a Barbie.

—Eso podrías darlo casi por hecho.

—¿Qué? —Levantó rápidamente la cabeza, pero Abra ya estaba saliendo por la puerta—. Espera. ¿En serio?

La risa de Abra quedó suspendida en el aire cuando la perra y él echaron a correr detrás de ella.

25

Eli intercambiaba correos electrónicos con la detective, dedicaba una hora al día a la investigación de la dote de Esmeralda y se sumergía en la escritura de su libro. Convenció a Abra para que pospusieran el viaje a Boston, ya que la fecha de entrega del manuscrito estaba cada vez más próxima. Ansiaba las horas que pasaba absorto en la novela y la posibilidad, ahora tentadoramente cercana, de redefinir su vida en serio.

También necesitaba tiempo para prepararse. Si de verdad iba a verse con Eden Suskind para hablar con ella sobre aspectos muy delicados de sus vidas, tenía que hacerlo bien. No podía perder la oportunidad.

El encuentro con Eden no se diferenciaba demasiado de interrogar a un testigo en un juicio.

Y no le vendría mal otro par de días para probar la cámara oculta y la de vídeo que había comprado.

En cualquier caso, descubrió que se resistía a abandonar Whiskey Beach, ni siquiera un día. Salía a la terraza de manera periódica y echaba un vistazo por el telescopio.

Según los sucintos informes diarios de Sherrilyn, Justin Suskind seguía en Boston, se dedicaba a su negocio y vivía en un apartamento cercano a sus oficinas. Había ido a su casa una vez, pero solo el tiempo justo para recoger a sus hijos y llevarlos a cenar.

Aun así, podía volver en cualquier momento. Eli no quería que se le pasara por alto.

Por la tarde, sacaba a pasear a la perra por la playa en dirección norte, y en dos ocasiones el paseo se había convertido en una carrera y habían dejado Sandcastle atrás para subir los escalones del otro extremo de la playa y regresar por la carretera.

Gracias a ello había podido echarle un vistazo más de cerca y había estudiado sin demasiado detenimiento las puertas y las ventanas.

Las persianas de Sandcastle permanecían bajadas.

Se dijo que dejaría pasar unos cuantos días más, hasta que todo se serenara, para poder rumiarlo con tranquilidad.

Y si parte de esa reflexión, del apaciguamiento, conducía a la remota posibilidad de toparse con Suskind en uno de sus paseos, tener la satisfacción de enfrentarse a él cara a cara.

Eli creía que se lo había ganado.

Cuando terminó el trabajo del día, pensó en Abra. Bajó y sacó a Barbie a la terraza, ya que ambos habían descubierto que a la perra le gustaba descansar y disfrutar del sol antes del paseo.

Luego le echó un vistazo al horario de Abra. Clase a las cinco, vio. Puede que preparara algo para cenar.

Pensándolo bien, era más seguro y apetecible pedir una pizza. Podían comerla fuera, a la tenue luz del atardecer primaveral, con los narcisos y los pensamientos. Sacaría un par de velas. A ella le gustaban las velas. Encendería una ristra de luces que había encontrado mientras rebuscaba en el almacén y que había arreglado y colgado en los aleros que sobresalían por encima de la terraza principal.

Puede que robara algunas de las flores que había distribuidas por la casa y las pondría en la mesa. A ella le gustaría.

Le daría tiempo a sacar a pasear a la perra, pasar una hora más o menos en la biblioteca y poner la mesa fuera junto con todo lo demás antes de que ella volviera a casa.

A casa, pensó. Teóricamente, Laughing Gull era su casa, pero a todos los efectos vivía en Bluff House, con él.

¿Y cómo se sentía él al respecto?

Cómodo, concluyó. Se sentía cómodo. Si meses atrás alguien le hubiera preguntado cómo se sentiría teniendo cualquier tipo de relación, no habría sabido qué contestar.

No habría habido lugar a la pregunta. No quedaba nada de él para formar parte de ningún tipo de relación.

Abrió la nevera con la mente puesta en una Mountain Dew, o puede que en un Gatorade, y vio la botella de agua con la nota adhesiva, la misma que esa mañana había pasado por alto.

Sé bueno contigo.
Primero, bébeme a mí.

—Vale, vale. —Sacó el agua y le arrancó la nota. Le hizo sonreír.

¿Había dicho cómodo? Muy cierto, se dijo, pero, más que cómodo, por primera vez en mucho tiempo se sentía feliz.

No, al principio de todo no quedaba nada de él, pero ella lo había suplido con creces. Abra había llenado los huecos. Había conseguido que él quisiera rehacer su vida, aunque solo fuera mediante un intento torpe como arreglar una ristra de luces y colgarla porque le había hecho pensar en ella.

—Poco a poco —murmuró.

Pasearía a la perra, se bebería el agua y luego se dedicaría a hacer algunas averiguaciones.

Al oír que llamaban a la puerta, se dirigió a la parte delantera de la casa.

—Eh, Mike. —Se apartó para dejarlo entrar. Otro progreso, pensó. Le gustaba que un amigo se pasase por allí.

—Eli. Siento no haberte llamado antes. Hemos estado hasta arriba de trabajo. La venta de viviendas va mejorando, y los alquileres también. La temporada de primavera está yendo viento en popa.

—Eso son buenas noticias. —Aun así, frunció el entrecejo.

—¿Qué?

—La corbata.

—Ah, sí, mola, ¿eh? La compré en la tienda de segunda mano. Hermès —añadió, en tono distinguido—. Cuarenta y cinco pavos, pero sirve para impresionar a los clientes.

—Sí. —Hubo un tiempo en que Eli pensaba lo mismo—. Sí, no lo dudo.

—Bueno, le he echado un vistazo a mis archivos sobre Sandcastle, para refrescar la memoria, ya sabes. Puedo decirte lo que hay en el registro público y algunas impresiones, pero ciertas cosas, ya sabes, son confidenciales.

—Entendido. ¿Quieres algo de beber?

—No me vendría mal algo frío. Ha sido un día muy largo.

—Veamos qué tenemos. —Eli volvió a la cocina, seguido por Mike—. ¿Tú qué dirías? ¿Suskind buscaba una residencia o quería invertir?

—Invertir. La adquisición se hizo a través de su empresa y dijo que la utilizaría la compañía. La verdad es que no hablamos mucho —añadió Mike cuando llegaron a la cocina—. La mayor parte del trato se hizo de manera no presencial. Correo electrónico, teléfono.

—Ajá… Tenemos cerveza, zumo, Gatorade, agua, Mountain Dew y Diet Pepsi.

—¿Mountain Dew? No he probado uno de esos desde que estaba en la facultad.

—Te carga las pilas. ¿Quieres uno?

—¿Por qué no?

—Vamos fuera, así le haremos compañía a Barbie.

Mike estuvo un rato acariciando a la encantada perra antes de sentarse y estirar las piernas.

—Vaya, esto sí que es vida. Las flores están preciosas, tío.

—El mérito es de Abra. Aunque estoy en la brigada de regado, así que eso cuenta.

Le gustaba hacerlo, le gustaba ver los colores y las formas de las flores que ella había dispuesto en los tiestos, los arbustos que bordeaban el arriate de piedra. De vez en cuando se planteaba trabajar allí fuera, pero sabía que entonces no haría nada. Se quedaría allí sentado, como en ese momento. Se dedicaría a escuchar cómo el tintineo del carillón de viento se mezclaba con el susurro de las olas mientras contemplaba el mar, con la perra estirada a su lado.

—¿Ya has pescado alguna chavala ligerita de ropa con esa cosa?

Eli miró el telescopio.

—Ah, una o dos.

—Tendría que comprarme uno.

—Es triste decir que me he pasado más tiempo mirando al norte. Tengo una buena vista de Sandcastle desde aquí.

—Hoy me he pasado por allí. Parece cerrada.

—Sí. Hace un tiempo que Suskind no viene a su casa.

—Es una pena verla vacía. Podría alquilarla en un decir Jesús… por una semana o un fin de semana largo.

Interesado, Eli cambió de postura.

—Estoy seguro de que sí. Igual podrías hacerle una llamada, para ver si le seduce la idea.

Tras un nuevo trago de Dew, Mike asintió con la cabeza.

—Podría. ¿De verdad crees que ese tipo ha estado entrando aquí, que mató al detective privado?

—Lo he mirado desde todos los ángulos posibles, le he dado muchas vueltas. Y la conclusión es siempre la misma.

—Entonces también sería quien le hizo daño a la señora Landon.

—No puedo demostrarlo, pero sí. Si el resto encaja, eso también.

—Hijo de puta —musitó Mike, y abrió su maletín—. Tengo su número de móvil en el expediente. Veamos qué nos dice.

Mike abrió la carpeta y marcó el número en su teléfono.

—Eh, hola, Justin. Soy Mike O'Malley, de la inmobiliaria O'Malley and Dodd, de Whiskey Beach. ¿Qué tal? ¿Cómo te va?

Eli se recostó en la silla a escuchar cómo Mike utilizaba su labia de vendedor. Y, pensó, el hombre al que creía responsable de dejar muerte, dolor y miedo tras de sí hablaba en el otro extremo. El hombre que había quitado vidas y había hecho pedazos la suya.

Y no podía llegar hasta él, todavía no. No podía tocarlo, no podía detenerlo. Pero lo haría.

—Tienes mi número si cambias de idea. Y si hay algo que pueda hacer por ti aquí, no dudes en llamarme. Esta primavera está haciendo un tiempo magnífico y promete ser un verano estupendo. Tendrías que venir y sacarnos partido… Oh, ya sé lo que es eso. De acuerdo. Adiós.

Mike colgó el teléfono.

—Igual de estirado y antipático que antes. En este momento no están interesados en alquilar la propiedad. Por lo visto, es posible que la empresa o la familia le den uso. Es un hombre ocupado.

—¿Cómo encontraría la propiedad?

—Por internet, bendito sea. Dio con nuestra página web. Tenía tres casas marcadas para empezar. Una queda a una manzana de aquí, así que no está en primera línea de mar, pero es una calle bonita y tranquila, y se llega a la playa dando un pequeño paseo. La otra está al sur, más cerca de mi casa, pero los dueños al final decidieron no venderla y dejarlo estar hasta pasado el verano. Bien visto, porque la hemos alquilado para todas las vacaciones.

Mike le dio un buen trago a la Mountain Dew.

—Tío, esto me trae recuerdos. Iré al grano. Primero concertamos una cita. Quería que Tony Dodd, mi socio, o yo le enseñáramos las propiedades. Insistió en que tenía que ser uno de nosotros. Escribí una nota en el mismo expediente porque el tío se puso chulo desde el principio. No hay problema, una venta es una venta.

—No tiene tiempo para perderlo con los subordinados. Es demasiado importante. Lo entiendo.

—Sí, eso lo dejó claro —convino Mike—. Bueno, pues se presenta esa semana unos días después de lo acordado. Traje caro y corte de pelo de doscientos dólares. Viene con ese aire de superioridad y perdonavidas de colegio privado. Sin ánimo de ofender, seguramente tú también fuiste a uno.

—Sí, fui, y no me ofendo. Conozco a los de su clase.

—Vale. El tipo no quiere ni café ni charla. Va con el tiempo justo. Pero cuando estamos en el coche de camino a las dos propiedades, me pregunta por Bluff House. Todo el mundo lo hace, así que no le di mayor importancia. Recuerdo que ese día teníamos uno de esos cielos plomizos, frío, gris, y la casa parecía sacada de una película. Una película gótica antigua, ya sabes, por el aspecto que tiene. Le solté el típico rollo, le hablé de la historia del lugar, de los piratas; eso siempre despierta el interés de los clientes. Jesús, Eli, por Dios, espero que no le dijera nada que haya desencadenado todo esto.

—Él ya lo sabía. Estaba aquí porque lo sabía.

—No me gustaba, pero no pensé que fuera un maníaco homicida ni nada por el estilo. Solo un gilipollas rico y estirado. Primero le enseñé la casa de la manzana de atrás. Sandcastle es más nueva, grande y la comisión es mayor. En realidad, tuve la impresión de que iba a por algo grande, pero le enseñé la otra, de arriba abajo. Preguntó lo que suele preguntar la mayoría de la gente, hicimos la visita y salimos a la terraza superior. Desde allí se ve el mar.

—Y Bluff House.

—Sí. No le gustaba demasiado estar tan cerca del resto de las casas, quiso saber cuáles estaban habitadas de manera permanente y cuáles se alquilaban. Pero no es una pregunta extraña. Lo llevé a Sandcastle. Tiene bastante personalidad y las demás casas no están tan cerca. Volvió a pasarse un buen rato fuera y, sí, desde allí se ve Bluff House.

»Enseguida estuvo de acuerdo con el precio que pedían, lo cual no es habitual. De hecho, es una señora estupidez en este mercado, porque los dueños estaban dispuestos a bajarlo. Pero supuse que el tipo no iba a rebajarse a regatear. Le dije que lo invitaba a comer y así, mientras tanto, hacíamos el papeleo y yo me ponía en contacto con los dueños. No le interesó.

Con mirada despechada, Mike le dio unos golpecitos a la esfera de su reloj.

—Tictac, tictac, ¿sabes? Tuve que dejar listo el contrato de prisa y corriendo. Extendió un cheque para el depósito, me dio sus datos y se fue. Mira que es difícil quejarse de una venta fácil, pero ese tipo era irritante.

—¿Y el resto? ¿Fue igual de sencillo y rápido?

—Finiquitado en treinta días. Vino, firmó los papeles y se llevó las llaves. Apenas abrió la boca para decir algo más aparte de sí o no. Preparamos unas bonitas cestas de bienvenida para los nuevos propietarios, una botella de vino, queso de primera calidad, pan, una plantita y varios cupones para las tiendas y los restaurantes de la zona. La dejó en la mesa. Ni se molestó en llevársela.

—Tenía lo que quería.

—No he vuelto a verlo desde entonces. Ojalá pudiera decirte algo más, pero, si se te ocurre cómo atrapar a ese hijo de puta, házmelo saber. Me apunto el primero.

—Te lo agradezco.

—Voy a tener que ir tirando. Oye, ¿qué te parece si mañana por la noche pongo unas cuantas hamburguesas en la parrilla y os venís Abra y tú?

—A mí me parece bien.

—Pues nos vemos mañana. Gracias por la Dew.

Después de que Mike se fuera, Eli posó una mano en la cabeza de Barbie y le rascó con suavidad detrás de las orejas. Pensó en el hombre que Mike acababa de describir.

—¿Qué vio Lindsay en él? —se preguntó. Luego suspiró—. Supongo que nunca se sabe quién va a atraerte, o por qué. —Se puso en pie—. Vamos a dar un paseo.

Dejó pasar unos cuantos días más, solo unos cuantos. La rutina lo sosegaba. Salía a correr por las mañanas con la perra por la playa, o hacía yoga si Abra conseguía engatusarlo. Bloques enteros de tiempo para escribir, con las ventanas abiertas y la balsámica brisa marina que soplaba en el mes de mayo.

Las lecturas en la terraza, con la perra estirada a sus pies, le proporcionaron más información de la que hubiera esperado acerca de la historia de la casa y el pueblo que nacieron con el negocio del whisky.

Se había enterado de que la destilería principal se había expandido a finales del siglo XVIII, después de la guerra. No había caído en la cuenta o, en cualquier caso, se le había olvidado que las importantes ampliaciones que había sufrido lo que una vez fue un hogar modesto habían comenzado poco después. Incluso habían construido una casa de baño, la primera de Whiskey Beach por una cantidad desorbitada, según la fuente que consultaba.

En el transcurso de veinte años, Landon Whiskey y Bluff House volvieron a expandirse. Landon Whiskey construyó una escuela, y uno de sus antepasados protagonizó un escándalo al huir con la maestra.

Antes de la guerra civil, la casa tenía tres elegantes plantas, atendidas por un pequeño ejército de criados.

Habían continuado la tradición de ser los primeros. La primera casa con agua corriente, la primera con instalación de gas y, posteriormente, con electricidad.

Habían eludido la ley seca con el contrabando de whisky. Con suma cautela abastecieron a bares clandestinos y clientes privados.

Su padre se llamaba igual que el Robert Landon que había comprado y vendido un hotel en su localidad, así como en Inglaterra, y se había casado con la hija de un conde.

En lo que había encontrado hasta el momento, nadie hablaba, salvo en términos jocosos, del tesoro pirata.

—¡Por fin!

Abra se colgó el bolso al hombro mientras salían de la casa. Para su gusto, se había vestido de manera conservadora con vistas al viaje a Boston: pantalones negros, sandalias de plataforma con hebilla y una blusa de amapolas con cierto vuelo. En sus orejas danzaban unos pendientes largos de varias piedras mientras tiraba de la mano de Eli.

A Eli le parecía una hippy sexy y modernizada, lo cual, supuso, tampoco se alejaba demasiado de la verdad.

Cuando llegaron junto al coche, Eli echó la vista atrás y vio a Barbie mirándolo por una de las ventanas de la fachada.

—Qué poco me gusta dejarla sola.

—Barbie está bien, Eli.

Entonces ¿por qué lo miraba con cara de perro tristón?

—Está acostumbrada a estar con gente.

—Maureen ha prometido venir y sacarla a pasear esta tarde, y los niños la acompañarán, se la llevarán a la playa y jugarán con ella.

—Sí. —Jugueteó con las llaves en la mano.

—Tienes ansiedad por separación.

—Sí… Tal vez.

—Y no sabes lo tierno que es. —Lo besó en la mejilla—. Pero lo que hacemos está bien. Es un paso, y los pasos hay que darlos. —Se metió en el coche y esperó a que él hiciera otro tanto—. Además, hace más de tres meses que no he estado en la ciudad. Y nunca contigo.

Eli le echó un último vistazo a la ventana y a la perra que miraba a través de ella.

—Vamos a intentar mantener una conversación como sea con la esposa del hombre que creemos que ha cometido un asesinato, además de varios allanamientos de morada. Ah, y adulterio. No lo olvidemos. No es exactamente un viaje de placer.

—Eso no quiere decir que no tenga que ser placentero. Llevas días pensando en cómo vas a abordar a Eden Suskind. Te acercarás a ella de una manera u otra dependiendo de si se encuentra en el trabajo o en casa. No eres el enemigo, Eli. Es imposible que ella te vea como el enemigo.

Eli tomó la carretera de la costa y atravesó el pueblo.

—La gente te trata de manera distinta, incluso gente que conoces, después de haber sido acusado de un crimen, sobre todo si te acusan de haber matado a alguien. Tu simple presencia los pone nerviosos. Te evitan y, si no pueden evitarte, se les ve en la cara que deseaban hacerlo.

—Eso se acabó.

—No, no se ha acabado. No se acabará hasta que atrapen, arresten y juzguen a la persona que mató a Lindsay.

—Entonces esto es un paso para conseguirlo. Suskind volverá a Whiskey Beach. Y cuando lo haga, Corbett hablará con él. Ojalá no tuviéramos que esperar.

—Corbett lo tiene peliagudo para ir a Boston y hablar con él. Y no quiere pedírselo a Wolfe. Cosa que le agradezco.

—Tenemos la dirección de Suskind, la del despacho y el apartamento. Para hacer algo distinto podríamos pasar por allí y observarlo nosotros.

—¿Para qué?

—Por mera curiosidad. Aparcaremos la idea por el momento. —Abra decidió que lo mejor era cambiar de tema. Era fácil ver cómo la tensión agarrotaba los músculos de la nuca de Eli—. Anoche te quedaste despierto hasta tarde con tus lecturas. ¿Algo interesante?

—Pues, de hecho, sí. He encontrado un par de libros que profundizan en la historia de la casa, la familia, el pueblo y el negocio. Y cómo está todo relacionado. Simbiótico.

—Qué palabra tan bonita.

—Me gusta. Landon Whiskey cobró gran impulso durante la revolución. Con los bloqueos, los colonos no recibían ni azúcar ni melaza; por lo tanto, no podían hacer ron. El whisky se convirtió en la alternativa para el ejército colonial, y los Landon tenían una destilería.

—Así que George Washington bebía vuestro whisky.

—Me juego lo que quieras. Después de la guerra, ampliaron tanto el negocio como la casa. Algo bastante excepcional tratándose de la casa, ya que Roger Landon, al frente de esta por aquel entonces, y padre de la tenaz Violeta y Edwin, el posible homicida, tenía cierta reputación de tacaño.

—Un buen yanqui austero.

—Un rata de renombre, pero invirtió una cantidad de dinero nada desdeñable en la casa, en el mobiliario y en el negocio. Cuando murió, su hijo tomó las riendas, y dado que el viejo Rog no las soltó hasta cerca de los ochenta años, Edwin Landon había tenido que esperar mucho tiempo para hacerse con el mando. Volvió a ampliarlo todo. Él y su mujer, una inmigrante francesa...

—*Oh là là.*

—Sí, ya. Fueron los primeros en celebrar grandes y sofisticadas fiestas. Y uno de sus hijos, Eli…

—Me gusta.

—Deberías. Construyó o hizo que construyeran la primera escuela del pueblo. Su hermano pequeño se enamoró de la maestra y se fugaron juntos.

—Qué romántico.

—No mucho. Murieron cuando se dirigían al oeste en busca de fortuna.

—Eso es muy triste.

—En cualquier caso, Eli continuó la tradición de expandir la casa y el negocio, y siguieron celebrándose fiestas, con varios escándalos y tragedias de por medio, hasta la ley seca. Si se trató de una época de escasez, nadie lo diría a juzgar por el modo en que vivían. Los locos años veinte dieron paso a la década siguiente, y el gobierno comprendió que había metido la pata y que prohibir el alcohol estaba costándoles muy caro. La gente volvió a arrimarse al bar, sin esconderse de nadie, y abrimos otra destilería.

—El imperio del whisky.

—Entre medio, hemos tenido de todo: entendidos en arte, así como algunos con fama de haber tenido aventuras amorosas con artistas suicidas, dos que espiaron para los aliados y muchos que murieron en varias guerras; una bailarina que alcanzó la fama en París y otro que huyó con un circo.

—Me gusta este último en concreto.

—Una duquesa por medio de un matrimonio, un tahúr, un oficial de caballería que murió con Custer, héroes, villanos, una monja, dos senadores, médicos, abogados. Cualquier personaje que nombres, seguramente lo tendremos.

—Una larga línea. La familia de la mayoría de la gente no se remonta, o no se puede rastrear tan atrás, o no conserva una casa que le ha pertenecido durante tantas generaciones.

—Cierto. Pero ¿sabes qué falta?

—¿Una sufragista, una conejita de Playboy, una estrella del rock?

Eli se echó a reír.

—Tuvimos algunas de lo primero. De lo demás, todavía no he encontrado nada. Lo que falta es la dote de Esmeralda. Se menciona junto al *Calypso*, el naufragio, algunas conjeturas sobre Broome. ¿Sobrevivió el capitán o el superviviente no fue más que un simple marinero? Más conjeturas sobre la dote: ¿sobrevivió también? Las dos crónicas más exhaustivas y serias que he encontrado se decantan por el no.

—Eso no quiere decir que sean ciertas. Prefiero creer que sobrevivió, del mismo modo que, en mi versión, el hermano pequeño y la maestra consiguieron llegar al oeste, donde araron campos y se dedicaron a tener niños.

—Se ahogaron cuando su carreta volcó al cruzar un río.

—Plantaron trigo y tuvieron ocho hijos. De ahí no me sacas.

—Vale. —En cualquier caso, pensó Eli, llevaban muertos muchísimo tiempo—. Volviendo a la dote, todo ello me lleva a preguntarme, una vez más, qué información posee Suskind que yo desconozco. ¿Qué le hace estar tan seguro como para asumir tantos riesgos, incluso hasta matar? ¿O todo esto no es más que una gilipollez?

—¿Qué quieres decir?

—¿Y si no tiene nada que ver con el tesoro perdido? Simplemente lo di por supuesto, de manera automática. Alguien cavando en el sótano. ¿Qué otra cosa podría ser?

—Pues eso mismo, Eli. —Desconcertada, Abra se volvió para escudriñar su perfil—. ¿Qué si no?

—No lo sé. Nada de lo que he encontrado me indica otro camino. Pero, siendo realistas, nada de lo que he encontrado indica que el camino sea ese. —La miró de soslayo—. Creo que está como una puta regadera.

—Eso te preocupa.

—Ya lo creo. No se puede razonar con un loco. Son impredecibles. Con ellos, no hay planes que valgan.

—En eso no estamos de acuerdo.

—Vale. ¿Y?

—No digo que no esté enfermo. Creo que cualquiera que

quite una vida, salvo que sea en defensa propia o en defensa de otra persona, está enfermo. Pero, no sé, quedó demostrado que Lindsay y él estaban liados.

—Sí. Sí —repitió—. Y ella no se habría liado con un loco. No con uno declarado. Pero la gente sabe cómo ocultar su verdadera naturaleza.

—¿Tú crees? Yo creo que no, al menos no por mucho tiempo. Creo que se ve lo que somos. No solo en nuestras acciones, sino en nuestro rostro, en los ojos. Por lo que sabemos, lleva en esto más de año y medio, ahora ya prácticamente dos. Si intimó con Lindsay y la convenció para ir hasta Whiskey Beach cuando a ella no le gustaba, algo de encanto debe tener. Además, tuvo que hacer juegos malabares con una esposa, hijos y un trabajo. Enfermo, sí, pero no como una regadera. Quienes están como una regadera han perdido el control y él todavía lo conserva.

—Con enfermo me basta y me sobra.

Cuando consiguieron adentrarse en el tráfico de Boston, Eli se volvió hacia ella de nuevo.

—¿Estás segura de esto?

—No voy a quedarme en el coche, Eli. Olvídalo. Creo que primero deberíamos ir a su casa. Si no vemos el coche, podemos probar en su trabajo. Hace media jornada, así que es cara o cruz. ¡Cuánta energía tiene esta ciudad! Me encanta para un día o dos, pero luego, madre mía, necesito salir de aquí.

—Yo solía pensar que la necesitaba. Nunca más.

—Whiskey Beach está bien para un escritor.

—Está bien para mí. —Le cogió una mano—. Igual que tú.

Abra se llevó la mano de Eli a la mejilla.

—La respuesta perfecta.

Eli siguió las instrucciones del GPS, aunque creía que podría llegar él solo. Conocía la zona y, de hecho, tenía amigos, o antiguos amigos, que vivían allí.

Localizó la bonita casa victoriana, pintada de amarillo claro y con una ventana salediza en uno de los laterales, donde unos pocos escalones descendían de una terraza entarimada.

Había aparcado un BMW en el camino de entrada, y una

mujer con un sombrero de ala ancha estaba regando macetas de flores en la terraza lateral.

—Parece que está en casa.

—Sí. Hagámoslo.

La mujer dejó la regadera cuando detuvieron el coche detrás del BMW y fue hasta la barandilla.

—Hola. ¿Puedo ayudarles en algo?

—¿La señora Suskind?

—Así es.

Eli se acercó al pie de los escalones.

—Me preguntaba si dispondría de unos minutos para hablar conmigo. Soy Eli Landon.

La mujer abrió la boca por un instante, pero no retrocedió.

—Ya decía que me sonaba. —Volvió los ojos, serenos y castaños, hacia Abra.

—Es Abra Walsh. Comprendo que se trata de una intromisión, señora Suskind.

La mujer dejó escapar un largo suspiro y la tristeza se instaló un instante en su mirada.

—Su mujer, mi marido. Eso debería bastar para tutearnos. Me llamo Eden. Subid, por favor.

—Gracias.

—La semana pasada estuvo aquí una detective. Y ahora tú. —Se quitó el sombrero y se pasó una mano por el largo flequillo de reflejos dorados—. ¿No quieres olvidarlo?

—Sí. Con todas mis fuerzas. Pero no puedo. Yo no maté a Lindsay.

—Me da igual. Suena horrible. Es horrible, pero es así. Sentaos. Tengo algo de té helado.

—¿Quieres que te ayude? —preguntó Abra.

—No, no te preocupes.

—Entonces ¿te importa que use el lavabo? Acabamos de llegar de Whiskey Beach.

—Ah, tienes una casa allí, ¿verdad? —le dijo a Eli, y luego se dirigió a Abra—. Por aquí.

Aquello le dio a Eli la oportunidad de evaluar la situación.

435

Una mujer atractiva, pensó, una casa atractiva en un barrio de clase alta con jardines bien cuidados y un césped verde y lozano.

Unos quince años de matrimonio, recordó, y dos hijos atractivos.

Pero Suskind había dejado todo aquello a un lado. ¿Por Lindsay?, se preguntó. ¿O por una obsesiva caza del tesoro?

Poco después, Eden y Abra volvieron a aparecer con una bandeja en la que había una jarra y tres vasos altos y cuadrados.

—Gracias —dijo Eli—. Sé que esto ha sido duro para ti.

—Tú lo sabes bien. Es horrible darse cuenta de que la persona en la que confías, la persona con la que compartes tu vida, con la que has formado un hogar, una familia, te ha traicionado, te ha mentido. Que la persona que amas ha traicionado ese amor y te ha humillado delante de todos.

Se sentó frente a la mesa redonda de teca que había a la sombra de un parasol de color azul oscuro. Les hizo un gesto para que la imitaran.

—Y Lindsay —prosiguió Eden—. Yo la consideraba una amiga. La veía prácticamente a diario, a menudo trabajaba con ella, salíamos a tomar una copa, hablábamos de nuestros maridos. Y durante todo ese tiempo se acostaba con mi esposo. Fue como si me apuñalaran en el corazón. Para ti también, supongo.

—No estábamos juntos cuando me enteré. Fue más una patada en el estómago.

—Salieron tantas cosas después de… Habían entablado una relación desde hacía cerca de un año. Meses de mentiras, de llegar a casa después de haber estado con ella. Me hace sentir como una idiota.

Había dirigido sus últimas palabras directamente a Abra, y Eli comprendió que Abra tenía razón. Otra mujer, una mujer comprensiva, lo hacía todo más fácil.

—Pero no es así —dijo Abra—. Confiabas en tu marido y en tu amiga. Eso no es ser idiota.

—Es lo que me digo, pero te hace dudar de ti misma. ¿Qué te falta, qué es lo que no tienes, qué no hiciste? ¿Por qué no fuiste suficiente para él?

Abra puso una mano sobre la de ella.

—No tendría que ser así, pero te entiendo.

—Tenemos dos hijos. Son unos niños estupendos y esto ha sido un golpe tremendo para ellos. La gente habla, no conseguimos protegerlos. Eso fue lo peor. —Le dio un sorbo a su té, luchando visiblemente por contener las lágrimas—. Lo intentamos. Justin y yo intentamos mantener la familia unida, hacer que funcionara. Buscamos apoyo psicológico, hicimos un viaje juntos. —Negó con la cabeza—. Pero no logramos unir los pedazos. Traté de perdonarlo, y puede que lo hubiera hecho, pero no confiaba en él. Y entonces empezó de nuevo.

—Lo siento. —Abra le apretó la mano.

—Gato escaldado… —prosiguió Eden, parpadeando para detener las lágrimas—. Se quedaba hasta tarde en la oficina, hacía viajes de negocios. Solo que esta vez no tenía delante a alguien dispuesto a dejarse engañar o a confiar en él. Lo vigilé y entonces descubrí que no estaba donde me había dicho. No sé de quién se trata, o si hay más de una. Me da igual. Me da completamente igual. Tengo mi vida, mis hijos… y, por fin, un poco de orgullo. Y no me avergüenza decir que, cuando nos divorciemos, voy a destriparlo como a un cerdo.

Soltó un suspiro, una risa a medias.

—Sigo bastante enfadada, como es obvio. Le dejé volver, después de lo que había hecho, y él me lo restregó por la cara. Así fue.

—Yo no tuve tiempo de tomar esa decisión. —Eli esperó a que Eden alzara la vista y lo mirara—. No tuve demasiado tiempo para enfadarme. Alguien asesinó a Lindsay el mismo día que me enteré de lo que había hecho, de lo que había estado haciendo durante meses mientras yo creía que estábamos salvando nuestro matrimonio.

Eden asintió, con gesto comprensivo.

—No puedo ni imaginar lo que debe ser. Cuando me encontraba en mi peor momento, en una época en que parecía que en las noticias solo se hablaba, las veinticuatro horas del día, de la muerte de Lindsay y la investigación, intenté imaginar cómo sería si hubieran asesinado a Justin. —Se llevó los dedos a los labios—. Eso es horrible.

—Sin duda —dijo Abra.

—Sin embargo, ni siquiera en mi peor momento conseguí imaginarlo. No conseguí imaginar cómo me sentiría en tu lugar, Eli. —Hizo una breve pausa, bebió un poco de té—. Quieres que te diga que mentí para protegerlo. Que no estaba conmigo esa noche. Ojalá pudiera. Dios, ojalá pudiera. —Cerró los ojos—. No debería pensar estas cosas. Tenemos dos hijos preciosos. Pero ahora mismo me gustaría decirte lo que quieres oír. La verdad es que Justin llegó a casa esa tarde sobre las cinco y media, o pocos minutos después. Todo parecía la mar de normal. Incluso dejó el teléfono a mano, como había venido haciendo los últimos meses. Dijo que estaba esperando un correo electrónico importante del trabajo y que tal vez tendría que coger la bolsa de viaje y salir. Pero añadió que lo recibiría en un par de horas. —Eden negó con la cabeza—. Después comprendí que, cómo no, lo que esperaba era un mensaje de Lindsay, que habían hecho planes para irse un par de días. Sin embargo, esa noche no despertó mis sospechas, creí que era parte de su trabajo. Los niños estaban en el colegio, en el ensayo de una obra en la que ambos participaban, y luego se irían a comer pizza. Yo preparé la cena, fajitas de pollo, y él unos margaritas. Pasamos una velada tranquila, nada especial. Solo aprovechamos el rato en pareja antes de que los niños volvieran a casa y regresara el jaleo.

»En eso estábamos cuando sonó el teléfono. Era Carlie, de la galería. Había visto las noticias en la tele. Me dijo que Lindsay estaba muerta y que decían que podría tratarse de un crimen.

Un gato manchado subió los escalones de la terraza y se encaramó al regazo de Eden de un salto. Ella lo acarició y siguió hablando.

—Tendría que haberlo sabido en ese mismo momento. Justin estaba muy afectado. Empalideció. Pero yo también estaba conmocionada. Y pensaba en Lindsay, por lo que nunca imaginé… Jamás hubiera imaginado que estaban liados. Cuando vino la policía, cuando me lo dijeron, no lo creí. Luego… fue imposible no creerlo. Lo siento, Eli, siento muchísimo no poder ayudarte.

—Te agradezco que hayas hablado conmigo. No debe ser fácil.

—Estoy superándolo. Todo, aunque cuesta trabajo. Tú deberías hacer lo mismo.

Cuando volvieron al coche, Abra le acarició una mano.

—Yo también lo siento.

—Ahora ya lo sabemos.

Y aun así, había algo que lo inquietaba.

26

El despacho de Kirby Duncan ocupaba apenas unos míseros metros cuadrados en un edificio de ladrillos ruinoso que había escapado a cualquier propuesta de rehabilitación urbana. Descansaba sobre la acera agrietada, en medio de unos escaparates de la planta baja en los que se anunciaban lecturas de mano a un lado y una tienda de juguetes para adultos al otro.

—Casi es un establecimiento con servicio integral —comentó Abra con picardía—. Puedes ir a Madam Carlotta y averiguar si vas a tener tanta suerte como para gastarte unos dólares en La Habitación Roja.

—Si tienes que preguntárselo a una médium, seguramente no vas a tener suerte.

—Yo echo las cartas del tarot —le recordó—. Es una forma antigua e interesante de alcanzar la sabiduría y el conocimiento de uno mismo.

—Son cartas.

Eli abrió la puerta de en medio y entró en un vestíbulo diminuto con unas escaleras que conducían arriba.

—Voy a echártelas sí o sí. Tienes la mente demasiado cerrada a otras posibilidades, sobre todo para ser escritor.

—Como abogado, hace unos años defendí a una supuesta médium por sacarle una considerable cantidad de dinero a sus clientes.

—La gente que despluma a otra gente no tiene ni don verdadero ni vocación. ¿Ganaste?

—Sí, solo porque sus clientes estaban muy abiertos a otras posibilidades y eran tontos del culo.

Abra le dio un ligero codazo, pero se rió.

En el segundo piso, unas puertas de cristal esmerilado anunciaban BAXTER TREMAINE, ABOGADO; algo llamado CRÉDITOS QUIKEE; otro negocio que rezaba SERVICIO ASOCIADO DE RECEPCIÓN DE LLAMADAS, y KIRBY DUNCAN, DETECTIVE PRIVADO.

La cinta de la policía formaba una cruz sobre la puerta de acceso al despacho de Duncan.

—Esperaba poder entrar y echar un vistazo.

—Caso abierto de asesinato. —Eli se encogió de hombros—. Quieren conservar intacta la escena del allanamiento. Seguro que Wolfe tiene algo que ver con esto. No se da por vencido.

—Podríamos bajar y hablar con la médium, a ver si Madam Carlotta tiene alguna revelación.

Eli le lanzó una breve mirada y luego se acercó a la puerta del abogado.

Una mujer que rozaba la cincuentena aporreaba un teclado con afán en un espacio que servía de recepción y que no era mucho más grande que una caja de zapatos.

La mujer hizo una pausa y se quitó las gafas doradas, que quedaron colgando del cuello por medio de una cadenita trenzada.

—Buenos días, ¿en qué puedo ayudarles?

—Buscamos información sobre Kirby Duncan.

A pesar de que conservó su sonrisa de despacho de abogados, los estudió a ambos con una mirada suspicaz.

—No son polis.

—No, señora. Esperábamos hablar con el señor Duncan sobre un… asunto personal, ya que estamos en Boston. Nos hemos pasado por aquí con la esperanza de que pudiera hacernos un hueco en su agenda, pero entonces hemos visto la cinta de la policía en la puerta. ¿Ha habido un allanamiento?

Continuó mirándolos con suspicacia, pero giró la silla para verlos de frente.

—Sí. La policía todavía no ha limpiado el escenario.

—Qué mala suerte.

—Y otra de las razones para no vivir en la ciudad —añadió Abra, con un ligerísimo acento sureño. Eli se limitó a darle unas palmaditas en el brazo.

—¿El señor Duncan trabaja en otro despacho? Tendría que haberlo llamado, pero no encontré su tarjeta, aunque por suerte recordaba dónde tenía la oficina. Tal vez usted podría decirnos dónde trabaja ahora, o puede que tenga su número de teléfono para que podamos llamarlo.

—No les servirá de nada. Al señor Duncan le dispararon y lo mataron hace unas semanas.

—¡Dios mío! —Abra se aferró al brazo de Eli—. Quiero irme. En serio, quiero irme a casa.

—No fue aquí —matizó la recepcionista, y añadió con una sonrisita—: Y tampoco en esta ciudad. Estaba trabajando en el norte, en un lugar llamado Whiskey Beach.

—Eso es horrible. Horrible. El señor Duncan me ayudó con un...

—Problema personal —la socorrió la recepcionista.

—Sí, hace un par de años. Un buen tipo. No sabe cuánto lo siento. Supongo que lo conocía.

—Ya lo creo. Kirby trabajaba para mi jefe de vez en cuando y para la empresa de préstamos de enfrente.

—No sabe cuánto lo siento —repitió Eli—. Gracias por su ayuda. —Retrocedió un paso y se detuvo—. Aunque... ha dicho que estaba en el norte, pero el allanamiento se produjo aquí. No lo entiendo.

—La policía está en ello. Parece ser que quien lo mató vino aquí en busca de algo. Lo único que sé es que Kirby le dijo al jefe que se iba al campo unos días. Y de un día para otro, me encuentro la puerta precintada y unos polis preguntándome si he visto algo o a alguien sospechoso. En realidad no, aunque por aquí se ve de todo, con tanta gente que viene buscando que la ayuden con sus problemas personales.

—Me lo imagino.

—Por lo que he oído, sucedió la misma noche que lo mataron, o es lo más probable. Así que tampoco había nadie por aquí. Bueno… Podría remitirlos a otro detective.

—Quiero irme. —Abra le dio un tirón a la mano de Eli—. ¿Podemos irnos a casa y ocuparnos allí de esto?

—Sí. De acuerdo. Gracias de todas formas. Es una verdadera lástima.

Cuando salieron, Eli se planteó si probar en alguna de las otras dos oficinas, pero decidió que no valía la pena. Abra permaneció callada hasta que se dirigieron a la escalera.

—Se te da muy bien.

—¿El qué?

—Mentir.

—Prevaricar.

—¿Así lo llamáis los abogados?

—No, lo llamamos «mentir».

Abra se echó a reír y chocó su hombro con el de Eli.

—No sé qué esperaba encontrar viniendo aquí. El allanamiento se produjo o bastante entrada la noche o a primera hora de la mañana. Nadie habría visto nada.

—Yo he sacado algo en claro.

—Compártelo —le pidió Abra, mientras subían al coche.

—Tomemos por buena la teoría de que Suskind contrató a Duncan. Ahí tienes a un tipo de clase media alta. De los trajeados, de los que tienen familia y casa grande en buen barrio a las afueras. El estatus es importante para él. Pero cuando contrata a un detective, no busca nada selecto.

—Puede que alguien se lo recomendara.

—Lo dudo. Creo que no buscaba nada selecto, ni de honorarios altos, por dos razones. Una, quería a alguien que no hubiera trabajado para nadie de su propio círculo. Dos, y creo que esto fue decisivo, tendría que hacer frente a un montón de gastos.

—Se compró una casa en la playa —repuso Abra.

—Una inversión para añadir al bote. Y como mínimo intenta ocultar que él es el dueño.

—Porque sabe que se avecina un divorcio. Ese tipo es un

gusano —concluyó Abra—. En la rueda del karma, regresará en forma de babosa.

—Estoy abierto a esa posibilidad —contestó Eli—. En su posición actual en la rueda del karma tendrá que hacer frente no solo a los honorarios de los abogados, y en eso sí que va a decantarse por lo selecto, sino a la manutención de los hijos y a un convenio regulador. Creo que pagaba a Duncan en efectivo, para que no quedara constancia. Así no hay anotaciones de los gastos cuando tenga que mostrar sus finanzas a los abogados.

—Aun así tenía que entrar en el despacho, registrarlo, porque los detectives llevan un archivo de clientes, incluso de las transacciones en efectivo.

—Archivos electrónicos o en papel, copias de recibos, un diario, una agenda —convino Eli—. No le convendría que lo identificaran como cliente de un detective contratado para seguirme y que ha acabado muerto. Eso lo pondría en una situación delicada.

—Mucho. —Abra se quedó pensativa—. Seguramente nunca vino aquí, ¿verdad? Al despacho.

—Seguramente no. Habría preferido encontrarse en cualquier otro sitio, como una cafetería o un bar.

Eli aparcó junto un edificio de cemento y acero.

—¿Aquí es donde vivía?

—En la segunda planta. Un barrio peligroso.

—¿Y eso qué te dice?

—Que Duncan creía que sabía cuidar de sí mismo. No le preocupaba que le robaran el coche o que los vecinos se metieran con él. Un tipo duro, tal vez, o puede que alguien que conocía el percal y sabía jugar limpio. Alguien así no se lo pensaría dos veces antes de encontrarse con un cliente a solas.

—¿Quieres entrar y hablar con algún vecino?

—No vale la pena. Ya lo habrá hecho la policía. Suskind no habrá venido aquí salvo para registrar el apartamento. No solo porque no tenía motivos para encontrarse con Duncan en este sitio, sino porque este barrio lo acojonaría. El sur de Boston no es su territorio.

—Tampoco el tuyo, barón del whisky.

—Ese es mi padre, o mi hermana la baronesa. En cualquier caso, he hecho algún trabajo de asesoría legal gratuita en Southie. No, no es mi territorio, pero tampoco es terreno desconocido. Bueno, creo que hemos arrojado un poco de luz, o mejor dicho, cubierto lo más sombrío.

—Él solo hacía su trabajo —dijo Abra—. No me gustó el modo en que hizo su trabajo cuando habló conmigo, pero no merecía morir por dedicarse a su profesión.

—No, no lo merecía. Pero piensa que se ha ganado otra vuelta en la rueda del karma.

—Sé reconocer cuando me dan coba, pero bien hecho. Y me quedo con lo del karma.

—Perfecto. Vayamos a ver cómo le va a mi abuela antes de volver a casa.

—¿Te importaría llevarme a la casa en la que vivías con Lindsay?

—¿Para qué?

—Para hacerme una idea de quién eras.

Eli vaciló, pero luego pensó ¿por qué no? ¿Por qué no cerrar el círculo?

—De acuerdo.

Era raro conducir por aquellas calles, dirigirse hacia aquella dirección. No había estado en la casa de Back Bay desde que se había llevado sus cosas. Una vez que hubo terminado, contrató una empresa para que vendiera el resto del mobiliario y luego puso la casa a la venta.

Creía que cortar aquellos lazos lo ayudaría, pero aún no lo había hecho. Pasó junto a tiendas y restaurantes que en otro momento habían formado parte de su vida diaria. El bar en el que a menudo había tomado una copa con los amigos, el centro de salud y belleza preferido de Lindsay, el restaurante chino que servía un pollo *kung pao* increíble y el sonriente chico de los repartos. Los bonitos árboles y cuidados jardines del que había sido su vecindario.

Cuando aparcó delante de la casa, no dijo nada.

Los nuevos dueños habían plantado un árbol ornamental en la parte delantera, una especie de tronco con ramas caídas en las que empezaban a brotar unas florecillas de color rosa pálido. Vio un triciclo en el camino de entrada, de un rojo chillón y alegre.

El resto seguía igual, ¿no? Los mismos picos y ángulos, las mismas ventanas relucientes y la amplia puerta delantera.

Entonces ¿porqué se le antojaba tan extraña?

—No te pega —dijo Abra, a su lado.

—Ah, ¿no?

—No, nada. Es demasiado normalita. Es grande y bonita a su manera. Bonita como una chaqueta elegante, pero la chaqueta no te sienta bien, al menos no te sienta bien ahora. Puede que le sentara bien al Eli de la corbata Hermès, el traje italiano y el maletín de abogado que se detenía en la cafetería del barrio para pedir un café de la casa excesivamente caro mientras contestaba mensajes al teléfono. Pero ese no eres tú.

Se volvió hacia él.

—¿Era así?

—Creo que sí. O ese era el camino que llevaba, me sentara bien o no la chaqueta.

—¿Y ahora?

—No quiero recuperarla. —Se la quedó mirando—. Cuando la casa finalmente se vendió hace unos meses, fue un alivio. Como desprenderse de una capa de piel demasiado tirante. ¿Es por eso que querías venir aquí? ¿Para que lo viera o lo admitiera?

—Es un beneficio indirecto, pero básicamente tenía ganas de cotillear. Una vez tuve una chaqueta no muy distinta. Me sentó bien dársela a alguien a quien le quedaba mejor. Vamos a ver a Hester.

Otra ruta conocida, de un hogar a otro. A medida que aumentaba la distancia respecto a Back Bay, notaba los hombros menos tensos. Sin pensarlo, se detuvo junto a la floristería que había cerca de la casa de sus padres.

—Me gusta llevarle algo.

—El buen nieto. —Complacida, salió del coche con él—. Si

lo hubiera pensado, le habríamos comprado algo en Whiskey Beach. Le habría encantado.

—La próxima vez.

Abra sonrió mientras entraban.

—La próxima vez.

Se paseó por la tienda y dejó la elección a Eli. Quería ver qué escogía y cómo se las arreglaba. Esperaba que no se decidiera por las rosas, por bonitas que fueran. Demasiado previsible, demasiado típico.

Le complació ver que se decantaba por los lirios azules en combinación con algunos rosas.

—Es perfecto. Recuerda a la primavera, y con fuerza. Muy, muy Hester.

—Quiero que vuelva a casa antes de que acabe el verano.

Abra apoyó la cabeza en su hombro mientras la florista envolvía el ramo y lo sujetaba con un cordel.

—Yo también.

—Me alegro de verle, señor Landon. —La florista le ofreció un bolígrafo para que firmara el recibo—. Dele recuerdos a su familia de mi parte.

—Gracias. Se los daré.

—¿Por qué pareces tan sorprendido? —preguntó Abra cuando se dispusieron a irse.

—Acabé acostumbrándome a que la gente que conocía en mi otra vida… digamos que o bien fingiera que no me conocía, o bien se alejara.

Abra se puso de puntillas para besarlo en la mejilla.

—No todo el mundo es imbécil —dijo.

Al salir vieron a Wolfe junto al coche de Eli. Por un instante, el pasado y el presente se solaparon.

—Bonitas flores.

—Y legales —añadió Abra, con desenfado—. En la tienda tienen más, por si le apetece comprar algunas.

—¿Tiene asuntos en Boston? —preguntó él, sin apartar la mirada de Eli.

—La verdad es que sí.

Rodeó a Wolfe para abrir la puerta del coche a Abra.

—¿Por qué no me explica qué asunto le ha llevado al edificio de oficinas de Duncan a hacer preguntas?

—Esto también es legal.

Eli le tendió las flores a Abra para tener las manos libres.

—Hay gente que no puede resistirse a volver al escenario del crimen.

—Y hay quien no puede resistirse a machacar en hierro frío. ¿Algo más, inspector?

—Déjeme decirle que seguiré indagando. Ese hierro no está frío del todo.

—¡Ya está bien! —Indignada, Abra le devolvió las flores a Eli con gesto airado y rebuscó en su bolso—. Tenga, mírelo. Este es el hombre que ha estado entrando en Bluff House.

—Abra...

—No. —Se volvió hacia Eli—. Se acabó. Este es el hombre que vi en el bar esa noche y muy probablemente el hombre que quiso agredirme cuando fui a Bluff House. Este es el hombre que mató a Duncan Kirby casi con toda seguridad, alguien que usted conocía, y que luego colocó la pistola en mi casa antes de hacerle una llamada anónima. Y si dejara de comportarse como un idiota, se preguntaría por qué Justin Suskind se compró una casa en Whiskey Beach, por qué contrató a Duncan y por qué lo mató. Puede que no matara a Lindsay, aunque podría ser que sí. Puede que sepa algo porque es un criminal. Así que compórtese como un policía y haga algo al respecto.

Recuperó las flores y abrió la puerta del coche de un tirón.

—Ya está bien —repitió, y la cerró de golpe.

—Su novia tiene genio.

—Usted sabe qué teclas tocar, inspector. Voy a visitar a mi abuela y luego volveré a Whiskey Beach. Voy a seguir con mi vida. Haga lo que tenga que hacer.

Se subió al coche, se abrochó el cinturón y arrancó.

—Lo siento. —Abra recostó la cabeza hacia atrás y cerró los ojos un instante, tratando de recuperar el equilibrio—. Lo siento, seguramente lo he empeorado.

—No, no lo has empeorado. Lo has sorprendido. Y el retrato de Suskind también. No sé qué hará al respecto, pero lo has cogido con la guardia bajada.

—Un pequeño consuelo. No me gusta, y nada de lo que haga o deje de hacer cambiará eso. Ahora… —Hizo dos largas y profundas inspiraciones—. Limpiar el aire, sosegar la mente. No quiero que Hester me vea disgustada.

—Creía que estabas cabreada.

—Es casi lo mismo.

—En tu caso no.

Abra reflexionó sobre eso cuando Eli dobló el último recodo que conducía a la casa de Beacon Hill.

Y esta casa, decidió, se parecía más a Eli. Tal vez porque, en su opinión, la vivienda destilaba historia y una larga tradición familiar. Le gustaba la sensación que transmitía, sus formas y el jardín centenario, animado en esos momentos con las primeras flores de la incipiente primavera.

Abra le devolvió el ramo mientras se dirigían a la puerta.

—El buen nieto.

Y entraron para ver a Hester.

La encontraron en su saloncito, con una libreta de dibujo, un vaso de té frío y un platito de galletas. Dejó la libreta y el lápiz a un lado y les tendió los brazos.

—Justo lo que necesitaba para alegrarme el día.

—Pareces cansada —dijo Eli de inmediato.

—Tengo buenas razones. Acabo de terminar la sesión diaria de fisioterapia. Os habéis perdido conocer al marqués de Sade.

—Si es demasiado duro para ti, podríamos…

—Ay, calla. —Desechó la idea con un gesto impaciente de la mano—. Jim es un encanto y tiene un sentido del humor muy fino que no me deja bajar la guardia. Sabe lo que puedo soportar y hasta dónde puede llegar. Pero, después de una sesión, estoy para el arrastre. Veros a vosotros, y esas preciosas flores, me da nuevas energías.

—Creía que tendría que intervenir y encaminar a Eli en la

dirección correcta, pero resulta que tiene un gusto exquisito. ¿Y si se las doy a Carmel para ponerlas en un jarrón?

—Gracias. ¿Ya habéis comido? Podemos bajar todos juntos. Eli, échame una mano.

—¿Por qué primero no descansas un poco más? —Para cerrar el trato, él también tomó asiento—. Bajaremos cuando te hayas recuperado de Sade. —Le hizo un gesto a Abra con la cabeza y se volvió hacia Hester apenas Abra se llevó las flores—. No tienes que exigirte tanto.

—Olvidas con quién estás hablando. La autoexigencia es lo que te hace avanzar. Me alegro de que hayáis venido, y me alegro de que hayas traído a Abra.

—Ya no es tan duro venir a Boston.

—Estamos haciendo lo posible por recuperarnos, los dos.

—Al principio de todo, no me exigí demasiado.

—Yo tampoco. Primero hay que tomar un poco de carrerilla.

Eli sonrió.

—Te quiero, abuela.

—Más te vale. Tu madre volverá a casa dentro de un par de horas, pero tu padre no lo hará hasta las seis. ¿Os quedaréis al menos para ver a tu madre?

—Esa es la idea, luego regresaremos a Whiskey Beach. Tengo una casa y una perra que cuidar.

—Cuidar cosas te sienta bien. Ambos hemos recorrido un largo camino en los últimos meses.

—Creía que te había perdido. Todos lo creímos. Supongo que temía haberme perdido a mí mismo.

—Y aun así, aquí estamos. Dime, ¿cómo va el libro?

—Yo diría que bien. Hay unos días mejores que otros, y a veces tengo la impresión de que no vale un pimiento, pero, en cualquier caso, ser capaz de escribir hace que me pregunte por qué no me he dedicado siempre a esto.

—Tenías talento para el derecho, Eli. Es una lástima que no pudieras convertirlo en un pasatiempo, o tal vez en una especie de segunda ocupación, y hacer de la escritura tu vocación. Ahora podrías.

—Tal vez sí. Creo que todos sabemos que soy una nulidad en el negocio familiar. En cambio, Tricia siempre estuvo destinada a seguir esos pasos.

—Y lo condenadamente bien que se le da.

—Ya lo creo, pero, aun cuando no está hecho para mí, he estado documentándome sobre el negocio, o sobre su historia. He prestado más atención a sus raíces y sus comienzos.

La mirada de Hester se animó, llena de aprobación.

—Le has dedicado tiempo a la biblioteca de Bluff House.

—Sí, así es. La madre de tu suegro pasaba whisky de contrabando.

—Sí. Ojalá la hubiera conocido mejor. Recuerdo a una mujer irlandesa batalladora y testaruda. Me intimidaba un poco.

—Debía ser una buena pieza para hacer algo así.

—Lo era. Tu abuelo la adoraba.

—He visto fotos, era muy guapa, y he encontrado más husmeando por Bluff House. Pero las raíces de Landon Whiskey se remontan mucho más atrás, a la época de la revolución.

—Innovación, la audacia del jugador, la mente de un hombre de negocios, riesgo y recompensa. Y tener muy presente que a la gente le gustaba beber. Evidentemente, la guerra ayudó, por duro que sea. Los combatientes necesitaban whisky, los heridos. En realidad, Landon Whiskey nació de la lucha contra la tiranía y la búsqueda de la libertad.

—Has hablado como una verdadera yanqui.

Abra regresó con un jarrón de flores dispuestas con gusto.

—Son hermosísimas.

—Sí que lo son. ¿Las pongo aquí o en tu dormitorio?

—Aquí. Últimamente paso más tiempo sentada que tumbada, gracias a Dios. Ahora que ya ha vuelto Abra, ¿por qué no hablamos de lo que realmente quieres saber?

—Te crees muy lista —dijo Eli.

—Soy muy lista.

Eli sonrió y asintió.

—Dejémonos de rodeos y vayamos realmente a lo que quiero saber. A mi modo de ver, es posible que la historia de la casa, del negocio, esté relacionada con lo que ha pasado. Todavía no sé de qué modo, pero podemos saltarnos un par de siglos.

—No logro verle la cara al intruso. —Hester cerró un puño sobre el regazo y la esmeralda que solía llevar en la mano derecha lanzó un destello—. He probado todo lo que se me ha ocurrido, incluso la meditación, cosa que, como Abra bien sabe, no se me da particularmente bien. Lo único que veo o recuerdo son sombras, movimiento, la impresión de que se trata de un hombre… Su silueta. Recuerdo que me desperté pensando que había oído algo y que luego me convencí de que no había sido así. Ahora sé que me equivoqué. Recuerdo que me levanté, que me acerqué a la escalera y luego vino el movimiento, la silueta, la impresión de que era un hombre y el instinto de bajar y huir. Nada más. Lo siento.

—No lo sientas —dijo Eli—. Estaba oscuro. Puede que no recuerdes su cara porque no la viste, o no con suficiente nitidez. Háblame del ruido que oíste.

—Eso lo recuerdo mejor, o eso creo. Pensé que había estado soñando, y bien podría ser así. Pensé que había ardillas en la chimenea. Una vez tuvimos, hace mucho tiempo, pero desde entonces pusimos unas protecciones, claro. Luego oí un crujido y pensé, medio dormida, ¿quién anda aquí arriba? Después me desperté por completo, me dije que eran imaginaciones mías y, sin tenerlas todas conmigo, al final decidí bajar para hacerme un té.

—¿Y los olores? —preguntó Abra.

—Polvo. Sudor. Sí. —Con los ojos cerrados, Hester se concentró—. Qué raro, no me había dado cuenta hasta ahora, hasta que lo has preguntado.

—Si bajó de la tercera planta, ¿hay algo allí arriba, cualquier cosa que se te ocurra, que pudiera estar buscando?

Negó con la cabeza, mirando a Eli.

—Casi todo lo que hay ahí arriba son objetos sentimentales e historia, y lo que ya no cabe en el espacio habitable del día a día. Hay cosas que son verdaderas joyas: ropa, recuerdos, diarios, libros mayores de la casa, fotos.

—He visto bastantes.

—Como plan a largo plazo, tengo pensado llamar a un par de expertos para que lo cataloguen todo con vistas a abrir un museo en Whiskey Beach.

—Es una idea magnífica. —Abra sonrió encantada—. Nunca me lo habías dicho.

—Todavía está en fase de preplanificación.

—Libros mayores de la casa —dijo Eli, pensando en voz alta.

—Sí, y libros de contabilidad, listas de invitados, copias de invitaciones. Hace mucho tiempo que no les echo un vistazo y, sinceramente, hay muchas cosas que ni siquiera he abierto. Todo cambia, los tiempos cambian. Tu abuelo y yo no necesitábamos demasiado personal después de que se fueron los hijos, así que empezamos a utilizar la tercera planta como almacén. Intenté pintar allí arriba uno o dos años. Solo quedaban Bertie y Edna cuando Eli murió. Seguro que te acuerdas de ellas, joven Eli.

—Sí, las recuerdo.

—Cuando se jubilaron, no me vi con ánimos de tener más internos. Solo tenía que cuidar de la casa y de mí misma. Lo único que se me ocurre es que esa persona subió por pura curiosidad o con la esperanza de encontrar cualquier cosa.

—¿Allí arriba hay algo que se remonte a los Landon de la época del naufragio del *Calypso*?

—Algo debe de haber. A los Landon nunca les ha gustado tirar sus cosas. Los objetos más valiosos de esa época, y muchos otros, están expuestos por todas partes, pero algo debe de quedar en la tercera planta.

Frunció el entrecejo intentando recordar.

—Supongo que tengo toda esa parte de la casa muy abandonada. Dejé de visitarla y me dije que algún día contrataría a esos expertos. Esa persona debió de creer que habría mapas. Eso es una tontería. De haber sabido que la equis indicaba el lugar, hace mucho tiempo que habríamos desenterrado la dote nosotros mismos. O supuso que habría un diario, tal vez el de Violeta Landon. Pero, según cuenta la leyenda, después de que su hermano matara a su amante, Violeta destruyó los diarios, las cartas de amor y todo lo demás. Si es que existieron. Si fuera así y sobrevivieron, habría oído hablar de esos documentos, o los habría encontrado en algún momento.

—Vale. ¿Recuerdas si recibiste alguna llamada, petición, o si se presentó alguien preguntándote si estabas interesada en vender algunos recuerdos o antigüedades, o solicitándote acceso a los archivos porque estaba escribiendo un libro?

—Santo cielo, Eli, ya he perdido la cuenta. Lo único que me ha tentado a contratar a otra persona además de Abra fue la idea de tener a alguien que se encargara de atender dichas peticiones.

—¿Nada que te llamara la atención?

—No, ahora mismo no se me ocurre nada.

—Avísame si de pronto recordaras algo. —Por el momento, su abuela ya había tenido suficiente, juzgó Eli, viendo que parecía un poco cansada—. ¿Qué hay para comer?

—Bajemos a averiguarlo.

La ayudó a ponerse en pie, pero cuando empezó a caminar y Eli continuó auxiliándola, ella lo apartó con suavidad.

—No necesito que me lleven. Me manejo bastante bien con el bastón.

—Puede, pero me gusta hacer de Rhett Butler.

—Él no bajaba a su abuela en volandas por la escalera para comer —replicó Hester cuando Eli la cogió en brazos.

—Pero lo habría hecho.

Abra se hizo con el bastón y, mientras veía a Eli bajar a Hester por la escalera, no le quedó ninguna duda de por qué se había enamorado.

27

Un buen día, pensó Abra cuando se despidieron de Hester. Alargó la mano hacia la de Eli para decirle precisamente eso. De camino al coche vio a Wolfe apoyado en su propio vehículo, en la acera de enfrente.

—¿Qué está haciendo? —preguntó—. ¿Por qué? ¿Cree que vas a acercarte de pronto a confesarlo todo?

—Me hace saber que está ahí. —Eli se puso detrás del volante y arrancó el motor con calma—. Una pequeña guerra psicológica y sorprendentemente efectiva. El año pasado llegué al punto de que apenas salía de casa, porque si iba a cortarme el pelo, no sabía si él entraría en la misma peluquería y se sentaría en el sillón de al lado.

—Eso es acoso.

—En teoría, y sí, podríamos haber presentado cargos, pero en aquel momento solo se habría llevado una reprimenda. No habría cambiado nada, y lo cierto es que yo estaba demasiado cansado para molestarme en hacerlo. Era más fácil quedarme en casa.

—Te pusiste bajo arresto domiciliario.

No lo había considerado de aquella manera, al menos entonces. Pero Abra no se equivocaba. Y del mismo modo Eli reconoció, en algún rincón de su mente, que la mudanza a Whiskey Beach había sido un exilio autoimpuesto.

Aquellos días pertenecían al pasado.

—No tenía a donde ir —dijo—. Los amigos cada vez llamaban menos o simplemente desaparecían. El bufete de abogados me despidió.

—¿Y qué hay de eso de que uno es inocente hasta que se demuestre lo contrario?

—Eso es lo que dice la ley, pero no tiene demasiado peso ante los clientes importantes, la reputación y las horas facturables.

—Tendrían que haberte apoyado, Eli, aunque solo fuera por principio.

—Tienen otros asociados, socios, clientes y personal que tener en cuenta. Al principio, lo llamaron permiso de excedencia, pero estaba acabado, y todos lo sabíamos. En cualquier caso, me ofreció el tiempo y un motivo para escribir, para poder dedicarme a la escritura de manera exclusiva.

—No le des la vuelta para que parezca que ellos te hicieron un favor —replicó Abra, con voz cortante, afilada como unas tijeras—. Fuiste tú quien se hizo un favor. Tú hiciste algo constructivo.

—Escribir fue como aferrarme a un salvavidas, y es más constructivo que soltarse. A diario esperaba que vinieran a detenerme. Créeme. Que no lo hicieran me ofreció la oportunidad de ir a Bluff House.

Una especie de purga, pensó Abra. Un infierno que lo había dejado exhausto, tenso y, en su opinión, más que dispuesto a aceptar la ayuda.

—¿Y ahora? —preguntó.

—Ahora, el salvavidas no es suficiente. No puedo quedarme sentado, esperando a hundirme en cualquier momento. Voy a contraatacar. Voy a encontrar las respuestas. Cuando las tenga, se las voy a hacer tragar a Wolfe.

—Te quiero.

La miró con una sonrisa, pero esta se transformó en una expresión de sorpresa y alerta al verle los ojos.

—Abra...

—No, no, es mejor que no apartes la vista de la carretera.

Ante su gesto, Eli pisó el freno justo a tiempo para evitar el impacto contra el parachoques del coche de delante.

—Mal momento —prosiguió ella—. Ni romántico ni oportuno, pero creo que hay que expresar los sentimientos, sobre todo los positivos. El amor es el sentimiento más positivo que existe. Me gusta la sensación, y no estaba segura de ello. Arrastramos mucha mierda, Eli, y no podemos evitar que una parte todavía se nos pegue a la suela de los zapatos. Puede que nos ayude a ser quienes somos, pero lo malo es que nos hace dudar en tener confianza, en buscar ayuda, en asumir esos riesgos una vez más.

Increíble, pensó Abra, era increíble que aquellas palabras la hicieran sentir más fuerte, más libre.

—Espero que no asumas esos riesgos solo porque yo lo he hecho, pero deberías sentirte bien, y deberías considerarte afortunado por tener una mujer inteligente, interesante y segura de sí misma que te quiere.

Eli sorteó el complicado tráfico para poder incorporarse a la 95 North.

—Me siento afortunado —dijo. Y lo invadió el pánico.

—Entonces con eso basta. Esta música es un rollo —añadió, y empezó a cambiar de emisora.

¿Ya estaba?, pensó Eli. ¿Te quiero, vamos a cambiar de emisora? ¿Cómo demonios iba un hombre a seguirle el ritmo a una mujer así? Era bastante más complicada de sortear que el tráfico de Boston, y mucho más impredecible.

A medida que pasaban los kilómetros, Eli intentaba concentrarse en otras cosas, pero sus pensamientos regresaban continuamente a lo mismo, como unos dedos tratando de calmar un picor persistente. Tarde o temprano tendría que responder, de alguna manera. Tendrían que enfrentarse al… tema. ¿Y cómo demonios se suponía que iba a pensar con claridad, de modo racional, sobre el amor y todo lo que implicaba cuando tenía tantas otras cosas que atender, solucionar, resolver?

—Necesitamos un plan —dijo Abra, y Eli volvió a entrar en pánico de manera automática—. Dios, mira qué cara has puesto.

—No pudo reprimir una carcajada—. Es la viva imagen del terror masculino apenas contenido. No me refiero a un plan «Abra quiere a Eli», así que relájate. Me refiero a un plan «¿Por qué Justin Suskind se arriesgó a entrar furtivamente en la tercera planta de Bluff House?». Tenemos que examinar de manera sistemática lo que guardáis ahí arriba.

—He empezado a hacerlo un par de horas al día, cada día, y apenas he adelantado nada. ¿Has visto todo lo que hay?

—Por eso he dicho de manera sistemática. Nos quedamos con la idea de que va detrás de la dote. De ahí pasamos, mediante una suposición razonable, a que posee información, correcta o equivocada, que lo llevó a cavar en el sótano. Y aún podemos ir más allá gracias a otra especulación: buscaba más información, una nueva pista, algo que, según cree, le confirmara la ubicación del tesoro.

Eli pensó que faltaban muchos puntos o que eran invisibles, pero en general era un buen modo de unir los que tenían.

—Por lo que sabemos, encontró lo que buscaba.

—Tal vez, pero ha vuelto a entrar en la casa. Sigue pensando que es la clave.

—No había nada revuelto —reflexionó Eli—. No sé cómo estaban guardadas las cosas en los arcones, los baúles, las cajas de almacenaje y los cajones de los muebles de allí arriba, por lo que podrían haberlos registrado antes de que lo hiciera la policía. Sin embargo, si lo hizo, fue con mucho cuidado. Después de que la policía pasara por allí, todo quedó hecho un lío.

—¿Cómo podía estar tan seguro de que nadie subiría antes de que él encontrara lo que buscaba? No quería que supiéramos que tenía acceso a la casa. De no haber estado dando vueltas por el sótano a oscuras, no lo hubiéramos sabido.

—Estábamos dando vueltas por el sótano porque él había cortado la luz. Una gran pista sobre un allanamiento de morada.

—Vale, en eso tienes razón. Pero ¿habrías mirado ahí abajo? Si hubieras llegado a casa y hubieses llamado a la policía de inmediato, es improbable que hubieras bajado al sótano en busca de pruebas de que el intruso había estado ahí abajo. O de haberlo hecho, es poco probable que hubieras pasado de la bodega.

—Vale, asumió un riesgo.

—Porque quiere y necesita entrar en la casa, y si hacemos ese examen sistemático quizá descubramos algo más acerca de la razón. Hay que esperar a que vuelva antes de probar lo de la emboscada —le recordó—. Sé que has estado investigando y relacionando unas cosas con otras, estableciendo teorías y conexiones, y el viaje de hoy nos ha proporcionado información nueva a tener en cuenta. Pero me gusta la idea de meterle mano al asunto, literalmente.

—Podemos echarle un vistazo con más detenimiento.

—Y pasar tiempo allí arriba te daría más ideas sobre el modo de utilizar ese espacio. Te buscaré una carta de colores.

—¿De verdad?

—Los colores inspiran.

—No —dijo, al cabo de un momento—. No puedo seguir el ritmo.

—¿De qué?

—El tuyo. —El alivio que le produjo haber llegado al pueblo mitigó la frustración. Del amor a emisoras de radio, de búsquedas sistemáticas a emboscadas y de ahí a cartas de colores—. ¿En cuántas direcciones puedes ir a la vez?

—Puedo pensar en muchas cosas a la vez, sobre todo si las considero importantes, relevantes o interesantes. El amor es importante y, evidentemente en un grado distinto, creo que la música también lo es cuando viajas. La exploración de la tercera planta y el pulido de cualquier plan para, con un poco de suerte, coger a Suskind dentro de la casa son absolutamente relevantes, y la paleta de colores es interesante… e incluso puede llegar a ser importante y relevante.

—Me rindo —dijo Eli, mientras apagaba el motor y aparcaba en Bluff House.

—Buena elección. —Abra bajó del coche, extendió los brazos y giró sobre sí misma—. Me encanta este olor, la sensación que produce este aire. Quiero correr por la playa y llenarme de él.

Eli fue incapaz de apartar los ojos de Abra, de resistir la atracción que ejercía sobre él.

—Me importas, Abra.

—Lo sé.

—Me importas más de lo que nadie lo ha hecho.

Abra bajó los brazos.

—Eso espero.

—Pero…

—Para. —Sacó el bolso del coche y se sacudió el pelo hacia atrás—. No tienes que matizarlo. No espero que equilibres la balanza. Acepta el regalo, Eli. Si te lo he entregado demasiado pronto o envuelto de manera equivocada, eso ya no tiene arreglo, pero sigue siendo un regalo.

Se dirigió a la puerta y, desde el interior, Barbie lanzó una salva de ladridos furiosos.

—Tu alarma acaba de dispararse. Me cambiaré y me la llevaré a correr por la playa.

Eli sacó las llaves.

—A mí tampoco me vendría mal salir a correr.

—Perfecto.

Abra no volvió a hablar del asunto y se entregó en cuerpo y alma a la nueva tarea en la tercera planta. Vaciaban arcones y cajas mientras ella inventariaba el contenido con sumo cuidado en un portátil.

Abra había dejado claro que no eran expertos, pero una enumeración organizada podría ser de ayuda para el museo que Hester quería abrir. De modo que separaron, examinaron, catalogaron y reubicaron todo lo que iban encontrando al tiempo que Eli apartaba los libros mayores de la casa, los de contabilidad y los diarios.

Les echaba un vistazo y tomaba sus propias notas mientras iba germinando una nueva teoría.

Abra tenía que trabajar, igual que él, pero Eli adaptó su horario para que incluyera lo que él consideraba tiempo para excavar en el pasado. A su pila de libros mayores añadió los registros meticulosos de compras de aves de corral, ternera, huevos, mantequilla y distintas verduras realizadas a un granjero de la localidad llamado Henry Tribbet.

Eli dedujo que el granjero Tribbet era un antepasado de su compañero de copas Stoney. Estaba pasándoselo en grande imaginando a Stoney con un sombrero de paja y un mono de trabajo cuando Barbie lanzó un pequeño ladrido antes de salir disparada, ladrando a pleno pulmón.

Se apartó del espacio de trabajo provisional, que consistía en una mesa y una silla plegables, y fue tras ella. Segundos después, los ladridos cesaron y oyó a Abra.

—Soy yo. No bajes si estás ocupado.

—Estoy en la tercera planta —contestó él.

—Vale. Tengo que guardar unas cuantas cosas y luego subo.

Eli admitió que eso le gustaba. Oír cómo su voz se abría paso a través del silencio de la casa, saber que subiría para reunirse con él, para trabajar a su lado, y que le explicaría anécdotas de su día y de la gente que había visto.

Siempre que intentaba imaginar cómo sería su vida sin ella, recordaba la anterior época oscura, el arresto domiciliario autoimpuesto, que todo era gris, insulso, pesado.

Nunca volvería a eso, había avanzado demasiado hacia la luz para volver atrás jamás. Aunque a menudo pensaba que la luz más brillante era Abra.

Poco después, la oyó subir corriendo. La esperó.

Llevaba unos vaqueros cortados a la altura de las rodillas y una camiseta roja que proclamaba: «Las chicas que hacen yoga son retorcidas».

—Hola, me han cancelado un masaje, así que… —Se detuvo de camino a la mesa donde estaba Eli, esperando su beso de bienvenida—. ¡Oh, Dios mío!

—¿Qué? —Eli se levantó de un salto, preparado para defenderla de cualquier cosa, desde una araña a un fantasma con instinto homicida.

—¡Ese vestido!

Abra se abalanzó sobre la prenda que Eli había dejado tirada encima del arcón que estaba catalogando.

Lo cogió, mientras el corazón de Eli volvía agradecidamente a su sitio, y se acercó corriendo al espejo que ya había destapado. Eli vio que hacía lo mismo que había hecho antes con vestidos largos, de noche, trajes y cualquier otra cosa con que se encaprichara: Abra sostuvo aquella prenda en alto, un vestido de los años veinte de un intenso color rojo coral, cintura baja y falda con flecos que le llegaba a la rodilla.

Se volvió hacia uno y otro lado para que los flecos saltaran y bailaran.

—Perlas largas, muy largas, montones de ellas; un sombrero de campana a juego y una boquilla kilométrica de plata. —Sin soltar la prenda, giró sobre sí misma—. ¡Imagina dónde habrá estado este vestido! Bailando el charlestón en alguna fiesta fabulosa o en un bar clandestino durante la ley seca. Subido a un Ford T, bebiendo alcohol casero y whisky de contrabando. —Volvió a girar—. La mujer que llevó esto era atrevida, incluso un poco temeraria, y estaba absolutamente segura de sí misma.

—Te sienta bien.

—Gracias, porque es fabuloso. ¿Sabes? Con lo que hemos encontrado y catalogado hasta el momento, podrías montar un museo de la moda aquí arriba.

—Antes prefiero clavarme una estaca en el ojo.

Los hombres nunca dejarían de ser hombres, se dijo Abra, y no tenía deseos de cambiar la situación.

—Vale, aquí no, pero tienes prendas de sobra para montar una exposición fantástica en el museo de Hester. Algún día. —A diferencia de Eli, ella envolvió el vestido en papel de seda con sumo cuidado—. He echado un vistazo por el telescopio antes de subir. Sigue sin venir.

—Volverá.

—Lo sé, pero odio esperar. —Con retraso, se acercó para besarlo—. ¿Por qué no estás escribiendo? Es temprano para dar la jornada por terminada.

—He acabado el primer borrador, así que me he tomado un descanso para dejarlo reposar un poco.

—Lo has acabado. —Le rodeó el cuello con los brazos y

meneó las caderas—. ¡Eso es fantástico! ¿Por qué no lo celebramos?

—Un primer borrador no es un libro.

—Claro que lo es, es un libro al que le falta un pulido. ¿Qué sientes?

—Que le falta un pulido, pero está bastante bien. He ido más rápido con el final de lo que esperaba. Una vez que lo tuve claro, se escribió solo.

—Esto hay que celebrarlo. Voy a preparar algo espectacular para cenar y pondré a enfriar una botella de champán de la alacena.

Alegrándose por él, se sentó en su regazo.

—Estoy muy orgullosa de ti.

—Todavía no lo has leído. Solo una escena.

—No importa. Lo has acabado. ¿Cuántas páginas tiene?

—¿Ahora mismo? Quinientas cuarenta y tres.

—Has escrito quinientas cuarenta y tres páginas, y lo has hecho en medio de una pesadilla personal. Lo has hecho durante una transición vital importante, mientras vivías un conflicto, un estrés y una tensión continuos. Si no estás orgulloso de ti mismo es que eres modesto en exceso o estúpido. ¿Cuál de las dos opciones?

Eli se dio cuenta de que Abra le levantaba el ánimo. Siempre.

—Creo que será mejor decir que estoy orgulloso de mí mismo.

—Mucho mejor. —Le plantó un sonoro beso y luego volvió a rodearle el cuello con los brazos—. El año que viene por estas fechas el libro estará publicado o en proceso de publicación. Ya no pesará ninguna acusación sobre ti y habrás encontrado todas las respuestas a todas las preguntas que penden sobre ti y sobre Bluff House.

—Me gusta tu optimismo.

—No es solo optimismo. He echado las cartas del tarot.

—Ah, entonces gastémonos mi fabuloso anticipo en un viaje a Belice.

—Te tomo la palabra. —Se inclinó hacia atrás—. El optimismo y las cartas del tarot equivalen a una fuerza muy poderosa, don Atrapado en la Realidad, sobre todo cuando se le añade esfuerzo y sudor. ¿Por qué Belice?

—Ni idea. Es lo primero que me ha venido a la cabeza.

—A menudo, lo primero es lo mejor. ¿Has encontrado algo?

—Nada que tenga que ver con la dote.

—Bueno, todavía queda mucho que revisar. Empezaré con otro arcón.

Abra trabajó a su lado, luego decidió cambiar, abandonó el arcón y se puso con una vieja cómoda.

Era increíble lo que la gente guardaba, se dijo. Viejos caminos de mesa, bordados y labores de punto de cruz descoloridas, dibujos infantiles en un papel tan seco que temía que se le rompiera y se le desmenuzara en las manos. Encontró una colección de discos y supuso que podrían pertenecer a la misma época que el fabuloso vestido de color coral. Animada, destapó un gramófono, le dio cuerda y puso el disco.

Abra lanzó a Eli una amplia sonrisa cuando la música chirriante y metálica inundó la estancia. Levantó las manos para agitarlas en el aire y bailó meneando los hombros rápidamente. Eli no pudo evitar sonreír a sus anchas.

—Tendrías que ponerte el vestido.

Abra le guiñó un ojo.

—Quizá después.

Volvió bailando a la cómoda y abrió el siguiente cajón.

Hizo pilas. Mientras iba formando pequeñas montañas, se fijó en que muchas de aquellas telas estaban parcialmente usadas o sin usar. Alguien había utilizado la cómoda para coser, pensó, para guardar sedas y brocados, lanas de buena calidad y rasos. Seguro que de allí habían salido vestidos preciosos, y otros se habrían quedado en la fase de corte, a medio acabar.

Cuando alcanzó el último cajón, este se atascó a la mitad. Después de un par de tirones, Abra sacó varios retales, un sobre con alfileres, un viejo acerico en forma de tomate y una caja de hojalata con varios hilos.

—¡Oh, patrones! De los años treinta y cuarenta. —Los sacó

con cuidado—. Blusas y vestidos de noche. ¡Por Dios, pero mira este vestido de tirantes!

—Adelante.

Apenas se molestó en mirarlo.

—Son preciosos. Todo lo que hemos encontrado ha hecho que me pregunte por qué nunca he creado ropa vintage. No sé si podría hacer este vestido de tirantes.

—¿Un vestido? —La miró un breve instante—. Creía que para eso estaban las tiendas.

—Debería intentarlo con esa seda amarilla de violetas diminutas. Nunca me he atrevido con un vestido, pero me encantaría probar.

—Faltaría más.

—Incluso podría utilizar esa vieja máquina de coser que encontramos. Para que todo fuera vintage. —Mientras lo imaginaba, apiló los patrones y se volvió hacia el cajón vacío—. Está atascado —musitó—. Puede que algo se haya quedado… —Se agachó, metió la mano y tanteó el fondo del cajón y luego los lados en busca de algún objeto—. Creo que solo está atascado o se ha doblado…

En ese momento, sus dedos pasaron por encima de algo metálico con forma curvada.

—Aquí detrás hay algo, en una de las esquinas —le dijo a Eli—. En ambas esquinas —añadió.

—Lo miro enseguida.

—No sé por qué retiene el cajón. Es como…

Impaciente, presionó en las esquinas y el cajón se deslizó hacia fuera, casi hasta su regazo.

Eli volvió a levantar la vista al oír su exclamación de sorpresa.

—¿Estás bien?

—Sí, solo me ha golpeado un poco las rodillas. Es una especie de compartimento, Eli. Un compartimento secreto en el fondo de este cajón.

—Sí, he encontrado algunos en los escritorios y otro en un viejo aparador.

—Pero ¿has encontrado algo parecido a esto en ellos?

Abra levantó una caja de madera en la que había tallada una ele estilizada y barroca.

—Hasta el momento no.

Intrigado, dejó el inventario cuando Abra llevó la caja a la mesa.

—Está cerrada.

—Puede que la llave esté en la colección que hemos ido acumulando. La mayor parte la he encontrado en el cajón oculto del viejo aparador.

Abra volvió la mirada hacia el tarro que utilizaban para dejar las llaves que habían ido encontrando en aquel rastrillo de la tercera planta. Luego se quitó una horquilla del pelo.

—Probemos primero con esto.

Eli no pudo por menos que echarse a reír.

—¿En serio? ¿Vas a forzar la cerradura con una horquilla?

—Es la manera clásica, ¿no? Además, no puede ser muy complicado.

Dobló la horquilla, la introdujo en la cerradura, la giró, la movió y volvió a girarla. Viendo que parecía decidida a abrir la caja, Eli empezó a levantarse para ir a buscar el tarro. En ese momento, oyó el pequeño clic.

—¿Lo habías hecho antes?

—No desde que tenía trece años y perdí la llave de mi diario. Pero ciertas cosas nunca se olvidan.

Abra levantó la tapa y vio un atado de cartas.

Ya habían encontrado cartas antes, la mayoría de ellas tan largas y tortuosas como la distancia entre Whiskey Beach y Boston, o Nueva York. Algunas de soldados que habían ido a la guerra, recordó, o hijas casadas que se habían mudado lejos.

Esperaba que se tratara de cartas de amor, ya que hasta el momento no habían dado con ninguna.

—El papel parece antiguo —dijo, sacándolas con sumo cuidado—. Escritas con pluma, creo, y… Sí, aquí hay una fecha: 5 de junio de 1821. Dirigida a Edwin Landon.

—Tiene que ser el hermano de Violeta. —Eli aparcó su trabajo a un lado y se movió para echar un vistazo—. Tendría cerca de sesenta años. Murió en… —Rebuscó en su memoria la historia familiar que había estado estudiando—. Creo que en mil ochocientos treinta y algo; en cualquier caso, a principios de esa década. ¿Quién se la envía?

—James J. Fitzgerald, de Cambridge.

Eli lo apuntó.

—¿Es legible?

—Creo que sí. «Señor, lamento las desafortunadas circunstancias y el tenor de nuestro último encuentro del pasado invierno. No era mi intención invadir su intimidad o trastornar su buena disposición. A pesar de que expresó su opinión y su determinación con claridad…, mucho más claro que antes, considero necesario que le escriba en nombre…» No. «…por orden de mi madre y su hermana, Violeta Landon Fitzgerald.»

Abra se detuvo, abriendo los ojos como platos cuando estos se encontraron con los de Eli.

—¡Eli!

—Sigue leyendo. —Eli se levantó para estudiar la carta por encima del hombro de Abra—. No hay constancia en la historia familiar de que se hubiera casado o que hubiera tenido hijos. Sigue leyendo —repitió.

—«Tal como le comuniqué en enero, su hermana se halla gravemente enferma. Nuestra situación continúa siendo difícil tras las deudas contraídas a la muerte de mi padre, hace dos años. Mi empleo de secretario del señor Andrew Grandon me brinda un sueldo digno, con el que he mantenido sin aprietos a mi esposa y mi familia. En estos momentos, atiendo las necesidades de mi madre, como no podría ser de otra manera, al mismo tiempo que trato de cuadrar las cuentas.

»No es mi intención ni nunca lo será abusar de su generosidad dirigiéndome a usted en busca de auxilio económico, pero una vez más debo hacerlo en nombre de su hermana. Dado que su estado de salud continua agravándose, los médicos nos obligan a apartarla de la ciudad y llevarla junto al mar, donde creen que la brisa marina le procuraría mayores beneficios. De continuar en la misma situación, temo que no vivirá lo suficiente para ver otro invierno.

»Es el deseo más sincero de su hermana regresar a Whiskey Beach, volver al hogar donde nació, del que conserva tantos recuerdos.

»Apelo a usted, señor, no como tío. Le doy mi palabra de que jamás requeriré ninguna retribución para mi persona por motivo de ese lazo familiar. Apelo a usted como hermano de alguien cuyo único deseo es volver a casa.»

Consciente de la fragilidad de la carta, Abra la dejó a un lado.

—Oh, Eli.

—Ella huyó. Espera, déjame pensar. —Se levantó y empezó a pasear por la habitación—. No hay constancia de que se casara, ni de que tuviera hijos, ni de su muerte, al menos en la documentación que posee la familia, y nunca he oído hablar de ningún lazo con ningún Fitzgerald.

—Su padre hizo que destruyeran muchos documentos, ¿no?

—Eso es lo que se dice, sí. Ella huyó, y él no solo la desheredó, sino que básicamente borró cualquier testimonio de su existencia.

—Debió ser un hombrecillo horrible.

—Alto, moreno y apuesto, según los retratos —la corrigió Eli—, pero te refieres al interior. Seguramente tienes razón. Así que Violeta se fue de aquí, distanciada de la familia, acabó en Boston o Cambridge, y ellos la repudiaron. En algún momento se casó, tuvo hijos… Al menos uno. ¿Fue Fitzgerald el superviviente del *Calypso*? Es un apellido irlandés, no español.

—Tal vez lo hubieran llamado a levas. ¿Es así como se dice? O también puede ser que ella lo conociera y se casara con él después de irse de casa. ¿De verdad que nunca hubo ningún otro intento de reconciliación hasta entonces? ¿Hasta que se moría?

—No lo sé. Algunas historias especulan con la posibilidad de que huyera con un amante, aunque la mayoría solo contemplan la opción de que se fugó después de que su hermano matara a su amante. Durante la investigación, en un par de ocasiones me he topado con la insinuación de que quizá la enviaron fuera porque estaba embarazada y luego la repudiaron porque no se avino a las normas que le impusieron. En definitiva, la borraron, por eso no existe ningún otro registro familiar o testimonio que hable de ella hasta bien entrada la década de 1770. Ahora que tenemos esto, podemos buscar a ver qué encontramos sobre James J. Fitzgerald, de Cambridge, y trabajar a partir de ahí.

—Eli, la siguiente carta está escrita en septiembre de ese mismo año. Otra petición. Ella está peor, y las deudas se acumulan. Dice que su madre está demasiado débil para sujetar una pluma y escribir. Escribe al dictado. Oh, se me parte el corazón. «Hermano, da cabida al perdón. No deseo reunirme con Dios sabiendo de esta enemistad entre nosotros. Te suplico, por el amor que una vez con tanta dicha nos profesamos, que me permitas volver a casa para morir. Que permitas que mi hijo conozca a mi hermano, el hermano al que tanto aprecio y que tanto me apreciaba antes de ese día aciago. Le he pedido a Dios que me perdone por mis pecados y por los tuyos. ¿No puedes perdonarme tú, Edwin, del mismo modo que te perdono yo? Perdóname y llévame a casa.»

Abra se secó las lágrimas de las mejillas.

—Pero no lo hizo, ¿verdad? Aquí está la tercera carta, la última. Tiene fecha del 6 de enero. «Violeta Landon Fitzgerald dejó este mundo en el día de hoy, a la hora sexta. Sufrió grandemente durante los últimos meses de su vida en la tierra. Dicho sufrimiento, señor, recae sobre usted. Que Dios le perdone, porque yo no lo haré.

»En su lecho de muerte, me relató todo lo ocurrido en los últimos días de agosto del año 1774. Me confesó sus pecados, los pecados de una muchacha joven, y los suyos, señor. Sufrió y murió deseando volver al hogar en que nació, al de los suyos, y recibir el abrazo de la familia que la rechazó. No lo olvidaré, ni tampoco lo hará nadie de mi sangre. Usted posee riquezas, a las que tiene en mayor estima que la vida de mi madre. No volverá a verla, ni se reunirá con ella en el cielo, pues sus acciones están malditas, igual que todos los Landon que desciendan de usted.»

Abra dejó la última carta al lado de las otras.

—Estoy de acuerdo con él.

—Por lo que dicen todos, Edwin Landon y su padre fueron hombres duros, intransigentes.

—Yo diría que estas cartas lo confirman.

—Sin duda. No sabemos si Edwin respondió, o qué contestó si lo hizo, pero está claro que Violeta y él «pecaron» en agosto de 1774. Cinco meses después de que el *Calypso* naufragara en Whiskey Beach. Tenemos que buscar información sobre James Fitzgerald. Necesitamos una fecha de nacimiento.

—Crees que estaba embarazada cuando huyó o cuando la repudiaron.

—Creo que es el tipo de pecado que hombres como Roger y Edwin Landon condenarían. Además, dada la época, eso iría en contra de su ascenso social y el prestigio adquirido. ¿Una hija embarazada de alguien inferior a ella, alguien fuera de la ley? Insostenible.

Regresó junto a Abra y volvió a estudiar la carta, la firma.

—James debía de ser un nombre común, popular. A los hijos se les solía poner el nombre del padre.

—¿Crees que su amante, el marinero del *Calypso*, era James Fitzgerald?

—No. Creo que su amante era Nathanial James Broome, que sobrevivió al naufragio de su barco, junto con la dote de Esmeralda.

—¿El segundo nombre de Broome era James?

—Sí. No sé quién era Fitzgerald, pero me juego lo que quieras a que ella estaba embarazada cuando se casó con él.

—Broome podría haber huido con ella y cambiarse luego el apellido.

Eli le pasó una mano por el pelo con aire ausente, recordando el final feliz que Abra había imaginado para la maestra y el antiguo Landon.

—No lo creo. El tipo era un pirata bastante famoso. No lo veo estableciéndose tranquilamente en Cambridge y criando a un hijo que acaba siendo secretario. Y jamás habría permitido que los Landon se quedaran la dote. Edwin lo mató, esa es mi opinión. Lo mató, se quedó la dote y echó a su hermana.

—¿Por dinero? Al final, la expulsaron, la borraron, ¿por dinero?

—Escogió a un conocido malhechor por amante. Un asesino, un ladrón, un hombre al que sin duda hubieran colgado de haberlo atrapado. Los Landon acumulan riqueza, prestigio social y cierto poder político, pero su hija, a quien hubieran casado con el hijo de otra familia prominente, está mancillada. Y su nombre también puede acabar mancillado si se sabe que han dado cobijo a un proscrito o que tenían conocimiento de su presencia en la propiedad. Ella, el problema, su estado, era algo a lo que debían poner remedio.

—¿Poner remedio? ¿Has dicho «poner remedio»?

—No digo que esté de acuerdo con lo que hicieron, solo resumo la posición que tenían y sus posibles acciones.

—Landon el abogado. No, no sería santo de mi devoción.

—Landon el abogado solo está exponiendo las razones de unos hombres de otra época, con otro modo de pensar. Las hijas eran una propiedad, Abra. No era justo, pero la historia es así. En esos momentos, en vez de ser un activo, Violeta era un pasivo.

—Creo que no puedo seguir escuchándote.

—No te pongas así —le pidió, al ver que se levantaba—. Hablo de finales del siglo xviii.

—Pues da la impresión de que te parece normal.

—Es la historia, y el único modo en que puedo hacerme una idea clara es pensando de manera lógica y no sentimental.

—Yo prefiero los sentimientos.

—Eso se te da bien. —Bueno, pues también los usarían, decidió. Tanto los sentimientos como la lógica—. Vale, ¿qué te dice el corazón que ocurrió?

—Que Roger Landon era un cabrón egoísta e insensible, y su hijo, Edwin, un hijo de puta desalmado. No tenían derecho a destrozar la vida de Violeta. Y da igual que fueran otros tiempos. Eran personas.

—Abra, ¿te das cuenta de que estamos discutiendo por gente que murió hace cerca de doscientos años?

—¿Y?

Eli se frotó la cara con las manos.

—¿Qué te parece lo que voy a decir? En definitiva, hemos llegado a la misma conclusión. Una parte de esa conclusión es que Roger y Edwin Landon eran unos cabrones despiadados, inflexibles y oportunistas.

—Eso está un poco mejor. —Entrecerró los ojos—. Oportunistas. ¿De verdad crees que no solo existió la dote, sino que llegó a la orilla con Broome, pero que Edwin mató a Broome y se la robó?

—Bueno, ya era una propiedad robada, pero sí. Creo que la encontró y se la quedó.

—Entonces ¿dónde narices está?

—Tenemos que descubrirlo. Pero todo esto no es más que humo si la premisa básica no es cierta. Hay que seguir la pista del hijo de Violeta.

—¿Cómo?

—Podría hacerlo yo mismo, pero me llevaría tiempo porque no soy un experto, aunque existen muchas herramientas y páginas web de genealogía bastante buenas. O podría ahorrar tiempo y ponerme en contacto con un experto en el tema. Conozco una persona. Antes nos veíamos bastante.

Abra entendió que se trataba de una persona que le había dado la espalda. Y comprendió que, por muy lógico que fuera su argumento, Eli sabía por lo que Violeta había pasado. Sabía qué era ser abandonado, condenado, ignorado.

—¿Estás seguro de que quieres hacerlo?

—Lo pensé hace unas semanas, pero lo pospuse. Porque… No, en realidad no quiero hacerlo. Pero intentaré aprender de la experiencia de Violeta. Cuando llega el momento de la verdad, es mejor perdonar.

Se acercó a él y le tomó el rostro con las manos.

—Después de todo, vas a tener esa celebración. De hecho, voy a bajar a ponerme en ello. Deberíamos guardar esas cartas en un lugar seguro.

—Yo me encargo de eso.

—Eli, ¿por qué crees que Edwin las conservó?

—No lo sé, aunque los Landon no son de tirar nada. Tal vez la cómoda era suya y guardarlas en ese rincón secreto podría haber sido su modo de conservarlas, sin necesidad de verlas.

—Ojos que no ven, corazón que no siente, como con Violeta. —Abra asintió con la cabeza—. Debió de ser un hombre muy triste.

¿Triste?, pensó Eli cuando Abra se marchó. Lo dudaba. Él creía que Edwin Landon debía de haber sido un hijo de puta pagado de sí mismo. Supuso que ningún árbol familiar crecía sin algunas ramas torcidas.

Utilizó el portátil para buscar el número de contacto de un viejo amigo y luego sacó el teléfono. Descubrió que perdonar no era tan sencillo, pero en ese momento tenía más peso la conveniencia. Tal vez el perdón viniera a continuación, y si no era así, al menos tendría algunas respuestas.

28

Con el pelo recogido y las mangas subidas hasta los codos, Abra apartó la vista de las rodajas de patata que estaba colocando en capas en una cazuela y miró a Eli cuando este entró en la cocina.

—¿Cómo ha ido?

—Ha sido incómodo.

—Lo siento, Eli.

Se encogió de hombros.

—Más incómodo para él que para mí, creo. De hecho, conocía más a su mujer. Es procuradora de mi antiguo bufete. Él da clases de Historia en Harvard y tiene la genealogía como una actividad secundaria. Jugábamos al baloncesto un par de veces al mes y tomábamos unas cervezas de vez en cuando. Eso es todo.

Aquello era suficiente, en opinión de Abra, para merecer un poco de lealtad y compasión.

—De todas formas, después de los tropiezos iniciales y ese forzado y excesivamente entusiasta «Me alegro de oírte, Eli», ha accedido a hacerlo. De hecho, creo que se siente lo bastante culpable para convertirlo en una prioridad.

—Bien. Eso ayuda a equilibrar la balanza.

—Entonces ¿por qué tengo ganas de darle un puñetazo a algo?

Abra pensó en la patata que acababa de trocear sin contemplaciones. Sabía muy bien cómo se sentía.

—¿Por qué no subes y haces un poco de pesas? Así vas abriendo el apetito para unas chuletas de cerdo rellenas, patatas gratinadas y judías verdes con almendras tostadas. Una comida de celebración para machotes.

—Quizá lo haga. Tendría que ponerle comida a la perra.

—Ya lo he hecho yo. Está tumbada en la terraza, viendo a la gente jugar en lo que ella considera su patio.

—Debería echarte una mano.

—¿Da la impresión de que la necesito?

Eli sonrió.

—No, en absoluto.

—Ve a darle duro. Me gustan los hombres musculosos.

—En ese caso, puede que tarde un poco.

El ejercicio lo ayudó a desprenderse de la frustración y la depresión que pretendía ir de la mano de esta. Y en cuanto se hubo deshecho de los últimos restos, descubrió que podía liberarse de esos sentimientos.

Tenía lo que necesitaba: un experto para solucionar un problema. Si la culpa ayudaba a solucionar el problema, no tenía por qué preocuparse.

Llevado por un impulso, sacó a Barbie a pasear por el pueblo. Le sorprendió que la gente se dirigiera a él, lo llamara por su nombre, le preguntara cómo le iba, sin la incomodidad, el embarazo al que estaba tan acostumbrado.

Compró un ramo de tulipanes de color berenjena. En el camino de vuelta, saludó a Stoney Tribbet, que se dirigía tranquilamente al Village Pub.

—¿Te invito a una cerveza, chico?

—Esta noche no, gracias —contestó Eli, desde lejos—. Tengo la cena esperándome, pero guárdeme un taburete el viernes por la noche.

—Hecho.

Y aquello, comprendió Eli, hacía de Whiskey Beach su hogar. Un taburete en el bar el viernes por la noche, un saludo informal, la cena en el fuego y saber que la mujer que le importaba le sonreiría cuando le regalara unos tulipanes morados.

Y ella sonrió.

Los tulipanes acompañaron las velas en la mesa de la terraza, bajo el murmullo de las olas y el brillo de las estrellas. El champán burbujeaba y allí mismo, en ese momento, Eli sintió que todo lo que lo rodeaba era perfecto.

Había vuelto, pensó. Había mudado la piel, pasado página, cerrado el círculo... Cualquiera de esas analogías servía. Estaba donde quería estar, con la mujer con la que quería estar y haciendo lo que lo hacía sentir completo y vivo.

Tenía luces de colores y carillones de viento en la terraza, tiestos de flores y un perro dormitando en lo alto de los escalones que bajaban a la playa.

—Esto es...

Abra enarcó las cejas.

—¿Qué?

—Perfecto. Completamente perfecto.

Y cuando ella volvió a sonreírle, lo fue aún más. Completamente perfecto.

Más tarde, con la casa en silencio y tumbado junto a ella, con el placer todavía a flor de piel, no supo decir por qué el sueño lo eludía. Escuchó el ritmo de la respiración de Abra y los gañidos apagados de Barbie. Imaginó que la perra soñaba con atrapar una pelota roja en el agua.

Escuchó cómo Bluff House se asentaba, e imaginó a su abuela despertándose bien entrada la noche por culpa de unos ruidos inusuales.

Inquieto, se levantó y pensó en bajar a buscar un libro. Sin embargo, al final subió a la tercera planta y se dirigió a la pila de libros mayores. Se sentó frente a la mesa plegable con su típica libreta amarilla y el portátil.

Las siguientes dos horas las dedicó a leer, calcular, comprobar fechas y cotejar la contabilidad doméstica con la empresarial.

Cuando sintió que empezaba a dolerle la cabeza, se frotó los ojos y continuó. Había estudiado Derecho, dijo para sus adentros. Derecho penal, no mercantil, ni contabilidad o administración de empresas.

Debería dejar aquello a su padre o a su hermana. Pero fue incapaz de hacerlo.

A las tres de la mañana se apartó de la mesa. Era como si se hubiera restregado los ojos con una lija y un tornillo de banco le oprimiera las sienes y la nuca.

Pero creía que lo sabía. Creía que lo entendía.

Necesitaba tiempo para procesarlo, así que bajó al primer piso y buscó aspirinas en el armario de la cocina. Se las tragó con un vaso agua que bebió como un hombre muerto de sed, antes de salir a la terraza.

La brisa lo cubrió como un bálsamo y trajo el olor a mar y a flores. Todo estaba bañado por la luz de las estrellas, y la luna, en un abultado cuarto creciente, palpitaba en el firmamento nocturno.

Y en el acantilado, sobre las imponentes rocas en las que habían muerto hombres, giraba la esperanzadora luz del faro de Whiskey Beach.

—¿Eli? —Abra salió envuelta en una bata tan blanca como la luna—. ¿No puedes dormir?

—No.

El viento le agitó la bata, danzó en su pelo, y el brillo lunar se reflejó en sus ojos.

¿En qué momento se había hecho tan hermosa?, se preguntó Eli.

—Tengo un té que podría ayudarte. —Se acercó a él y, de manera automática, colocó las manos sobre sus hombros para aliviar la tensión. Cuando sus miradas se encontraron, la preocupación de Abra se tornó curiosidad—. ¿Qué ocurre?

—Un montón de cosas. Un montón de cosas importantes e inesperadas vinculadas de un modo inesperado.

—¿Por qué no te sientas y me lo cuentas mientras me ocupo de estos hombros?

—No. —Le tomó las manos y las sujetó entre las suyas—. Te lo diré sin más. Yo también te quiero.

—Oh, Eli. —Le apretó las manos—. Lo sé.

No era la reacción que Eli esperaba. De hecho, pensó, era un poco irritante.

—¿En serio?

—Sí. Pero, Dios. —Se le cortó la respiración cuando lo rodeó con los brazos y lo estrechó con fuerza, con el rostro pegado a su hombro—. Dios, es tan maravilloso oírtelo decir. Me había dicho que no pasaba nada si no lo decías, pero no sabía que oírlo sería así. ¿Cómo iba a saberlo? De haberlo sabido, te habría perseguido como una loba para sacarte esas palabras como fuera.

—Si no lo había dicho, ¿cómo lo sabías?

—Cuando me tocas, cuando me miras, cuando me abrazas, lo siento. —Alzó la vista hacia él, con los ojos llenos de lágrimas—. Y no podría quererte tanto si tú no me quisieras del mismo modo. No estaría tan segura de lo bueno que es estar contigo si no supiera que me quieres.

Eli le pasó los dedos por el pelo, por todos esos rizos desordenados, y se preguntó cómo había conseguido pasar ni un solo día sin ella.

—Entonces ¿solo estabas esperando a que te alcanzara?

—Solo estaba esperándote a ti, Eli. Creo que he estado esperándote desde que vine a Whiskey Beach, porque eres todo lo que me faltaba.

—Tú eres lo mejor. —Posó sus labios sobre los de ella—. Todo lo mejor. Al principio me daba pavor.

—Lo sé, a mí también. Pero ¿ahora? —Unas lágrimas cayeron de sus ojos de sirena y lanzaron un destello bajo la luz de la luna—. Me siento capaz de enfrentarme a todo. ¿Y tú?

—Me siento feliz. —Sorprendido por la ternura, le secó las lágrimas con besos—. Quiero hacerte tan feliz como lo soy yo.

—Ya lo haces. Es una buena noche. O día, supongo. Otro día increíblemente bueno. —Abra volvió a besarlo—. Regalémonos muchos más días así.

—Te lo prometo.

Y los Landon cumplen sus promesas, pensó Abra. Abrumada, volvió a rodearlo con sus brazos.

—Nos hemos encontrado, Eli. Justo en el momento y en el lugar en el que estábamos destinados a hacerlo.

—¿Es una de esas cosas del karma?

Abra apartó la cabeza y se echó a reír.

—Ya lo creo que sí. ¿Por eso no podías dormir? ¿Porque de pronto has aceptado tu camino kármico y querías decírmelo de una vez?

—No. De hecho, no sabía que iba a decírtelo hasta que has aparecido. Ha sido verte y expresarte todo de golpe.

—Deberíamos volver a la cama. —Su sonrisa era prometedora—. Me juego lo que quieras a que puedo ayudarte a dormir.

—Hay otra razón por la que te quiero: siempre tienes ideas buenísimas. —Sin embargo, al tomarla de la mano, recordó por qué no podía dormir—. Jesús, me he liado.

—Tienes esa manía.

—No, quiero decir que se me ha olvidado decirte por qué estaba aquí, por qué no podía dormir. Subí a la tercera planta y me puse con los diarios: los libros mayores y los de contabilidad.

—¿Con todas esas columnas y números? —De manera instintiva, levantó las manos para darle un masaje en las sienes, que suponía doloridas—. Tendrías que haber echado una cabezada de cinco minutos.

—La he encontrado, Abra. He encontrado la dote de Esmeralda.

—¿Qué? ¿Cómo? ¡Dios mío, Eli! Eres un genio. —Lo abrazó, giraron juntos y contoneó las caderas—. ¿Dónde?

—Está aquí.

—Pero ¿aquí dónde? ¿Voy a buscar una pala? ¡Oh, oh! Tenemos que llevárselo a Hester, a tu familia. Hay que protegerlo, y… Tiene que haber un modo de encontrar a los descendientes de Esmeralda y hacerlos partícipes del descubrimiento. El museo de Hester. ¿Te imaginas lo que esto significa para Whiskey Beach?

—Como para proponerte que huyamos con él —comentó.

—Bueno, Eli, piénsalo. Un tesoro desenterrado tras más de dos siglos. Podrías escribir un nuevo libro sobre el tema. Y piensa en toda la gente que podrá verlo ahora. Tu familia podría prestar alguna pieza al Smithsonian, al Met, al Louvre.

—¿Eso es lo que harías tú? ¿Donar, prestar, exponer?

—Bueno, sí. Pertenece a la historia, ¿no?

—En cierta manera. —Fascinado, estudió su rostro encendido—. ¿No lo quieres? ¿Ni siquiera una joya pequeñita?

—Oh, bueno… Ahora que lo dices, no diría que no a una joya de buen gusto. —Se echó a reír y dio una vuelta sobre sí misma—. Oh, piensa en la historia, en el misterio resuelto, en la magia liberada. —Se detuvo y rió de nuevo—. ¿Dónde narices está? ¿Tardaremos mucho en sacarlo y ponerlo a salvo?

Le dio media vuelta y se lo señaló.

—Ya es nuestro. Ya está a salvo. Abra, es Bluff House.

—¿Qué? No te entiendo.

—Mis antepasados no eran tan altruistas o filantrópicos como tú. No solo se lo quedaron, sino que se lo gastaron. —Le indicó la casa—. No la construyó el whisky, sino un botín pirata. La consolidación y expansión de la destilería, la ampliación de la casa, las primeras reformas, la madera, la piedra, la mano de obra.

—¿Estás diciendo que vendieron la dote para expandir el negocio, para construir la casa?

—Poco a poco, creo, si he sabido interpretar la contabilidad correctamente. A lo largo de una o dos generaciones, empezando por los desalmados Roger y Edwin.

—Ah. Tengo que hacerme a la idea. —Se retiró el pelo hacia atrás al tiempo que abandonaba según la imaginación de Eli, las ilusiones que se había hecho sobre museos y donaciones—. Bluff House es la dote de Esmeralda.

—En esencia. Si no, las cuentas no salen, no cuando te pones a escarbar de verdad en los gastos y los ingresos. La leyenda familiar habla de jugadores, les gustaba apostar y tenían suerte. Y de avispados hombres de negocios. Luego habla de la guerra, la construcción del país. No niego todo eso, pero los jugadores necesitan dinero para apostar.

—Estás seguro que salía de la dote.

—Es lógico. Quiero que Tricia le eche un vistazo, que lo analice, y quiero oír lo que sea sobre James Fitzgerald. Todo cuadra, Abra. Está en las paredes, la piedra, el cristal, el tejado. Roger y Edwin dilapidaron el tesoro a su modo porque lo consideraban suyo.

—Sí. —Abra asintió con la cabeza—. Unos hombres capaces de eliminar de sus vidas a una hija, a una hermana, lo considerarían suyo. Lo entiendo.

—Broome llegó a Whiskey Beach con él, y Whiskey Beach era de ellos. Le dieron cobijo y él deshonró a su hija, a su hermana, así que se quedaron con lo que él había robado y construyeron lo que querían.

—Cruel —murmuró Abra—. Fue cruel y no estuvo bien, pero… también es poético, ¿no? —Apoyó la cabeza en el hombro de Eli—. Y, en cierto modo, un final feliz. ¿A ti qué te parece?

—Puede que gran parte de la construcción esté manchada de sangre y traición. No se puede cambiar la historia, así que no queda más remedio que aceptarlo. La casa sobrevivió. Igual que la familia.

—Es una buena casa. Es una buena familia. Creo que ambas hicieron más que sobrevivir a la historia.

—Fue cruel y no estuvo bien —repitió Eli—, y lo lamento. El asesinato de Lindsay fue cruel y no estuvo bien. Lo único que puedo hacer al respecto es averiguar la verdad. Tal vez eso sea la justicia.

—Por eso te quiero —dijo Abra, en voz baja—. Por eso mismo. Es demasiado temprano para llamar a Tricia y no creo que ninguno de los dos vaya a dormir más. Voy a preparar unos huevos.

—Por eso te quiero.

Riendo, se volvió hacia Abra y la atrajo hacia él. Y al pasear la mirada por encima de su cabeza, se quedó quieto.

Vio, a lo lejos, el brillo trémulo de una lucecita.

—Espera. —Se acercó rápidamente al telescopio y echó un vistazo. A continuación, se incorporó y se volvió hacia Abra—. Ha vuelto.

Sin soltarle el brazo, Abra también echó un vistazo.

—He esperado este momento durante mucho tiempo, para acabar con esto de una vez por todas, pero ahora que… —Se quedó pensativo unos instantes, analizando la situación—. Pienso lo mismo que antes. Venga, hagamos algo. —Lanzó una sonrisa fría y fiera en dirección a la otra casa—. Rompamos unos huevos.

Mientras Abra lo hacía literalmente y él preparaba el café, Eli pensó sorprendido que podría tratarse de cualquier mañana, aunque esa hubiera empezado incluso antes del amanecer. Dos enamorados preparando el desayuno era algo nuevo, fresco y vigorizante.

Solo había que eliminar el asesino de la ecuación.

—Podríamos llamar a Corbett —dijo Abra, enjuagando unas bayas en el fregadero— para que finalmente converse con Suskind.

—Sí, podríamos.

—Pero con eso no conseguiríamos mucho. Una charla con un hombre que vi en un bar.

—Un hombre que estaba liado con Lindsay y compró una propiedad en Whiskey Beach.

—Detalles que Landon el abogado me dice que no se sostendrían en un juicio.

Eli se la quedó mirando y dejó el café que le había preparado en la encimera.

—Es un paso.

—Uno pequeñito en un recorrido muy lento, y que además conduce a que Suskind sepa que lo sabes. ¿Eso no lo pone sobre aviso?

—Es un paso que puede espantarlo, incluso podría animarlo a irse de Whiskey Beach. No existe amenaza mientras siga abierta la investigación sobre la muerte de Duncan y nosotros tengamos que contrastar la información concerniente a la dote, Edwin Landon, James Fitzgerald, etcétera.

—«Contrastar la información concerniente» roza la jerga legalista.

—Los chistes sobre abogados no me molestaban ni cuando ejercía.

Abra puso un poco de mantequilla en una sartén caliente y sonrió a Eli mientras esta chisporroteaba.

—Una línea muy delgada separa la verdad de la burla. En cualquier caso, hacer algo es más productivo que hacer chistes. Eli, tenemos la oportunidad de demostrar que es él quien ha estado entrando en Bluff House. Demuéstralo y no solo conseguirás colgarlo por la caída de Hester, que ya es muy grave para nosotros, sino que además incide en su asociación con Duncan. Relaciónalos y de ahí a incriminarlo por asesinato no hay nada.

—Demasiados cabos sueltos por esa vía.

Abra vertió los huevos batidos en la sartén.

—Han estado acosándote un año entero por la muerte de Lindsay con menos causa, sin pruebas. Lo que digo es que le echemos una mano al karma y dejemos que el hombre que tuvo algo que ver en ello experimente, como mínimo, lo mismo.

—En este caso, ¿karma es sinónimo de venganza?

—Llámalo como quieras. —Sirvió los huevos en los platos, un poco de fruta y las rebanadas de pan integral que había tostado—. ¿Por qué no desayunamos en la sala de estar? Así veremos salir el sol.

—Antes de eso, ¿es sexista decir que me encanta verte preparar el desayuno, sobre todo con esa bata?

—Sería sexista si dieras por hecho que debe ser así o lo exigieras. —Despacio, se pasó una mano por el costado de la bata—. Que sepas apreciarlo solo demuestra que tienes buen gusto.

—Es lo que pensaba.

Se llevaron los platos y el café a la sala de estar y se sentaron delante del amplio y curvo ventanal. Abra recogió un poco de huevos revueltos con el tenedor.

—Continuando con lo de antes —añadió—, sería sexista que creyeras que debes apartarme y ponerme a salvo antes de seguir adelante con tu plan de atraer a Suskind a la casa.

—No he dicho nada de eso.

—Una mujer enamorada es capaz de leer la mente.

Increíble. Eli esperaba que no fuera cierto para poder sentirse tranquilo, pero Abra ya le había demostrado demasiadas veces que tenía ese don.

—Si intentáramos atraerlo y funcionara, no sería necesario que estuviéramos los dos aquí.

—Bien. ¿Dónde estarás tú mientras yo lo grabo en vídeo desde el pasadizo? —Con expresión plácida, Abra se llevó una baya a la boca—. Es posible que necesite ponerme en contacto contigo cuando haya acabado.

—Hacerse la listilla antes del amanecer es un poco molesto.

—Lo mismo que intentar proteger a una pobrecita. De pobrecita no tengo nada, y creo que ya he demostrado que sé cuidar de mí misma.

—No sabía que te quería cuando empecé a planear la emboscada. No me había abierto, no podía, a todo lo que siento por ti. Y eso lo cambia todo. —Puso una mano sobre la suya—. Todo. Quiero respuestas. Quiero la verdad sobre lo que le ocurrió a Lindsay, a mi abuela y sobre todo lo que ha ocurrido desde que he vuelto a Whiskey Beach. Quiero respuestas sobre lo que ocurrió hace doscientos años. Pero lo olvidaría todo, absolutamente todo, si creyera que encontrar esas respuestas podría hacerte daño.

—Sé que lo dices en serio y eso… —Giró la mano para entrelazar los dedos—. Me hace sentir plena. Pero yo también necesito respuestas, Eli. Por nosotros. Así que confiemos en que cada uno sabrá cuidar de sí mismo y encontrémoslas juntos.

—Si te quedaras en casa de Maureen, podría hacerte una señal cuando viniera, si es que viene. Luego tú podrías llamar a la policía. Llegarían cuando él aún estuviera dentro y lo cogerían con las manos en la masa.

—Y si estoy contigo, puedo llamar a la policía desde aquí mismo mientras tú utilizas tu famosa cámara de vídeo.

—Tú solo quieres jugar en el pasadizo secreto.

—Bueno, ¿y quién no? Te hizo daño, Eli. Le hizo daño a mi

amiga. Podría habérmelo hecho a mí. No voy a quedarme de brazos cruzados en casa de Maureen. O juntos o nada.

—Eso suena a ultimátum.

—Porque lo es. —Se encogió de hombros y los relajó con suma naturalidad—. Podemos discutir. Tú puedes ponerte hecho un basilisco y yo puedo acabar ofendida, pero no le veo el sentido, sobre todo en una mañana tan espléndida como esta, en la que estamos enamorados. Eli, tal como lo veo, yo te cubro las espaldas. Y sé que tú cubres las mías.

¿Qué narices podía argumentarle?

—Podría salir mal.

—El pensamiento negativo no es productivo. Además, tal como han ido las cosas hasta ahora, todo apunta a que saldrá bien. Eli, podría ser el final de esta situación, o como mínimo él podría acabar detenido y acusado de allanamiento de morada, tal vez de destrucción de la propiedad, esta misma noche. Y lo interrogarían sobre el resto. —Abra se inclinó hacia delante—. Cuando eso ocurra, Wolfe por fin sabrá a qué sabe su orgullo, porque tendrá que tragárselo.

—Tenías ese as guardado en la manga —dijo Eli.

—Ha llegado la hora del karma.

—De acuerdo. Pero vamos a pensarlo muy bien, tendremos en cuenta todas las contingencias posibles.

Abra sirvió una segunda taza de café para ambos.

—Planeemos una estrategia.

Mientras hablaban, el sol asomó en el horizonte y salpicó de dorado el oscuro mar nocturno.

Un día cualquiera, pensó Eli cuando Abra salió corriendo a su clase matutina. O eso le parecería a quien estuviera vigilando sus movimientos, las idas y venidas de Bluff House.

Sacó a pasear a la perra y corrió tranquilamente por la playa, a plena vista de Sandcastle. Tanto para complacer a Barbie como para completar la escena, se dedicó a lanzar la pelota al agua y dejó que la perra entrara chapoteando y volviera a salir nadando.

De vuelta en casa, Barbie se estiró en la terraza soleada y Eli entró para llamar a su hermana.

—Frenopático de los Boydon, ¿cómo estás, Eli?

—Bastante bien. —Sostuvo el teléfono a unos centímetros de la oreja cuando unos chillidos estridentes amenazaron con perforarle el tímpano—. ¿Qué narices es eso?

—Selina se opone rotundamente a estar castigada. —Tricia también alzó la voz y Eli apartó el auricular un poco más—. Y cuanto más grite y peor se porte Selina, más tiempo estará castigada.

—¿Qué ha hecho?

—Decidió que no quería fresas para desayunar.

—Ah, bueno, no parece...

—Así que me las tiró a la cara, razón por la que está castigada. Tengo que cambiarme de camisa, y eso significa que ella llegará tarde a la guardería y yo al trabajo.

—Vale, es un mal momento. Te llamaré más tarde.

—Vamos a llegar tarde de todas maneras y yo tengo que serenarme para no ponerle una mascarilla facial de fresa a mi amado retoño. ¿Qué hay?

—He desenterrado unos viejos libros mayores de la casa y libros de contabilidad empresarial. Viejos de verdad, se remontan a finales del siglo XVIII y principios del XIX. He estado repasándolos con bastante atención, y he llegado a algunas conclusiones interesantes.

—¿Cómo cuáles?

—Esperaba que pudieras echarles un vistazo en algún momento y ver si tus conclusiones coinciden con las mías.

—¿No vas a darme ni una pista?

Vaya si le gustaría, pero...

—No quiero condicionarte. Tal vez me haya precipitado.

—Ahora me pica la curiosidad. Me encantaría entretenerme con esos documentos.

—¿Qué te parece si te escaneo unas páginas, solo para tener algo por donde empezar? Podría pasar a verte tal vez al final de la semana y llevarte los libros mayores.

—Podrías. O quizá Max, la actualmente castigada Sellie y yo podríamos aparecer por ahí el viernes en la tarde y pasar un fin de semana en la playa. Así podría ver los libros con tranquilidad.

—Incluso mejor. Pero no habrá fresas si este es el resultado.

—Por lo general, le encantan, pero las niñas son muy temperamentales. Tengo que ir a quitarle las cadenas, que se nos hace tarde. Envíame lo que puedas y le echaré un vistazo.

—Gracias. Y… buena suerte.

Siguiendo su horario matinal, subió a buscar el portátil. Lo sacó a la terraza, a la vista de Sandcastle, con su fiel Mountain Dew en la mesa, y repasó el correo electrónico.

Primero abrió uno de Sherrilyn Burke y empezó a leer el informe actualizado sobre Justin Suskind.

Eli comprobó que el tipo no había pasado demasiado tiempo en el trabajo desde el último informe. Un día por aquí y otro por allá, unas cuantas visitas fuera de la oficina. La más interesante de estas, en opinión de Eli, había sido en un bufete de abogados donde se había reunido con un especialista en propiedades inmobiliarias. Y había salido con cajas destempladas, obviamente furioso.

—No te dieron las respuestas que querías —se solidarizó Eli—. Sé cómo te sientes.

A través del informe, siguió a Suskind cuando fue a recoger a sus hijos al colegio, los llevó al parque, a cenar y luego de vuelta a casa. La breve visita a su mujer no había ido mejor que la reunión con el abogado, ya que había salido de evidente mal humor y se había alejado de allí a toda velocidad.

La noche anterior, había abandonado su apartamento a las diez y cuarto con una maleta, un maletín y una caja de almacenaje. Había salido de Boston en dirección norte y se había detenido en un supermercado abierto toda la noche para comprar medio kilo de ternera picada.

Había realizado una segunda parada una hora después, tras salir de la autopista, para dirigirse a otro supermercado abierto las veinticuatro horas, donde había comprado una caja de veneno para ratas.

Ternera picada. Veneno.

No necesitó seguir leyendo, Eli se levantó de un brinco.

—¡Barbie!

Tuvo un momento de auténtico pánico al no verla en la terraza. Apenas echó a correr, Barbie, que estaba sentada en lo alto de los escalones que llevaban a la playa, se puso en pie. La perra meneó la cola alegremente y se acercó con un trote ligero y despreocupado.

Eli cayó de rodillas y la envolvió en sus brazos. Comprendió que, a veces, uno se enamoraba de un día para el otro, pero eso no hacía que el sentimiento fuera menos intenso.

—Cabrón. El muy cabrón. —Enderezándose, Eli aceptó los lametones de adoración—. No va a hacerte daño. No voy a dejar que te haga daño. Tú no te apartes de mí.

Hizo que lo acompañara hasta la mesa.

—Quédate aquí conmigo.

En respuesta, Barbie apoyó la cabeza en su regazo y suspiró de satisfacción.

Eli leyó el resto del informe y, a continuación, le envió un mensaje a Sherrilyn, que empezaba de la siguiente manera:

El hijo de puta planea envenenar a mi perra. Si estás en Whiskey Beach, no vengas aquí. No quiero que se pregunte quién eres. Se acabó lo de esperar a que ese tipo dé el siguiente paso.

De manera sucinta, la puso al corriente de lo que había revelado su investigación, y le explicó por encima lo que había hecho y lo que planeaba hacer.

Lo que planeaba, no lo que deseaba hacer en ese mismo instante: ir a por Suskind y molerlo a palos.

Con el ánimo aún caldeado, Eli se llevó el trabajo y la perra adentro.

—Se acabó lo de ir por ahí tú sola hasta que ese hijo de puta no esté entre rejas.

Sacó el teléfono cuando empezó a sonar y no le sorprendió ver el nombre de Sherrilyn en la pantallita.

—¿Diga?

—Eli, soy Sherrilyn. Hablemos de esa idea que tienes.

Eli oyó el tácito «idea estúpida» y se encogió de hombros.

—De acuerdo. Hablemos.

Deambuló por la casa mientras charlaban porque le servía para recordar por qué luchaba. Porque para él había acabado convirtiéndose en una batalla, aunque se le negara la satisfacción de un enfrentamiento físico.

Subió a la tercera planta y se acercó hasta el cristal curvado del hastial donde algún día se imaginaba escribiendo, cuando la batalla hubiera acabado y la hubiera ganado, cuando pudiera garantizar la seguridad de todos los que quería y hubiera recuperado su autoestima.

—Tienes razón en algunas cosas —le concedió, al final.

—Pero no piensas tenerlas en cuenta.

—Las he tenido en cuenta, y no te equivocas. El caso es que, si me mantengo al margen y dejo que la policía se encargue de todo, incluso tú, vuelvo a estar donde me encontraba hace un año. Cruzándome de brazos a la espera de que ocurra lo que tenga que ocurrir, dejando que la situación dirija mis pasos en vez de ser yo quien controle las cosas. No puedo volver a eso. Necesito hacerlo por mí, por mi familia. Además, quiero que él lo sepa. Lo necesito cuando pienso en Lindsay, en mi abuela, en esta casa.

—No creíste en el testimonio de su mujer.

—No.

—¿Qué se me pasó por alto?

Eli bajó la mano hasta la cabeza de Barbie cuando esta se apoyó en él.

—Dijiste que tenías hijos. Que estás casada.

—Así es.

—¿Cuántas veces?

Sherrilyn se echó a reír.

—Solo una. Ha salido bastante bien.

—Podría ser por eso, quizá no has conocido el lado oscuro. Puede que me equivoque y que mi experiencia influya en el modo de ver las cosas, pero no lo creo. La única manera de estar seguro es cerrándole el paso a Suskind. Y eso es lo que voy a hacer aquí, en mi terreno. En mi casa.

Sherrilyn dejó escapar un suspiro.

—Puedo ayudarte.

—Sí, creo que sí.

Cuando hubo terminado de hablar con ella, en cierto sentido se sentía más aliviado.

—¿Sabes qué? —le dijo a Barbie—. Voy a trabajar un par de horas, a recordarme lo que supuestamente hago en la vida. Puedes venirte conmigo.

Eli dejó el pasado, y lo que pudiera arrastrar con él, y bajó a rodearse del presente.

29

Abra entró en el supermercado con la lista en la mano. Había terminado varias clases seguidas, un masaje deportivo a un cliente que se preparaba para una carrera de cinco kilómetros y, finalmente, una limpieza de última hora en una casa alquilada. En ese momento, lo único que quería era coger lo que necesitaba y volver junto a Eli.

En realidad, pensó, eso era lo que le gustaría hacer el resto de su vida. Volver junto a Eli.

Aunque esa noche podía ser el punto de inflexión para él. Para ellos. ¿Por qué no? El punto en el que podrían dejar las preguntas y el dolor del pasado en el pasado y empezar a trabajar en el mañana.

Daba igual lo que ese mañana trajera, sería feliz porque Eli había traído el amor de vuelta a su vida. Un amor capaz de aceptar, comprender y, lo que era mejor, disfrutar de lo que era ella.

¿Podía existir algo más mágico y maravilloso que eso?

Se imaginó levantando la pequeña maleta que seguía arrastrando y lanzándola al mar.

Hecho y olvidado.

Aunque no era el momento de ponerse a soñar, se dijo. Era el momento de pasar a la acción. De reparar un daño. Y si había algo de aventura de por medio, muchísimo mejor.

Alargó la mano para coger su limpiador de encimeras preferido (biodegradable; la marca no experimentaba con animales), lo dejó caer en la cesta y se volvió.

Y se topó de frente con Justin Suskind.

No consiguió reprimir un grito ahogado, aunque rápidamente intentó convertirlo en una disculpa atropellada, al tiempo que el corazón daba patadas como una mula enloquecida.

—Discúlpeme. Iba despistada.

Rezando para no echarse a temblar, intentó esbozar una sonrisa relajada, que sintió vacilar en las comisuras de los labios.

Se había cortado el pelo, muy corto, y se lo había teñido de rubio con mechas doradas. Salvo que se hubiera pasado las últimas dos semanas tumbado al sol, había utilizado un autobronceador.

Y estaba bastante segura de que se había depilado las cejas con cera.

El tipo la miró con dureza y echó a andar.

Llevada por un impulso, Abra se movió y tiró al suelo varios productos de la estantería al darles con el codo.

—¡Dios! Qué patosa que estoy hoy. —Se agachó para recoger los artículos que se le cayeron y le cortó el paso—. Estas cosas siempre pasan cuando más prisa tienes, ¿verdad? No hay manera de llegar a casa. Mi novio va a llevarme a cenar a Boston y ha reservado una suite en The Charles, y yo todavía ni siquiera he decidido lo que voy a ponerme.

Se levantó con los brazos llenos de productos de limpieza y le sonrió a modo de disculpa.

—Y sigo en su camino, disculpe.

Se apartó, empezó a colocar lo que había tirado y se resistió a mirarlo cuando oyó que se alejaba.

Ahora ya lo sabes, pensó. O crees que lo sabes. No desperdiciarás tu oportunidad más de lo que yo iba a desperdiciar la mía.

Terminó de comprar lo que tenía anotado en la lista, por si acaso él estaba vigilándola. Incluso se detuvo a charlar un momento con una de sus alumnas de yoga. Todo normal, se dijo.

Solo una parada rápida en el supermercado antes de la gran noche en Boston.

Y como estaba al tanto, lo atisbó en el aparcamiento, sentado en un monovolumen deportivo oscuro, mientras ella metía las bolsas de la compra en el coche. Abra subió el volumen de la radio de manera deliberada, miró cómo llevaba el pelo, se puso un poco de brillo en los labios y luego arrancó para conducir hasta casa solo unos kilómetros por encima del límite de velocidad permitido.

Al doblar hacia Bluff House, vio por el retrovisor que Suskind pasaba de largo. Apenas aparcó, sacó la compra y corrió a casa.

—¡Eli! —Después de soltar las bolsas, subió las escaleras corriendo y se dirigió hacia el despacho.

Al oír el grito, Eli se había levantado y ya salía de la habitación, por lo que estuvieron a punto de chocar.

—¿Qué pasa? ¿Estás bien?

—Estoy bien, no pasa nada. Es que acabo de ganarme el premio a «piensa rápido y haz la actuación de tu vida». Me he dado de bruces con Suskind en el súper, literalmente.

—¿Te ha hecho daño?

De manera instintiva, Eli la cogió por los brazos y buscó cualquier hematoma.

—No, no. Él sabía quién era yo, pero me hice la tonta, o mejor dicho, fui muy lista. Tiré varias cosas de los estantes para que no pudiera pasar por mi lado, luego farfullé algo sobre lo patosa que era y que tenía prisa porque mi chico iba a llevarme a cenar a Boston y a echar un casquete en The Charles.

—¿Has hablado con él? Por Dios, Abra.

—No exactamente. El tipo no dijo ni una palabra, pero esperó a que pagara. Estaba sentado en su coche en el aparcamiento y luego me ha seguido hasta aquí. Eli, cree que vamos a pasar la noche fuera de casa. Es su gran oportunidad. No es necesario que recemos para que esté observándonos y nos vea salir. Ahora mismo está planeándolo todo. Nos ha venido como caído del cielo, Eli. Es esta noche. Ha llegado la hora.

—¿Te seguía? Me refiero a antes de que salieras de la tienda.

—Yo… No, no, no lo creo. Llevaba una cesta. Llevaba cosas en una cesta, y no creo que se hubiera acercado tanto si hubiera estado vigilándome. Ha sido el destino, Eli. Y el destino está de nuestra parte.

Él lo habría llamado casualidad, o puede que suerte, pero no pensaba discutir.

—He recibido un informe de Sherrilyn. Se detuvo en dos supermercados distintos, a varios kilómetros de distancia el uno del otro, de camino a Whiskey Beach.

—Puede que haya una verdulería que le guste en particular.

—No, es cuidadoso, no compra sus cosas personales en los mismos lugares en los que ha comprado medio kilo de ternera picada y una caja de raticida.

—¿Raticida? Nunca le he oído decir a nadie que haya ratas en… Oh, Dios. —Primero la asaltó la sorpresa, seguida de la furia—. Ese… ese hijo de puta. ¿Planea envenenar a Barbie? Esa miserable alimaña. Menos mal que no lo sabía o le habría plantado una patada en los huevos.

—Tranquila, leona. ¿A qué hora tenemos la reserva?

—¿La qué?

—Para cenar.

—Ah. No he sido tan específica.

Eli miró la hora.

—Vale, tendríamos que irnos sobre las seis. ¿Has hablado con Maureen?

—Sí, se quedarán con Barbie. Así que sigamos con el plan. Nos vamos de aquí con la perra, la dejamos en casa de Maureen, luego volvemos a pie por el sur y luego… Mierda.

Se llevó las manos a la cabeza y bailoteó un poco sin moverse del sitio.

—La cita para salir a cenar. He de llevar tacones para no dar el cante. Vale, vale, meteré unas zapatillas de deporte en el bolso y me cambiaré los zapatos para volver corriendo. Y no me mires así. El calzado es importante.

—Hay que volver a repasarlo y falta que te cuente qué es lo que va a hacer Sherrilyn.

—Entonces hagámoslo abajo. Tengo que guardar lo que he comprado en el supermercado antes del encuentro. Luego ya pensaré qué me pondré para nuestra falsa noche romántica, barra, emboscada.

Eli repasó el plan desde todos los ángulos posibles y a continuación lo repasó una vez más desde una perspectiva distinta. Se entretuvo en el pasadizo, luego detrás de las estanterías, verificando el alcance de la cámara de vídeo, probándola. Ahora solo les servía de apoyo, pensó.

Si las cosas salían mal, contaba con más refuerzos.

—Tienes dudas —dijo Abra, mientras miraba que no quedaran arrugas en el vestido que se había puesto encima de una camiseta de tirantes y unos pantalones cortos de yoga negros.

—Antes creía en el sistema, ciegamente. Yo era parte del sistema. Ahora estoy esquivándolo.

—No, estás siguiéndolo, pero de otra manera. Es una declaración de principios, Eli, después de que el sistema te fallara. Tienes derecho a defender tu hogar y a hacer todo lo que está en tus manos para limpiar tu nombre.

Se puso pendientes no solo para completar el atuendo, sino porque le daban más seguridad en sí misma.

—Incluso tienes derecho a divertirte haciéndolo.

—¿Tú crees?

—Sí, lo creo.

—Bien, porque estoy divirtiéndome. Y voy a seguir haciéndolo. Estás guapísima. Definitivamente te llevaré a cenar a Boston y a echar un casquete cuando esto se haya acabado.

—Me encantaría, pero tengo una idea mejor. Cuando esto se haya acabado, tienes que celebrar la primera de esas fiestas de las que hablabas. Necesitas darte un fiestón.

—Es mejor idea, pero necesitaré ayuda.

—Afortunadamente, no solo me encuentro disponible, sino dispuesta y capacitada para ayudarte en eso.

Eli le tomó la mano.

—Creo que hay muchas cosas de que hablar. Después.

—Tendremos un largo y feliz verano para hablar de todo, de lo que sea. Te lo aseguro. —Giró la muñeca para consultar su reloj—. Son las seis en punto.

—Entonces será mejor que nos pongamos en marcha.

Eli bajó las bolsas de viaje mientras Abra cogía las cosas de la perra. Ya en la planta baja, Eli llamó a Sherrilyn.

—Salimos ahora.

—¿Estás seguro de esto, Eli?

—Así es como quiero hacerlo. Te llamaré cuando volvamos a estar dentro.

—De acuerdo. Tomaré posición. Buena suerte.

Puso el móvil en modo vibración y se lo metió en el bolsillo.

—Allá vamos.

Abra usó dos dedos para alzar las comisuras de los labios de Eli.

—Cara feliz. Recuerda, sales a cenar, vas a un hotel con un pibón y todo indica que tendrás suerte varias veces.

—Teniendo en cuenta que vamos a pasar al menos parte de la noche en un pasadizo oscuro de un sótano oscuro y que después vendrá la policía, ¿todavía tendré suerte?

—Garantizado.

—¿Ves mi cara feliz?

Salieron de casa.

—¿Sabes lo que me encanta? —preguntó Abra, mientras abría la puerta trasera para que Barbie subiera y metía las bolsas de viaje—. Me encanta saber que ahora mismo está observándonos y pensando que él es el afortunado.

Eli cerró el maletero y la atrajo hacia él.

—Démosle un poco de espectáculo.

—Encantada. —Abra también lo abrazó y alzó la cara para besarlo con entusiasmo—. Trabajo en equipo —murmuró, con los labios rozando los de él—, así es como hacemos las cosas en Whiskey Beach.

Eli abrió la puerta del copiloto.

—Recuerda que, en cuanto lleguemos a casa de Maureen,

tenemos que movernos rápido. No sabemos cuánto tiempo esperará.

—Rápido es mi mejor velocidad.

Cuando aparcaron junto a la casa de Maureen, Eli cogió la bolsa en la que llevaba la ropa que iba a ponerse y el calzado de Abra.

Maureen ya había abierto la puerta principal antes de que ellos se acercaran.

—Escuchad una cosa, los dos. Mike y yo hemos estado hablando y…

—Demasiado tarde. —En cuanto hubo entrado, Abra se bajó la cremallera del vestido de un tirón. Mientras se contoneaba para quitárselo, Eli se desprendió de la chaqueta del traje y se aflojó la corbata.

—Si esperáramos, lo vigiláramos, luego llamáramos a la policía…

—Algo podría asustarlo —dijo Eli, de camino al cuarto de baño con unos vaqueros y una camiseta negra—. Podría irse antes de que llegaran.

—Lo que pasa es que Eli necesita tomar parte. —Abra se quitó los zapatos de tacones mientras él cerraba la puerta del lavabo—. Y tengo que ayudarlo. Ya lo hemos hablado muchas veces.

—Lo sé, pero si ese tipo realmente ha matado a alguien…

—Lo ha hecho. —Para hacerlo más sencillo, Abra se sentó en el suelo y se puso las zapatillas de deporte—. Es probable que haya matado a dos personas. Y esta noche vamos a tirar de la cadena del ancla para hundirlo.

—No sois justicieros —intervino Mike.

—Esta noche sí. —Abra se levantó de un salto al tiempo que Eli salía del baño—. Incluso vamos uniformados. ¿Dónde están los niños?

—Arriba, jugando. No saben nada de todo esto, y no queríamos que nos oyeran hablar con vosotros de algo de lo que no saben nada.

—Se lo pasarán bien con Barbie. —Abra besó primero a Maureen y luego a Mike—. Os llamaré en cuanto todo haya acabado. ¿Rápido? —dijo, dirigiéndose a Eli—. Por la parte de atrás.

—Tú primero. —Se demoró un instante—. No dejaré que le ocurra nada. Si creo que existe la más mínima posibilidad, lo suspenderé.

—No dejes que os pase nada a ninguno de los dos. —Saliendo apresurada tras ellos, Maureen los vio atravesar la parte trasera de su casa hasta llegar a la de Abra—. Mike. —Llevó el brazo hacia atrás, en busca de la mano de su marido—. ¿Qué deberíamos hacer?

—Llamar a los niños y sacar a pasear a la perra.

—¿A pasear?

—A la playa, cariño. Desde allí se ve Bluff House y podríamos echarle un ojo a la casa.

Maureen le apretó la mano.

—Bien pensado.

Eli abrió la puerta lateral de Bluff House y reprogramó la alarma rápidamente antes de volverse hacia Abra.

—¿Estás segura?

—Déjalo ya. —Dicho aquello, se dirigió al sótano—. No son ni las seis y diez. Hemos ido rápido.

En cuanto la puerta se cerró detrás de ellos, Eli encendió la linterna para alumbrar la escalera y el pasadizo. Podía ser cuestión de minutos, pensó, o de horas. Pero le daba igual.

—Es probable que espere al anochecer, puede que incluso hasta bien entrada la noche, imaginando que tiene todo el tiempo del mundo.

—Lo que haga falta.

Pasaron de lado por detrás de las estanterías y entraron en el pasadizo.

Por el momento utilizarían la luz del techo. Abra tomó posición en los escalones para echar un vistazo al monitor del portátil y la cámara oculta que habían instalado en la tercera planta. Eli comprobó la cámara de vídeo una vez más mientras llamaba a Sherrilyn.

—Estamos en el pasadizo.

—Suskind todavía no se ha movido. Te avisaré en cuanto lo haga, si es que lo hace.

—Lo hará.

—Pensamiento positivo —aprobó Abra cuando Eli guardó el teléfono.

—No cabe ninguna duda de que no ha vuelto para hacer surf o para tomar el sol. Este es su objetivo, esta es su oportunidad de volver a intentarlo. En cuanto salga de Sandcastle, luces fuera.

—Y silencio absoluto, como en un submarino. Ya lo sé, Eli. Si sube a la tercera planta, la cámara oculta lo grabará. Si baja aquí, y es lo más probable, lo haremos nosotros. El sol se pondrá en menos de dos horas, si es que espera tanto. Seguramente todavía tenemos un rato para entretenernos.

Pero en ese momento estaban encerrados, ni siquiera disponían de espacio suficiente para aliviar la tensión dando un paseo.

—Tendríamos que habernos traído una baraja —comentó Eli—. Pero ya que no lo hemos hecho, ¿por qué no me cuentas cómo sería tu estudio de yoga si tuvieras uno?

—Oh, ¿esperanzas y sueños? Puedo pasarme años hablando de eso.

Pasó menos de una hora antes de que Abra se detuviera y ladeara la cabeza.

—¿Eso es el teléfono? ¿El de la casa?

—Sí. Podría ser cualquiera.

—O podría ser él, asegurándose de que no hay nadie. —Negó con la cabeza cuando cesó el sonido—. Desde aquí no podemos saber si el que ha llamado ha dejado un mensaje.

Instantes después, el teléfono vibró en el bolsillo de Eli.

—Se ha puesto en marcha —dijo Sherrilyn—. Lleva una bolsa de deporte enorme. Irá en su coche. Espera, no cuelgues, déjame ver qué hace.

Eli repitió en un susurro lo que había dicho Sherrilyn y, al mirar a Abra a los ojos, los vio iluminados por la emoción.

No tenía miedo, pensó Eli. Ni una pizca.

—Ha dejado el coche en la entrada de una casa de alquiler, a unos doscientos metros de Bluff House. Ha salido y se dirige a pie hacia vosotros.

—Estamos preparados. Dale esos quince minutos después de que haya entrado antes de hacer la llamada.

—No te preocupes. Tenías razón en esto, Eli. Espero que también la tengas en lo demás. Estaré vigilando.

Eli apagó el teléfono y lo guardó.

—Tú te quedas aquí, como hemos acordado.

—De acuerdo, pero...

—Sin peros. No tenemos tiempo para cambiar el plan. Quédate aquí, no hagas ruido y apaga la luz.

Se detuvo un momento para inclinarse y besarla.

—Recuerda que te cubro las espaldas.

—Cuento con ello.

Y con que se quedara allí, a salvo.

Eli salió del pasadizo y cerró el panel detrás de él. Se quedó detrás de las estanterías, esperando que sus ojos se acostumbraran a la oscuridad.

Podría haber puesto la cámara a grabar y volver dentro con Abra, pero necesitaba ver, oír, formar parte directa de todo aquello y estar allí mismo para hacer cualquier cambio en caso de ser necesario.

No oyó la puerta trasera. No sabía si había oído pasos o eran imaginaciones suyas. Pero sí oyó el crujido de la puerta del sótano y las pisadas contundentes en los estrechos escalones.

Hora de salir a escena, pensó, y encendió la cámara.

El tipo bajaba despacio, guiándose con la linterna. Eli vio que el amplio haz barría el sótano, desde el cuarto del generador hasta el extremo contrario. A continuación, iluminó la parte más antigua. El hombre que sujetaba la linterna no era más que una sombra mientras la luz alumbraba las paredes, el suelo y, finalmente, las estanterías.

En los segundos que el haz tardó en recorrer los estantes, la pared, Eli sintió que el pulso se le aceleraba. Se preparó, dispuesto, tal vez ansioso, a seguir adelante, a luchar.

Pero la luz pasó de largo.

A salvo, pensó Eli, cuando la lámpara portátil continuó su camino. Vio a Suskind con claridad por primera vez.

Iba vestido de negro, igual que él, y llevaba el pelo muy corto y con mechas rubias. Una nueva imagen, concluyó Eli, otra manera de mezclarse con los turistas.

Miró por el visor de la cámara y la ajustó con sumo cuidado al tiempo que Suskind cogía el pico. Aquellos primeros golpes duros y sordos del hierro contra el suelo fueron como música para los oídos de Eli.

Estás perdido, pensó. Te tenemos.

Tuvo que ponerle freno a esa parte de él que deseaba salir de su escondite y enfrentarse a Suskind. Todavía no, se dijo. Faltaba muy poco.

Oyó las sirenas porque esperaba oírlas, pues los gruesos muros las atenuaban. Comprobó que Suskind continuaba picando y cavando el suelo, observó que las gotas de sudor producto del esfuerzo le rodaban por la cara a pesar del aire frío.

Las sirenas enmudecieron y Eli empezó la cuenta atrás. A los pocos minutos vio que Suskind se quedaba helado cuando empezaron a oírse las pisadas en la planta de arriba.

Suskind cogió el pico como si se tratara de un arma y alargó la mano muy lentamente, volviendo la vista a un lado y al otro, para apagar la lámpara portátil.

Eli le dio diez segundos en la oscuridad y luego lo localizó allí donde escuchaba una respiración entrecortada. Lo apuntó con su linterna y la encendió al tiempo que salía de detrás de las estanterías.

Suskind levantó un brazo de inmediato para protegerse del resplandor.

—Será mejor que sueltes el pico y vuelvas a encender la luz.

Suskind entrecerró los ojos y agarró el mango con ambas manos. Eli esperó cuando vio que Suskind empezaba a moverse.

—Inténtalo y disparo. Estoy apuntándote en pleno pecho con la Colt 45, la Peacemaker, de la colección de armas del tercer piso. Puede que no la conozcas, pero está cargada y todavía funciona.

—Es un farol.

—Ponme a prueba, por favor. Y hazlo antes de que baje la policía. Tengo una deuda de sangre contigo por mi abuela y cobrarla me haría feliz.

Unos pasos retumbaron en la escalera; los dedos de Suskind se volvieron blancos sobre el mango del pico.

—¡Tengo derecho! Esta casa es tan mía como tuya. Igual que todo lo que contiene. La dote es mía.

—¿Eso crees? —dijo Eli, tranquilo, y luego gritó—: ¡Aquí detrás! Enciendan las luces. Suskind empuña un pico de manera amenazadora.

—Tendría que haberte matado —masculló Suskind, entre dientes—. Tendría que haberte matado después de que asesinaras a Lindsay.

—Eres idiota. Aunque, en realidad, ese es el menor de tus problemas.

Eli retrocedió unos milímetros cuando el primer haz de luz inundó el rincón más alejado de aquella parte del sótano, y volvió la vista tan solo un poco para encontrarse con la mirada de Abra.

La había oído salir del pasadizo, exponiéndose.

Corbett, Vinnie y otro ayudante uniformado entraron y se desplegaron en abanico, con las armas desenfundadas.

—Tire el pico —ordenó Corbett—. Tírelo ahora. No tiene escapatoria, Suskind.

—¡Tengo todo el derecho a estar aquí!

—Tírelo. Ponga las manos en alto, ¡ahora!

—¡Tengo todo el derecho! —Suskind arrojó el pico a un lado—. Él es el ladrón. Él es el asesino.

—Solo una cosa —dijo Eli, con toda tranquilidad, adelantándose e interponiéndose entre la policía y Suskind.

—Quiero que retroceda, señor Landon —ordenó Corbett.

—Sí, lo sé.

Pero primero… Esperó a que Suskind lo mirara a los ojos, hasta que estuvo seguro de tener toda su atención. Y luego le asestó un puñetazo en la cara impulsado por toda la rabia, todo el dolor y toda la amargura del último año.

Cuando Suskind chocó contra la pared, Eli retrocedió y levantó los brazos para mostrar que había acabado.

—Tenía una deuda de sangre contigo —dijo, bajando una mano para enseñarle los nudillos manchados.

—Pagarás por esto. Pagarás por todo.

Cuando Suskind se llevó el brazo a la espalda, Eli simplemente actuó sin pensarlo. El segundo puñetazo tumbó a Suskind, y la pistola que llevaba cayó al suelo con estrépito.

—No pienso pagar nada más.

—Las manos donde pueda verlas —le espetó Corbett cuando Suskind se movió—. ¡Ponga las manos arriba ya! Quédese atrás, señor Landon —le avisó, usando el pie para alejar la pistola de una patada. Le hizo un gesto a Vinnie con la cabeza—. Ayudante.

—Sí, señor. —Vinnie levantó a Suskind del suelo y lo puso de cara a la pared para comprobar si llevaba más armas. Retiró la pistolera que Suskind llevaba afianzada en los riñones y se la pasó al otro ayudante—. Queda detenido por allanamiento de morada y violación y destrucción de la propiedad privada —recitó, mientras lo esposaba—. En los cargos adicionales figuran dos acusaciones por agresión. Parece que a eso tenemos que añadir ocultación de arma peligrosa e intención de daño.

—Léale sus derechos —ordenó Corbett—. Lléveselo.

—Te has salido con la tuya. —Vinnie levantó el pulgar en dirección a Eli de manera sutil antes de que el otro ayudante y él cogieran a Suskind por los brazos y lo sacaran de allí.

Corbett enfundó su arma.

—Eso que ha hecho ha sido una tontería. Ese hombre podría haberle disparado.

—Pero no ha sido así. —Una vez más, Eli se miró la mano manchada de sangre—. Me lo debía.

—Sí, supongo que sí. Ha montado una encerrona. Le ha montado una encerrona.

—Ah, ¿sí?

—He recibido una llamada de su detective diciéndome que

acababa de ver cómo Justin Suskind entraba en Bluff House y que creía que iba armado. Sí que le preocupa su seguridad.

—Me parece razonable y responsable, sobre todo teniendo en cuenta que Suskind allanó la casa e iba armado.

—¿Y resulta que ustedes dos estaban aquí abajo por casualidad, justo en el sótano?

—Estábamos… explorando los pasadizos. —Abra enlazó su brazo con el de Eli y adoptó una sonrisa traviesa—. Ya sabe, jugando a piratas y mujerzuelas. Oímos unos ruidos. Yo no quería que Eli saliera, pero él creyó que tenía que hacerlo. Iba a subir a llamar a la policía, pero entonces les oímos llegar.

—Mira qué bien. ¿Dónde está el perro?

—Pasando la noche en casa de unos amigos —contestó Eli, sin inmutarse.

—Encerrona. —Corbett negó con la cabeza—. Podría haber confiado en mí.

—Lo hice. Lo hago. Por el bien de mi casa, mi abuela, mi vida, mi mujer. Confío en usted, y por eso me gustaría contarle una historia antes de que interrogue a Suskind. Parte de esa historia está relacionada con sucesos bastante recientes. Sé quién asesinó a Lindsay, o estoy muy cerca de saberlo.

—Le escucho.

—Le contaré todo, pero quiero ver el interrogatorio. Quiero estar allí.

—Cuando se posee información o pruebas con respecto a un homicidio, no hay tratos.

—Tengo una historia y una teoría. Creo que le gustarán las dos. Creo que le interesarán incluso al inspector Wolfe. Es un buen trato para ambos.

—Puede venir conmigo, hablaremos de ello.

—Iremos nosotros por nuestra cuenta.

Corbett lanzó un suspiro entre dientes.

—Dígale a su detective que también debe estar presente.

—No hay problema.

—Encerrona —repitió Corbett por lo bajo, y regresó junto a la escalera.

—No te has quedado adentro —dijo Eli, dirigiéndose a Abra.

—Por favor, si creías que iba a hacerlo, puede que me quieras, pero no me conoces.

Eli le dio un pequeño tirón de pelo.

—En realidad, la cosa ha ido más o menos como lo había imaginado.

—Déjame ver esa mano. —La levantó y le besó los nudillos magullados, con delicadeza—. Debe de doler.

—Sí, duele. —Se rió un poco y torció ligeramente el gesto al flexionar los dedos—. Pero es de esos dolores gratificantes.

—Estoy completamente en contra de la violencia, salvo cuando se emplea en defensa propia o para defender a otros. Pero tenías razón. Te lo debía. —Volvió a besarle la mano—. Y, lo confieso, me ha gustado ver cómo golpeabas a ese cabrón.

—Eso no suena demasiado pacifista.

—Lo sé. Tendría que darme vergüenza. Ahora que estamos solos, me gustaría mencionar algo: tenías una pistola. Eso no formaba parte del plan que habíamos acordado.

—Ha sido una especie de enmienda.

—¿Dónde está? He apagado la cámara —añadió— en cuanto ha entrado la policía.

Sin decir nada, Eli dio unos pasos y recuperó la pistola que había dejado en el estante.

—Porque creo que sí te conozco y supuse que no ibas a quedarte ahí dentro. No pensaba correr ningún riesgo. Contigo no.

—Un pistolón de vaquero —dijo Abra—. ¿Lo habrías usado?

Eli se había hecho la misma pregunta cuando lo había sacado de la vitrina, mientras lo cargaba. La miró y pensó en lo que Abra era, en lo que significaba para él.

—Sí. Si hubiera tenido que hacerlo, si hubiera creído que podía librarse de mí e ir a por ti. Pero, como ya he dicho, ha salido como había imaginado.

—Te crees muy listo, ¿eh?

—Salvo por un período de tiempo relativamente corto en que estuve fuera de juego, siempre he sido listo.

Le pasó un brazo por encima, la atrajo hacia él y acercó los labios a su coronilla.

Te tengo a ti, ¿no?, pensó. Eso me convierte en un tipo bastante listo.

—Tengo que llamar a Sherrilyn para que se encuentre con nosotros en la comisaría. Y tengo que colocar esto en su sitio.

—Entonces iré a por la cámara y llamaré a Maureen para decirles que todo está bien. Trabajo en equipo.

—Me gusta como suena.

Corbett se sentó frente a Suskind y lo miró larga y detenidamente. Todavía no había pedido un abogado, cosa que Corbett consideraba una estupidez. Sin embargo, las estupideces solían facilitarle el trabajo, así que no pensaba quejarse. Tenía a Vinnie de pie, junto a la puerta. Le gustaba el ritmo del ayudante, y tenía la sensación de que iría bien tenerlo en la habitación.

Se concentró en Suskind, en los tics nerviosos (el modo en que abría y cerraba los dedos sobre la mesa, el espasmo de un músculo de la mandíbula), en la barbilla magullada e hinchada. Y en la fina y testaruda línea que formaban sus labios, uno de los cuales lo tenía partido.

Nervioso, sí, decidió Corbett, pero completamente atrincherado en el convencimiento de que estaba en su legítimo derecho.

—Bueno… Hay un agujero bastante grande en el sótano de Bluff House —empezó Corbett—. Mucho trabajo, mucho tiempo invertido. ¿Tuvo alguna ayuda?

Suskind se lo quedó mirando, sin decir nada.

—Supongo que no. Tengo la sensación de que se trataba de una tarea personal, de una misión, no de algo que compartir. Su… Usted dijo «su derecho», ¿no es así?

—Estoy en mi derecho.

Corbett negó con la cabeza y se recostó en la silla.

—Tendrá que explicarme eso. Lo único que veo es al amante de la mujer de Landon allanando la casa de este para cavar un agujero enorme en el sótano.

—Esa casa es tan mía como suya.

—¿Y cómo es eso?

—Soy descendiente directo de Violeta Landon.

—Disculpe, no estoy demasiado familiarizado con el árbol genealógico de la familia Landon. —Miró a Vinnie un instante—. ¿Está usted mejor informado, ayudante?

—Claro. Es la mujer que supuestamente rescató al marinero que sobrevivió al naufragio del *Calypso*. Lo cuidó hasta que recuperó las fuerzas. Algunas versiones dicen que se liaron y que los pescaron.

—No era un marinero, sino el capitán. El capitán Nathanial Broome. —Suskind dio unos golpecitos en la mesa con el puño—. Y no solo sobrevivió, sobrevivió con la dote de Esmeralda.

—Bueno, hay un montón de teorías e historias sobre ello —empezó a decir Vinnie.

Esta vez Suskind aporreó la mesa.

—Yo sé la verdad. Edwin Landon mató a Nathanial Broome porque quería la dote, luego echó a su propia hermana de la casa y convenció a su padre para que la repudiara. Estaba embarazada del hijo de Broome.

—Parece que la pobre no tuvo mucha suerte —comentó Corbett—. Pero eso ocurrió hace mucho tiempo.

—¡Estaba embarazada del hijo de Broome! —repitió Suskind—. Cuando ella agonizaba y estaba sumida en la pobreza, ese hijo, que ya era un hombre adulto, le suplicó a Landon que ayudara a su hermana, que la dejara volver a casa, pero él no hizo nada. Así son los Landon, y tengo todo el derecho a recuperar lo que es mío, lo que era de ella, lo que era de Broome.

—¿Cómo ha averiguado todo eso? —preguntó Vinnie, con naturalidad—. Hay un montón de historias sobre el tesoro.

—No son más que historias, lo mío son hechos. He tardado cerca de dos años en encajar las piezas, una a una. Me costó mucho encontrar las cartas escritas por James Fitzgerald, el hijo que Violeta Landon tuvo con Nathanial Broome. En ellas Violeta le cuenta lo que ocurrió aquella noche de arrebato en Whiskey

Beach. Fitzgerald, el hijo de Violeta, no quiso saber nada de sus derechos. ¡Yo sí voy a defenderlos!

—A mí me parece que tendría que haber hablado con un abogado —intervino Corbett—, en vez de dedicarse a abrir agujeros en el sótano con un pico.

—¿Cree que no lo he intentado? —Suskind se inclinó hacia delante con brusquedad, con el rostro encendido por la ira—. Una verdadera tomadura de pelo, nada más que excusas. Que fue hace mucho tiempo; que, en cualquier caso, ella no habría heredado el tesoro por vía legal. No hay reclamación legal posible. ¿Y qué hay de mi reclamación consanguínea, mi reclamación moral? La dote era un botín que pertenecía a mis antepasados, no a los Landon. Es mío.

—De modo que, armado con esa reclamación moral, consanguínea, allanó Bluff House en numerosas ocasiones y... ¿Por qué concretamente el sótano?

—Violeta le dijo a su hijo que Broome le había dado instrucciones para que lo escondiera allí, para ponerlo a salvo.

—De acuerdo, ¿y no cree usted que en doscientos años es posible que lo haya encontrado alguien y que se lo haya gastado?

—Ella lo escondió. Está ahí, y es mío por derecho.

—¿Y usted piensa que ese derecho justifica el allanamiento, el daño a la propiedad y empujar a una anciana por la escalera?

—Yo no la empujé. Jamás le puse una mano encima. Fue un accidente.

Corbett enarcó las cejas.

—Claro, son muy habituales. ¿Cómo ocurrió este?

—Tenía que buscar algo en la tercera planta. Los Landon tienen un montón de cosas almacenadas allí arriba. Tenía que ver si podía encontrar algo que me diera alguna otra pista sobre la dote. La anciana se levantó, me vio, echó a correr y se cayó. Eso es todo. Yo no la toqué.

—¿La vio caer?

—Claro que la vi caer. Estaba allí, ¿no? No fue culpa mía.

—De acuerdo, vamos a aclarar los hechos. Usted entró en

Bluff House la noche del 20 de enero de este año. La señora Hester Landon estaba en la casa y lo vio, intentó huir y cayó por la escalera. ¿Es correcto?

—Así es. Yo no la toqué.

—Pero sí tocó a Abra Walsh la noche que ella fue a Bluff House, después de que usted hubiera cortado el suministro eléctrico y entrado en la casa.

—No le hice daño. Solo necesitaba… contenerla hasta que yo pudiera salir de la casa. Ella me atacó. Igual que Landon me ha atacado esta noche. Usted lo ha visto.

—He visto que usted fue a echar mano de un arma que llevaba escondida. —Corbett miró a Vinnie.

—Sí, señor. Yo he sido testigo, y además tenemos el arma como prueba.

—Tiene suerte de haberse llevado únicamente un par de puñetazos. Ahora volvamos a la noche en que Abra Walsh y usted coincidieron en Bluff House.

—Acabo de decírselo, ella me atacó.

—Una versión interesante de los hechos. ¿Y Kirby Duncan también lo atacó antes de que usted le disparara y arrojara su cuerpo por el acantilado del faro?

El músculo de la mandíbula de Suskind volvió a sufrir un espasmo y al hombre le cambió la mirada.

—No sé de qué me habla ni quién es Kirby Duncan.

—Era. Le refrescaré la memoria. Era el detective privado de Boston que usted contrató para vigilar a Eli Landon. —Corbett levantó una mano antes de que Suskind pudiera intervenir—. Permítame ahorrarnos tiempo. La gente siempre cree que no deja huellas. Por eso entró en el despacho de Duncan y en su apartamento, para deshacerse de todas sus anotaciones. Pero cuando la gente se encuentra bajo presión, olvida pequeñas cosas. Como las copias de seguridad. Y también conserva pequeños detalles, que aparecerán cuando nuestro equipo acabe de registrar Sandcastle y su apartamento en Boston.

Le dio tiempo para asimilarlo.

—Luego está el arma que colocó en casa de Abra. Hemos

confirmado que estaba registrada a nombre de Kirby Duncan. ¿Cómo acabó en posesión del arma de Duncan?

—La… encontré.

—¿Un golpe de suerte? —Corbett le sonrió—. ¿Dónde la encontró? ¿Cuándo? ¿Cómo? —Corbett invadió el espacio personal de Suskind—. No tiene respuestas. Tómese su tiempo y piénselo. Y ya que estamos, tampoco olvide esto: mucha gente cree que con ponerse guantes o limpiar un arma se cubre las espaldas, pero olvidan ponérselos cuando la cargan. Usted colocó la pistola en casa de Abra Walsh, pero no fueron las huellas de Walsh las que el forense encontró en las balas que extrajo del cuerpo de Duncan. ¿Adivina a quién pertenecen?

—Fue en defensa propia.

—Razonable. Hábleme de ello.

—Se abalanzó sobre mí. Yo me defendí. Él… me atacó.

—¿Igual que lo atacó Abra Walsh?

—No tuve alternativa. Se abalanzó sobre mí.

—¿Disparó a Kirby Duncan y arrojó su cuerpo por el acantilado del faro?

—Sí, en defensa propia… y cogí su arma. Arremetió contra mí, él iba armado, forcejeamos. Fue un accidente.

Corbett se rascó el cuello.

—Es usted muy propenso a sufrir accidentes. El caso es que por aquí somos bastante buenos en lo nuestro. A Kirby Duncan no le dispararon a quemarropa durante una pelea. Las pruebas forenses no respaldan su historia.

—Eso es lo que ocurrió. —Suskind se cruzó de brazos—. Fue en defensa propia. Tengo derecho a defenderme.

—¿Tiene derecho a allanar una propiedad privada, cavar donde le place, abandonar a una mujer herida que ha caído porque usted ha entrado en su casa mientras ella dormía, agredir a otra y matar a un hombre? Descubrirá que la ley no le proporciona ni uno solo de esos derechos, Suskind, y tendrá mucho tiempo para pensarlo en la cárcel, cuando esté cumpliendo cadena perpetua por asesinato en primer grado.

—Fue en defensa propia.

—¿Va a contar lo mismo cuando tenga que explicar por qué mató a Lindsay Landon? ¿Lo atacó, lo amenazó? ¿Tuvo que hundirle la cabeza por detrás para defenderse?

—¡Yo no maté a Lindsay! Landon la mató, y ustedes, la policía, permitieron que se saliera con la suya. Dinero, apellido, por eso ella está muerta y él está libre, y encima se da aires en una casa que me pertenece por legítimo derecho.

Corbett echó un vistazo al espejo polarizado e hizo un leve gesto de asentimiento con la cabeza. Casi suspiró. Esperaba no estar cometiendo un error, pero un trato era un trato.

—¿Cómo sabe que la mató Landon?

—Porque sí. Ella le tenía miedo.

—¿Lindsay le dijo que tenía miedo de su marido?

—Estaba hecha polvo después de que él la atacara en público ese día. Dijo que no sabía de lo que Landon era capaz. La había amenazado, le había dicho que se arrepentiría, que lo pagaría caro. ¡Está grabado! Le prometí que cuidaría de ella, que me ocuparía de todo. Me quería. Y yo a ella. Ya no había nada entre ellos, pero cuando Landon se enteró de lo nuestro, no pudo soportar que ella fuera feliz. Fue a la casa y la mató, y luego compró a la policía y listo.

—Entonces, ¿Wolfe también estaba untado?

—Ya lo creo que sí.

Corbett se volvió y asintió con la cabeza cuando Eli entró.

—Eli Landon entra en el interrogatorio. Señor Suskind, si el señor Landon forma parte del procedimiento, creo, una vez más, que podemos ahorrar tiempo y esclarecer este asunto. Si tiene alguna objeción a que esté presente, dígalo y lo haré salir.

—Tengo muchas cosas que decirle, aquí y ahora. Asesino hijo de puta.

—Esa iba a ser mi frase, pero hablemos.

Eli tomó asiento frente a la mesa.

—Tú no la querías.

—No —admitió Eli—, no la quería y aún la quise menos cuando descubrí que me había mentido, me había engañado y me había utilizado. ¿Crees que Lindsay sabía por qué te liaste con ella? ¿Sabía que la utilizabas para obtener información sobre mí, sobre Bluff House, la familia, la dote?

—Yo la quería.

—Puede que sí, pero no empezaste a acostarte con ella por amor. Lo hiciste para joderme y para obtener cualquier información que yo pudiera haberle dado sobre la dote.

—La conocía. La comprendía. Tú ni siquiera sabías quién era.

—Dios, en eso tienes toda la razón. Eso no te lo discuto. No la conocía, no la necesitaba y no la quería. Y tampoco la maté.

—Entraste en la casa y, cuando te envió a la mierda y te dijo que te fueras, que ella y yo íbamos a vivir juntos, a casarnos, a iniciar una nueva vida, la mataste.

—Complicado lo de casarse con ella estando ya casado.

—Ya le había dicho a Eden que quería el divorcio. En realidad, cuando Lindsay te dijo que íbamos a ser libres, no pudiste soportarlo. No la querías, pero tampoco querías que fuera de nadie más.

—Creía que tu mujer no se había enterado de lo tuyo con Lindsay hasta después de su asesinato.

Suskind cerró las manos sobre la mesa.

—No sabía nada de Lindsay.

—¿Le dijiste a tu mujer, la madre de tus dos hijos, que querías divorciarte y ella no hizo ninguna pregunta?

—No es asunto tuyo lo que ocurra entre Eden y yo.

—Pero es raro. Sin duda Lindsay y yo no fuimos tan civilizados y razonables cuando nos encaminábamos hacia el divorcio. Muchas discusiones, acusaciones y búsqueda de culpables. Supongo que tu esposa es mejor persona, una mujer dispuesta a hacerse a un lado para permitir que tuvieras lo que deseabas. ¿Adónde ibais la noche que murió Lindsay? Vamos, Justin, estaba haciendo la maleta, habíamos tenido una pelea desagradable delante de todo el mundo y estaba disgustada. Tú estabas enamorado de ella y ya le habías pedido el divorcio a tu mujer. Lindsay no saldría de la ciudad sin ti.

—No es asunto tuyo adónde íbamos.

—Pero cuando fuiste a recogerla…

—¡Era demasiado tarde! Tú la habías matado. La policía ya estaba allí.

Cuando Suskind se levantó con brusquedad, Vinnie se limitó a acercarse, le puso una mano en el hombro y lo hizo sentar de nuevo.

—No se levante.

—¡Quíteme las manos de encima! Son tan culpables como él, todos ustedes. Esa noche ni siquiera pude parar, ni siquiera pude verla. Solo pude preguntarle qué ocurría a uno de los vecinos, que había salido a pesar de la lluvia. Me dijo que debía de tratarse de un allanamiento o algo así y que la mujer que vivía en la casa estaba muerta. Estaba muerta, y tú ya habías empezado a escaquearte.

Sin decir nada, Eli miró a Corbett y le pasó la pelota de manera tácita.

—Lo que está contándonos en estos momentos no coincide con las declaraciones que realizó con anterioridad ante la policía respecto al asesinato de Lindsay Landon.

—Sé cómo funciona esto. ¿Cree que soy imbécil? Si hubiera

admitido que había estado cerca de la casa, la policía me habría acusado a mí. La mató él. —Suskind apuntó a Eli con un dedo—. Usted lo sabe y en cambio me tiene encerrado aquí a mí por hacer lo que me correspondía. Haga su trabajo. Deténgalo.

—Si quiere que haga mi trabajo, tengo que saber qué ocurrió exactamente. Necesito datos. ¿A qué hora pasó con el coche por la casa de los Landon en Back Bay?

—Sobre las siete y cuarto.

—¿Y después de eso?

—Me fui directo a casa. Estaba como loco, no podía pensar. Eden estaba preparando la cena y dijo que acababa de oír en las noticias que habían matado a Lindsay. Me derrumbé. ¿Qué esperaba? La quería. No pensaba con claridad y Eden me ayudó a tranquilizarme, me ayudó a pensarlo con calma. Estaba preocupada por mí, por los niños, así que dijo que le contaría a la policía que yo había estado allí, con ella, desde las cinco y media, que no teníamos por qué pasar por aquel escándalo y soportar la presión por culpa de lo que había hecho Landon.

—Mintió.

—Me protegió a mí y a nuestra familia. Yo le había fallado, pero ella me defendió. Ella sabía que yo no había matado a Lindsay.

—Sí, lo sabía —convino Eli—. Ella sabía que tú no habías matado a Lindsay. Y sabía que yo tampoco había matado a Lindsay. Te proporcionó una coartada, Justin, una que la policía creyó. Y tú le proporcionaste una a ella, que la situaba en casa, contigo, haciendo de buena esposa, compartiendo unos margaritas, preparando la cena para los dos cuando en realidad había ido a pedirle cuentas a Lindsay, quien la había dejado entrar.

—Eso es mentira. Una mentira absurda e interesada.

—Y Lindsay seguramente le dijo algo similar a lo que me dijo a mí la última vez que hablamos. Que lo sentía, pero que aquello era lo que había. Ella te quería, y ambos teníais derecho a ser felices. Así que Eden cogió el atizador hecha una furia y la mató.

—Es incapaz de algo así.

—Sabes que no es cierto. Arremetió contra ella porque la mujer a la que creía su amiga la había hecho quedar como una tonta. La mujer a la que creía su amiga había puesto en peligro todo lo que más quería. El marido con el que vivía, en el que confiaba, en el que creía, la había traicionado y destruiría su matrimonio por una mujer casada.

—No le dijo que podía divorciarse sin más —intervino Corbett—. Discutieron, ella le pidió explicaciones y usted le confesó que estaba enamorado de otra persona. Y luego le dijo quién era.

—Eso no importa.

—¿Cuándo? ¿Cuándo le contó lo de Lindsay?

—La noche anterior al asesinato. Eso no importa. Eden me protegió y lo único que me pidió a cambio fue que le diéramos otra oportunidad a nuestro matrimonio, unos cuantos meses más. Lo hizo por mí.

—Lo hizo por ella. —Eli se puso en pie—. Los dos solo miráis por vosotros, y a la mierda todos los demás. Podría haber sido tuya, Justin. Lo único que yo quería era el anillo de mi abuela, pero Eden quería más que eso y te utilizó para obtenerlo. Puede que yo hubiera hecho lo mismo.

Salió de la sala y se dirigió directo hacia Abra. Ella se levantó del banco en el que esperaba y lo abrazó con fuerza cuando él la rodeó con sus brazos, cuando apoyó la frente en la de ella.

—Ha sido duro —dijo Abra, en voz baja.

—Más de lo que imaginaba.

—Explícame qué ha ocurrido.

—Lo haré. Todo. Vamos a casa, ¿vale? Larguémonos de aquí y volvamos a casa.

—Eli. —Vinnie salió apresuradamente de la sala de interrogatorio—. Espera un segundo. —Dejó que pasara un instante antes de hablar, mientras estudiaba la expresión de su amigo—. ¿Cómo estás?

—¿En general? Bien. Sienta bien quitárselo de encima, empezar a pensar que esto tiene fin.

—Me alegra oír eso. Corbett quería que te dijera que, cuando acabe con Suskind, se pondrá en contacto personalmente con Wolfe. Detendrán a Eden Suskind y hablarán con ella. Yo diría que Corbett irá a Boston para estar presente en el interrogatorio.

—Eso ya es cosa de ellos, yo no quiero saber nada. Ahora ya ha dejado de formar parte de mi vida. Gracias por tu ayuda, Vinnie.

—Es parte del trabajo, pero algún día puedes invitarme a una cerveza.

—A tantas como quieras.

Abra se acercó, tomó el rostro de Vinnie con las manos y le dio un delicado beso.

—Él te invitará a una cerveza, pero esto es de mi parte.

—Igual lo prefiero a la cerveza.

—Vamos a casa —repitió Eli—. Se acabó.

Pero no había acabado, no para él. No del todo.

A la mañana siguiente, con Abra a su lado, Eli se sentaba frente a Eden Suskind.

A pesar de su palidez, tenía la mirada serena y un tono de voz absolutamente tranquilo.

—Os agradezco a ambos que hayáis venido a Boston de esta manera. Sé que es una molestia.

—Tenías algo que querías decirme. Decirnos —se corrigió Eli.

—Sí. Cuando fuisteis a mi casa, vi que os unía algo fuerte. Siempre he creído en eso, en ese vínculo, en esa conexión, y en las promesas que nacen de ello. He construido mi vida de adulta sobre esos cimientos, pero han acabado desmoronándose. Por eso quería hablar con vosotros. Desde anoche, he hablado varias veces con la policía, en presencia de mi abogado, claro.

—Eso es sensato.

—Justin no lo ha sido, aunque él siempre ha sido impulsivo, un poco imprudente. Yo lo equilibraba, ya que tiendo a pensar mucho las cosas, a sopesar las alternativas. Hicimos un buen equipo durante mucho tiempo. Tú sabes a qué me refiero con lo del equilibrio —le dijo a Abra.

—Sí, lo sé.

—Eso pensaba. Ahora que Justin ha confesado que…, bueno, tantas cosas; ahora que sé qué ha hecho, puedo y quiero avanzar. No puedo protegerlo, equilibrarlo, esperar a que vuelva a entrar en razón y ponga a su familia por delante de todo. Eso no ocurrirá nunca. La policía cree que ha matado a un hombre a sangre fría.

—Sí.

—Y que tu abuela acabó gravemente herida por su culpa.

—Sí.

—Es por su obsesión. No es una excusa, es solo un hecho. Su tío abuelo murió hace unos tres años y Justin encontró unas cartas, un diario, todas esas cosas que relacionaban a su familia con la tuya y con esa dote.

—¿Información sobre Violeta Landon y Nathanial Broome?

—Sí. Lo único que sé es que comenzó a ocultármelo todo, a esconderlo. Ahí fue cuando las cosas empezaron a cambiar. Siguió insistiendo, indagando, pagando honorarios desorbitados. No os aburriré con los problemas que Justin ha tenido en el pasado, ni con su capacidad y necesidad de culpar a los demás de sus fallos, errores o defectos. Pero sí os diré que cuanto más sabía acerca de la historia de sus antepasados, más convencido estaba de que tu familia y tú erais los responsables de todo lo que no tenía y quería. Además, cuando se enteró de que yo conocía a tu mujer y de que trabajaba con ella de vez en cuando, lo consideró una señal. ¿Quién sabe? Quizá lo fue.

—Se lanzó a por ella.

—Sí. No sabía hasta qué punto. En eso consiguió engañarme, aunque no sé… Empezó a desearla, a convencerse de que la amaba porque era tuya. Quería lo que era tuyo y consideraba que tenía derecho a ello. Yo no sabía nada acerca de la propiedad en Whiskey Beach, o sobre el detective, o sobre los allanamientos. Lo único que sabía, en esos meses anteriores a la muerte de Lindsay, era que mi marido se me escapaba de las manos, que me mentía. Creo que esas cosas se saben, ¿verdad? —dijo, dirigiéndose a Abra.

—Sí, seguramente sí.

—Lo intenté todo, y al final dejé de discutir con él sobre el tiempo que pasaba fuera de casa, el dinero… Acabé convenciéndome de que lo mejor era esperar a que se terminara. Ya se había obsesionado antes, no era la primera vez que se alejaba, pero siempre había vuelto a su hogar.

Hizo una breve pausa y se recolocó el largo flequillo detrás de la oreja.

—Esta vez fue distinto. Me dijo que iba a presentar una demanda de divorcio. Así, sin más, como si solo fuera una formalidad. Ya no quería continuar con esta vida, ya no podía seguir fingiendo que me amaba. Una vez más, no os aburriré con los detalles, pero me dejó destrozada. Discutimos, nos dijimos cosas horribles, como suele hacer la gente, y me confesó que tenía una aventura con Lindsay, que ella era su alma gemela, qué palabras tan manidas, y que tenían intención de irse a vivir juntos.

—Eso debió ser terriblemente doloroso —comentó Abra cuando Eden guardó silencio.

—Fue horrible. El peor momento de mi vida. Todo lo que quería y en lo que creía se me escapaba de las manos. Dijo que se lo diríamos a los niños durante el fin de semana, así tendríamos tiempo de sobra para estar con ellos y mitigar el golpe. Mientras tanto, él dormiría en la habitación de invitados y mantendríamos las apariencias. Os lo juro, oía las palabras de Lindsay saliendo de su boca, su forma de decir las cosas, su tono. ¿Sabes lo que quiero decir? —le preguntó a Eli.

—Sí, lo sé.

Con los hombros muy rectos, Eden asintió con la cabeza.

—Lo que diré a continuación será en ausencia de mi abogado y de la policía, no quedará registrado, pero creo que tenéis derecho a oírlo, y yo a contároslo.

—Sé que la mataste tú.

—¿No quieres saber lo que ocurrió esa noche? ¿El porqué y cómo?

Antes de que Eli pudiera contestar, Abra puso una mano encima de la suya.

—Yo sí. Me gustaría saberlo.

—Ahí está lo del equilibrio que os había dicho. Tú te irías porque estás muy enfadado y ella te ayudará a quedarte porque saber lo que ocurrió te ayudará a cerrar esa puerta de manera definitiva, algo que de otro modo no conseguirías.

—Tenías que hablar con ella cara a cara —dijo Abra.

—¿No lo habrías hecho tú? Justin me llamó para decirme que había cambiado de opinión y que tendríamos que aplazar unos días lo de decírselo a los niños. Lindsay estaba disgustada porque había discutido contigo, Eli, y necesitaba irse de la ciudad unos días. Él necesitaba estar con ella. Ella necesitaba, él necesitaba. No importaba lo que necesitara su familia. Creo que cada uno sacó lo peor del otro. Su lado más egoísta.

—Quizá tengas razón. —Eli entrelazó su mano con la de Abra y pensó en lo afortunado que era.

—Así que, sí, fui a hablar con ella cara a cara, a intentar razonar con ella, incluso a suplicarle. Lindsay seguía enfadada, muy enfadada por vuestra discusión, por lo que le habías dicho. Y visto en retrospectiva, creo que tal vez se sintiera un poco culpable. Aunque no lo suficiente. Me dejó entrar, me llevó a la biblioteca. Quería zanjar el tema, hacer borrón y cuenta nueva para que Justin y ella pudieran seguir adelante con sus vidas. No le importó nada de lo que le dije. Nuestra amistad no significaba nada, mis hijos no significaban nada, ni mi matrimonio ni el daño que estaban causando. Le rogué que no se llevara a mi marido, que no se llevara al padre de mis hijos, y ella me dijo que madurara. Las cosas eran así, funcionaban de esa manera. Me dijo cosas horribles, crueles, inhumanas, y me dio la espalda. Me desdeñó, a mí y a mi padecimiento, como si fuera una insignificancia.

Tras una pausa, Eden entrelazó sus manos sobre la mesa.

—El resto es confuso. Fue como estar viendo a otra persona, alguien que cogió el atizador y la golpeó. Perdí la cabeza.

—Eso podría funcionar —dijo Eli, con serenidad— si tu abogado es tan bueno como tú.

—Es muy bueno. Sin embargo jamás fui a esa casa con la intención de hacerle daño, sino de suplicarle. Y cuando recuperé la cordura, cuando ya era demasiado tarde, pensé en mi familia, en mis hijos y en lo que aquello supondría. No podía cambiar lo que había hecho en ese momento de enajenación y lo único que me quedaba era tratar de proteger a mi familia. De modo que volví a casa. Cogí la ropa que llevaba y la hice trizas con unas tijeras. Lo metí todo en una bolsa, le puse peso y la tiré al río. Luego volví a casa y empecé a preparar la cena. Cuando llegó Justin, estaba histérico, y entonces supe que podíamos protegernos el uno al otro, como debía ser, como se supone que debe ser. Intentaríamos superarlo para salvar nuestro matrimonio. Sentí que me necesitaba. Lindsay lo hubiera destruido. De hecho, lo hizo. Y lo que me dejó fue un hombre que no tenía arreglo, que no tenía salvación. Lo dejé ir e hice lo que tenía que hacer para protegerme.

—Pero te mantuviste al margen y dejaste que lo que habías hecho le arruinara la vida a Eli.

—No podía pararlo, ni cambiarlo, aunque, sinceramente, me sabía mal que tuviera que pagarlo alguien a quien habían traicionado como a mí. De todos modos, no fui yo quien le arruinó la vida. Fue Lindsay. Arruinó la suya, la mía y la de Justin. Incluso muerta, nos la arruinó a todos. Y ahora mis hijos quedarán marcados.

La voz le tembló ligeramente, pero se recuperó enseguida.

—Aun cuando mi abogado y el fiscal lleguen al acuerdo al que espero que lleguen, seguirán marcados. Vosotros tendréis vuestro equilibrio, la opción de un futuro. Yo tendré dos hijos destrozados por lo que su padre hizo por egoísmo y por lo que su madre hizo por desesperación. Sois libres. Por el contrario, aunque no me impongan un castigo tan duro como el que consideraríais justo, yo nunca lo seré.

Eli se inclinó sobre la mesa.

—Da igual lo que Lindsay hiciera o lo que tuviera planeado hacer. No merecía morir por ello.

—Eres más bueno que yo. Claro que podemos llegar a la raíz

de la cuestión. Tu antepasado cometió un asesinato por codicia y abandonó a su propia hermana por las mismas razones. Si todo eso no hubiera ocurrido, no estaríamos aquí. En realidad, no dejo de ser un peón más.

—Tal vez creer eso te ayude durante las siguientes semanas. —Eli se levantó.

Una vez más, Abra puso una mano sobre la de Eli al tiempo que ella también se levantaba.

—Por el bien de tus hijos, espero que tu abogado sea tan bueno como crees.

—Gracias. Os deseo lo mejor de todo corazón.

Eli tenía que salir de allí, tenía que irse.

—Por amor de Dios —fue lo único que consiguió decir cuando Abra le cogió las manos.

—Hay personas que están enfermas, pero los síntomas no son visibles. Ni siquiera ellos mismos los ven o los reconocen. Puede que en su caso las circunstancias la hayan impulsado a actuar como lo hizo, pero ella jamás reconocerá la culpa.

—Podría sacarla —aseguró Eli—. Podría conseguirle cinco años de cárcel, y solo cumpliría dos.

—Entonces me alegro de que ya no seas abogado defensor.

—Yo también.

Abra sintió que la mano de Eli se tensaba cuando Wolfe se acercó por el pasillo.

—Landon.

—Inspector.

—Estaba equivocado, pero usted tenía todos los puntos.

Cuando Wolfe continuó su camino, Eli se volvió.

—¿Y eso es todo? ¿No tiene nada más que decir?

Wolfe volvió la vista atrás.

—Sí, eso es todo.

—Está avergonzado —comentó Abra, y solo sonrió cuando Eli le dirigió una mirada de desconcierto—. Es un gilipollas, pero también está avergonzado. Olvídalo y piensa en la rueda del karma.

—No sé el karma, pero yo voy a empezar a olvidarlo.

—Bien. Comprémosle unas flores a Hester y vayamos a contarle a tu familia esta magnífica noticia. Luego volveremos a casa y, después, ya veremos.

Eli tenía algunas propuestas.

Esperó varios días, para que ambos tuvieran tiempo de acostumbrarse a la nueva situación. Había recuperado su vida y no necesitaba que se lo dijeran las numerosas noticias que aparecían en los medios de comunicación sobre la detención de Eden Suskind por el asesinato de Lindsay, o la de Justin Suskind por el de Duncan.

Había recuperado su vida, aunque no la vida de antes, y se alegraba de que así fuera.

Hizo planes, algunos con Abra: abrirían las puertas de Bluff House y darían una gran fiesta para celebrar el Cuatro de Julio. Le enseñó los planos, en fase preliminar, para instalar un ascensor en la casa, de modo que su abuela pudiera volver y vivir cómodamente.

Y otros que no había compartido con ella... todavía.

Así que esperó, paseó a la perra, escribió, pasó tiempo con la mujer que amaba y empezó a ver Bluff House desde una perspectiva completamente nueva.

Escogió una noche de brisa suave, una prometedora puesta de sol, el anuncio de una luna llena.

Cumpliendo con su parte, recogió los platos de la cena mientras ella estaba sentada en la isla de la cocina, repasando el horario de la semana siguiente.

—Creo que, si me lo monto bien, podría añadir clases de zumba en otoño. Por algo es popular, y puedo sacarme el diploma.

—Eso no lo dudo.

—El yoga seguirá siendo la columna vertebral, pero me gusta incluir otras opciones, para que no se haga aburrido.

Se levantó y pinchó el nuevo horario en el tablero.

—Hablando de no aburrirse, quiero enseñarte algo en la tercera planta.

—¿En el pasadizo? ¿Estás pensando en probar lo del pirata y la mujerzuela?

—Tal vez, pero primero otra cosa.

—¿Sabes? Es una lástima que no podamos abrir esa planta para el fiestón de julio —comentó, mientras lo acompañaba—. Es demasiado complicado y ahora mismo hay demasiadas cosas en medio, pero, vaya, arrasaríamos.

—Puede que algún día.

—Me encanta eso de algún día.

—Es extraño, pero me he dado cuenta de que a mí también me gusta. Me ha costado un poco.

La condujo hasta los aposentos de los criados, donde los esperaba un cubo con una botella de champán.

—¿Estamos de celebración?

—Espero que sí.

—También me gustan las celebraciones. Aquí hay unos planos. —Se acercó a la mesa que Eli había destapado y los estudió—. ¡Eli! Has empezado los planos para tu nuevo despacho. Oh, esto es genial. Aquí vas a estar de fábula. ¿Quieres añadir una entrada por la terraza? Es una gran idea. Así puedes entrar y salir por este lado y sentarte fuera a contemplar el paisaje. ¡No me habías dicho nada!

Dio media vuelta.

—Están en fase preliminar. Quería volcar algunas ideas en papel y enseñártelas.

—Bueno, en fase preliminar o no, es una buena razón para descorchar una botella.

—Ese no es el motivo.

—Hay más.

—Sí, mucho más. Verás, el arquitecto dejó este espacio de aquí sin diseñar. Esta zona en la que estamos, el baño… En una palabra, le pedí que solo lo dibujara y que lo dejara en blanco.

—Más planes. —Abra giró en redondo una vez, y otra—. Hay tantas cosas que podrías hacer en este espacio.

—No, la verdad es que no, pero tú sí.

—¿Yo?

—Podrías poner tu estudio.

—Mi... Oh, Eli, es un verdadero detalle de tu parte, pero...

—Primero, escúchame. Tus clientes o alumnos, como prefieras llamarlos, entrarían por este lado, por la terraza. Son tres plantas, pero, qué narices, si vienen a hacer ejercicio, subir hasta aquí entraría dentro del paquete. Si haces las clases de yoga para mayores, está el ascensor. Y está esta zona de aquí. Podrías poner tu sala de masajes. Yo estoy en el ala norte, así que nada de esto interfiere con mi trabajo. Le pregunté a mi abuela qué pensaba al respecto y le pareció genial, así que por ese lado ya tienes el visto bueno.

—Has estado dándole muchas vueltas a la cabeza.

—Pues sí, y todo gira en torno a ti. A nosotros. A Bluff House. A algún día. ¿Qué opinas?

—Eli. —Abrumada, se paseó por el lugar, y lo veía, lo veía claramente—. Estás regalándome uno de mis sueños, pero...

—Podrías devolverme el favor y regalarme el mío.

Metió la mano en el bolsillo y quitó un anillo.

—No es el que le di a Lindsay. No quería regalarte ese anillo, así que le pregunté a mi abuela si podía escoger otro. Es antiguo, y ella le tiene un cariño especial. Quería que fuera para ti, para alguien por quien siente un cariño especial. Podría haberte comprado uno, pero quería que tuvieras algo que ha ido pasando de una persona a otra. Algo simbólico. Te encantan los símbolos.

—Oh, Dios. Oh, Dios mío.

No podía apartar los ojos de la perfecta esmeralda cuadrada.

—No quería regalarte un diamante. Demasiado convencional. Y este además me recordaba a ti. A tus ojos.

—Eli. —Abra se frotó entre los pechos con la base de la mano, como si quisiera evitar que se le parara el corazón—. Yo... no había llegado tan lejos. No lo había pensado.

—Pues piénsalo ahora.

—Creía que hablaríamos de mudarme, de vivir juntos de manera oficial. De dar el siguiente paso.

—Hagámoslo. Si me tengo que conformar con eso por el momento, hagámoslo. Sé que es precipitado y que ambos hemos cometido antes grandes errores. Pero pertenecen al pasado. Quiero casarme contigo, Abra. Quiero empezar una verdadera vida contigo, formar una familia contigo, compartir un hogar contigo.

Eli sentía como si el anillo le quemara la mano, como una llama, como si tuviera vida.

—Te miro y veo todos esos «algún día», y todas sus posibilidades. No quiero esperar, pero lo haré. Esperaré, pero debes saber que no solo me has ayudado a volver a ser yo mismo, a comprender la vida que de verdad quería y que podía tener, sino que tú eres la vida que quiero.

A Abra no se le detuvo el corazón, pero sintió cómo se henchía. Se quedó mirando a Eli mientras la puesta del sol bañaba de rosa y dorado las ventanas del fondo. Ahí tienes el amor, lo tienes delante, acepta el regalo, pensó.

—Te quiero, Eli. Confío en mi corazón, he aprendido a hacerlo. Creo que el amor es lo más poderoso e importante del universo, y te he entregado el mío. Quiero el tuyo. Podemos vivir la vida que ambos queremos. Lo creo. Podemos vivir esa vida juntos.

—Pero quieres esperar.

—Y un cuerno. —Se echó a reír y prácticamente echó a volar hacia él—. ¡Oh, Dios! Eres tú. El amor de mi vida.

Estrechándolo con fuerza entre sus brazos, Abra buscó sus labios y se sumergió, cada vez más y más, en el primer beso de algo nuevo y prometedor.

Eli se balanceó con ella, sin soltarla.

—Me habría muerto de haber tenido que esperar.

—Pues más vale que aproveches este momento de felicidad. —Alargó la mano—. Formalicémoslo. —Cuando deslizó el anillo en su dedo, Abra volvió a abrazarlo y levantó la mano al sol del atardecer—. Es precioso y cálido.

—Como tú.

—Me encanta que sea antiguo, que haya pasado de unas manos a otras dentro de tu familia. Me encanta formar parte de tu familia. ¿Cuándo le pediste el anillo a Hester?

—Cuando le llevamos las flores, después de ir a ver a Eden Suskind. No podía pedirte matrimonio, no quería hacerlo, hasta que todo hubiera acabado. Ahora es algo nuevo para ambos. Acepta este espacio, Abra, acéptame a mí, aceptémoslo todo.

—Todo es exactamente lo que vamos a aceptar. —Se besaron con suavidad, sin prisa, con ternura—. Y luego buscaremos más.

Los últimos rayos de sol se reflejaron en el anillo y este lanzó un destello, igual que lo había hecho en las manos de las mujeres Landon durante generaciones.

Continuó centelleando bajo una luz cada vez más tenue, del mismo modo que una vez lo había hecho en un cofre arrastrado por la corriente hasta las orillas de Whiskey Beach, junto con el astuto capitán del naufragado *Calypso*.